Sandra Brown

# Tödliche Sehnsucht

Sandra Brown

# Tödliche Sehnsucht

Thriller

Deutsch von Christoph Göhler

blanvalet

Die Originalausgabe erschien 2015
unter dem Titel »Friction« bei Grand Central Publishing,
a division of Hachette Books Group, Inc., New York.



Dieses Buch ist auch als E-Book erhältlich.

FSC www.fsc.org
MIX
Papier aus verantwortungsvollen Quellen
FSC® C014496

Verlagsgruppe Random House FSC® N001967

1. Auflage

Redaktion: René Stein
Umschlaggestaltung und -motiv: www.buerosued.de
LH · Herstellung: sam
Satz: Uhl + Massopust, Aalen
Druck und Bindung: GGP Media GmbH, Pößneck
Printed in Germany
ISBN: 978-3-7645-0563-9

www.blanvalet.de

# Prolog

Die zwei standhaften Streifenpolizisten, die an der Absperrung Wache standen, beobachteten sie, ohne irgendeine Regung zu zeigen. Aber ihr war klar, dass die beiden nach dem Presserummel der letzten Tage mit Sicherheit wussten, wer sie war, und dass sie – trotz ihres unnahbaren Auftretens – zu gern gewusst hätten, warum Richterin Holly Spencer sich am liebsten an ihnen vorbeigeschlichen hätte, nur um näher an den Tatort eines Blutbades zu gelangen.

»… Einschusswunde im Brustkorb … Fesselungsmale an den Hand- und Fußgelenken … Halb im, halb außerhalb des Wassers … Gemetzel …« Mit diesen Begriffen hatte Sergeant Lester die Szene jenseits der Absperrung beschrieben und hinzugefügt, dass er ihr die »grausamen Details« noch ersparen würde. Anschließend hatte er sie aufgefordert, von hier zu verschwinden und heimzufahren, weil sie hier nichts verloren hätte und ohnehin nichts unternehmen könnte. Dann hatte er sich unter der Absperrung durchgeduckt, war in seinen Wagen gestiegen und hatte ihn in drei Zügen gewendet, bis die Scheinwerfer wieder in Richtung Tatort gezeigt hatten.

Falls Sie nicht freiwillig ging, würden die beiden Streifenpolizisten sie eskortieren, und das würde noch mehr Aufsehen erregen. Also kehrte sie langsam zu ihrem Wagen zurück.

In den wenigen Minuten, seit sie am Tatort angekommen war, trafen weitere Einsatzkräfte von verschiedenen Polizeibehörden und Rettungsdiensten ein. Eine lange Reihe von

PKWs, Pick-ups und SUVs parkte inzwischen links und rechts der kleinen Abzweigung auf beiden Seiten der schmalen Landstraße. Die Abzweigung lag tief im Wald und war nur auf wenigen Straßenkarten verzeichnet. Sie war praktisch unmöglich zu finden, es sei denn, man wusste Bescheid und hielt nach dem Tierpräparator-Schild Ausschau, auf dem ein Gürteltier abgebildet war.

Heute Abend hatte sich der Fleck zu einem Hotspot entwickelt.

Die Stimmung unter den Anwesenden war beinahe festlich. Die blinkenden Lichter der Einsatzfahrzeuge erinnerten Holly an einen Karnevalsumzug. Immer mehr Gaffer trafen ein, vom Unglück angelockt wie Haie vom Blut; sie standen in kleinen Grüppchen, tauschten Gerüchte über die Zahl der Toten aus und spekulierten darüber, wer wohl wie umgekommen war.

Sie hörte, wie in einer Gruppe Wetten darauf abgeschlossen wurden, wer überlebt hatte, und hätte am liebsten laut geschrien: *Das ist keine Fernsehshow!*

Bis sie bei ihrem Wagen angekommen war, war sie außer Atem und ihr Mund vor Angst wie ausgetrocknet. Sie stieg ein, umklammerte das Lenkrad und presste die Stirn so fest dagegen, dass es wehtat.

»Abfahrt, Euer Ehren.«

Halb zu Tode erschrocken riss sie den Kopf herum. Als sie seine blutdurchtränkten Kleider sah, hauchte sie seinen Namen.

Der riesige rote Fleck war noch so frisch, dass er im Kaleidoskop der roten, weißen und blauen Blinklichter aufglänzte. Seine Augen funkelten sie aus tiefen Höhlen an. Auf seiner Stirn standen Schweißperlen, in denen sich einzelne Haarsträhnen verfangen hatten.

Er kauerte in der Ecke der Rückbank, verharrte dort vollkommen regungslos, das linke Bein ausgestreckt, die Spitze des blutbespritzten Cowboystiefels zum Autohimmel gerichtet. Das rechte Bein hatte er am Knie abgewinkelt. Seine rechte Hand ruhte darauf und hielt eine Pistole umklammert, deren Lauf bösartig auf sie gerichtet war.

»Das ist nicht mein Blut«, sagte er.

»Das hat Neal mir erzählt.«

Er sah an seinem langen Rumpf hinunter und stieß ein kehliges, bitteres Lachen aus. »Er war schon tot, bevor er auf dem Boden aufkam, trotzdem wollte ich ganz sichergehen. Schön blöd. Hab mir damit das Hemd versaut, und es war eins von meinen Lieblingshemden.«

Sie ließ sich weder von seiner vorgetäuschten Gleichgültigkeit noch von seiner entspannten Körperhaltung täuschen. Jederzeit konnte er explodieren, er reagierte wie Nitroglyzerin bei einer Erschütterung.

Weiter vorne begannen Streifenpolizisten, die Reihe der geparkten Fahrzeuge abzugehen und den Fahrern zu signalisieren, die Seitenstreifen freizumachen. Entweder tat sie, was man von ihr verlangte, oder man würde ihn in ihrem Auto erwischen.

»Sergeant Lester hat mir erzählt, dass …«

»Dass ich den Hurensohn erschossen habe? Stimmt. Er ist tot. Und jetzt los.«

# 1

*Fünf Tage zuvor*

Crawford Hunts erster Gedanke nach dem Aufwachen war, dass endlich der Tag gekommen war, auf den er so lange hingefiebert hatte. Noch bevor er die Augen aufschlug, spürte er, wie eine glückselige Blase in seiner Brust aufstieg und gleich darauf von einem Stich der Angst zum Platzen gebracht wurde.

Vielleicht würde es nicht so laufen, wie er es sich vorstellte.

Er duschte so effizient wie immer, doch für die Körperpflege nahm er sich heute mehr Zeit als sonst: Er verwendete Zahnseide, rasierte sich gründlicher als üblich und föhnte seine Haare, statt sie wie üblich an der Luft trocknen zu lassen. Allerdings war er nicht besonders gut in Letzterem, und so sahen seine Haare letztendlich aus wie immer – ungebändigt. Warum hatte er nicht daran gedacht, zum Friseur zu gehen?

Er bemerkte ein paar graue Strähnen an seinen Schläfen. Zusammen mit den Fältchen in den Augen- und Mundwinkeln verliehen sie ihm eine gewisse Reife.

Allerdings würde die Richterin sie wahrscheinlich als Relikte eines aufzehrenden Lebens betrachten.

»Drauf gepfiffen.« Der Selbstbetrachtung überdrüssig, wandte er sich vom Badezimmerspiegel ab, ging ins Schlafzimmer zurück und zog sich an.

Er hatte überlegt, ob er einen Anzug tragen sollte, war dann aber zu dem Schluss gekommen, dass das aufgesetzt gewirkt hätte, so als würde er sich zu sehr bemühen, die Richterin zu beeindrucken. Außerdem kam er sich in dem dunkelblauen Wollgemisch vor wie ein Bestatter. Er begnügte sich mit einem Sportjackett und einer Krawatte.

Obwohl ihm der Druck des Holsters am Rücken fehlte, beschloss er, keine Waffe einzustecken.

In der Küche machte er sich Kaffee und eine Schüssel mit Frühstücksflocken, doch kippte er gleich darauf beides in den Ausguss, weil ihm alles auf den Magen schlug. Gerade als die letzten Cheerios verschwanden, rief sein Anwalt an.

»Alles gut?« Dieselben Eigenschaften, die William Moore zu einem guten Anwalt machten, machten die Sympathien für ihn zunichte. Er hatte keine Manieren und null Charme, und obwohl er sich mit seinem Anruf nur nach Crawfords Befinden erkundigen wollte, klang seine Frage wie eine Kampfansage, auf die er eine positive Antwort erwartete.

»Geht schon.«

»Das Gericht tritt um Punkt zwei Uhr zusammen.«

»Weiß ich. Ich wünschte, es würde früher losgehen.«

»Fahren Sie davor in Ihr Büro?«

»Hab's mir überlegt. Vielleicht. Weiß ich noch nicht.«

»Tun Sie's. Die Arbeit wird Sie von der Anhörung ablenken.«

Crawford ließ es offen. »Mal sehen, wie es heute Morgen läuft.«

»Nervös?«

»Nein.«

Der Anwalt schnaubte skeptisch. Crawford gab zu, ein leichtes Bauchflattern zu spüren.

»Halten Sie sich genau an das, was wir besprochen haben«, sagte der Anwalt. »Schauen Sie allen in die Augen, vor allem der Richterin. Seien Sie aufrichtig. Sie schaffen das schon.«

Das klang zwar simpel, trotzdem atmete Crawford lang und tief aus. »Ich bin an dem Punkt angekommen, an dem ich alles getan habe, was ich kann. Jetzt liegt alles in der Hand der Richterin, und die hat ihr Urteil wahrscheinlich längst gefällt.«

»Vielleicht. Vielleicht auch nicht. Die Entscheidung könnte davon abhängen, wie Sie sich im Zeugenstand schlagen.«

Crawford starrte stirnrunzelnd auf die Basisstation seines Telefons. »Nur gut, dass Sie mir keinen Druck machen.«

»Ich habe ein gutes Gefühl.«

»Besser als andersrum, schätze ich. Aber was ist, wenn ich heute nicht gewinne? Was mache ich dann? Falls ich nicht direkt einen Killer auf Richterin Spencer ansetze.«

»Denken Sie nicht mal daran, dass Sie verlieren könnten.« Als Crawford darauf nichts erwiderte, begann Moore zu dozieren: »Wir können es gar nicht gebrauchen, dass Sie mit Verlierermiene in den Gerichtssaal schleichen.«

»Richtig.«

»Das meine ich ganz ernst. Wenn Sie unsicher wirken, sind Sie erledigt.«

»Richtig.«

»Sie müssen mit Selbstvertrauen und Zuversicht auftreten, so als hätten Sie denen schon *längst* in den Arsch getreten.«

»Ich hab's kapiert, okay?«

Endlich reagierte Moore auf den gereizten Tonfall seines Mandanten und trat den Rückzug an. »Wir treffen uns kurz vor zwei vor dem Gerichtssaal.« Dann legte er auf, ohne sich zu verabschieden.

Da Crawford bis zu seinem Gerichtstermin noch Stunden totzuschlagen hatte, unternahm er einen letzten Inspektionsgang durch das Haus. Kühlschrank, Gefrierschrank und Vorratskammer waren gut gefüllt. Gestern hatte er einen Reinigungsservice kommen lassen, und die drei fleißigen Frauen hatten das gesamte Haus blitzblank geputzt. Er räumte noch mal das Bad auf und machte das Bett. Ihm fiel beim besten Willen nichts ein, was er jetzt noch verbessern konnte.

Zuletzt ging er in das zweite Schlafzimmer, das er wochenlang für Georgias Heimkehr vorbereitet hatte, doch er gestattete sich keinen Gedanken daran, dass seine kleine Tochter ab sofort möglicherweise nicht jede Nacht unter diesem Dach verbringen würde.

Die Einrichtung des Kinderzimmers hatte er der Verkäuferin im Möbelgeschäft überlassen. »Georgia ist fünf. Sie kommt in die Vorschule.«

»Lieblingsfarbe?«, hatte sie gefragt.

»Rosa. Zweite Lieblingsfarbe Pink.«

»Haben Sie Preisvorstellungen?«

»Tun Sie sich keinen Zwang an.«

Sie hatte ihn beim Wort genommen. Alles im Zimmer war rosa, bis auf das cremeweiße Bettgestell, die Wäschekommode und den Frisiertisch mit dem ovalen Spiegel, der zwischen zwei gedrechselten Spindeln aufgehängt war.

Er hatte all das ergänzt, was Georgia hoffentlich gefallen würde: Bilderbücher mit pastellfarbenen Umschlägen voller Regenbögen und Einhörner, die reinste Menagerie aus Stofftieren, ein Tutu mit dazu passenden glitzernden Ballettschuhen und eine Puppe mit rosa Prinzessinnenkleid und goldener Krone. Die Verkäuferin hatte ihm versichert, so sehe das Traumzimmer einer jeder Fünfjährigen aus.

Die Einzige, die noch fehlte, war Georgia.

Er ließ den Blick ein letztes Mal durch das Kinderzimmer wandern, verließ dann das Haus und stellte wenig später fest, dass er, ohne es bewusst vorgehabt zu haben, in Richtung Friedhof gefahren war. Zuletzt war er am Muttertag dort gewesen, als er und seine Schwiegereltern Georgia dorthin gebracht hatten, um das Grab ihrer Mutter zu besuchen, an die sie sich aber nicht mehr erinnerte.

Nachdem Georgia mit tiefernstem Gesicht wie angewiesen einen Rosenstrauß auf das Grab gelegt hatte, hatte sie zu ihm aufgesehen und gefragt: »Können wir jetzt Eis essen gehen, Daddy?«

Er hatte seine Schwiegereltern am Grab stehen lassen, damit sie ihrer verstorbenen Tochter gedenken konnten, Georgia auf den Arm genommen und sie zurück zum Auto getragen. Jedes Mal, wenn er so getan hatte, als würde er strauchelnd und stolpernd unter ihrem Gewicht zusammenbrechen, hatte sie fröhlich gequietscht. Beth hätte sich wohl nicht daran gestört. Es wäre ihr doch bestimmt lieber gewesen zu sehen, wie sich Georgia lachend auf ihr Eis gefreut hätte, als dass sie weinend an ihrem Grab stand?

Irgendwie erschien es ihm passend, Beth heute einen Besuch abzustatten, auch wenn er mit leeren Händen kam. Ihm wollte nicht einleuchten, welchen Nutzen jemand von einem Blumenstrauß haben könnte, der bereits unter der Erde lag. Auch richtete er keine Worte an den Geist seiner toten Frau, während er am Grab stand. Er hatte ihr schon vor Jahren alles gesagt, was er zu sagen hatte, und sich nach diesen verbalen Reinwaschungen nie besser gefühlt. Und Beth halfen sie definitiv nicht.

Also starrte er stumm auf das in den Granitstein gemeißelte Datum und verfluchte es, verfluchte sich für seine Schuld und gelobte anschließend, dass er alles in seiner Macht Stehende unternehmen würde, um seine Fehler wiedergutzumachen, falls ihm Georgia zugesprochen werden sollte. Hoffentlich schenkte ihm irgendein kosmischer Puppenspieler Gehör.

Holly sah kurz auf ihre Uhr, während sie im Erdgeschoss des Gerichtsgebäudes auf den Aufzug wartete. Als er ankam und die Tür aufglitt, verkniff sie sich ein Stöhnen, weil sie zwischen den Fahrgästen Greg Sanders entdeckte.

Sie machte einen Schritt zur Seite, damit alle aussteigen konnten. Sanders trat nur bis an die Schwelle, dann blieb er stehen und hinderte sie so am Einsteigen.

»Richterin Spencer«, begrüßte er sie genüsslich. »Wie schön, dass wir uns hier treffen. So können Sie mir als Erste gratulieren.«

Sie rang sich ein Lächeln ab. »Gibt es denn einen Grund zum Gratulieren?«

Er legte die Hand an die Tür, sodass sie sich nicht schließen konnte. »Ich komme gerade aus der Verhandlung. Das Urteil im Mallory-Fall? Nicht schuldig.«

Holly zog die Stirn in Falten. »Für mich wäre das kein Grund zum Feiern. Ihr Mandant stand vor Gericht, weil er einen bewaffneten Raubüberfall begehen wollte und dabei eine Supermarktangestellte niedergeschlagen hat. Die Angestellte hat dabei ein Auge verloren.«

»Aber mein Mandant hat den Laden nicht ausgeraubt.«

»Weil er glaubte, dass er die Angestellte erschlagen hat und darauf in Panik flüchtete.« Sie war mit dem Fall vertraut, doch weil der Verteidiger, Sanders, bei den Wahlen für das Richteramt am District Court gegen sie antrat, war das Verfahren an eine andere Kammer weitergeleitet worden.

Greg Sanders ließ ein selbstzufriedenes Schmunzeln aufblitzen. »Der stellvertretende Staatsanwalt hat es nicht fertiggebracht, seine Anklagepunkte zu untermauern. Mein Mandant …«

»Sie haben Ihr Plädoyer schon vor Gericht gehalten«, fiel Holly ihm ins Wort. »Ich würde nicht im Traum daran denken, Sie zu bitten, es hier und jetzt ein zweites Mal zu halten. Wenn Sie mich nun entschuldigen würden?«

Sie schob sich an ihm vorbei in den Lift. Er trat aus der Kabine, drückte aber weiter mit der Hand gegen die Tür. »Ich fahre einen Sieg nach dem anderen ein. Und im November …« Er zwinkerte ihr zu. »Den alles entscheidenden Sieg.«

»Dann steht Ihnen eine enorme Enttäuschung bevor, fürchte ich.« Sie drückte den Aufzugknopf für den fünften Stock.

»Diesmal gibt es keinen Richter Waters, der Ihnen den Steigbügel hält.«

Sie belegten einen von drei Aufzügen mit Beschlag. Um sie herum verloren die Menschen allmählich die Geduld und bedachten sie mit gehässigen Blicken. Abgesehen davon, dass sie anderen Unannehmlichkeiten bereiteten, würde sie sich nicht dazu verleiten lassen, sich oder ihren Mentor gegenüber Greg Sanders zu verteidigen. »Ich habe in fünfzehn Minuten eine Verhandlung. Bitte geben Sie jetzt die Tür frei.«

Inzwischen musste Sanders sichtbar gegen den Schließmechanismus ankämpfen. So leise, dass nur sie es hören konnte, murmelte er: »Was könnte eine hübsche junge Anwältin wie Sie wohl für den alten Richter Waters getan haben, damit er sich beim Gouverneur derart für Sie ins Zeug legt?«

Das »hübsch« war nicht als Kompliment, sondern herablassend gemeint.

Sie reagierte mit einem verächtlichen Lächeln. »Ernsthaft, Mr. Sanders? Sie müssen ja extrem nervös sein, was den Ausgang der Wahl im November angeht, wenn Sie nicht mal davor zurückschrecken, dem ehrenwerten Richter Waters und mir ein Verhältnis zu unterstellen.« Ohne höfliche Aufforderung befahl sie dieses Mal laut und deutlich: »Und jetzt lassen Sie die Tür los.«

Er hob kapitulierend die Hände und trat einen Schritt zurück. »Sie werden es verbocken. Nur eine Frage der Zeit.« Die Tür schloss sich vor seinem grinsenden Gesicht.

Als Holly ihr Büro betrat, löffelte ihre Assistentin Mrs. Debra Briggs gerade einen Becher Joghurt an ihrem Schreibtisch. »Auch einen?«

»Nein, danke. Ich komme eben aus einem verbalen Waffengang mit meinem Widersacher.«

»Wenn Ihnen das nicht den Appetit verdirbt, dann wüsste ich nicht, was. Mich erinnert er immer an den alten Maulesel, den mein Grandpa damals hatte.«

»Da gibt es bestimmt Ähnlichkeiten. Langes Gesicht, große Ohren, riesiges Gebiss.«

»Ich dachte eher an das andere Ende des Mulis.«

Holly lachte. »Irgendwelche Nachrichten?«

»Marilyn Vidal hat zweimal angerufen.«

»Rufen Sie sie zurück und sagen Sie ihr, dass ich eine Verhandlung habe. Ich melde mich nach der Anhörung bei ihr.«

»Dass sie so lange warten muss, wird ihr nicht gefallen.«

Marylin war ein Energiebündel, das ihren Wahlkampf orchestrierte. Sie konnte nervtötend hartnäckig sein. »Nein, ganz sicher nicht, aber sie wird nicht daran sterben.«

Holly ging weiter in ihr Richterzimmer und schloss die Tür hinter sich. Sie brauchte ein paar Minuten für sich, um sich vor der anstehenden Sorgerechtsanhörung zu sammeln. Die Begegnung mit Sanders hatte bei ihr – auch wenn sie sich das nicht gern eingestand – ein befremdliches Unbehagen hinterlassen. Eigentlich war sie zuversichtlich, dass sie ihn bei der anstehenden Wahl schlagen würde und das Richteramt, das ihr vorübergehend zugesprochen worden war, gegen ihn verteidigte.

Doch während sie den Reißverschluss ihrer Robe zuzog, hallte in ihr seine Abschiedsbemerkung nach wie eine unheilschwangere Prophezeiung.

»Crawford?«

Er war extra früher gekommen und versuchte seither, während er im vierten Stock des altehrwürdigen Gerichtsgebäudes des Prentiss County durch eine wellige Fensterscheibe nach draußen starrte, alle negativen Gedanken aus seinem Kopf zu verbannen.

Er drehte sich um. Grace und Joe Gilroy kamen auf ihn zu, mit ernsten Mienen, wie es dem Anlass angemessen war.

»Hi, Grace.«

Seine zierliche Schwiegermutter war hübsch und hatte ein sanftes Wesen, das aus ihren Augen strahlte. Die äußeren Augenwinkel waren leicht nach oben gezogen, eine Eigenheit, die Beth von ihr geerbt hatte. Er und Grace umarmten sich kurz.

Nachdem sie sich von ihm gelöst hatte, musterte sie ihn wohlwollend. »Gut siehst du aus.«

»Danke. Hallo, Joe.«

Er gab Grace frei und reichte Beths Dad die Hand. Joe war Hobbyschreiner, was die Schwielen unterhalb der Finger bezeugten. Sein Händedruck war fest, doch eigentlich war alles an Joe Gilroy fest für einen Mann von gut siebzig Jahren.

»Wie geht es dir?«, fragte er.

Crawford lächelte angestrengt. »Exzellent.«

Joe sah nicht so aus, als würde er ihm die Übertreibung glauben, aber er sagte nichts. Genauso wenig erwiderte er Crawfords Lächeln.

»Ich schätze, wir sind alle ein bisschen nervös«, sagte Grace. Sie zögerte kurz und fragte Crawford dann, ob er mit einem guten oder schlechten Gefühl in die Anhörung gehe.

»Ob ich gewinne oder verliere, meinst du?«

Sie sah ihn gequält an. »Du solltest nicht in Begriffen wie Gewinnen oder Verlieren denken.«

»Tust du es denn nicht?«

»Wir wollen nur das Beste für Georgia«, sagte Joe. Womit er meinte, dass es das Beste für das Mädchen wäre, wenn es bei ihnen blieb. »Und ich bin sicher, dass Richterin Spencer das auch will.«

Crawford verkniff sich eine Antwort und beschloss, sich seine Argumente für den Gerichtssaal aufzusparen. Sie hier draußen vorzutragen, würde nichts bringen und nur Feindseligkeiten schüren. Es war schlicht so, dass er und seine Schwiegereltern sich heute in einem Rechtsstreit gegenüberstanden, dessen Ausgang sich massiv auf alle Beteiligten auswirken würde. Eine von beiden Parteien würde den Gerichtssaal als unglücklicher Verlierer verlassen. Falls die Richterin zu Joes und Graces Gunsten entschied, würde Crawford ihnen nicht gratulieren können, und er würde ihnen vorab bestimmt kein Glück wünschen. Er ging davon aus, dass sie ihm gegenüber ähnlich empfanden.

Da sich beide Parteien darauf geeinigt hatten, Georgia aus dem Verfahren herauszuhalten, erkundigte sich Crawford bei Grace, wo sie die Kleine für die Zeit der Anhörung untergebracht hatten. »Sie ist heute Nachmittag bei der Enkelin unserer Nachbarin. Sie war schrecklich aufgeregt, als ich sie dort abgesetzt habe. Sie wollen Plätzchen backen.«

Crawford verzog das Gesicht. »Letztes Mal waren sie in der Mitte noch ganz matschig.«

»Sie holt sie immer zu früh aus dem Ofen«, sagte Joe.

Crawford lächelte. »Sie will sie immer sofort probieren.«

»Sie muss lernen, Geduld zu bewahren.«

Crawford musste die Zähne zusammenbeißen, damit ihm das Lächeln nicht verrutschte. Sein Schwiegervater verstand es, Seitenhiebe auszuteilen, die auf Crawfords charakterliche Mängel zielten. Der hier hatte gesessen, das Timing war perfekt. Doch ehe Crawford etwas erwidern konnte, trat der Anwalt der Gilroys aus dem Lift. Die beiden entschuldigten sich und gingen zu ihm, um sich mit ihm zu beraten.

Kurz darauf traf auch Crawfords Anwalt ein. Bill Moores Schritt war so forsch wie sein Auftreten. Heute allerdings wurde sein Marschtempo von Dutzenden möglicher Geschworener gebremst, die nach dem richtigen Gerichtssaal suchten und dabei den Korridor verstopften.

Der Anwalt pflügte zwischen ihnen durch und begrüßte Crawford, bevor sie gemeinsam in Richterin Spencers Gerichtssaal traten.

Chet Barker, der Gerichtsdiener, war eine Institution, der über eine ausladende Erscheinung mit einem ebenso großen Herzen verfügte. Er begrüßte Crawford mit Namen. »Der große Tag, wie?«

»Ganz genau, Chet.«

Der Gerichtsdiener schlug ihm auf die Schulter. »Viel Glück.«

»Danke.«

Crawfords Hintern hatte kaum die Sitzfläche seines Stuhles berührt, da forderte Chet die Anwesenden auf, sich zu erheben. Die Richterin betrat den Saal, stieg auf das Podium und setzte sich auf einen Stuhl mit hoher Lehne, der Crawford unangenehm an einen Thron erinnerte. In gewisser Weise war es auch einer. Hier herrschte allein die ehrenwerte Richterin Holly Spencer.

Chet erklärte die Verhandlung für eröffnet und forderte alle Anwesenden auf, sich wieder zu setzen.

»Guten Nachmittag«, sagte die Richterin. Sie fragte die Anwälte, ob alle Parteien anwesend seien, und faltete, als die Formalitäten erledigt waren, die Hände auf dem Pult zusammen.

»Ich habe diesen Fall zwar von Richter Waters übernommen, aber mich bereits damit vertraut gemacht. So wie ich die Situation erfasse, beantragten Grace und Joe Gilroy im Mai 2010 das einstweilige Sorgerecht für ihre Enkelin Georgia Hunt.« Sie sah Crawford an. »Sie, Mr. Hunt, haben damals keinen Einspruch eingelegt.«

»Nein, Euer Ehren, das habe ich nicht.«

William Moore erhob sich. »Wenn Sie gestatten, Euer Ehren?«

Sie nickte.

Maschinengewehrfeuerschnell ratterte der Anwalt die wichtigsten Punkte von Crawfords Sorgerechtsantrag herunter und fasste zusammen, warum es nur richtig und an der Zeit sei, dass Georgia wieder zu ihm zurückkehrte. »Mr. Hunt ist Georgias Vater«, beendete er seine Salve. »Er liebt sie, und seine Zuneigung wird erwidert, wie zwei Kinderpsychologen attestieren. Ich nehme an, Sie haben eine Kopie der Gutachten?«

»Ja, und ich habe beide gelesen.« Die Richterin betrachtete Crawford nachdenklich und sagte dann: »Mr. Hunt wird Gelegenheit bekommen, seinen Fall vorzutragen, doch erst möchte ich die Gilroys zu Wort kommen lassen.«

Ihr Anwalt sprang auf, als könnte er es nicht erwarten, seine Einwände gegen Crawfords Antrag vorzubringen. »Vor vier Jahren gab es massive Zweifel an Mr. Hunts psychischer Stabilität, Euer Ehren. Er überließ seine Tochter widerspruchslos ihren Großeltern, was darauf schließen lässt, dass er sein Kind in ihrer Obhut besser aufgehoben wusste.«

Die Richterin hob die Hand. »Mr. Hunt hat zugestanden, dass es zu diesem Zeitpunkt in Georgias bestem Interesse war, sie bei ihren Großeltern zu lassen.«

»Wir hoffen, das Gericht davon zu überzeugen, dass sie

auch bei ihnen bleiben sollte.« Er rief Grace als Zeugin auf. Sie wurde vereidigt. Während sie sich im Zeugenstand niederließ, schenkte Richterin Spencer ihr ein aufmunterndes Lächeln.

»Mrs. Gilroy, warum fechten Sie und Ihr Mann den Sorgerechtsantrag Ihres Schwiegersohns an?«

Grace fuhr sich mit der Zunge über die Lippen. »Also, unser Haus war schon immer Georgias Zuhause. Wir haben alles getan, damit wir ihr eine liebevolle und fürsorgliche Umgebung schaffen.« Es folgte eine ausführliche Schilderung, was für ein gesundes Familienleben sie führten.

Richterin Spencer unterbrach sie schließlich. »Mrs. Gilroy, niemand in diesem Gerichtssaal, nicht einmal Mr. Hunt, zweifelt an, dass Sie Georgia ein wunderbares Heim geschaffen haben. Meine Entscheidung wird nicht davon abhängen, wie gut Sie für Ihre Enkelin gesorgt haben, sondern davon, ob Mr. Hunt willens und fähig ist, seiner Tochter ein ebenso gutes Heim zu bieten.«

»Ich weiß, dass er sie liebt.« Grace warf ihm einen verlegenen Blick zu. »Aber Liebe allein genügt nicht. Damit sich ein Kind geborgen fühlt, braucht es Beständigkeit und Regelmäßigkeit. Und da Georgia keine Mutter hat, braucht sie das, was dem am nächsten kommt.«

»Ihren Daddy.« Mit seinem gemurmelten Kommentar zog Crawford sich missbilligende Blicke von allen Seiten zu, auch von der Richterin.

Bill Moore drückte seinen Arm und flüsterte: »Sie kommen schon noch an die Reihe.«

Die Richterin stellte Grace noch einige Fragen, doch kurz gesagt glaubte seine Schwiegermutter, dass es einen ungesunden Bruch in Georgias jungem Leben bedeuten würde, wenn sie jetzt aus ihrer vertrauten Umgebung gerissen würde. Sie schloss mit dem Satz: »Mein Ehemann und ich fürchten, dass eine Trennung von uns sich nachteilig auf Georgias emotionale und psychologische Entwicklung auswirken würde.«

Für Crawford hörte sich die Erklärung vorgefertigt an, wie auswendig gelernt, als stammten die Worte nicht von Grace selbst, sondern von ihrem Anwalt, der sie ihr in den Mund gelegt hatte.

Richterin Spencer fragte Crawfords Anwalt, ob er Fragen an Mrs. Gilroy habe. »Ja, Euer Ehren, die habe ich.« Er trat an den Zeugenstand und kam ohne Umschweife zur Sache. »Georgia verbringt die Wochenenden oft bei Mr. Hunt, ist das richtig?«

»Ja, das stimmt. Seit wir damals das Gefühl hatten, dass Georgia alt genug ist, um woanders zu übernachten, und seit wir Crawford so weit … *vertrauen* konnten, erlauben wir ab und zu, dass er Georgia über Nacht bei sich behalten darf. Manchmal auch zwei Nächte.«

»Und welchen Eindruck macht Georgia auf Sie, wenn sie nach diesen Übernachtungen bei ihrem Vater wieder zu Ihnen kommt?«

»Wie meinen Sie das?«

»In welcher Verfassung, in welchem Allgemeinzustand ist sie dann? Kommt sie weinend und mit ausgestreckten Armen angelaufen, ist sie froh, dass sie wieder bei Ihnen ist? Wirkt sie eingeschüchtert, verängstigt, traumatisiert? Zeigt sie Anzeichen einer seelischen Belastung? Wirkt sie in sich gekehrt und verschlossen?«

»Nein. Sie wirkt … ganz normal.«

»Sie weint *nur,* wenn ihr Vater sie wieder abgibt. Stimmt das nicht?«

Grace zögerte. »Manchmal weint sie, wenn er sie zurückbringt. Aber nur gelegentlich. Nicht jedes Mal.«

»Und sie weint eher, wenn sie länger bei ihm zu Besuch war«, stellte der Anwalt klar. »Mit anderen Worten, je länger Georgia bei ihm ist, desto größer sind ihre Verlustängste, wenn sie zu Ihnen zurückgebracht wird.« Er sah, dass der Anwalt der Gilroys Einspruch erheben wollte, und winkte ihn auf seinen Platz zurück. »Unzulässige Schlussfolgerung meinerseits.«

Er entschuldigte sich bei der Richterin, aber Crawford war klar, dass es ihm keineswegs leidtat, sein Argument vor- und damit zu Protokoll gebracht zu haben.

Er wandte sich wieder an Grace. »Wann haben Sie Mr. Hunt zuletzt betrunken gesehen?«

»Das ist schon eine Weile her. Ich kann mich nicht genau erinnern.«

»Eine Woche? Einen Monat? Ein Jahr?«

»Länger.«

»Länger als ein Jahr«, wiederholte Moore. »Vielleicht vier Jahre? Als ihm die Trauer nach dem Verlust seiner Frau am schlimmsten zusetzte?«

»Ja, aber …«

»Hat Mr. Hunt Ihres Wissens je getrunken, während Georgia bei ihm war?«, unterbrach er sie barsch.

»Nein.«

»Die Beherrschung verloren und sie geschlagen?«

»Nein.«

»Hat er Georgia angeschrien, sie beschimpft oder sich in ihrer Gegenwart vulgär ausgedrückt?«

»Nein.«

»Ihr nichts zu essen gegeben, wenn sie hungrig war?«

»Nein.«

»Sie nicht angeschnallt, wenn sie im Auto saß? Sie versetzt, wenn sie auf ihn gewartet hat? Hat er je in *irgendeiner* Hinsicht die körperlichen oder emotionalen Bedürfnisse seiner Tochter vernachlässigt?«

Grace senkte den Kopf und gestand leise: »Nein.«

Moore wandte sich an die Richterin und breitete die Arme aus. »Euer Ehren, mit diesem Verfahren verschwenden wir die Zeit des Gerichts. Mr. Hunt hat Fehler gemacht, was er bereitwillig eingesteht. Doch seither hat er sein Leben neu geordnet. Er ist von Houston nach Prentiss gezogen, nur damit er seine Tochter regelmäßig sehen kann. Er hat sich einer Therapie unterzogen, wie es Ihr Vorgänger vor zwölf Monaten angeordnet hat. Er ist noch genauso entschlossen wie vor einem Jahr, das Sorgerecht für seine Tochter zurückzubekommen, und ich möchte in aller Form vortragen, dass es für Mr. und Mrs. Gilroy keinerlei Grund gibt, abgesehen von egoistischem Eigeninteresse, den Antrag meines Mandanten anzufechten.«

Der Anwalt der Gilroys sprang auf. »Euer Ehren, die Gründe für die Anfechtung meiner Mandanten sind aktenkundig. Mr. Hunt hat sich als unfähig erwiesen …«

»Ich habe die Akte vorliegen, danke«, fiel Richterin Spencer ihm ins Wort. »Mrs. Gilroy, Sie sind entlassen. Ich möchte jetzt Mr. Hunt in den Zeugenstand rufen.«

Grace wirkte zerknirscht, als sie aus dem Zeugenstand trat, so als hätte sie ihrer Sache einen schlechten Dienst erwiesen.

Crawford stand auf, strich seine Krawatte glatt und ging zum Zeugenstand. Chet vereidigte ihn. Crawford setzte sich und sah zur Richterin – sah ihr offen in die Augen, so wie Moore es ihm eingetrichtert hatte.

»Mr. Hunt, vor einigen Jahren weckten Sie durch Ihr Verhalten Zweifel an Ihrer Eignung, ein guter Vater zu sein.«

»Darum habe ich auch keinen Einspruch eingelegt, als Joe und Grace damals das einstweilige Sorgerecht für Georgia zugesprochen bekamen. Georgia war erst dreizehn Monate alt, als Beth starb. Sie brauchte ständige Fürsorge, und die konnte ich ihr nicht bieten. Wegen meiner Arbeitsverpflichtungen und anderer Probleme.«

»*Erheblicher* Probleme.«

Es war keine Frage. Darum hielt er lieber den Mund.

Die Richterin blätterte in mehreren offiziell aussehenden Papieren und fuhr dann mit einem Finger eine Seite entlang. »Sie wurden festgenommen und haben sich der Trunkenheit am Steuer schuldig bekannt.«

»Ein einziges Mal. Aber ich …«

»Sie wurden wegen Erregung öffentlichen Ärgernisses angezeigt und …«

»Weil ich urinieren musste …«

»… Körperverletzung.«

»Es war eine Schlägerei in einer Kneipe. Jeder, der damals auch nur einen Schlag gelandet hatte, wurde verhaftet. Ich wurde entlassen, ohne dass …«

»Ich habe die Akte vorliegen.«

Vor Wut köchelnd saß er da und musste zuschauen, wie seine Vergangenheit über seine Zukunft hinwegwalzte. Richterin Holly Spencer kannte keine Nachsicht. Nachdem sie ihn lange und nachdenklich gemustert hatte, blätterte sie erneut in den Papieren, die sie als seine »Akte« bezeichnet hatte. Er fragte sich, wie schlimm seine Vergehen wirken mussten, wenn sie schwarz auf weiß ausgedruckt waren. Wenn ihre strenge Miene einen Anhaltspunkt bot, dann nicht besonders gut.

Schließlich fasste sie zusammen: »Sie haben alle Therapiesitzungen besucht.«

»Richter Waters hat klargestellt, dass die Sitzungen verpflichtend sind. Alle fünfundzwanzig. Ich habe darauf geachtet, dass ich keine verpasse.«

»Der Bericht der Therapeutin sieht gut aus. Ihr zufolge haben Sie bemerkenswerte Fortschritte gemacht.«

»Das denke ich auch. Ich *weiß* es.«

»Ich weiß Ihr Pflichtbewusstsein zu würdigen, Mr. Hunt, und ich bewundere den Eifer, mit dem Sie das Sorgerecht für Ihre Tochter, die Sie ganz offensichtlich lieben, wiederzuerlangen versuchen.«

*Jetzt kommt's,* dachte er.

»Allerdings ...«

Die hintere Tür des Gerichtssaals flog auf, und eine Gestalt wie aus einem Horrorfilm kam durch den Mittelgang gerannt, eine Pistole in der ausgestreckten Hand. Die erste Kugel schlug in der Wand hinter dem Zeugenstand ein, genau auf halber Strecke zwischen Crawford und Richterin Spencer.

Die zweite traf den Gerichtsdiener Chet Barker in die Brust.

# 2

Mehrere Schüsse wurden kurz nacheinander abgefeuert. Crawford versuchte, sie zu zählen, verlor aber den Überblick in dem Chaos, das im Gerichtssaal ausbrach.

Richterin Spencer sprang auf und schrie entsetzt Chets Namen.

Joe schubste Grace aus ihrem Stuhl auf den Boden und suchte dann neben ihr Deckung.

Die Anwälte versteckten sich eilig unter den Tischen, an denen sie saßen. Die Protokollführerin ebenso.

Als würde er den Tumult und die durch Mark und Bein gehenden Schreie gar nicht wahrnehmen, stieg der komplett in Weiß gekleidete Schütze, dessen Gesichtszüge von einer durchsichtigen Plastikmaske verzerrt wurden, über Chets reglosen Körper wie über ein belangloses Hindernis und kam weiter nach vorne, wobei ein Schuss nach dem anderen in die Wand hinter dem Richterstuhl einschlug.

All das registrierte Crawford auf einen Blick, und er reagierte instinktiv, indem er über die Absperrung hechtete, die den Zeugenstand vom Richterpult trennte, die Richterin zu Boden riss und auf ihr zu liegen kam.

Vier Schüsse? Fünf? Sechs? Crawford hatte die Pistole als Neun-Millimeter erkannt. Je nach Größe des Munitionsclips …

Crawford erahnte, wann der Schütze um den Zeugenstand herumkam und auf das Podest trat, und riss im selben Moment den Kopf herum. Der Schütze hatte ihn genau im

Visier. Crawford trat mit aller Kraft nach hinten. Sein Stiefelabsatz knallte gegen die Kniescheibe des Mannes und brachte ihn aus dem Gleichgewicht. Der Arm des Schützen flog hoch, sodass der Schuss in der Decke landete. Strauchelnd stolperte der Angreifer rückwärts vom Podest, drehte sich dann abrupt um und rannte zum Seitenausgang des Gerichtssaals.

Crawford richtete sich auf ein Knie auf und beugte sich über die Richterin. Nachdem er sich überzeugt hatte, dass sie noch am Leben war, schoss er vom Podest wie ein Sprinter aus dem Startblock. Er ging kurz neben Chet in die Hocke, stellte auf den ersten Blick fest, dass er tot war, öffnete dann das Holster und zog die Dienstpistole heraus, ohne sich auch nur einen Gedanken daran zu gestatten, dass hier ein guter Mann sinnlos gestorben war.

Aus einem anderen Gerichtssaal kam ein Gerichtsdiener durch die hintere Tür gestürmt und bremste schlitternd, als er bemerkte, wie Crawford Chets Revolver darauf prüfte, ob er geladen war. Sofort griff er nach seiner eigenen Waffe.

Crawford brüllte: »Texas Ranger Hunt! Auf Chet wurde geschossen.«

»Oh, Crawford, Jesus. Was ist denn passiert?«

Hinter dem nervösen Gerichtsdiener sammelten sich immer mehr Zivilisten. »Bringen Sie die Leute in Sicherheit. Sagen Sie den Officers unten Bescheid, dass ein Amokschütze im Haus ist. Er ist maskiert und komplett weiß gekleidet. Sie sollen ihn nicht mit mir verwechseln.«

Inzwischen war er bei dem Seitenausgang angekommen, durch den der Schütze verschwunden war. Er öffnete die Tür einen Spaltbreit, wartete ab, ob alles still blieb, stieß sie dann mit voller Wucht auf und stürmte hindurch, wobei er mit der Pistole abwechselnd nach links und rechts zielte. Der lange, schmale Gang war menschenleer, bis auf eine Frau, die mit aufgerissenem Mund in der Tür zu einem Büro stand. Sie presste eine Hand auf ihre Kehle.

»Gehen Sie zurück in Ihr Büro.«

»Was ist denn los? Was war das für ein Maler?«

»Wo ist er hin?«

Sie deutete auf die Tür zur Feuertreppe. Als Crawford auf einer Höhe mit der Frau war, schubste er sie in ihr Büro zurück und zog die Tür zu. »Schließen Sie ab«, rief er ihr durch die geschlossene Tür zu. »Bleiben Sie unter Ihrem Schreibtisch und kommen Sie nicht raus. Rufen Sie die Polizei. Erzählen Sie denen, was Sie gesehen haben.«

Dann rannte er weiter zur Feuertreppe.

Aus einer anderen Bürotür streckte ein Mann den Kopf in den Gang, sah Crawford und riss die Augen ängstlich auf. »Bitte, ich…«

»Hören Sie genau zu.« Ohne Zeit mit einer Erklärung zu vergeuden, befahl Crawford ihm gepresst, Deckung zu suchen und dort zu bleiben, bis die Situation geklärt war. Der Mann zog sich in sein Büro zurück und knallte die Tür zu.

Als Crawford sich der Tür zur Feuertreppe näherte, wurde er langsamer und legte die letzten Meter vorsichtiger zurück. Er wagte einen kurzen Blick durch das kleine Drahtfenster im oberen Drittel der Tür. Als er hinter der Scheibe nichts sah, zog er die Tür behutsam auf und sicherte mit ausgestreckter Waffe die Treppe nach oben und unten. Nichts passierte.

Er trat ins Treppenhaus, blieb stehen und lauschte nach einem Geräusch oder einer Bewegung, die Aufschluss darüber geben würde, in welche Richtung der Schütze geflüchtet war. Auf einmal hörte er in seinem Rücken…

Er wirbelte im selben Moment herum, in dem ein Deputy

Sheriff durch die Tür zum Korridor trat. Sie kannten sich, zum Glück, denn die Läufe ihrer Waffen zielten jeweils genau auf den Kopf des anderen. Der Deputy wollte etwas sagen, doch Crawford legte mahnend den Finger auf die Lippen.

Der Deputy zeigte mit einem Nicken, dass er verstanden hatte, und signalisierte, dass er nach unten gehen würde und Crawford nach oben gehen sollte. *Vorsichtig*, ermahnte Crawford ihn stumm.

Dicht an die Wand gepresst, schlich Crawford die Stufen zum nächsten Stockwerk hoch. Er öffnete die Tür zu einem Gang, der exakt so aussah wie der ein Stockwerk unter ihm. Linoleumboden, behördenbeige gestrichene Wände. Hier und da hing ein gerahmtes Porträt von einem säuerlichen, dahingeschiedenen Amtsinhaber. Türen zu mehreren Büros an beiden Seiten des Gangs.

Etwa auf der Hälfte standen zwei Männer und eine Frau mit ängstlichen Gesichtern zusammen und berieten sich leise. Einer der Männer sah, dass Crawford bewaffnet war, und hob ängstlich die Hände.

»Ich bin ein Texas Ranger«, flüsterte Crawford. »Haben Sie hier einen weiß gekleideten Mann vorbeikommen sehen?« Ihm fiel ein, wie die erste Frau den Schützen beschrieben hatte, und er ergänzte: »Einen Maler?«

Alle schüttelten die Köpfe.

»Schließen Sie sich in ein Büro ein. Halten Sie sich von der Tür fern und öffnen Sie niemandem außer der Polizei.«

Crawford huschte zurück ins Treppenhaus. Weiter unten hörte er Schritte und schloss daraus, dass der Deputy Verstärkung angefordert hatte, die sich nun vom Erdgeschoss aus, wo das Sheriff's Office von Prentiss County untergebracht war, nach oben vorarbeitete. Offenbar waren sie unten nicht auf den Schützen gestoßen. Andernfalls würde im Treppenhaus beträchtlich mehr Lärm herrschen, wahrscheinlich wären Schüsse zu hören gewesen.

Crawford ging weiter nach oben. Auf dem Treppenabsatz des fünften Stocks trat er an die Tür und kontrollierte durch das Fenster den Gang in beiden Richtungen. Auch hier stand eine Gruppe von Gerichtsangestellten beisammen, zwar verängstigt, aber nicht hysterisch. Der maskierte Amokläufer war also nicht gerade an ihnen vorbeigerannt.

Er drückte die Tür einen Spalt auf, wehrte alle Fragen nach den Schüssen und dem Tumult ab, identifizierte sich und befahl ihnen flüsternd, Deckung zu suchen, was alle eilig taten. Danach trat er zurück ins Treppenhaus und schlich weiter ins nächste Stockwerk, das sich in der Breite nur über die Hälfte des Gebäudes erstreckte. Am anderen Ende des Gangs war eine Tür, die aufs Dach führte.

In der Ecke direkt neben der Tür lagen ein weißer Overall, eine weiße Mütze, weiße Latexhandschuhe und ein Schuhüberzieher. Wahrscheinlich würde er unter dem Haufen auch die Maske finden, doch er ließ alles unberührt.

Die Pistole des Schützen befand sich nicht unter den Sachen auf dem Haufen.

Crawford beugte sich über das Treppengeländer und schaute nach unten, wo der Deputy sowie mehrere weitere uniformierte Beamte leise nach oben vordrangen. Crawford nickte zu der Tür zum Dach hin. Einer der Beamten kehrte um, sprach einen Treppenabsatz tiefer leise in das Funkgerät an seiner Schulterklappe und zeigte danach Crawford und den anderen einen erhobenen Daumen.

Crawford wusste, dass man inzwischen mit Sicherheit den einstudierten Notfallplan ausgelöst hatte. Bestimmt hatte die Polizei das Gerichtsgebäude umstellt. Sämtliche Ausgänge waren gesichert, jeder, der das Gebäude verlassen oder betreten wollte, würde aufgehalten. Ein SWAT-Team war herbeigerufen worden und auf dem Weg hierher. Ohne Zweifel bezogen in diesen Minuten Scharfschützen Position auf den Dächern der umliegenden Gebäude.

Der Schütze hatte das nicht besonders gut durchdacht. Das hier konnte kein gutes Ende für ihn nehmen. Wenn er nicht gerade fliegen konnte, würde er das Gebäude keinesfalls als freier Mann verlassen. Und sobald er das erkannte, kam er womöglich zu dem Schluss, dass er vor seiner unvermeidlichen Festnahme noch ein paar Menschen mehr in den Tod schicken könnte. Chet hatte er bereits vor mehreren Zeugen ermordet. Warum nicht alles auf eine Karte setzen und sich einen Namen als Massenmörder machen?

Crawford schlüpfte aus seinem Sakko, ließ es auf den Boden fallen und schob die Tür zum Dach eine Handbreit auf. »Hey, Kumpel«, rief er nach draußen. »Lassen Sie uns reden.«

Insgeheim rechnete er damit, dass die Metalltür von Kugeln durchsiebt würde, doch nichts passierte. Er öffnete die Tür eine weitere Handbreit. »Ich bin Texas Ranger, aber nicht in Uniform. Ich kann Ihnen meine Marke zeigen. Ich komme jetzt raus, okay? Ich bin unbewaffnet. Ich will nur reden. Ist das für Sie okay?«

Inzwischen hatten die übrigen Officers ihn erreicht. »Bist du dir sicher, Crawford?«, flüsterte einer von ihnen ihm zu.

Er schenkte dem Mann ein sprödes Lächeln, das anzeigte, dass er sich der Gefahr durchaus bewusst war, dann schob er Chets Pistole hinten in seinen Hosenbund, öffnete die Tür weit genug, um durchschlüpfen zu können, und trat mit erhobenen Händen auf das kiesbedeckte Dach.

Seine Augen brauchten ein paar Sekunden, um sich an das grelle Sonnenlicht zu gewöhnen, doch dann sah er den Mann. Er versuchte nicht einmal, sich zu verstecken, sondern stand an der niedrigen Brüstung an der Dachkante. Ein Latino, Ende zwanzig oder Anfang dreißig, mittelgroß und leicht untersetzt.

Er sah eigentlich nicht aus wie jemand, vor dem man sich fürchten musste, wäre da nicht die Pistole gewesen, die er mit zitternder Hand auf Crawford gerichtet hielt. In der anderen Hand hielt er eine qualmende Zigarette.

Crawford hielt die Hände weiter über dem Kopf. »Ich zeige Ihnen jetzt meine Marke, okay?« Er senkte die rechte Hand langsam zu dem Ledermäppchen an seinem Gürtel und hob sie gleich wieder an, als der Mann die Zigarette fallen ließ und »No!« rief.

»Das ist keine gute Idee, mein Freund.« Der Mann stach mehrmals durch die Luft mit der Pistole in seine Richtung.

»Sie wollen mich doch gar nicht erschießen«, sagte Crawford. »Legen Sie die Waffe auf den Boden, in Ordnung? Dann wird keiner verletzt, Sie eingeschlossen.«

Trotz Crawfords beruhigendem Tonfall wurde der Mann sichtlich nervöser. Er blinzelte, so sehr lief ihm der Schweiß von der Stirn in die nervös hin und her zuckenden Augen. Als sein Blick wieder auf Crawford zu liegen kam, gab er ihm mit der Pistole ein Zeichen zurückzuweichen.

Crawford kam der Gedanke, dass er womöglich kein Englisch sprach. »Habla inglés?«, fragte er.

»Sí!« Dann, mit mehr Nachdruck: »Sí!«

Die Antwort hatte zornig und abweisend geklungen, was Crawford in seinen Zweifeln bestärkte, ob der Mann tatsächlich Englisch konnte. Er machte einen Schritt nach vorn und senkte die flache Hand zum Boden hin. »La pistola. Hinlegen.«

»No.« Er hob den zweiten Arm, um die Pistole mit beiden Händen zu fassen.

*Scheiße!* »Komm schon, Kumpel. Das wird kein gutes Ende nehmen, wenn … *Nein!*«

Einer der Officers musste aus einer anderen Tür zum Dach gekommen sein, denn er tauchte scheinbar aus dem Nichts in Crawfords Augenwinkel auf. Der Schütze sah ihn im selben Moment. Er schwenkte die Waffe auf den Deputy und drückte zweimal ab. Ohne sein Ziel zu treffen.

Anders als die Scharfschützen auf den Dächern rundum.

Der Schütze bäumte sich unter jeder einzelnen Kugel auf, dann sackte er zusammen und blieb reglos liegen.

Crawford sank in sich zusammen, lehnte sich gegen die Wand und ließ sich daran zu Boden rutschen, bis er auf seinen Absätzen hockte. Er schaute zu, wie Polizeibeamte aus der Tür zum Treppenhaus schwärmten und den Körper umringten, der blutüberströmt auf dem Kies lag.

Dann spürte er eine Hand auf seiner Schulter und blickte auf in das Gesicht des Deputys, der ihn davor gewarnt hatte, auf das Dach zu treten. »Hat er dich erwischt?«

Crawford schüttelte den Kopf.

»Da kannst du von Glück reden.« Er drückte Crawfords Schulter und ging dann weiter zu den anderen Officers, die um den Erschossenen herumstanden.

Crawfords Kopf sank nach vorn, bis sein Kinn auf der Brust zu liegen kam. »Du blöder Vollidiot.«

Jeder, der sein strafendes Gemurmel gehört hätte, hätte angenommen, dass er damit den Toten meinte. Weit gefehlt.

»Hunt?«

Crawford, der wie blind auf den Boden gestarrt hatte, hob den Kopf und sah, dass der Detective die Tür zum Vernehmungszimmer aufhielt und ihn mit einer Kopfbewegung zum Eintreten aufforderte.

Crawford musste all seine Energie aufbringen, um aufzustehen. Er fürchtete wie die Hölle, was nun folgen sollte, aber zugleich wollte er es auch endlich hinter sich bringen.

Im Vernehmungszimmer lehnte ein weiterer, Crawford unbekannter Mann in Zivil an der Wand, ließ seine Knöchel knacken und bearbeitete wütend mit dem Kiefer einen Kaugummi. Crawford fragte sich, was ihn wohl so nervös machte.

Sergeant Neal Lester, der Senior Detective, der Crawford so lakonisch ins Vernehmungszimmer beordert hatte, deutete auf einen Stuhl an dem kleinen Tisch und setzte sich ihm gegenüber. Auf der Tischplatte zwischen ihnen befanden sich ein Notizblock und ein Video-Aufnahmegerät.

Lester zog einen Kugelschreiber aus seiner Hemdtasche und klickte mehrmals mit dem Druckknopf, wobei er Crawford unfreundlich fixierte. Sie hatten sich schon nicht leiden können, als sie in dieselbe Grundschulklasse gegangen waren, und ihre beiderseitige Abneigung hatte sich noch verstärkt, als Crawford in der Highschool Neals jüngere Schwester gedatet hatte. Die Geschichte hatte sich bald wieder erledigt und nie zu etwas geführt, aber offenbar peinigte sie Neal immer noch wie ein Stachel in seinem Allerwertesten.

»Etwas zu trinken?« Er ließ die Frage nach einer Pflichtübung klingen.

»Nein, danke.«

»Das ist Matt Nugent. Wurde kürzlich zum Detective befördert.« Er nickte zu dem jüngeren Mann hin, der immer noch nicht stillhalten konnte.

Crawford nahm die Quasi-Vorstellung zur Kenntnis und nickte Nugent knapp zu.

Der grinste und entblößte dabei schiefe Zähne. »Wie geht's so?« Unter den gegebenen Umständen eine lächerliche Begrüßung. Crawford sparte sich die Antwort und wandte sich wieder Neal Lester zu, der sein infernalisches Geklicke mit dem Kuli wiederaufgenommen hatte.

»Der Ablauf ist klar?«

Crawford nickte.

»Die Befragung wird aufgezeichnet.«

Crawford nickte.

»Bereit?«

»Wenn du es bist, bin ich es auch, Neal.«

»Wir wollen das hier offiziell halten. Bitte keine dummen Sprüche.«

Crawford hätte um ein Haar die Augen verdreht. Dass Neal Lester ein solcher Klemmarsch war, gehörte mit zu den Gründen, weshalb er ihn nie hatte leiden können. Schon als Kind hatte er sich immer an jede einzelne Regel gehalten und alle Kinder verpetzt, die das nicht taten.

Am meisten setzte es Crawford zu, dass Neal Lester sich an seinem Elend labte. Er genoss es, dass Crawford bei ihm auf dem heißen Stuhl sitzen musste.

Doch abseits aller persönlichen Gefühle war unbestreitbar, dass zwei Menschen gestorben waren und Crawford sich zum Zeitpunkt ihres Todes in der Nähe befunden hatte. Als Gesetzeshüter mussten Neal und sein nervöser Sidekick ihre Arbeit tun, und dazu mussten sie auch ihn befragen.

Er rutschte auf seinem Stuhl herum und versuchte vergeblich, seinen großen Körper in das vorgeformte Plastik zu schmiegen. »Auch recht, *Sergeant Lester,* wo fangen wir an?«

»Im Gerichtssaal.« Mit festem Druck seines Zeigefingers startete Neal den Recorder und nannte vorab Datum, Uhrzeit und die Namen sämtlicher Anwesenden. »Warum warst du heute im Gerichtssaal des Familiengerichts?«

»Du weißt verdammt gut, warum.«

Die Augen des Detectives wurden schmal. »Beantworte bitte meine Frage.«

Crawford holte tief Luft und antwortete im Ausatmen: »Ich war wegen einer Sorgerechtsanhörung dort.« Keiner der Detectives reagierte darauf, beide sahen ihn weiter wortlos an. Er verschränkte die Arme vor der Brust: »Es ging um das Sorgerecht für mein kleines Mädchen. Richterin Spencer wollte eben ihre Entscheidung verkünden, als der Schütze in den Raum platzte.«

»Wir haben ein Transkript der Verhandlung bis zu diesem Punkt.«

»Dann brauche ich ja nicht mehr auszuführen, wer was gesagt hat.«

»Trotzdem bin ich neugierig«, hakte Neal nach. »Was meinst du, wie die Richterin entschieden hätte?«

Crawford wollte schon sagen, dass es absolut belanglos für den Fall des Amokschützen war, was er dazu meinte, doch das verkniff er sich und antwortete stattdessen achselzuckend: »Ich hoffte auf das Beste.«

»Und fürchtetest das Schlimmste?«

Na schön, dachte Crawford. Wenn Neal sich als Arsch aufführen wollte, konnte er das auch. »Also, jedenfalls *erwartete* ich nicht das Schlimmste, nämlich ansehen zu müssen, wie Chet Barker vor meinen Augen niedergeschossen wird.«

Die Bemerkung brachte die beiden zum Schweigen, so wie von Crawford beabsichtigt. Um die peinliche Stille zu überspielen, die sich daraufhin breitmachte, schob Neal die Kamera einen Zentimeter näher an Crawfords Gesicht. Matt Nugent räusperte sich hinter vorgehaltener Faust.

»Bitte schildere uns das Geschehen«, sagte Neal. »Und zwar so detailliert wie möglich.«

Crawford nahm die Hände vors Gesicht und zog sie langsam abwärts, bis nur noch die Fingerspitzen sein Kinn berührten. Dann senkte er die Hände wieder, beugte sich vor und stützte die Unterarme auf die Tischkante.

»Ich war im Zeugenstand. Der Mann kam durch die Tür am anderen Ende des Saals und eröffnete sofort das Feuer. Es war die Hölle.«

Nugent bat ihn, den Schützen zu beschreiben, was er auch tat, obwohl die Malerbekleidung sowie die Maske schon als Beweisstücke gesichert worden waren. Eine Beschreibung erübrigte sich im Grunde. »Die Kapuze bedeckte sein Haar bis fast zum Rand. Er trug Handschuhe, die unter den Ärmeln verschwanden. Die Maske war der Horror. Hatte kaum Schlitze für die Augen. Zwei winzige Löcher für die Nasenlöcher. Das ganze Gesicht war plattgedrückt. Völlig verschoben.«

Er überlegte kurz und rief sich ins Gedächtnis, was sein erster Eindruck gewesen war, als die Gestalt so zielbewusst durch den Mittelgang des Gerichtssaals marschiert war. »Aber auch ohne die Verkleidung strahlte dieser Typ eine üble Aura aus, glaub ich jedenfalls. Er war extrem konzentriert. Und wild entschlossen.«

Neal nickte. »Du hast gesagt, er hätte direkt an der Tür zu schießen begonnen.«

»Als er im Saal war, gab er den ersten Schuss ab.«

»Hat er wild drauflos gefeuert? Oder gezielt?«

»Die Pistole war zur Stirnseite des Saals gerichtet. Er hielt sie auf Schulterhöhe und hatte den Arm ausgestreckt.« Er demonstrierte es. »Und er hat den Abzug so schnell wie möglich gedrückt. Bamm-bamm-bamm. Chet …« Er hielt inne und gab einen Laut des Bedauerns von sich. »Chet lief ihm mit erhobenen Armen entgegen, etwa so.« Er streckte die Hände mit offenen Handflächen vor. »Er schrie ihn an. Aufhören, stopp!, irgendwas in der Richtung. Vielleicht hat er auch nur aufgeschrien. Dann ging er zu Boden.«

»Er starb heldenhaft in Erfüllung seiner Pflicht«, bemerkte Neal.

»Ja«, seufzte Crawford. »Dafür wird er auch ausgezeichnet werden. Aber ich glaube nicht, dass er je seine Dienstwaffe gezogen hatte, in all seinen Dienstjahren nicht. Nur um dann von einem Freak mit einer Geisterbahn-Maskierung abgeknallt zu werden. Das hatte er nicht verdient.«

Chet war heute früh nicht mit dem Wissen aufgestanden, dass er an diesem Tag sterben würde. Genauso wenig wie Crawford etwas von dem gemeinen Querschläger geahnt hatte, den das Schicksal heute auf ihn abgefeuert hatte. Er rieb sich mit zwei Fingern über den Nasenrücken und sank wieder in seinen Stuhl.

Nach einer Sekunde fragte Nugent, ob er nicht doch etwas trinken wollte.

»Es geht schon. Machen wir weiter.«

Neal klickte mit seinem Stift und vermerkte etwas auf seinem Notizblock. »Also … Chet liegt am Boden. Was geschieht dann?«

Crawford konzentrierte sich in Gedanken auf die Szene im Gerichtssaal. »Chaos. Lärm. Schreie. Joe – mein Schwiegervater – reagiert blitzschnell und bringt sich und Grace in Deckung. Alle suchen panisch nach einem Versteck.«

»Alle außer Ihnen«, sagte Nugent. »Die Zeugen, die zu diesem Zeitpunkt im Gerichtssaal waren, haben ausgesagt, dass Sie über die Schranke des Zeugenstandes gehechtet sind. Können Sie sich daran erinnern?«

Er schüttelte den Kopf. »Nur bedingt. Ich habe einfach … reagiert. Ich stieß die Richterin zu Boden und habe mich …« Er beugte sich vor und krümmte den Rücken, um zu demonstrieren, wie er sie mit seinem Körper abgeschirmt hatte. »Ich hörte Kugeln einschlagen. Ich habe nichts gespürt, aber ich war so mit Adrenalin vollgepumpt, dass ich nicht hätte sagen können, ob er mich getroffen hatte. Und unter der Richterrobe konnte ich auch nicht erkennen, ob die Richterin verletzt war oder nicht. Als der Mann um den Zeugenstand herumkam und auf das Podest trat«, fuhr er fort, »drehte ich mich zu ihm um. Er zielte mit der Pistole genau auf uns. Ich weiß noch, dass ich den Atem anhielt und dachte: ›Das war's.‹ Und dann setzte mein Überlebensinstinkt ein, schätze ich, und trat ihm gegen das Knie.«

Er beschrieb, wie der Schütze rückwärts vom Podest gestolpert war. »Vielleicht ist er dadurch in Panik geraten. Keine Ahnung. Auf jeden Fall rannte er plötzlich los und verschwand durch den Seitenausgang.«

Neal nickte, als würde das mit dem übereinstimmen, was sie bisher gehört hatten. »Und dann?«

»Dann bin ich ihm hinterher.«

Neal warf Nugent einen kurzen Blick zu, sah dann wieder Crawford an und wiederholte: »Du bist ihm hinterher.«

»Genau.«

»Einfach so.«

»Es war keine bewusste Entscheidung, falls du das damit meinst. Ich habe einfach gehandelt.«

»So wie du über das Geländer des Zeugenstands gehechtet bist.«

Er zuckte mit den Achseln. »Schätze schon.«

»Du hast gehandelt, ohne lange nachzudenken und ohne die Konsequenzen deiner Tat abzuschätzen.«

»Wie du es auch machen würdest«, feuerte Crawford zurück, »wenn du ein halbwegs brauchbarer Polizist wärst.«

»Nun, was *du* für ein Polizist bist, wissen wir.«

Crawford sprang auf, und sein Stuhl kippte hintenüber. Wütend fixierte er Neal, aber noch im selben Moment begriff er, dass er mit einem Zornesausbruch nur das bestätigen würde, was dieser Bastard Lester angedeutet hatte. Er drehte sich um, stellte seinen Stuhl auf und nahm wieder Platz. Dann sah er Nugent an, der krampfhaft schluckte, als wäre ihm der Kaugummi in die Kehle gerutscht und dort steckengeblieben.

»Du hast einen Schritt ausgelassen«, sagte Neal jetzt.

Er begriff, worauf Lester hinauswollte. »Ich bin kurz stehen geblieben und habe mir Chets Revolver genommen«, bestätigte er.

»Und trotz deines Adrenalinschubs warst du geistesgegenwärtig genug, um dich vor dem ersten Officer im Gerichtssaal als Texas Ranger zu identifizieren.«

»Er hatte die Hand am Holster. Ich wollte nicht erschossen werden.«

»Du hast ihm eine Beschreibung des Schützen gegeben.«

»Eine sehr knappe.«

»Und Verstärkung angefordert. Aber dann hast du Chets Revolver genommen und bist, ohne zu warten, dem Schützen hinterher. Warum?«

*»Warum?«*

»Nun, in Anbetracht deiner persönlichen Geschichte hättest du vielleicht etwas besonnener handeln sollen.«

»Besonnenheit hätte weitere Menschenleben kosten können.«

»Genau wie *Un*besonnenheit. So wie in Halcon.«

# 3

Hollys Blick wurde zum Ende des Ganges gelenkt, wo eine Tür aufging und Crawford Hunt heraustrat. Er sah zerzaust und verärgert aus. Als er auf dem Weg zur Herrentoilette an ihr vorbeikam, warf er ihr einen kurzen Seitenblick zu, aber ohne etwas zu sagen.

»Bestimmt wollen sie jetzt mit mir reden«, sagte sie zu ihrer Assistentin, die sich geweigert hatte, Holly allein warten zu lassen, bis sie ihre Aussage machen konnte. »Ich bin Ihnen wirklich dankbar, dass Sie so lange geblieben sind, aber gehen Sie jetzt nach Hause und ruhen sich aus. Ich fürchte, morgen wird es drunter und drüber gehen.«

»Aber Holly...«

»Niemand weiß, wie lange sie mich hierbehalten werden.«

»Ich kann so lange bleiben, wie es sein muss. Sie sollten heute Abend nicht alleine sein.«

Marilyn Vidal hatte ganz ähnlich reagiert, als sie von der Schießerei erfahren hatte. Sie hatte sich bereiterklärt, sofort alles stehen und liegen zu lassen und von Dallas nach Prentiss zu fahren, um Holly beizustehen, doch die hatte sie davon abgehalten. »Ich rufe an, sobald und falls ich dich brauche. Im Moment herrscht hier das Chaos.«

»Im Chaos laufe ich zur Höchstform auf.«

Das war unbestreitbar, trotzdem wusste sich Holly durchzusetzen. Marilyn blieb in Dallas, doch Holly hatte strikte Anweisung, sie immer auf dem Laufenden zu halten, vor allem falls es notwendig werden sollte, eine Presseerklärung abzugeben. »Halt mit mir Rücksprache, bevor du irgendwas in ein Mikrofon sagst.«

Dennis, ihr Exfreund, hatte ebenfalls im Büro angerufen. Mrs. Briggs hatte mit ihm gesprochen und ihm erklärt, dass Holly sich tapfer halte. Sie versicherte, ihm Bescheid zu geben, falls sich etwas an Hollys Zustand ändern sollte oder falls er irgendetwas für sie tun konnte.

Allerdings verfügte Holly inzwischen über eine ganze Seilschaft an Helfern. In einer Stadt von nur zwanzigtausend Einwohnern hatte sich die Nachricht von dem Amoklauf wie ein Lauffeuer verbreitet. Richter Mason, der Verwaltungsrichter des Distrikts, hatte zum Zeitpunkt der Schießerei im Gerichtssaal nebenan gesessen und war sofort an Hollys Seite geeilt. Einige Freunde, die sie seit ihrem Umzug nach Prentiss gefunden hatte, hatten sich, fassungslos über die Geschehnisse, um sie geschart und ihr jede erdenkliche Hilfe angeboten.

So wie Holly mussten ihre Freunde untätig darauf warten, dass sie von der Polizei befragt wurde. Trotzdem war es für Holly tröstlich gewesen zu wissen, dass sie sich auf diese Menschen im Notfall verlassen konnte. Schließlich hatten alle eingesehen, dass sie hier nur ihre Zeit vergeudeten, und sich der Reihe nach verabschiedet.

Nur Mrs. Briggs war noch übriggeblieben. »Ich komme schon zurecht«, versicherte Holly ihr jetzt. »Aber ich könnte verlangen, dass ich von einem Streifenwagen nach Hause begleitet werde, falls es Ihnen damit besser geht.«

»Bitte tun Sie das. Und rufen Sie an, falls Sie es sich anders überlegen. Dann komme ich, egal, wie spät oder früh es ist.«

Ehe sie ging, nahm sie Holly dieses Versprechen ab, obwohl Holly klar war, dass sie keine fremde Hilfe in Anspruch nehmen würde. Es war ein grauenhaftes Erlebnis gewesen, doch der Täter war tot. Jetzt brauchte sie nur noch ihre offizielle Aussage zu machen, dann hatte sie das Martyrium überstanden.

In den kommenden Tagen würde Greg Sanders sie genau im Auge behalten und beobachten, wie sie auf die Krisensituation reagierte und wie schnell sie sich von dem Trauma erholte. Falls sie in irgendeiner Form Angst oder Schwäche zeigte, würde er das mit größtem Vergnügen ausschlachten.

Matt Nugent und Neal Lester traten hinter Crawford Hunt aus dem Vernehmungszimmer und kamen jetzt auf sie zu. Die beiden hatten Holly direkt nach der Schießerei noch im Gerichtssaal befragt, aber um ihre offizielle Aussage aufzunehmen, Holly gebeten, ins Erdgeschoss zu kommen, wo nicht nur das Sheriff's Office, sondern auch das städtische Police Department untergebracht war.

Sie stand auf. »Bin ich jetzt dran?«

»Leider noch nicht, Richterin Spencer«, sagte Neal Lester. »Wir machen nur eine kurze Pause. Wir sind mit Mr. Hunt noch lange nicht durch.«

»Ich verstehe.«

»Ich weiß, wie schwer das für Sie sein muss, nach allem, was heute passiert ist. Wir werden dafür sorgen, dass Sie so schnell wie möglich hier rauskommen.«

»Ich verstehe.«

»Eine Frage hätten wir allerdings. Der Name des Verdächtigen wurde noch nicht veröffentlicht, weil wir Schwierigkeiten haben, seine nächsten Verwandten ausfindig zu machen, aber laut seinem Führerschein hieß er Jorge Rodriguez. Läutet da was bei Ihnen?«

»Nein.«

»Das überrascht uns nicht.« Nugent wirkte glücklich, dass er etwas beitragen konnte. »Er hatte einen Führerschein aus

Texas, aber der war gefälscht. Ziemlich gut zwar, aber trotzdem falsch.«

»War er illegal hier?«

»Das untersuchen wir noch«, erwiderte Lester. »Aber selbst wenn, schließt das nicht aus, dass er irgendwann schon einmal in Ihrem Gerichtssaal antreten musste.«

»Möglich wäre es. Ich sitze erst seit zehn Monaten auf der Richterbank, müssen Sie wissen, aber mein Terminplan war seither zum Bersten voll. Ich habe seit meiner Ernennung schon alle möglichen Verhandlungen und Anhörungen geleitet.«

»Vielleicht ist Rodriguez auch eine Hinterlassenschaft von Richter Waters«, schlug Lester vor. »Und hegte aus irgendeinem Grund einen Groll auf ihn.«

Als bei ihrem Mentor, dem ehrenwerten Richter Clifton Waters, Krebs im Endstadium diagnostiziert worden war, hatte er ihr zugeredet, sie solle bei der Großkanzlei kündigen, in der sie seit mehreren Jahren gearbeitet hatte, und sich in Prentiss auf den Richterposten bewerben, den er freimachen würde.

Es war ein Sprung ins kalte Wasser gewesen, doch sie hatte ihn gewagt, und er hatte sich ausgezahlt. Auf Waters' Empfehlung hin hatte Gouverneur Hutchins sie zur Richterin berufen. Ihr Vorgänger hatte den Tag noch erleben dürfen, an dem sie vereidigt worden war. Es war ein stolzer Tag für sie beide gewesen.

»Wir schicken morgen jemanden in Ihr Büro hoch«, sagte Nugent jetzt, »der sich die Gerichtsakten vornimmt und kontrolliert, ob dieser Rodriguez irgendwo auftaucht.«

»Ich werde dafür sorgen, dass Mrs. Briggs Bescheid weiß und alles vorbereitet.«

»Was ist mit der Zeit, bevor Sie herkamen?«

»Da arbeitete ich in einer Anwaltskanzlei in Dallas.«

Lester kritzelte den Namen auf einen kleinen Spiralblock, den er aus seiner Hemdtasche gezogen hatte. »Wir werden sie bitten, auch ihre Akten nach einem Rodriguez zu durchforsten.«

Sie nannte ihm einen Kontaktnamen. »Die Kanzlei wird Ihnen in jeder Weise behilflich sein, da bin ich überzeugt.«

Aus dem Augenwinkel sah sie Crawford Hunt aus der Herrentoilette kommen. Seine Haare waren feucht und aus der Stirn zurückgekämmt, als hätte er sich das Gesicht gewaschen und anschließend die Haare mit nassen Fingern nach hinten gestrichen. Er schien noch einmal ohne ein Wort an ihr vorbeimarschieren zu wollen, doch sie stellte sich ihm in den Weg.

»Mr. Hunt, dürfte ich Sie einen Moment sprechen?«

Neal Lester hob die Hand. »Äh, Richterin …«

»Ich will bestimmt nicht unsere Aussagen abstimmen«, erklärte sie dem Detective. »Ich würde keinesfalls in Ihre Ermittlungen eingreifen oder gegen meinen beruflichen Ehrenkodex verstoßen, indem ich seinen Sorgerechtsfall mit ihm bespreche. Ich wollte ihm nur kurz sagen …« Ihr stockte der Atem, als sie sich umdrehte und dem Mann ins Gesicht blickte, das die Wärme einer Eisskulptur ausstrahlte. »Danke, dass Sie mir das Leben gerettet haben.«

In den schiefergrauen Augen zeigte sich tatsächlich so etwas wie Überraschung, doch der Reflex hielt nur eine Millisekunde an. »Der Mann war ein lausiger Schütze.«

Die Trauer schnürte ihr die Kehle zu. »Er hat getroffen, als er auf Chet Barker feuerte.«

Die undurchdringlichen Augen flackerten noch einmal auf. »Auf die Distanz hätte er ihn unmöglich verfehlen können.«

»Er hätte auch mich nicht verfehlt, wenn Sie nichts unternommen hätten.«

»Wie ist Ihnen dieser Moment im Gedächtnis geblieben, Richterin Spencer?«

Sie wandte sich an Neal Lester, der gefragt hatte. »Als ich Chet fallen sah, wollte ich erst instinktiv zu ihm laufen, doch weil der Mann weiter durch den Gang auf mich zukam, blieb ich wie erstarrt sitzen. Hinter der Maske sah sein Gesicht grotesk und furchterregend aus. Mr. Hunt sprang über die Absperrung und riss mich mehr oder weniger zu Boden. Ich muss gestehen, dass ich die nächsten Sekunden wie im Nebel erlebt habe. Immer mehr Schüsse wurden kurz nacheinander abgefeuert. Ich weiß noch, dass ich dachte, irgendwann müssten ihm die Kugeln ausgehen, aber ich war ganz sicher, dass ich bis dahin tot wäre. Der letzte Schuss muss in die Decke gegangen sein. Ich habe immer noch Gipsstaub im Haar.« Sie senkte den Kopf und zeigte ihnen ihren Scheitel.

»Der Schuss wurde abgelenkt, weil Crawford dem Täter gegen das Knie getreten hat«, pflichtete Nugent bei.

Sie sah Crawford Hunt an. »Sie haben ihn getreten?«

»Ein Reflex.«

Sie nickte gedankenversunken. »Als Nächstes erinnere ich mich daran, wie Sie mir den Rücken abgeklopft haben. Ich weiß nicht mehr, was Sie dabei gesagt haben.«

»Ich habe nach Blut getastet. Ich habe Sie gefragt, ob Sie getroffen wurden, und Sie sagten, dass Sie das nicht glaubten.«

»Wirklich?«

Er nickte knapp.

Sie wandte sich wieder an die Detectives. »Mr. Hunt stand vor mir auf, aber vorher ermahnte er mich, liegen zu bleiben.«

»Aber das haben Sie nicht getan, richtig?«

Sie beantwortete Lesters Frage mit einem verlegenen Kopfschütteln. »Im Gerichtssaal war der Teufel los. Immer mehr

Menschen, die die Schüsse gehört hatten, drängten durch die Tür hinten im Saal. Mrs. Gilroy weinte hysterisch, genau wie die Protokollantin. Mr. Hunt beugte sich über Chet. Er nahm seine Waffe und rief einem anderen Gerichtsdiener zu, Verstärkung zu holen. Dann rannte er zum Seitenausgang hinaus.«

»Wie lange dauerte es, nachdem der Schütze losgerannt war, bis Crawford ihm nachstellte?«, fragte Lester.

»Eine Minute, vielleicht etwas mehr. Jedenfalls nicht lange.«

»Und was passierte dann?«

»Ich kann nur das schildern, was im Gerichtssaal passierte.« Sie sah zu Crawford Hunt. »Was sich hinter dem Seitenausgang abspielte, weiß ich nicht.«

»Wir auch nicht«, ergänzte Lester. »Jedenfalls nicht alles. Wir wollten gleich darauf zu sprechen kommen, haben aber erst noch eine kurze Pause eingelegt.«

Angespanntes Schweigen senkte sich über die Gruppe. Matt Nugent bewegte sich als Erster. Er wühlte in seinen Hosentaschen nach Münzen und machte sich dann auf den Weg zu einer Reihe von Verkaufsautomaten am anderen Ende des Korridors. »Sonst noch jemand eine Cola? Richterin Spencer?«

»Nein, danke.«

»Mr. Hunt?«

»Nein.«

»Für mich auch nicht.« Neal Lesters Antwort fiel mit dem Zirpen seines Smartphones zusammen. Er zog es vom Gürtel und las das Display ab. »Entschuldigen Sie mich.« Er entfernte sich ein paar Schritte und drehte ihnen den Rücken zu, um halbwegs ungestört telefonieren zu können. Holly blieb mehr oder weniger allein mit Crawford zurück.

Als wäre die Situation nicht schon peinlich genug gewesen,

wirkte Hunts Körperbau ausgesprochen einschüchternd. Seine Stiefel fügten seiner Statur von knapp hundertneunzig Zentimetern noch einmal mindestens vier hinzu. Zur Verhandlung war er mit gebügelten Jeans, einem schlichten weißen Hemd, schwarzer Krawatte und Sportsakko erschienen.

Das Sakko trug er mittlerweile nicht mehr, die Krawatte hatte er gelockert, den Kragen aufgeknöpft und die Ärmel bis knapp unter die Ellbogen aufgekrempelt. Sein Haar widersetzte sich schon jetzt den Glättungsversuchen, die er erst vor ein paar Minuten unternommen hatte. Die strohblonden, dichten Büschel schienen ihren eigenen Willen zu haben.

Er ging auf die andere Seite des Korridors, lehnte sich dort mit dem Rücken gegen die Wand und sah sie finster an. Sie war der Meinung, dass sie diese Feindseligkeit nicht verdient hatte.

»Sind die Gilroys wohlauf?«, fragte sie, um das Eis zu brechen. »Ihre Schwiegermutter war schrecklich aufgeregt, als sie endlich befragt worden war und den Gerichtssaal verlassen durfte.«

»Die Sache hat sie ziemlich mitgenommen. Als ich Joe vor einer Stunde sprach, hatte sie immer noch nicht aufgehört zu weinen.«

»Wie traumatisch das für die beiden gewesen sein muss.«

Er nickte grimmig.

»Und wie geht es Ihrer Tochter?«

Bei der Frage spannte er sich sichtlich an. »Sie übernachtet bei einer Nachbarin und deren Enkelin. Ich hielt es für besser, wenn sie die Nacht dort verbringt. Sie würde nicht begreifen, weshalb Grace und Joe sich so aufregen, und ich sitze hier fest.«

Damit hatte er unausgesprochen klargestellt, dass er die Übernachtung bei der Freundin erlaubt hatte, als würde er die Entscheidungen fällen, die seine Tochter betrafen. Dieser Punkt war Holly nicht entgangen, und sein vorgerecktes Kinn forderte sie heraus, ihm das streitig zu machen.

Aber zumindest hatte sie ihm ein paar Worte entlockt, so beiläufig sie auch waren. Weil sie glaubte, dass das Gespräch damit beendet war, wandte sie den Kopf zur Seite.

»Was ist mit Ihnen?«

Überrascht sah sie ihn wieder an.

»Sind Sie okay?«, fragte er.

Sie wollte schon mit der Höflichkeitslüge antworten, mit der sie ihre Kollegen und Freunde abgespeist hatte. *Mir ist nichts passiert, danke der Nachfrage.* Wahrscheinlich erwartete er, dass sie so etwas sagen würde. Aber zu ihrer eigenen Überraschung gurgelte ein für sie untypisches, nervöses Lachen aus ihr heraus. »Ehrlich gesagt nicht, nein«, antwortete sie. Holly hatte das Gefühl, dass sie ehrlich zu ihm sein konnte, was vielleicht daran lag, dass sie beide dasselbe durchgemacht hatten.

Seine Augen waren das Einzige, was sich an ihm bewegte, während er sie von Kopf bis Fuß begutachtete. Dann sah er ihr wieder ins Gesicht. »Ich bin mit meinem ganzen Gewicht auf Ihnen gelandet. Habe ich Ihnen wehgetan?«

»Nein.« Ein Kopfschütteln begleitete ihre schnelle Antwort.

»Und was ist das da?« Er nickte mit dem Kinn zu ihr hin.

»Was?«

»Der blaue Fleck.«

»Ach so.« Zögerlich hob sie die Hand und strich mit den Fingerspitzen über die empfindliche Stelle knapp über ihrer Augenbraue. »Als Sie mich runtergedrückt haben, bin ich mit dem Kopf auf dem Boden aufgeschlagen.«

»Tut mir leid.«

»Kein Grund, sich zu entschuldigen.«

»Jetzt haben Sie eine Beule.«

»Bevor meine Assistentin mich darauf aufmerksam machte, hatte ich sie gar nicht bemerkt.«

»Die wird Ihnen eine Weile erhalten bleiben.«

»Aber es ist kein bleibender Schaden. Wenn ich daran denke, was alles hätte passieren können, wird mir jetzt noch ganz anders.«

»Dann denken Sie nicht mehr daran.«

»Leichter gesagt als getan.« Sie streckte die Hände auf Bauchhöhe vor und hielt sie waagerecht über den Boden. »Ich gebe mir Mühe, es nicht zu zeigen, aber sie hören einfach nicht auf zu zittern.«

»So was passiert.«

»Mir nicht.«

»Nein?«, fragte Hunt erstaunt.

»Nein. Normalerweise lasse ich mich nicht so leicht erschrecken.«

»Das heute war in keiner Weise normal.«

»Ich bekomme das Bild einfach nicht aus meinem Kopf.«

»Er war ein Freak, das lässt sich nicht leugnen.«

»Ehrlich, Mr. Hunt? Ich hatte Todesangst.«

Er zögerte einen Herzschlag lang und bemerkte dann so leise, dass es fast brummelnd klang: »Als es drauf ankam, haben Sie sich gut gehalten.«

Es war ein zweischneidiges Kompliment, widerwillig ausgesprochen, darum erschien es ihr unpassend, ihm dafür zu danken. Doch sie hielt sekundenlang seinen Blick gefangen, bis stillschweigend ein Einverständnis hergestellt war.

Dann gab er einen ungeduldigen Laut von sich und deutete auf ihre Hände. »Es könnte ein paar Tage dauern, bis das Zittern verschwindet. So was ist eine verzögerte Reaktion auf eine Krisensituation, nichts Ungewöhnliches.«

»Sie haben natürlich mehr Erfahrung mit Krisensituationen als ich.« Sobald sie die Worte ausgesprochen hatte, begriff sie, dass sie schlecht gewählt waren. Die straffe Haut über seinen Wangenknochen schien sich noch mehr anzuspannen. »So habe ich das nicht gemeint, Mr. Hunt …«

»Vergessen Sie's.« Mit kühler Stimme schnitt er ihre Entschuldigung ab. Dann stieß er sich von der Wand ab und drehte sich zu Nugent um, der mit einer Coladose in der einen Hand und einem Päckchen Erdnüsse in der anderen auf sie zuschlenderte.

Crawford Hunt sah ihn streng an. »Können wir die Sache jetzt endlich zum Abschluss bringen, oder was?«

Als sie ihre Plätze um den Tisch im Vernehmungszimmer wieder eingenommen hatten, fragte Matt Nugent: »Ist das nicht ein komisches Gefühl?«

»Was?«

»Sie und die Richterin. Erst stehen Sie sich heute im Gericht gegenüber. Und jetzt stehen Sie plötzlich Seite an Seite – als Überlebende einer Katastrophe.«

»Wir stehen nicht Seite an Seite, und auch nach dieser Katastrophe werde ich stinksauer sein, falls sie mir das Sorgerecht für mein kleines Mädchen verweigern sollte. Das eine hat nichts mit dem anderen zu tun.«

Neal drückte den Aufnahmeknopf an der Videokamera. »Darauf würde ich mich an deiner Stelle nicht verlassen.«

Crawford nahm die Bemerkung kommentarlos hin. Er würde sich nicht dazu verleiten lassen, mit Neal Lester über seinen Sorgerechtsantrag zu sprechen.

Nugent nahm die Befragung wieder auf. »Sie haben uns vorhin erzählt, als Rodriguez in den Saal platzte …«

»Ich sagte, ›als der Schütze‹ in den Saal platzte.«

»Ist doch Jacke wie Hose.«

»Von wegen«, sagte Crawford. »Wie Sergeant Lester Ihnen bestätigen wird, liegt der Teufel immer im Detail. Sie zeichnen hier meine Aussage auf, also wollen wir doch präzise bleiben. Nur für die Akten, ich kannte den Namen des Schützen bis gerade eben noch nicht. Rodriguez, sagen Sie?«

»Jorge«, ergänzte Nugent.

Neal bedachte den jüngeren Detective mit einem Blick von der Seite, um ihn stillschweigend für seinen Patzer zu tadeln, dann wandte er sich wieder Crawford zu. »Diese Information wird den Raum nicht verlassen.«

»Als wüsste ich das nicht.«

Es schien Neal zu ärgern, dass Crawford ebenfalls als Gesetzeshüter arbeitete. Sein Tonfall blieb spröde. »Kommt dir der Name bekannt vor?«

»Nein.«

»Hast du ihn je gesehen, bevor er dir auf dem Dach gegenüberstand?«

»Nein. Er kam mir nicht mal vage bekannt vor. Habt ihr schon die Richterin gefragt? Ob ihr der Name etwas sagt?«

»Sie meint nein«, antwortete Nugent. »Aber wir werden ihre Gerichtsakten und die des verstorbenen Richters Waters durchgehen.«

»Könnte sein, dass er sauer auf sie oder Waters war. Oder er hatte mit dem Justizsystem allgemein ein Hühnchen zu rupfen. Wurde schon überprüft …«

»Wir sind dabei«, mischte sich Neal angespannt ein.

Crawford verstand die unterschwellige Botschaft: Das war nicht sein Fall. Ein Texas Ranger konnte überall im Staat Texas ermitteln und sich jederzeit in eine laufende Ermittlung einschalten oder eine neue auslösen, ohne dass eine andere Behörde, ob lokal, staats- oder bundesweit, ihn dazu auffordern musste. Aber Neal ließ keinen Zweifel daran, dass Crawford heute Abend nicht hier saß, um Fragen zu stellen, sondern um welche zu beantworten.

»Du hast gesagt, du wärst im Zeugenstand gewesen, als *der Schütze hereinplatzte*«, fuhr Neal fort. »Ist das präzise genug?«

»Ja.«

»Um welches Thema ging es in diesem Moment?«

»Du hast mir doch erklärt, ihr hättet das Protokoll der Anhörung.«

»Stimmt.«

»Also ...« Er sah Nugent an, der sich eine Handvoll Erdnüsse in den Mund schüttete. »Was daran ist unklar, Sergeant Lester?«

»Die Richterin lobte dich gerade dafür, dass du sämtliche Sitzungen bei deiner Therapeutin besucht hast.«

»Richtig. Gut erfasst. Und was hat das mit irgendwas zu tun?«

»Es könnte eine Menge damit zu tun haben, wie du auf die Situation reagiert hast.«

»Das sehe ich nicht so.«

»Stell nicht gleich die Nackenhaare auf. Ich tue hier nur meinen Job.«

»Klar.« Er fixierte Neal mit eisigem Blick und zuckte dann mit den Achseln. »Nur zu, frag weiter.«

Neal kam der Aufforderung nur allzu gerne nach. »Wieso hattest du die Auflage bekommen, vor der nächsten Sorgerechtsanhörung in Therapie zu gehen?«

»Habt ihr das schon Richterin Spencer gefragt?«

»Noch nicht. Aber das werden wir.«

»Gut. Weil ich nämlich selbst gern wissen würde, warum.«

»Was wäre denn dein Tipp?« Neal lächelte, doch es war kein freundliches Lächeln.

Crawford machte keinen Hehl aus seinem Ärger, als er langsam vom einen zum anderen Ermittler sah. Aber was würde es ihm bringen, wenn er jetzt mauerte? Sie würden daraus nur schließen, dass er sich für die angeordneten Therapiesitzungen schämte. Was bis zu einem gewissen Grad auch stimmte. Doch das sollten die beiden nicht wissen.

»Der plötzliche Tod meiner Frau hat mich damals aus der Bahn geworfen. Das war vor vier Jahren. Letztes Jahr habe ich beantragt, das Sorgerecht für Georgia zurückzubekommen. Richter Waters war für den Fall zuständig. Er wollte sicherstellen, dass ich Georgia eine stabile häusliche Umgebung bieten konnte, und ordnete eine einjährige Therapie an, um festzustellen, ob ich all das hinter mir gelassen hatte.«

»Definiere ›all das‹.«

»Ich habe damals mehr getrunken, als gut für mich war. Es gab Tage, an denen es mir schwerfiel, morgens aus dem Bett zu kommen.«

»Klarer Fall von Depression.«

»Klarer Fall von Trauer.« *Arschloch.* Crawford war versucht, das hinzuzufügen, ließ es aber.

»Du hast dich vor deinen beruflichen Aufgaben gedrückt. Darum haben dich die Ranger von dem Büro in Houston hierher versetzt.«

»Im Gegenteil, ich habe die Versetzung selbst beantragt. Ich wollte Georgia näher sein, und die Gilroys, bei denen sie lebt, wohnen hier.«

Neal sah ihn skeptisch an. »Deine Versetzung hatte nichts mit dem Vorfall in Halcon zu tun?«

»Ich nehme an, mit ›Vorfall‹ meinst du den Einsatz, bei dem sechs Männer aus dem Fuentes-Drogenkartell ausgeschaltet wurden, der Obermacker inklusive?«

»Und bei dem zwei Polizisten und mehrere Unbeteiligte

starben. Der Einsatz wurde im Nachhinein intensiv untersucht.«

Nugent hörte auf, seine Nüsse zu mümmeln. Im Raum war nur noch das leise elektronische Surren der Aufnahmegeräte zu hören.

Crawford biss die Zähne zusammen und ließ seinen Blick für sich selbst sprechen. Er würde lieber ersticken, als aufzeichnen zu lassen, wie er sich vor Neal Lester rechtfertigte, diesem selbstgerechten Arsch.

Schließlich nahm der den Faden wieder auf. »Letztendlich konnte dir kein Fehlverhalten nachgewiesen werden.«

»Ganz genau.«

»Aber seither beschränkst du dich hauptsächlich auf Ermittlungen am Computer. Kreditkarten- und Versicherungsbetrug, Kinderpornografie, solche Fälle.«

Crawford hatte aus dem zuvor genannten Grund darum gebeten, nach Prentiss versetzt zu werden, und den Auftrag bekommen, mit den Gesetzesbehörden mehrerer umliegender Countys zusammenzuarbeiten. Allerdings hatte Neal recht, trotzdem weigerte er sich, das zu kommentieren. Falls ein Außeneinsatz anstand, ließ er ihn von einem anderen Ranger übernehmen, während er die Ermittlungen hauptsächlich vom Schreibtisch aus führte.

Neal ließ nicht locker. »Hast du dazu gar nichts zu sagen?«

»Du hast es mehr oder weniger auf den Punkt gebracht.«

Neal gab ein unbestimmbares Grunzen von sich. »Falls ich es für notwendig erachte, werde ich eine Verfügung gegen deine Therapeutin beantragen, um deine Patientenakte einzusehen.«

Damit hatte er Crawfords Nerv getroffen. Er merkte, wie ihm am ganzen Körper heiß wurde. »Das fällt unter das Arztgeheimnis.«

»Ich könnte einen Gerichtsbeschluss erwirken.«

»Kein Richter würde von ihr verlangen, die Aufzeichnungen über unsere Sitzungen herauszugeben, weil die völlig irrelevant sind.«

»Wenn sie irrelevant sind, warum willst du mir dann nicht verraten, was da drinsteht?«

»Weil ich sie nicht gelesen habe.«

»Gib einfach eine Vermutung ab.«

Es war schwer, an die dunkelsten Tage seines Lebens erinnert zu werden und zusehen zu müssen, wie einstige Verfehlungen öffentlich ausgebreitet wurden. Und heute war ihm das gleich zweimal passiert. Doch es war noch unerträglicher, still sitzen zu bleiben, während Neal Lester diese Scheiße von sich gab.

»Ich glaube, die Therapeutin würde dir erklären, dass ich gelernt habe, meine Wut über Beths Tod zu kontrollieren«, zwang er sich zu einer gelassenen Antwort. »Und dass ich meinen Alkoholmissbrauch inzwischen ebenso überwunden habe wie meine Depression und alles andere.«

»Ich würde ja nicht fragen«, erklärte Neal aalglatt, »wenn es für die Ermittlungen nicht unabdingbar wäre.«

Dass er seine Autorität ausnutzte, machte Crawford wütender als alles andere. »Unabdingbar, leck mich doch, Neal. Du willst mich nur bloßstellen, sonst nichts. Wenn du mich fragst, hast du es immer noch nicht verwunden, dass mich deine Schwester an ihr Höschen gelassen hat.«

Nugent schluckte fassungslos.

Neal sagte nichts, aber aus seinen Augen schossen Blitze.

Crawford bereute seinen Ausbruch sofort und schob sich die Finger durch die Haare. »Das war billig. Du bist ein Arsch, Neal, und hast es verdient. Aber deine Schwester nicht.«

Zu seiner Überraschung lächelte Neal tatsächlich, aber es

war erneut kein angenehmes Lächeln. »Ich hätte nichts anderes von dir erwartet. Außerdem sitze ich auf dieser Seite des Tisches und du da drüben. Ich leite die Ermittlungen zu diesem tödlichen Schusswechsel, und es liegt an dir, mich zu überzeugen.«

Sein Tonfall bereitete Crawford Kopfschmerzen. »Wovon überzeugen?«

»Dass du beherrscht und psychisch stabil gehandelt hast, als du Jorge Rodriguez auf dem Dach des Gerichtsgebäudes gestellt hast, und dass deine Reaktion in keiner Weise dazu beigetragen hat, dass er erschossen wurde.«

# 4

Die Haustür ging auf, bevor Crawford läuten konnte. »Mrs. Amberson?«

»Hallo, Mr. Hunt. Joe hat mich angerufen. Ich habe schon auf Sie gewartet. Kommen Sie herein.«

»Vielen Dank. Entschuldigen Sie die späte Störung.«

»Das macht doch gar nichts, und bitte nennen Sie mich Susan.«

Die Nachbarin der Gilroys sah jünger aus, als die Bezeichnung *Großmutter* vermuten ließ. Susan Amberson war schlank, attraktiv und lächelte einnehmend, als sie zur Seite trat und ihn in die einladende Diele ihres Hauses winkte.

»Ich kann verstehen, dass Sie nach dem, was heute passiert ist, Georgia sehen möchten«, fuhr sie fort.

»Nach so einem Erlebnis…«

Als er den Satz unvollendet ließ, übernahm sie für ihn. »…will man bei den Menschen sein, die man liebt.« Sie lächelte ihn verständnisvoll an. »Ich habe es in den Nachrichten verfolgt. Eine Tragödie. Ich weiß nicht, ob Grace sich jemals davon erholen wird.«

»Ich habe sie seither noch nicht gesehen. Ich bin direkt hierhergefahren, nachdem Joe mir versichert hat, dass Sie einverstanden wären, wenn ich noch vorbeischaue. Bitte entschuldigen Sie, dass ich Sie so lange wach gehalten habe.«

»Frank ist schon im Bett, aber ich bin eine Nachteule. Gar kein Problem.«

Crawford nahm an, dass besagter Frank ihr Ehemann war. Er war froh, dass er nicht mit noch jemandem Smalltalk machen musste, und er dankte Susan Amberson im Stillen dafür, dass sie nicht versuchte, weitere Details des heutigen Tages aus ihm herauszuwringen, während sie ihn durch den Flur zur Rückseite des Bungalows führte.

»Danke, dass Sie heute auf Georgia aufgepasst haben«, sagte er. »Ich hoffe, sie hat Ihnen keinen Ärger gemacht.«

»Aber überhaupt nicht. Sie ist ein entzückendes Mädchen. Und so gut erzogen.«

»Das freut mich zu hören. Wie heißt Ihre Enkelin?«

»Amy. Ich habe die beiden ins Bett gebracht.«

Er folgte ihr in ein Kinderzimmer, das von einer kleinen Lampe auf einem Nachttisch zwischen zwei Kinderbetten erhellt wurde. Sein Herz zog sich zusammen, als er Georgias blonden Lockenschopf und ihr süßes Gesicht sah. Sie hatte die Lippen vorgestülpt und atmete durch den offenen Mund.

»Sie schnarcht«, sagte er mit rauer Stimme.

Susan spürte seine Verlegenheit und legte kurz die Hand auf seinen Unterarm. »Lassen Sie sich so viel Zeit, wie Sie möchten.«

Sie kehrte in den Flur zurück, und Crawford trat an das Bett, in dem Georgia schlief. In dem anderen lag ein etwa gleich altes und ähnlich großes Mädchen, doch seine Aufmerksamkeit galt ausschließlich seiner Tochter. Zaghaft ließ er sich auf der Bettkante nieder. In Georgias Ellenbeuge lag Mr. Bunny, der Stoffhase, ohne den sie nicht einschlafen konnte.

Mehrere Sekunden betrachtete er nur ihr Gesicht; dann nahm er eine blonde Locke und rieb sie zwischen seinen Fingern. Georgias Lippen machten eine Saugbewegung, dann wischte sie mit dem Handrücken über ihre Wange und schlug die Augen auf.

Sie blinzelte verschlafen. »Daddy!«

»Psst, weck deine Freundin nicht auf.«

Sie setzte sich auf, ließ sich von ihm in die Arme schließen und schmiegte sich an ihn. »Holst du mich jetzt ab? Ist es schon Morgen?«

»Noch nicht. Ich wollte nur mal sehen, wie es dir geht.«

»Gut.« Sie gähnte ausgiebig, legte sich wieder hin und kuschelte ihren Hinterkopf ins Kissen.

»Magst du deine neue Freundin? Amy?«

»M-hm. Sie ist nett. Wir haben Teetrinken gespielt und uns mit Miss Susans Hüten verkleidet. Ich durfte sogar ihre Perlenkette anziehen.«

»Ach ja? Und wie sind die Kekse geworden?«

»Wir haben Zucker obendrauf gestreut. Meine waren rosa.« Sie gähnte noch mal. »Willst du bei mir im Bett schlafen?«

»Ich glaube nicht, dass wir zusammen da reinpassen würden.«

»Du bist zu groß.«

»Ich? Du und Mr. Bunny macht euch so breit.« Er piekte sie leicht in den Bauch, und sie lachte. »Wir sehen uns morgen. Jetzt schlaf wieder, aber erst will ich noch einen Kuss.« Er beugte sich vor. Sie schlang die Arme um seinen Hals und küsste ihn auf die Wange.

»Gute Nacht, Daddy. Hab dich lieb.«

»Nacht, Süße. Ich hab dich auch lieb.«

Sie drehte sich auf die Seite und schloss die Augen. Er wartete noch so lange, bis sie wieder leise schnarchte, dann schlich er schweren Herzens auf Zehenspitzen aus dem Zimmer.

Fünf Minuten später stand er bei seinem Schwiegervater in der Küche der Gilroys. Selbst zu dieser späten Stunde war Joe picobello angezogen. In Vietnam hatte er über drei Dienstzeiten hinweg McDonnell F-4 Phantom II geflogen. Nach dem Ende des Krieges hatte er die Air Force verlassen, doch die Air Force hatte ihn nie wirklich verlassen.

Er deutete auf die Kaffeemaschine, die auf der Küchentheke stand. »Bedien dich.«

»Nein, danke.«

»Mir ist klar, dass ich sowieso kein Auge zutun werde, darum dachte ich mir, ich könnte genauso gut Kaffee trinken.«

Sie setzten sich einander gegenüber an den Esstisch.

»Und Grace ist schlafen gegangen?«, fragte Crawford.

»Endlich. Ich musste ihr was unterjubeln. Ich habe eine Schmerztablette zermahlen, die sie nach dieser Ohrinfektion übrighatte. Die habe ich in ihren Kamillentee geschmuggelt.«

»Kann nicht schaden.«

»Hat sie k. o. gesetzt.«

»Das hat sie gebraucht.«

»Warst du schon bei den Ambersons?«

»Komme gerade von dort. Georgia hat mir noch einen Gutenachtkuss gegeben, aber eigentlich hat sie schon geschlafen. Ich bin nicht sicher, ob sie sich morgen noch daran erinnert, dass ich da war. Aber es hat gutgetan, sie zu sehen.«

»Hast du Frank kennengelernt?«

»Nur Susan. Nette Frau.«

»Es sind gute Menschen.«

Damit kam das Gespräch zum Erliegen. So war es schon gewesen, seit Beth ihn erstmals ihrem Vater vorgestellt hatte. Nachdem er und Joe ein paar freundliche Allgemeinplätze über das Wetter und die jeweilige Gesundheit ausgetauscht hatten, schien es kein weiteres gemeinsames Thema zu geben.

Als Crawford noch mit Beth verheiratet gewesen war, hatte er sich alle Mühe gegeben, sich in Joes Gegenwart freundlich und unkompliziert zu geben. Sogar Interesse an Joes Hobby-Schreinerei hatte er geheuchelt. Aber irgendwann hatte er sich damit abgefunden, dass er und sein Schwiegervater nie Freunde werden würden, und sich damit zufriedengegeben, dass sie halbwegs höflich und neutral miteinander umgingen.

Solange die Gilroys das Sorgerecht für Georgia gehabt hatten, hatte Crawford streng darauf geachtet, nichts zu tun, was Joe provozieren oder die delikate Balance zwischen ihnen zum Kippen bringen konnte, weil er Joe keinen Grund liefern wollte, das Mädchen von ihm abzuschotten.

Aber jetzt, wo er in der traulichen Küche saß und die diplomatische Grace als Puffer zwischen ihnen fehlte, spürte er Joes Feindseligkeit mit voller Wucht.

»Hast du mit deinen Polizistenfreunden geredet?«

Crawford wollte ihn von der Vorstellung abbringen, dass er als Texas Ranger womöglich eine Vorzugsbehandlung bekommen hatte. »Wie du weißt, leitet Neal Lester die Ermittlungen. Er und ein neuer Kollege namens Nugent haben meine Aussage aufgenommen. Das Meiste wussten sie schon, sie wollten nur hören, wie sich ein paar Einzelheiten aus meinem Blickwinkel dargestellt haben.«

»Wie zum Beispiel?«

»Wie zum Beispiel, dass ich keine Ahnung hatte, wie flink du reagieren kannst.«

»Verzeihung?«

»Als der Kerl zu schießen anfing, hast du bemerkenswert schnell und geschickt reagiert.«

»Ich schätze, mein täglicher Spaziergang hält mich geschmeidig.«

»Schätze ich auch. Zum Glück für dich und Grace.«

»Auf uns hat er nicht gezielt.« Joe schob seinen Stuhl zurück, stand auf und schenkte sich frischen Kaffee ein. Er kehrte an den Tisch zurück, doch nachdem er den Becher abgestellt hatte, rührte er ihn nicht mehr an. »Was ist da oben passiert?«

Crawford wusste, dass Joe mit »da oben« das Dach des Gerichtsgebäudes meinte. »Ich habe heute noch keine Nachrichten gesehen, aber ich nehme an, dass es eine große Story ist. Eure Nachbarin Susan hat so was gesagt. Was wird denn berichtet?«

»Dass du versucht hast, den Kerl zum Aufgeben zu überreden, aber dass er von einem SWAT-Team ausgeschaltet wurde, nachdem er gemerkt hatte, dass er umzingelt war und auf einen Deputy Sheriff gefeuert hat.«

»Das trifft es ziemlich genau.«

»Die Fernsehleute haben groß rausgestellt, dass du ein Texas Ranger bist.«

»Ich bin ein Schreibtischtäter mit einer Ranger-Marke.«

»Wenn man die so hört, bist du ein Held.«

»Ich sehe das nicht so.«

»Ich auch nicht.«

Joe hatte sich langsam in Rage gesteigert und die letzten drei Worte in brodelndem Zorn ausgestoßen. Er drehte kurz lauschend den Kopf zur Seite, als wollte er sichergehen, dass Grace noch schlummernd im Schlafzimmer lag, dann wandte er sich wieder Crawford zu.

Doch bevor sein Schwiegervater noch etwas sagen konnte, ging Crawford zum Angriff über. »Seit ich durch diese Tür gekommen bin, brütest du was aus, Joe. Raus mit der Sprache.«

»Du hast es nicht lassen können, dich wie John Wayne aufzuführen.«

»Ich bin einem Mann mit einer halbautomatischen Waffe hinterher, der für jeden in diesem Gebäude eine tödliche Gefahr bedeutete. Hätte ich etwa tatenlos zusehen sollen, wie er da rausrannte?«

»In diesem Gebäude wimmelt es von Gesetzeshütern, und zwar rund um die Uhr.«

»Bloß war in diesem Moment außer Chet kein Gesetzeshüter zur Stelle, und der war tot.«

»Was hast du zu dem Amokläufer gesagt?«

Crawford hatte die letzten Stunden damit zugebracht, Neal dazu Rede und Antwort zu stehen. Er hatte wenig Lust, sich jetzt auch noch von seinem Schwiegervater verhören zu lassen. Andererseits hoffte er immer noch, den endgültigen Bruch mit Joe zu vermeiden, und erkannte, dass es sich auszahlen könnte, vorerst zurückzustecken.

»Das erzähle ich dir gern ein andermal, Joe, aber im Moment bin ich erledigt. Danke, dass du meinen Besuch bei Georgia arrangiert hast. Ich wollte sie unbedingt sehen. Und auch nach Grace wollte ich mich erkundigen. Jetzt, da ich weiß, dass beide friedlich schlafen, will ich nur noch ins Bett.«

Als er seinen Stuhl zurückschob und aufstand, tat Joe es ihm gleich. »Es wird Zeit, die Samthandschuhe auszuziehen.«

Crawford zog eine Braue hoch.

»Du weißt genau, wovon ich spreche«, fuhr Joe fort.

»Ja, ich weiß, wovon du sprichst. Aber du hattest jahrelang Zeit, dir deinen Ärger von der Brust zu reden, und du suchst dir ausgerechnet diesen Abend aus? *Diesen Moment?* Lausiges Timing, Joe. Kannst du deinen Zorn nicht wenigstens noch einen Tag in deiner Brust nähren?«

»Nein, weil ich mir später nicht vorhalten lassen will, dass ich dich nicht gewarnt hätte.«

»Wovor?«

Der ältere Mann stemmte die Hände in die Hüften und baute sich in Siegerpose auf. »Du hast mir heute großartig in die Hand gespielt. Das war ein absolutes Eigentor.« Er lachte kurz. »Die ganze Zeit habe ich mir den Kopf zerbrochen, wie ich dich bei dieser Geschichte in die Knie zwingen kann, und dann erledigst du das selbst für mich.«

»Und mit ›dieser Geschichte‹ meinst du unseren Disput über das Sorgerecht?«

»Was für ein *Disput?«*, feixte er. »Nach deinem selbstherrlichen Auftritt heute gibt es keinen Disput mehr.«

»Das war kein Auftritt. Ich wollte nur verhindern ...«

»Du hast einem niedergeschossenen Gerichtsbeamten die geladene Waffe abgenommen und bist einem Amokläufer nachgerannt. Diese Gerichtsangestellten, die du auf deinem Weg zum Dach angesprochen hast? Zwei davon haben sie im Fernsehen interviewt. Keiner von beiden hat den Mann in Weiß gesehen, aber beide haben ausgesagt, dass du ihnen einen mörderischen Schrecken eingejagt hast.«

Crawford wandte sich zur Tür. »Sag Grace, dass ich morgen früh noch mal nach ihr sehen werde.«

»Ich bin noch nicht fertig.«

Crawford drehte sich wieder um.

»Schon seit Beth dich damals angeschleppt hat, habe ich dich nicht ausstehen können.«

»Damit sagst du mir nichts wirklich Neues.«

»Du warst mir vom ersten Augenblick an zuwider.«

»Vom ersten Augenblick an? Warum? Was hat dich also so an mir gestört, obwohl du mich doch gar nicht kanntest? Dass ich jünger und kräftiger war als du? Dass ich dir, Mr. Top Gun persönlich, den Platz in Beths Herzen streitig gemacht habe?«

»Ich habe sofort gesehen, dass du kein Mann bist, den ich unter meinem Kommando haben möchte.«

»Nein«, widersprach Crawford. »In Wahrheit hast du gesehen, dass ich ein Mann bin, den du nicht unter dein Kommando bringen *konntest.* Darum hast du mich von Anfang an abgelehnt.«

»Beth hielt dich für schneidig und wagemutig. Ich halte dich für rücksichtslos. Und ich habe recht behalten. Deine Rücksichtslosigkeit hat sie umgebracht.«

Das hatte Crawford sich während seiner alkoholgetränkten Selbstanalysen auch immer gesagt. Und vor gar nicht langer Zeit hatte er seine beißenden Schuldgefühle auch seiner Therapeutin offenbart. Aber es war ein vernichtender Schlag, diese Worte aus dem Mund seines Schwiegervaters zu hören, denn damit stand ein für alle Mal fest, dass Joe und Grace ihn für den Verlust ihres einzigen Kindes verantwortlich machten, auch wenn sie ihn nie offen dafür verurteilt hatten.

Joe zielte mit dem Zeigefinger auf seine Brust. »Mit deinen Husarenstücken hast du mir die Tochter geraubt, aber dafür werden sie mir das Sorgerecht für meine Enkelin einbringen. Und diesmal unbefristet. Ich werde dich bis aufs Messer bekämpfen. Und nach deinen heutigen Eskapaden ist mir der Sieg sicher.«

Als die Detectives die Befragung von Crawford beendet hatten, war Holly schon vom tatenlosen Warten und Herumsitzen erschöpft. Danach hatte sie eine Stunde im Vernehmungszimmer verbracht, dort ihre offizielle Aussage gemacht und dabei detailliert sämtliche Fragen beantwortet, die zum großen Teil auf Mr. Hunts Reaktion abzielten.

Wie sie es Mrs. Briggs versprochen hatte, ließ sie sich von zwei Polizisten nach Hause begleiten, und tatsächlich war sie froh um die beiden, die ihr erst im Streifenwagen folgten, dann mit ihr zur Hintertür gingen und sie ins Haus brachten.

Sie wohnte im Gästehaus auf einem hektargroßen, abgelegenen Anwesen, das einer Freundin des verstorbenen Richters Waters gehörte. Ein malerisches und charmantes Häuschen, das von einer üppigen Gartenanlage umgeben war. Hohe Azaleenbüsche und dichte, immergrüne Hecken trennten es vom Haupthaus, schirmten es beinahe komplett gegen die Straße ab und verwehrten jeden Blick in den kleinen Garten hinter dem Haus.

Gewöhnlich genoss sie es, dass sie hier so abgeschieden war, aber als sie die Polizisten verabschiedete, hätte sie lieber, und sei es nur für diese eine Nacht, Nachbarn in der Nähe gehabt. Extrem angespannt und dünnhäutig verriegelte sie erst die Hintertür, ging dann sämtliche Zimmer ab und sah in allen Schränken und hinter allen Zimmertüren nach, bis sie sich überzeugt hatte, dass nirgendwo ein maskierter Mann in einem weißen Overall auf sie lauerte. Natürlich erbrachte ihre Suche nichts, und sie schalt sich selbst dafür, so ein Angsthase zu sein.

*Er ist tot.*

Doch sooft sie sich das auch vorsagte, verfolgte sie in Gedanken nichtsdestoweniger das verzerrte Gesicht hinter der durchsichtigen Maske. Ihr war klar, dass es sich so schnell nicht abschütteln lassen würde.

In ihrer Nervosität spielte sie mit dem Gedanken, Mrs. Briggs anzurufen, redete sich das dann aber aus. Ihre Assistentin würde darauf bestehen, ihr Gesellschaft zu leisten, und dann würde sich Holly erst recht wie eine Jammerliese vorkommen.

Oder sie konnte Marilyn anrufen. Selbst so spät war sie wahrscheinlich noch wach. Doch Holly fehlte die Energie, sich heute Abend mit Marilyn auseinanderzusetzen, die selbst in ihren besten Momenten ein erdrückendes Wesen hatte.

Letztendlich rief sie niemanden an, ihre Angst bildete sie sich ein. Dennoch ließ sie beim Duschen die Kabinentür offen, obwohl die aus Klarglas war. Nachdem sie sich bettfertig gemacht hatte, ging sie noch einmal in die Küche und holte aus einem Küchenschrank eine Whiskyflasche, die ihr Dennis hinterlassen hatte. Normalerweise trank sie nichts, das so stark wie Bourbon war, aber sie konnte sich keine Gelegenheit vorstellen, zu der ein harter Drink besser gepasst hätte.

Sie überzeugte sich nochmals, dass alle Fenster und Türen verriegelt waren, bevor sie das Whiskyglas mit ins Bett nahm, wo sie sich in die Kissen zurücklehnte und dankbar an ihrem Drink nippte.

*Jorge Rodriguez.* Sie durchforstete ihr Gedächtnis nach einem noch so kleinen Erinnerungsfetzen. Wie erleichtert wäre sie gewesen, hätte sie den Amoklauf des Mannes auf eine Entscheidung zurückführen können, die entweder sie oder Richter Waters gefällt hatten. Hätte sie irgendeine Verbindung zwischen ihr und Rodriguez entdeckt, und wäre sie noch so weitläufig gewesen, hätte es für Holly so etwas wie einen Abschluss bedeutet.

Vorerst allerdings blieb das Motiv für den Mordversuch unbekannt, und das ließ ihr keine Ruhe. Selbst wenn sie für ihren eigenen Seelenfrieden keine Erklärung gebraucht hätte, würde die Öffentlichkeit nach einer verlangen. Ihre Wähler würden wissen wollen, was hinter der Tragödie im Gerichtsgebäude steckte und inwiefern es mit ihr zusammenhing.

Sie zweifelte nicht daran, dass Sanders den Vorfall ausschlachten, ihn verzerren und verfälschen würde, um sie in ein schlechtes Licht zu rücken. Wahrscheinlich war er in diesem Moment noch wach und bereitete sich darauf vor, sie mit offener Kritik und kaum verhohlenen Andeutungen zu bombardieren. Er würde angreifen wollen, solange der Vorfall noch aktuell war, und möglicherweise schon morgen die erste Attacke reiten.

Mit diesen Gedanken trank sie den Whisky aus, stellte das Glas auf dem Nachttisch ab und tastete nach dem Lichtschalter. Plötzlich zögerte sie und überlegte, ob sie nicht bei eingeschaltetem Licht schlafen sollte. Nur heute Nacht. Doch gleich darauf schalt sie sich für ihre alberne Angst und knipste entschlossen das Licht aus.

Sie bemerkte, dass ihre Hände immer noch zitterten. Der Whisky hatte sie nicht beruhigt, sondern ihre Erinnerungen an den Schützen eher noch verstärkt, die Bilder in ihrem Kopf greller und schrecklicher werden lassen.

Angespannt lag sie da, hellwach und mit äußerst geschärften Sinnen.

Sie schoss mit rasendem Herzen hoch, als sie ein Geräusch aus ihrem Garten hörte.

# 5

Ein Vorhang wurde zur Seite geschoben, und ihr Gesicht tauchte im Fenster auf. Automatisch streckte sie die Hand nach dem Lichtschalter aus.

»Lassen Sie das Licht aus.« Er sagte es gerade so laut, dass sie ihn durch die Fensterscheibe hindurch hören konnte.

»Was wollen Sie hier?«

»Machen Sie die Tür auf.«

»Sind Sie verrückt?«

»Die vom Gericht benannte Psychiaterin meinte nein. Und jetzt machen Sie mir auf.«

Crawford wartete mit abnehmender Geduld, während sie mit sich rang. Schließlich schob sie den Riegel zurück, drehte den Türknauf und zog die Tür auf. Er schlüpfte ins Haus, schloss die Tür hinter sich und zog den Vorhang wieder zu. Als er sich zu ihr umdrehte, trat sie vorsichtshalber einen Schritt zurück.

»Sie können sich entspannen.«

»Das sehe ich aber anders, Mr. Hunt.«

»Hätte ich angeklopft, wenn ich Ihnen was antun wollte?«

Am anderen Ende der Küche stand eine Tür offen, durch die er ins Wohnzimmer blicken konnte. Auf der gegenüberliegenden Seite des Wohnzimmers sah er einen kurzen Flur, der wahrscheinlich zu den Schlafzimmern führte. Ein Nachtlicht glomm an der Sockelleiste im Flur. Es erhellte die Küche gerade so weit, dass sie nicht aus Versehen gegen die Möbel stießen.

»Sind Sie allein hier?«

»Es ist vier Uhr morgens.«

Er wartete ab, bis sie ihn wieder ansah. »Sind Sie allein?«

Sie zögerte und nickte dann knapp.

»Wer wohnt drüben im Haupthaus?«

»Eine über achtzigjährige Witwe.«

»Allein?«

»Mit drei Katzen.«

»Keine Haushälterin? Keine Pflegerin?«

»Sie besteht darauf, allein zu wohnen, trotzdem ist es für sie und ihre Angehörigen beruhigend, wenn jemand in ihrer Nähe ist. Sie war mit Richter Waters befreundet. Er wusste, dass ich eine Unterkunft brauchte, also hat er dieses Arrangement vorgeschlagen, und bisher hat es sich für beide Seiten ausgezahlt.«

Er sah keinen Grund, warum sie ihn anlügen sollte, was die Bewohnerin der mächtigen Südstaatenvilla mit der griechisch anmutenden Säulenfront anging. Dass dort eine vornehme, aber unabhängige Witwe mit drei Katzen ihren Lebensabend verbrachte, entsprach einem zu großen Klischee, als dass es erfunden sein konnte.

Crawford entspannte sich ein wenig und sah die Richterin genauer an. Das Haar, das sie im Gericht noch zu einem strengen Pferdeschwanz gebunden hatte, fiel ihr frei auf die Schultern. Unter seinem prüfenden Blick schob sie es verlegen hinter die Ohren zurück.

»Ich frage Sie noch mal: Was machen Sie hier?«

»Haben Sie schon geschlafen?«

»Ja.«

Er wusste, dass sie log, und sah sie stumm an.

Nach einigen Sekunden seufzte sie. »Ich habe zu schlafen versucht, aber die Schießerei ging mir nicht aus dem Kopf.«

»Wessen Flasche ist das?«

»Was?« Sie folgte seinem Blick und sah die Whiskyflasche auf der Küchentheke stehen. »Meine.«

»Glaube ich Ihnen nicht.«

»Na schön, die hat jemand hiergelassen …«

»Und wer?«

»… und ich bin froh, dass er es getan hat …«

»Also ein Mann?«

»… weil ich heute Abend wirklich einen Schluck gebraucht habe.« Eisern richtete sie sich auf. »Ich brauche Ihnen überhaupt nichts zu erklären, Mr. Hunt, wohingegen Sie mir eine ganze Menge zu erklären haben. Zum Beispiel, was Sie hier tun und woher Sie wussten, wo ich wohne.«

»Ich bin nicht umsonst Texas Ranger.«

»Sparen Sie sich die Sprüche.«

»Das sollte auch keiner sein. Ich musste acht Jahre als Trooper ableisten, bevor ich mich auch nur bewerben durfte.«

Während sie still vor sich hin kochte, sah er sich gründlicher in der Küche um. Auf der Theke standen die üblichen Kleingeräte, im Fenster über der Spüle außerdem ein Usambaraveilchen, und der kleine Esstisch wurde von zwei Stühlen flankiert. Kompakt und penibel aufgeräumt. Nirgendwo Unordnung. So wie er es erwartet hätte.

»Wie lange wohnen Sie schon hier?«, fragte er.

»Seit dem Tag, an dem ich in die Stadt kam.«

»Aus Dallas, richtig?« Er zog eine Braue hoch. »Die Stadtmaus, die sich auf dem Land versuchen will?«

Das ärgerte sie sichtbar. »Ich frage Sie ein letztes Mal: Was machen Sie hier?«

»Genau das wäre meine nächste Frage an Sie gewesen. Warum ausgerechnet hier?«

»Das habe ich Ihnen doch schon erklärt. Die Witwe …«

»Ich meinte, warum ausgerechnet Prentiss? Warum unser einfaches Provinznest am Rande des Sumpfs?«

»Richter Waters musste damals aus gesundheitlichen Gründen aus dem Amt scheiden und redete mir zu, ich sollte mich als Ersatz für ihn bewerben.«

»Unter allen Staranwälten, die sich um so einen Posten raufen würden, hat er ausgerechnet Sie erwählt. Warum?«

Als sie nicht gleich antwortete, begriff er, dass er einen sensiblen Punkt angesprochen hatte. »Er kannte mich schon, als ich noch ein Kind war«, gestand sie schließlich mit hörbarem Widerwillen. »Er war eng mit meinem Vater befreundet.«

»Hm.«

»Was soll dieses ›Hm‹ andeuten?«

»Vetternwirtschaft?«

»Sie sollten für Greg Sanders Wahlkampf machen.«

»Für dieses Großmaul? Nein, danke.«

»Er spuckt wirklich gern große Töne. Seine Referenzen sind wenig beeindruckend und seine Wahlkampfaussagen mau, darum hat er sich aufs Schlammschleudern verlegt. Wenn man ihn reden hört, bin ich zu jung und zu unerfahren.«

»Na ja, er hat Ihnen wirklich zwanzig Jahre voraus.«

»Dann sollten seine Leistungen meine in den Schatten stellen. Tun sie aber nicht.«

Er begann, ihre Verdienste an den Fingern abzuzählen. »Jahrgangsbeste in Ihrem Studiengang. Direkt danach eine Stelle bei dieser hochkarätigen Familienrechtskanzlei in Dallas. In kürzester Zeit zur Partnerin ernannt. Berüchtigt für Ihren Erfolg bei der Scheidung dieses Eishockey-Spielers. Sie haben ein schönes Bündel für seine Ex rausgeholt.«

»Sie haben Ihre Hausaufgaben erledigt.«

»Habe ich irgendwas ausgelassen?«

»In der siebten Klasse war ich Klassensprecherin.«

»Das ist mir entgangen, überrascht mich aber nicht. Sie sind die personifizierte Streberin. Trotzdem glauben Sanders und einige andere, dass der Gouverneur Sie nur ernannt hat, weil Sie Richter Waters' blonder Engel waren.« Wieder wanderte sein Blick über die hellen Strähnen, die ihr Gesicht umrahmten. »Liegt auf der Hand, welcher Gedanke dahintersteckt.«

»Der Gouverneur hat sich selbst eine Meinung gebildet. Und ich werde das nicht mit Ihnen besprechen, Mr. Hunt.« Sie drückte ihren Rücken durch. »Im November wird man mich aufgrund meiner Verdienste wählen.«

Bei der Begegnung im Korridor der Polizeistation am frühen Abend hatte er sie zum ersten Mal ohne die schwarze Robe gesehen, die sie im Gerichtssaal anhatte. Sie hatte einen grauen Hosenanzug mit blauer Bluse getragen, ein maßgeschneidertes, schmuckloses Ensemble, das gut zu ihrem Beruf passte und wie geschaffen war für eine nüchterne Richterin unter ihrer Amtskleidung.

Aber trotz des streng geschnittenen Anzugs war er überrascht gewesen, wie zierlich sie ohne ihre Robe gewirkt hatte. Jetzt, barfuß und in einem ausgewaschenen, überdimensionierten T-Shirt unter dem offenen Morgenmantel, sah sie noch zerbrechlicher aus. Ohne den Richterornat war kaum etwas an ihr dran.

Dafür strahlte ihr Tonfall noch dieselbe Autorität aus. »Sie haben mir immer noch nicht erklärt, weshalb Sie hier sind, Mr. Hunt.«

Sein Blick wollte sich nicht von dem Saum des T-Shirts lösen, das ihr nicht ganz bis zu den Knien reichte, bis er sich einen Ruck gab und sich dazu zwang. »Ich wollte Ihnen ein paar Fragen stellen, und ich misstraue Telefongesprächen. Ganz zu schweigen von Verbindungsaufzeichnungen.«

»Ob Aufzeichnung oder nicht, Sie und ich sollten nicht privat miteinander sprechen.«

»Warum nicht? Haben Sie Angst, dass Neal uns Ärger machen könnte? Oder hat Nugent Sie so eingeschüchtert? Ein abgebrühter Detective, wie ich selten einen gesehen habe.«

»Die beiden ermitteln in einem Fall«, erklärte sie, ohne auf seinen Seitenhieb gegen den jüngeren Polizisten einzugehen. »Wir könnten, ohne es zu wollen, gegenseitig unsere Sicht auf die Ereignisse beeinflussen.«

»Ihre Aussage wurde schon aufgenommen, richtig?«

»Ja.«

»Und ich habe meine auch gemacht. Wir haben jeweils unsere Geschichte erzählt und vorab keine Notizen abgeglichen. Es ist in Ordnung, wenn wir jetzt darüber sprechen.«

»Möglicherweise. Aber in Hinsicht auf Ihre Sorgerechtsanhörung ist es unethisch, wenn wir uns unter vier Augen unterhalten. Ist Ihnen nicht klar, dass Sie durch Ihren Besuch hier die Anhörung …«

»Wie hätten Sie heute entschieden? Für mich oder für meine Schwiegereltern?«

Sie sah ihm sekundenlang in die Augen und senkte dann den Blick auf die Höhe seines Kragenknopfs. »Ich weiß es nicht.«

»Bullshit.«

Abrupt und wütend stellte sie den Augenkontakt wieder her. »*Kein* Bullshit, Mr. Hunt. Ich wollte alles, was heute im Gericht gesagt wurde, sorgfältig bedenken, bevor ich eine Entscheidung fälle.«

Er legte die rechte Hand auf sein Herz. »Wer könnte gerechter sein als Justitia in Person?«

Offenkundig verärgert baute sie sich vor ihm auf, was barfuß nicht besonders beeindruckend wirkte. »Ganz genau. Ich *bin* gerecht. Ich würde keine Entscheidung fällen wollen, die Ihrer Tochter …«

»Sie heißt Georgia.«

»… die Ihrer Tochter Georgia Schaden zufügen könnte. Denn um sie geht es hier. Nicht um Sie und auch nicht um Georgias Großeltern. Ich hoffe, dass Ihre Beziehung zu den Gilroys weiterhin freundschaftlich bleibt und dass beide Parteien den Ausgang des Verfahrens ohne Verbitterung akzeptieren werden. Falls es zu Feindseligkeiten zwischen Ihnen und den Großeltern kommt, könnte sich das nachteilig auf Georgia auswirken. Das möchte niemand, am allerwenigsten das Gericht. Und genau darum sollten die Argumente für beide Seiten mit Bedacht angehört, von allen Seiten betrachtet und lang und sorgsam abgewogen werden, bevor ein Urteil gefällt wird.«

Er sagte lange nichts. »Eine erhebende Ansprache, Richterin«, begann er nach einer Weile. »Eine richtige Hipp-Hipp-Hurra-Rede. Macht sich bestimmt gut bei einer Spendensammelaktion für Ihren Wahlkampf. Aber ich kaufe Ihnen kein verdammtes Wort davon ab, und schon gar nicht den Teil mit dem langen und sorgsamen Abwägen. Sie hatten schon über meinen Antrag entschieden, bevor ich heute in Ihren Gerichtssaal kam, habe ich recht?«

»Nein.«

Er brummte skeptisch.

»Schön. Glauben Sie, was Sie wollen.« Sie deutete zur Tür. »Aber tun Sie das woanders. Und jetzt gehen Sie bitte.«

»Sonst?«

»Sonst rufe ich die Polizei.«

Rein theoretisch war er die Polizei, doch er stieß ein schnaubendes Lachen aus. »Auf keinen Fall. Schlechte Publicity. Ganz schlecht für Ihren Wahlkampf. Noch mehr negative

Aufmerksamkeit nach dem heutigen Tag?« Er schüttelte den Kopf. »Oh nein. Ihr Rivale Sanders, Gouverneur Hutchins und auch sonst jeder spekulieren sowieso schon, ob Sie irgendwie schuld an dem Amoklauf sein könnten.«

Als hätte er sie damit unter der Gürtellinie getroffen, verschränkte sie schützend die Arme vor dem Bauch und schob die Hände unter die Ellbogen. »Sagen Sie das nicht.«

Ganz eindeutig hatte sie schon die Möglichkeit in Betracht gezogen, dass sie irgendwie verantwortlich sein könnte, und das machte ihr schwer zu schaffen. Aber leisezutreten, um ihre Gefühle zu schonen, war keine Möglichkeit für ihn, dafür stand zu viel auf dem Spiel. Wenn die Ermittlungen über den Vorfall abgeschlossen waren, mussten alle Bedenken, wie er heute reagiert hatte, ausgeräumt sein. Andernfalls hatte er nicht den Hauch einer Chance, Georgia je zurückzubekommen.

»Hatte Jorge Rodriguez irgendwie Ärger mit Ihnen?«, setzte er nach.

»Nicht dass ich wüsste.«

»Kommen Sie schon, Richterin. Hier ist keiner außer uns beiden.«

»Wollen Sie damit andeuten, ich hätte die Polizei belogen?«

»Jeder belügt die Polizei.«

»Ich nicht. Bis heute Abend hatte ich noch nie von einem Jorge Rodriguez gehört. Warum sollte ich überhaupt lügen?«

»Ganz einfach. Im November wollen Sie aufgrund Ihrer Verdienste gewählt werden. Wenn es da irgendwas Hässliches gab, ...««

»Raus ...«

»... möchten Sie bestimmt nicht, dass es während des Wahlkampfs ans Licht kommt.«

»... hier!«

»Also kein Skandal um einen Illegalen, wie?«

»Nein!«

Nugent hatte ihm gegenüber ausgeplaudert, dass sie behauptete, den Namen des Verdächtigen nicht zu kennen, doch Crawford hatte selbst abschätzen wollen, wie glaubwürdig sie war. Falls sie log, war sie eine begnadete Lügnerin. Er entdeckte keines der klassischen Merkmale, die verräterisch wirkten.

Allerdings war sie rasend wütend, und auch wenn er gerade große Töne gespuckt hatte, würde er abziehen müssen, falls sie ihm noch einmal befahl, endlich zu gehen.

»Na schön«, sagte er. »Sie kannten Rodriguez also nicht. Warum hat er es getan?«

Ihre steife Haltung löste sich ein wenig. Erschöpft schüttelte sie den Kopf, wobei sich die Haare lösten, die sie sich vorhin hinter die Ohren geschoben hatte. Sie holte tief Luft, was die Topografie unter ihrem T-Shirt in Bewegung brachte und seinen Blick darauf lenkte.

»Ich habe keine Ahnung«, sagte sie leise. »Ich wünschte, ich wüsste es.«

Es kostete ihn Mühe, wieder auf Kurs zu kommen. »Neal und Nugent meinten, sie hätten Dutzende von Zeugen vernommen, aber keiner will Rodriguez gesehen haben, bevor er Ihren Gerichtssaal betreten hat. Dabei hätte er selbst ohne Maske auffallen müssen, wenn er im Maleroverall durch das Gerichtsgebäude gestreift wäre.«

Sie hob beide Hände, um anzuzeigen, dass sie das auch nicht beantworten konnte.

»Wir können davon ausgehen, dass er mit dem Gebäude vertraut war«, fuhr er fort. »So wusste er zum Beispiel, dass es keine Überwachungskameras an manchen Ein- und Ausgängen gibt. Und er wusste, dass er eine Pistole ins Gebäude bringen konnte.«

»Ich war überrascht, als ich nach meinem Umzug hierhin erfuhr, dass es keine Metalldetektoren am Eingang gibt.«

»Ich wette, jetzt wird das Budget für die verstärkten Sicherheitsvorkehrungen genehmigt«, ergänzte er trocken. »Die nötigen Gelder wurden ja immer wieder verweigert und lieber für etwas anderes ausgegeben.«

»Und Chet musste dafür büßen.«

»Ja.«

»Könnte der Täter es auf ihn abgesehen haben?«, fragte sie.

»Das bezweifle ich schwer. Ich kenne ihn, seit ich ein Kind war. Er war der erste schwarze Deputy in unserem County. Wussten Sie das?«

Sie schüttelte den Kopf.

»Die meiste Zeit seines Arbeitslebens war er Gerichtsdiener.« Noch in Gedanken bei Chet, hörte er sich sagen: »Er hat mir zugezwinkert.«

»Wie bitte?«

»Das ist mir gerade wieder eingefallen. Nachdem er mich vereidigt hat, hat er mir kurz zugezwinkert, bevor er sich wegdrehte.«

Sie lächelte. »Das hört sich ganz nach ihm an. Obwohl er sich als Gerichtsangestellter genaugenommen unparteiisch verhalten sollte.«

»Stimmt. Trotzdem hat es mir viel bedeutet.« Ein paar Sekunden blieb es still. Dann schüttelte er die Melancholie ab, die sich über ihn gelegt hatte. »Jedenfalls kann ich mir nicht vorstellen, dass Chet Barker auch nur einen Feind auf der Welt hatte. Ich glaube, er war dem Amokläufer einfach nur im Weg.«

»Dem Weg zu meinem Pult«, ergänzte sie leise. »Sie glauben, dass ich das Ziel war, nicht wahr?«

Ihre betrübte Miene beschwor ihn, ehrlich zu antworten,

doch er ließ sein Schweigen für sich sprechen, und die logische Schlussfolgerung setzte ihr merklich zu. Sie wandte den Kopf ab. Er beobachtete, wie sie sichtlich gestresst die Unterlippe zwischen die Zähne zog.

»Hören Sie«, sagte er, »bis jetzt sind das alles nur Mutmaßungen. Selbst wenn er es auf Sie abgesehen hatte, aus welchem wirren Gedankengang auch immer, er kann Ihnen nichts mehr tun.«

»Dennoch würde ich gern wissen, was ich verbrochen oder unterlassen habe, um ihn so weit zu bringen, dass er mich töten wollte. Was habe ich ihm angetan, dass er sich so gnadenlos rächen wollte?«

»Vielleicht hatte es ja gar nichts mit Ihnen zu tun.«

»Sie haben gerade gesagt, dass sie glauben, ich sei das Ziel gewesen.«

»Nein. *Sie* haben das gesagt. Aber vielleicht wurde Rodriguez, oder wie immer er auch wirklich hieß, gar nicht durch Sie oder das Gericht oder sonst etwas angestachelt, was sich eindeutig benennen lässt. Vielleicht war er einfach ein Wirrkopf, dem es Freude machte, kleine Tiere abzuknallen. Es war nur eine Frage der Zeit, bis er sich auf Menschen verlegte, und das Gerichtsgebäude bot dafür eine gute Bühne.«

»Vor allem für den finalen Akt.«

»Vor allem für den finalen Akt. Da bekam er eindeutig die Aufmerksamkeit, die er suchte. Und darum werden die Lokalpolitiker, die Medien und die Menschen hier im Ort Fragen stellen, und die Polizei wird alles tun, um sie zufriedenstellend zu beantworten. Sie müssen nachweisen, dass es gerechtfertigt war, ihn so auszuschalten.«

»*War* es gerechtfertigt?«

»Ich hatte mich als Texas Ranger zu erkennen gegeben und ihn aufgefordert, die Waffe niederzulegen. Er hat sich nicht nur geweigert, er hat zwei Schüsse auf einen uniformierten Polizisten abgefeuert und hätte wahrscheinlich noch weiter um sich geschossen, wenn das SWAT-Team ihn nicht ausgeschaltet hätte. Nein, Richterin, es hätte kaum anders ablaufen können. Es ist nur …«

Er dachte an diesen schicksalsträchtigen Moment. Real hatte er nur wenige Sekunden gedauert, und doch hatte er alles verändert und ein Leben beendet. Er war dabei gewesen. Er hatte alles mitverfolgt. Und doch war ihm unbegreiflich, warum dieser junge Mann sich in eine Situation manövriert hatte, in der er so gut wie sicher sterben musste.

Offenbar war ihm die Betroffenheit anzusehen, denn der Gesichtsausdruck der Richterin lud ihn ein, ihr zu erklären, was ihm im Kopf herumging. »Ich wünschte, ich hätte noch ein paar Sekunden mit ihm allein haben können, wissen Sie?«, hörte er sich sagen, ehe er es sich versah. »Vielleicht hätte ich ihn dann überreden können, die Pistole aus der Hand zu legen. Oder ich hätte den Deputy überzeugen können, sich zurückzuziehen, damit ich allein mit ihm sprechen kann. Oder …«

»Oder Sie hätten getötet werden können.«

Dieser Satz holte ihn in die Gegenwart und zu ihr zurück und machte ihm wieder bewusst, warum er überhaupt hergekommen war. »Richtig. Ich hätte getötet werden können. Deshalb tut es mir leid, dass ich ihm überhaupt nachgerannt bin. Aber ich habe es getan. Und weil ich es getan habe, sitze ich jetzt im Dreck, und das gefällt mir nicht. Ich habe mich schon einmal durch ähnlichen Dreck wühlen müssen.« Er machte eine Pause, um seinen Worten Nachdruck zu verleihen. »Wie Sie genau wissen.«

Sie senkte den Blick. »Das alles bedeutet für Sie nur Schwierigkeiten, und das tut mir leid.«

»Ach ja, ich bin sicher, dass es Ihnen das Herz zerreißt.«

Sie hörte die bittere Ironie in seinen Worten, hob den Kopf und sah ihn an. »Wieso zweifeln Sie daran?«

»Weil ich Ihnen mit meiner ungestümen Reaktion heute den perfekten Vorwand geliefert habe.«

»Ich weiß nicht, wie Sie das meinen.«

»Von wegen.« Er machte einen Schritt auf sie zu. »Wenn Sie jetzt, in dieser Sekunde, über meinen Antrag entscheiden müssten, würden Sie mir dann das Sorgerecht für Georgia zusprechen?«

Sie öffnete ihre Lippen, um ihm zu antworten, aber kein Laut kam aus ihrem Mund.

»Habe ich mir doch gedacht.« Er lachte humorlos. »Nach der Aktion heute können Sie mir das Sorgerecht für mein kleines Mädchen verwehren, ohne dass Sie deswegen ein schlechtes Gewissen haben müssen.«

Seine Schlussfolgerung ärgerte sie. »Nach dieser Aktion«, sagte sie und schwenkte dabei die Hand zwischen ihnen hin und her, »werde ich überhaupt nicht mehr über Ihren Fall entscheiden. Ich werde mich von dem Verfahren zurückziehen und es an einen anderen Richter übergeben müssen.«

»Noch besser. Dann können Sie Ihre Hände in Unschuld waschen.« Er klopfte sich die Hände ab. »Während ich bei einem anderen Richter ganz von vorn anfangen darf. Wahrscheinlich mit einer weiteren Therapie. Jedenfalls mit irgendwelchem neuen Quatsch. Und noch länger auf Georgia warten muss.«

»Was nun wirklich nicht meine Schuld ist«, sagte sie genauso laut wie er. »*Sie* haben sich diese Unannehmlichkeiten eingebrockt, als Sie vor meiner Tür aufgetaucht sind.«

Natürlich hatte sie damit recht, aber das würde er nie im Leben zugeben. »Na schön, nachdem Sie sowieso aus dem Spiel sind, können Sie mir ja erzählen, wie Sie entschieden hätten.«

»Ich habe Ihnen schon einmal gesagt …«

»Dass Sie das nicht wissen.«

»Genau.«

»Was für ein Bockmist. Während Sie in meiner ›Akte‹ geblättert und so getan haben, als würden Sie sich ein Urteil bilden, da wussten Sie längst, was Sie sagen würden. Richtig? *Richtig?*«

»Ich weiß nicht, wie ich entschieden hätte, und wie können Sie es wagen, hier aufzutauchen und eine Antwort von mir zu verlangen?«

»Ich verlange es, weil mein Schwiegervater mir gedroht hat.«

Sie erstarrte bei seinen Worten. Sie hielt einige Augenblicke still, um mehrmals kurz durchzuatmen. »Gedroht?«

»Joe hat mir heute Abend eröffnet, dass er mit allen Mitteln gegen meinen Antrag vorgehen will. Er hat mir seine Feindseligkeit offen gezeigt. Unser Umgang ist ab heute nicht mehr – wie haben Sie es genannt? Freundschaftlich? Drauf geschissen. Die Samthandschuhe sind ausgezogen. Der Krieg ist offiziell erklärt. Wenn er so spielen will, in Ordnung. Aber ich will von Ihnen wissen, ob ich mich dabei in eine verlorene Schlacht stürze und nur meine Zeit verschwende – von den Anwaltshonoraren mal ganz abgesehen.«

»Ich bin mir sicher, er hat nur vorübergehend die Fassung verloren.«

»Joe, der Kampfpilot? Oh nein. Der verliert niemals die Fassung.«

»Heute vielleicht doch. Mr. Hunt, alles, was im Nachgang zu dem, was wir heute Nachmittag erlebt haben, geäußert wurde, sollte mit Bedacht …«

»Scheiße, ich hasse das.«

»Was denn?«

»Wenn Sie mit mir reden, als würden Sie hinter Ihrem Pult sitzen, mit hochgeschlossener Robe und dem Hammer in der Hand. Sagen Sie es mir ins Gesicht, ohne langes Drumherum, ohne juristisches Kauderwelsch. Von Mensch zu Mensch. Hätten Sie zu seinen oder zu meinen Gunsten entschieden?«

»Das besprechen wir …«

»Jetzt! Das besprechen wir hier und jetzt. Hätte ich gewonnen oder verloren?«

»Ich kann nicht …«

»Sagen Sie schon!«

»Hören Sie auf, mich so zu bedrängen!«

Ihre Stimme brach beinahe bei dem Ausruf, und das ließ ihn vor Schreck verstummen.

»Sie waren heute nicht das einzige Opfer«, verkündete sie in demselben bebenden Tonfall. »Es tut mir leid, dass Sie sich in dieser Situation befinden. Ehrlich. Es tut mir leid, dass mein netter, leutseliger und warmherziger Gerichtsdiener, den Sie seit Ihrer Kindheit kennen und der Ihnen zugezwinkert hat, sterben musste, weil er mich beschützen wollte. Es tut mir leid, dass Ihre Schwiegermutter nicht aufhören kann zu weinen. Es tut mir leid, dass ich nicht weiß, was diesen Mann dazu getrieben hat, so etwas zu tun, und falls sein Motiv irgendetwas mit mir zu tun hat, tut mir das umso mehr leid.«

Sie lehnte sich gegen die Küchentheke und wischte sich mit beiden Fäusten die Tränen von den Wangen. Dann öffnete sie die Hände und schaute auf ihre Handflächen. »Und es tut mir leid, dass ich nicht aufhören kann zu zittern und dass ich ernsthaft überlegt habe, diese Nacht bei angeschaltetem Licht zu schlafen, was von einer Feigheit zeugt, die ich bis heute nicht bei mir kannte.«

Dann versagte ihr die Stimme endgültig, und sie musste mehrmals schwer schluckend Luft holen. »Aber der Mann mit der Maske war wirklich furchteinflößend, und es war schrecklich, Chet sterben zu sehen, und …« Sie schlug die Hände vors Gesicht und begann zu schluchzen.

»Oh Scheiße«, murmelte Crawford. Er schob die Hände in die hinteren Hosentaschen seiner Jeans und ließ die Richterin einige Sekunden ungehemmt weinen. »Hey. Hören Sie auf damit«, bat er sie schließlich.

»Ich kann nicht.«

»Doch, das können Sie.«

»Nein, kann ich nicht. Ich hatte solche Angst. Nicht nur um mich, auch um … um …«

»Kommen Sie schon, hören Sie auf zu weinen.«

»… um uns alle. Er war so …«

»Furchteinflößend. Ich weiß. Ich hatte auch Angst.«

»Hatten Sie nicht.«

»Von wegen.«

Sie weinte weiter in ihre Hände.

»Versuchen Sie, nicht mehr daran zu denken, okay?«

Sie nickte, hörte aber immer noch nicht auf zu weinen.

Er zog die Hände wieder aus den Hosentaschen und zupfte eine Papierserviette aus dem Halter auf dem Esstisch. »Hier. Tupfen Sie sich die Augen trocken.« Sie sah die Serviette nicht, die er ihr entgegenstreckte, darum trat er zu ihr und stupste sanft gegen ihren Arm. »Nehmen Sie die hier.«

Blind tastete sie mit einer Hand nach der Serviette und drückte sie dann auf ihr Gesicht. Aber sie konnte einfach nicht aufhören zu weinen; im Gegenteil, das herzzerreißende Schluchzen verstärkte sich noch.

Crawford war die Situation so unangenehm, dass er von einem Fuß auf den anderen trat. »Jetzt kommen Sie schon. Das hilft niemandem. Reißen Sie sich zusammen.«

»Versuche ich ja. Es geht nicht.«

»Es ist alles okay.« Er trat einen Schritt auf sie zu und legte leicht die Hände auf ihre Schultern. Dann tätschelte er sie und sagte: »Es ist vorbei.«

»Ich weiß, aber …«

»Sie sind hier in Sicherheit. Wir sind alle in Sicherheit. Haben Sie gehört? *In Sicherheit.*«

Offenbar waren seine beschwichtigenden Worte zu ihr durchgedrungen, denn kurz darauf sank ihr Kopf nach vorn, als hätten sich ihre Nackenmuskeln in Luft aufgelöst. Sie hickste in die nasse Serviette, tupfte sich damit die Augen und wischte sich die Nase, bevor sie zuletzt die Hände vom Gesicht nahm. »Tut mir leid.«

»Kein Problem. Schon besser?«

Sie nickte, und dabei berührte ihre Stirn seine Brust und blieb dort liegen. Seine Hände kamen auf ihren Schultern zur Ruhe und wanderten weiter in ihren Nacken, wo seine Fingerspitzen sie sanft massierten. Sie legte ihre Hände an seine Taille und schmiegte sich an ihn. Ihr Körper erschauerte unter einem tiefen Atemzug.

»Schscht.« Er drückte sie an sich und schob seine Finger hoch unter ihre Haare, bis seine Hand ihren Hinterkopf umfasste. Die andere Hand glitt an ihrem Rücken abwärts und streichelte über ihre Wirbelsäule, bis sie über die Taille rutschte und auf ihrer Hüfte landete. Wo sie liegen blieb.

Beide hörten im selben Moment auf zu atmen.

Nach einer gefühlten Ewigkeit in absoluter Erstarrung hob sie den Kopf.

Crawford sah in ihre glänzend grünen Augen und dachte: *Oh Fuck.*

# 6

»Ja?«, knurrte Crawford in sein Handy.

»Hier ist Neal Lester. Ich muss mit dir reden.«

Crawford zwang die Augen gerade so weit auf, dass er durch den Lidspalt die Uhr auf seinem Nachttisch ablesen konnte, und stellte überrascht fest, dass es schon nach zehn war. »Worüber?«

»Hast du noch geschlafen?«

»Und um das zu fragen, rufst du bei mir an?«

»Sehr witzig.«

Crawford wälzte sich auf den Rücken und bedeckte mit dem Unterarm die Augen. »Ich habe kaum ein Auge zugetan. Das kann passieren, wenn man zusehen muss, wie zwei Männer niedergeschossen werden. Ich bin da eigen.«

Prompt stürzte alles, was gestern passiert war, wieder auf ihn ein. Und ganz oben auf diesem Haufen verstörender Erinnerungen kam das Bild zu liegen, wie er es mit Richterin Holly Spencer trieb.

Er rieb sich mit Daumen und Mittelfinger seine Augen und unterdrückte ein Stöhnen. *Oh Gott.*

Neal gab keine Ruhe. »Wie schnell bist du wach und angezogen?«

»Kommt drauf an. Wieso?«

»Das sage ich dir, wenn ich bei dir bin.«

Praktisch im selben Moment war die Leitung tot. Fluchend wuchtete er sich hoch und schwang die Füße aus dem Bett. Er stützte die Ellbogen auf die Knie und schickte, die Hände vors Gesicht geschlagen, ein Stoßgebet zum Himmel, dass er das erotische Zwischenspiel mit der Richterin nur geträumt hatte. Doch dann kristallisierten sich die Erinnerungen immer klarer heraus und nahmen Gestalt, Klang und Substanz an.

Sie. Er. Zündung. Rakete.

Seine Türglocke läutete. Er ließ die Hände zwischen die Knie fallen. »Das *muss* ein schlechter Witz sein.« Es läutete noch mal. Er schlüpfte in Unterhose und T-Shirt, stampfte durchs Haus zur Vordertür und riss sie mit finsterem Blick auf.

»Ich stand schon vor dem Haus, als ich angerufen habe.« Neal zeigte mit dem Daumen über die Schulter auf das Zivilfahrzeug am Straßenrand. »Darf ich reinkommen?«

Crawford drehte ihm den Rücken zu und stakste wieder zurück, ließ die Tür aber offen.

»Wohin gehst du?«, rief Neal ihm nach.

»Pissen.«

Crawford wandte sich nicht um und überließ seinen ungebetenen Gast sich selbst. Er benutzte die Toilette und spritzte sich kaltes Wasser ins Gesicht. Dann hob er die Jeans von gestern auf, die immer noch neben dem Bett lagen, wo er sie in den frühen Morgenstunden achtlos hingeworfen hatte. Er war noch dabei, sie zuzuknöpfen, als er wieder ins Wohnzimmer trat.

Neal hatte die Tür geschlossen, war aber direkt dahinter stehen geblieben. In auffälligem Kontrast zu Crawfords verknitterter Erscheinung war er ein Musterbild an Korrektheit – mit sorgfältig gescheiteltem Haar, knitterfreier Kleidung, blank polierten Schuhen und so glattrasiert, dass sein Gesicht glänzte.

»Zur Küche geht's da lang«, bellte Crawford.

Bis Neal ihm gefolgt war, hatte er den Wassertank der Kaffeemaschine gefüllt und war dabei, gemahlenen Kaffee in den Filter zu löffeln. »Also, was gibt's, Neal?«, fragte er grimmig.

»Der Gerichtsmediziner meinte, wir sollten sofort vorbeikommen, falls wir den Leichnam noch sehen wollen, bevor er die Autopsie vornimmt.«

Crawfords Hände erstarrten kurz in der Bewegung, dann kippte er einen letzten Löffel Kaffeepulver in den Filter, rastete den Filterhalter über der Kanne ein und drückte den Startknopf der Maschine. Erst dann drehte er sich um. Er musterte Neal von Kopf bis Fuß. »Hm.«

»Was ist?«

»Du siehst gar nicht aus, als hättest du den Verstand verloren. Aber anders kann ich mir das nicht erklären. Gestern Abend hast du stundenlang mit allen Mitteln versucht, mir ans Bein zu pinkeln, und heute Morgen tauchst du hier auf und tust so, als wären wir Partner? Raus aus meinem Haus!«

»War nicht meine Idee, dich hinzuzuziehen.« Neals Mund war ein Strich, er öffnete die Lippen kaum beim Sprechen. »Der Befehl kam vom Chief persönlich.«

»Wenn er einen Ranger will, soll er im Büro in Tyler anrufen und nachfragen, wer verfügbar ist. Ich habe mir ein paar Tage frei geben lassen, und mein Vorgesetzter meinte, ich könnte mir alle Zeit lassen, die ich brauche.«

»Ich weiß, aber der Chief sagte ...«

»Ihr habt den Täter. Ihr müsst ihn nur noch identifizieren, und dafür braucht ihr mich wirklich nicht. Ich gehe wieder ins Bett. Oder vielleicht eine Runde laufen oder schwimmen. Vielleicht schneide ich mir auch die Zehennägel. Was ich *nicht* tun werde: mit dir in die Gerichtsmedizin zu fahren und mir euren Toten anzuschauen.«

»Hab mir schon gedacht, dass du so was sagen würdest.«
»Richtig gedacht.«
»Hör mich an, bevor du ablehnst.«
»Ich habe schon abgelehnt.«
»Der Chief meinte, dass du Rodriguez eventuell doch wiedererkennen könntest, wenn du ihn dir genauer ansiehst.«
»Bis zu unserem Duell auf dem Dach war er mir absolut unbekannt. Ich habe ihn gestern nicht wiedererkannt. Ich werde ihn auch heute nicht wiedererkennen. Ciao.«
»Der Chief meint, es könnte nicht schaden, wenn du noch mal einen Blick auf ihn werfen würdest.«
»Es wird aber auch nichts nützen.«
»Das können wir erst mit Sicherheit sagen, wenn du es getan hast. Du hast Rodriguez nicht aus der Nähe gesehen. Vielleicht wird das eine Erinnerung losrütteln.«
»Wird es nicht. Und ich habe was Besseres zu tun.«
Tatsächlich hatte er nichts zu tun. Er hatte für den Nachmittag einen Ausflug mit Georgia geplant, aber bis dahin stand nichts in seinem Terminkalender. Doch auf gar keinen Fall wollte er irgendetwas mit Ermittlungen zu tun haben, die Neal Lester leitete. Falls das hiesige Police Department Wert auf die Unterstützung der Texas Rangers legte, konnten sie einen seiner Kollegen heranziehen. Je eher er sich von dem gestrigen Ereignis – den gestrigen Ereignissen – distanzierte, desto besser.

Allerdings nahm Neal, seinem Ruf getreu, seinen Job als Laufbursche des Polizeichefs todernst. Er blieb mitten in der Küche stehen und sah ihn gequält, aber mit trotzigem Pflichtbewusstsein an.

Crawford kehrte ihm den Rücken zu und nahm einen Becher aus dem Küchenschrank. »Auch einen Kaffee?«

Einem barschen »Nein!« folgte: »Wir konnten bislang keine

Bestätigung dafür finden, dass Rodriguez sein wahrer Name ist.«

»Das ist ein Problem, zugegeben.«

»Seine Fingerabdrücke sind nirgendwo gespeichert.«

»Also keine Vorstrafen.«

»Nein. Aber sein Führerschein ist gefälscht. Keine Greencard, kein Arbeitsvisum, nichts in dieser Richtung in seiner Brieftasche. Er hatte nur dreißig Dollar bei sich und keine Kreditkarte. Kein Handy. Heutzutage kommt es praktisch überhaupt nicht vor, kein Handy zu haben.«

»Es sei denn, du bist jemand, der nicht mit einem Handy in der Tasche verhaftet werden will.«

»Du hast gesagt, du glaubst, er hätte nicht besonders gut Englisch gesprochen.«

»Das war nur eine Vermutung. Vielleicht sprach er es fließend und hat nur so getan, als würde er mich nicht verstehen. Vielleicht war er so verschreckt, dass ihn seine *Inglés*-Kenntnisse verlassen haben. Ein Mann, der eine so saudumme Aktion durchzuziehen versucht, wird wahrscheinlich nicht klar oder mit Verstand denken.«

»Wieso hältst du es für eine saudumme Aktion?«

Crawford zog die Braue hoch. »Du etwa nicht?«

»Doch. Aber ich würde gern hören, wieso du das denkst.«

»So viel Zeit hast du nicht.«

»Hör zu, du kannst dich meinetwegen wie ein Arschloch aufführen, ich erwarte nichts anderes von dir. Ich habe es mir nicht ausgesucht hierherzukommen. Glaub mir.«

»Oh, das glaube ich dir durchaus, Neal. Du siehst aus, als hättest du seit Tagen nicht gekackt.«

»Aber nachdem man mich schon zu dir geschickt hat, könntest du mir wenigstens was in die Hand geben, was ich dem Chief mitbringen kann.«

Crawford wollte ihm gerade erklären, dass Neal mit nichts als seinem Schwanz in der Hand zu seinem Boss zurückkehren konnte, wenn es nach ihm ging, aber in diesem Moment begann die Kaffeemaschine zu blubbern. Und nachdem er ohnehin auf seinen Kaffee warten musste, dachte er sich *Scheiß drauf.* Er beschloss, etwas anzusprechen, das ihm seit gestern keine Ruhe ließ.

»Der Typ hat gerade vor Zeugen einen Mann abgeknallt.«

»Richtig.«

»Er flieht vom Tatort eines Kapitalverbrechens.«

»Richtig.«

»Warum rennt er hoch aufs Dach?«

»Weil im Erdgeschoss des Gebäudes zwei Polizeibehörden untergebracht sind.« Die zwei identischen Seitenflügel für das Police Department und das Sheriff's Office lagen über Eck an dem Erdgeschoss des Gerichtsgebäudes, sodass der Komplex insgesamt ein großes U bildete.

»Trotzdem wäre es eindeutig schlauer, nach unten zu laufen statt aufs Dach«, widersprach Crawford. »Dort gibt es nur noch einen einzigen Fluchtweg. Und noch etwas: Er zündet sich eine Zigarette an.«

»Camel ohne Filter.« Neal zuckte mit den Achseln. »Er brauchte einen Nikotinschub.«

»Schon, aber… ich weiß nicht.« Crawford kratzte sich nachdenklich die nackte Brust und drehte den Kopf zum Fenster über der Spüle hin. Es sah nach Regen aus. Vielleicht würde er sich etwas anderes für seinen Nachmittagsausflug mit Georgia überlegen müssen.

»Was noch?«, bohrte Neal nach.

»Der Typ hat praktisch sichergestellt, dass er entweder festgenommen oder getötet wird. Das waren die beiden einzigen Optionen.«

»Oder ein Suizid.«

»Auch danach wäre er tot gewesen.«

»Worauf willst du hinaus?«, fragte Neal.

»Wozu die Verkleidung?«, führte er seine Überlegung laut aus. »Warum macht er sich die Mühe, sich zu verkleiden, wenn eine Flucht praktisch ausgeschlossen ist und er dazu verdammt ist, in Handschellen oder im Leichensack zu enden?«

»Um allen noch mehr Angst einzujagen?«

»Möglich«, murmelte Crawford. »In dem Fall hätte er Erfolg gehabt.«

Seine Gedanken kehrten zu Richterin Spencers Zusammenbruch zurück. Über Stunden hatte sie es geschafft, ihre Angstreaktion auf das, was sie im Gerichtssaal erlebt hatte, hinauszuzögern. Sie hatte sich ihre Panik nicht anmerken lassen, bis er sie bedrängt hatte, wic sie es formuliert hatte. Doch dann waren die Gefühle nur so aus ihr herausgeströmt, ohne dass die Flut noch eingcdämmt werden konnte.

Seine Bemühungen, sie zu trösten, hatten linkisch gewirkt, weil sie sich bis zu diesem Zeitpunkt nie berührt, sich nicht einmal die Hand gegeben hatten. Doch diese erste zögerliche Streicheleinheit über den Rücken, die eigentlich Trost spenden sollte, hatte in Überlichtgeschwindigkeit zu rohem, wildem, verschwitztem Sex geführt.

»Jemand zu Hause?«

Crawford räusperte sich und sah Neal wieder an. »Verzeihung, was?«

»Schlafwandelst du?«

»Nein, ich habe nur über etwas nachgedacht, was du gesagt hast.«

»Und was davon?« Neal klang immer noch wie der hochnäsige Klugscheißer, der er schon als Kind gewesen war und als den Crawford ihn heute noch sah.

»Hör zu, wenn es dir nicht gefällt, wie ich diese Unterhaltung führe, kannst du gern aus meinem Haus verschwinden.«

Neal ließ sich nicht so leicht einschüchtern. »Also noch mal. Bei keiner der Behörden im ganzen Gebäude – ob städtisch, staatlich oder bundesstaatlich – war ein Termin mit einem Jorge Rodriguez vorgemerkt. Wir haben auch keine unbezahlten Strafzettel auf seinen Namen gefunden. Keine ausstehende Steuererklärung.«

»Vielleicht wollte er heiraten.«

Der Einwurf rief bei Neal nicht einmal ein Blinzeln, geschweige denn ein Lächeln hervor.

»Überleg doch mal, bevor du die Möglichkeit ausschließt, Neal. Das Büro des Friedensrichters liegt im vierten Stock. Manche Männer nehmen so einiges auf sich, nur um sich nicht ewig binden zu müssen.«

Obwohl es ein gutes Gefühl war, den Detective auf den Arm zu nehmen, war Crawford nicht mit dem Herzen dabei. Er musste daran denken, wie zielstrebig Rodriguez auf das Richterpodium zumarschiert war. »Er war gekommen, um jemanden zu töten.« Er sah Neal an und erklärte mit uneingeschränkter Überzeugung: »Ich weiß nicht, wer er war oder warum er so dämlich und selbstmörderisch vorging, aber er wollte jemanden töten.«

Die Kaffeemaschine zischte und spuckte ein letztes Mal. Crawford füllte seinen Becher, lehnte sich gegen die Küchentheke und nahm nachdenklich einen Schluck. »Hat ihn die Überwachungskamera beim Betreten des Gebäudes aufgezeichnet?«, hörte er sich fragen, obwohl er sich fest vorgenommen hatte, nichts mehr zu dem Vorfall zu sagen und Neal stattdessen hochkant rauszuwerfen.

»Er ist um ein Uhr einundvierzig durch den Haupteingang rein, aber eins ist interessant: Er trug nichts bei sich.«

Verflucht, das war wirklich interessant. »Keine Sporttasche, keinen Beutel oder Rucksack?«

Neal schüttelte den Kopf. »Also hatte er sich schon länger auf gestern vorbereitet und sein Kostüm bei einem vorigen Besuch irgendwo versteckt, oder er trug den Maleroverall unter seiner Straßenkleidung.«

»Das bestimmt nicht«, sagte Crawford. »Nachdem er die Malersachen ausgezogen hatte, hätte er keine Zeit gehabt, wieder seine Straßenkleidung anzuziehen. In dem Fall wäre er in Unterwäsche oder nackt aufs Dach gelaufen.«

»Verdammt. Du hast recht.« Neal dachte darüber nach. »Ich nehme an, er hätte die Kappe, Handschuhe, Überziehschuhe und Maske in seine Hosentaschen stopfen können, bevor er das Gebäude betrat.«

»Vielleicht«, sagte Crawford, aber er hielt das für wenig wahrscheinlich. »Und danach?«

Neal schüttelte den Kopf. »Sobald er im Gebäude war, verliert sich seine Spur im Gedränge, es waren sehr viele Menschen zu diesem Zeitpunkt dort. Überall schwärmten mögliche Geschworene herum.«

»Stimmt«, bestätigte Crawford. »Ich wartete am Ende des Ganges auf unseren Termin um vierzehn Uhr. Und auf einmal war der vierte Stock voller Menschen.«

»Die Geschworenen waren auf dem Weg zum Gerichtssaal von Richter Mason, zwei Türen von eurem Saal entfernt. Ein Vergewaltigungsfall unter möglicherweise mildernden Umständen. Verteidigung und Staatsanwalt hatten einen ganzen Pool von Kandidaten für die Jury angefordert.«

»Müssen mindestens fünfzig oder sechzig gewesen sein«, entsann sich Crawford. »Die meisten kamen über den Treppenaufgang, statt den Aufzug zu nehmen.«

»Rodriguez hätte sich problemlos unter sie mischen und unbemerkt in eine Abstellkammer schlüpfen können. Um zwei Uhr achtundzwanzig haben die Kameras auf dem Dach aufgezeichnet, wie er aus der Tür tritt. Ohne Verkleidung, aber mit der Pistole, die er dann auf die Dachmauer gelegt hat.«

Die Überwachungskameras hatten alles genau so aufgezeichnet, wie es Crawford im Gedächtnis geblieben war und wie er es bei seiner Zeugenaussage geschildert hatte, aber sie gaben keinen Aufschluss darüber, was Rodriguez eigentlich bezweckt hatte. Tatsächlich blieben nach Neals Aufzählung noch mehr nagende Fragen offen. Es lag in Crawfords Natur, dass er diese wichtigen Informationslöcher stopfen wollte.

Aber im Geist knallte er die Tür vor seiner neugierigen Nase zu.

»Das wird sich alles klären, wenn ihr ihn erst identifiziert habt«, sagte er. »Bis dahin müsst ihr halt weiterraten.« Er hob seinen Kaffeebecher zu einem ironischen Prosit an. »Viel Glück dabei.«

»Der Chief will …«

»Nein.«

»Er hat das schon mit deinem Major Lieutenant in Houston geklärt.«

»Dann werde ich dort anrufen und das wieder *entklären*. Was ganz in deinem Sinn sein sollte. Wir zwei wären uns nicht mal *simpático*, wenn wir gemeinsam einen Reifen wechseln müssten. Hast du dich nicht erst gestern Abend über meine Taktik ausgelassen?«

»Das war unangemessen von mir.«

Crawford nahm die gestelzte Entschuldigung mit einem Schnauben zur Kenntnis. »Lass gut sein, Neal. Ich fühle mich nicht verletzt. Es interessiert mich einen Scheiß, was du von mir hältst.«

»Dann brauche ich ja nicht den Diplomaten zu spielen. Ich

mag weder dich noch deine Dirty-Harry-Masche. Aber«, er holte kurz Luft, »die Entscheidung liegt nicht bei mir, und andere halten große Stücke auf dich.«

Crawford wusste, wie viel Überwindung es ihn gekostet haben musste, das zu sagen. Neal tat ihm beinahe leid. Trotzdem ließ er sich nicht erweichen. »Danke dem Chief für das Vertrauensvotum, aber du wirst Rodriguez ohne mich identifizieren. Wenn du das Gefühl hast, dass du noch einen Ranger brauchst …«

»Das ist nicht der Punkt.«

»Was ist denn dann der Punkt?«

»Du warst allein mit diesem Mann auf dem Dach, du hast als Einziger mit ihm gesprochen.«

»Das steht alles in meiner Aussage, in der ich auch zugegeben habe, dass ich ganz instinktiv reagiert habe, ohne dabei, wie du so eilig angemerkt hast, die Konsequenzen einer so überstürzten Aktion zu bedenken. Was ich inzwischen bereue.«

Er sah Neal an, dass er geradezu erschrocken war, das aus seinem Mund zu hören.

»Nicht aus dem Grund, den du glaubst«, sagte Crawford. »Meine Handlungsweise war völlig korrekt. Dazu stehe ich. Ich bereue es aus einem absolut egoistischen Grund.«

»Willst du ihn mir verraten?«

Er sah keinen Grund, es nicht zu tun. »Indem ich diesem Amokläufer nachgerannt bin, stehen meine Chancen, Georgia wiederzubekommen, praktisch bei null. Bei der nächsten Anhörung wird mein Schwiegervater dem Gericht vor Augen halten, wie bedenkenlos ich dabei meine eigene Sicherheit außer Acht gelassen habe. Und wer würde Dirty Harry die Zukunft eines kleinen Mädchens anvertrauen?«

*Vor allem, nachdem er die zuständige Richterin erst gevögelt und dann allein in ihrem Haus zurückgelassen hatte.*

Wenn er an diese Augenblicke in Holly Spencers Küche dachte, fragte er sich unwillkürlich, ob er ihre Signale vielleicht völlig falsch interpretiert hatte. Und wenn ihre Miene, wenn die glänzenden Augen und die halb geöffneten Lippen keine Lust, sondern Ekel signalisiert hatten?

Verdammt, vielleicht hatte sie ihm gar nicht *Nimm mich und zwar jetzt gleich!* telepathiert. Genauso gut hätte dieser Blick auch eine Warnung sein können, dass sie schreien würde, falls er seine Schmuddelpfote nicht von ihrem Hintern nahm.

Aber sie hatte nicht geschrien.

Er hatte so auf ihre Signale reagiert, wie er sie gedeutet hatte. Als er sie an seinen Körper gepresst und hochgehoben hatte, protestierte sie nicht. Als er sie auf das Sofa im Wohnzimmer legte und sie ihm die Arme entgegenstreckte, wollte sie ihn nicht abwehren, sondern kämpfte stattdessen mit ihm um seine Gürtelschnalle, um festzustellen, wer sie schneller öffnen konnte.

Doch im grellen Licht der Rückschau bezweifelte er, dass ihr die Situation genauso im Gedächtnis geblieben war. Nicht er hatte einen Weinkrampf bekommen, sondern sie. Nicht er hatte dringend eine tröstende Umarmung gebraucht, sondern sie. Wenn er es dabei belassen hätte, wäre er vielleicht mit einem blauen Auge davongekommen.

Aber … so viel dazu.

Am besten würde er fortan auf Teufel komm raus Abstand halten und die unbeantworteten Fragen zu Rodriguez' Identität von jemand anderem beantworten lassen. Er durfte sich nicht noch tiefer verstricken.

Irritiert wischte er den Schweiß ab, der seitlich an seinem Oberkörper hinablief, ein Nebenprodukt seiner Erinnerungen an ihr Handgemenge auf dem kleinen Sofa. »Ich rufe deinen

Chef an und rücke das zurecht«, erklärte er grummelnd, »aber selbst er muss doch sehen, dass das für mich einen Interessenkonflikt bedeutet. Wenn ich mein Kind zurückbekommen will, sollte ich die ganze Sache am besten aussitzen. Du findest selbst hinaus.«

Er drehte sich wieder der Spüle zu und kippte den restlichen Kaffee in den Ausguss.

»Das heißt also Nein?«

»Ganz unter uns, das heißt Scheiße Nein.«

»Und wie soll ich es Mrs. Barker gegenüber ausdrücken?«

Crawford drehte sich abrupt um. »Wem?«

»Chets Witwe.« Neal griff in die Innentasche seines Sportsakkos und zog einen Briefumschlag heraus. »Den hier hat ein Verwandter von ihr heute Morgen im Police Department abgegeben. Er ist an dich adressiert, wurde aber zu Händen des Chiefs abgeliefert. Er hat sich die Freiheit genommen, einen Blick hineinzuwerfen, bevor er mich gebeten hat, dir den Brief zu überbringen.«

Er reichte Crawford den Umschlag, der tatsächlich davor zurückzuckte. Neal legte den Brief auf den Esstisch. »Hauptsächlich steht darin, wie viel Chet von dir hielt. Er fand, man hätte dich zu Unrecht kritisiert, nachdem … Na, du weißt schon.«

Neals Miene wurde säuerlich. »Mehrere Absätze lang lässt sie sich ausschließlich darüber aus, wie Chet dich immer gepriesen hatte. Deine Fähigkeiten. Deinen Mut. Blabla. Du kannst es dir vorstellen. Jedenfalls beschwört sie dich, die Schießerei im Gerichtssaal aufzuklären und ihr eine Erklärung für den Tod ihres Mannes zu liefern … nur wenige Monate vor seiner Pensionierung.«

Crawford senkte den Blick auf den pastellblauen Umschlag. Jemand hatte in ziselierten Buchstaben seinen Namen darauf geschrieben. Er schloss die Augen und stieß murmelnd einen Schwall von Flüchen aus.

»Ich nehme mir mal einen Kaffee«, fügte Neal selbstzufrieden hinzu, »während du dich anziehst.«

# 7

Die Gerichtsmedizin war im Untergeschoss des County-Krankenhauses untergebracht. Gerichtsmediziner Dr. Forest Anderson war ein über fünfzigjähriger Junggeselle, dessen Leidenschaft der Forensik und der französischen Küche galt. Wenn er sich nicht gerade mit dem ersten Interessensgebiet beschäftigte, steckte er bis zu den Ellbogen im zweiten, was erklärte, warum er fast so breit wie hoch war.

Er litt nicht nur an Übergewicht, sondern obendrein an Bluthochdruck und Diabetes, weshalb die Autopsie an seinem Körper ein einziges Lehrstück sein würde, wie er oft witzelte. Er bereue nur, dass er nicht selbst dabei zusehen dürfte.

»Eine Kugel trat durch den Rücken ein und brachte das Herz zum Platzen«, sagte er, während er zu dem Sektionstisch watschelte, auf dem der abgedeckte Leichnam lag. »Er hat praktisch nichts gespürt.«

Matt Nugent hatte bei ihrer Ankunft schon auf Neal und Crawford gewartet. Zu dritt stellten sie sich an der einen Seite des Tisches auf. Der Gerichtsmediziner trat auf die andere Seite, die linke des Leichnams, und schlug das Laken bis zum Bauchnabel zurück.

Obwohl Crawford im Lauf seiner beruflichen Tätigkeit schon viele Leichen gesehen hatte, schockierte ihn die Leidenschaftslosigkeit des Todes jedes Mal aufs Neue. Der Tod war der ultimative Gleichmacher. Ob ein Mensch nun durch Gewalt oder friedlich im Schlaf starb, was nach dem Tod übrig war, blieb immer gleich: ein Körper, kalt, grau und gespenstisch reglos.

Er ließ sich ein paar Sekunden Zeit, um Kraft zu tanken, und blickte dem Toten dann ins Gesicht.

»Diese hier wäre ebenfalls tödlich gewesen«, fuhr Dr. Anderson fort. »Sie trat von hinten in den Hals ein, durchtrennte die Wirbelsäule und trat hier wieder aus.« Er deutete auf den Bereich, an dem sich früher der Adamsapfel befunden hatte.

Crawford klingelten die Ohren. In seinen Adern schien das Blut zu brodeln. Er zwang sich, gleichmäßig durch die Nase zu atmen.

»Der dritte Schuss trat von hinten in den unteren rechten Bereich des Rumpfes ein und links durch die Bauchdecke wieder aus. Bis ich einen Blick hineingeworfen habe, kann ich nicht sagen, was er für Schäden angerichtet hat, aber ich würde vermuten, dass sie erheblich sind. Diese SWAT-Schützen kennen wirklich kein Pardon, wenn es darum geht, einen anderen Polizisten zu retten.«

Neal stand neben Crawford und demonstrierte professionelle Gelassenheit. Keiner von beiden sagte einen Ton dazu, dass Matt Nugent vernehmlich schluckte.

»Gut, dass keiner auf seinen Kopf gezielt hat, sonst wäre sein Gesicht vielleicht nicht mehr intakt«, dozierte Dr. Anderson weiter. Er sah sie der Reihe nach an. »Und es hat sich noch niemand gemeldet, um ihn zu identifizieren?«

Neal antwortete für sie alle. »Noch nicht.«

»Die Autopsie wird vielleicht etwas Licht in seine letzten Stunden bringen.« Der Arzt wippte auf seinen Füßen, die im Vergleich zum restlichen Körper so klein waren, dass sie geradezu komisch wirkten. »Mageninhalt. Drogen oder Alkohol im Blut. Einstiche habe ich bisher keine gefunden, aber schwer Drogenabhängige sind manchmal sehr clever. Ich werde noch mal gründlich nachsehen.«

»Darauf zählen wir.« Neal trat einen Schritt zurück und gab Crawford ein Zeichen, sich näher ans Kopfende des Tisches zu stellen. Crawford folgte der Aufforderung und beugte sich über Jorge Rodriguez, um sein Gesicht genau in Augenschein zu nehmen. Umsonst. Sobald er nur einen Blick auf den Toten geworfen hatte, hatte er alles gesehen, was es zu sehen gab.

Er richtete sich auf und trat vom Tisch weg. »Ich kenne ihn nicht.«

Der jüngere Detective unterbrach sein Schlucken gerade lang genug, um zu fragen: »Ganz sicher?«

»Ganz sicher. Ich habe diesen Mann gestern zum ersten Mal gesehen. Ich warte draußen.« Damit drehte er sich um und ging hinaus.

Crawford spazierte neben Neals Wagen auf und ab, bis die beiden Detectives wenige Minuten später aus dem Krankenhaus kamen. Neal informierte Nugent, dass er Crawford nach Hause bringen und sich dann mit ihm in der Polizeistation treffen würde.

Schweigend fuhren sie ein paar Blocks, bis Neal bemerkte: »Einen Versuch war es wert.«

Crawford starrte aus dem Seitenfenster. Er hatte die Lüftungsdüsen direkt auf sich gerichtet und ließ sich die klimatisierte Luft ins Gesicht blasen, doch das genügte nicht. Das Glühen und Kribbeln kam von innen. »Beim Rausgehen habe ich noch gehört, wie Anderson dich fragte, wann du zurückkommst.«

»Ich habe auch Richterin Spencer gebeten, sich den Toten anzusehen.«

Crawford sah ihn an. »Ist das wirklich notwendig?«

Neal zuckte mit den Achseln. »Auch ihr sagte sein Name nichts, aber vielleicht erkennt sie sein Gesicht wieder. Einen Versuch ist es wert.«

»Du wiederholst dich.«

»Ich wollte genauso wenig wie du, dass du mitkommst«, quengelte Neal.

»Aber dir steckt der dicke Schwanz des Chiefs im Arsch.«

»Der wiederum den des Bürgermeisters in seinem spürt. Das Department wurde bereits offiziell darauf hingewiesen, dass es unter den Latinos Proteste oder Tumulte geben könnte, es ist sogar von Rassenvorurteilen die Rede, obwohl zwei der SWAT-Schützen selbst Latinos sind. Und dann war da noch dieses Bittschreiben von Chet Barkers Witwe.«

»Der einzige Grund, weshalb ich mich bereiterklärt habe, dich zu begleiten.«

»Mrs. Barker will Antworten. So wie wir alle. Wir haben alle darauf gehofft, dass du nach einem kurzen Blick auf Rodriguez sagen würdest: ›Ach, *der* war das. Jetzt ergibt alles einen Sinn. Ich weiß, warum er es getan hat.‹ Aber das hast du nicht, darum werden deine Dienste nicht weiter benötigt. Du hast Mrs. Barker einen persönlichen Gefallen getan. Damit bist du vom Haken.« Neal hielt an einer Ampel und wandte sich ihm zu. »Was also nagt an dir?«

»Nichts«, murmelte Crawford halblaut.

Neal fixierte ihn argwöhnisch, bis die Ampel auf Grün sprang. Keiner sagte ein Wort, bis der Wagen vor Crawfords Haus am Straßenrand hielt. Crawford drückte die Tür auf, um möglichst schnell auszusteigen. »Viel Glück.« Er klopfte zweimal aufs Autodach und hoffte dabei, dass Neal die Angelegenheit damit als abgeschlossen betrachten und abfahren würde, ohne noch mehr Fragen zu stellen.

Wenn jemand Crawford jetzt noch mehr unter Druck setzte, würde er wahrscheinlich implodieren.

Holly kam später als gewöhnlich in ihre Amtsräume, weil sie einen Zwischenstopp eingelegt hatte, um persönlich eine Kondolenzkarte für die frisch verwitwete Mrs. Barker zu übergeben. Eigentlich hatte sie vorgehabt, sie demjenigen in die Hand zu drücken, der ihr die Tür öffnete, und dann gleich weiterzufahren, weil sie die Familie nicht in ihrer Trauer stören wollte. Doch Chets Tochter hatte sie ins Haus gebeten. »Mama will Sie bestimmt sehen, Richterin Spencer.«

Während der nächsten Stunde hatte sie mit den Familienangehörigen, Mrs. Barker eingeschlossen, Erinnerungen an Chet ausgetauscht, und gerührt erlebt, wie sich alle trotz ihrer persönlichen Tragödie um Hollys Gesundheit und ihr Wohlergehen sorgten. Als sie in ihren Amtsräumen eintraf, hatten bereits zwei von Sergeant Lester geschickte Polizisten einen Klapptisch aufgestellt. Sie waren dabei, ihre Gerichtsakten und Fallunterlagen nach Jorge Rodriguez zu durchforsten.

»Bisher noch ohne Ergebnis«, erklärte ihr Mrs. Briggs. »Und bevor sie angefangen haben, habe ich selbst schon sämtliche Dateien nach dem Namen durchsucht.«

»Richter Waters hat vor seinem Rücktritt alle seine Unterlagen auf USB-Sticks gesichert«, antwortete Holly. »Stellen Sie sicher, dass die beiden die auch bekommen.«

»Ich habe sie ihnen bereits gegeben. Außerdem habe ich mit der Kanzlei in Dallas telefoniert und dort alle auf den neuesten Stand gebracht. Alle sind sehr besorgt um Sie. Genau wie ich, offen gestanden. Verzeihen Sie mir die Bemerkung, aber Sie sehen komplett erledigt aus.«

»Ich war eben bei Mrs. Barker.« Sie war sicher, dass ihre Augen noch rotgeweint waren.

»Warum fahren Sie nicht heim? Warum sind Sie heute überhaupt hier?«

»Ehrlich gesagt bin ich lieber hier und beschäftigt, als dass ich zu Hause hocke und über den gestrigen Tag brüte. Es wird schon gehen.«

Die ältere Frau sah sie skeptisch an, widersprach aber nicht. »Es haben schon eine ganze Reihe von Reportern angerufen. Ich habe sie an Sergeant Lester verwiesen, so wie von Ihnen gewünscht.«

»Danke. Für alles.«

»Und Ms. Vidal hat schon dreimal angerufen.«

»Sie hat mir auch mehrere Nachrichten auf der Mailbox hinterlassen. Ich werde sie gleich zurückrufen.«

Holly ging weiter in ihr Richterzimmer und schloss die Tür hinter sich. Sobald sie hinter ihrem Schreibtisch saß, stärkte sie sich mit mehreren Schlucken Wasser aus der Flasche, bevor sie ihr Handy herausholte und Marilyn Vidal anrief.

Marilyns raue Raucherstimme antwortete ihr schon nach dem ersten Läuten. »Warum hast du nicht zurückgerufen?«

»Tue ich doch jetzt.«

»Die Lokalsender in Dallas haben die Story heute Morgen gebracht. Die *ganze* Story. Du hast einiges unterschlagen, als du mich gestern Abend angerufen hast. Herr im Himmel, Holly, dieser Irre hätte dich töten können.«

»Ich wollte nicht, dass du dir Sorgen machst. Tatsächlich hatte ich großes Glück, dass ich am Leben geblieben bin. Ich kann dir gar nicht sagen, wie grauenvoll es war. Zu sehen, wie mein Gerichtsdiener direkt vor meinen Augen erschossen wurde … Ein Albtraum!«

»Das tut mir so leid. Willst du darüber reden?«

Das wollte sie nicht. Aber Marilyn leitete ihren Wahlkampf. Da war es nur fair, dass sie wusste, was zurzeit in ihrem Kopf vorging. Sie schilderte Marilyn den gesamten Ablauf, angefangen vom Auftritt des Amokschützen in ihrem Gerichtssaal bis hin zu diesem Augenblick.

Natürlich ließ sie dabei Crawford Hunts Besuch in ihrem Haus aus, die nächtliche Episode hatte sie für sich selbst zum Tabu erklärt. Sie würde keinen weiteren Gedanken daran verschwenden.

»Jorge Rodriguez könnte irgendwann während einer Verhandlung im Zuschauerraum gesessen haben, aber er hat in keinem der Fälle, über die ich entschieden habe, eine Rolle gespielt. Wenigstens haben wir unter seinem Namen nichts gefunden.«

Marilyn nahm nie ein Blatt vor den Mund. »Das ist gut und schlecht zugleich.«

Holly verstand genau, worauf sie hinauswollte. »Es gibt keine direkte Verbindung zwischen uns. Also zeigt man auch nicht mit dem Finger auf mich.«

»Das ist das Gute daran«, bestätigte Marilyn. »Das Schlechte? Es könnte die wildesten Spekulationen um das Motiv dieses Wahnsinnigen geben.« Sie grübelte mehrere Sekunden, bevor sie fortfuhr. »Ich werde mir überlegen, wie wir das am besten ansprechen. Und jetzt mal ganz ehrlich, wie hältst du dich so?«

»Ich komme zurecht.«

»Vergiss es, Holly.«

»Ich zittere immer noch ein bisschen«, gab sie zu. »Man hat mir erklärt, dass sich das vielleicht erst nach ein paar Tagen legt. Und ich habe schlecht geschlafen.« Keine einzige Sekunde, nachdem ihr Gast verschwunden war. Er hatte sie auf dem Sofa liegen lassen, zutiefst beschämt und mit kaum mehr bedeckt als einem Hauch von Röte nach ihrem Höhepunkt.

»Hast du jemanden, der bei dir wohnt?«

Marilyns Frage holte sie in die Gegenwart zurück, sie antwortete mit einem gedämpften »Nein«.

»Hast du dir überlegt, Dennis anzurufen?«

»Nein.«

»Vielleicht …«

»Nein, Marilyn.«

»Wahrscheinlich hast du recht. Das könnte als Zeichen von Schwäche ausgelegt werden, und das können wir gar nicht brauchen.«

Holly hatte diesen Entschluss gestern Abend selbst schon gefasst. Sie sah vor ihrem inneren Auge, wie Marilyn ihre Zigarette ausdrückte, mitfühlend zwar, aber pragmatisch bis zum Letzten.

»Lass mich überlegen, wie wir das am besten handhaben.«

»Wir brauchen hier gar nichts handzuhaben. Die Polizei wird das übernehmen.«

»Die hat ihre Agenda, und wir haben unsere. Wollte die Presse schon ein Statement von dir haben?«

Sie berichtete, was Mrs. Briggs ihr erzählt hatte. »Aber bevor ich gestern Abend die Polizeistation verlassen habe, hat mir der leitende Ermittler abgeraten, öffentlich über die Sache zu sprechen, solange der Täter nicht zweifelsfrei identifiziert ist und seine nächsten Angehörigen benachrichtigt wurden. Und meines Wissens ist das bis jetzt noch nicht geschehen.«

»Auch das hat sein Gutes und sein Schlechtes. Du musst rausgehen, dich zeigen, tapfer weitermachen. Aber mir wäre es lieber, wenn du nicht fotografiert würdest, solange du noch so zitterst.«

»Das Zittern ist nicht so schlimm, Marilyn. Aber ein so traumatisches Erlebnis verarbeitet man nicht in ein paar Stunden. Ich zumindest nicht.«

»Natürlich nicht. Das verstehe ich. Nimm dir einen Tag

Zeit. Bis du dich wieder im Griff hast. Ich melde mich wieder bei dir.«

Damit war das Gespräch beendet. Kaum hatte Holly ihr Handy aus der Hand gelegt, als Mrs. Briggs mit einer großen Vase voller roter Rosen hereinkam. »Die wurden gerade für Sie abgegeben.«

Holly öffnete den kleinen beigefügten Umschlag. »Greg Sanders«, erklärte sie ohne jedes Gefühl. »Der mir sein Mitgefühl ausdrückt und seine besten Wünsche schickt.«

Mrs. Briggs schnaubte abfällig. »Haben Sie heute schon die Zeitung gelesen?«

»In der er sich für schärfere Sicherheitsvorkehrungen im Gerichtsgebäude ausspricht und aufzählt, wie oft er persönlich bei den County Commissioners vorgesprochen hat, um die Mittel dafür bewilligt zu bekommen? Ja, das habe ich gelesen.«

»Und das andere?«, fragte ihre Assistentin vorsichtiger.

Holly stand aus ihrem Stuhl auf und ging zum Fenster. »Ob die gestrige Tragödie vielleicht durch ein tiefes, düsteres Geheimnis in meiner Vergangenheit ausgelöst wurde?«

»Er hat die Frage nicht offen ausgesprochen, aber darauf läuft es hinaus.«

»Er ist zu geschickt, als dass er mich direkt verleumden würde. Aber damit hat er den Menschen den Gedanken eingepflanzt.«

»Ihnen auch, vermute ich.«

Holly starrte weiter aus dem Fenster. »Bis ich endlich Gewissheit habe, werde ich mich immer fragen, ob ich irgendwie dafür verantwortlich war. Und falls sich herausstellen sollte, dass es so ist, wird mich das bis an mein Lebensende verfolgen.«

»Sie können sagen, was Sie wollen, es geht Ihnen nicht gut.

Bitte fahren Sie nach Hause. Ziehen Sie sich die Decke über den Kopf und …« Mrs. Briggs wurde durch das Telefon auf Hollys Schreibtisch unterbrochen. Beim zweiten Läuten nahm sie den Hörer ab. »Büro von Richterin Spencer. Ja, sie ist hier.« Sie reichte Holly den Hörer und sagte: »Sergeant Lester.«

Holly kehrte an den Schreibtisch zurück und nahm ihr den Hörer aus der Hand. Sie wartete, bis Mrs. Briggs die Tür hinter sich ins Schloss gezogen hatte. »Hallo, Sergeant Lester.«

»Ich habe behauptet, ich wäre er, damit du den Anruf annimmst.«

Der Magen sackte ihr in die Knie. Sie schloss die Lider. Dennoch sah sie hartnäckig vor ihrem inneren Auge, wie er neben dem Sofa stand, hastig seine Hose zuknöpfte und dabei auf sie herabsah. Er war gegangen, bevor er sich auch nur das Hemd in die Hose gesteckt oder den Gürtel zugezogen hatte. Keiner von beiden hatte ein Wort gesprochen.

»Ich werde jetzt auflegen«, sagte sie.

»Warte. Nicht.«

»Mach das nie wieder.«

»Hör mir zu.«

»Es gibt nichts zu sagen.«

»Du hast ja keine Ahnung. Es gibt so viel zu sagen.«

»Adieu.«

»Wir müssen reden.«

»Nein, müssen wir nicht. Das müssen wir eindeutig *nicht.* Ruf mich nie wieder an.«

Sie legte auf, bevor er noch etwas erwidern konnte. Mit kalten, feuchten Fingern presste sie den Hörer auf die Gabel. Dann verschränkte sie die Arme auf dem Schreibtisch, ließ den Kopf darauf sinken und versuchte, ihren Atem zu beruhigen, was genauso schwierig war, wie die Erinnerungen daran auszublenden, wie sie und Crawford Hunt an ihren Kleidern zerrten, wie sie unbeholfen auf dem schmalen Sofa Platz suchten, wie sie frustriert aufgestöhnt und er ungeduldig geflucht hatte, bis er sich endlich tief in ihr bewegt hatte und das Stöhnen und Fluchen einen völlig anderen Tenor angenommen hatten.

Sie hörte ein energisches Klopfen an der Tür, dann stand Mrs. Briggs im Türspalt. Holly schoss hoch. Ihre Assistentin sah sie von der Schwelle aus zugleich halb verdutzt und halb besorgt an. Doch offenbar wirkte Hollys Miene wie ein stummer Befehl, nicht in sie zu dringen, nicht einmal nachzufragen, was mit ihr los war.

Mrs. Briggs räusperte sich. »Ich will ja nicht stören, Richterin, aber Sie haben mich gebeten, Ihnen eine halbe Stunde vor Ihrem Termin in der Gerichtsmedizin Bescheid zu geben.«

# 8

Crawford kickte im Gehen eine leere Lackdose von dem überwucherten Pfad und fragte sich, was wohl mit der Farbe passiert war, die in der Dose gewesen war. Für das Haus war sie jedenfalls nicht verwendet worden, das sah noch baufälliger aus als bei seinem letzten Besuch.

Als er auf die Veranda trat, bogen sich die verrotteten Planken unter seinem Gewicht durch. Hinter der Insektenschutztür sah er, wie Conrad ihn ins Haus winkte.

»Und zieh die Tür hinter dir zu, damit die Fliegen nicht reinkommen.«

Crawford trat ein. »Wir wollen doch auf keinen Fall, dass die Fliegen das Ambiente beeinträchtigen.«

Der alte Mann legte den Kopf schief. »War das sarkastisch gemeint?«

»Dir entgeht auch gar nichts.« Crawford deutete hinter sich. »Wieso lässt du die Tür offen? Ist deine Klimaanlage im Eimer?«

Ein hin und her schwenkender Ventilator wälzte schwülheiße Luft durch den Raum, der alles andere als aufgeräumt war. Der Mann im Fernsehsessel hatte sich bis auf eine schmuddelige weiße Unterhose und ein trägerloses Unterhemd mit fleckigen Achseln ausgezogen. Die Füße waren nackt.

»Gestern hat der Kompressor angefangen, komische Geräusche zu machen, darum hab ich ihn ausgeschaltet.«

»Hast du einen Techniker angerufen?«

»Der kann frühestens am Donnerstag kommen.«

»Hier drin bekommt man ja kaum Luft.«

»Tja, keiner hat dich eingeladen, und keiner besteht darauf, dass du bleibst.« Mit diesen Worten richtete Conrad die Fernbedienung auf den Fernseher und drehte den Ton lauter.

Crawford nahm ihm die Fernbedienung ab und schaltete den Fernseher aus.

»Hey, ich wollte das anschauen.«

»Wie oft hast du den Film schon gesehen?«

Conrad liebte Filme aus dem Zweiten Weltkrieg, ganz besonders die alten in Schwarzweiß, in denen GIs mit granithartem Kinn ununterbrochen Lucky Strikes qualmten und den Feind als Krauts und Japsen bezeichneten.

Crawford warf die Fernbedienung auf einen Stapel aus alten Koffern, der als Couchtisch diente. »Das Ende ist immer dasselbe. Unsere Jungs gewinnen.«

»Jetzt hast du mir die ganze Spannung versaut.«

Crawford zog einen Stuhl unter dem Esstisch hervor, schleifte ihn neben den Fernsehsessel und sah sich unauffällig nach leeren Whiskyflaschen oder anderen Anzeichen für ein Trinkgelage um. Doch er hatte nicht übertrieben, als er vorhin bemerkt hatte, dass dem alten Mann nichts entging.

»Zweiundsechzig Tage und immer noch kein Rückfall«, prahlte Conrad. »Falls du gerade nachgerechnet hast.«

»Habe ich nicht.«

Crawford setzte sich und kippte den Stuhl nach hinten, bis er auf zwei Beinen balancierte. Dann verschränkte er die Hände auf dem Kopf. »Ich kann gar nicht mehr zählen, wie oft du auf den Wagen geklettert und wieder runtergefallen bist. Selbst schuld, wenn ich skeptisch bin.«

»Diesmal bleibe ich trocken.«

Crawford schnaubte argwöhnisch. »Hast du Jesus gefunden?«

»Sarkastisch, skeptisch *und* blasphemisch. Du hast einen richtigen Lauf.«

»Conrad, du wüsstest gar nicht, wie du nüchtern zurechtkommen sollst.«

»Ich bin jetzt nüchtern, und ich komme ganz gut zurecht.«

»Aber betrunken ist dein Normalzustand. Wie viele Jahre hast du im Dämmerzustand verbracht?«

Conrad verzog sein Gesicht, das erheblich faltiger war, als es einem Mann von achtundsechzig Jahren anstand. »Mal sehen. Welches Jahr haben wir denn?«

Crawford verdrehte die Augen.

»Das war ein Witz«, sagte Conrad.

»Zum Totlachen.«

»Außerdem habe ich immer noch einen bezahlten Job.«

»Immer noch draußen im Sägewerk?«

»Sägemehl fegen. Heiße und staubige Arbeit, aber sie zahlt sich aus.«

»Warum bist du jetzt nicht dort?«

»Weil ich heute frei habe.« Der alte Mann ließ sich kurz Zeit, um Crawford ausgiebig in Augenschein zu nehmen. »Dich haben sie ja ordentlich auf Trab gehalten.«

»Du hast von der Schießerei gestern gehört?«

»War nicht zu vermeiden.« Er deutete zum Fernseher. »War in allen Nachrichten. Und zwischen meinen Filmen hab' ich das meiste mitbekommen.« Er gab einen Laut des Bedauerns von sich. »Das mit Chet tut mir verdammt leid. Hab ihn schon gekannt, als er noch ein blutjunger Deputy war. Hab ihm eine Schachtel Zigarren geschickt, als er zum Gerichtsdiener ernannt wurde. Ich habe ihn fast jedes Mal gesehen, wenn ich im Gericht war.«

»Habe ich dir je erzählt, wie er mich und ein paar andere Jungs erwischt hat, als wir durch den Ausgang ins Kino schleichen wollten?«

»Nein. Was hat er gemacht?«

»Die anderen hat er laufen lassen, nur mich hat er dabehalten. Erst blieb er eine Ewigkeit vor mir stehen und starrte mich an. Und dann sagte er: ›Wenn du diesen Weg gehst, wirst du Ärger bekommen, und dann kannst du keinem die Schuld geben außer dir selbst.‹«

»Das hat gesessen, wie?«

»Hat jedenfalls mehr bewirkt als ein Arrest, und ich schätze, das hat er gewusst.«

»Er war ein guter Mann.«

»Ja, und wenn er gestern nicht diese Kugel abgefangen hätte, wäre ich heute vielleicht nicht hier.«

»Ah«, seufzte Conrad. »Überlebenden-Syndrom. Deswegen hast du deinen Hintern also hier rausgeschleift? Ich soll dich davon überzeugen, dass Chets Zeit abgelaufen war, dass nicht mehr an der Sache dran ist und dass du aufhören kannst, dir deswegen Vorwürfe zu machen.«

Die Vorderbeine von Crawfords Stuhl krachten auf den Boden, er sprang auf und trat an das offene Fenster, scheinbar, um einen Windhauch zu erhaschen. Doch in Wahrheit wollte er ganz offen reden, was ihm schwerfiel, solange er Conrad direkt ansehen musste. Ströme von Whisky hatten dessen Augen mit roten Äderchen durchzogen, aber sie waren das Fenster zu einem Geist, der so schnell und gnadenlos zupacken konnte wie eine Bärenfalle.

In seinen besten Zeiten war Conrad ein gefürchteter und respektierter Staatsanwalt gewesen. Er hatte in eine leuchtende Zukunft geblickt. Dann hatte ihn seine Frau verlassen und war mit ihrem Lover nach Kalifornien gezogen. Um den

Trennungsschmerz zu dämpfen, hatte Conrad zum Alkohol gegriffen. Allerdings konnte er nie genug trinken, um sein wundes Herz zu heilen.

Bald wurde es zu seiner Hauptbeschäftigung, die Sorgen zu ertränken. Er ging ihr rund um die Uhr nach, was kaum mehr Raum für anderes ließ. Apathisch schaute er sich selbst dabei zu, wie sein Leben aus den Fugen geriet. Er schloss mit seiner Karriere und seiner Zukunft ab und wurde der Stadtsäufer, bemitleidet und belächelt.

Aber der alte Alkoholiker hatte sich nie etwas vorgemacht. Brutal offen und schonungslos räumte er sein persönliches Versagen ein. Weshalb er keine Skrupel hatte, genauso unverblümt über die Fehler und Fehleinschätzungen anderer zu sprechen. Er machte keine Gefangenen, er kannte keine Gnade. Crawford konnte dem alten Mann zwar nicht verzeihen, dass er sein Leben weggeworfen hatte, aber er wusste auch, dass er in dieser Bruchbude am richtigen Ort war, wenn er ein Dilemma schonungslos durchleuchten lassen wollte.

»Und?«, raunzte Conrad ihn an. »Ich war gerade mitten in einer blutigen Strandschlacht. Hast du mir die ganze Spannung versaut, nur um jetzt aus dem Fenster zu starren? Was ist los? Was soll das Trauerkloß-Gesicht?«

»Ich fürchte, ich habe gestern ein gigantisches Eigentor geschossen.«

»Als du dem Amokschützen nach bist, meinst du?«

»Genau.«

»Wieso?«

»Zum einen wegen meiner Schwiegereltern.« Crawford erzählte ihm von der Auseinandersetzung mit Joe Gilroy. »Gestern Abend war ich bei ihnen und wollte nach Grace schauen. Joe blieb ganze zwei Minuten höflich, dann geigte er mir die Meinung. Er war noch nie ein großer Fan von mir. Jetzt habe ich ihm einen Vorwand geliefert, mich als Hitzkopf hinzustellen.«

»Ach, und wir wissen ja schließlich alle, dass du das nicht bist.«

Sein Kommentar brachte Crawford dazu, sich umzudrehen. »Warum habe ich mir überhaupt die Mühe gemacht und bin hergekommen ...«

»Weil du weißt, dass ich dich nicht in Watte packe«, unterbrach Conrad ihn, »sondern dir ehrlich sage, was Sache ist.«

»Dann hör auf, um den heißen Brei herumzureden, und sag es endlich.«

»Nur zu gern. Von dem, was ich über Joe Gilroy weiß: Nun, ich würde ihn nicht mal anpissen, wenn er in Flammen stehen würde. Ich kann selbstgerechte Sturköpfe wie ihn nicht ausstehen. Aber in diesem Fall hat er recht, auch wenn es wehtut, mit ihm einer Meinung zu sein. Als du diesem Amokschützen nach bist, hättest du sterben können, und damit hättest du deine Tochter zur Vollwaise gemacht.«

»Das habe ich mir auch überlegt«, gab Crawford zu. »Aber erst im Nachhinein. Nachdem alles vorbei war.«

»Du hast aus der akuten Situation heraus reagiert.«

»Ein antrainierter Reflex.«

»Antrainiert, leck mich«, schnaubte Conrad. »Du wurdest damit geboren.«

»Du bist also einer Meinung mit Joe? Ich bin von Natur aus unbedacht und impulsiv?«

»Lass mich ausreden, in Ordnung? Denn *andererseits«,* verkündete Conrad mit Nachdruck, »wie hättest du denn sonst reagieren sollen? Hättest du einen Wahnsinnigen mit einer geladenen Pistole in einem öffentlichen Gebäude einfach machen lassen sollen? Du bist ein Texas Ranger, Herrgott noch mal. Selbst außer Dienst bist du nicht außer Dienst. Das gilt für alle Gesetzeshüter, die ihren Namen zu Recht tragen. Habe ich recht?«

Die Antwort lag auf der Hand, darum brauchte Crawford sie nicht auszusprechen.

Der ehemalige Staatsanwalt war noch nicht fertig. »Alles spricht dafür, dass du der Richterin das Leben gerettet hast. Ganz gleich, wie dein Schwiegervater ihr Bild von dir einzufärben versucht, er wird gegen den Wind pissen. Sie wird nicht vergessen, wie du sie mit deinem Körper abgeschirmt hast. Deswegen brauchst du dir keine Sorgen zu machen. Du hast sie für dich eingenommen.«

»Sei dir da mal nicht so sicher«, bemerkte Crawford halblaut.

Auch das Gehör des alten Mannes funktionierte noch einwandfrei. Er horchte auf und fixierte Crawford mit dem scharfen Blick, mit dem er einst lügende Angeklagte zum Einknicken gebracht hatte. »Was soll das heißen?«

»Gar nichts.«

»Wieso hast du es dann gesagt?«

»Vergiss es.«

»Hat die Richterin irgendeinen Grund, dich nicht zu mögen?«

»Nein.« Seine viel zu laute Reaktion bewirkte, dass Conrads Brauen in die runzlige Stirn kletterten. »Damit wollte ich nur sagen, dass du dich von der weichen Schale nicht täuschen lassen solltest«, erklärte Crawford ungeduldig. »Sie ist härter, als es den Anschein hat. Sie war gerade dabei, mich über glühende Kohlen zu zerren, als dieser Typ mit gezogener Waffe hereingerannt kam.«

Conrad seufzte. »Zurzeit gibt es viel zu viele Wahnsinnige, die um sich schießen und sich gegenseitig überbieten wollen. Wenn du nicht so schnell reagiert hättest, hätte er die Richterin erschossen und höchstwahrscheinlich dich und viele andere dazu.«

Crawford drehte ihm wieder den Rücken zu und schaute aus dem Fenster. »Vielleicht.«

»Das sagt dir jeder.«

»Und jeder redet viel Scheiße. Deshalb ist es noch lange nicht wahr.«

Conrad wartete ein paar Sekunden ab. »Weiß deine kleine Tochter schon, dass ihr Daddy ein Held ist?«

»Das ist ihr egal. Ihr reicht es, dass ich ihr Daddy bin. Und Held bin ich sowieso keiner.«

»Das kann man so oder so sehen. Du hast dein Leben riskiert, um andere zu beschützen. Du hast den Mann auf dem Dach des Gerichts gestellt.«

Crawford sagte nichts.

»Haben sie inzwischen rausbekommen, wer er war?«

Crawford schüttelte den Kopf.

»Na ja, das ist nicht dein Problem.«

»War es jedenfalls bis vor einer Stunde nicht.«

Conrad gab einen schnaufenden Laut von sich. »Ich habe das Gefühl, dass wir allmählich zum Kern der Sache vordringen.«

Crawford drehte sich wieder um und erzählte ihm von Neals Besuch in seinem Haus. »Er überbrachte mir eine Nachricht des Polizeichefs und dazu einen Brief von Chets Witwe.« Er fasste ihn kurz zusammen. »Und ehe ich weiß, wie mir geschieht, begleite ich Neal zur Gerichtsmedizin, statt ihn aus meinem Haus zu werfen, wie ich es hätte tun sollen.«

»Und warum hast du es nicht getan?«

»Wegen des Briefs von Mrs. Barker. Außerdem …«

»Ha! War mir klar, dass es ein ›außerdem‹ geben würde. Ich habe nur darauf gewartet.«

»… habe ich Chet sterben sehen«, erklärte er angespannt. »Und ich habe zugesehen, wie der Typ oben auf dem Dach in Fetzen geschossen wurde. Natürlich will ich Antworten auf all die offenen Fragen.«

»Natürlich. Und hast du sie in der Gerichtsmedizin gefunden?«

Crawford sagte nichts, sondern sah ihn nur an, und Conrad verstand es augenblicklich, seine Miene zu lesen. Die rot geäderten Augen verengten sich zu Schlitzen. »Ich verstehe. Na, dann war der Ausflug in die Stadt ja von Erfolg gekrönt. Bestimmt ist Neal Lester jetzt glücklich.«

»Ich habe es für mich behalten.«

Ohne den Augenkontakt zu unterbrechen, klappte Conrad die Fußstütze seines Fernsehsessels hinunter, setzte sich gerade hin und rieb sich das stopplige Kinn. »Du hast nichts gesagt …«

»Oder auch nur angedeutet.«

Conrad sah ihn kritisch an. »Gewöhnlich will jemand, der den Behörden etwas verschweigt, dadurch etwas oder jemanden beschützen.« Er wartete ab, ob Crawford etwas dazu zu sagen hatte, und fuhr fort, als der nicht reagierte. »Ich werde dich nicht fragen, was du weißt, weil ich nichts hören will, wonach ich eines Tages vor Gericht gefragt werden könnte. Aber was es auch ist, du solltest es sofort der Polizei sagen.«

»Warum?«

»Weil es deine Pflicht ist. Weil du damit die Arbeit der Polizei unterstützt. Oder sie andernfalls behinderst. Nur ein paar der Gründe, die einem sofort in den Sinn kommen.«

»Kein Mensch wird davon wissen, wenn ich es für mich behalte.«

»Doch, *du*. Kannst du mit diesem Geheimnis leben, was es auch für eins sein mag?«

Crawford wandte den Blick ab und fluchte leise.

»Dachte ich mir's doch«, sagte Conrad.

»Aber wenn ich ausplaudere, was ich weiß, werde ich mich im Epizentrum eines Shitstorms wiederfinden.«

»Du bist bereits mittendrin.«

»Von einem noch größeren Shitstorm«, sagte Crawford. »Einem ausgewachsenen Tornado aus Scheiße.«

»Was dazu führen könnte, dass dir das Sorgerecht für dein Mädchen abgesprochen wird.«

»Du sagst es.«

Conrad ließ sich ein paar Sekunden Zeit, um das zu verdauen. »Okay. Ich hab's kapiert. Aber was geschieht, wenn du es *nicht* erzählst?«

Crawford holte tief Luft und atmete langsam wieder aus. »Womöglich eine noch größere Katastrophe.«

»Wie viel größer? Auf Leben und Tod größer? Ach, vergiss es, spar dir die Antwort. Ich kann sie dir im Gesicht ablesen. Dann könnte noch jemand sterben.«

*»Könnte«,* betonte Crawford. »Muss aber nicht. Ich weiß es nicht.«

»Aber genau diese Möglichkeit macht dir so Angst.« Als Crawford auch diesmal nicht antwortete, bedachte Conrad ihn mit einem verschlagenen Lächeln. »Jetzt begreife ich, warum du heute hier rausgekommen bist. Du willst, dass ich die Drecksarbeit für dein Gewissen erledige.«

Crawford stemmte die Hände in die Hüften. »Kannst du tatsächlich einen Sinn in dem erkennen, was du gerade gesagt hast? Denn für mich klingt das nach dem Geschwafel eines Säufers.«

»Ich bin ein Säufer. Das gebe ich zu. Aber ich bin hier nicht derjenige, der polizeiliche Ermittlungen behindert.«

»Ich behindere gar nichts.«

»Das ist Haarspalterei, das weißt du verflucht gut.« Er fixierte Crawford mit einem gnadenlosen Blick. »Als Polizist und als gesetzestreuer Bürger weißt du genau, was du zu tun hast. Du wusstest es schon, bevor du durch diese Tür getreten bist. Du willst nur, dass ich dir den Engel auf deiner Schulter mache, der es dir ins Ohr flüstert.«

»Engel? Da muss ich lachen. Wieso sollte ich ausgerechnet zu *dir* kommen, wenn es um Gewissensfragen geht?«

»Damit du alles auf mich und meine miesen Ratschläge schieben kannst, falls die Sache den Bach runtergehen sollte. Sobald dieser Tornado aus Scheiße dich mitreißt, wirst du mich als alten Trunkenbold verfluchen, auf den du nie hättest hören sollen. Du wirst mich dafür hassen, dass ich dich dazu gedrängt habe, das Richtige zu tun.« Er verstummte kurz. »Nicht dass du noch einen Grund brauchen würdest, mich zu hassen«, schloss er.

»Gut erfasst.« Crawford machte unvermittelt kehrt und schubste die Fliegentür so wütend auf, dass sie gegen die Außenwand knallte.

»Komm sofort wieder rein, mein Sohn!«

Während Crawford über die Veranda stapfte, rief er über die Schulter zurück: »Vielen Dank für den väterlichen Rat!«

Die meisten seiner Besuche bei Conrad – den er selbst in Gedanken immer nur Conrad und nie Dad nannte – endeten übel, weshalb sie selten und unregelmäßig blieben und auch nur stattfanden, wenn sie von Crawford ausgingen. Eine Bedingung dafür, dass er überhaupt mit Conrad in Kontakt blieb, war die Tatsache, dass Conrad sich nie an ihn wenden durfte. Doch dieses Privileg hatte er vor vielen Jahren verloren.

Nachdem seine Mutter die Scheidung durchgefochten hatte und frei für eine neue Ehe gewesen war, hatte sie Crawford abgeholt und zu ihrem neuen Ehemann nach Kalifornien mitgenommen. Es hatte ihn damals tief getroffen, dass man ihm kein Mitspracherecht eingeräumt hatte, und noch tiefer, dass Conrad nicht einmal versucht hatte, ihn bei sich zu behalten.

Die Trennung hatte ihr Verhältnis für alle Zeiten beschädigt, die Vater-Sohn-Beziehung zerstört. Doch während er jetzt von Conrads Haus wegraste, schwirrte ihm ihre Unterhaltung ununterbrochen im Kopf herum wie ein lästiger Ohrwurm.

Und das alte Fossil hatte verflucht noch mal in jeder Beziehung recht gehabt. Crawford hatte von seinem alten Herrn hören müssen, dass er genau das tun musste, was er sich längst gedacht hatte, und darum wurmte ihn der Kommentar so sehr. Der Gestrauchelte hatte noch vor ihm den moralischen Gipfel erklommen.

Zum Glück sollte er jetzt Georgia abholen, das würde seinen Zorn neutralisieren. Sie brachte immer alles in die richtige Perspektive, ihr Lachen konnte selbst die schwierigsten Probleme ins rechte Licht rücken.

»Es sieht nach Regen aus«, bemerkte Grace, als sie ihn an der Haustür empfing. Crawford stimmte ihr zu, aber er würde sich seinen Ausflug mit Georgia nicht vom Wetter vermiesen lassen. Stattdessen half er dem Mädchen in die Regensachen.

»Das ist doch blöd, Daddy«, meinte sie, als sie jetzt Hand in Hand zu den Schaukeln spazierten.

»Ich habe dir einen Ausflug zum Spielplatz versprochen, und habe ich je ein Versprechen gebrochen?«

»Nein.«

»Siehst du. Und darum sind wir jetzt hier.«

»Aber es regnet doch!«

»Ach was, das ist höchstens ein leichtes Nieseln. Außerdem wirst du schon nicht schmelzen, selbst wenn du nass wirst.«

Er hob sie auf den Schaukelsitz und schubste sie an. Ihr Kreischen und Lachen waren Musik in seinen Ohren. Wegen des schlechten Wetters hatten sie den Spielplatz für sich allein und arbeiteten sich von einem Spielgerät zum nächsten vor, bis sie drei komplette Durchläufe absolviert hatten.

Während er sie zu seinem SUV zurücktrug, schaute sie auf ihre neonpinken Gummistiefel hinab. »Jetzt hab ich sie schmutzig gemacht.«

»Genau dafür sind sie gemacht.«

»Vielleicht wird Grandma schimpfen.«

»Dann sag ihr, ich bin schuld.«

»Grandpa sagt, du bist an allem schuld.«

Crawford kritisierte Georgias Großeltern nie in ihrer Gegenwart, denn er wollte sich nicht vorwerfen lassen, dass er einen Keil zwischen sie trieb. Und er versuchte genauso wenig, aus ihr herauszulocken, was die beiden über ihn sagten, wenn er nicht dabei war.

Jetzt allerdings würde er eine Ausnahme machen, denn Joe hatte geschworen, ihn zu bekämpfen, und es konnte ein schmutziger Kampf werden. »Wann hat Grandpa das gesagt?«, fragte er, während er Georgia half, den Gurt in ihrem Kindersitz anzulegen.

»Heute beim Mittagessen. Da hat er es zu Grandma gesagt.«

»Und wie hat er es gesagt?«

»Laut.«

»Laut? Als wenn er wütend wäre?«

»Irgendwie schon. Aber Grandma hat gesagt, er soll still sein, und sie würden später darüber reden. Was machen wir jetzt, Daddy?«

Er kniff sie in die Nasenspitze und versprach ihr ein Eis.

»Im McDonald's? Da haben sie einen Spielplatz drinnen.«

»Dann soll es Mickey D sein.«

Während sie spielte, nahm er mit seinem Handy ein Video von ihr auf. Es versetzte ihm jedes Mal einen Stich, wenn sie ihm zurief: »Schau mal, Daddy!«, bevor sie die Rutsche hinunterrutschte oder das Klettergerüst erklomm.

Vage erinnerte er sich an sein dürres, schlaksiges, flachsblondes Ich, das am Ende eines Sprungbretts stand, die Zehen um das vordere Ende gekrallt, in die Tiefe des Beckens starrte und laut »Schau mal, Dad!« rief, bevor es zum Sprung ansetzte.

Aber er war nicht sicher, ob dieses verschwommene Bild und andere in dieser Art tatsächlich Erinnerungen an ihn und Conrad waren oder aber nichts als unerfüllte kindliche Sehnsüchte.

Er spielte mit Georgia eine Runde »Ich sehe was, was du nicht siehst«, während sie ihre Eisbecher aßen. Als er sie zu den Gilroys zurückbrachte, war sie aufgekratzt vom vielen Zucker, nassgeregnet, schlammbespritzt und todmüde. Aber glückselig.

»Versprich mir, dass du dein Abendessen isst, obwohl du vorhin ein Eis hattest.«

»Mache ich.«

»Und du streitest nicht mit Grandma, wenn sie sagt, dass es Zeit fürs Bett ist.«

»Okay.«

»Braves Mädchen. Gib mir einen Kuss.«

Sie drückte sich mit aller Kraft an seinen Hals. »Ich hab dich lieb, Daddy.«

Er drückte sie ebenfalls und flüsterte ihr ins Haar: »Ich habe dich auch lieb.« Er war fester entschlossen denn je, sie zurückzugewinnen. Koste es, was es wolle.

In der Abenddämmerung bog Crawford auf den Parkplatz hinter dem Gericht, fand einen freien Stellplatz und schaltete den Motor ab. Dann blieb er zwei Stunden lang sitzen und starrte durch die verregnete Windschutzscheibe auf den Angestelltenausgang, während seine rastlosen Finger einen ungeduldigen Trommelrhythmus auf das Lenkrad klopften.

Sein Hintern war schon taub, als Holly Spencer endlich aus dem Gebäude trat. Eilig stieg er aus seinem SUV und platschte durch die Pfützen, um sie zwischen den Reihen parkender Autos abzufangen.

Sie hielt den Kopf gegen den Regen gesenkt und hantierte an ihrer Autofernbedienung herum, weshalb sie um ein Haar mit ihm zusammengestoßen wäre, bevor sie ihn sah. Sofort blieb sie stehen.

»Einfach den Hörer aufzulegen wird nicht reichen«, sagte er. »So leicht lasse ich mich nicht abwimmeln.«

Sie wollte an ihm vorbei, doch er verstellte ihr mit einem Ausfallschritt den Weg.

»Ich will zu meinem Wagen.«

»Ich habe dir gesagt, dass wir reden müssen.«

»Und ich habe geantwortet, dass das nicht passieren wird.«

»Hör zu, es geht nicht um … *das*.«

Er brauchte nicht auszuführen, was er mit ›das‹ meinte. Sie zuckte überrascht zurück und meinte dann: »Wenn es um die Sorgerechtsanhörung geht …«

»Um die auch nicht. Es geht um den Amoklauf.«

Sein tiefernster Tonfall stoppte ihre tänzelnden Versuche, an ihm vorbeizukommen. Als würde sie den Regen nicht mehr spüren, hob sie den Kopf und sah ihm ins Gesicht.

»Es ist ernst, mit so was mache ich keine Witze, Richterin. Wir müssen reden.«

»Na gut«, sagte sie zögerlich. »Wenn es wirklich so wichtig

ist, dann können wir morgen darüber sprechen. Ich bin um neun Uhr im Büro. Mrs. Briggs …«

»Das wird nicht reichen. Wir müssen noch heute Abend reden. Jetzt sofort.«

Sie schaute über ihre Schulter auf das Gericht, das in rotem Granit hinter ihr aufragte, so als würde sie sich fragen, wer sie wohl aus einem der vielen Fenster beobachten mochte. Dann wandte sie sich ihm wieder zu. »Kommt nicht in Frage, Mr. Hunt. Man sollte uns nicht einmal zusammen sehen …«

»Ich hab's kapiert, Richterin. Das verstößt gegen die Standesregeln. Und nach gestern Nacht ist es auch nicht leicht, sich gegenseitig in die Augen zu sehen.« Er machte einen Schritt auf sie zu. »Aber was wir auf deiner Couch getrieben haben, ist gar nichts gegen das hier«, ergänzte er raunend.

Er starrte unverwandt in ihre weit aufgerissenen Augen und versuchte ihr stumm klarzumachen, wie extrem wichtig es war, dass sie sich anhörte, was er zu sagen hatte. Langsam trat er einen Schritt zurück. »Ich fahre den schwarzen SUV zwei Reihen weiter. Fahr mir hinterher. Okay?«

»Ich …«

»Fahr mir hinterher.«

Sein drängender Tonfall entlockte ihr ein kleines, widerstrebendes Nicken.

# 9

Er lenkte seinen SUV zu dem Park, in dem er und Georgia am Nachmittag gespielt hatten. Er hatte darauf gesetzt, dass so spät am Abend und im Regen niemand außer ihnen hier sein würde. Der Parkplatz war leer, aber eine einsame Natriumdampflaterne warf ein kränklich gelbes Licht auf den Asphalt, darum parkte er ganz am Ende der Reihe unter den Bäumen, wo es dunkler war. Sie hielt direkt hinter ihm.

Er stieg aus seinem SUV und ging zu ihrem Wagen. Sie entriegelte die Beifahrertür, er stieg ein und zog eilig die Tür hinter sich zu, um den Regen auszusperren. Dann strich er die nassen Haare zurück. Während er mit den Händen über seine Schenkel fuhr, um sie an seinen Jeans zu trocknen, merkte er, dass sie ihn mit einem Misstrauen betrachtete, das wenig schmeichelhaft und verflucht irritierend war.

»Ich werde nicht über dich herfallen, falls du das befürchtest.«

Das Laternenlicht schimmerte schwach durch den Regen, der über die Windschutzscheibe rann, und zeichnete fließende Muster auf ihr Gesicht. Ihr Blick war der eines Kindes, das sich alle Mühe gibt, tapfer zu sein. Eine Mischung aus Angst und Trotz.

»Was ist so wichtig, dass wir es heute Abend noch besprechen müssen, Mr. Hunt?«

»Hör auf, mich Mr. Hunt zu nennen. Wir sind nicht vor Gericht. Außerdem…« Er verstummte, ehe er noch mehr sagen konnte, aber beiden war klar, warum es lächerlich war, sich noch länger mit Nachnamen anzusprechen. Als sie sich das letzte Mal gesehen hatten, hatte er seine Jeans wieder hochgezogen, während sie versucht hatte, ihre Scham mit dem Saum ihres T-Shirts zu bedecken. Was ihr, wie ihm noch gut im Gedächtnis war, nicht gelungen war.

»Ich warte«, sagte sie kühl.

»Wir kommen gleich dazu.« Er deutete auf ihre Stirn. »Die Beule ist zurückgegangen, dafür hat sich der blaue Fleck ausgebreitet.«

»Er tut nur weh, wenn ich ihn berühre.«

»Sind noch mehr blaue Flecken aufgetaucht?«

»Ein fetter Bluterguss auf meiner Schulter.«

Er würde sich kein zweites Mal dafür entschuldigen, dass er sie zu Boden gerissen hatte. »Und wie geht es dir sonst?«

»Ganz gut.«

»Du siehst nicht danach aus.«

»In Anbetracht der Umstände geht es mir ganz gut«, polterte sie verärgert.

»Welcher Umstände? Denen von gestern Abend oder …«

»Dafür, dass ich im Leichenschauhaus war.«

»War es das erste Mal für dich?«

»Ja. Und hoffentlich das letzte. Ich hielt es nicht für notwendig, aber Sergeant Lester war nicht davon abzubringen.«

»Hat er dir eine Botschaft vom Polizeichef ausgerichtet?«

»Woher weißt du das?«

»Ich habe auch eine bekommen, und er hat mir obendrein einen Brief von Chets Witwe übergeben.« Er schilderte ihr in groben Zügen den Inhalt des Schreibens, verschwieg dabei aber die Lobeshymne auf ihn. »Eigentlich wollte ich nichts mehr mit der Schießerei und den Ermittlungen zu tun haben. Aber diese Bitte konnte ich unmöglich ignorieren.«

»Ich habe sie heute besucht. Ihre Kinder und Enkelkinder und Freunde waren da, das Haus war gesteckt voll. Sie hat reichlich Unterstützung und Hilfe.«

»Trotzdem ist ihr Mann tot, ermordet.«

Sie nickte und schwieg eine Weile, bevor sie wieder auf ihren Besuch im Leichenschauhaus zu sprechen kam. »Die Fahrt war für die Katz. Ich habe Rodriguez nicht wiedererkannt. Sergeant Lester hat mir erzählt, dass du ihn auch nicht identifizieren konntest.«

Crawford schüttelte den Kopf, sagte aber nicht mehr, weil er noch nicht bereit war, dieses Thema anzusprechen. Zuerst musste er ihr Vertrauen gewinnen. Im Moment drückte sie den Rücken gegen die Fahrertür und signalisierte mit ihrer Körperhaltung, dass sie ihm nicht mal so weit traute, wie sie ihn werfen konnte.

»Hör zu«, sagte er, »ich weiß, ich habe gesagt, dass wir nicht über gestern Nacht reden würden.«

»Das werden wir auch nicht.«

»Wir …«

»Wenn du mich hergebracht hast, weil du darüber sprechen wolltest, dann hast du dieses Mantel-und-Degen-Drama umsonst inszeniert.« Sie deutete auf die Umgebung hinter den Autofenstern.

»Wenn wir nicht für reine Luft sorgen, wird das immer zwischen uns stehen.«

»Nicht, wenn wir es einfach löschen.«

Er sah sie skeptisch an. »Tut mir leid, aber so was lässt sich nicht rückgängig machen, es sei denn, du kennst einen Trick.«

»Wir können es aus unserer Erinnerung streichen.«

»Leugnen, dass es je passiert ist.«

»Nicht leugnen. Mehr als Leugnen. Es. Ist. Nie. Passiert. Punkt. Durch einen Willensakt können wir es …«

»Löschen.«

»Genau.«

»Okay.«

»Du bist also einverstanden?«, fragte sie.

»Ja. Meinetwegen.« Allerdings glaubte er nicht, dass das funktionieren konnte, und offensichtlich glaubte sie das auch nicht. Unter seinem stummen Blick senkte sie den Kopf und massierte mit ihrem Mittelfinger die Falte zwischen ihren Brauen.

»Was ist mit dem Whiskytrinker?«

»Der ist kein Faktor.«

»Er ist ein Ex?«

»Ja.«

»Ehemann?«

»Fester Freund.«

»Wie fest?«

»Wir waren nie offiziell verlobt, aber wir waren uns einig.«

»Worüber?«

»Irgendwann zu heiraten.«

»Und was ist passiert?«

Sie hob den Kopf und sah ihn genervt an. »Wieso sollte dich das interessieren?«

»Es interessiert mich, weil ich nicht möchte, dass mir ein eifersüchtiger Ex an die Eier will.«

»So ist er nicht.«

»Wenn er was in der Hose hat, ist er so. Wenn es um eine Frau geht, sind alle Männer so.«

»Dennis nicht.«

»Dennis.« Der Name hinterließ einen üblen Nachgeschmack. »Und was hebt Dennis von uns anderen ab?«

»Er ist kein Höhlenmensch«, sagte sie. »Er ist einsichtig. Kultiviert.«

»Hm. Mit anderen Worten, knapp an der Grenze zum Schlappschwanz.«

Ihr wütender Atem ließ die Scheiben beschlagen. »Dieses Thema ist für mich erledigt.«

»Für mich noch lange nicht. Wenn du mich fragst, wird es jetzt erst interessant.«

»Raus aus meinem Wagen, Mr. Hunt.«

»Wohnt Dennis in der Nähe?«

»In Frisco«, antwortete sie angespannt. »Einem Vorort von …«

»Dallas. Kenne ich. Hat die Entfernung was mit der Trennung zu tun?«

Sie schien wenig geneigt, seine letzte Frage zu beantworten, aber er wartete stumm ab, bis sie schließlich sagte: »Als ich den Job von Richter Waters übernahm, waren Dennis und ich uns durchaus bewusst, dass die Distanz eine Belastung für unsere Beziehung darstellen würde.«

»Und jetzt noch einmal in einfacher Sprache. Ich bin keine juristische Beratungsstelle.«

»Willst du das jetzt hören oder nicht?«

Er breitete die Hände aus und lud sie damit ein, ausführlicher zu werden.

»Dennis und ich waren entschlossen, alles zu unternehmen, damit es funktioniert.«

»Nur, dass es das nicht getan hat.«

»Nein, irgendwann wurde der Abstand zu groß, und nicht nur in geographischer Hinsicht. Wir sahen uns immer seltener. Für ein Wochenende ist es eine sehr lange Fahrt.«

»Kommt immer auf das Wochenende an.« Sie schnappte die Anspielung sehr wohl auf und blitzte ihn mit ihren Augen an, doch bevor sie sich darüber ereifern konnte, drängte er weiter: »Und Dennis hätte nicht mit dir hierherziehen können?«

»Er ist Führungskraft in einem Unternehmen für medizinische Geräte. Für Hightech-Operationsgeräte. Ich hätte nie von ihm verlangt, dass er seinen Job aufgibt.«

»Und du hast nie überlegt, ob du auf die Chance, vom Gouverneur ernannt zu werden, verzichten solltest?«

»Keine Sekunde.«

Hm. Ein uneingeschränktes Nein. So bedingungslos konnte sie Dennis nicht geliebt haben. Was Crawford mit einer unangebrachten Befriedigung erfüllte. Wie gesagt, sobald es um eine Frau ging … offenbar war er von primitiverem Gemüt als Dennis. »Und wann habt ihr Schluss gemacht?«

»Vor ein paar Monaten.«

»Habt ihr noch Kontakt?«

»Nein.«

»Habt ihr euch im Guten getrennt?«

»Oh ja. Zivilisiert und einvernehmlich.«

»Richtig. Dennis ist ja kein Höhlenmensch.«

Sie holte tief Luft, vermutlich, um ihren Ärger zu unterdrücken. »Wie ich dir bereits zu Beginn dieser geistlosen und absolut überflüssigen Unterhaltung erklärt habe, ist Dennis kein Faktor mehr in meinem Leben.«

»Schon gut.« Crawford hatte gehört, was er hören musste, und war jetzt bereit, das Thema fallen zu lassen.

»Was ist mit dir?«, fragte sie plötzlich.

»Inwiefern?«

»Bist du in einer Beziehung?«

»Nein.«

»Hattest du eine, seit deine Frau gestorben ist?«

»Nein.« Sie hielt seinen Blick, bis er achselzuckend nachgab. »Keine, die länger als zwanzig Minuten gedauert hätte.« Er wartete, bevor er anfügte: »Aber bis gestern Abend haben sie immerhin länger als neunzig Sekunden gedauert.«

Zornig, möglicherweise auch verlegen wandte sie den Kopf ab und starrte durch die Windschutzscheibe.

»Seit Beth hatte ich keine feste Beziehung mehr«, erläuterte er, weil er sich nach seiner letzten Bemerkung wirklich wie ein Höhlenmensch vorkam. »Hin und wieder habe ich die Gunst des Augenblicks genutzt. Nie, wenn Georgia bei mir war. Nie in meinem Haus. Und nie ungeschützt.«

Auf die letzte Bemerkung hin drehte sie sich wieder zu ihm und warf ihm einen vielsagenden Blick zu.

Er seufzte. »Richtig.«

»Keine Panik. Es wird nichts passieren.«

»Die Pille?«

Sie nickte kurz und sah dann wieder nach vorn. Möglicherweise eine volle Minute verstrich, bis sie wieder etwas sagte. »Sergeant Lester hat mir erzählt, du hättest deine Frau sehr geliebt.«

Das wurmte ihn. »Du hast mit Neal über Beth und mich gesprochen?«

»Nur nebenbei.«

»Wann?«

»Heute im Leichenschauhaus, während der Gerichtsmediziner kurz am Telefon war und wir warten mussten.«

Crawford missfiel der Gedanke, dass Neal und sie hinter seinem Rücken über ihn sprachen, dass sie jenen dunklen Abschnitt in seinem Leben analysierten und sich eine unprofessionelle Meinung bildeten. »Und in welchem Zusammenhang kam es zu dieser kleinen Plauderei? Habe ich anregenden Gesprächsstoff geboten?«

»Nicht so, wie du es andeutest. Sergeant Lester hat mir nichts verraten, was ich nicht schon wusste. Mir ist bewusst, wie tief dich der Tod deiner Frau getroffen hat.«

»Natürlich. Du hast eine ganze Akte über meine Trauerperiode. Beth starb, ich begann zu trinken und mich danebenzubenehmen.« *Genau wie mein alter Herr, als seine Frau ihn verließ.* Der Nachsatz hatte ihm schon auf der Zungenspitze gelegen, doch zum Glück konnte er sich gerade noch beherrschen. Im Gegenteil, er kam zu dem Schluss, dass es besser war, mit diesem Thema abzuschließen.

Er schluckte seinen Zorn hinunter und schaute aus dem Beifahrerfenster. In der Dunkelheit konnte er kaum die Silhouetten der Spielgerüste ausmachen. »Der nasseste Tag in der jüngeren Geschichte, und ich bin zweimal hier im Park.«

»Zweimal?«

»Ich war heute mit Georgia zum Spielen hier.«

»Im Regen?«

Er drehte sich ihr wieder zu und bedeutete mit einer Geste, dass das nicht weiter wichtig war. »Wir hatten trotzdem Spaß. Sie hat diesen kleinen Regenmantel. Natürlich in Rosa. Bei ihr muss alles rosa sein. Jedenfalls hat sie sich darüber aufgeregt, dass ihre Gummistiefel schmutzig wurden.«

»Dafür sind sie doch da.«

»Genau das habe ich ihr auch gesagt.«

Sie tauschten ein kleines Lächeln, das ihn zurückversetzte in ihre Küche, wo er sie wieder in den Armen hielt, sie von den Knien bis zum Schlüsselbein an seinem Körper berührte und ihre nackten Brüste unter ihrem T-Shirt an seinem Brustkorb spürte. Und die vollkommene Stelle über der Kerbe zwischen ihren Schenkeln, die ihm den Atem verschlagen und einen furiosen Liebesakt ausgelöst hatte.

Offenbar durchlebte auch sie diesen Augenblick in Gedanken, denn auf einmal veränderte sich die Atmosphäre im Wagen. Es wurde schwül im Wagen, die Regentropfen trommelten laut auf die Windschutzscheibe und verstärkten das verlegene Schweigen, das sich über sie beide gesenkt hatte.

»Wenn das alles ist…«, begann sie schließlich.

»Ist es nicht.«

»Was gibt es denn noch?«

»Dein Besuch im Leichenschauhaus.« Er hielt inne. »Hast du dir den Leichnam genau angesehen?«

Sie verzog das Gesicht und nickte.

»Und?«

»Und nichts. Das Gesicht sagte mir genauso wenig wie der Name Jorge Rodriguez.«

Er betrachtete sie mehrere Sekunden nachdenklich und sagte dann: »Tust du mir einen Gefallen?«

»Kommt darauf an.«

»Mach die Augen zu und beschreib mir den Amokschützen.«

»Warum?«

»Ich möchte deine Beschreibung hören, in deinen eigenen Worten und in allen Einzelheiten. Jede Kleinigkeit, die du an ihm wahrgenommen hast.« Als sie zögerte, gestand er ihr zu: »Ich weiß, dass dieser Gefallen nicht leicht zu erfüllen ist.«

»Gestern Nacht hast du mir noch geraten, den Amoklauf aus meinem Gedächtnis zu streichen.«

»Wenn es nicht absolut wichtig wäre, würde ich dir immer noch dazu raten. Aber es ist wichtig.«

Sie sah ihn verdattert an, aber offenbar war ihm anzusehen, wie ernst ihm seine Bitte war. Sie schloss die Augen und ließ sich Zeit, bis sie das Bild heraufbeschworen hatte. »Als er durch die Tür platzte, schoss mir als Erstes durch den Kopf: Warum ist der Kerl so angezogen? Aber dann feuerte er den ersten Schuss ab, und ich begriff, was sich da abspielte.«

»In welcher Hand hielt er die Pistole?«

»In seiner rechten.«

»Haarfarbe?«

»Dunkel. Aber unter der Kappe war nur ein heruntergedrückter Haarkranz zu sehen.«

»Glattes Haar? Oder Locken?«

»Glatt.«

»Was für Schuhe hatte er an?«

»Er hatte diese Einweg-Überzieher übergestreift.«

»So weit korrekt. Was ist dir noch im Gedächtnis geblieben?«

»Wie zum Beispiel?«

»Jedes Detail.«

Sie schwenkte frustriert die Hand. »Da gab es keine Details zu bemerken. Er war von Kopf bis Fuß verhüllt.«

»Trug er eine Armbanduhr?«

»Das weiß ich nicht. Die Handschuhe reichten bis unter seine Ärmel. Seine Gesichtszüge waren unter dieser grauenvollen Maske völlig verzerrt. Nase, Lippen, alles war plattgedrückt.«

»Was ist mit seinem Hals?«

Sie dachte darüber nach. »Zwischen dem hohen Kragen des Overalls und der Kappe waren höchstens zwei Fingerbreit zu sehen. Er hatte seine Kappe so tief über den Kopf gezogen, dass sie bis über die Ohrenspitzen reichte.«

»Aber die Ohrläppchen waren sichtbar.«

»Ja.«

»Im rechten hatte er ein Ohrloch.«

Sie runzelte die Stirn und schlug die Augen auf. »Wirklich? Das ist mir nicht aufgefallen.«

Crawfords Herz setzte einen Schlag aus. »Nicht?«

»Nein.«

Ruhig und mit Nachdruck erklärte er ihr: »Es ist dir nicht aufgefallen, weil sein Ohr nicht durchstochen war. Aber bei dem Mann im Leichenschauhaus schon.«

Ihre Lippen öffneten sich, um leise nach Luft zu schnappen. »Stimmt. *Stimmt.* Oh mein Gott.« Sie legte die Fingerspitzen an die Lippen. »Aber das würde bedeuten …«

»Genau«, seufzte er. »Dass der Mann, der auf dem Dach erschossen wurde, nicht der Amokläufer war.«

# 10

»Was war das denn für eine Scheiße?«

Joseph Patrick Connor, seinen Freunden als Pat bekannt, wischte sich den fettigen Schweiß von der Stirn. »Hören Sie, ich…«

»Oh, ich höre durchaus. Darauf können Sie Gift nehmen.« Die Stimme des anderen Mannes war wie ein fernes Donnergrollen, das die geballte Gewalt eines heraufziehenden Sturms ankündigte. Es drang aus einem breiten Brustkorb, über dem Arme dick wie Holzscheite verschränkt waren. Der Blick dazu hätte Lack auflösen können.

Pat löste sich ebenfalls darunter auf. »Der größte Teil lief ab wie geplant.«

»Bei Weitem nicht der größte. Das Ziel ist immer noch am Leben.«

*Genau wie ich.* Die Tatsache, dass er noch am Leben war, bedeutete ihm mehr als alles andere, aber das würde Pat nicht laut aussprechen, denn das hätte seinen ohnehin wackligen Status als atmendes Wesen blitzschnell ändern können.

Er sah über die Schulter auf die beiden Männer, die zu beiden Seiten hinter seinem Stuhl Posten bezogen hatten. Er saß an einem kleinen Tisch, auf dem eine halb leere Flasche Ketchup stand. Daneben lag eine Waffe, die den Polizeibehörden und dem Militär vorbehalten war – in den meisten Bundesstaaten jedenfalls.

Eine halbe Stunde zuvor hatte er sich gerade eine Whisky-

Cola gemixt, als die beiden Gorillas – ein besseres Wort wollte ihm nicht einfallen – durch die Hintertür in seine Küche gerumpelt kamen. Er kannte sie schon von früheren Begegnungen, aber sie waren ihm nie namentlich vorgestellt worden. Ihm war sofort klar, dass sie ihm keinen Höflichkeitsbesuch abstatten wollten.

Jeder packte ihn an einem Arm, und gemeinsam führten sie ihn aus dem Haus zu einem wartenden Wagen, in dem sie ihm die Augenbinde anlegten, die er inzwischen bei diesen Fahrten erwartete. Schweigend fuhren sie los, zwei Henker, darauf geeicht, ihre Pflicht zu erfüllen, und zwar ohne Widerrede oder lästige Fragen.

Pat hatte nicht geglaubt, dass er auch nur den Hauch einer Überlebenschance besaß, und war tatsächlich überrascht, als er das Fahrziel lebend erreichte. Auf dem Weg dorthin hatte er alle seine Sachen durchgeschwitzt, doch er nahm seine körperliche Reaktion als Beweis dafür, dass er noch am Leben war. Zumindest vorerst.

Die Entführung war nicht vollkommen unerwartet gekommen. Ihm war klar gewesen, dass er früher oder später »einbestellt« würde, und ihm hatte vor dem unvermeidlichen Aufeinandertreffen gegraut. Allerdings war die Realität noch schlimmer als seine Fantasien. Man hatte ihn schon mehrmals hierhergebracht, und er konnte sich alles andere als mit diesem Ort anfreunden. Er bescherte ihm Albträume.

Er hätte jetzt einen großen Schluck der Whisky-Cola brauchen können, die er sich gerade eingeschenkt hatte, als die Gorillas ihn so ungalant aus dem Haus eskortierten.

»Und?«, donnerte der Mann und rief Pat damit abrupt ins Gedächtnis, dass er auf die letzte Bemerkung noch nicht reagiert hatte.

Er wischte sich noch mal über die Stirn, doch inzwischen

war seine Hand genauso feucht wie sein Haaransatz. Er rutschte unruhig auf seinem Stuhl herum. »Ich weiß gar nicht, warum ich da überhaupt mitgemacht habe«, murmelte er leise vor sich hin.

»Muss ich Ihnen das wirklich ins Gedächtnis rufen, Pat?«

Pat schüttelte stumm den Kopf, denn inzwischen traute er seiner Stimme nicht mehr. Niemand brauchte ihn daran zu erinnern, wie verzweifelt seine Situation gewesen war. Immer noch war. Der Mann wartete auf eine Erklärung für sein Versagen: »Erst mal war die Maske Scheiße. Ich konnte kaum was sehen.«

»Haben Sie das Ding vorher nicht ausprobiert?«

»Klar habe ich das, aber, keine Ahnung, ich glaube, sie ist von meinem Atem beschlagen oder so. Und dann war es alles in allem viel schwieriger, als ich gedacht habe. Viel schwieriger, als *Sie* gedacht haben.«

»Wie oft sind wir alles durchgegangen?«

»Ich weiß. Doch dass Chet Barker draufgeht, hat nicht zu unserem Plan gehört. Es soll kein Blutbad geben, hat es geheißen. Aber er stand mir im Weg. Ich hatte keine Wahl. Und dass ich ihn erschießen musste, hat mich völlig aus der Bahn geworfen, könnte man sagen.«

Er verstummte und wartete auf irgendeine Reaktion. Ein verständnisvolles Murmeln. Ein zustimmendes Grunzen. Irgendwas. Doch der andere Mann gab ihm nichts, woran er die Hoffnung auf ein längeres Leben knüpfen konnte. Vielleicht würde er nie zu seiner Whisky-Cola zurückkehren. Er hatte sich auf einen Handel mit dem Teufel eingelassen, aber seinen Teil der Abmachung nicht erfüllt.

Am liebsten hätte er geweint, doch er konnte die Tränen gerade noch unterdrücken. Aber ein Stottern nicht. »A… a… aber trotzdem bin ich über Chet drübergestiegen und habe weitergemacht. Bin bis aufs Podest geklettert.«

»Ich habe gehört, Crawford Hunt hätte der Richterin das Leben gerettet. Stimmt das? Oder erzählen sie das nur in der Presse, weil es sich so gut macht?«

»Das stimmt. Als ich um den Zeugenstand herumkam, lag er auf ihr und deckte ihren Kopf und Oberkörper ab. Dann stemmte er den Oberkörper hoch und schaute mich über die Schulter an. Ich habe auf ihn angelegt, aber der Schuss ging in die Decke, weil er im selben Moment mit dem Fuß ausgeholt und mir scheißbrutal gegen das Knie getreten hat.«

»Aber nicht fest genug, um es auszukugeln. Sie konnten noch wegrennen. Sind Sie auch, wie eine feige Sau. Sie sind weggelaufen, ohne dass Sie den Job zu Ende gebracht haben.«

Die beiden Schläger in seinem Rücken traten einen Schritt näher. Halb rechnete er damit, eine spitze Klinge zwischen die Schulterblätter gerammt zu bekommen. Vielleicht hatte er ja Glück und würde nur ein kurzes Stechen spüren.

Als nichts weiter geschah, fuhr er fort. »Ich… ich schätze, ich bin wirklich kurz in Panik geraten. Ich wollte nicht, dass sie mich erwischen. Das hätten Sie bestimmt auch nicht gewollt. Ich musste schleunigst abhauen und das Kostüm loswerden. Also habe ich kühlen Kopf bewahrt und mich weiter an unseren Plan gehalten. Alles so gemacht, wie wir es besprochen hatten.«

»Der Mann, den die Polizei erschossen hat – wie kam der an die Pistole?«

»Er muss sie gefunden haben, nachdem ich die Sachen abgeladen und in dem Flur im fünften Stock versteckt hatte«, sprudelte es nur so aus ihm heraus. »Ich habe ihn nicht gesehen, aber er hat mich vielleicht gesehen. Das werden wir nie erfahren. Jedenfalls lag die Pistole offen herum, und er konnte einfach nicht widerstehen.« Er holte kurz Luft und fragte dann hoffnungsvoll: »Umso besser für uns. Oder?«

Er drehte den Kopf zur Seite und hielt Rücksprache mit dem Mann, der hinter seiner linken Schulter Wache stand und ihn mit versteinerter Miene anstarrte. »Oder?« Dann sah er wieder zu seinem Inquisitor. »Die Bullen glauben, sie hätten ihren Mann, und der tote Mexikaner wird nicht plötzlich den Mund aufmachen und ihnen was anderes erzählen«, erklärte er weiter.

Das Lachen des Mannes hinter dem Tisch kam so bellend und so unerwartet, dass Pat es wie einen Schlag gegen seinen Kehlkopf spürte. »Nur deshalb habe ich Sie noch nicht aus dem Weg räumen lassen. Das ist wirklich besser.«

Pat wäre vor Erleichterung fast in Ohnmacht gefallen. Vielleicht würde er doch noch zu seinem Whisky kommen. »Also, sind wir jetzt quitt?«

Vielleicht hatte er sich das Lachen nur eingebildet. Noch nie hatte der Mann ihm gegenüber so bedrohlich ausgesehen wie in diesem Moment. »Nein, wir sind nicht quitt, Pat.« Er beugte sich über den Tisch und starrte ihm direkt in die Augen. »Ich wollte Ihnen ins Gesicht sagen, dass Sie *nur noch* am Leben sind, weil ich Ihren lausigen Arsch noch brauche.«

»U … und wozu? Für einen zweiten Versuch?«

»Erst um das Elend zu vergrößern. Und um es dann, wenn ich es sage, zu beenden.«

# 11

»Der Mann im Leichenschauhaus war nicht der Schütze«, betonte Crawford mit Nachdruck und löschte damit alle Zweifel aus, die Holly noch gehabt haben mochte.

Entgeistert starrte sie ihn an. »Wie kann das sein?«

Er atmete schwer aus und fuhr sich mit der Hand übers Gesicht. »Weiß ich nicht. Ich wünschte verflucht noch mal, ich wüsste es.«

Sie presste sich die Hand auf den Mund. Er ließ ihr Zeit, das Undenkbare so weit zu durchdenken wie nur möglich.

»Wenn das stimmt …«, begann sie schließlich.

»Es stimmt.«

»… dann wird das Wellen schlagen, die …«

»… über alles wegfegen werden.«

Sie fuhr sich nervös mit der Zunge über die Lippen. »Vielleicht hast du dich getäuscht. Und ich mich auch. Vielleicht hatte er ein Ohrloch, und mir ist es nur nicht aufgefallen.«

»Glaub mir, ich habe mich genauso an jeden Strohhalm geklammert und mir einzureden versucht, dass ich mich irre, aber du hast gerade bewiesen, dass ich recht habe. Als ich das Ohrloch erwähnt habe, hast du sofort widersprochen. Bei keinem anderen Merkmal hast du das getan.«

»Aber …«

»Hör mir zu, Holly.« Ihre Augen wurden groß. Er wusste nicht, ob es auf seinen Tonfall zurückzuführen war oder darauf, dass er sie mit ihrem Vornamen angesprochen hatte, doch jetzt hatte er ihre ungeteilte Aufmerksamkeit. »Ich war ihm näher als jeder andere. In dem Sekundenbruchteil, bevor ich zugetreten habe, habe ich ihm genau ins Gesicht geblickt. Ich würde auf Georgias Kopf schwören, dass in seinem rechten Ohrläppchen kein Loch war.«

»Aber auf dem Dach ist dir der Unterschied nicht aufgefallen?«

»Da schien mir die Sonne von vorn ins Gesicht. Außerdem war ich zu weit von Rodriguez entfernt, um es genau erkennen zu können.«

»Einen Ohrring trug er nicht?«

»Nein. Und ich habe mich auf die Waffe konzentriert, mit der er herumfuchtelte, nicht auf sein Ohrläppchen. Als sie ihn niedergeschossen hatten, drängten sich andere Polizisten um ihn. Ich nicht, ich konnte keinen Blick mehr auf ihn werfen, bis ich ihn heute Morgen im Leichenschauhaus liegen sah und sofort meinen Fehler bemerkte. Ich dachte, ich müsste kotzen.«

Sie sah ihn fragend an. »Du kannst doch nicht dir die Schuld geben.«

»Wirklich nicht? Rodriguez, oder wie er auch geheißen hat, hat Chet nicht erschossen. Er hat nichts weiter getan, als eine Pistole zu nehmen, die ihm nicht gehörte, und sie mit aufs Dach zu nehmen, als er eine Zigarette rauchen wollte.«

»Er hat mit der Pistole auf dich *gezielt,* sogar noch, nachdem du dich als Ranger zu erkennen gegeben hast. Er hat zweimal auf den Deputy gefeuert und ihn nur durch ein Wunder verfehlt.«

»Stimmt. Aber inzwischen ist mir klar, dass er alles, was er getan hat, nur aus Angst getan hat. Er wurde mit einer Pistole gestellt, die ihm nicht gehörte. Natürlich war es dumm, sie nicht sofort auf den Boden zu legen, als ich ihn dazu aufgefordert habe. Dann taucht der Deputy auf, und er gerät in Panik.« Er senkte kurz den Blick. »Aber Dummheit und Panik sind zwei lausige Gründe, um getötet zu werden.«

»Du hast ihn nicht getötet.«

»Ich habe die Kugeln nicht abgefeuert, aber ich habe ihn zur Zielscheibe gemacht.«

»Du hast dein Bestes versucht, um ihm zu helfen. Das war nicht deine Schuld.«

Crawford würde das bestreiten, bis sich der eigene Sargdeckel über ihm schloss, aber im Moment musste er sich vor allem jenem Problem widmen, das so weitreichende Konsequenzen für ihn persönlich und auch für Holly Spencer hatte. Und zuallererst mussten sie klären, inwieweit es Holly betraf.

»Mir macht vor allem eines Angst«, sagte er. »So, wie alles abgelaufen ist, muss dieser Wahnsinnige ein echtes High erlebt und damit noch mehr Selbstbewusstsein getankt haben. Und schon dieser erste Auftritt von ihm war absolut skrupellos.«

Sie schüttelte leise den Kopf. »Ich kann dir nicht folgen.«

Er sah sie kurz an und bemerkte, wie perplex sie war. »Das ist eine der Wellen, von denen du vorhin gesprochen hast, und die ist ein echter Tsunami. Wer auch immer gestern in den Gerichtssaal kam und dich umbringen wollte, ist immer noch unbekannt und auf freiem Fuß.« Er beobachtete, wie sich ihre Miene veränderte, während sie sich das Gesagte bewusstmachte. Ihm war klar, dass sie alles abstreiten würde, noch ehe sie darauf reagierte.

»Zwei Detectives haben heute stundenlang sämtliche Unterlagen und Protokolle meiner Fälle durchgeschaut. Danach sind sie alle Fälle von Richter Waters ab dem Jahr 2012 und meine Akten aus der Kanzlei in Dallas durchgegangen. Ohne irgendwas zu finden.«

»Weil sie spezifisch nach einer Verbindung zu einem Jorge Rodriguez gesucht haben.«

»Trotzdem sind sie nirgendwo auf etwas Verdächtiges gestoßen.«

»Was nur heißt, dass wir tiefer bohren müssen, und dieses Mal, ohne dass wir einen Namen haben, an dem wir uns festhalten können.«

»Das könnte Wochen dauern.«

»Oder noch länger. Bis wir wenigstens eine Spur haben, musst du ...« Er hielt inne und korrigierte insgeheim, was er hatte sagen wollen. »Solltest du davon ausgehen, dass dein Leben in Gefahr ist, und dich entsprechend verhalten.«

»Das ist eine weit hergeholte Annahme.«

»Sei schlau. Nimm sie trotzdem an.«

»›Dich entsprechend verhalten‹ hört sich für mich nicht so an, als würdest du diese Floskel oft gebrauchen.«

»Tue ich auch nicht. Das ist die offizielle Formulierung. Ich würde lieber ein bisschen eindringlicher werden, aber ich habe Angst, dass du mir das übelnehmen könntest. Ich hoffe bloß, die Botschaft ist angekommen.«

Sie wandte den Blick ab. »Du hast von Anfang an geglaubt, dass diese Schießerei ein Racheakt war«, folgerte sie nach einer Weile.

»Und ich denke es immer noch. Das war kein Zufall, sondern sorgfältige Planung. Berechnung. Er hatte den Maleroverall irgendwo im Gebäude versteckt, wahrscheinlich in der Putzkammer auf dem Gang gleich gegenüber dem Gerichtssaal. Er hat ihn über seine Sachen gezogen und dann abgewartet, bis das Gericht zusammengetreten war.«

»Und kam dann wild um sich schießend herein.«

»Daran war nichts wild. Wenn er ein Wahnsinniger gewesen wäre, der möglichst viele Unschuldige erledigen wollte, dann hätte er seine Halbautomatik einmal durch den Zuschauerraum geschwenkt. Damit hätte er innerhalb von Sekunden sechs oder acht Menschen töten können. Aber das hat er nicht getan. Er war fest entschlossen, hinter das Richterpult zu gelangen, auch wenn das hieß, dass er an Chet vorbeimusste.«

»Er hatte nicht damit gerechnet, dass du mich beschützen würdest.«

»Vielleicht, aber auf jeden Fall hat er sehr schnell erkannt, dass er fliehen muss, wenn er überleben will. Er rannte vom Gerichtssaal raus ins Treppenhaus, wo er es so aussehen ließ, als wäre er zum Dach hinaufgelaufen. Nachdem er seine Verkleidung entsorgt hatte, muss er die Treppe wieder hinunter in den fünften Stock gelaufen sein und sich im Korridor unter die Menschen gemischt haben, als dort das Chaos ausbrach. Der Plan war entweder brillant oder der dümmste, von dem ich je gehört habe«, fuhr er fort, »aber eines steht fest: Jemand hat einen solchen Hass auf dich, dass er fest entschlossen ist, dich umzubringen, auch wenn er sich dabei selbst in Gefahr bringt. Irgendwelche Ideen?«

»Ich habe dir schon gestern Abend gesagt, dass mir niemand einfällt.«

»Denk nach!«

Ihr Kopf fuhr herum, und sie sah ihn wütend an. »Das habe ich! Ich denke kaum über was anderes nach. Aber ich schwöre dir, dass sich in meinem Leben keine Dramen abspielen. Keine von diesem Ausmaß.«

»Was ist mit Sanders, deinem politischen Gegner?«

»Mit dem hatte ich gestern einen unangenehmen Wortwechsel.«

»Wo? Und worüber?«

Sie beschrieb ihre kurze Begegnung am Aufzug. »Ich nehme an, man könnte in seine letzte Bemerkung eine Drohung hineinlesen. Es wurmt ihn immer noch, dass ich und nicht er ernannt wurde.«

»Moment! Er hat sich damals auch um dieses Richteramt beworben?«

»Es gab mehrere Bewerber, aber Greg Sanders war mein stärkster Rivale.«

»Und das erzählst du mir erst jetzt?«

»Bis jetzt war es auch nicht von Bedeutung.« Sie klang genauso verärgert wie er.

»Richtig. Okay. Sanders kommt auf die Liste.«

»Was für eine Liste?«

»Die kurze Liste der möglichen Verdächtigen.«

»Er hat bestimmt nicht geschossen«, empörte sie sich. »Greg Sanders ist mindestens zwei Handbreit größer als der Schütze.«

»Er hätte jemanden beauftragen können.«

Sie dachte darüber nach und schüttelte dann den Kopf. »Ich glaube, du täuschst dich in ihm. Das ist nicht sein Stil. Er will mich schlagen, um jeden Preis, aber er will sich für diesen Sieg feiern lassen. Er würde mich nicht anonym ausschalten lassen. Er möchte, dass er am Wahltag live im Fernsehen als Sieger präsentiert wird.«

»Okay, aber er kommt trotzdem auf die Liste. Genau wie Dennis.«

»Ich habe dir doch gesagt, dass wir uns freundschaftlich getrennt haben. Ohne wütende Anrufe, ohne Beleidigungen oder Drohungen, ohne jede Feindseligkeit. Nichts in der Art.«

Crawford hatte trotzdem fest vor, sich über ihn kundig zu machen. Ihr Ex war vielleicht doch nicht so vernünftig und kultiviert, wie sie glaubte. »Und sonst hast du mit niemandem die Schwerter gekreuzt, weder beruflich noch privat?«

Sie schüttelte den Kopf.

»Und wenn du ein paar Jahre zurückgehst? Eltern? Geschwister?«

»Keine Geschwister. Und meine Eltern sind tot.«

»Freunde, mit denen du dich verkracht hast?«

»Nein. Mir fällt wirklich niemand ein, der mir ans Leder wollen könnte.«

Crawford versuchte, sie mit seinem Blick zu einer Einschränkung ihrer Aussage zu bewegen, aber sie blieb standhaft. Er musste sie wohl oder übel beim Wort nehmen. »Na schön. Unser Täter bleibt damit ein großes Fragezeichen. Also müssen wir als Erstes, genau gesagt noch heute Nacht, einen Fleck finden, an dem wir dich für ein paar Tage parken können.«

»Wie bitte?«

»Hast du irgendeine Möglichkeit unterzutauchen? Dich unsichtbar zu machen?«

»Was redest du da? Ich kann mich nicht einfach verstecken.«

»Und wie du das kannst!«

»Aber das werde ich nicht! Wenn du das Gefühl hast, dass ich bewacht werden muss, wird das bestimmt die Polizei übernehmen.«

»Das Prentiss Police Department?«, fragte er.

»Oder das Sheriff's Office.«

Sie sah immer noch nicht das ganze Bild. »Holly, jeder im Prentiss PD oder im Sheriff's Office ist *verdächtig*. Jeder, der während der Schießerei im Gerichtsgebäude war, ist *verdächtig,* und das schließt Dutzende von Polizisten und Deputys ein. Jeder, der vorgeblich versucht hat, den Schützen festzunehmen, könnte der Schütze *gewesen sein.*«

Sie zog die Unterlippe zwischen die Zähne. »Wie viele Polizisten hatten gestern frei?«

»Das tut nichts zur Sache. Jeder, der auf ihrer Gehaltsliste steht, könnte eine plausible Erklärung vorbringen, warum er oder sie gestern im Gerichtsgebäude war.«

»Ja, aber Neal Lester würde sorgfältig durchleuchten …«

»Neal bildet keine Ausnahme.«

»*Wie bitte?* Er leitet die Ermittlungen.«

»Wer könnte so was also leichter durchziehen als er?« Auf ihren entsetzten Blick hin lachte er leise auf, streckte dann instinktiv den Arm aus und drückte ihren Oberschenkel. »Entspann dich. Ein schlechter Witz. Neal war es nicht. So kreativ ist er bei Weitem nicht. Falscher Körpertyp.«

»Falsche Haarfarbe.«

»Und welches Motiv könnte er schon haben?« Eher widerwillig nahm er die Hand von ihrem Bein. »Dennoch würde ich mir wünschen, dass jemand anderes den Fall übernimmt. Neal nimmt zu viele politische Rücksichten, er ist eher Bürokrat als Bulle. Er schleimt sich beim Chief ein, weil er eines Tages auf dessen Stuhl sitzen will, und bis dahin hockt er am liebsten auf seinem Schoß. Sein wichtigstes Ziel wird sein, seinen eigenen Arsch zu retten, nicht deinen.«

»Was glaubst du, wie er reagiert, wenn du es ihm erzählst?«

»Erst mal wird er sich frische Unterhosen anziehen müssen. Dann wird er zum Chief laufen, und im Nu werden alle Bescheid wissen, ich weiß, wie gut die Flüsterpost im Department funktioniert. Was für uns heißt, dass der Täter Wind von der Sache bekommen und abtauchen wird. Und wir können uns dann den Arsch nach ihm wund suchen.« Er senkte die Stimme und murmelte: »Bis er es wieder probiert.«

Sie umklammerte ihre Ellbogen. »Noch steht nicht fest, dass ich das Ziel war.«

Er würde nicht noch mal mit ihr darüber streiten. »Wer es auch war und auf wen er es auch abgesehen hatte, er hat Chet auf dem Gewissen. Ich will den Hurensohn kriegen, und ich werde ihn kriegen.«

»Ich dachte, du wolltest nichts mit den Ermittlungen zu tun haben.«

»Wollte ich auch nicht. Will ich immer noch nicht. Aber als ich diesem Typen nachgerannt bin, habe ich mir damit alle Chancen verbaut, dass Georgia mir zugesprochen wird. Spar dir die Mühe«, sagte er, als er sah, dass sie ihm widersprechen wollte. »Wir wissen beide, dass es so ist. Ich stecke mit drin, auch wenn es mir nicht gefällt. Neal gefällt es genauso wenig, aber falls er sich sträubt, brauche ich ihm nur ins Gedächtnis zu rufen, dass er mir nichts zu sagen hat und sein Boss mich hinzugezogen hat. Und der erste Geschäftsordnungspunkt ist es, dafür zu sorgen, dass dir nichts passiert.«

»Ich kann meine Arbeit, mein ganzes Leben, nicht ewig auf Eis legen.«

»Dein Gerichtssaal ist immer noch ein Tatort. Momentan könntest du dort sowieso nicht arbeiten.«

»Ich könnte vorübergehend in einen anderen Raum ausweichen.«

»Könntest du. Aber damit würdest du nicht nur dich, sondern auch alle um dich herum in Gefahr bringen.«

Ihre Schultern sanken nach unten. »So wie Chet.«

Die Bemerkung ließ sie beide innehalten, und für ein paar Sekunden blieb es still im Wagen.

Als Holly erneut zu reden begann, war ihr Kampfgeist wieder erwacht. »Ich kann nicht aus den Augen der Öffentlichkeit verschwinden. Schließlich bewerbe ich mich um ein öffentliches Amt.«

»Du warst in Lebensgefahr. Jeder wird es verstehen, wenn du dich ein paar Tage zurückziehst, um dich zu sammeln.«

»Damit Greg Sanders mich als Feigling hinstellen kann?«

»Das würde nur auf ihn selbst zurückfallen.«

Sie senkte den Kopf. »Ich könnte ganz aus dem Rennen ausscheiden.«

»Das würde dann allerdings wirklich feige aussehen.«

»Es wäre nicht nur wegen der Schießerei im Gerichtssaal«, bekannte sie leise.

»Was für einen Grund hättest du sonst noch, so etwas auch nur in Erwägung zu ziehen?«

Ihr Blick sagte ihm, dass Crawford den Grund ganz genau kannte. Er rutschte in seinem Sitz herum, schaute nach draußen, dann wieder sie an. »Ich dachte, das hätten wir *gelöscht.*«

»Wie du so richtig gesagt hast, kann man das nicht einfach zurücknehmen.«

»Nein, aber es muss auch nicht deine ganze Zukunft bestimmen. Ich werde dich nicht verpfeifen. Niemand wird je davon erfahren.«

»Wir werden es wissen.«

Ihr Tonfall erinnerte ihn verstörend an Conrads »*Du* wirst es wissen«, und das verleitete ihn dazu, ihr noch energischer zu widersprechen. »Du wärst verrückt, deswegen deine Karriere zu opfern. Das Ganze hat bestenfalls zwei Minuten gedauert. Wir haben uns nicht mal geküsst, Herrgott noch mal!«

»Macht es das etwa besser?«

»Nein, aber es war auch nicht so, als hättest du dich in sündiger Lust gesuhlt.«

»Es tut nichts zur Sache, ob es eine Minute oder einen ganzen Tag gedauert hat. Man kann die Regeln nicht nur ein Stückweit brechen.«

»Und wie man das kann.«

Seine Lässigkeit ärgerte sie. »Du bist Antragsteller in einem meiner Gerichtsfälle. Es war ein Unding, dass wir überhaupt privat miteinander gesprochen haben, ganz zu schweigen davon, dass …« Sie hielt inne, und als sie leise weitersprach, hatte er Mühe, sie zu verstehen. »Hast du es deshalb getan?«

»Was meinst du?«

Sie holte tief Luft und sah ihm offen ins Gesicht. »Bist du deshalb zu mir nach Hause gekommen? Hast du es deshalb getan?«

Er hatte gehofft, dass sie nicht darauf angespielt hätte. Aber durch die Wiederholung hatte sie jeden Zweifel ausgeräumt. In ihm begann es zu brodeln. »Ob *ich* es deswegen getan habe? *Ich?«*

»Na ja, dir war bewusst, dass dies eine Verfehlung ist, die ich keinesfalls ignorieren kann. Nicht wenn ich auch nur einen Funken Integrität habe. Ich kann unmöglich weiterhin deine Sorgerechtsanhörung leiten, nachdem … nachdem …«

»Nachdem du mich auf deinem Sofa gefickt hast?« Er lachte erstickt und nickte wissend. »Ich habe mich schon gefragt, wann du es so hindrehen würdest.«

»Was denn?«

»Mir die Schuld dafür zu geben, dass du dich von mir hast flachlegen lassen.« Er kochte inzwischen. »Ich könnte die Frage aber auch zurückgeben, Frau Richterin. Warum hast *du* es getan? Vielleicht, um nicht länger in der Klemme zu sitzen?« Er stieß ein bitteres Lachen aus. »Ich höre dich schon dein Urteil sprechen. ›Das Gericht kann diesem Mann nicht das Sorgerecht für seine Tochter zuerkennen. Er ist skrupellos, instabil und unmoralisch. Er hat weder seine Impulse, noch sein Temperament oder seinen Schwanz unter Kontrolle.‹«

»Das ist total unfair.«

»Nein, ich werde dir sagen, was unfair ist: Wenn du auf einmal absolut bedürftig und anschmiegsam wirst, nur um hinterher einem Mann vorzuwerfen, dass er auf deine *Bitte-fick-mich-Blicke* reagiert.«

Sie starrten sich so wütend an, dass sie gar nicht bemerkten, wie sich ein Mann dem Wagen genähert hatte. Beide zuckten vor Schreck zusammen, als er laut an das Fenster auf der Fahrerseite klopfte.

Holly presste sich die Hand auf die Brust, als wollte ihr das Herz aus dem Leib springen. Sie drückte den Schalter für das Fenster und merkte dann, dass sie erst den Motor starten musste.

Als das Fenster nach unten fuhr und dahinter Neal Lesters Gesicht erschien, begann Crawford inbrünstig zu fluchen.

Neal sah mit strenger Miene erst Holly und dann Crawford an. »Ist das nicht interessant?«

# 12

Sie fuhren im Konvoy zu einem Nachtcafé am Stadtrand. Crawford übernahm die Spitze, Holly folgte ihm in ihrem Wagen, und Neal stellte die Nachhut. Neal hatte diese Reihenfolge diktiert, damit keiner ausbrechen und sich um das Gespräch drücken konnte, obwohl keiner von beiden das vorhatte.

Das Café wurde hauptsächlich von Truckern besucht, die auf den Barhockern saßen und sich über ihre großen Teller mit fettigen Speisen hermachten. Crawford ging immer noch als Vorhut, als sie das Café betraten, sicherte ihnen einen Tisch, winkte Holly in die Bank, setzte sich neben sie und versuchte, nicht allzu vergrätzt auszusehen, als sie so weit wie nur möglich von ihm wegrutschte.

Neal nahm ihnen gegenüber Platz. »Ich werde mir erst eure Erklärung für dieses Tête-à-Tête anhören«, begann er, nachdem sie bei der gelangweilten Kellnerin drei Kaffee bestellt hatten, »und dann entscheiden, ob ich Nugent hinzuziehe und das Gespräch in einem Vernehmungsraum auf der Polizeistation fortsetze.«

Holly brauste sofort auf. »Das war kein Tête-à-Tête.«

»Ich leite die Ermittlungen in einem Mordfall. Sie sind beide wichtige Zeugen. Was hatten Sie gemeinsam im Park zu schaffen?«

»Ich habe irgendwie das Gefühl, dass du uns nicht zufällig überrascht hast«, mischte sich Crawford ein.

»Nein. Ich habe gesehen, wie du und Mrs. Spencer auf dem Parkplatz hinter dem Gericht miteinander geredet habt.«

»Hmm. Frisch doch mal mein Gedächtnis auf: Welche Strafe steht noch mal auf ein Gespräch auf einem öffentlichen Parkplatz?«

Crawfords Spott zeigte Wirkung. Neal musste seinen Kiefer mühsam entspannen. »Als du und Mrs. Spencer kurz hintereinander losgefahren seid, bin ich gefolgt.«

»Warum haben Sie uns nicht einfach angehalten?«, fragte Holly.

»Weil, Richterin Spencer, die Unterhaltung verstohlen gewirkt hat und ich wissen wollte, was dahintersteckt.«

Er verstummte für einen Moment, weil in diesem Augenblick die Kellnerin ihren Kaffee brachte. Keiner wollte eine Speisekarte haben, also schlurfte sie wieder davon. Die Kaffeebecher blieben unberührt, denn Neal wandte sich sofort an Crawford und begann leise, wütend auf ihn einzureden.

»Ich bin euch bis zum Parkeingang gefolgt. Doch genau in dem Moment bekam ich einige Anrufe, die ich annehmen musste und …« Er hielt unvermittelt inne. »Ich muss mich hier nicht erklären. Ihr euch sehr wohl. Ihr habt euch im Schutz der Nacht davongestohlen und …«

»Entschuldige«, unterbrach ihn Crawford lachend. »Ich habe nur noch nie jemanden mit vollem Ernst ›im Schutz der Nacht davongestohlen‹ sagen hören.«

Neal ließ sich nicht beirren. »Gestern habt ihr euch noch im Gerichtssaal gegenübergestanden. Und heute Abend lasst ihr die Autoscheiben beschlagen. Exakt dreiunddreißig Minuten lang.« Er schoss Holly einen Seitenblick zu. »Es würde gegen Ihre Standesregeln verstoßen, wenn Sie mit ihm über seinen Sorgerechtsantrag sprechen würden, und ansonsten verbindet Sie beide allein der Amoklauf.« Wieder sah er Crawford an.

»Falls euer geheimes Treffen was damit zu tun hat, muss ich das wissen.« Er feixte gemein. »Oder wolltest du bloß an ihr Höschen?«

Hollys Körper bäumte sich auf, als hätte sie eine Kugel getroffen. »Wie können Sie es wagen…«

»Dein Toter im Leichenschauhaus ist nicht der Amokschütze aus dem Gericht.«

Crawfords kühle Antwort übertönte Hollys Zornesausbruch und nahm Neal, wie beabsichtigt, jeden Wind aus den Segeln. Wie vom Blitz getroffen saß er da und starrte ihn an wie jemand, der gerade merkt, dass er auf Treibsand steht.

Auch Crawford starrte ihn weiter unversöhnlich an, ohne etwas zu sagen oder zu tun, was Neals Schock gedämpft oder ihm geholfen hätte, ihn zu verarbeiten.

Der Detective sah Holly an. »Was meint er damit?«

»Genau das, was er gesagt hat«, erwiderte sie eisig. »Und ich fürchte, dass er recht hat.«

Neal wandte sich wieder Crawford zu. »Wann bist du zu diesem Schluss gekommen?«

»In dem Augenblick, in dem ich ihn im Leichenschauhaus sah.«

»Und wieso?«

Crawford erklärte es ihm.

Neal wirkte halbwegs erleichtert. »Ein Ohrloch?«, lachte er wiehernd. »Das war dein großes *Voilà?«*

»Ein kleines Detail. Ein großes *Voilà.«*

Neal wurde wieder ernst und versuchte, genau wie Crawford und Holly zuvor, sich eine Erklärung zurechtzulegen. »In dem ganzen Durcheinander ist dir das Loch im Ohr einfach nicht aufgefallen.«

Crawford gestand Neal zu, dass er es auf dem Dach übersehen haben konnte. »Aber ich bin so sicher, wie ich nur sicher sein kann, dass der Mann im Gerichtssaal kein Ohrloch hatte. Dein Leichnam hat eins. Es sind zwei verschiedene Männer.« Dann erinnerte er sich an seinen Tritt gegen das Knie des Schützen und ergänzte: »Seht euch noch einmal genau Rodriguez' linke Kniescheibe an. Falls dort ein blauer Fleck ist, gebe ich zu, dass ich mich geirrt habe. Falls nicht…« Er hob beide Hände. »Dann hatte nicht Rodriguez mich im Visier.«

Neal fuhr sich mit der Zunge über die Lippen, während sein Blick zwischen Crawford und Holly hin und her zuckte und schließlich auf Holly zu liegen kam. »Sie haben gesagt, ›Ich fürchte, dass er recht hat‹. Das heißt, Sie sind sich nicht sicher.«

»Mr. Hunt hat meine Erinnerung an den Vorfall auf die Probe gestellt, und zwar von dem Moment an, an dem der Schütze durch die Tür stürmte.« Sie gab ihm eine kurze Zusammenfassung. »Jedes andere Detail war mir hundertprozentig im Gedächtnis geblieben. Als er etwas von einem Ohrloch sagte, habe ich automatisch widersprochen, und das erhärtet, was Mr. Hunt entdeckt hat.«

»Das war eine Fangfrage«, wandte Neal ein. »Aber Sie können das nicht mit hundertprozentiger Sicherheit bestätigen?«

Sie blieb kühl. »In diesem Punkt bin ich hundertprozentig sicher. Wenn ich nicht glauben würde, dass er recht hat, säße ich jetzt nicht hier.«

Selbst wenn Neal Crawfords Worten keinen Glauben schenkte, an denen der Richterin wollte oder konnte er nicht zweifeln. Sein Gesicht erbleichte im Licht der Neonröhren, die summend unter der wasserfleckigen Decke hingen. Er zupfte eine Papierserviette aus dem Tischspender, tupfte sich die Schweißperlen von der Oberlippe und warf dann die zusammengeknüllte Serviette auf den Tisch. »Warum hast du mir das verschwiegen, als wir im Leichenschauhaus waren?«, fragte er Crawford.

»Weil die winzige Chance bestand, dass ich mich täusche, und ich mir meine Beobachtung deswegen von Richterin Spencer bestätigen lassen wollte. Ich rief sie an, aber sie legte sofort wieder auf. Mir blieb nichts anderes übrig, als ihr heute Abend auf dem Parkplatz hinter dem Gericht aufzulauern und darauf zu bestehen, dass sie sich anhört, was ich ihr zu sagen habe. Darum haben wir uns heimlich getroffen.« Er verstummte kurz. »Du solltest dich bei ihr entschuldigen«, riet er ihm.

Neal sah aus, als wäre es ihm plötzlich schlecht geworden. »Ich bitte um Entschuldigung, Euer Ehren. Die Beleidigung war auf Crawford gemünzt, nicht auf Sie.«

»Dann sollten Sie sich auch bei Mr. Hunt entschuldigen.«

Er wusste, dass sich Neal lieber die Zunge abgebissen hätte, aber die Autorität der Richterin ließ ihm kaum eine andere Wahl.

»Die Bemerkung war unangebracht«, sagte er, ohne Crawford in die Augen zu sehen.

»Deine Aufrichtigkeit überwältigt mich, Neal. Nicht dass es mich einen feuchten Dreck interessieren würde, was du von mir hältst. Ich will nur Chets Mörder. Und Jorge Rodriguez hat ihn nicht umgebracht.«

»Wen ich den Chief informiere, dass unser SWAT-Team den Falschen ausgeschaltet hat, wird er wissen wollen, wie es dazu kommen konnte. Kannst du mir irgendeine vernünftige Erklärung geben, wie du das so verbocken konntest?«

»Immer langsam, Detective«, mischte sich Holly ein, bevor Crawford darauf etwas erwidern konnte. »Der Mann, den wir als Rodriguez kennen, bedrohte Mr. Hunt mit einer geladenen Waffe. Er eröffnete das Feuer auf einen Deputy. Er musste gestoppt werden, ob er nun der Amokschütze im Gerichtssaal war oder auch nicht.«

»Danke, Richterin, aber ich kann für mich selbst sprechen«, sagte Crawford, den Blick eisern auf Neal gerichtet. »Ich weiß nicht, was zwischen dem Gerichtssaal und dem Finale auf dem Dach passiert ist, aber du hast die Aufnahmen aus den Überwachungskameras da oben gesehen. Rodriguez hat sich völlig unberechenbar verhalten und seine Fehlentscheidungen mit dem Leben bezahlt. Das ist eine verfluchte Schande, aber es ist Geschichte. Nicht wiedergutzumachen. Dein Job ist es jetzt, herauszufinden …«

»Sag du mir nicht, was mein Job ist.«

»… wo die Waffe die Hände gewechselt hat, warum es geschah und wie. Wurde Rodriguez absichtlich als Bauernopfer platziert? Oder hat er nur im falschen Moment eine Pistole aufgehoben, die nicht ihm gehörte, und ist in Panik geraten, als er sich in die Ecke gedrängt fühlte? Und die wirklich entscheidende Frage ist: Wenn er nicht der Amokschütze war, wer war es dann? Bis du all diese Fragen beantwortet hast, Neal, sitzt dir nicht nur die aufgebrachte Öffentlichkeit, sondern auch jeder Vorgesetzte in der langen Befehlskette bis hinauf zum Chief im Nacken. Also, du kannst mich vor den Bus werfen, wenn du dich dann besser fühlst, nur zu, ich habe schon Schlimmeres überstanden. Aber bis du diesen Fall gelöst hast, ist es *dein* Hintern, der über dem Grill hängt. Und, findest du es immer noch so toll, die Ermittlungen zu leiten, Arschloch?« Er hakte die Hand um Hollys Ellbogen. »Gehen wir.«

»Warte.«

Schon mit einem Fuß im Gang, hielt Crawford im Aufstehen inne, ohne Holly dabei loszulassen.

Neals Stolz rang mit seiner Einsicht, doch zuletzt gewann die Einsicht. »Was weißt du?«

»Verflucht noch mal gar nichts.«

»Und was glaubst du?«

Crawford zögerte und rutschte zurück in die Bank. Als er und Holly wieder saßen – deutlich näher beieinander als zuvor, wie ihm auffiel –, bedeutete Neal ihm mit einer Geste, dass er das Wort hatte.

»Ich *glaube,* dass der Schütze die Malerkleidung vorab in der Kammer gegenüber dem Gerichtssaal verstaut hat, wo er sie auch übergezogen hat und wartete, bis die Verhandlung begann. Wie lange er da drin ausgeharrt hat, weiß ich nicht. Wir beide vermuten, dass er unentdeckt zwischen all den Geschworenen hereinkam, aber er hätte auch seit Stunden dort hocken können. Hat die Spurensicherung die Kammer untersucht?«

»Es ist eine Abstellkammer von den Hausmeistern, mit Staubtüchern, Besen, Wischeimern.«

»Mit anderen Worten: mögliche Spuren ohne Ende.«

»Eimerweise.«

»Vielleicht können wir nicht nachweisen, dass er in der Kammer war, zumindest nicht eindeutig genug, um die Geschworenen zu überzeugen. Aber das wird auch nicht nötig sein. Seine DNA wird an dem Overall haften. Natürlich brauchen wir erst einmal einen Verdächtigen, bevor uns das irgendwas nützt«, ergänzte er grimmig. »Habt ihr schon den Lieferanten ermittelt?«

»Des Maleroveralls? Das erschien uns nicht notwendig. Wir dachten, wir hätten den Täter. Ich werde Nugent darauf ansetzen.«

Crawford fragte sich im Stillen, ob Matt Nugent kompetent genug war, diesen Auftrag auszuführen. In seinen Augen war er nicht einmal schlau genug, um als Verdächtiger infrage zu kommen. »Wo auch immer unser Schütze sich heute Abend befindet, er verflucht sich bestimmt dafür, dass er den ganzen Krempel zurückgelassen hat.«

»Warum hat er es überhaupt getan?«, fragte Holly.

Crawford dachte das Szenario durch. »Vielleicht hat er mich im Treppenhaus gehört und begriffen, dass ich auf dem Weg nach oben war. Er hielt es für besser, seine Tarnung loszuwerden und auf das Beste zu hoffen, als damit erwischt zu werden. Mit der Pistole ist es nicht anders. So riskierte er zwar eine Festnahme, aber ihm war klar, dass jeder, der aus dem Gebäude kam, gefilzt würde.« Er sah Neal an. »Ich wette, es waren keine Fingerabdrücke auf der Waffe.«

Neal schüttelte den Kopf. »Die war sauber. Die Seriennummer wurde abgefeilt. Wir warten noch auf den Bericht aus der Ballistik.«

»Ich glaube nicht, dass man eine Verbindung zu einem anderen Verbrechen finden wird.«

Neal nickte düster. »Wer die Seriennummer abfeilt ...«

»Was ist mit Jorge Rodriguez?« Holly richtete die Frage an Crawford. »Glaubst du, er war irgendwie in die Sache verwickelt?«

»Mein Bauchgefühl sagt nein. Was meinst du?«

Neal, an den er die Frage weitergegeben hatte, sah ihn perplex an. »Ich dachte, wir hätten uns dafür entschieden, dass er zur falschen Zeit am falschen Ort war und außerdem eine fatale Fehlentscheidung traf, aber dass er ansonsten nichts mit der Sache zu tun hat.«

»Das ist eine Möglichkeit, aber entschieden haben wir verflucht noch mal gar nichts. Vielleicht solltest du nicht immer nur in Kästchen denken, Neal. Vielleicht wurde der arme Hurensohn ja zur Ablenkung, als Bauernopfer eingesetzt.«

»Wir haben absolut nichts, was diese Theorie stützen würde.«

»Aber auch nichts, was sie widerlegen würde. Und wir sollten jede Theorie zumindest überprüfen, meinst du nicht auch?«

»*Wir?* Ich dachte, du könntest es gar nicht erwarten, dich aus dem Fall zurückzuziehen.«

»Ich muss Mrs. Barker Rede und Antwort stehen«, sagte Crawford. »Genau wie deinem Chief. Oder hast du das vergessen? Wenn es dir nicht gefällt, dass ich dabei bin, kannst du dich bei ihm beschweren.«

Neal krümmte sich zusammen, so unangenehm war ihm die Erinnerung, aber er konnte kaum etwas dagegen einwenden.

»Ihr müsst Rodriguez immer noch schnellstmöglich identifizieren«, fuhr Crawford fort, »um eine Verbindung zu dem Täter auszuschließen oder nachzuweisen. Und noch etwas …«

»Willst du mir etwa erklären, wie ich meinen Job zu machen habe?«

»Das würde mir nicht im Traum einfallen. Aber ihr müsst alle unter die Lupe nehmen, die sich zum Zeitpunkt der Schießerei im Gericht befanden. Jeden, der evakuiert wurde, eingehend befragen. Und diese Befragung kann weder vom Prentiss PD noch vom Sheriff's Office durchgeführt werden.«

»Damit wären über hundert Mann ausgeschlossen.«

»Plus einer.«

»Wer?«

»Wo warst du zum Zeitpunkt der Schießerei?«

Neal sah ihn wutentbrannt an.

»War nur Spaß. Aber zusätzlich zu sämtlichen Besuchern und allen, die im Gericht arbeiten, müsst ihr noch jeden Polizisten und Deputy und alle Angestellten im PD und dem Sheriff's Office befragen. Jeden einzelnen.«

»Hast du eine Ahnung, was das für Wellen schlagen wird?«

»Das ist meine geringste Sorge. Und das sollte auch deine geringste Sorge sein.«

»Tja, im Gegensatz zu dir sitze ich nicht gern auf dem Schleudersitz und lege Wert auf meinen Ruf.«

»Das brauchst du mir nicht extra zu erklären, Neal. Gewöhnlich würde es mich einen feuchten Rattenfurz interessieren, wo deine Prioritäten liegen. Aber Chets Mörder ist immer noch auf freiem Fuß. Ganz zu schweigen von der Gefahr, die unser Unbekannter für Richterin Spencer darstellt. Ich würde meinen, das ist wichtiger als irgendwelche Wellen. Aber du kannst das natürlich anders sehen.«

Das saß. Der Detective hätte zweifellos gern noch zurückgegiftet, doch er riss sich zusammen und wendete sich stattdessen an Holly. »Sie stehen unter Polizeischutz, bis der Täter gefasst ist.«

»Wie ich schon Mr. Hunt erklärt habe, werde ich mich nicht verstecken. Zum einen, weil das ein falsches Signal an meinen Gegner und die Wähler aussenden würde. Aber hauptsächlich, weil ich dem Attentäter nicht die Befriedigung geben will, mir Angst eingejagt zu haben.«

»Es tut mir leid, Richterin«, bedauerte Neal, »aber der Chief, der Bürgermeister, alle ihre Kollegen und ganz besonders der Gouverneur werden mir zustimmen, dass Sie sich zurückhalten und rund um die Uhr von Leibwächtern beschützt werden sollten, da bin ich mir ganz sicher. Ich werde Matt Nugent sofort darauf ansetzen.«

»Ich habe das schon erledigt.«

»Was?«

Neal und Holly hatten im Chor reagiert, doch Crawford sah hauptsächlich Neal an. »Ich habe auf der Fahrt vom Park hierher in unserem Büro in Houston angerufen. Es wurden bereits zwei Ranger losgeschickt.«

Neal sah aus, als könnte er Stahlnägel zerbeißen. »In wessen Auftrag?«

»In meinem. Einen anderen brauche ich nicht. Aber weil mir schon klar war, dass sich bei dir deswegen die Nackenhaare aufstellen würden, habe ich vorab das Okay meines Major Lieutenants eingeholt, der gemeinsam mit dem Lieutenant in Tyler gern die Bitte deines Chiefs erfüllt hat, mich an dem Fall arbeiten zu lassen. Damit sind wir wieder da, wo wir am Anfang waren, Neal. Und, bereust du es schon, dass du mich heute Morgen aus dem Bett geholt hast?« Er redete weiter, bevor Neal etwas darauf erwidern konnte. »Jedenfalls ist der Fall erledigt. Zwei Ranger werden vor ihrem Haus postiert.«

»Und was ist mit drinnen?«

»Auf keinen Fall«, erklärte sie entschieden.

»In größeren Städten werden heutzutage viele öffentliche Würdenträger, und zwar auch die Richter, rund um die Uhr von Personenschützern bewacht«, sagte Crawford.

»Das hier ist aber keine größere Stadt.«

»Es gibt da keine Diskussion, Richterin.«

Sie gab nach, aber nicht bedingungslos. »Na schön. Aber ich will keine Fremden in meinem Haus. Auch ich habe auf dem Weg hierher einen Anruf gemacht. Eine Freundin ist schon unterwegs und wird die nächsten Tage bei mir wohnen.«

»Was für eine Freundin?«

Sie reagierte unterkühlt auf Crawfords barsche Frage. »Jemand, dem ich unbedingt vertraue.«

Er wollte noch fragen, wer dieser unbedingt vertrauenswürdige Mensch war, doch Neal kam ihm zuvor. »Gut.« Er sah auf die Uhr und verzog das Gesicht. »Jetzt muss ich los und dem Chief den Abend verderben, bevor es noch später wird.«

»Ich werde Richterin Spencer nach Hause bringen und bei ihr bleiben, bis ich nicht mehr gebraucht werde«, erklärte Crawford Neal. Er spürte, dass sie damit nicht einverstanden war, ließ ihr aber keine Zeit für etwaige Einwände und stand auf. Damit war die Unterhaltung beendet.

»Eins noch, bevor du gehst«, sagte Neal.

Crawford sah auf ihn herab und erkannte an Neals eingebildetem Schmunzeln, dass ihm nicht gefallen würde, was er gleich zu hören bekommen sollte.

»Dein Schwiegervater hat mich heute Nachmittag angerufen.«

Crawford war zwar auf schlechte Nachrichten gefasst gewesen, doch diese Neuigkeit schockierte ihn. Trotzdem gab er sich möglichst desinteressiert.

»Mr. Gilroy hat mir erzählt, du hättest dich geweigert, mit ihm über deine Konfrontation mit Rodriguez oben auf dem Dach zu sprechen. Er fragte mich, ob ich das merkwürdig finden würde.«

»Und?«

»Ob ich es merkwürdig finde?« Neal zuckte mit den Achseln. »Ein bisschen.«

Crawford gab sich alle Mühe, seinen Zorn unter Kontrolle zu behalten. »Ich war in keiner Weise verpflichtet, mit Joe darüber zu reden. Aber hauptsächlich habe ich mich geweigert, alles mit ihm durchzukauen, weil ich gestern Abend direkt von dir kam. Ich war erledigt und wollte nach Hause.«

»Das ist der einzige Grund, weshalb du nicht mit ihm reden wolltest?«

Crawford legte den Kopf schief. »Worauf willst du hinaus, Neal?«

»Ich hatte Joe Gilroys Anruf mehr oder weniger darauf geschoben, dass ihr euch nicht ausstehen könnt.«

»*Aber?*«

»*Aber* wenn es stimmt, was du sagst, und Rodriguez nicht der Schütze war, dann ist es durchaus von Bedeutung, wie du die Situation gelöst hast. Deine rücksichtslose Verfolgungsjagd hat vielleicht einen Unschuldigen das Leben gekostet.«

Zwar hatte Holly bereits ganz sachlich erklärt, warum Rodriguez seinen tragischen Tod selbst verschuldet hatte. Und Neal piesackte ihn nur, weil er ein piefiger Erbsenzähler war.

Aber er hatte mit seiner Unterstellung genau das ausgesprochen, was Crawford sich selbst vorwarf. Dennoch wäre er eher gestorben, als sich etwas anmerken zu lassen. »Die Rechnung übernimmst du«, lautete seine Antwort.

Als Neal draußen vor dem Diner wieder zu ihnen stieß, war Crawford bereits dabei, Holly zu instruieren. »Wirf einen Blick auf den Rücksitz, bevor du in den Wagen steigst. Und fahr nicht vom Parkplatz, bevor ich hinter dir bin. Ich brauche nur einen Moment.«

Holly verabschiedete sich knapp von Neal, wandte sich dann ab und ging zu ihrem Wagen.

Als Neal ebenfalls gehen wollte, hob Crawford die Hand, um ihn aufzuhalten. Den Blick auf Hollys Rücken gerichtet, flüsterte er: »Da wäre noch etwas, was sie nicht mitbekommen sollte.« Er nickte zur Hausecke hin.

Sie gingen nebeneinander her. Sobald sie um die Ecke gebogen waren, holte Crawford aus und schlug Neal mit aller Kraft auf den Mund. Der Detective taumelte rückwärts, hielt sich mit knapper Not auf den Füßen und presste die Hand auf die klaffende Wunde an seiner Oberlippe.

Crawford schüttelte das Blut von seiner rechten Hand. »Wenn du *je wieder* eine Bemerkung über ihr Höschen machst, dann mache ich Hackfleisch aus deinen Eiern.«

Als sie Hollys Haus erreicht hatten, stieg Crawford aus seinem SUV und scannte mit einem prüfenden Blick das Gebüsch rund ums Haus. An der Hintertür trafen sie sich, Holly schloss auf. Beim Eintreten schob er sich an ihr vorbei. »Du wartest hier.«

Er zog die Pistole aus dem Holster in seinem Rücken, trat ins Wohnzimmer und ließ seinen Blick einmal durch den Raum wandern, wobei er es allerdings vermied, das Sofa anzusehen. Danach ging er durch den kurzen Flur weiter in ihr traditionell eingerichtetes, aufgeräumtes Schlafzimmer. Er schaute kurz in den Schrank und unter das Bett.

Ein weiterer Blick ins Bad verriet ihm, dass sich darin kein ausgewachsener Mann verstecken konnte, trotzdem trat er kurz ein, weil es in dem winzigen Raum verführerisch nach ihr roch. An dem Haken hinten an der Tür hing der Morgenmantel, den sie gestern Abend getragen hatte. Auf dem Weg nach draußen strich er mit der Hand über den Stoff und spürte, wie die Begierde in ihm aufflammte.

Als er in die Küche zurückkam, stand sie vor dem offenen Kühlschrank. »Wasser?«

»Bitte.«

Sie reichte ihm eine Flasche und nahm sich ebenfalls eine. Als er sie an den Mund setzte, ertappte er sie dabei, wie sie auf das getrocknete Blut an seinen rechten Fingerknöcheln starrte. »Ich hab sie mir an der Tür von meinem Truck aufgeschlagen.«

Sie sah nicht so aus, als würde sie ihm glauben, zweifelte seine Erklärung aber auch nicht an.

Er ging an die Spüle und wusch sich die Hände mit heißem Wasser und Flüssigseife. Nachdem er sie mit einem Küchentuch abgetrocknet hatte, zog er seine Jacke aus und hängte sie hinten über einen Küchenstuhl. Dann zog er das Holster aus seinem Hosenbund und legte es auf den Tisch.

Sie verfolgte jede Bewegung, bis sich ihre Augen an der Pistole im Holster festklammerten.

»Gehört mit zum Job«, sagte er.

»Eine Uniform auch.«

»Manchmal trage ich sie auch. Aber ich kann auch in Zivil arbeiten.«

»Hast du die immer dabei?«, fragte sie und nickte dabei zu der Pistole hin.

»Man weiß nie, wann man sie braucht. Aber ich bewahre sie außer Georgias Reichweite auf, wenn sie bei mir zu Hause ist.« Nachdenklich strich er mit den Fingerspitzen über den kunstvoll ziselierten Knauf. »Gestern im Gericht hatte ich sie nicht dabei. Aber wenn ich sie dabeigehabt hätte, hätte ich vielleicht keine kostbare Zeit damit vergeuden müssen, Chets Waffe zu holen. Vielleicht wäre Chet dann sogar noch am Leben. Vielleicht hätte ich den Schützen fassen können, und Rodriguez hätte in Frieden seine Zigarette zu Ende geraucht. Der Täter säße jetzt schon hinter Gittern, und Rodriguez läge in seinem Bett statt im Leichenschauhaus.«

Sie atmete tief ein und ganz langsam wieder aus. »Ich glaube, wir werden uns immer fragen, wie wohl alles abgelaufen wäre, *wenn …*«

Er nickte, merkte dann aber, dass er diesem Gedankengang nichts hinzuzufügen hatte, und so standen sie schweigend da und sahen einander an, nur getrennt durch wenige Kubikmeter Luft in der Küche. Genau wie am Abend zuvor.

Sichtlich verlegen faltete sie die Hände vor ihrem Unterleib zusammen. »Marylin müsste bald hier sein.«

»Marilyn?«

»Marilyn Vidal. Meine Wahlkampfmanagerin.«

»Deine Vertraute?«

Sie nickte.

Er war erleichtert, dass sie im Gespräch mit Neal die Wahrheit gesagt hatte und nicht Dennis hierhin unterwegs war, um die Nacht mit ihr zu verbringen. Doch wenn er sich das eingestand, würde er sich auch seine deplatzierten Eifersuchtsgefühle eingestehen müssen. Stattdessen bemühte er sich um professionelle Objektivität. »Du hast ihr die Umstände erklärt?«

»Ich bin am Telefon nicht in die Details gegangen. Sie wollte schon gestern Abend herfahren, aber ich habe ihr erklärt, dass das nicht notwendig wäre. Doch als du von Personenschutz anfingst, habe ich sie noch mal angerufen. Ich habe ihr erklärt, dass ich mich freuen würde, wenn sie mir Gesellschaft leistet, und ihr mein Gästezimmer angeboten.«

»Wie ist sie so?«

»Eine Dampfwalze.«

»Dass es gefährlich werden könnte, hat sie nicht abgeschreckt?«

Holly lachte leise. »Sie ist zäher als jeder andere, den du hier postieren könntest.«

*Außer mir.*

»Marilyn und ich arbeiten sehr gut zusammen«, sagte sie gerade. »Aber ich bezweifle, dass wir gut zusammen wohnen könnten.« Sie sah auf die Wanduhr. »Sie müsste bald hier sein.«

»Das hast du schon gesagt. Hast du es eilig, mich loszuwerden?«

»So habe ich das nicht gemeint.«

»Ich glaube schon.«

»Na schön, vielleicht«, gab sie ärgerlich zu. »Das hier ist komisch.«

»So als würde man an den Tatort eines Verbrechens zurückkehren.« Bei seinen Worten sah sie schuldbewusst in Richtung Wohnzimmer. »Was Neal gesagt hat, hat dich getroffen.«

»Er ist nicht blöd. Ihm war klar, dass wir uns nicht in ein

geparktes Auto setzen mussten, nur um über Rodriguez zu sprechen.«

»Nichts von dem, was wir erzählt haben, war gelogen, Holly.«

»Nein, trotzdem haben wir die Wahrheit zurechtgebogen wie Draht. Er glaubt …«

»Was er glaubt, ist unwichtig.«

»Ist es nicht, wenn er glaubt, dass wir miteinander geschlafen haben!«

»Haben wir ja auch nicht.«

Sie bedachte ihn mit einem vernichtenden Blick. »Du drückst dich einfach vulgärer aus als ich.«

»Und treffender.«

Ganz egal, wie man das nannte, was sie getan hatten, er wäre jederzeit bereit gewesen für eine Neuauflage, was viel über seinen Charakter aussagte. Neals rüde Bemerkung hatte ihn hauptsächlich so geärgert, weil sie der Wahrheit so nahe gewesen war. Er wollte an ihr Höschen, und er wollte sie unter sich spüren.

Sie hatte sich wieder zugeknöpft gekleidet und trug ihr Richterinnen-Outfit, einen Anzug mit Bluse, aber er erinnerte sich noch genau, wie sich das weite T-Shirt angefühlt hatte, das sie gestern Abend getragen hatte, wie sich der schmiegsame Stoff in seiner Faust zusammengeballt hatte, als er eine Handvoll davon gepackt und aus dem Weg geschoben hatte. Die Haut an der Innenseite ihrer Schenkel war noch weicher gewesen als der Stoff, ganz zu schweigen von der Stelle zwischen ihren Schenkeln.

»Ich bin hungrig«, grummelte er und ging an ihr vorbei zum Kühlschrank. »Hast du irgendwas zu essen?«

»Bedien dich.«

Er nahm den Inhalt des Kühlschranks in Augenschein und entdeckte ein Fach mit fein geschnittenem Schinken und

Scheibenkäse. Er legte beides auf die Küchentheke. Bis er die weiteren Zutaten ausgewählt hatte, hatte sie schon ein Brot aus der Speisekammer geholt.

»Soll ich dir auch ein Sandwich machen?«, fragte er.

»Ich bin nicht hungrig.«

»Du solltest trotzdem was essen. Teller?«

Sie deutete auf den Küchenschrank, in dem er welche finden würde, zog dann lustlos zwei Toastscheiben aus der Packung und legte sie auf den Teller, den er ihr über die Küchentheke zuschob. »Du solltest gehen, bevor Marilyn kommt.«

»Wir haben ausführlich besprochen, warum du nicht allein sein solltest.« Er klatschte eine Scheibe Schinken auf sein Brot und bestrich ihn mit Senf.

»Aber es sieht so aus …«

»Wie?« Er war dabei, eine Scheibe Emmentaler aus der Packung zu zerren, hielt aber inne und drehte sich zu ihr um. »Wie sieht es aus, Holly? Als würde es mich größte Mühe kosten, die Finger von dir zu lassen? Nicht an dich zu denken? Es zu löschen? Als würde das je passieren …«, schnaubte er. »Aber sieht es so aus? Denn genau das tue ich die ganze Zeit. Und daneben versuche ich dich noch vor einem Mann zu beschützen, der dich umbringen will.« Er verstummte und holte Luft. »Und jetzt zum letzten Mal, ich bin hier, weil du nicht allein sein solltest.«

»Ich sollte nicht *mit dir* allein sein.«

»Zu dumm. Bist du aber.«

»Du hättest auch jemanden anfordern können, der auf mich aufpasst.«

»Schon geschehen. Aber bis dahin war ich verfügbar.«

»Weil du …«

»Weil ich nicht noch eine Frau auf meinem Gewissen haben will!«

# 13

Auf sein gebrülltes Geständnis folgte angespanntes Schweigen. Sekundenlang sahen sie sich stumm an, dann wandte sich Crawford leise fluchend ab und beendete die Zubereitung seines Sandwichs.

Holly machte ihres ebenfalls fertig und trug ihren Teller zum Tisch. Er wartete, bis sie sich gesetzt hatte, nahm dann ihr gegenüber Platz und begann hungrig zu essen.

Sie zupfte an der Brotrinde herum. »Damit meintest du Beth.«

»Ich will nicht darüber sprechen. Außerdem weißt du sowieso Bescheid. Das steht alles in meiner ›Akte‹.«

»Ich weiß, dass sie bei einem schrecklichen Autounfall ums Leben kam.«

Er stemmte die Ellbogen auf den Tisch, beugte sich über seinen Teller und murmelte: »Offiziell.«

»Du bist anderer Auffassung?«

»Mein Schwiegervater ist es. Er wird dir erzählen, wie er Beths Unfall sieht. Frag ihn.« Er hob den Kopf und sah sie mit kalten, harten Augen an. »Oder hast du das schon getan?«

»Nicht genau.«

»Tja, du kannst es dir sparen. Ich kann dir sagen, er gibt mir die Schuld.«

»Laut Unfallbericht fuhr Beth mit über achtzig Meilen pro Stunde, bevor sie die Kontrolle über den Wagen verlor und einen Strommast rammte.«

Seine Augen starrten ins Leere und schienen stattdessen den grausamen Unfall zu sehen. »Man hat mir gesagt, sie sei gleich beim Aufprall gestorben. Ich schätze, das sollte so was wie ein Trost sein.«

»Mein Beileid«, flüsterte sie leise.

»Danke.«

»Aber Georgia wurde verschont.«

»Sie hatte nicht einmal einen Kratzer. Eigentlich ein Wunder.«

»Und welchen Teil des Polizeiberichts zweifelst du an?«, fragte Holly.

»Nichts davon. Aber ein Unfall beschränkt sich nicht auf die Physik des Zusammenpralls. Man muss auch den menschlichen Faktor berücksichtigen, und der war in diesem Fall entscheidend.«

Ja, der Unfall war unter außergewöhnlichen Umständen passiert. Holly kannte sie, aber sie wollte hören, was er dazu zu sagen hatte.

Er verspeiste den letzten Bissen seines Sandwichs, spülte es mit einem Schluck aus der Wasserflasche hinunter und wischte sich mit dem Handrücken über den Mund. Als das Schweigen kein Ende nehmen wollte, sah er sie verdrossen an. »Was ist?«

»Erzähl mir davon.«

»Warum?«

»Schmerzt es zu sehr, um darüber zu reden?«

»Nein.«

»Dann …« Sie zog die Schultern hoch.

In seinem tiefen Ausatmen schwang ein Hauch von Ungeduld mit. »Beth hätte an diesem Abend nicht das Haus verlassen, sie wäre nicht in einem Affenzahn auf der Straße unterwegs gewesen und nicht gegen einen Mast geknallt, wenn sie nicht um jeden Preis zu mir gewollt hätte. Sie holte Georgia nicht mal aus dem Schlafanzug, sie hob sie einfach aus ihrem Bettchen, schnallte sie in den Kindersitz und raste los.«

All das stand in den Akten. Die vom Gericht benannte Psychologin hatte in ihrem Bericht gewissenhaft alle Faktoren gegeneinander abgewogen. Sie war zu dem Schluss gekommen, dass sein Gefühl, am Tod seiner Frau schuld zu sein, zwar unangebracht war, doch ebenso tief und lähmend wirkte wie seine Trauer. Nach Ansicht der Therapeutin hatte er sich inzwischen vergeben.

Doch augenscheinlich hatte er das nicht. Nicht völlig. Die Narben des Schuldgefühls würden ihn immer zeichnen. Er hatte nur gelernt, damit zu leben.

»Erzähl mir von Halcon.«

Er nahm eine nachdenkliche Pose ein und strich sich übers Kinn. »Nun, wollen wir mal sehen, was könnte dich an Halcon interessieren? Ich wüsste da was. Niemand weiß, warum die Stadtväter die spanische Sprechweise beibehalten, obwohl sie den Akzent auf dem *o* gestrichen haben.«

Sie strafte ihn mit einem Stirnrunzeln für den lahmen Ablenkungsversuch.

Gereizt stieß er seinen Stuhl zurück und trug den leeren Teller zur Spüle. »Du kannst alles über die Schießerei online lesen.«

»Habe ich getan.«

Er drehte sich wieder um. »Hätte ich nicht anders erwartet«, meinte er verdrießlich. »Vor oder nach der Anhörung?«

»Davor. Ich wollte wissen, was genau da draußen passiert ist, weil alles, was danach geschah, seinen Ursprung in dem Showdown zwischen dir und Manuel Fuentes hat.«

Er betrachtete sie nachdenklich und legte dann den Kopf schief. »Warum, Richterin?«

»Verzeihung?«

Er verschränkte die Arme und lehnte sich an die Küchentheke. »Ich schlage einen Tauschhandel vor, Euer Ehren. Ich beantworte eine Frage über Halcon im Austausch gegen eine Antwort von dir.« Als sie zögerte, erklärte er: »Wir haben sowieso nichts Besseres zu tun, bis Marilyn auftaucht.«

Dann drehte er den Kopf und schaute durch die Tür, die zum Wohnzimmer und zum Schlafzimmer dahinter führte. Nach einigen Sekunden sah er sie wieder an. »Oder?«, fragte er rau.

Sie spürte eine kurze Hitzewallung, bestimmte aber mit Richterinnenstimme: »Ich darf anfangen.«

»Meinetwegen.«

»Es hieß, dass du geradezu besessen von Fuentes warst. Stimmt das? Warst du wirklich so entschlossen, ihn zu stellen?«

»›Um absolut jeden Preis.‹ Ist ein Zitat aus dem Artikel im *Houston Chronicle* über die Schießerei.«

»Durch die Halcon erstmals in die Nachrichten geriet.«

»Und ich in Verruf.« Er sammelte kurz seine Gedanken und erläuterte dann ganz sachlich: »Die Polizei hatte Fuentes seit Jahren auf dem Radar, weil er Drogen ins Land pumpte, im Gegenzug Waffen nach Mexiko schaffte und sich an beidem dumm und dämlich verdiente. Er war ehrgeizig, waghalsig und skrupellos, und er räumte bedingungslos jeden, den er für einen Feind oder Konkurrenten hielt, aus dem Weg. Die von ihm angeordneten Exekutionen waren grausamer, als du es dir ausmalen kannst. Mittelalterlich. Und er brachte Schockfotos von seinen Taten in Umlauf, um andere zu terrorisieren und einzuschüchtern. Wir werden nie genau erfahren, wie viele Menschen er und die Mitglieder seines Kartells auf dem Gewissen haben. Es waren im wahrsten Sinn des Wortes unzählige. Wir mussten ihn aus dem Verkehr ziehen.«

»Und du warst derjenige, der das tun musste?«

»Jetzt bin ich an der Reihe. Warum hast du dich beworben, als Richter Waters krank wurde? Warum hast du nicht weiterhin als gutbezahlter Anwalt gearbeitet wie dein Dad?«

»Wie ich sehe, hast auch du dich schlaugemacht.«

Er zog in einem halbherzigen Bekenntnis eine Schulter hoch.

»Vor oder nach der Anhörung?«

»Ich wollte wissen, mit wem ich es zu tun habe«, erwiderte er. »Ein Gefühl für den Menschen hinter der Robe entwickeln.« Nach kurzem Zögern ergänzte er: »Aber selbst nachdem ich für mich ein grobes Profil von Richterin Holly Spencer erstellt hatte, warst du … eine Überraschung.«

Ihre Blicke trafen sich, bis sie ihren senkte. »Dad war Anwalt, richtig. Ein sehr erfolgreicher Strafverteidiger in Dallas.«

»Und ein alter Kumpel von Richter Waters.«

»Die beiden hatten sich während ihres Studiums an der Tulane angefreundet.«

»Aber du hast den Weg des Richters eingeschlagen, nicht den deines Dads. Warum?«

»Jetzt bin wieder ich an der Reihe«, sagte sie. »Bist du Fuentes vor dem Tag in Halcon jemals persönlich begegnet?«

»Nein. Niemand wusste, wo er lebte, und ich vermute, er besaß auch keinen festen Wohnsitz. Er war zu schlau, als dass er sich länger an einem Ort aufgehalten hätte. Ich ging davon aus, dass er von einer ganzen Armee beschützt wurde. Ich hatte ihn analysiert, ihn als Pfau und Egomanen entlarvt. Er war ein gewitzter Selbstdarsteller, der die mexikanischen Medien manipulierte und zudem den Polizeibehörden auf beiden Seiten der Grenze eine lange Nase drehte. Er schien unbesiegbar. Und hielt sich auch dafür.« Er ließ ein boshaftes

Lächeln aufblitzen, und seine grauen Augen funkelten. »Ich hatte mir überlegt, dass wir ihn damit drankriegen könnten. Er würde irgendwann zu selbstsicher werden, einmal zu oft den Gockel spielen, und in dem Moment wären wir zur Stelle.«

Er löste die verschränkten Arme, stützte sich mit beiden Händen hinten auf der Arbeitsplatte ab und rahmte damit seine Hüfte ein. Sie versuchte, nicht auf die verlockende Wölbung zwischen seinen Beinen zu blicken, aber es war schwer, nicht hinzusehen, nicht die Größe abzuschätzen, nicht davon zu träumen, wie er sie weitete, wie er sie ausfüllte.

»Warum in Richter Waters' Fußstapfen und nicht in die von Daddy?«, wiederholte er seine Frage.

Sie griff nach der Wasserflasche und spielte verlegen daran herum, schraubte den Deckel ab und wieder auf. »Mein Vater war ein lebendes Klischee. In seinen besten Jahren verließ er meine Mutter für eine deutlich jüngere Frau.«

»Wie alt warst du da?«

»Vierzehn.«

»Und wie lief es? Die Affäre, meine ich.«

»Für ihn? Ausgezeichnet. Er heiratete die Frau und blieb bis zu seinem Tod mit ihr zusammen.«

Er zog die Stirn in Falten. »Könnte sie irgendwie hinter dem Amoklauf stecken?«

Sie schüttelte den Kopf. »Ich bin ihr nie auch nur begegnet. Bei Dads Beerdigung taten wir beide so, als würde die andere gar nicht existieren.«

»Hatten sie gemeinsame Kinder?«

»Die ihr die Model-Figur ruiniert hätten? Auf keinen Fall.«

»Was ist mit seinem Nachlass?«

»Alles ging an sie, sie kann mir also nicht mein Erbe neiden, falls du an so was denkst. Sein Testament war wasserdicht.

Außerdem hätten Mom und ich es ohnehin nicht angefochten. Sechs Monate nach seinem Tod zog die frischgebackene Witwe nach Chicago und tat sich dort mit einem schwerreichen Hedgefonds-Manager zusammen.« Sie drehte den Deckel wieder auf die Flasche. »Fuentes kam aus seinem Versteck, weil er zu einer Feier wollte.«

»Das ist keine Frage.«

»Erzähl es mir trotzdem.«

»Er kam zur *Quinceañera* seiner Nichte nach Halcon.«

»Ihrem fünfzehnten Geburtstag.«

»Ein großer Tag in der mexikanischen Kultur, der das Erwachsenwerden eines jungen Mädchens markiert. Wir hatten uns ausgerechnet, dass Fuentes dort auftauchen würde, um dem Vater des Mädchens, seinem verstorbenen Bruder, die Ehre zu erweisen. Er war im Jahr zuvor von einem Drogenpolizisten in El Paso erschossen worden.«

»Du hast den Einsatz geleitet.«

»Ich hatte mich dafür eingesetzt.«

»Da warst du erst ein gutes Jahr Texas Ranger.«

»Aber davor hatte ich acht Jahre beim Department of Public Safety gearbeitet.«

»Wo du nicht damit beschäftigt warst, Radarfallen aufzustellen.«

Seine Brauen hoben sich überrascht. »Du hast aber fleißig gelesen.«

»Du warst in der Criminal Investigations Division.« Sie lächelte.

»Und dort hauptsächlich bei der Drogenbekämpfung.«

»Du hast Drogenkuriere festgenommen.«

»Nur kleine Fische. Und ein paar Mittelsmänner. Ich wollte der Schlange den Kopf abschlagen. Sobald wir von der bevorstehenden Party für Fuentes' Nichte hörten, zog ich nach

Halcon, wo ich monatelang undercover lebte und dabei Augen und Ohren offenhielt. Zur Tarnung arbeitete ich in einem Geschäft für Landwirtschaftsbedarf.«

»War Beth dabei?«

»Du bist nicht mehr an der Reihe.«

Sie sah ihn stumm an. Er gab sich geschlagen. »Nein. Sie war schwanger, und der Einsatz war zu gefährlich. Falls meine Tarnung aufgeflogen wäre, hätte Fuentes sie ebenfalls umgebracht, wahrscheinlich noch bevor er mich getötet hätte, einfach nur, um ein Zeichen zu setzen. Wir lebten damals in Houston. Ich fuhr so oft wie möglich zu ihr nach Hause.«

»Warst du bei ihr, als Georgia geboren wurde?«

Er räusperte sich. »Ja.« Er senkte den Kopf, starrte auf seine Stiefelspitzen und schien sich sekundenlang in der Erinnerung zu verlieren. »Ich war mit ihr im Kreißsaal. Als die Nabelschnur durchgeschnitten war, legte die Ärztin Georgia in meine Arme.« Er lachte leise. »Ich hatte keine Ahnung, dass ein so kleines Wesen so einen Radau machen kann.«

Er hob gerade rechtzeitig den Kopf, um Hollys Lächeln zu sehen, und erwiderte es.

Doch im nächsten Moment wurde er wieder ernst. »Es war nicht leicht, sie zurückzulassen und wieder nach Halcon zu gehen. Beth bettelte mich an, nicht zu fahren. Wir stritten uns deswegen. Doch Fuentes wütete immer noch. Ich hatte meinen Job noch nicht erledigt.«

»Hat Beth sich je damit abgefunden?«

»Nein«, antwortete er schroff. »Ich glaube nicht.« Im nächsten Moment wechselte er abrupt das Thema, indem er sie fragte, ob ihre Mutter noch einmal geheiratet hätte. Die Stimmung veränderte sich wieder.

»Sie hatte nach der Trennung kein einziges Date mehr. Dass Dad sie verlassen hatte, hatte ihr Selbstvertrauen in den

Grundfesten erschüttert. Bis zu ihrem Todestag war sie eine zutiefst unglückliche Frau, aber das war nicht allein auf ihr gebrochenes Herz zurückzuführen.«

»Worauf noch?«

»Dad kannte sämtliche Gesetzeslücken und nutzte das in der Scheidungsvereinbarung schamlos aus. Mom hatte nicht das nötige Kleingeld, um sich zur Wehr zu setzen. Ich war zu jung. Er verabschiedete sich, ohne je wieder einen Gedanken an uns zu verschwenden. Meine Mutter und ich konnten die Trennung nicht so locker wegstecken. Als Dad nicht einmal etwas zu meiner Ausbildung beisteuern wollte, brach Richter Waters jeden Kontakt zu ihm ab.«

»Und kam dir zu Hilfe.«

»Er verhalf mir zu einem Stipendium. Den Rest kennst du mehr oder weniger.«

Er betrachtete sie nachdenklich. »Ich komme auch aus einer kaputten Familie. Meine Mom lebt in Kalifornien mit Ehemann Nummer Zwei.«

»Siehst du sie hin und wieder? Sieht Georgia sie?«

»Etwa alle zwei Jahre. Mom ist nicht gerade das, was man als Helikopter-Mutter bezeichnen würde, und Georgia sieht sie nicht so oft, als dass sie sie wirklich kennen würde. Eigentlich kennt sie meine Mutter nur dem Namen nach. Was mir genügt.«

»Und dein Vater?«

»Ist ein richtiger Hurensohn.«

»Wie meiner.«

»Schlimmer.«

Sie lachte kurz. »Ich habe meinen schon Schlimmeres geheißen, glaub mir. Aber«, sagte sie mit Betonung auf der Einschränkung, »er hat mir dennoch etwas Gutes getan. Er hat meine Berufswahl beeinflusst.«

»Ach ja, Familienrecht. Dein Spezialgebiet.« Seine Augen verengten sich. »Jetzt kapiere ich. Du führst deinen persönlichen Kreuzzug. Du willst, dass die Frauen ihren gerechten Anteil von ihren lügenden, betrügenden, unzuverlässigen und diebischen Ehemännern zugesprochen bekommen.«

»Ich führe einen persönlichen Kreuzzug für die Gerechtigkeit. Keiner von beiden sollte um seinen Anteil gebracht werden, schon gar nicht durch Tricksereien irgendwelcher Anwälte.«

»Und du sympathisierst aus persönlicher Erfahrung nicht insgeheim mit der Frau, wenn du über eine Scheidung oder über das Sorgerecht für ein Kind entscheidest?«

»Nein.«

»Komm schon. Nicht mal ein kleines bisschen? Es macht dir keine Freude, Punkte gegen den guten alten Dad zu sammeln?«

»Darum habe ich mich nicht um diesen Posten beworben, darum wollte ich nicht Richterin werden.«

Er grinste, als wolle er ihr zeigen, dass er ihr nicht glaubte.

»Was geschah an jenem Tag in Halcon?«

Sein provokantes Lächeln erlosch, sobald sie das Thema wieder ansprach. »Ich hatte eigenhändig sechs Männer aus drei verschiedenen Polizeibehörden ausgesucht. Sechs erfahrene Männer. Hartgesottene Kerle. Auf ihre Weise genauso skrupellos wie Fuentes. Alle waren genauso scharf darauf wie ich, ihn aus dem Verkehr zu ziehen.«

»Ihr wolltet ihn tot oder lebendig.«

»Das verstand sich von selbst. Er war der Hauptgewinn, so oder so.« Er hing kurz seinen Gedanken nach, bevor er fortfuhr: »Einen Mann hatten wir eingeschleust, er arbeitete zum Schein für den Cateringdienst bei der Party. Wir übrigen spannten unser Netz über die ganze Stadt aus. Wir warteten den ganzen beschissenen Tag, und es war heißer als in der Hölle. Ich dachte schon, Fuentes würde nicht mehr auftauchen, und wir müssten mit leeren Händen wieder abziehen. Doch dann, am späten Nachmittag, hielt ein klappriger Lieferwagen am Hintereingang der Veranstaltungshalle. Dem Anschein nach eine Schrottkarre, doch unter der Motorhaube versteckte sich der aufgebohrte Motor eines Rennwagens. Und aus dem Wagen kletterte Fuentes in einem fünftausend Dollar teuren Anzug, mit Gold und Diamanten vom zehnfachen Wert beladen und in Straußenlederschuhen mit silberbesetzten Kappen.«

»Ein Pfau.«

Er nickte. »Vier Leibwächter begleiteten ihn in die Halle. Zwei blieben beim Wagen. Wir gingen in Position, denn wir wollten Fuentes überwältigen, wenn er wieder in den Wagen stieg. Natürlich rechneten wir nicht damit, dass er oder seine Männer die Waffen niederlegen und sich ergeben würden, wenn wir sie dazu aufforderten. Wir wussten, dass es zu einem Schusswechsel kommen würde. Wir setzten einfach darauf, dass wir sie ausschalten konnten, bevor sie allzu großen Schaden anrichteten.«

»Aber es lief nicht nach Plan.«

»Nein. Offenbar hatte sich dieser Scheißkerl ausgerechnet, dass die Polizei, falls sie zur Stelle war, abwarten würde, bis er wieder abzog. Also verschwand er nicht durch den Hintereingang, durch den er hereingekommen war. Er nahm den Weg durch den Vordereingang, was wir praktisch ausgeschlossen hatten.«

»Wieso?«

»Der Veranstaltungssaal lag am Ende einer Sackgasse. Ich war davon ausgegangen, dass er sich nicht in die Ecke drängen lassen würde.«

»Eine logische Schlussfolgerung.«

Er lachte rüde. »Tja, nur widersetzte Fuentes sich jeder Logik. Wir lagen also hinter dem Gebäude auf Position, schon auf dem Sprung, mit gezückten und entsicherten Waffen, als unser Mann im Saal hektisch in meinem Ohrhörer zu flüstern begann, dass Fuentes auf dem Weg zum Vordereingang sei. Ich musste innerhalb eines Sekundenbruchteils entscheiden. Alles abblasen oder ihm nachsetzen? Aber wenn wir ihn hier verpassten …« Er richtete seine Augen auf sie. »Ich brachte den Gedanken nicht mal zu Ende. Ich überlegte gar nicht, bevor ich zum Angriff überging.«

Im Gerichtssaal hatte er genauso spontan reagiert, doch diese Beobachtung behielt sie für sich.

»Ich stürmte aus der Deckung und rannte los in Richtung Gebäudefront«, sagte er. »Als ich um die Ecke kam, sah ich Fuentes und seine vier Leibwächter schnurstracks auf eine Limousine zugehen, eine aus der Fahrzeugkolonne, in der das Ehrenkind und seine Familie vom Gottesdienst zur Party gefahren waren. Ich rief Fuentes und gab mich als Texas Ranger zu erkennen. Er drehte sich um, es schien, als wolle er zurück ins Gebäude fliehen. Ich hatte die Waffe schon im Anschlag. Ich entschied mich für einen Kopfschuss.« Er zog die Schulter hoch und ließ die Geste für sich sprechen. »Er ging sofort zu Boden. Aber daraufhin brach ein Inferno los. Mein Mann im Saal kam durch den Eingang gerannt. Einer von Fuentes' Leibwächtern erschoss ihn, kaum dass er aus der Tür war. Inzwischen lieferten wir uns alle ein Feuergefecht. Fuentes' Männer in dem Lieferwagen wurden zwar ausgeschaltet, aber zuvor konnten sie noch einen DEA-Agenten tödlich verwunden. Er starb auf dem Operationstisch.« Er schloss die Augen und massierte mit Daumen und Zeigefinger seine Nasenwurzel. »Zäh wie Stiefelleder, aber ein wirklich sympathischer

Typ. Jeden Tag kam er mit einem neuen Witz an, dabei war er ein miserabler Witzeerzähler. Jedes einzelne Mal verpatzte er die Pointe.«

Er nahm die Hand von den Augen, ließ aber den Kopf gesenkt und starrte weiter auf den Boden. »Fazit: sechs Tote auf ihrer Seite, zwei auf unserer. Die drei Partygäste nicht mitgezählt, die im Kreuzfeuer starben.«

»Die wurden von Fuentes' Leuten erschossen, nicht von deinen«, fügte Holly leise hinzu.

»Stimmt. Das kam bei der ballistischen Untersuchung heraus. Aber für meine freimütigeren Kritiker war das ein unerhebliches Detail. Hätte ich die Schießerei nicht angezettelt, hätte es überhaupt keine Kollateralschäden gegeben, meinten sie. Und damit haben sie recht.« Er sah sie wieder an und ergänzte: »Ich war genauso ein Pfau wie dieses Arschloch. Ich wollte mir einen Showdown mit ihm liefern, und den habe ich bekommen. Und zwar einen verflucht blutigen.«

»Du wurdest getroffen.«

»Das habe ich nicht damit gemeint.«

»Ich weiß, aber du *wurdest* getroffen.«

»In die Wade. Tat mörderisch weh. Das Einschussloch direkt neben dem Schienbein. Hinten wieder raus. Damals wusste ich nicht, ob es was Ernstes oder nur ein Streifschuss war. So oder so wollte ich die Verletzung von einem orthopädischen Chirurgen behandeln lassen und nicht von diesem Quacksalber in Halcon, der höchstwahrscheinlich auf Fuentes' Gehaltsliste stand und mich bestimmt zum Krüppel gemacht hätte. Die Schwerverwundeten wurden mit CareFlight in das nächstgelegene Traumazentrum geflogen, das in Laredo. Bei mir kamen die Sanitäter zu dem Schluss, dass die Verletzung nicht lebensgefährlich war, also wurde ich mit dem Hubschrauber nach Houston gebracht.«

»Gleichzeitig wurde Beth informiert, dass du angeschossen worden warst.«

»Und operiert werden musste. Nur nannte man ihr dabei keine Details. Bestimmt glaubte sie, dass ich im Sterben lag und am Verbluten war, mit halb offenem Schädel, was weiß ich. Jedenfalls schnappte sie sich Georgia und…« Er verstummte. »Damit wären wir wieder am Anfang angelangt, Richterin. Ich bin an der Reihe.«

»Na gut.«

»Wie viel davon wusstest du gestern, als die Sitzung eröffnet wurde?«

Sie hatte eine persönliche Frage erwartet, keine nach seiner Sorgerechtsanhörung. Sie brauchte mehrere Sekunden, um ihre Antwort zu formulieren, und gestand ihm dann, dass sie alles gewusst hatte. »Nicht in sämtlichen Details, aber im Großen und Ganzen.«

»Soso«, sagte er, als würde ihn das nicht weiter überraschen. »Und wie weit hat Halcon dein Urteil beeinflusst?«

»Ich habe kein Urteil gefällt.«

»Wenn du eins gefällt hättest.«

»Ich kann keine Einschätzung…«

»Oh doch, das kannst du.«

Sie stand auf und trug ihren unberührten Teller zur Theke. »Wir werden nicht darüber sprechen. Das habe ich dir mehr als einmal erklärt, angefangen bei unserem ersten Gespräch gestern Abend auf dem Korridor der Polizeistation. Erinnerst du dich? Schon da habe ich gesagt…«

Er brachte sie zum Verstummen, indem er unvermittelt aufstand, und plötzlich war sein Gesicht direkt vor ihrem. »Ich erinnere mich an jedes einzelne Wort, das du gesagt hast, Holly. Aber vor allem erinnere ich mich daran, dass ich dich immerzu ansehen wollte, während du es gesagt hast.«

Diese Erklärung verschlug ihr die Sprache und den Atem, und später sollte sie sich fragen, was wohl als Nächstes geschehen wäre, wenn in diesem Moment nicht sein Handy geläutet hätte.

Ohne den Blick von ihr abzuwenden, ließ er es dreimal läuten, bevor er es vom Gürtel zerrte. »Ja?« Er hörte kurz zu und sagte: »Ich komme gleich raus.«

Dann hakte er das Telefon wieder fest. »Die Ranger sind hier und auf ihrem Posten. Was fährt Marilyn für einen Wagen?«

Sie sagte es ihm.

»Wo ist dein Handy?«

Sie holte es aus ihrer Handtasche, reichte es ihm und nannte ihm die PIN. Er öffnete ihre Kontakte und trug zwei Namen mit Handynummer ein.

»Unter Ranger, vergiss das nicht.« Er gab ihr das Handy zurück. »Behalte es immer bei dir und ruf sofort einen von beiden an, falls du irgendwas siehst oder hörst. Dafür sind sie hier. Falls du es dir anders überlegst und einen von ihnen im Haus haben möchtest, kannst du sie einfach fragen.«

»Das wird nicht nötig sein.«

»Es braucht nicht nötig zu sein. Schäm dich nicht zu fragen, auch wenn es nur deinem Seelenfrieden dient. Und es ist auch keine Schande, bei Licht zu schlafen.«

»Was ich wahrscheinlich tun werde.«

Sie lächelten sich kurz an. Nachdem er sein Holster wieder befestigt und sein Jackett übergezogen hatte, öffnete er die Tür. »Und schließ hinter mir ab.«

»Mache ich.«

»Du kommst zurecht?«

»Natürlich. Ich werde nicht lang allein sein.«

»Na dann gute Nacht.«

»Gute Nacht.«

Mehrere Sekunden blieb er genau auf der Schwelle stehen, dann murmelte er etwas vor sich hin, schob die Tür von innen wieder zu und bugsierte Holly mit einer schnellen Bewegung an die Wand gegenüber, wo er die Hände links und rechts neben ihrem Gesicht an die Wand stemmte.

»Nicht«, sagte sie.

»Warum nicht? Macht das noch einen Unterschied? Was habe ich zu verlieren? Nach dem Fiasko mit Rodriguez und dem ganzen Dreck danach habe ich weniger Chancen als ein Schneeball in der Hölle, Georgia zurückzubekommen, oder?«

»Ich kann nicht ...«

»Oder?«

»Du ...«

»*Oder?*« Als sie nicht mehr zu antworten versuchte, nickte er. »Dachte ich mir. Selbst wenn du über alles andere hinwegsehen könntest, könntest du doch nie über das hinwegsehen, was auf der Couch da drin geschehen ist.«

»Das hat keinerlei Bedeutung ...«

»Bockmist.«

»Ich bin dafür genauso verantwortlich wie du.«

»Da hast du vorhin aber etwas anderes gesagt. Da hast du angedeutet, ich hätte Hintergedanken gehabt.«

»Das war falsch von mir. Ich weiß, dass du das nicht geplant hattest. Ich weiß, dass du bereust, was wir getan haben.«

»Einen Dreck tue ich«, knurrte er. »Ich bereue nur, was wir *nicht* getan haben.« Ohne die Hände von der Wand zu nehmen, drückte er sein Becken nach vorn gegen ihren weichen Unterleib, senkte dann den Kopf und nahm ihren Mund in Beschlag.

*Herrgott noch mal, wir haben uns nicht mal geküsst,* hatte er gesagt.

Das holte er jetzt nach, feurig und besitzergreifend, und sie ließ es geschehen. Ohne die Arme zu heben, erschlaffte sie unter seinem Kuss und ließ ihn gewähren. Seine Zunge war wild und kühn und ließ sie daran denken, wie ungestüm sie sich gestern vereint hatten.

Dann wurde sein Kuss sanfter, die Leidenschaft wich einer Zärtlichkeit, gegen die sie sich noch weniger wehren konnte. Seine Zunge kreiste nun weniger aggressiv, sondern viel intimer in ihrem Mund. Dann löste er sich leise stöhnend von ihr, aber nur, um im nächsten Moment sein Gesicht in ihr Haar zu wühlen. Mit dem Arm umfasste er ihre Taille und presste sie gegen seinen Rumpf. Sie schloss die Hände hinter seinem Nacken und reagierte unwillkürlich auf den verheißungsvollen Druck zwischen ihren Schenkeln.

So blieben sie stehen und hielten sich aneinander fest, bis er schließlich den Kopf hob und ihr sekundenlang in die Augen sah. Dann stieß Crawford sich von der Wand ab, um aus der Tür zu stürmen, die mit einem unwiderruflich klingenden Knall hinter ihm ins Schloss schlug.

Pat Connors Hand bebte, als er das nicht registrierte Prepaid-Handy einschaltete, das er eigens zu diesem Zweck bekommen hatte – um schlechte Nachrichten weiterzugeben, sollte es nötig werden. Sein Anruf wurde beim zweiten Läuten entgegengenommen. »Was ist?«

Schon die schroffe Stimme reichte aus, dass sich Pats Eingeweide zusammenzogen. »Ich dachte, das sollten Sie wissen. Gleich morgen werden alle, die aus dem Gericht evakuiert wurden, erneut befragt.«

»Woher wissen Sie das?«

»Hat mir ein Vögelchen geflüstert. Die Order kam vom Chief persönlich, vor etwa einer Stunde. Bereitet der gesamten Mannschaft Bauchschmerzen. Sie werden alle Polizisten und Deputys befragen, Richter, städtische Angestellte, einfach jeden. Und der Knaller? Die Befragungen sollen von Kollegen aus anderen PDs durchgeführt werden.« Am anderen Ende blieb es lange still, bis Pat die Anspannung schließlich nicht mehr aushielt und anfügte: »Ich kann mir nur einen Grund vorstellen, weswegen sie so einen Aufwand betreiben und alle hier so ankotzen.«

»Sie wissen, dass sie den Falschen haben.«

Pat spürte, dass er lieber die Klappe halten sollte. Er hatte getan, was ihm aufgetragen worden war, und Augen und Ohren offengehalten, falls sich etwas Neues ergab. Vielleicht würde man ihn nun endlich in Ruhe lassen, nachdem er die Nachricht weitergegeben hatte.

Die Hoffnung zerschlug sich sofort. »Halten Sie sich weiterhin verfügbar«, wurde ihm befohlen.

# 14

Crawford ließ den Wagen neben einem dunkel lackierten SUV ausrollen, der seinem ganz ähnlich sah. Der Fahrer fuhr das getönte Seitenfenster herunter, und ein Gesicht tauchte dahinter auf, das von einer Fünfcent-Münze der Indianer stammen konnte. »Hey, Crawford.«

»Danke, dass ihr gekommen seid.«

»Die haben den Falschen abgeknallt? Was für eine Scheiße.«

»Brauchst du mir nicht zu sagen.«

»Die Richterin ist drinnen?«

»Und vorübergehend allein, also haltet die Augen offen.«

Neben seinen scharfen Gesichtszügen zeugte auch Harry Longbows Name von seiner Abstammung. Er führte seinen Stammbaum auf die Komantschen zurück, jenen wilden Reiterstamm der texanischen Prärie, deren Überfälle auf die weißen Siedler sie zum natürlichen Feind der ersten Texas Ranger gemacht hatten. Die Ranger hatten sich letztendlich durchgesetzt. Harry meinte, dass er das der Agency nicht vorhalten würde, solange die Agency ihm nicht seine Abstammung vorhielt. Er hatte damals zu Crawfords handverlesener Truppe in Halcon gehört.

»Ist das Sessions?« Crawford nickte zu einem weiteren Fahrzeug hin, das am anderen Ende der Straße parkte.

»Er wollte um jeden Preis mitkommen. Seine Frau will das Haus neu einrichten und quält ihn mit Tapeten- und Teppichmustern.«

Wayne Sessions war ein ebenso erfahrener Ranger wie Harry. Beide arbeiteten oft zusammen, aber obendrein war er ein Computernerd und nie ohne seinen Laptop unterwegs. Harry und Wayne hielten einem zuverlässig den Rücken frei.

Crawford unterrichtete Harry über Marilyn Vidals Ankunft und beschrieb ihm ihren Wagen. »Jedes andere Fahrzeug ist verdächtig. In dieser Straße wohnt niemand außer Richterin Spencer und einer alten Lady im Haupthaus. Ach ja, sie hat drei Katzen. Gib das an Sessions weiter. Nicht dass ihr eine von ihnen für unseren Täter haltet.«

»Das fehlte noch, dass wir die Katze einer alten Dame mit Blei vollpumpen.«

Crawford tippte sich grüßend an die Stirn und fuhr weiter. Die Straßen rund um Hollys Zuhause waren menschenleer, nichts wirkte auch nur entfernt bedrohlich, doch je weiter er sich von ihrem Haus entfernte, desto stärker wurde der Drang, umzudrehen und zurückzufahren. So zuverlässig seine Kollegen auch waren, er wollte Holly persönlich bewachen und beschützen.

»Professionelle Objektivität, leck mich doch«, grummelte er. Seit Beth hatte er keine Frau mehr so geküsst. Seit Beth hatte er das nicht mehr gewollt. Was gleichermaßen aufregend und beunruhigend war.

In den vergangenen vier Jahren hatte er selbst auferlegte Buße dafür getan, dass Beth ohne sein Zutun nicht tödlich verunglückt wäre. In seinen einsamen Momenten hatte er sich zurechtgelegt, dass er es nicht anders verdient hatte. Aber anders als noch vor vierundzwanzig Stunden wusste er jetzt, dass diese Art von Selbstkasteiung nur dann leicht war, wenn man keinen Wert auf das legte, was man sich vorenthielt. Sich etwas vorzuenthalten, wonach man sich mit aller Macht verzehrte, war die reinste Folter.

Nachdem er aufgehört hatte, sich in Bars volllaufen zu lassen und Raufereien anzuzetteln, hatten wohlmeinende Freunde ihm zugeredet, sich wieder zu verabreden. Sie versuchten, Dates mit geeigneten Frauen zu arrangieren, meist begleitet von Kommentaren wie: »Beth würde bestimmt nicht wollen, dass du bis an dein Lebensende allein bleibst.«

Worauf er für gewöhnlich die Gegenfrage gestellt hatte: »Woher zum Teufel wisst ihr, was Beth wollen würde?«

Das war zwar eine bärbeißige Erwiderung auf eine banale Phrase, doch andererseits auch eine bedenkenswerte und unmöglich zu beantwortende Frage. Niemand, nicht einmal Crawford selbst, konnte wissen, wie Beth sich seine Zukunft ohne sie gewünscht hätte. Aber wie auch immer, Selbstkasteiung schien der Schlüssel zur Buße zu sein.

Wie er Holly gegenüber zugegeben hatte, war er seither durchaus mit anderen Frauen im Bett gewesen, wenn sich eine günstige Gelegenheit geboten hatte. Doch jedes Mal endete sein emotionales Engagement auch mit seinem Erguss. Er machte sich nie die Mühe, sich öfter mit einer Frau zu treffen, einfach weil er eigentlich von Anfang an kein wirkliches Interesse gehabt hatte. Und er hatte sichergestellt, dass seine One-Night-Stands keine unglücklichen Konsequenzen nach sich zogen. Egal für wen.

Gestern Nacht hatte er keinen Gedanken daran verschwendet. Weder an Beth noch an irgendwelche Konsequenzen, egal welcher Art. Sobald er Holly berührt hatte, hatte ihn die Begierde überrollt wie eine Lawine, und auch der schnelle, harte Fick in ihrem Wohnzimmer, der ein viel zu schnelles Ende gefunden hatte, änderte daran nichts.

Er wollte mehr von ihr, und er wollte nicht nur *das.* Er wollte mehr von *ihr.*

Das Grausame daran war, dass sie unerreichbar, dass sie

tabu für ihn war. Denn wenn er sie weiterhin gegen Wände drückte und küsste, als gäbe es kein Morgen, konnte er sich endgültig von dem Gedanken verabschieden, dass er Georgia je zurückbekommen würde.

Und das durfte auf gar keinen Fall passieren. Nichts und niemand konnte an seiner Entschlossenheit rütteln, Georgia endlich ein richtiger Daddy zu sein. Eher würde die Sonne erlöschen, als dass er sein Kind achselzuckend jemand anderem überließ, wie es sein alter Herr vorgemacht hatte.

Auf diesen Gedanken hin lenkte er den SUV an den Straßenrand, schob den Automatikhebel in Parkposition und holte sein Handy heraus. Er hatte ihre Nummer als Kurzwahl eingespeichert. Beim zweiten Läuten war sie am Apparat.

»Hallo?«

»Ich bin's.«

»Ich habe deinen Namen gesehen.«

»Ist deine Freundin schon da?«

»Nein. Ist was passiert?«

»Ja.« Crawford hielt sich die Hand vor die Augen. »Ich will dich nicht wollen, Holly. Aber ich tue es. Ich tue es und kann nicht anders.«

Sie sagte nichts, aber ihr Atem ging auf einmal unregelmäßig.

»Die Scheiße ist, dass ich dich nicht haben darf. Nicht, wenn ich das Sorgerecht für Georgia will.«

»Ich verstehe.«

Sie verstand gar nichts. Aber er ließ sie in dem Glauben. Eine Ewigkeit sagte keiner ein Wort, aber beide hielten die Verbindung aufrecht und hörten sich gegenseitig atmen. »Adieu, Holly«, sagte er schließlich mit rauer Stimme.

»Adieu …«

Sie drückte ihn weg, aber er hätte schwören können, dass

sie sich gerade noch verkniffen hatte, seinen Namen auszusprechen.

»Crawford Hunt. Hört sich gut an, männlich. Wie ist er so?«

Anders als ihr glamourös klingender Name vermuten ließ, war Marilyn Vidal kräftig gebaut und verschönerte ihre schlichte Erscheinung weder mit Schmuck noch Schminke. Sie betrieb ihr Geschäft von Dallas aus, hatte aber schon in fast jedem Bundesstaat gearbeitet und strauchelnde Kandidaten in die verschiedensten politischen Ämter gehievt, aber nur, wenn sie überzeugt von deren Siegerpotenzial war. Sie gab sich nicht mit Verlierern ab, konnte Heulsusen nicht ausstehen und ertrug keine Idioten.

Sonderpunkte bekam ein Klient, wenn er besonders gleichmütig und eloquent lügen konnte.

Holly log nicht gern und ganz eindeutig nicht gut. Marilyns Frage nach Crawford Hunt löste widersprüchliche Gefühle in ihr aus. Noch heute Morgen hatte sie sich geschworen, den Bademantel wegzuwerfen, den sie gestern getragen hatte, aber als sie vor wenigen Minuten aus der Dusche getreten war, hatte sie unwillkürlich danach gegriffen und ihn um sich geschlungen.

Außerdem hatte sie beschlossen, bei nächster Gelegenheit das Sofa loszuwerden, damit sie nicht jeden Tag immerzu daran erinnert wurde, was sich darauf abgespielt hatte. Und doch lag sie schon wieder darauf, in einer Ecke zusammengerollt, und presste eins der Kissen an ihre Brust, die sie gestern Abend achtlos auf den Boden geworfen hatten, um Platz auf den Polstern zu schaffen.

Sie hätte ihrer Wahlkampfmanagerin viel über Crawford Hunt erzählen können – dass er weiche, ausgefranste Jeans mit Knopfleiste trug, dass die dunkelblonden Haare, die über seinen Hemdkragen reichten, dicht und überraschend seidig waren, dass er im Rausch der Leidenschaft erotische, tierische Laute ausstieß und dass sie sich seit seinem jüngsten Anruf – mit dem er sie im Grunde galant abserviert hatte – nicht erleichtert fühlte, sondern völlig verzagt.

Aber natürlich sagte sie von alldem nichts. Stattdessen antwortete sie Marilyn, die rastlos vor dem Sofa auf und ab marschierte: »Er ist … ich weiß nicht … einfach bullig.«

Sie massierte ihre Nasenwurzel, was sie, wie ihr aufging, in letzter Zeit fast ständig tat, dabei war diese nervöse Angewohnheit eigentlich für Zeiten unter schwerem Stress reserviert. Marilyn war erst seit zehn Minuten hier, und schon jetzt bereute Holly ihre Entscheidung, sie unter ihrem Dach übernachten zu lassen.

Es war, als würde Marilyn den Menschen in ihrer Umgebung die Lebenskraft entziehen, sie aufnehmen und dann wieder abstrahlen. Es war schwer zu sagen, ob dieser Raub an Lebensenergie Absicht oder ein Charakterzug war, von dem Marilyn selbst nichts ahnte. Holly vermutete Ersteres.

Angesichts der Ereignisse von gestern hatte sie noch elektrisierter gewirkt als sonst, als sie vorhin aufgetaucht war. Während sie jetzt ein hohes Glas mit dem von ihr mitgebrachten Wodka füllte, bemerkte sie: »Ich war überzeugt, dass die Presse auf dem Rasen vor dem Haus campieren würde.«

»Es ist ein kleiner Ort, Marylin.«

»Der gestern große Schlagzeilen gemacht hat.«

Holly gestand es mit einem erschöpften Nicken zu. »Mrs. Briggs war den ganzen Tag damit beschäftigt, die Anrufe der Reporter abzuwehren. Schließlich habe ich eine Erklärung verfasst, in der ich aber nichts Wichtiges preisgegeben habe. Eigentlich stand nur darin, dass ich der Pressekonferenz des Polizeisprechers nichts hinzuzufügen hätte.«

»Das werden wir gleich morgen ändern. Es wird Zeit, dass du aus der Deckung kommst und öffentlich etwas zu dem irren Michelin-Männchen sagst, das in deinem Gerichtssaal um sich geschossen hat. So eine Gelegenheit bietet sich nur selten in einem Wahlkampf.«

»Diese ›Gelegenheit‹ hat zwei Menschen das Leben gekostet.«

»Richtig. Es ist ein richtiges Drama, das musst du ausnutzen. Eine Schande, niemandem vorab davon zu erzählen, dass du zu der Witwe gefahren bist. Das hätte sich toll in der Presse gemacht.«

Jetzt bereute sie, dass sie Marilyn von ihrem Kondolenzbesuch erzählt hatte. Ihre Miene verriet offenbar, wie sehr sie Marilyns kaltschnäuzige Reaktion missbilligte.

»Schon gut, schon gut.« Marilyn wedelte mit einer noch nicht angezündeten Zigarette. »Ich bin eine gefühllose Schlampe, aber seit der Schießerei sind schon anderthalb Tage vergangen. Es wird Zeit, die Ernte einzufahren.«

»Ich kann die laufenden Ermittlungen nicht stören.«

»Was gibt es da schon zu ermitteln? Der Fall ist schließlich kein beschissenes Mysterium. Sie haben den Mann.«

Holly korrigierte sie nicht. Marilyn würde, genau wie der Rest der Welt, morgen noch früh genug von der Ermittlungspanne erfahren. Holly vermutete, dass ihre Wahlkampfmanagerin explosiv reagieren würde, und sie war heute Abend zu ausgelaugt, um sich dem noch zu stellen.

Marilyn schenkte sich einen zweiten Wodka ein. »Morgen musst du dich zeigen, mit angemessen trauriger Miene, aber auch fest entschlossen, dass so eine Tragödie wie die von gestern nie wieder geschehen darf. ›Nicht in meinem Gerichtssaal. Nicht in meinem County.‹ Verstehst du, worauf ich hinauswill? Mach das zum Wahlkampfthema.«

»Mit anderen Worten, ich soll es ausschlachten.«

»Verflucht ja, das ist Ausschlachten. Aber … hier.« Sie zog eine Ausgabe der Lokalzeitung aus dem Außenfach ihrer prallvollen Aktentasche und legte sie auf den Couchtisch. »Das hier habe ich im Supermarkt gesehen, als ich Zigaretten holen wollte. Greg Sanders schlachtet den Vorfall schon jetzt nach Strich und Faden aus.«

Auf dem Foto neben der Titelgeschichte war ihr Konkurrent mit über dem Kopf erhobener Faust zu sehen.

»Er sieht aus wie ein wildgewordener Fernsehprediger«, stellte Holly fest. »Ich glaube, als das Bild aufgenommen wurde, versuchte er gerade, meine Vergangenheit ins Zwielicht zu rücken. Es ist ein Schuss ins Blaue. Keine einzige seiner heimtückischen Unterstellungen hat irgendeine Grundlage. Wer würde ihn schon ernst nehmen?«

»Die Wähler.«

»Hast du das Zitat von Gouverneur Hutchins gelesen? Er steht zu seiner Entscheidung, mich zu ernennen.«

»Natürlich tut er das. Wie jeder typische Amtsträger versucht er, seinen Arsch zu retten.« Marilyn sah sie streng an. »Bist du immer noch mit dem Herzen dabei, Holly? Willst du weiter auf dem Richterstuhl sitzen oder nicht?«

»Natürlich.«

»Dann solltest du deinen Hintern in Bewegung setzen.«

»Meine Güte, Marilyn, sei nicht so streng mit mir. Falls ich nicht ganz so vor Begeisterung sprühe wie sonst, dann weil ich so müde bin, dass ich jeden Moment zusammenbreche. Ich habe zwei extrem aufreibende Tage hinter mir. Ich bin …«

»Ach, buhu, ich bin nicht deine Mutter. Ich bin auch nicht deine beste Freundin und Vertraute. Ich bin deine Wahlkampfmanagerin. Du bezahlst mich dafür, dass ich dich zum Sieg bringe.«

»Ich werde auch siegen.«

»Nicht wenn du bei einem Erdbeben wie dieser gottverfluchten Schießerei in deinem Gerichtssaal weich bleibst.« Sie knallte die Faust in die andere Handfläche. »Ja, die Krakeelerei deines Gegners ist lächerlich, trotzdem musst du zurückschießen. Falls du es nicht tust, wird es so aussehen, als wäre deine Vergangenheit *tatsächlich* anrüchig.« Sie verstummte und sah Holly fragend an. »Ich verlasse mich darauf, dass das nicht der Fall ist. Du und Waters …?«

Holly sah sie nur zornig an.

»Schon gut. Eure Beziehung zueinander war so rein wie frisch gefallener Schnee.«

»Genau.«

»Aber Sanders wird uns keine unangenehme Überraschung präsentieren, oder? Eine psychische Störung in deiner Teenagerzeit? Eine kleptomanische Veranlagung? Ein heimliches Kind der Liebe? Eine ungebührliche Affäre?«

Hollys Wangen wurden warm, und sie spürte das Sofa unter ihrem Körper deutlicher als zuvor. Aber sie beantwortete Marilyns Frage mit einem Kopfschütteln.

»Na schön, in diesem Fall musst du öffentlich bekunden, dass du keinen Schimmer hast, warum dieses offenkundig psychisch labile Individuum um sich geschossen hat, aber dass es garantiert nichts mit dir persönlich zu tun hat. Du bist außer dir, weil dein Gerichtsdiener sterben musste. *Dein* Gerichtsdiener. Mach seinen Tod zu einem persönlichen Verlust. Dir wurde das Herz gebrochen.«

»Das ist er, und das wurde es.«

»Dann sprich es aus! Es ist schon schlimm genug, dass Sanders dir zuvorgekommen ist und einen Hilfsfonds für die Witwe und die Enkel aufgesetzt hat.«

»Das war geschmacklose Aufschneiderei.«

»Natürlich, aber damit hat er eine Plattform.« Sie nahm einen Schluck Wodka. »Wir brauchen mehr Theater. Wir brauchen …«

»Ich brauche vor allem Schlaf.« Holly legte das Kissen zurück und stand auf. »Ich kann heute Abend nicht mehr reden. Euer Ehren vertagt die Sitzung und geht zu Bett.«

»Ich bleibe noch ein bisschen wach und überlege mir was.«

»Das Gästezimmer ist zwar winzig, aber ich glaube, du wirst alles darin finden, was du brauchst. Gute Nacht.« Sie wandte ihr den Rücken zu und ging durch den Flur zu ihrem Schlafzimmer.

»Könnte er uns irgendwie nützlich sein?«

Holly blieb stehen und drehte sich um. »Wer?«

»Na, dein Texas Ranger? Würde er sich gut vor der Kamera machen?«

Bei dem Gedanken, dass Marilyn auf Crawford zugehen und etwas von »Theater« reden könnte, mit dem sie den Wahlkampf befeuern wollte, geriet Holly in Panik. »Kommt nicht in Frage.«

»Er ist ein Held.«

»Aber er macht sich nichts aus Ruhm. Im Gegenteil. Auch er scheut das Rampenlicht, und er legt allergrößten Wert darauf, dass seine Tochter vor alledem beschützt wird.«

»Ach«, sagte Marilyn stirnrunzelnd. »Das macht keinen Spaß.«

»Ich kann dir versichern, dass es mit ihm nicht den geringsten Spaß machen würde. Lass ihn in Ruhe.«

Die Stirn immer noch in nachdenkliche Falten gelegt, steckte sich Marilyn gedankenverloren die Zigarette in den Mund und griff nach ihrem Feuerzeug.

»Und bitte geh zum Rauchen nach draußen«, ermahnte Holly sie streng.

»Crawford, ich wünschte, du hättest vorab angerufen. Georgia schläft schon.«

Grace stand in Morgenmantel und Pantoffeln an der Tür. Es war nicht besonders spät, trotzdem wirkte sie ungewöhnlich abgezehrt, verlegen und nicht allzu erfreut, ihn zu sehen. Sie bat ihn nicht ins Haus.

»Wie geht es ihr?«

»Gut. Aber sie durfte heute länger aufbleiben als sonst und sich eine neue DVD anschauen. Als der Film zu Ende war, war sie schon halb eingeschlafen. Joe musste sie ins Bett tragen.«

»Dann werde ich sie nicht aufwecken. Ehrlich gesagt wollte ich auch mit Joe sprechen.«

»Das ist gerade ungünstig.« Seine Schwiegermutter knetete verlegen ihre Finger. »Wir sind schon auf dem Weg ins Bett. Uns sitzt der gestrige Tag immer noch im Genick.«

»Mir auch.«

»Dann wäre es vielleicht das Beste, wenn wir …«

»Was?«

»Vorerst Abstand halten würden.«

»Warum?«

»Weil Joe gerade Aufwind spürt und keinem geholfen ist, wenn ihr euch gegenseitig an die Kehle geht.«

»Da bin ich absolut deiner Meinung. Aber ich weiß nicht, ob Joe das auch so sieht. Oder warum hat er sonst Neal Lester angerufen und mein ›eigenartiges‹ Verhalten angezweifelt?«

»Lass ihn rein, Grace.«

Joes barscher Befehl schnitt durch die Dunkelheit in ihrem Rücken, und eine Sekunde später trat er ins Licht. Im Gegensatz zu Grace wirkte Joe so steif und glattgebügelt wie immer. Crawford fragte sich, ob er auch so schlief.

Widerstrebend trat Grace zur Seite, ließ Crawford ins Haus und entschwand – nachdem Joe ihr einen scharfen Blick zugeworfen hatte – unter einer gemurmelten Entschuldigung in Richtung Schlafzimmer, das auf der Rückseite des Hauses lag.

Er und Joe bauten sich voreinander auf. »Was soll das Säbelrasseln, Joe?«

»Ich habe dich gewarnt, dass ich kämpfen würde.«

»Das ist ein Kampf zwischen dir und mir. Wieso hast du Neal hineingezogen?«

»Dass du dich geweigert hast, über deinen Wortwechsel mit Rodriguez zu reden …«

»Ich habe mich nicht geweigert. Ich habe die Unterhaltung verschoben.«

»… hat bei mir schwerwiegende Fragen aufgeworfen, ob du in dieser Situation richtig reagiert hast.«

»Warum hast du diese Fragen nicht mir gestellt?«

»Ich fand, dass das Angelegenheit der Polizei wäre.«

»Von wegen. Du warst auf billige Rache aus. So was ist unter deiner Würde, Joe.«

»Mir ist jedes Mittel recht, um Georgia zu behalten.«

»Und genau das macht mir Sorgen. Du hast jedes Maß verloren, und Georgia wird darunter leiden.«

»Und wie kommst du darauf?«

»Hast du vor ihr schlecht über mich geredet?«

»Ich brauche mich nicht vor dir zu rechtfertigen.«

»Insoweit es Georgia angeht, sehr wohl.«

»Nicht, solange ich das Sorgerecht für sie habe. Außerdem sage ich nur die Wahrheit über dich, und die muss deine Tochter irgendwann hören.«

»Du glaubst, du kannst ihr Herz gewinnen, indem du mich schlechtmachst?«

»Ich sag dir was: Sprich das doch noch einmal an, wenn wir uns das nächste Mal vor Gericht sehen.«

»Ich sag *dir* was, Joe«, schoss Crawford zurück, »das werde ich auf keinen Fall tun. Ich werde nichts tun, was dazu führt, dass Georgia vor Gericht aussagen muss. Ich finde es unglaublich von dir, eine Fünfjährige in ein Wettpissen zwischen dir und mir hineinzuziehen.«

»Ach, dafür hältst du das also?« Er schnaubte.

»Stimmt es etwa nicht? Du fichtst meinen Antrag nur an, weil du dich an mir rächen willst.«

»Ganz und gar nicht. Ich will nur das Beste für meine Enkelin.«

»Spar dir das Geschwafel für die Richterin. Spar dir das für den Zeugenstand, wenn du unter Eid stehst. Falls du wirklich auf einen Kampf aus bist, kannst du ihn haben. Aber den werden wir vor Gericht führen.«

Crawford machte einen Schritt auf Joe zu. Joe wich nicht zurück, aber weil er kleiner gewachsen war, musste er den Kopf in den Nacken legen, um Crawford ins Gesicht zu blicken. »Aber falls du *weiterhin* Georgia hören lässt, dass ich an allem schuld wäre…«

»Das bist du aber! Nur deinetwegen ist Beth nicht mehr am Leben.«

»Wenn du darauf bestehst, schmutzig zu kämpfen, kannst du das haben. Vier lange Jahre habe ich mir nur wegen Georgia diese Scheiße angehört. Nur wegen Georgia! Aber wenn du mich zum Äußersten treibst, wirst du nicht nur Georgia verlieren, sondern auch etwas, was dir noch mehr am Herzen liegt.«

»Nichts liegt mir mehr am Herzen.«

»Oh doch, da gibt es sehr wohl etwas.«

Crawford sagte das leise, aber mit Nachdruck, und zum ersten Mal, seit er Joe begegnet war, wirkte der Mann verunsichert. Doch der Riss in seinem Panzer schloss sich so schnell, wie er sich aufgetan hatte. Er reckte das Kinn vor. »Wie kannst du es wagen, mir zu drohen, du…«

»Daddy?«

Crawford riss den Blick von seinem Schwiegervater los. Georgia war aus ihrem Zimmer in den Flur getreten und beobachtete sie argwöhnisch. Sie spürte den in der Luft liegenden Zorn und blieb deswegen unschlüssig stehen, statt wie sonst auf ihn zuzustürmen.

Er schob sich an seinem Schwiegervater vorbei und setzte ein Lächeln auf. »Na, wenn das nicht Madame Schlafmütze ist?«

»Streitest du mit Grandpa?«

»Nein. Wir unterhalten uns nur.« In ihrem Nachthemd und mit den zerzausten blonden Locken sah sie so süß und verletzlich aus, dass ihm das Herz wehtat. Er nahm sie hoch, trug sie in ihr Zimmer und setzte sich mit ihr zusammen in den Schaukelstuhl, wo er seine Hand um ihre nackten Zehen schloss. »Ich habe gehört, du hast eine neue DVD bekommen.«

Sie kuschelte sich an ihn und legte ihren Kopf auf seine Brust. »Grandma hat sie mir gekauft, als wir im Walmart waren.«

»Und es geht darin um eine Prinzessin?«

»Sie wohnt in einem Schloss. Aber das Dach hat ganz viele Löcher, und da fliegen böse Vögel rein und machen ihr Angst.«

»Und sie lebt ganz allein dort?«

»Ihre Mommy ist im Himmel, genau wie meine.«

Sie sprach nur selten davon, dass sie keine Mutter hatte, doch wenn sie es tat, versetzte es ihm jedes Mal einen schmerzhaften Stich im Bauch, in seiner Seele. »Und was ist mit ihrem Daddy?«

»Der ist lustig. Er hat Haare auf der Backe.«

»Einen Backenbart? Vielleicht sollte ich mir auch einen wachsen lassen. Würde dir das gefallen? Einen großen, buschigen

Backenbart.« Er badete innerlich in ihrem Lachen und drückte die Nase gegen eine Stelle in ihrem Nacken, an der sie besonders kitzelig war. »Du bist meine Prinzessin, und ich habe dich lieb.«

»Ich hab dich auch lieb, Daddy. Lässt du dir wirklich einen Backenbart wachsen?«

Sie tat ihre Meinung dazu kund, indem sie die Nase rümpfte, und sah dabei so verflucht niedlich aus, dass er laut lachen musste. Während der nächsten Viertelstunde behielt er sie auf seinem Schoß. Erst gestern war er ins Gericht gefahren und hatte gehofft, dass sie danach endgültig zu ihm ziehen würde. Doch ihr neues Kinderzimmer würde noch länger leer stehen.

»Wenn du das nächste Mal bei mir übernachtest, habe ich eine große Überraschung für dich«, erklärte er ihr.

»Was denn?«

»Das kann ich dir doch nicht verraten, sonst wäre es keine Überraschung mehr. Aber ich gebe dir einen Tipp: Es ist rosa«, flüsterte er ihr ins Ohr.

Sie riet ein paar Mal und gähnte dann ausgiebig.

»Wieder Zeit fürs Bett, junge Dame.« Er trug sie zum Bett und deckte sie zu.

Sie rollte sich auf die Seite und murmelte: »Ich hab schon gebetet.«

»Okay«, flüsterte er und gab ihr einen Kuss auf die Wange. »Schlaf schön.«

Joe stand im Flur vor dem Kinderzimmer wie ein Posten auf Wache, womit er andeuten wollte, dass Georgia vor ihm beschützt werden musste. Es machte Crawford rasend, aber er ließ sich nicht zu einer Reaktion hinreißen, vor allem weil er sich ausrechnete, dass Joe nur zu gern sehen würde, wie er die Beherrschung verlor.

»Du solltest dich auf eine richtige Bombe gefasst machen.« Er erzählte ihm, dass Rodriguez nicht der Schütze war.

Joe konnte seine militärisch straffe Haltung wahren, aber er blinzelte mehrmals hektisch. »Woher weißt du das?«

»Das ist Angelegenheit der Polizei.« Crawford genoss es, Joe mit seinen eigenen Worten zu schlagen. »Ich erzähle es dir nur schon heute Nacht, weil es morgen früh wahrscheinlich bekanntgegeben wird. Vielleicht werden die Reporter dich und Grace um einen Kommentar bitten.«

Joe musterte ihn von Kopf bis Fuß. »Mein Gott, ich bin immer wieder fassungslos, wie tief du dich in den Schlamassel reiten kannst!«

Crawford ging an ihm vorbei, öffnete die Haustür und drehte sich noch einmal um. Seine Abschiedsworte glichen Schüssen. »Treib es nicht zu weit, Joe, oder es wird dir leidtun, das schwöre ich bei Gott.«

# 15

Offenbar hatte Neal sich Crawfords Hinweis zu Herzen genommen und über Nacht Rodriguez' Kniescheibe vom Gerichtsmediziner untersuchen lassen, denn während der Lokalnachrichten berichteten die Fernsehsender aus Houston und aus Tyler über die »schwere Ermittlungspanne«. Ein Sprecher des Prentiss Police Department gestand den Fehler ein.

»Wie mittlerweile feststeht, war der Mann, der auf dem Dach des Gerichts von Beamten des SWAT-Teams erschossen wurde, nicht derselbe Mann, der Minuten zuvor in Richterin Spencers Gerichtssaal das Feuer eröffnet hat.«

Und schon hatte Crawford seinen Heldenstatus verloren.

Das kümmerte ihn nicht weiter. *Held* war sowieso keine Bezeichnung, mit der er sich wohlfühlte. Aber es nagte an ihm, dass er schon wieder in die Schlagzeilen gekommen war. Nach der Sache in Halcon hatte er gehofft, dass sein Name nie wieder in irgendwelchen Nachrichten auftauchen würde.

Er wusste, dass ein langer und anstrengender Tag vor ihm lag, doch wenigstens war Holly nicht in Gefahr. Als er bei Harry nachfragte, erklärte der ihm lapidar: »Die ganze Nacht nicht mal ein Mäusefurz.«

»Später übergeben wir die Bewachung an die hiesigen Kollegen, sobald ein paar Leute durchgecheckt wurden«, informierte Crawford den Texas Ranger.

»Der Chief hat Sessions und mir Anweisung gegeben, hierzubleiben, bis du uns wegschickst.«

»Danke.«

Weil er lieber allein und von seinem eigenen Büro aus arbeitete als auf der Polizeistation, in der jetzt alle wie auf rohen Eiern gehen würden, fuhr er zum städtischen Verwaltungsgebäude. Auf dem Parkplatz stand einsam der Übertragungswagen eines Fernsehsenders aus Tyler. Der gewiefte Reporter und sein Kameramann sprangen aus dem Fahrerhaus, als er aus seinem SUV stieg. Sie liefen neben ihm her, während er mit langen Schritten auf den Angestellteneingang zusteuerte. Er schwieg in das hingehaltene Mikrofon, sagte nicht einmal ein »Kein Kommentar«.

Drinnen musterten ihn die State Trooper wie auch die Zivilangestellten mit Argwohn oder aber unverhohlener Neugier. Eine Angestellte aus der Führerscheinstelle näherte sich ihm schüchtern vor der Cafeteria und eröffnete ihm, dass ihr Gebetskreis seinen Namen auf die Liste gesetzt habe. Er dankte ihr, wollte aber lieber nicht fragen, wofür sie beteten – seine Erlösung oder seine Verdammung.

Kaum hatte er sich in dem Großraumbüro an seinen mit Stellwänden abgetrennten Schreibtisch gesetzt, da klingelte sein Handy. Er sah aufs Display, stellte fest, dass es Conrads Festnetznummer war, und nahm unter einem leisen Fluch das Gespräch an. »Ich hoffe für dich, dass du im Sterben liegst.«

»So viel Glück hast du nicht. Tatsächlich kenne ich niemanden, der das Unglück so anzieht wie du.«

»Fing schon damit an, dass ich von dir gezeugt wurde.«

»Gibt es nicht irgendwo ein Gebot, dass man seine Eltern ehren soll?«

»Du sollst mich nur anrufen, wenn es sich um einen Notfall handelt.«

»Meiner Meinung nach trifft das hier zu. Dein Typ vom

Dach war der Falsche. Das war das Geheimnis, das gestern so an dir gefressen hat, richtig? Hast du es ausgeplaudert?«

»Ja und ja.«

»Ich bewundere deine Integrität.«

»Was weißt du schon über Integrität, außer vielleicht, wie man sie schreibt?«

Sein Vater ließ die Bemerkung an sich abperlen. »Wie du richtig vorhergesehen hast, hat dieser Patzer einen Haufen Scheiße aufgewirbelt, und jetzt saust sie dir wie ein Tornado um die Ohren.«

»Habe ich dir doch gesagt.«

»Immerhin bekommt Neal Lester seinen Teil davon ab. Schiebt er dir die Schuld in die Schuhe?«

»Unter vier Augen schon, aber er kann nicht leugnen, dass Rodriguez die Waffe nicht niederlegen wollte und dass er das Feuer auf einen Deputy eröffnete. Ist alles von den Überwachungskameras aufgezeichnet.«

»Und jetzt was?«

»Jetzt kämpfe ich mich durch den Sturm und tue dabei alles, um den Möchtegernattentäter zu schnappen.«

»Immer noch besser, als den ganzen Tag vor dem Computer zu hocken.«

»Ich erledige wichtige Dinge an diesem Computer, und die Arbeit ist nicht lebensbedrohlich.«

»Du könntest vor Langeweile sterben.«

»Auch wieder wahr«, gestand Crawford halblaut.

»Was war das?«

»Nichts. Ich muss Schluss machen.«

»Brauchst du Hilfe?«

»Wobei?«

»Der Sache mit der Schießerei.«

»Von dir?« Crawford lachte schnaubend. »Nein.«

»Ich könnte für dich ein paar Nachforschungen anstellen.«

»Worüber?«

»Mögliche Verdächtige. Wie viele Feinde kann die junge Richterin schon haben?«

»Sie behauptet, ihr würde keiner einfallen.«

»Könnte ja sein, dass sie lügt.«

»Könnte sein, aber das glaube ich nicht.«

»Jeder, der zu diesem Zeitpunkt im Gericht war …«

»Das ist uns bewusst, Conrad.«

»Das waren insgesamt – wie viele?«

»Über zweihundert.«

Crawford hatte zunehmend mutlos die Liste studiert, die Neal ihm gestern am späten Abend zugeschickt hatte. Sie konnten von Glück reden, dass viele der Anwärter, die sich an diesem Montagmorgen zum Geschworenendienst gemeldet hatten, schon vor vierzehn Uhr heimgeschickt worden waren. Andernfalls wäre die Zahl noch höher gewesen.

»Zweihundert.« Conrad pfiff leise. »Irgendwelche Spuren?«

»Wir verfolgen mehrere.«

»Einem alten Hasen wie mir kannst du nichts vormachen. Ihr habt nichts in der Hand.«

Tatsächlich hatte er sehr wohl etwas, eine winzige, nagende Ungereimtheit, auf die er Neal aufmerksam machen musste. Und daran wurde er durch diese Unterhaltung gehindert. »Bis dann, Conrad.«

»Weißt du, das hier erinnert mich an einen Fall, den ich mal hatte.«

»Uralte Geschichte.«

»Eine Frau wurde an einem Sonntagmorgen im Keller ihrer Kirche erstochen, während sie den Blumenschmuck für den Altar herrichtete. Ohne augenscheinliches Motiv. Sämtliche Verdächtigen waren Kirchgänger. Freundlich grüßende Betschwestern und -brüder, die sich immer brav die Füße gewaschen haben. Wo fängst du in so einer Herde an, nach einem Mörder zu suchen?«

»Conrad, ich habe jetzt keine Zeit für …«

»Rate mal, wer sie umgebracht hatte.«

»Das interessiert mich einen feuchten Dreck. Bis irgendwann.«

»Ich bin ein guter Schnüffler.«

»Du bist ein guter Säufer. Ein *echt guter* Säufer.«

»Meinen letzten Drink hatte ich vor …«

»Zweiundsechzig Tagen gestern.«

»Und heute seit dreiundsechzig.«

»Ich habe zu tun.«

»Genau darum solltest du mich die Laufarbeit erledigen lassen.«

»Ruf nicht wieder an.«

Er legte auf, bevor Conrad noch etwas sagen konnte, und wählte Neals Handynummer, landete aber auf der Mailbox. Daraufhin rief er im PD an und bat darum, ins Dezernat für Gewaltverbrechen durchgestellt zu werden. So landete er zuletzt bei Matt Nugent.

Crawford kam sofort zum Grund seines Anrufs. »Wie viele Namen stehen auf Ihrer Liste der aus dem Gericht evakuierten Personen?«

»Insgesamt?«

»Alle zusammen.«

»Zweihundertsieben.«

»Okay«, sagte Crawford, »und jetzt rechnen Sie alle Angestellten des Police Departments und des Sheriff's Office raus und dazu alle weiteren Gerichtsbeamten und -angestellten. Wie viele Namen bleiben dann noch übrig?«

»Hmm.« Nugent rechnete nach, so wie Crawford es getan

hatte, als Neal ihm die Liste geschickt hatte. »Fünfundsiebzig.«

»Richtig. Es müssten aber sechsundsiebzig sein. Uns fehlt ein Name.«

Crawford konnte hören, wie Nugent die Summe noch einmal überprüfte. »Minus eins«, murmelte er. »Verdammt, Sie haben recht.«

»Sagen Sie Neal, dass er mich anrufen soll, falls Sie ihn sehen, bevor ich ihn erreicht habe.« Er legte auf, holte Schwung auf seinem Drehstuhl, um aufzustehen und neuen Kaffee zu holen, als er seinen Anwalt in der Öffnung seiner Bürozelle bemerkte.

»Was tun Sie denn hier?«, fragte Crawford überrascht.

»Können wir irgendwo reden, wo die Wände keine Ohren haben?« Dann schaute er über die halbhohen Stellwände hinweg und verbesserte sich. »Wo es überhaupt Wände gibt?«

Crawford war so perplex über William Moores unerwarteten Besuch und das untypisch zurückhaltende Auftreten des Anwalts, dass er vollkommen vergaß, frischen Kaffee zu holen. Er führte Moore in einen vorübergehend leerstehenden Lagerraum und schloss die Tür, damit sie ungestört waren.

»Ich habe nicht um dieses Treffen gebeten, also denken Sie gar nicht daran, es auf meine Rechnung zu setzen«, begann Crawford unfreundlich.

»Das hier geht aufs Haus.«

Das war noch mysteriöser. Normalerweise wurde ihm jeder Kurzanruf berechnet.

Moore kaute auf der Innenseite seiner Wange, als versuchte er zu entscheiden, wie er die Sache am besten angehen sollte. Crawford wartete stumm ab, bis der Anwalt schließlich fragte: »Wie ist es gestern nach Ihrer Meinung gelaufen? Was glauben Sie, wie es ausgegangen wäre, wenn während der Verhandlung nicht plötzlich die Hölle los gewesen wäre?«

»Dann wäre mein Antrag abgelehnt worden.«

Der Anwalt nickte, als würde das mit seiner Einschätzung übereinstimmen. »Als Ihr Anwalt rate ich Ihnen, nicht über den möglichen Ausgang der Verhandlung zu sprechen, genauso wenig wie über Richterin Spencer oder irgendwas im Zusammenhang mit Ihrem Sorgerechtsfall. Von jetzt an werden Sie jeden, der Ihnen eine Frage dazu stellt, an mich verweisen.«

»Sie erteilen Gratisratschläge? Das sieht Ihnen gar nicht ähnlich. Was ist passiert?«

Moore senkte die Stimme. »Heute Morgen hat mich Neal Lester angerufen. Er wollte mich schlicht und einfach aushorchen.«

»Über mich?«

»Sieht so aus, als hätte er noch Zweifel an Ihrer Erklärung, warum Sie dem Schützen hinterher sind, als er aus dem Gerichtssaal floh.«

»Liegt das nicht auf der Hand?«

»Das sollte es eigentlich, doch für ihn tut es das aber nicht. Außerdem zweifelt er den Ablauf der Ereignisse auf dem Dach an, vor allem seit Sie – und zwar ausschließlich Sie, wie er betont – behaupten, dass Rodriguez nicht der Schütze war.«

»Die Richterin …«

Moore hob die Hand. »Er hat mir erklärt, sie hätte die Sache mit dem Ohrloch bestätigt, allerdings nicht ohne ein gewisses Maß an ›spürbarem Zweifel‹. Seine Worte.«

Crawford erinnerte sich an ihr ausgedehntes Gespräch im Diner. »Was er da gespürt hat, war kein Zweifel. Sie war stinksauer.«

Der Anwalt zog wortlos fragend eine Braue hoch.

»Auf Neal, wegen einer anzüglichen Bemerkung.«

Moore sah ihn weiter mit hochgezogener Braue an.

»Na schön, auf mich auch.«

»Wegen etwas, was vorgefallen ist, während Sie mit ihr, der Richterin in Ihrer Sorgerechtsanhörung, dreiunddreißig Minuten allein in einem geparkten Wagen saßen?«

Crawford fluchte lautlos. Er hatte bei Neal eindeutig nicht fest genug zugeschlagen. »Hat Neal etwas von ›im Schutz der Nacht‹ gesagt?«

»Nahe dran.«

»Das fällt allein auf mich zurück, Bill. Nicht auf sie.«

»Ehrlich gesagt macht mich Ihre Galanterie noch nervöser. Ich werde nicht fragen, was Sie beide in diesem Auto taten, weil ich das gar nicht hören will. Genauso wie ich wünschte, ich hätte gestern früh Ihre Bemerkung überhört, dass Sie einen Killer auf die Richterin ansetzen würden, wenn sie nicht zu Ihren Gunsten entscheiden sollte.«

»Also bitte, Bill.« Crawford musste lachen. »Das war ein Witz.«

»Sergeant Lester würde ihn vielleicht nicht komisch finden.«

Crawfords Lächeln verblasste langsam. »Moment. Soll das heißen …? Deutet Neal etwa an, ich hätte etwas mit dem Anschlag auf Hollys Leben zu tun?«

Wieder zuckte die Anwaltsbraue nach oben. »Wir nennen sie jetzt also Holly?«

»Beantworten Sie die verfluchte Frage.«

»Ja. Er tänzelte um diese Möglichkeit herum.«

»Und Sie nehmen so was ernst?«

»So ernst wie den Tod und die Steuern. Und Sie sollten es auch tun.«

Crawford blickte in die nie zwinkernden Augen seines Anwalts, stemmte die Hände in die Hüften und begann, gedankenversunken durch den engen Lagerraum zu wandern. »Ich habe nicht so viel Zeit, als dass ich alle Gründe aufzählen könnte, warum das absolut lachhaft ist«, erklärte er, nachdem er eine komplette Runde gedreht hatte. »Aber einer der gewichtigeren ist, dass ich mit ihm an diesem Fall arbeite.«

»Sie kennen das alte Sprichwort von den Feinden, die man in seiner Nähe behalten soll. Bestimmt kennt Neal es auch.«

Dann schilderte er Crawford in allen Einzelheiten, welche Theorien Neal sich zusammengesponnen hatte, wobei er ihn mehrfach wörtlich zitierte. Der Anwalt war immer noch nicht fertig, als Crawfords Handy summte. Harry Longbow. Er brachte Moore mit einem erhobenen Finger mitten im Satz zum Schweigen. »Da muss ich rangehen.«

»Hast du einen Fernseher laufen?«, fragte Harry.

»Nein.«

»Das wird dir nicht gefallen.«

Fünf Minuten, nachdem er den Anruf bekommen hatte, stellte Crawford seinen Wagen auf dem Parkplatz hinter dem Gericht ab. Während er auf den Haupteingang zulief, stellte er halbwegs besänftigt fest, dass eine provisorische Absperrung errichtet worden war und dass die Deputy Sheriffs jeden Besucher überprüften, bevor sie ihn ins Gebäude ließen.

Nach dem, was Bill Moore ihm erzählt hatte, erwartete Crawford schon halb, dass man ihn aufhalten und filzen würde, aber stattdessen salutierte einer der Deputys, als er über die Absperrung stieg. Folglich hatte Neal, dieser Hurensohn, seine dämlichen Verdächtigungen vorerst für sich behalten.

Crawford bahnte sich einen Weg durch die Reportermeute, die sich bereits in der höhlenartigen Lobby versammelt hatte.

Sechs Stockwerke über ihnen strömte Sonnenlicht durch die Glaskuppel. Ein Strahl traf wie ein Scheinwerfer auf das Podium, hinter dem ein Hausmeister mit dem Mikrofon hantierte und ihm dabei abwechselnd ein Knacksen oder Pfeifen entlockte.

Harry und Sessions befanden sich offenbar in einer hitzigen Diskussion mit Neal, während Nugent ein Stück abseits stand und an seinem Fingernagel kaute. Als Crawford sie erreichte, bezog Sessions, ein durchschnittlich großer, durchschnittlich aussehender Mann mit überdurchschnittlichem IQ und atemberaubender Zielsicherheit, ihn in das Gespräch mit ein.

»Harry und ich sind Richterin Spencer hierher und ins Gebäude gefolgt. Jetzt meint er, dass wir uns zurückziehen können, weil er ab hier übernimmt.«

Crawford wandte sich an Neal. »Punkt eins, die beiden bleiben. Je mehr Uniformen hier zu sehen sind, umso besser. Punkt zwei«, erklärte er noch fassungsloser, »sollte niemand von uns hier gebraucht werden. Was zum Teufel hast du dir dabei gedacht? Wieso hast du kein Veto eingelegt?«

»Richterin Spencer hat mich nicht vorab konsultiert. Ich hatte keine Ahnung, bis die Presse hier aufgetaucht ist. Ich konnte den Beginn noch hinauszögern, bis wir unsere Leute postiert hatten, aber hätte ich das hier abgesagt, hätte die negative PR …«

»Erzähl du mir nichts von PR, Neal, oder ich verpasse dir gleich wieder eine dicke Lippe.« Es freute ihn zu sehen, dass sie immer noch ziemlich angeschwollen war. »Was für Leute? Wen habt ihr postiert?«

»Kollegen, die Nugent und ich schon durchleuchtet haben und die garantiert nichts mit der Schießerei zu tun haben.«

Crawford traute keinem, der von Nugent für unbedenklich erklärt worden war, aber allein die Befragung hätte wohl einen möglichen Attentäter abgeschreckt. Er hätte verrückt sein müssen, hier im Gericht, wo sich Polizisten und Kameramänner gegenseitig auf die Füße traten, einen neuen Anschlag auf Hollys Leben zu wagen.

Aber andererseits musste jemand auch verrückt sein, um so etwas durchzuziehen, was er vor zwei Tagen angestellt hatte.

An der Absperrung überprüften uniformierte Polizisten die Presseausweise und durchsuchten Handtaschen, Rucksäcke und Kamerataschen, bevor sie die Reporter durchließen. Aber das Atrium war zu jedem Stockwerk hin offen. Angestellte und Besucher wanderten über die kreisförmigen Balkons und gingen entweder ihren Angelegenheiten nach oder verfolgten neugierig das Geschehen im Erdgeschoss. Auf jedem Stockwerk hatten sich bewaffnete Ordnungshüter postiert, aber Crawfords Einschätzung nach waren es viel zu wenige.

Er wandte sich an die beiden anderen Texas Ranger. »Das gefällt mir nicht«, bekannte er leise. Sein Blick war ein stummes Kommando. Beide entfernten sich in entgegengesetzte Richtungen, um die Lage zu sondieren.

Crawford wandte sich wieder an Neal. »Wo ist sie?«

»Direkt hinter dir.«

Crawford drehte sich um. Holly arbeitete sich durch die Eingangshalle zu ihnen vor. Sie trug ein cremefarbenes Kostüm mit enganliegender Jacke und einem Rock, der die Beine umschmiegte, dazu Highheels. Sie sah fantastisch aus.

Er hätte sie erwürgen können.

Die Frau, die neben ihr ging, war rund wie ein Gummiball. Ihre grau melierten Haare waren streichholzkurz geschnitten, und sie marschierte, als zöge sie in die Schlacht. So geladen, wie er war, stand ihr auch eine bevor.

Holly näherte sich ihm mit einem gezwungen wirkenden Lächeln. »Guten Morgen. Wie schön, dass wir uns hier treffen, das ist meine Wahlkampfmanagerin Marilyn Vidal. Marilyn, das ist Ranger Crawford Hunt.«

Die Frau reckte eine quadratische Hand vor, die mit Stummelfingern gespickt war. Während des Händeschüttelns musterte sie ihn kurz. »Das Aussehen passt jedenfalls zur Rolle.«

»Was für einer Rolle?«

»Der des Texas Rangers. Kantiges Kinn, stählerner Blick und so weiter.« Sie lächelte und entblößte dabei Zähne wie alte Klaviertasten. »Aber wenn Sie schon keine Uniform tragen, könnten Sie wenigstens einen Cowboyhut aufsetzen. Sie haben nicht zufällig einen zur Hand? Am besten einen weißen. Und vielleicht einen dieser Waffengurte, die man um die Hüfte legt und deren Holster man am Oberschenkel befestigt?«

Er fixierte sie mit dem stählernen Blick, den sie so bewundert hatte, entschuldigte sich und zwängte sich an ihr vorbei hin zu Holly. »Richterin Spencer, das ist eine wirklich schlechte Idee. Sergeant Lester oder ich hätten vorab von diesem öffentlichen Auftritt in Kenntnis gesetzt werden müssen.« Die Worte öffentlicher Auftritt presste er zwischen zusammengebissenen Zähnen hervor.

»Ich bin eine Figur des öffentlichen Lebens und kämpfe um ein öffentliches Amt. Wie ich schon mehrmals erklärt habe, kann ich mich nicht einfach verstecken.«

Sie sprach wieder in diesem hoheitsvollen Richterinnen-Tonfall, der in ihm den Wunsch weckte, sie an den Schultern zu packen und daran zu erinnern, dass erst vor wenigen Stunden ihr kühler Mund heiß mit seinem verschmolzen war. Sie hatte seinen Kuss ebenfalls erwidert, als gäbe es kein Morgen.

»Niemand hat was von Verstecken gesagt«, sagte er stattdessen. »Aber so macht man es jedem verwirrten oder aufgebrachten Crackhead entschieden zu einfach.«

Die Wahlkampfmanagerin setzte ihre breiten Schultern ein,

um sich zwischen sie zu schieben. »Ich sehe keinen Grund zur Sorge. Hier ist alles voller Polizei.«

»Und ich werde nur ein paar Minuten sprechen«, sagte Holly.

»Er braucht nur ein paar Sekunden«, sagte er. »Wie wir aus eigener Erfahrung wissen.«

Inzwischen hatte sich auch Neal zwischen sie gedrängt. »Wir haben alles unter Kontrolle, Richterin Spencer«, sagte er, ohne Crawford eines Blickes zu würdigen. »Aber je schneller wir alles über die Bühne bringen, desto besser.« Er lotste sie in Richtung Rednerpult.

Wie Crawford erleichtert feststellte, hatte man einen Ring von Polizisten um das Pult postiert, die die Reporter im Auge behielten. Crawford ging hinüber zu Pat Connor, einem Veteranen im Department. Mit Wampe und schon etwas in die Jahre gekommen, war Connor inzwischen dazu abgestellt, im Gerichtsgebäude Wache zu schieben. Trotzdem war er zumindest ein Augenpaar mehr.

»Wenn du irgendwas Auffälliges siehst, Pat, dann gib mir ein Zeichen.«

»Sicher doch. Wo stehst du?«

»Gleich da drüben.« Crawford nickte zum Rand der Reportermenge hin. Doch bevor er einen Schritt machen konnte, hatte Marilyn Vidal sich bei ihm eingehakt und lenkte ihn zurück zum Pult. »Sie bleiben hier.«

Er wollte sie schon fragen, für wen sie sich verflucht noch mal hielt, ihn so herumzukommandieren. Aber er war sich der vielen Zuschauer und des eingeschalteten Mikrofons bewusst. Außerdem: Sosehr er es zwar hasste, im Rampenlicht zu stehen, er war doch froh, sich in Hollys Nähe zu befinden, gleich rechts und nur einen Schritt hinter ihr. Von dieser Position aus konnte er die Menge gut überblicken.

Das Stimmengewirr verstummte, als Marilyn Vidal ans Mikrofon trat. Sie stellte sich vor und dankte allen, dass sie so kurzfristig gekommen waren. »Trotz des erschütternden Zwischenfalls, der sich am Montagnachmittag in Richterin Spencers Gerichtssaal ereignete, wollte sie sich heute Morgen an Sie wenden. Mehrere Personen, mich eingeschlossen, haben sie davon abzubringen versucht, sich so kurz nach diesem Anschlag auf ihr Leben in der Öffentlichkeit zu zeigen, doch sie bestand darauf, dass ich diese Pressekonferenz einberufe. Sie wird eine Erklärung abgeben, aber ich lasse nicht zu, dass sie Fragen beantwortet.« Sie hob die Hände, um das enttäuschte Gemurmel zu ersticken. »Sie werden ein andermal dazu Gelegenheit haben. Versprochen. Und jetzt überlasse ich ohne weitere Worte Richterin Spencer das Rednerpult.«

Holly nahm den Platz ihrer Managerin am Mikrofon ein. Sie begann ebenfalls mit einem Dank an die Reporter, die heute gekommen waren. »Der Vorfall im Gerichtssaal hat uns *wirklich* erschüttert. Wir fürchteten um unser Leben, ich spreche wohl für alle, die das miterleben mussten. Tragischerweise haben wir, die wir hier im Gericht arbeiten, dabei einen hoch angesehenen Kollegen verloren – Deputy Sheriff Chet Barker.«

Sie hielt eine kurze Lobrede auf ihn und hob dabei hervor, dass er in Ausübung seiner Pflicht sein Leben geopfert hatte. »Was sich danach auf dem Dach ereignete, war eine zusätzliche Tragödie. Doch wir dürfen dabei nicht vergessen, dass der Mann, der irrtümlich für den Schützen aus dem Gerichtssaal gehalten wurde, zweimal auf einen uniformierten Beamten feuerte – *nachdem* er mehrmals dazu aufgefordert worden war, seine Waffe niederzulegen. Es wird zurzeit viel darüber spekuliert, was schieflief und wer die Schuld daran trägt. Aber ich möchte hier in aller Öffentlichkeit festhalten, dass ich Texas Ranger Crawford Hunt mein Leben verdanke.«

Crawford stutzte bei dieser Erklärung und sah kurz zu ihr hinüber, rührte sich ansonsten aber nicht.

»Hätte er nicht so schnell reagiert, und ohne einen Gedanken daran zu verschwenden, an seine eigene Sicherheit zu denken, dann hätte es wahrscheinlich mehr Todesfälle zu beklagen gegeben. Weitere Menschen hätten dem Mann zum Opfer fallen können, der später von den SWAT-Beamten erschossen wurde, oder aber jenem Amokläufer, der sich der Festnahme entziehen konnte und immer noch auf freiem Fuß ist. Ich möchte hiermit Ranger Hunt öffentlich meinen Dank aussprechen.«

Sie drehte sich um und streckte ihm die rechte Hand hin. Er betrachtete sie und sah ihr dann in die Augen. Schließlich nahm er ihre Hand, schüttelte sie zweimal und ließ sie wieder los, ohne dabei seine steife Haltung zu ändern, während um sie herum ein Blitzlichtgewitter tobte.

Holly drehte sich wieder zum Mikrofon und sprach etwas an, was ihr Gegner ihr unterstellt hatte, doch Crawford war vor Zorn taub für alles, was sie sagte. Ihm blieb nichts weiter übrig, als seinen Zorn zu zügeln, bis sie fertig war. Zum Glück fasste sie sich kurz.

Als sie sich vom Rednerpult abwandte, trat das Dragonerweib mit dem Igelschnitt vor und gratulierte ihr, wie gut sie ihre Sache gemacht hätte. Neal, der außerhalb des Polizistenrings rund um das Pult stand, wurde von mehreren Reportern bestürmt, die sich nach dem Fortschritt der Ermittlungen erkundigten.

Marilyn Vidal pflanzte sich vor Crawford auf. »Sie waren fantastisch. Nicht eingebildet, aber auch ohne falsche Bescheidenheit. Perfekt. Lassen Sie uns was trinken gehen.«

»Tut mir leid, keine Zeit.« Er schloss die Hand um Hollys Oberarm. »Ich muss dringend etwas mit Richterin Spencer besprechen.«

Er ließ beiden Frauen keine Zeit zum Protestieren, sondern drehte Holly mit sanfter Gewalt um und bugsierte sie in einen Gang hinter der Eingangshalle, der zu den Toiletten führte. Weil ihr bewusst war, dass sie beobachtet wurden, ging sie bereitwillig mit und tat so, als wäre es ganz normal, dass sie weggeführt wurde wie ein ungezogenes Kind aus dem Spielzimmer.

Pat Connor war ihnen gefolgt. Im Gang angekommen, erklärte Crawford ihm: »Halte alle auf Abstand.«

»Wird gemacht.«

Er schob Holly weiter bis zum anderen Ende des Korridors, wo sie sich seinem Griff entzog und sich zu ihm umdrehte. »Ich weiß, was du jetzt sagen willst.«

Er beugte sich vor. »*Fuck*, was sollte der Scheiß? Das wollte ich jetzt sagen«, flüsterte er.

»Ich weiß, dass du wütend bist. Ich wusste, dass du es sein würdest.«

»Und darum hast du weder mir noch Neal oder sonst jemandem etwas von dieser Pressekonferenz gesagt.«

»Du hättest nein dazu gesagt.«

»Ja, verflucht.«

Sie legte eine kurze Atempause für sie beide ein und fuhr dann weniger hitzig fort: »Ich war dagegen, diesen Vorfall auszuschlachten, und das habe ich Marilyn auch klargemacht. Aber die Berichte über Rodriguez heute Morgen haben mich umgestimmt. Darin wurdest du unterschwellig kritisiert.«

»Ich bin ein großer Junge, Holly. Ich tue meine Arbeit. Es interessiert mich nicht, wenn sich ein Reporter seine Sporen mit *unterschwelliger Kritik* verdienen will.«

»Das sollte es aber. Dass du mir das Leben gerettet hast, wurde auf eine Fußnote reduziert. Der Berg an Komplexen, den du mit dir rumschleppst, verhindert vielleicht, dass du dir darüber Gedanken machst …«

»Ich schleppe keinen Berg von Komplexen mit mir herum.«

»Na sicher, nur einen von der Größe des Mount Rushmore. Deine tapfere Reaktion sollte hervorgehoben, nicht infrage gestellt werden.«

»Danke, aber behalte dein Lob einfach für dich. Ich stehe nicht gern im Rampenlicht. Und abgesehen davon hast du die Pressekonferenz an einem Ort einberufen, an dem wir dich praktisch nicht bewachen konnten …«

»Ich wurde bewacht.«

»Nicht genug.«

»Es ist nichts passiert.«

»Diesmal. Und was ist nächstes Mal?«

»Es wird wahrscheinlich kein nächstes Mal geben.«

Er stemmte die Hände in die Hüften. »Und wie bist du zu diesem Schluss gekommen?«

»Nun, mir will niemand einfallen, der mich umbringen will. Marilyn meint, es hätte sich höchstwahrscheinlich um einen Zufall gehandelt, der nichts mit mir zu tun hatte.«

»Ach so, Marilyn hat das gesagt. *Marilyn* hat das gesagt? Du bist bereit, dein Leben für etwas aufs Spiel zu setzen, was Marilyn gesagt hat? Hat sie Angst um dich oder nur Angst, gegen Sanders zu verlieren?«

»Das ist eine berechtigte Sorge. Aber auch wenn keine Wahl anstehen würde, die über meine berufliche Zukunft entscheidet, könnte ich mich nicht ewig verstecken.«

»Wer hat was von ewig gesagt? Nur bis wir ihn gefasst haben.«

»Und wenn ihr ihn nicht zu fassen bekommt?«

»Das werden wir.«

»Und wenn nicht?«, setzte sie nach. »Wer wird bestimmen, ab wann ich gefahrlos meine Arbeit, meinen Wahlkampf wiederaufnehmen kann?«

»Ich kann dir da kein Datum nennen.«

»Ganz genau! Wie lange soll mein Leben in der Warteschleife hängen?«

»Du wirst kein Leben mehr haben, wenn …«

»Schrei mich nicht an!«

»Crawford!«

*»Was ist?«*

Er und Holly stoben auseinander und drehten sich zum anderen Ende des Ganges um, wo Neal Lester mit breiter Brust an Pat Connor vorbei aus der Eingangshalle in den Korridor trat. Er wurde begleitet von einem Mann, der einen europäisch geschnittenen Anzug trug und mit besorgt gerunzelter Stirn zu ihnen herübersah.

Holly gab einen erstickten Laut von sich. »Dennis?«

Behände eilte er auf langen Beinen an Neal vorbei, erreichte Holly und zog sie in seine Arme. Er drückte sie an seine Brust und sagte in ihr Haar: »Mein Gott, ich war ganz außer mir vor Angst um dich.«

# 16

Als Crawford eine halbe Stunde später in das Büro des Dezernats für Gewaltverbrechen trat, saß Neal an seinem Schreibtisch und sprach in sein Handy. Nugent tippte auf einer Computertastatur herum, hielt aber immerhin lang genug inne, um auffordernd auf einen freien Stuhl zu deuten.

Crawford ließ sich hineinfallen, legte die Beine übereinander und schaute aus dem Fenster, während er darauf wartete, dass Neal sein Gespräch beendete. »Meine Frau«, erklärte er, nachdem er aufgelegt hatte.

Crawford hob bestätigend das Kinn, aber er dachte im Stillen *die arme Frau* und überlegte unwillkürlich, ob Neal sie wohl je bei eingeschaltetem Licht geliebt hatte.

»Wo hast du gesteckt?«

»Ich habe Harry und Sessions verabschiedet. Diese Polizistinnen, die du für die Richterin abgestellt hast …«

»Sind sauber. Wir wissen, dass der Schütze keine Frau war.«

»Okay. Und danach habe ich Georgia angerufen. Bis jetzt hatte ich dazu keine Gelegenheit.« Er sah Neal mit kühlem Blick an. »Es gibt solche Vormittage.«

»Hat sie dich im Fernsehen gesehen?«

»Nein. Grace war so geistesgegenwärtig, sie aus dem Zimmer zu schicken, solange die Pressekonferenz lief. Gott sei Dank.«

»Warum willst du nicht, dass sie dich sieht? Du bist doch jetzt eine Lichtgestalt.«

»Wollte ich nie sein.«

»Wirklich nicht? Obwohl du dem Bösewicht so heldenhaft nachgeeilt bist, dass Richterin Spencer jetzt Lobeshymnen auf dich singt?«

»Liegt dir was auf der Seele, Neal? Wenn ja, dann lass uns darüber reden.«

Der Detective erwiderte über mehrere Sekunden Crawfords provozierenden Blick, bevor er die Akte auf seinem Tisch aufschlug. »Der Exverlobte heißt mit vollem Namen Dennis White.«

»Sie waren nie offiziell verlobt.«

Neal bedachte ihn mit einem flüchtigen Blick und beugte sich dann wieder über die Akte, wobei er den Stift über den einzelnen Punkten der Faktenliste schweben ließ. »Masterabschluss in Betriebswirtschaft an der SMU. Präsident der Fördervereinigung der Universität. Betreut nebenher die Spendenorganisation des internationalen Pharmakonzerns, für den er als Bereichsleiter im Verkauf arbeitet.«

»Streber.«

»Sechsstelliges Jahresgehalt *plus* Bonuszahlungen.«

»Man sollte meinen, er könnte sich ein Paar Socken leisten.«

Neal hob den Kopf. »Was?«

»Er hatte keine Socken an.«

»Ist mir gar nicht aufgefallen.«

Crawford zuckte nur mit den Achseln.

»Jedenfalls scheidet er als Täter aus«, sagte Neal.

»Das hast du schon entschieden?«

»Nun, ich hatte reichlich Zeit, mit ihm zu sprechen, während wir das Gebäude Stockwerk für Stockwerk nach dir und Richterin Spencer absuchten. Eure Privatgespräche in stillen Ecken werden allmählich zur Gewohnheit.«

»Du solltest dich mal entscheiden, Neal.«

»Inwiefern?«

»Was will ich eigentlich? An ihr Höschen oder sie umbringen?«

Neal warf den Stift auf den Tisch. »Bill Moore hat es dir erzählt.«

»Das war eine bösartige Unterstellung.«

»Wirklich?«

»Glaubst du ernsthaft, ich hätte Rodriguez angeheuert, die Richterin umzubringen, und ihn dann in die Enge getrieben, damit er erschossen wird?«

»Das habe ich nicht gesagt.«

»Darauf läuft es aber hinaus.«

»Würdest du nicht auch argwöhnisch werden, wenn du auf meinem Stuhl sitzen würdest? Rate mal, welcher Name in den Gerichtsakten und den Unterlagen der Richterin hier und in Dallas – und die Kollegen sind alle zweimal durchgegangen – heraussticht, weil er sich am heftigsten gegen gerichtliche Auflagen gewehrt hat? Ganz recht. Crawford Hunt. Außerdem behauptest nur du ganz allein, dass der Schütze ein Ohrloch hatte.«

»*Kein* Ohrloch hatte.«

»Wie auch immer. Und genauso wenig kann sich Richterin Spencer erinnern, dass du den Schützen getreten hättest. Also habe ich *nur dank deiner Behauptungen* einen Riesenhaufen Arbeit auf dem Schreibtisch.«

»Ach je, Neal, tut mir aufrichtig leid, dass ich dir so viel Arbeit mache. Bestimmt bedauert es Richterin Spencer ebenfalls, immerhin steht hier bloß ihr Leben auf dem Spiel. Und genau deswegen habe ich ihr nach dieser Pressekonferenz die Leviten gelesen. Was sie nicht auf sich sitzen lassen wollte. Damit waren wir beide beschäftigt, als du uns in unserem stillen Eck aufgestöbert hast.«

Neal sah ihn wortlos und wütend an, wippte dabei auf seinem Stuhl vor und zurück und fuhr mit der Zungenspitze über die kleine Narbe an seiner geschwollenen Unterlippe.

Crawford war gewillt, die Sache vorerst auf sich beruhen zu lassen. »Noch was über Dennis White?«, fragte er mürrisch.

»Er behauptet, die Trennung sei freundschaftlich gewesen. Als es zu der Schießerei kam, leitete er gerade eine Verkaufsveranstaltung. Vor dreißig Teilnehmern. Was ich als solides Alibi betrachten würde. Sie sind zwar kein Paar mehr, trotzdem hält er hohe Stücke auf sie. Soweit er weiß, hat sie keinen Feind auf der Welt. Ähm …« Er konsultierte wieder seine Unterlagen: »Es sei unfassbar, dass ihr irgendjemand etwas antun wollte. Es mache ihn ganz krank, wenn er sich vorstellt, was für ein Trauma sie erlitten haben muss. Er hat sofort Zeit in seinem Terminkalender freizuschaufeln versucht, um herzukommen und sich persönlich zu überzeugen, dass es ihr gut geht.«

»Er hat drei Tage gebraucht, um Zeit in seinem Terminkalender freizuschaufeln? Hört sich für mich nicht nach ›krank vor Sorge‹ an.«

»Ein vielbeschäftigter Mann.«

Ein lausiger Freund, dachte Crawford. Selbst für einen Ex.

»Greg Sanders?«, fragte er.

»Ist sauber.«

»Einfach so?«

»Nein, nicht einfach so. Ich habe ihn von zwei Detectives befragen lassen, getrennt voneinander.«

»Wie fand er das?«

»Sie sagten, er hätte sich kooperativ gezeigt, er hätte verstanden, warum er unter Verdacht stehen könnte. Jedenfalls hat er das Gericht kurz vor vierzehn Uhr verlassen, was Richterin Spencer seinen Worten nach bestätigen kann, und sich dann mit seiner Frau zu einem späten Mittagessen im Golden Corral getroffen. Angestellte des Restaurants und Mrs. Sanders haben das bestätigt.«

Crawford war die leise Ironie in Neals Stimme nicht verborgen geblieben. »Ich glaube auch nicht, dass er der Schütze war, Neal, aber er und Holly Spencer liefern sich derzeit eine Schlammschlacht. Er ist Strafverteidiger. Hat täglich mit Schwerkriminellen zu tun.«

»Ich lasse das bereits überprüfen. Trotzdem muss ich dir sagen, für mich fühlt es sich nicht richtig an.«

Für Crawford tat es das auch nicht. Wie Holly selbst gesagt hatte, war Sanders ein Angeber, aber das war nicht sein Stil. Crawford brütete noch darüber, als ein Mann zusammen mit einem Polizisten in Uniform den Raum betrat.

Der Zivilist war an die fünfzig Jahre alt, obwohl sein strenger Bürstenschnitt schon durch und durch ergraut war. Tiefe Augenfalten leuchteten weiß aus seinem rötlichen, windgegerbten Antlitz. Wer er auch war, er verbrachte viel Zeit im Freien. Er trug ein Golfshirt und Sportsakko über einer Khakihose.

Der Polizist deutete in ihre Richtung. Der Mann bedankte sich und kam auf sie zu, wobei jeder einzelne Schritt Selbstsicherheit ausstrahlte.

»Wer ist das?«, fragte Crawford.

Neal drehte sich um, sah den Mann und sprang so schnell auf, dass sein Schreibtischstuhl nach hinten wegrollte.

Der Unbekannte blieb vor dem Schreibtisch stehen. »Sergeant Lester?«

»Ja, Sir.«

»Chuck Otterman.«

Die beiden reichten sich über Neals Schreibtisch hinweg die Hände, dann stellte Neal ihm erst Nugent und zuletzt Crawford vor. Ottermans Händedruck erinnerte Crawford unangenehm an den seines Schwiegervaters. Weniger eine Höflichkeitsgeste als ein Kräftemessen.

Neal befahl Nugent, noch einen Stuhl zu holen, doch Crawford war schon aufgestanden. »Sie können meinen haben.«

Otterman dankte ihm, kam um den Schreibtisch herum und nahm Platz.

Crawford setzte sich auf die Ecke eines nahen Schreibtischs, von wo er den Mann in Augenschein nehmen konnte, ohne dass es allzu sehr auffiel. Er hatte noch nie von Otterman gehört, doch Neal hatte ihn eindeutig sofort erkannt und völlig überrascht reagiert.

Jetzt lachte der Detective kurz nervös auf. »Wir sehen hier gewöhnlich keine VIPs, Mr. Otterman.«

»Ich würde mich kaum als VIP bezeichnen.«

Neal wandte sich Crawford zu. »Mr. Otterman leitet die Niederlassung der Gasbohrgesellschaft«, erklärte er ihm. Dann widmete er sich wieder ganz seinem Gast. »Ich war auf einer Veranstaltung, ich glaube, es war ein Lunch, auf dem Sie gesprochen haben. Sie haben wirklich überzeugend dargelegt, warum Erdgas die Antwort auf unsere Energiekrise ist. Sie haben an diesem Tag viele Menschen umgestimmt.«

Während Neals Erklärung hatte Otterman ein Fünfzigcent-Stück aus seiner Hosentasche gefischt, das er jetzt geschickt auf seinen Fingerrücken hin und her wandern ließ. »Es gibt immer noch ein paar hartgesottene Ökofanatiker, die sich gegen unsere Branche im Allgemeinen und mein Unternehmen im Besonderen ereifern«, meinte er auf Neals Bemerkung hin.

»Fortschritt stößt meist auf Widerstand.«

Crawford begann zu begreifen, warum Neal, wie sollte es auch anders sein, Chuck Otterman in den Allerwertesten kroch.

Das Lerner Shale – eine Schiefergesteinsformation – zog sich über hundert Quadratmeilen vom südöstlichen Texas bis ins benachbarte Louisiana. Das Prentiss County lag genau in der Mitte. Während der letzten Jahre hatten Erdgasgesellschaften gut für Land- und Bohrrechte gezahlt, und vielerorts hatte sich mit Spekulationen viel schmutziges Geld verdienen lassen.

Viele Einheimische hatten Bedenken, vor allem gegen das Fracking, und fürchteten, dass sich Bohrungen und Förderung schädlich auf die Umwelt auswirken könnten, aber ihnen standen weit mehr gegenüber, die den Wirtschaftsaufschwung begrüßten.

Allerdings ging mit diesem Aufschwung auch eine explodierende Kriminalität einher. Die Aussicht auf Arbeit lockte viele zweifelhafte Elemente an. Manch einer nutzte die Tatsache aus, dass er weit weg von zu Hause war, weit entfernt von Frau oder Freundin, wo er die Ketten der Zivilisation weniger stark spürte. Die Männer zettelten Streit an, spielten, tranken und gerierten sich als Weiberhelden. An ihren freien Tagen waren sie das moderne Gegenstück zu Cowboys auf dem Viehtrieb, die in der Stadt ihren Lohn verjubelten und Ärger suchten.

Oft wurden Polizisten zum Man Camp gerufen, einer Siedlung aus provisorischen Unterkünften, in denen die Männer wohnten, und mussten dort entweder einen Streit schlichten oder die Ordnung wiederherstellen, wenn es bereits in einem Blutvergießen geendet hatte.

Crawford tippte, dass einer von Ottermans Männern mit der Polizei aneinandergeraten war.

Neal zog seinen Stuhl wieder an den Schreibtisch und setzte sich. »Wie kommen wir zu der Ehre, Mr. Otterman?«

»Durch die Frühnachrichten.« Er warf Crawford einen vielsagenden Blick zu, ließ die Münze hochschnellen und fing sie in seiner Faust. »Das war wirklich eine überraschende Wendung. Hat mich aus den Socken gehauen, wenn Sie es genau wissen wollen.«

»Aus einem speziellen Grund?«, wollte Neal wissen.

»Weil ich zum Zeitpunkt der Schießerei im Gericht war.«

Diese Antwort verblüffte sogar Crawford. Ein, zwei Sekunden sagte niemand etwas, dann stammelte Neal: »Ich… ich kann mich nicht erinnern, dass ich Ihren Namen auf der Liste der Evakuierten gesehen hätte.«

»Mein Name stand auch nicht darauf.«

»Das erklärt es«, rief Nugent aus, als hätte er eben das Gesetz der Schwerkraft entdeckt. Er grinste Crawford an und lenkte damit die Blicke der beiden anderen auf ihn.

»Nugent und ich haben entdeckt«, erklärte Crawford in Richtung Neal, »dass sich die Anzahl der Evakuierten von der der Befragten unterscheidet.«

»Und du hast diese Information für dich behalten?«

»Ich hatte alle Hände voll zu tun«, erwiderte er gepresst auf Neals überhebliche Frage. *Deine unlogischen Unterstellungen zu widerlegen.* Wahrscheinlich hätte Neal als Nächstes seinen Kollegen Nugent getadelt, weil auch er die Information nicht weitergegeben hatte, doch in diesem Moment übernahm Otterman.

»Es tut mir leid, falls ich dadurch Verwirrung gestiftet habe.« Er hatte wieder angefangen, mit seiner Münze zu spielen. »Ich dachte, genau wie jeder andere, dass es sich bei dem Mann, der auf dem Dach erschossen wurde, um den Täter handelte. Ende der Geschichte. Als ich heute Morgen erfuhr, dass er es nicht war und dass dieser Irre demnach noch auf freiem Fuß ist, war mir klar, dass ich meine Bürgerpflicht tun musste, und darum bin ich hergekommen, um mich zu erklären.«

Neal schüttelte perplex den Kopf. »Das gesamte Gebäude wurde innerhalb weniger Minuten gesichert. Wie sind Sie unentdeckt hinausgelangt?«

»Bevor Sie das beantworten«, mischte sich Crawford ein, »würde ich gern wissen, was Sie im Gericht zu erledigen hatten.«

Otterman drehte sich in seinem Stuhl um und sah Crawford direkt an. »Ich sollte mich mit einer Staatsanwältin treffen.«

»Warum?«

»Weil ich hoffte, dass die Anklage gegen einen meiner Angestellten fallen gelassen oder wenigstens reduziert werden könnte.«

»Was hat er getan?«

»Er soll mit einer Eisenstange auf einen anderen Mann losgegangen sein.«

»Aber er ist unschuldig«, grummelte Crawford.

Sein ironischer Tonfall brachte Otterman zum Lächeln, doch es war kein sympathischer Gesichtsausdruck. »Nein. Er hat den Mann nach Strich und Faden verprügelt. Aber der andere hatte es darauf angelegt.«

»Wieso?«

»Er hatte seine Frau mit meinem Bohrarbeiter im Bett erwischt. Aber statt sich mit dem Mann anzulegen, schlug der Kerl auf seine eigene Frau ein.«

»Und Ihr Angestellter kam ihr mit einer Eisenstange zu Hilfe?«, fragte Neal.

»Ganz recht.«

»Cool.«

Das kam von Nugent, der an Ottermans Lippen gehangen hatte. Crawford war weniger fasziniert von Ottermans Geschichte als von der Ruhe, mit der er sie erzählte. Er konnte nicht den Finger darauflegen, was genau ihn daran störte, aber etwas stimmte nicht. Vielleicht war es die Arroganz des Mannes. Die meisten Menschen wirkten irgendwie verunsichert, wenn sie ein Polizeirevier betraten. Nicht so Chuck Otterman. Er wirkte extrem arrogant.

Er bemerkte, dass Crawford ihn bei seinem Spiel mit der Münze beobachtete, und lachte kurz. »Früher habe ich vier Schachteln am Tag geraucht. Das hier ist mein Ersatz. Kein Nikotin, und meine Finger haben was zu tun.«

Falls er darauf gebaut hatte, dass er Crawford damit vom Thema abbringen konnte, hatte er sich getäuscht. »Und mit welcher Staatsanwältin haben Sie gesprochen?«, wollte er wissen.

»Ich übernehme das«, sagte Neal und bedachte Crawford mit einem Blick, mit dem man Nägel in die Wand treiben konnte. »Wir wissen es zu schätzen, dass Sie sich bei uns gemeldet haben, Mr. Otterman. Andererseits sind wir im Department stolz darauf, dass wir so prompt auf den Notfall reagieren konnten und dass dabei ein eingeübter Evakuierungsplan zum Einsatz kam. Es wäre hilfreich, wenn wir wüssten, wie Sie sich aus unserem Sicherheitsbereich hinausschmuggeln konnten.«

»Ich habe mich nicht hinausgeschmuggelt. Ich wurde wie alle anderen nach draußen eskortiert.«

»Unter Polizeischutz?«

»Ganz recht. Ich wurde mit allen anderen aus dem Gebäude gescheucht. Die Menschen waren nervös, ängstlich. Die Officers taten alles, damit es nicht zu einer Panik kam. Man sagte uns, wir würden an einen sicheren Ort gebracht, wo wir gemeinsam ›abwarten‹ sollten, bis der Amokläufer gefasst war.« Er zuckte mit den Achseln. »Ich hatte keine Zeit abzuwarten. Sobald wir aus dem Gebäude heraus waren, setzte ich mich ab.«

»Sie sind einfach wegspaziert?«, fragte Nugent.

»Nein. Ein Polizist hielt mich auf. Er ermahnte mich, bei der Gruppe zu bleiben. Doch als ich ihm sagte, wer ich bin, ließ er mich gehen.«

Crawford legte den Kopf schief. »Und wie hieß er?«

»Keine Ahnung. Er hat mir seinen Namen nicht verraten, und ich habe ihn nicht danach gefragt.«

»Weil Sie es so höllisch eilig hatten, nur Minuten nach einer tödlichen Schießerei abzuhauen.«

Ottermans Hand schloss sich fest um die Münze, und sein linkes Auge wurde ein winziges bisschen schmaler als das rechte. »Mir gefällt Ihr vorwurfsvoller Ton nicht.«

»Mir auch nicht«, sagte Neal.

Crawford zwang sich zu lächeln. »Das soll kein Vorwurf sein, Mr. Otterman. Aber unsere Polizisten tragen Namensschilder.«

»Mir ist kein Namensschild aufgefallen.«

»Können Sie ihn dann beschreiben? Hautfarbe? Groß, klein?«

»Eher jung. Durchschnittlich groß. Weiß. Er trug eine Uniform.«

»Die des Police Departments oder des Sheriff's Office?«

»Tragen die Polizisten blaue Uniformen?«

Crawford nickte einmal.

»Dann war er Polizist, aber mehr kann ich wirklich nicht über ihn sagen. Tut mir leid.«

»In welchem Stockwerk waren Sie, als es zu der Schießerei kam?«

»Crawford.«

Otterman hob die Hand, um Neals Einmischungsversuch abzuwehren. »Kein Problem, Sergeant Lester.« Dann wandte er sich an Crawford. »Ich war im zweiten Stock, wo die Büros der Staatsanwaltschaft untergebracht sind. Und übrigens, die Staatsanwältin, bei der ich einen Termin hatte, war Alicia Owens.«

Er ließ die Münze in die Hosentasche gleiten und stand auf. »Ich nehme an, das wäre dann alles.« Er lächelte Nugent an. »Ich bin froh, dass ich die Unstimmigkeiten in der Liste aufklären konnte.« Und dann, zu Neal: »Ich hoffe, Sie haben den Verdächtigen bald gefasst.«

Neal stand auf. Nugent folgte seinem Beispiel. Crawford blieb mit dem Hintern auf der Ecke des benachbarten Schreibtischs sitzen.

»Danke, dass Sie sich bei uns gemeldet haben, Mr. Otterman«, sagte Neal und beugte sich über den Tisch, um ihm die Hand zu reichen.

Otterman nickte und drehte sich zur Tür.

Crawford sagte: »Ich möchte, dass Sie sich Rodriguez ansehen.«

»Wie bitte?«

»Warum?«

Otterman und Neal hatten gleichzeitig gesprochen, doch Crawford ignorierte den Detective und wandte sich ausschließlich an Otterman. »Wir haben ihn immer noch nicht endgültig identifiziert. Wir wissen nicht, was er am Montag im Gerichtsgebäude wollte und …«

»Sie werden es jetzt nie mehr erfahren.«

Die Bemerkung hätte schneidend sein sollen, doch Crawford ließ sie an sich abperlen, obwohl ihm klar war, dass sie auf ihn gezielt war. »Vielleicht erinnern Sie sich ja, ob Sie ihn im Gerichtsgebäude gesehen haben, wenn Sie einen Blick auf ihn werfen. Vielleicht ist das der Schlüssel, nach dem wir suchen, vielleicht lassen sich so die losen Enden verknüpfen.« Als Otterman nicht gleich reagierte, ergänzte er: »Nur so ein

Gedanke. Da Sie so gern Ihrer Bürgerpflicht nachkommen möchten.«

Er hatte den Mann absichtlich in die Zwickmühle gebracht. Falls Otterman sich einverstanden erklärte, erkannte er damit ihre Autorität an, und Crawford hatte das starke Gefühl, dass er anderen nur ungern Macht über sich zugestand. Falls er ablehnte, hätte er sich gleich zweimal verdächtig gemacht, denn Neals Kratzfüßen und Bücklingen zum Trotz ließ sich schwer leugnen, dass Otterman eigenmächtig den Tatort eines Kapitalverbrechens verlassen hatte.

»Natürlich sehe ich mir den Mann an«, verkündete er huldvoll. »Aber leider wird das bis morgen warten müssen. Ich habe heute Nachmittag um halb vier eine Konferenz. Es fliegen mehrere Investoren aus Odessa ein.«

Neal sprang ihm sofort zur Seite. »Morgen reicht vollkommen, Mr. Otterman. Wann würde es Ihnen denn passen?«

»Um neun.«

»Ich verspreche, dass ich Sie nicht länger aufhalten werde als absolut nötig. Danke, dass Sie heute hergekommen sind. Nugent wird Sie hinausbringen.« Sobald sie draußen waren, ging Neal auf Crawford los. »Was ist mit dir los? Hast du es darauf angelegt, deine Existenz zu zerstören, und meine mit dazu? Du hast gerade den Mann verärgert, der für den größten wirtschaftlichen Aufschwung verantwortlich ist, den unsere Gegend seit Generationen gesehen hat.«

»Und was ist mit *dir* los?«, feuerte Crawford zurück. »Du bist Polizist. Oder solltest wenigstens einer sein. Du kannst doch nicht vor diesem Typen kuschen, bloß weil du Angst davor hast, du könntest ihm irgendwie ans Bein pinkeln. Wenn es jemand anderes gewesen wäre, hättest du ihn wahrscheinlich wegen Behinderung der Ermittlungen verhaftet.«

»Er ist aber nicht *jemand anderes.* Glaubst du ernsthaft, er ist verdächtig? Vergessen wir mal einen Moment, dass er die falsche Haarfarbe und den falschen Körperbau hat. Kommt er dir vor wie ein Mann, der eine Halloween-Verkleidung anlegen würde? *Wirklich?«* Inzwischen kreischte er beinahe vor Wut. »Du willst, dass er sich Rodriguez ansieht? Was soll das bringen, außer dass wir alle unsere Zeit verschwenden?«

»Das wissen wir nicht.«

»Und was hast du damit gewonnen, wenn er sich ihn ansieht und sagt, den hab ich noch nie gesehen?«

»Nichts. Aber auch nichts verloren.«

»Nur das Wohlwollen eines sehr einflussreichen Mannes.«

Crawford stemmte die Hände auf Neals Schreibtisch und beugte sich vor. »Dieser Typ kommt hier reinspaziert wie der König persönlich und gibt zu, dass er sich unerlaubt vom Tatort entfernt hat, als wäre es eine Lappalie. Chet ist erschossen worden, aber dieser Arsch hat sich abgesetzt, weil er angeblich keine Zeit hatte, abzuwarten und ein paar Fragen zu beantworten. Es ist mir scheißegal, ob ich seine Gefühle verletzt habe.« Er richtete sich wieder auf und fuhr sich mit den Fingern durchs Haar. »Außerdem hast du gar nicht begriffen, warum ich ihn morgen im Leichenschauhaus sehen will. Ich erwarte gar nicht, dass er Rodriguez identifiziert.«

»Und warum behelligst du ihn dann damit?«

»Ich will ihn beobachten, während er *abstreitet,* dass er Rodriguez kennt. Falls er mich anlügt, werde ich es wissen. Ich glaube nicht, dass er der Amokschütze war, aber … Verflucht, ich weiß es nicht«, sagte er und massierte sich gereizt den Nacken. »Irgendwas ist da faul.«

»Und was?«

»Das weiß ich nicht. Aber setz jemanden darauf an, den Cop ausfindig zu machen, der Otterman gehen ließ. Lass den Mann schön lang suspendieren. Gib ihm ein paar Wochen Zeit, seine Entscheidung zu überdenken. Und setz noch jemanden darauf an, Chuck Ottermans Leben während der vergangenen fünf Jahre zu durchleuchten. Er soll alles zusammenfassen: Wo er gearbeitet hat. Aber auch Familiäres. Scheidung. Kindesunterhalt. Solche Sachen.«

»Warum ich? Darin bist du doch Experte.«

Doch Crawford schluckte den Köder nicht. »Ein guter Ort, um damit anzufangen, wäre die Kanzlei, aus der Holly hierher gewechselt hat.«

»Die haben wir schon überprüft.«

»Dann lass sie erneut überprüfen, und diesmal sollen sie nach dem Namen Otterman suchen.« Er drehte sich um und stakste zur Tür.

»Wo gehst du hin?«

»Zum Mittagessen«, antwortete er über die Schulter hinweg.

# 17

Marilyn war bei ihrer dritten Bloody Mary. Dennis nippte an einem Glas Eistee. Die Vorspeisen waren noch nicht serviert worden, aber schon jetzt zählte Holly die Minuten, bis das Mittagessen vorüber war.

Sie saßen an einem Fenstertisch im Restaurant des Country Clubs, laut Dennis dem einzigen anständigen Lokal in Prentiss, wenn man keinen Wert auf eine Überdosis Kohlenhydrate legte. Aus dem geschmackvoll eingerichteten Saal hatte man freien Blick auf den Golfplatz und einen Teich, ein dichter Pinienwald diente als Hintergrund.

Aber Holly war zu aufgewühlt, als dass sie den Raum, die Aussicht oder die Gesellschaft genossen hätte. Marilyn hatte darauf bestanden, sie zum Essen einzuladen, war aber mit ihrem eigenen Wagen vom Gericht hergekommen, damit sie unterwegs rauchen konnte. Also war Holly mit Dennis gefahren und hatte etwas Zeit mit ihm allein verbracht.

Anfangs drehte sich ihr Gespräch um den Amoklauf, doch nachdem sie ihn überzeugen konnte, dass sie außer einigen blauen Flecken keine Verletzungen davongetragen hatte und die Nachwehen und alle weiteren Folgen so gut wie möglich wegsteckte, hatten sie sich persönlicheren Themen zugewandt.

Als sie ihn fragte, ob er sich mit jemandem traf, hatte er belämmert zugegeben, dass er jemanden kennengelernt habe, was sie nicht weiter überraschte. Dennis war gutaussehend, erfolgreich, charmant und intelligent. Trotzdem fragte sie sich, was sie damals an ihm so attraktiv gefunden hatte. Inzwischen kam er ihr irgendwie … glattpoliert vor.

Er regte sich selten auf. Er wurde nie laut. Traute sie ihrer Erinnerung, dann hatten sie ihre hitzigste Auseinandersetzung gehabt, als sie den Entschluss gefasst hatte, nach Prentiss zu ziehen. Selbst dann hatten sie eher die Vor- und Nachteile diskutiert als sich gestritten.

Ihr Wiedersehen war so zivilisiert und leidenschaftslos geblieben wie ihre Beziehung, die Trennung eingeschlossen. Keine Theatralik, keine Pyrotechnik. Als sie ihn gesehen hatte, setzte ihr Herz nur für einen kurzen Moment aus, und das auch nur aus Angst, wie Crawford auf Dennis' unangekündigtes Erscheinen reagieren würde. Eigentlich hätten für Holly weder seine Meinung noch seine Reaktion eine Rolle spielen dürfen, aber irgendwie taten sie es.

Sie wünschte Dennis nichts Böses, und es war eindeutig, dass er ihr gegenüber genauso empfand, doch nachdem sie das mehr oder weniger klargestellt hatten, gab es kaum noch etwas zu bereden. Holly konnte es kaum erwarten, dass er nach Hause fuhr. Er sollte fest in ihrer Vergangenheit verankert bleiben, damit sie weiter in der Gegenwart leben konnte.

Als ihr Handy im Seitenfach der Handtasche zu läuten begann, war sie froh über die Störung. Sie warf einen Blick aufs Display und stellte fest, dass ihre Assistentin anrief. »Mrs. Briggs würde unseren Lunch bestimmt nicht unterbrechen, wenn es nicht wichtig wäre.«

Sie entschuldigte sich und eilte vom Tisch weg, weil sie den Anruf annehmen wollte, bevor die Mailbox ansprang. »Ich bin hier«, sagte sie, während sie an der Rezeption vorbeieilte.

»Bitte entschuldigen Sie, dass ich Sie beim Mittagessen störe.«

»Kein Problem. Worum geht es?«

»Mr. Joe Gilroy ist hier. Er hat keinen Termin, aber er behauptet, er müsse so bald wie möglich mit Ihnen sprechen, und er möchte nicht am Telefon mit Ihnen reden. Was soll ich ihm ausrichten?«

Sie blickte zurück zum Restaurant und sah Marilyn angeregt plaudern und Dennis lachen. »Sagen Sie ihm bitte, er soll warten«, antwortete Holly. »Ich bin gleich da.«

Die beiden Polizistinnen, welche für die Texas Ranger eingesprungen waren, hatten an einem Tisch nicht weit von Hollys gesessen. Eine war ihr nun ins Foyer gefolgt. Holly fragte sie, ob die beiden sie in ihrem Streifenwagen ins Gericht zurückfahren könnten.

»Natürlich, Richterin Spencer. Nach dem Essen?«

»Nein, jetzt gleich. Ich muss mich nur kurz von meinen Freunden verabschieden.« Holly ging zurück ins Restaurant. Als sie sich ihrem Tisch näherte, stand Dennis auf und zog ihr den Stuhl heraus. »Entschuldigt bitte«, sagte sie, »aber ich kann nicht bleiben.«

»Was? Wieso?« Marilyn klang fordernd.

»Du hast noch nicht gegessen«, wandte Dennis ein.

»Jemand wartet in meinem Richterzimmer auf mich. Ich muss sofort zurück.«

»Ich fahre dich.«

Sie legte die Hand auf Dennis' Arm. »Die beiden Polizistinnen bringen mich hin. Bleibt ihr hier und genießt euer Mittagessen.«

»Sehen wir uns später noch?«

*Wozu?* Die Frage lag ihr auf der Zungenspitze, doch stattdessen lächelte sie ihn an. »Ich bin dir wirklich dankbar, dass du den weiten Weg auf dich genommen hast, um nach mir zu sehen. Wirklich. Das war lieb von dir. Aber wie du siehst, geht es mir gut. Du hast andere Dinge zu tun, und ich auch.«

Er erfasste die unterschwellige Botschaft und erwiderte ihr Lächeln, wobei er tatsächlich ein wenig erleichtert aussah.

Sie küsste ihn auf die Wange und wendete sich dann an Marilyn. »Wir sehen uns später bei mir zu Hause.«

»Lass es nicht zu spät werden. Wir müssen noch eine Menge planen.«

Holly schulterte ihre Handtasche, schenkte Dennis zum höchstwahrscheinlich letzten Mal ein Lächeln und ging zu den Polizistinnen, die an der Rezeption warteten und sie auf dem Rücksitz des Streifenwagens mitnahmen. Die beiden begleiteten Holly anschließend vom Auto bis ins Gebäude und vor die Tür ihres Richterbüros.

Im Vorzimmer saß Mrs. Briggs hinter ihrem Schreibtisch. Joe Gilroy saß in dem Besuchersessel mit einer Aktentasche auf dem Schoß und stand sofort auf, als sie eintrat. Sie schüttelten sich die Hände, und er dankte ihr, dass sie ihn ohne Termin empfing. Sie winkte ihn durch in ihr Richterzimmer und schloss die Tür.

Sobald sie Platz genommen hatten und sie ihn über ihren Schreibtisch hinweg ansah, öffnete er die Aktentasche und holte mehrere zusammengeheftete Blätter heraus. »Ich habe alle notwendigen Dokumente bei der Rechtspflegerin eingereicht.« Er schob die Papiere über ihren Schreibtisch. »Sie hat mir erklärt, dass ich Ihre Unterschrift brauche. Deshalb wollte ich mich so schnell wie möglich mit Ihnen treffen. Das hier muss unverzüglich zugestellt werden.«

Holly hatte die Dokumente auf den ersten Blick erkannt. Leider waren sie bei Familienstreitigkeiten allzu oft notwendig, um die eine Partei vor der anderen zu schützen. Weshalb sie Joe Gilroy nur fassungslos anstarren konnte.

Er hatte ein einstweiliges Kontaktverbot gegen Crawford Hunt beantragt.

Crawford machte sich auf die Suche nach Smitty und stöberte ihn im zweiten Stripclub auf seiner Liste auf, der etwas gediegener als die anderen war. Zwischen elf und fünfzehn Uhr bekam man hier bei einem Mindestverzehr von zwei Drinks ein freies Mittagessen geboten.

Als Crawford den Türsteher fragte, ob der Boss da sei, wollte der erst wissen, weswegen Crawford ihn sprechen wollte. Doch Crawfords Marke und sein stählerner Blick wirkten, sodass der Türsteher ihm den Weg zu Smittys Büro beschrieb, dass im hinteren Teil des Gebäudes lag.

Crawford betrat den Club durch einen weinroten Samtvorhang und ging am Büfett entlang, wo ihm nicht entging, dass die Chicken Wings reichlich ausgetrocknet aussahen und sich die Pizzastücke am Rand nach oben bogen. Allerdings waren die wenigen Gäste am Rand der Bühne auch nicht wegen des Essens hier, sondern um die beiden Tänzerinnen zu begaffen, die eine ziemlich uninspirierte Darbietung ablieferten. Eine von beiden gähnte sogar, während sie mit den Hüften schwang.

Am anderen Ende des Clubs trat er in einen schwach beleuchteten Flur, ging an den Toiletten vorbei und dann weiter durch eine Tür, hinter der nur den Angestellten der Zutritt gestattet war. Er kam an zwei Lagerräumen vorbei, in denen brusthohe Stapel mit Schnapskartons standen. Eine Garderobentür stand offen, dahinter saß eine Frau im Bademantel vor einem beleuchteten Spiegel, die ihr Spiegelbild bewunderte, während sie in ihr Handy sprach. Schließlich gelangte Crawford an eine geschlossene Tür, auf der in Schablonenschrift »Manager« stand.

Dahinter hörte er Smitty brüllen. »Sieh dich doch an, verfluchte Scheiße! Glaubst du, irgendwer will dafür zahlen, dass er ein blaues Auge sieht?«

»Glaubst du wirklich, die schauen auf meine *Augen,* wenn ich auf der Bühne bin?«, gab eine Frauenstimme patzig zurück.

»Wer war das? Ein Kunde oder dein Freund?«

»Was geht dich das an? Ich bin nicht dein Eigentum.«

Crawford klopfte einmal kurz an und drückte die Tür auf. Smitty stand hinter seinem Schreibtisch und hatte die Hände in die Hüften gestemmt. Eine junge Frau lümmelte in dem Sessel vor dem Schreibtisch, auf dem sich ein Gebirge an Unrat türmte.

Smitty stöhnte auf, als Crawford eintrat. »Na, perfekt. Scheißperfekt. Du hast mir heute gerade noch gefehlt.« Angewidert sah er auf das Mädchen und schickte sie mit einem Wink nach draußen. »Raus hier. Kauf dir Make-up, mit dem du das abdecken kannst. Wenn du die Männer und ihre Triebe nicht kontrollieren kannst, dann hast du in diesem Business nichts verloren. Falls das noch mal vorkommt, sitzt du mit deinem Arsch wieder auf der Straße.«

»Ach, aber sicher doch«, erwiderte sie gedehnt. »Mein Arsch ist für dich doch eine Gelddruckmaschine.«

Sie stolzierte zur Tür und blieb kurz stehen, als sie auf einer Höhe mit Crawford war. Keck zwinkerte sie ihm mit dem blau geschlagenen Auge zu. »Und wer bist du, Süßer?«

»Ein Schwarzbrenner.«

»Im Ernst?«

*»Raus!«,* bellte Smitty.

Sie knallte die Tür hinter sich zu. Smitty plumpste in seinen Schreibtischsessel und strich die mit Pomade zurückgekämmten Haare glatt. »Die Schlampe weiß genau, dass ich sie nicht feuern werde. Ihr Arsch *ist* eine Gelddruckmaschine.«

Crawford ließ sich in dem Sessel nieder, den die Frau freigemacht hatte. »Was in diesen Jeans davon zu sehen war, sah wirklich ziemlich heiß aus.«

»Heute Abend ab zehn steht sie auf der Bühne. Dann kannst du alles sehen. Was zu trinken?«

»Nein, danke.«

Smitty griff nach einer Ginflasche auf seinem Schreibtisch und schenkte sich etwas in ein Glas, das übersät war mit fettigen Fingerabdrücken. Er kippte es in einem Zug hinunter und knurrte dann: »Also? Was bringt dich her? Die Chicken Wings kann ich nur bedingt empfehlen.«

»Habe ich schon selbst bemerkt.«

»Also?«

»Chuck Otterman.«

Smitty, der sich gerade einen zweiten Drink einschenken wollte, erstarrte in der Bewegung und stellte die Flasche auf den Schreibtisch zurück.

»Aha. Du kennst ihn also.«

»Das habe ich nicht gesagt.«

»Das war auch nicht nötig.«

Nachdem Crawford das Gericht verlassen hatte, hatte er im Department of Public Safety angerufen und einen State Trooper gebeten, ihm alles Wissenswerte über Chuck Otterman zusammenzusuchen. Der Trooper hatte nicht einmal fünf Minuten später zurückgerufen und ihm die einschlägigen Daten durchgegeben – Geburtsdatum, Sozialversicherungsnummer, Führerscheinnummer und so weiter. Außerdem besaß Otterman eine Erlaubnis zum Tragen einer verdeckten Waffe. Sein erster Wohnsitz war in Houston gemeldet, seine momentane Adresse ein Postfach in Prentiss.

»Schicken Sie mir eine Mail mit allen Daten.«

»Ist schon passiert.«

»Und was hat er die vergangenen dreißig Jahre getrieben?«

»War zwei Jahre am Junior College, ging aber ohne Abschluss ab. Hat seither jeden Tag seines Lebens in der Öl-

und Gasbranche gearbeitet, so wie es aussieht«, berichtete der Trooper. »Wahrscheinlich hat er nur kein Büro mit Teppichboden, weil er lieber draußen an der frischen Luft ist. Ist oft umgezogen, es hat ihn nie länger als ein paar Jahre in einem Unternehmen gehalten.«

»Gibt es irgendeinen Anhaltspunkt, warum?«

»Keinen, der ins Auge springen würde.«

Das war eine Auffälligkeit, die Crawford überprüfen würde. Dennoch erschien Ottermans Lebenslauf makellos. Er hatte in seinen Zwanzigern geheiratet und war knapp zwei Jahre später geschieden worden, ohne Streit und Ärger, ohne Kinder. Er zahlte seine Alimente ebenso pünktlich wie seine Steuern. Keine aktenkundigen Schulden oder Darlehen. Keine Verhaftungen.

Crawford stellte dem Trooper noch einige Fragen. Die Antworten erschienen unverdächtig, trotzdem roch etwas faul. Deshalb hatte er Smitty aufgestöbert, denn der war ein reicher Quell an Informationen, die sich nicht über Computer und Suchmaschinen finden ließen.

»Chuck Otterman. Was weißt du über ihn, Smitty?«

»Ich weiß, dass du dir selbst einen Gefallen tun solltest. *Ausnahmsweise.* Ich habe Nachrichten geschaut. Gestern ein Held. Und heute?« Er verzog das Gesicht und wackelte mit der Hand hin und her. »Schon nicht mehr so. Bis auf die Richterin. Also, die …«

»Otterman.«

»Wie lange sind wir jetzt schon befreundet, Crawford?«

»Wir waren noch nie befreundet. Gelegentlich bezahle ich dich für eine Information. Und jedes Mal stelle ich mich hinterher unter die heiße Dusche.«

Der Clubbesitzer klopfte sich mit der flachen Hand auf sein Herz. »Das tut weh, das tut wirklich weh.«

Crawford legte einen Fuß aufs andere Knie, verschränkte die Arme vor dem Bauch und machte es sich gemütlich. »Diese junge Dame mit dem tollen Arsch klang nicht besonders überrascht, dass dich am helllichten Nachmittag ein Schwarzbrenner besucht. In nicht mal fünf Minuten ist dein Laden dicht, während ich und ein paar Kollegen mal gründlich nachforschen, wie viel du über den Alkoholverkauf einnimmst. Und niemand tritt heute Abend um zehn Uhr auf.«

Es war eine glaubhafte Drohung. Das Geschäft von Del Ray Smith – so sein bürgerlicher Name – war nicht komplett sauber oder auch nur größtenteils sauber. Crawford hatte den Verdacht, dass er seine ganz eigene Form von doppelter Buchführung betrieb, und er wusste definitiv, dass Smitty einen lebhaften Handel mit Schwarzbrennern, Buchmachern und Zuhältern trieb.

Er hatte in seiner Jugend als Kleinkrimineller angefangen und sich schon bis zu schwerem Diebstahl hochgearbeitet, als er in der elften Klasse von der Schule abgegangen war. Als er zum zweiten Mal zu einer Haftstrafe in Huntsville verdonnert wurde, beschloss er, dass sich beruflich etwas ändern musste.

Er hatte genug Geld zusammengekratzt, um die Abschlagszahlung für eine versiffte Kneipe an der Countygrenze leisten zu können. Von dort aus hatte er sein Geschäft stetig erweitert, bis es fünf Nachtclubs umfasste, in denen Tänzerinnen auftraten, die er stolz als »total splitternackt« anpries. Offenbar entging ihm, dass der Slogan doppelt gemoppelt war.

Crawfords Drohung bewirkte immerhin, dass Smitty erneut sein pomadiges Haar plattdrückte. »Ich habe nichts zu verbergen.«

»Stimmt. Dass du korrupt bist, sieht man auf den ersten Blick.«

Mit Unschuldsmiene fragte er: »Korrupt?«

»Du bist ein Steuerhinterzieher, ein notorischer Lügner, eine moralische Jauchegrube. Du weißt genauso gut wie ich, dass du irgendwann auffliegen wirst. Also lass uns zum Punkt kommen, okay? Erzähl mir, was du über Otterman weißt.«

»Ich weiß was Besseres. Warum lässt du dich nicht auf einen Lapdance einladen, und danach gehst du nach Hause oder zum Angeln oder ins Kino oder deine Tochter besuchen. Irgendwas. Egal was. Du willst dich nicht mit Otterman anlegen.«

»Warum nicht?«

»Ich spendiere dir sogar ein Happy End zu deinem Lapdance. Dieses Mädchen …«

»Meine Geduld ist bald erschöpft. Was weißt du über Otterman?«

Smitty hob die offenen Hände auf Schulterhöhe. »Nichts.«

»Smitty.«

»Ich schwöre es bei Gott. Seine Bohrarbeiter sind gut für mein Geschäft. *Extrem* gut für mein Geschäft. Ich will nicht, dass du sie mit deiner Schnüffelei vertreibst.«

»Ist Otterman auch Kunde bei dir?«

»Nein.«

Crawford sah ihn an und wartete.

»Na schön, ab und zu.«

Crawford blinzelte nicht mal.

»Mein Gott«, stöhnte Smitty leise. »Er ist ein *guter* Kunde, zufrieden?«

»Hat er einen Lieblingsclub?«

»Das *Tickled Pink.*«

»Wie oft ist er dort?«

»Drei, vier Abende die Woche.«

»Hat er dort ein Lieblingsmädchen?«

»Nein. Ehrenwort«, ergänzte er, als Crawford ihn zweifelnd

ansah. »Er hat kaum einen Blick für die Show übrig. Meistens sitzt er in einem Separee und empfängt dort irgendwelche Leute.«

»Was für Leute?«

»Was weiß ich. Leute eben.« Er bedachte Crawford mit einem provokanten Blick und entschloss sich nun doch noch zu einem zweiten Drink, den er trotzig in sein Glas schüttete.

»Was für eine Art von Leuten? Junge, alte, Männer, Frauen? Penner? Geschäftsleute?«

Smitty kippte den Gin hinunter und rülpste Giftgase aus. »Männer. Alle möglichen Männer.«

»Und worüber reden all diese möglichen Männer mit Otterman?«

»Woher zur Hölle soll ich das wissen? Das Wetter vielleicht?« Unter Crawfords vernichtendem Blick wand er sich auf seinem quietschenden Stuhl. »Hör zu, ich mische mich da nicht ein, okay? Ich lausche auch nicht. Otterman bestellt immer Markenwhisky, und zwar reichlich. Mehr interessiert mich nicht an ihm.«

»Trinkt er?«

»Nein. Er kauft den Alk für seine Gäste. Ihn habe ich immer nur stocknüchtern erlebt.«

»Gibt es manchmal Streit?«

Smitty zögerte und verneinte dann.

»Und wie sieht es wirklich aus?«

Der Clubbesitzer verdrehte die Augen und gab unter Crawfords bohrendem Blick klein bei. »Ich habe nicht erlebt, dass er selbst jemals mitgemischt hat, aber er wird… sagen wir mal… respektiert.«

»Gefürchtet.«

»Das habe ich nicht gesagt. Damit kannst du mich nicht zitieren.«

»Aber es legt sich niemand mit ihm an.«

»Und wenn, dann nur einmal. Die Schlussfolgerung darfst du selbst ziehen.«

Otterman schreckte also nicht davor zurück, jemandem eine Abreibung zu verpassen oder das von seinen Handlangern erledigen zu lassen. »Hat er eine Waffe dabei?«

»Woher soll ich das wissen? Hab noch nicht nachgesehen.«

Das war wahrscheinlich gelogen, aber Crawford ließ Smitty damit durchkommen. Wenn Otterman schon eine Lizenz zum Tragen einer verdeckten Waffe besaß, konnte man davon ausgehen, dass er sie auch trug. »Was noch?«

»Das ist alles. Er gibt exzellente Trinkgelder und macht mir keinen Ärger, ich mache ihm auch keinen, und genauso soll es bleiben. Wenn das dann alles wäre…« Er sah Crawford hoffnungsvoll an.

»Kennst du einen Typen namens Jorge Rodriguez?«

Er schüttelte den Kopf. »In meine Clubs kommen kaum Bohnenfresser.«

»Warum?«

Smitty zog die Schultern hoch. »Vielleicht hat es was mit der Jungfrau Maria zu tun.«

»Der Jungfrau Maria?«

»Du weißt schon, Latinos stehen doch auf die.«

Crawford verfolgte diesen abwegigen Gedankengang nicht weiter. »Ich will wissen, wer die Männer sind, mit denen sich Otterman trifft.«

Smitty gab einen erstickten Laut von sich, der rechtschaffene Empörung signalisieren sollte. »Du willst, dass ich einen meiner besten Kunden ausspioniere?«

Seine Darbietung ließ Crawford unbeeindruckt. Er hatte sie schon öfter gesehen und wusste, dass sie nur Show war. »Und wie immer brauche ich die Infos bis gestern und zahle je nachdem, wie gut sie sind.« Damit stand er auf und ging zur Tür.

»Ich bin kein Spitzel.«

»Smitty, du würdest deine Mutter als Sexsklavin an die Vandalen verkaufen, wenn der Preis stimmt.«

»Hab ich probiert!«, rief er Crawford nach, als der in den Gang trat. »Aber sie haben die alte Schlampe zurückgebracht.«

# 18

Erst am späten Nachmittag kehrte Crawford in die Polizeistation zurück. Neal saß an seinem Schreibtisch. »Das war mal ein ausgedehntes Mittagessen«, meinte er, als Crawford das Büro betrat.

»Ich bin ein langsamer Esser. Irgendwas Neues über Otterman?«

Neal gab die grundlegenden Informationen weiter, die Crawford bereits bekommen hatte. Crawford setzte sich an Nugents freien Schreibtisch und drehte sich im Stuhl hin und her. »Findest du es nicht komisch, dass er so oft die Firma wechselt?«

»Nicht besonders.«

»Hmm. Hast du die Aufnahmen der Videokamera am Eingang überprüft?«

»Er kam um kurz vor dreizehn Uhr vierzig durch den Haupteingang ins Gericht. Alicia Owens, die Staatsanwältin, hat bestätigt, dass sie um dreizehn Uhr fünfundvierzig verabredet waren. Er war fünf Minuten zu früh dran, sie zwanzig Minuten zu spät. Während ihres Gesprächs wurden sie auf den Zwischenfall im vierten Stock aufmerksam gemacht und mit allen anderen evakuiert. Wir haben Aufnahmen, wie er im Erdgeschoss durch den westlichen Seitenausgang nach draußen begleitet wird.«

»Habt ihr schon den Polizisten gefunden, der ihn laufen ließ?«

Er nannte Crawford den Namen, der Crawford jedoch nichts sagte. »Er ist bemüht, aber unerfahren«, sagte Neal. »Man kann verstehen, dass Otterman ihn eingeschüchtert hat. Sein Vorgesetzter regelt das.«

»Und wie streng?«

»Das musst du ihn selbst fragen. Dafür bin ich nicht zuständig.«

Crawford hätte ihn am liebsten an der Krawatte gepackt und gefragt, wofür er überhaupt zuständig war, wenn nicht dafür, Chets Mörder zu fassen. »Stand Otterman jemals in unserem District vor Gericht?«

»Nein.«

»Nicht mal als Zeuge?«

»Nicht mal als Zeuge und auch nicht als Geschworener. Keine Verbindung jedweder Art«, sagte Neal. »Wir haben alles überprüft. Sämtliche Fälle der Richter Waters und Spencer sogar doppelt. Kein Hinweis auf ihn in ihrer ehemaligen Kanzlei. Nichts. *Nada. Zero.* Ich hab's dir doch gesagt.«

»Ich soll ihn in Ruhe lassen.«

»Du nimmst mir die Worte aus dem Mund.«

»Falls sich bei unserem Besuch im Leichenschauhaus nichts ergibt, werde ich das tun. Irgendwas über die Waffe?«

»Soweit wir feststellen können, war sie bis auf die fehlende Seriennummer noch jungfräulich. Wir überprüfen die Waffenläden in der Gegend auf Verkäufe in der letzten Zeit, sie könnte aber weiß Gott wo gekauft worden sein.«

»Die Malerausstattung?«

»Bekommt man in praktisch jedem Baumarkt, Handwerkerladen oder großen Supermarkt im Land. Außerdem lässt sie sich bei diversen Versendern online bestellen. In den letzten sechs Monaten wurden Tausende davon nach Texas geliefert, und das, obwohl wir die Angaben auf Größe, Stil und

Chargennummer begrenzt haben. Davon abgesehen hätte er sie auch in einem der anderen neunundvierzig Staaten kaufen und herbringen können.«

»Handschuhe?«

»Da sieht es nicht anders aus. Wir haben ganze Kartons voll davon in dem Schrank da drüben liegen.«

»Und jeder Polizist könnte sie sich besorgen.«

»Wie auch jede Krankenschwester, Hausfrau, Verkäuferin, Friseurin und jeder Bakterienphobiker. Mal sehen …«

»Schon gut, hab's kapiert«, unterbrach Crawford ihn gereizt. »Die Maske?«

»Nicht ganz so weit verbreitet wie die übrigen Artikel, aber in jedem Party- und Kostümladen und natürlich im Internet erhältlich. Wir versuchen immer noch, die Verkäufe in unserer Gegend nachzuverfolgen. Und bevor du fragst, wir haben schon mit über achtzig Personen gesprochen, die sich im Gebäude aufgehalten hatten.«

»Deinem Gesicht nach zu schließen …«

»Hatten alle Befragten eine nachvollziehbare, leicht zu überprüfende Erklärung, weshalb sie an dem Tag dort waren, und alle konnten nachweisen, wo sie sich aufgehalten haben, als es zu der Schießerei kam.«

»Trotzdem bleiben immer noch eine Menge Leute, die noch nicht befragt wurden.«

»Richtig, aber bisher ist nicht einmal im Ansatz irgendwas Undurchsichtiges oder Verdächtiges zu erkennen. Niemand hatte irgendwelche Verbindungen zu Richterin Spencer, von einer einzigen Frau abgesehen. Und die wurde vor sechs Monate von Richterin Spencer geschieden. Keine Kinder. Die Scheidung war für beide Seiten zufriedenstellend. Ihr Ex ist nach Seattle gezogen. Am Montagnachmittag war er an seinem Arbeitsplatz in einer Fischverpackungsfabrik.

Sie war im Gericht, weil sie als Geschworene einberufen worden war.«

»Menschen lügen, Neal.«

»Aber sie sagen auch die Wahrheit. Die Frau hatte ihr Einladungsschreiben dabei.«

»Nichts Neues über Rodriguez?«

»Niemand hat ihn vermisst gemeldet. Zumindest hat sich noch niemand gemeldet und wollte den Leichnam abholen.«

»Doc Anderson hat bestätigt, dass er keinen Bluterguss am linken Knie hat?«

»Kein Bluterguss.«

»Hab ich es nicht gesagt?«

»Nur kann niemand bestätigen, dass du den Mann getreten hast.« Er beugte sich vor, stützte die Unterarme auf die Tischplatte und starrte ihn an. »Damit bleibst *du* im Zentrum der Ermittlungen.«

»Die Beschreibung des Schützen passt nicht auf mich, und ich habe ein Alibi«, erwiderte Crawford, ohne mit der Wimper zu zucken.

Neal starrte ihn immer noch an, als das Handy an Crawfords Gürtel zu vibrieren begann. Er überprüfte den Namen auf dem Display und nahm das Gespräch an. »Hallo, Grace.«

»Du bist nicht allein«, erkannte Holly.

»Neal Lester und ich vergleichen gerade unsere Erkenntnisse, was den Fall angeht.«

»Du bist hier im Haus?«

»Richtig. Was ist? Ist mit Georgia alles in Ordnung?«

»Ich muss mit dir sprechen.«

»Okay.«

»Privat.«

Sein Herz setzte einen Schlag aus. »Das lässt sich machen. Wo und wann?«

»Ich bin in meinem Büro, aber warte lieber, bis das Gebäude leer ist, bevor du hochkommst.«

»In Ordnung. Ich werde da sein.«

Er legte auf. »Grace hat mich morgen zum Mittagessen eingeladen«, sagte er zu Neal.

»Eine der Polizistinnen hat angeboten, Essen zu holen, und kam mit etwa fünf Kilo Grillfleisch und einem halben Dutzend Beilagen zurück.«

Bei dem Gedanken an Essen wurde Holly übel. »Fangt ohne mich an«, sagte sie zu Marilyn, die schon mehrfach angerufen und gefragt hatte, wann sie Holly zu Hause erwarten konnte. »Ich komme, sobald ich hier wegkann.«

»Das hast du schon vor Stunden gesagt.«

»Ich hatte eine Menge Arbeit nachzuholen. Es war ein anstrengender Nachmittag.«

»Den hatte Greg Sanders auch. Er war in den Abendnachrichten.«

»Genau wie ich.«

»Ja, aber bei dir haben sie nur die Pressekonferenz wiederholt. Das ist kalter Kaffee. Wir brauchen frisches Material.« Aus einer plötzlichen Inspiration heraus sagte sie: »Ich bringe das Festmahl mit in dein Büro. Und dann geht's bei Spare Ribs ans Eingemachte.«

»Auf keinen Fall«, wehrte Holly ab. »Mrs. Briggs hat mir einen ganzen Stapel Dokumente und Briefe zum Unterschreiben hiergelassen. Und wie viele Wodkas hast du bis jetzt intus?«

»Wer zählt die schon?«

Jemand klopfte leise an Hollys Tür. »Da kommt gerade mein letzter Termin. Ich muss Schluss machen, Marilyn. Und wag es nicht, dich hinter das Steuer eines Autos zu setzen.«

Gerade als sie auflegte, kam Crawford durch die Tür und schloss sie hinter sich. Seit seinem Auftritt vor Gericht, zu dem er glattrasiert erschienen war, zeichnete sich immer stärker ein Dreitagebart ab. Sein Sakko war verknittert, die Krawatte baumelte schief um seinen Hals, und sein dunkelblondes Haar war komplett ungebändigt. Er sah fantastisch aus. Am liebsten hätte sie sich auf der Stelle auf ihn gestürzt.

»Hi.«

»Hi.«

Sie folgte seinem Blick zu dem Handy in ihrer Hand. »Marylin«, erklärte sie.

»Die ganz oben auf meiner Verschissliste steht.«

»Weil sie die Pressekonferenz einberufen hat? Ich hätte nie zugestimmt, wenn ich es nicht für wichtig gehalten hätte, dich für deine Reaktion zu verteidigen.«

»Das hast du schon gesagt. Aber dafür bist du ein unnötiges Risiko eingegangen.«

»Und das hast du schon gesagt. Wir sollten das nicht noch mal aufwärmen.«

Er zog seine schiefe Krawatte zurecht, lockerte die Schultern, verlagerte sein Gewicht auf den anderen Fuß. »Wo ist Dennis?«, fragte er, nachdem sie sich einige Sekunden lang verlegen angeschwiegen hatten.

»Inzwischen wieder zu Hause, nehme ich an.«

»Bei dir?«

»Bei sich.«

»Hm. Kurzer Besuch.«

»Er war nur hier, weil er sich mit eigenen Augen überzeugen wollte, dass es mir gut geht.«

Er schnaubte verächtlich. »Du wirst um ein Haar niedergeschossen, und kaum drei Tage später eilt er, außer sich vor Sorge, zu deiner Rettung.«

Sie lächelte. »Du hast ziemlich deutlich gemacht, wie wenig du von ihm hältst.«

»Was hat mich verraten?«

»Dass du rausgestürmt bist, ohne dich von irgendwem zu verabschieden.«

Er sah sie wütend, dann betroffen, dann wieder wütend an. »Er kommt hier reingeschneit und tut so, als hätte er jedes Anrecht auf dich.«

»Er hat mich umarmt.«

»Er hat dich festgehalten.«

»Wo liegt da der Unterschied?«

»Darin, wohin er seine Hände gelegt hat.«

»Wir waren lange zusammen. Wir sind miteinander vertraut.«

»Er ist vertraut, vernünftig und kultiviert. Ich hingegen habe die Mentalität eines Höhlenmenschen. Als er seine Hände auf dich gelegt hat, hätte ich ihm am liebsten die Kehle zerfetzt. Ich will nicht, dass dich irgendwer betatscht.«

»Du hast kein Anrecht auf mich.«

Sein Blick wurde schmal. »Irgendwie schon.« Er ging auf sie zu, und bei jedem Schritt vorwärts machte sie einen zurück, bis sie an ihren Schreibtisch stieß. »Dieser unvernünftige, unkultivierte Fick auf deinem Sofa hat mir durchaus ein Anrecht gegeben.«

Das Grollen in seiner Stimme und die Worte selbst ließen ihr Herz sofort schneller schlagen, und ihr war klar, dass sie die Sache beenden musste, doch irgendwie brachte sie das nicht fertig.

Inzwischen waren sie an ihrem Schreibtisch angelangt, seine breite Brust füllte ihr gesamtes Blickfeld aus, und sein Duft, seine rohe, unpolierte Männlichkeit führten sie geradewegs ins Verderben.

»Diese Sache mit dem ›Löschen‹«, sagte er, »wie läuft das so für dich?«

»Nicht besonders gut.«

Er legte die Handwurzeln an ihre Hüften und schloss die Finger um ihre Pobacken. »Für mich auch nicht.«

»Ich wünschte, ich könnte mich immer noch darauf freuen«, bekannte sie fast flüsternd.

Er sah ihr forschend in die Augen. »Erinnerst du dich genauso daran wie ich?«

»Wie erinnerst du dich denn daran?«

»Wenn ich dir das erzählen würde, müsste ich verdammt anschaulich werden.«

»Es wäre ein Softporno?«

»Vergiss das ›Soft‹.« Er beugte sich vor. »Willst du hören, wie eng du warst?«

Sie schloss kurz die Augen. »Crawford.«

»Entschuldige. Ich weiß. Falsche Zeit, falscher Ort, alles falsch.« Er atmete frustriert aus, löste seine Hände und trat einen Schritt zurück. »So falsch, dass wir nicht mal darüber reden können. Aber immerhin habe ich dich so weit gebracht, dass du meinen Vornamen in den Mund nimmst.«

Sie trat vom Schreibtisch weg, damit sie nicht in Versuchung geraten konnte, ihn an sich zu ziehen. »Gestern Abend hast du dich endgültig von mir verabschiedet.«

»Das habe ich auch so gemeint. Gestern Abend.«

»Es ist richtig so, Crawford.«

»Es ist richtig so. Für uns beide. Nur…« Er sah ihr in die Augen, seufzte und murmelte einen Fluch. »Nur dass ich wünschte, ich hätte gewusst, dass es bei diesem einen Mal bleiben würde. Dann hätte ich mir mehr Zeit mit dir gelassen.«

Sie senkte den Kopf und spürte, dass auch er den Blick abwandte.

Schließlich räusperte er sich. »Wir haben was Geschäftliches zu besprechen. Sagt dir der Name Otterman etwas?«

»Chuck?«

Überrascht hob er den Kopf. »*Chuck?* Du kennst ihn?«

»Natürlich.«

»Wieso natürlich? Seid ihr aneinandergeraten?«

»Ganz und gar nicht. Im Gegenteil. Er unterstützt mich. Er hat für meinen Wahlkampf gespendet.«

Er sah sie verdattert an, lachte dann und fuhr sich zuletzt mit der Hand übers Gesicht. »Na, super. Neal wird einen Ständer kriegen.«

»Wieso?«

»Nicht so wichtig. Ein Insiderwitz.« Er ließ in einer kapitulierenden Geste die Hand sinken. »Wieso wolltest du mich unbedingt sehen?«

»Setz dich.« Sie deutete auf den Stuhl vor ihrem Schreibtisch.

Er sah sie scharf an. »Nein, du hörst dich so an, als würde ich mir die Neuigkeiten lieber im Stehen anhören.«

»Sie sind schlecht.«

»Andere habe ich in letzter Zeit kaum bekommen. Also raus damit.«

Der Schlag ließ sich definitiv nicht abmildern, also versuchte sie es nicht einmal. »Joe Gilroy hat gegen dich ein einstweiliges Kontaktverbot beantragt.«

Sekundenlang starrte er sie an, als hätte sie Chinesisch gesprochen, dann legte er verständnislos den Kopf schief. Als er schließlich verarbeitet hatte, was sie ihm da eröffnete, straffte sich sein Gesicht im Zorn. »Dieser Hurensohn«, zischte er durch seine zusammengebissenen Zähne, drehte sich um und wollte aus dem Raum stürmen.

Holly hatte genau diese Reaktion vorhergesehen und war

vor ihm an der Tür. Sie baute sich vor ihm auf und stemmte die Hand gegen seine Brust. »Tu das nicht, Crawford! Wenn du jetzt in seine Wohnung rauschst und ihn zur Rede stellst, tust du ihm damit nur einen Gefallen. Er wird die Polizei rufen und dich wegen Hausfriedensbruchs anzeigen.«

»Noch ein Eintrag in meiner *Akte.* Dieser stinkenden, verfluchten Akte.«

»Ganz genau! Damit bestätigst du seine Anschuldigungen nur und spielst ihm erst recht in die Hände. Möchtest du das etwa?«

»Nein. Ich möchte ihn erwürgen.«

Er fing ihren Blick auf, überdachte seine Worte und verlegte sich daraufhin aufs Fluchen. Abrupt drehte er sich weg, begann, wie eine eingesperrte Raubkatze in ihrem Büro auf und ab zu tigern und den Raum zu begutachten. Er nahm den kristallenen Briefbeschwerer von ihrem Schreibtisch und wog ihn nachdenklich in der Hand. Einen Moment fürchtete sie, er würde ihn durchs Fenster schleudern.

»Nettes Büro.« Er legte den Kopf in den Nacken und betrachtete den Kronleuchter. »Fällst du hier deine Urteile gegen die Angeklagten? Lässt du hier die Würfel rollen, die über ihre Zukunft bestimmen?«

»Tu das nicht.«

Mit Todesverachtung sah er sie an. »Und warum nicht?«

»Weil du nicht auf mich wütend bist und ich darum nicht den Prügelknaben für dich spielen werde. Außerdem werde ich überhaupt keine Urteile mehr fällen, die dich betreffen. Ich habe deinen Sorgerechtsfall abgegeben.«

Als hätte sie ihn ertappt, stellte er den Briefbeschwerer übertrieben vorsichtig auf den Schreibtisch zurück. »Und wann?«

»Ich habe das Schreiben gleich heute Morgen diktiert, noch vor der Pressekonferenz. Mrs. Briggs hat es dann auf meinen persönlichen Briefbogen getippt und es mir vor dem Mittagessen zur Unterschrift vorgelegt. Und sie hat es persönlich bei Richter Mason abgegeben. Er ist der zuständige Verwaltungsrichter im District.«

Seine Haltung und seine Schultern entspannten sich leicht, doch dafür begann er erneut, im Raum herumzutigern.

»Ich habe Mr. Gilroy erklärt, dass er seinen Antrag einem anderen Richter zur Unterschrift vorlegen muss«, fuhr sie fort, »aber ich habe ihn noch gefragt, warum er das für notwendig hält. Er hat mir erzählt, dass du ihn gestern Abend unangekündigt zu Hause besucht hast.«

»Ich musste meine Besuche noch nie ankündigen. Dass ich es bisher immer getan habe, war reine Höflichkeit meinerseits. Da siehst du mal, wie sich gute Manieren auszahlen.«

»Er behauptet, du hättest ihm mit deinem ›das wird dir leidtun‹ gedroht.«

»Das habe ich, und es wird ihm auch leidtun, wenn er weiterhin so einen Mist baut.«

»Aber es kam gestern Abend nicht zu Tätlichkeiten?«

»Wenn er behauptet, dass es gestern oder irgendwann anders dazu gekommen wäre, dann lügt er.«

»Nein, er hat eingeräumt, dass du ihn nicht angefasst hast. Daraufhin habe ich ihn gedrängt, seinen Antrag noch einmal zu überdenken.«

»Offenbar ohne Erfolg.«

»Er …« Ihm das sagen zu müssen, bereitete ihr die größten Bauchschmerzen. »Er behauptet, du würdest eine Gefahr für Georgia darstellen.«

Er blieb stehen und sah sie an. Ihm hatte es offensichtlich die Sprache verschlagen.

»Nicht dass du sie misshandeln würdest«, sagte sie. »Er befürchtet, du könntest sie nicht mehr hergeben.«

»Sie entführen?«

»Das war das Wort, das er verwendet hat.«

Er schnaubte freudlos. »Wenn ich das je vorgehabt hätte, hätte ich es längst tun können.«

»Das habe ich auch eingewandt. Aber er behauptet, dass sich die Ereignisse vom Montag auf deine berufliche Zukunft auswirken könnten. Du hättest die Situation falsch eingeschätzt, was dich deine Anstellung kosten könnte.«

»Falsch eingeschätzt?«

»*Er* hat das gesagt, Crawford. Nicht ich.«

»Abgesehen von Neal behauptet das niemand, der etwas zu sagen hat. Ich habe nicht mal eine Waffe abgefeuert.«

»Das habe ich deinem Schwiegervater auch gesagt. So wie er es sieht, könnte es aber eine Untersuchung geben, ob du richtig reagiert hast, und dann, meinte er, würde deine Behörde – oder überhaupt irgendeine Behörde – vielleicht nicht so nachsichtig urteilen wie nach Halcon. Vielleicht würdest du gefeuert oder müsstest bei den Rangern kündigen. Dann hättest du nichts mehr zu verlieren, wenn du Georgia kidnappen und mit ihr verschwinden würdest.«

»Nur dass ich dadurch zum Kriminellen würde. Und im Untergrund leben müsste. Selbst wenn Joe mir so was zutrauen sollte – glaubt er wirklich, dass ich Georgia so etwas antun würde?«

»Ich weiß nicht, was er glaubt, Crawford. Aber ich habe ihm erklärt, was *ich* glaube, nämlich, dass er sich komplett in dir täuscht. Leider konnte ich ihn nicht umstimmen oder auch nur Zweifel säen. Er stürmte raus, um sich einen anderen Richter zu suchen.«

Er fuhr sich mit der Hand über den Mund. »Und was für Konsequenzen hat das für dich?«

»Dass ich den Fall abgegeben habe?«

»Nein. Aber dass du mich vor dem drohenden Kontaktverbot warnst.«

»Falls dein Schwiegervater etwas davon erfährt, könnte er Beschwerde gegen mich einreichen.«

»Mein Gott, Holly. Ich will nicht, dass du in meinen Mist reingezogen wirst.«

»Und ich will nicht, dass du dich zu einem Streit mit deinem Schwiegervater hinreißen lässt.«

Er sah zur Tür. »Wenn du mich nicht aufgehalten hättest, würde ich ihm jetzt schon im Genick sitzen.«

»Und weil ich genau das befürchtet habe, wollte ich dich vorwarnen. Das könnte man zwar als Verletzung der Standespflichten sehen, aber ich konnte nicht guten Gewissens zulassen, dass du dir alle Chancen nimmst, deine Tochter zurückzubekommen.«

»Und wie sehr schadest du dir selbst damit? Mit welcher Begründung hast du den Fall abgegeben?«

»Ich brauche keine Begründung zu geben. Als Richterin kann ich einfach erklären, dass ich einen bestimmten Fall nicht verhandeln kann. Mehr ist nicht nötig. Trotzdem habe ich in meinem Brief an Richter Mason und den Gouverneur geschrieben …«

»Den Gouverneur?«

»Ich hatte das Gefühl, dass er Bescheid wissen sollte. Ich habe in seinem Büro angerufen, aber er ist auf einer mehrtägigen Konferenz, darum habe ich ihm eine Mail geschrieben, ihm die Situation erklärt und eine Kopie meines Briefes an Richter Mason angehängt.«

»Du hast die Mailadresse des Gouverneurs?«

Sie machte eine wegwerfende Geste. »In dem Brief steht, dass es mir praktisch unmöglich ist, objektiv zu urteilen, nachdem du mir das Leben gerettet hast und wir bei den Ermittlungen notwendigerweise eng zusammenarbeiten. Was der Wahrheit entspricht.«

»Wenn auch nicht der ganzen Wahrheit«, sagte er leise.

»Wenn auch nicht der ganzen Wahrheit«, wiederholte sie flüsternd. »Die schlichte Wahrheit ist, dass ich gegen die Regeln verstoßen habe. Selbst wenn sonst niemand je erfahren würde, was zwischen uns passiert ist, könnte ich es doch nicht vergessen.«

Ihre Blicke begegneten sich, dann drehte er sich weg und trat an die Bücherwand. Er stemmte beide Hände gegen das Regalbrett über seinem Kopf und ließ den Kopf zwischen den Schultern hängen. So blieb er eine volle Minute stehen. Sie nahm an, dass er zu verarbeiten versuchte, was das alles für ihn bedeutete.

»Ein Kontaktverbot«, sagte er schließlich, ohne den Kopf zu heben. »Mit anderen Worten, ich bin eine Gefahr für mein Kind.«

»Du solltest mit William Moore darüber sprechen.«

Er sah sie über die Schulter hinweg an. »Ich spreche aber mit dir.«

Sie nickte widerstrebend. »Die einstweilige Verfügung tritt in dem Moment in Kraft, in dem sie dir zugestellt wird.«

»Und dann muss ich wieder vor Gericht und mich dagegen wehren, dass Joe mich mit Dreck beschmeißt.« Ihm blieb nichts anderes übrig, denn sonst würde automatisch ein unbefristetes Kontaktverbot in Kraft treten, und das konnte jahrelang Bestand haben. Aber das wusste er natürlich, darum sparte sie sich jede Bemerkung dazu.

»Wie lange dauert es, bis es zu einer gerichtlichen Anhörung über das Kontaktverbot kommt? Normalerweise braucht es wie viel? Zwei, drei Wochen?«

»Manchmal weniger, manchmal mehr.«

»Wobei in Prentiss County zurzeit ein Gerichtssaal fehlt«, ergänzte er spröde. »Und bis zu der Anhörung, wann sie auch stattfinden mag, hat die einstweilige Verfügung Bestand.«

»Wir wissen nicht mit Sicherheit, ob ein anderer Richter sie erlassen hat.«

»Und wie stehen die Chancen?«

»Nicht gut, fürchte ich. Es gab zwar keine Handgreiflichkeiten, aber dein Schwiegervater unterstellt dir Hausfriedensbruch und Androhung von Gewalt. Und wenn die Sicherheit und das Wohlergehen eines Kindes gefährdet sind ...«

»Wird jeder Richter unterschreiben.« Er drehte sich wieder zu ihr um. »Und man wird die Verfügung schnellstmöglich zustellen.«

»Ganz ehrlich, ich hatte mir überlegt, dass du sie vielleicht schon bekommen hast, darum ist es für mich nicht ganz so riskant, dich vorzuwarnen.« Sie machte einen Schritt auf ihn zu. »Crawford, dir ist doch klar, dass du dich an die Verfügung halten musst. Ich flehe dich an. Falls du dagegen verstößt, wird das schwere Konsequenzen haben.«

»Ich kenne die Konsequenzen. Ich könnte ins Gefängnis wandern. Verflucht, ich habe selbst Leute in den Knast gebracht, weil sie gegen ein Kontaktverbot verstoßen haben.«

»Außerdem wäre damit praktisch garantiert, dass bei der Sorgerechtsanhörung zugunsten der Gilroys entschieden würde. Und als Rechtsbrecher dürftest du Georgia vielleicht jahrelang nicht sehen. Also versprich mir bitte, dass du dich an die Anordnungen halten wirst.«

»Wie schlimm sind sie?«

»Bis zur Anhörung darfst du dich Georgia, den Gilroys oder ihrem Anwesen auf hundert Meter nicht nähern. Es darf keinerlei Kontakt geben. Nicht mal per Telefon. Jeder Versuch wird als Verstoß betrachtet.«

»Mein Gott.«

»Es tut mir leid. Ich weiß, das tut weh, vor allem, weil du jetzt als ›Angeschuldigter‹ bezeichnet wirst, aber …«

»Drauf geschissen«, fauchte er. »Joe oder das Gericht können mich nennen, wie sie wollen. Aber was ist mit Georgia? Was wird sie denken, wenn ich auf einmal aus ihrem Leben verschwinde? Sie wird glauben, ihr Daddy hätte sie verlassen.« Seine Brust hob und senkte sich aufgewühlt. »Mein kleines Mädchen liebt mich, ob du es glaubst oder nicht, und ob es meinen Schwiegereltern gefällt oder nicht. Als wir das letzte Mal miteinander gesprochen haben, habe ich ihr erzählt, dass bei mir zu Hause eine Überraschung auf sie wartet. Und jetzt? Mein Gott!« Er schlug zornig mit der Faust in die Luft. »Das werde ich Joe nie verzeihen.« Er schob sich an ihr vorbei und ging zur Tür. »Ich muss hier raus.«

»Wo gehst du hin? Was willst du jetzt tun?«

»Keine Ahnung. Mich betrinken vielleicht.«

In Panik packte sie ihn am Ärmel und hielt ihn fest, selbst als er sie abzuschütteln versuchte.

»Ich lasse dich nicht gehen, solange du so aufgebracht bist.«

»Du solltest mich lieber gehen lassen, Holly. Wenn ich so geladen bin, muss ich mich irgendwie abreagieren.«

»Und wenn du dich jetzt abreagierst, könntest du Georgia endgültig verlieren.«

Er befreite sich mit einem Ruck aus ihrem Griff. »Komisch, das aus deinem Mund zu hören.« Er feixte. »Georgia könnte schon bei mir leben, wenn du sie mir einfach zugesprochen hättest, statt bis ins Unendliche meine vergangenen Untaten aufzulisten. ›Hier ist Ihre Tochter, Mr. Hunt. Gehen Sie in Frieden.‹ Dann ein Hammerschlag, und wir wären alle draußen gewesen. Aber nein, du musstest erst all deine Vorurteile vor uns ausbreiten.«

Sie wich zurück. Sie wusste, dass seine wütenden Worte von Zorn und tiefer Frustration befeuert wurden, aber darum waren sie nicht weniger schmerzhaft. Oder wahr. Sie standen zwischen ihnen und erweiterten die Kluft, die sie unter den gegebenen Umständen ohnehin trennte.

Er bewegte sich zuerst. Wütend drehte er mit einer abgehackten Bewegung den Türknauf, riss die Tür auf und marschierte hinaus.

»Sie haben sich heute Abend getroffen. Allein.«

»Wer?«

Pat Connor nickte grüßend einem anderen Polizisten zu, der eben mit der Papiertüte eines Burgerladens an ihm vorbeispazierte. Erst als der Kollege außer Hörweite war, flüsterte er in sein Prepaid, das nirgends erfasst war: »Die Richterin und Crawford Hunt. Sie haben sich hinter verschlossenen Türen in ihrem Richterzimmer unterhalten, und zwar über eine halbe Stunde lang. Als er rauskam, sah er aus, als würde er am liebsten jemanden ficken oder umbringen. Und nicht notwendigerweise in dieser Reihenfolge.«

Er hielt den letzten Satz für eine ziemlich witzige Bemerkung, doch am anderen Ende war nicht einmal ein ersticktes Kichern zu hören.

»Wann war das?«

»Vor einer Minute. Er kam gerade die Treppe im Atrium herunter. Eilig. Praktisch im Laufschritt. Ich bin ihm nach draußen nach und habe ihn noch wegfahren sehen.«

»Und wo ist die Richterin?«

»Noch in ihrem Büro.«

»Vielleicht haben sie über die Ermittlungen gesprochen.«

»Allein? Neal Lester ist noch hier. Genau wie Nugent. Warum waren die beiden nicht dabei? Und noch was.«

»Ja?«

»Heute Morgen hat er sie nach der Pressekonferenz weggezerrt und in einer Ecke leise auf sie eingeredet.« Pat gab alles weiter, was er gesehen und belauscht hatte, und verschwieg dabei nur, wie er sich um ein Haar in die Hose gemacht hätte, als Crawford Hunt ausgerechnet auf ihn zugekommen war. »Er meinte, ich sollte dafür sorgen, dass sie von niemandem gestört werden. Aber dann tauchte Neal Lester mit dem Freund der Richterin auf, und damit war das Gespräch beendet.«

Ein paar Sekunden blieb es still. »Hat er gesehen, dass Sie ihn gesehen haben?«, kam es dann vom anderen Ende der Leitung.

»Heute Abend? Ja, als er aus dem Büro der Richterin herausgestürmt kam. Da sind wir uns begegnet. Er hat kurz genickt, so als ›Wie geht's?‹, aber gesagt hat er nichts. Was soll ich jetzt machen?«

»Sie sorgen dafür, dass Neal Lester von dem Treffen erfährt. Sie erwähnen es ganz beiläufig, in einem Nebensatz. Aber stellen Sie dabei klar, dass Crawford wütend war, als er aus ihrem Büro kam.«

»Ich weiß nicht«, winselte Pat. »Ich will mich bei der Sache nicht allzu weit aus dem Fenster lehnen.«

Ein finsteres, leises Lachen am anderen Ende antwortete ihm. »Um sich darüber noch Sorgen zu machen, ist es längst zu spät.«

# 19

Crawford hatte keinen Alkohol im Haus. Nach Beths Tod hatte er angefangen zu trinken, um den Schmerz zu dämpfen. Und als das nicht geklappt hatte, hatte er noch mehr getrunken. Dass man ihn betrunken am Steuer erwischt hatte, war für ihn ein Weckruf gewesen. Er hatte erkannt, dass er kurz davor war, wie Conrad zu enden, und so wie er wollte er keinesfalls werden. In keiner Hinsicht. Wenn er jetzt überhaupt noch trank, dann beschränkte er sich auf ein einziges Glas, und das genehmigte er sich außer Haus.

Er saß an der Bar einer beliebten Kneipe und nippte langsam an seinem Bourbon, während er das Getöse um sich herum ignorierte – das Baseballspiel, das aus einem halben Dutzend Fernsehern plärrte, das Klackern der Billardkugeln, das Dröhnen der Gespräche, die weinerliche Klage eines Countrysongs, der aus den Lautsprechern dudelte.

Hätte er sein Handy nicht auf Vibrieren gestellt, wäre ihm der Anruf entgangen. Er sah aufs Display und zögerte eine halbe Sekunde, bevor er sich entschied, das Gespräch anzunehmen. »Hey, Neal, was liegt an?«, fragte er scheinbar völlig arglos.

»Du Bastard.«

»Verzeihung?«

»Das warst du, habe ich recht?«

»Ist irgendwas passiert? Du hörst dich völlig überarbeitet an.«

»Du hast seinen Namen durchsickern lassen, habe ich recht? Habe ich *recht?*«

»Wessen Namen?«

»Es kommt in den Spätnachrichten, ich sehe es mir gerade an. Ein neuer Name steht ›im Fokus der Ermittlungen‹ nach der Schießerei im Gericht. Chuck Otterman.«

Dass Neal so außer sich war, entlockte Crawford ein Lächeln. Er gab dem Barkeeper ein Zeichen, einen Fernseher auf einen hiesigen Nachrichtensender umzuschalten. Auf dem Bildschirm war ein Reporter zu sehen, der live von den Stufen vor dem Gerichtsgebäude des Prentiss County berichtete. Der Ton war stumm, doch Crawford konnte sich denken, was der Mann erzählte, weil er es ihm praktisch Häppchen für Häppchen vorgekaut hatte.

Nachdem Neal mit seinen Ermittlungen nicht vorankam und dafür lieber Otterman in den Hintern kroch, hatte Crawford das Gefühl beschlichen, dass er etwas Bewegung in die Sache bringen sollte. Ein Sender in Houston hätte zehnmal so viele Zuschauer erreicht, aber Tyler war näher, und die Zuschauer waren hier zu Hause. Darum interessierte es sie auch eher, was sich im ländlichen Prentiss abspielte. Mit dem nicht registrierten Prepaid-Handy, das er immer im Handschuhfach seines Wagens aufbewahrte, rief er anonym bei der Nachrichtenhotline des Senders an und ließ sich mit einem Reporter verbinden.

Crawford hielt sich strikt an die Fakten – dass Otterman sich bei der Polizei gemeldet und zugegeben hatte, den Tatort verlassen zu haben, und dass er von einem »Team von Ermittlern« gebeten worden war, sich den Leichnam jenes Mannes anzusehen, den man irrtümlich für den Schützen gehalten hatte. Er beantwortete keine der Fragen, die der inzwischen hyperventilierende Reporter ihm stellte. Stattdessen blieb er absichtlich vage und sprach zaudernd, so als würde es ihn nervös machen, vertrauliche Informationen auszuplaudern; denn er baute darauf, den Reporter damit umso neugieriger zu machen. Offenbar hatte sein Anruf für ordentlich Dampf in der Gerüchteküche gesorgt.

Neal tobte immer noch. »Du warst die ›ungenannte Quelle‹, habe ich recht? Du hast ihnen den Tipp gegeben. Ich weiß es genau.«

»Sie würden keinen anonymen Tipp weitergeben, den sie nicht überprüft haben.«

»Zwei Minuten vor der Ausstrahlung rief mich der Reporter an und ließ sich alles bestätigen. *Zwei Minuten!*«

»Und warum schreist du mich an, wenn du selbst bestätigt hast, dass Otterman was damit zu tun hat?«

»Ich habe nur bestätigt, dass er seiner …«

»… Bürgerpflicht nachgekommen ist. Er ist ein Vorbild an Gemeinsinn, schon gut.«

»Das ist er wirklich.«

»Dann muss er sich doch keine Sorgen machen, oder?«

»Er nicht, aber du. Das hier wird dich deinen Arsch kosten. Und ich werde ihn mir in meinem Hobbykeller an die Wand nageln.«

»Hast du das schon mit deiner Missus abgesprochen?«

»Und wie soll ich Mr. Otterman diese Panne erklären?«

»Jesus, Neal, das weiß ich doch nicht. Aber du hast noch, ähm, zehn Stunden und achtundvierzig, nein, neunundvierzig Minuten, um dir was zu überlegen. War ihm nicht neun Uhr morgen früh genehm?«

»Fick dich.«

»Wir sehen uns in der Gerichtsmedizin.« Er legte auf.

Crawford hatte Neal erfolgreich aus seiner Lethargie gerüttelt und hoffentlich Ottermans Gelassenheit erschüttert.

Trotzdem war es ein winziger Triumph, der ihn nur kurz fröhlich stimmte. Höchstwahrscheinlich hatte er mit seinem Arschtritt nicht erreicht, dass Neal die Ermittlungen endlich vorantrieb, sondern nur, dass der Detective noch beharrlicher an seinem Sessel kleben würde.

Vielleicht war Otterman wirklich ein so ehrbarer Bürger, wie Neal glaubte. Crawford konnte nicht benennen, was ihn an dem Mann so irritierte, doch er hatte instinktiv mit Ablehnung und Misstrauen auf ihn reagiert. Und sein Instinkt gegenüber anderen Menschen war zu verlässlich, als dass er ihn ignorieren konnte. Bis erwiesen war, dass er sich in Otterman getäuscht hatte, würde er seinem Gefühl vertrauen.

Ehe er, wie Neal schon jetzt, zu dem Schluss kam, dass Otterman absolut unschuldig war, wollte er dessen Reaktion abschätzen, wenn er sich Rodriguez' Leichnam ansah, und außerdem abwarten, was und wie viel Smitty über ihn und seine dubiosen Meetings ausgraben konnte.

Er ließ sein Glas halb voll stehen. Der Whisky munterte ihn nicht auf, sondern trübte seine Stimmung noch mehr ein. Nach der klimatisierten Bar fühlte sich die Luft draußen umso schwüler an. Bis er in seinen SUV geklettert war, war er bereits durchgeschwitzt. Er schob seine Teilnahmslosigkeit auf die Außentemperaturen – und lieber nicht auf Hollys verletzte Miene, als er sie mit jenem schlimmen Vorwurf hatte stehen lassen.

Erst setzte er ihr schmutzige Bilder in den Kopf, und im nächsten Moment setzte er ihr zu. Falls sie es bis dahin nicht gewusst hatte, jetzt gab es keinen Zweifel mehr für sie: Kultiviert war er definitiv nicht.

Todmüde und deprimiert trat er durch die Hintertür in sein Haus, hängte die Jacke über einen Küchenstuhl, zog sich die Krawatte sowie das Hemd, ohne es lang aufzuknöpfen, umstandslos über seinen Kopf, während er durch den Flur zu seinem Schlafzimmer ging.

Als er an der offenen Tür zu Georgias Kinderzimmer vorbeikam, erstarrte er mitten im Schritt.

Wie betäubt stand er da und versuchte zu verarbeiten, was seine Augen seinem Gehirn mitteilten. Blindlings tastete er nach dem Wandschalter und knipste das Licht an.

Das Kinderzimmer war auf den Kopf gestellt, verschandelt und verwüstet worden. Jemand hatte den Spiegel zwischen den senkrechten Spindeln an der Kommode in Tausende Scherben zerschlagen, die Bilderbücher zerfetzt, die Stofftiere ausgeweidet und die Prinzessinnenpuppe an Armen und Beinen amputiert und zuletzt geköpft. Das Bettzeug war in Streifen zerschlitzt worden. Die rosa Wände waren überzogen mit roten Farbspritzern, die obszön nach Blutflecken aussahen.

Bei dem Anblick wurde ihm übel. Mühsam schluckte er die Magensäure hinunter, als er sauer aufstieß.

Eilig ging er alle anderen Zimmer ab, aber sonst war alles unberührt geblieben, und das verstörte ihn mehr, als wäre das ganze Haus verwüstet worden. Der Täter kannte ihn gut und wusste, was ihm das Wichtigste war, wo er zuschlagen musste, um ihm wehzutun und ihm wirklich Angst zu machen.

*Jeder Kontaktversuch wird als Verstoß betrachtet,* klangen ihm Hollys Worte im Ohr. Aber noch hatte man ihm die einstweilige Verfügung nicht zugestellt, darum rief er unter einem »Scheiß drauf« bei den Gilroys an. Grace ging ans Telefon.

»Ich bin's«, sagte er. »Ist mit Georgia alles okay?«

»Crawford. Äh…«

»Ist mit ihr alles okay?«, drängte er.

»Ja, natürlich. Sie schläft seit Stunden.«

»Sieh nach ihr.«

»Crawford…«

»Tu es einfach.« Mühsam zügelte er seine Ungeduld. »Bitte, Grace.«

Fünfzehn Sekunden später war sie wieder am Telefon. »Sie liegt friedlich schlafend in ihrem Bettchen.«

Zum ersten Mal, seit er das verwüstete Zimmer gesehen hatte, holte er tief Luft. »Habt ihr eure Alarmanlage aktiviert?«

»Du kennst doch Joe.«

»Lasst sie immer eingeschaltet. Auch tagsüber.«

»Was ist denn los? Ist was passiert?«

Würde er ihr erklären, was passiert war, hätte er nur Joes Behauptung bestätigt, dass es gefährlich war, sich in seiner Nähe aufzuhalten. »Nur ein Daddy-Moment«, log er und rang sich ein leichtes Lachen ab. »Ein Augenblick der Panik. Du weißt, wie das ist. Entschuldige die Störung. Gute Nacht.«

Er legte auf und bemerkte im selben Moment draußen ein Geräusch. Schnell huschte er durch den Flur ins Wohnzimmer, zog dabei die Pistole aus dem Holster hinten an seinem Rücken, spähte durchs Vorderfenster und sah eine Silhouette auf die Veranda treten.

Crawford riss die Haustür auf und schaltete gleichzeitig die Verandalampe ein.

Der Mann blieb stehen und schirmte die Augen gegen das gleißende Licht ab. Blinzelnd richtete er den Blick auf Crawford. »Hallo, Crawford.«

Es war ein professioneller Gerichtszusteller, den Crawford auch schon beauftragt hatte.

»Ich weiß, es ist spät, aber als ich vorhin hier war, warst du noch nicht da.« Sichtbar widerwillig zog er einen Umschlag aus der Brusttasche seiner Jacke und überreichte ihn. »Tut mir leid, Mann.«

Crawford dankte ihm zwar nicht, aber er schüttelte den

Kopf, um ihm anzuzeigen, dass er sich nicht zu entschuldigen brauchte. Der Mann machte nur seinen Job.

Der Zusteller tippte sich in einem halben Salut an die Schläfe, drehte auf dem Absatz um und ging zurück zu seinem Wagen, der am Straßenrand geparkt war.

Crawford schloss die Haustür. Man hatte ihm ein einstweiliges Kontaktverbot zugestellt, da er eine unmittelbare Gefahr für Georgia darstellte. Er sah kurz in die Richtung ihres demolierten Kinderzimmers.

Er war sich der Ironie durchaus bewusst.

*Als sie mit ihm rückwärts auf dem Sofa landete, schlug er ihren Bademantel zurück, zog ihr T-Shirt nach oben und hakte seine Daumen in den schmalen Saum ihres Höschens. Sekunden später war es ausgezogen und flog irgendwohin auf den Boden.*

*Sie zerrte sein Hemd aus dem Hosenbund und nestelte an seiner Gürtelschnalle. Er war geübter darin, also schubste er ihre ungeschickten Hände beiseite und knöpfte sich hastig die Hose runter. Gemeinsam schoben sie seine Hose und Unterhose über seinen Hintern. Einen Augenblick später war er in ihr. Komplett und steinhart. Wie mit ihr verschweißt.*

*Fünf Sekunden – oder waren es zehn? – verharrten beide vollkommen regungslos, atmeten nicht einmal, vielleicht, weil sie nicht glauben konnten, dass sie ohne jeden Kuss, ohne jedes Flirten oder Vorspiel an diesen Punkt ohne Wiederkehr gelangt waren.*

*Dann stützte er sich über ihr ab, indem er eine Hand gegen den Rand des Sitzpolsters und die andere auf die Sofalehne hinter ihren Kopf stemmte, und begann zu stoßen. Jeder einzelne Stoß saß, kam im perfekten Winkel, die Reibung war elektrisierend. Und doch gierte sie nach mehr. Sie bohrte die*

*Füße ins Polster und hob die Hüften an, um ihn noch tiefer zu spüren.*

*In schockierend kurzer Zeit krallte sie ihre Fäuste in sein Hemd, dann wanderten ihre Hände hoch zu seinen Schultern, wo sie ihre Finger in seine festen Muskeln bohrte. Ihr Rücken bog sich durch, sie flehte stumm um nur noch einen Stoß … ein letztes Eindringen … ein letztes Mal noch … Dann kam sie.*

*Als er spürte, wie sie sich unter ihm zusammenzog, konnte er sich nicht mehr beherrschen. Sein Orgasmus war so heftig, dass seine Arme einknickten. Sie spürte sein Gewicht auf ihrem Körper, spürte ihn in ihr pulsieren, seinen Atem heiß und feucht an ihrem Hals, und hörte ihn immer wieder »Jesus« stöhnen.*

Das Echo von Crawfords kratzender Stimme riss Holly aus ihrem Traum, der sich erstaunlich lebensecht angefühlt hatte, worauf ihr Körper entsprechend reagierte. Ihr Herz hämmerte. Sie war außer Atem. Ihr Geschlecht schien zu glühen und verzehrte sich nach ihm.

*Erinnerst du dich so daran wie ich?*

Sie warf die Decke zurück, stand auf und ging ins Bad. Dort drehte sie den Wasserhahn auf und spritzte sich kaltes Wasser ins Gesicht. Doch die Erinnerung ließ sich einfach nicht abwaschen: wie Crawford auf ihrer Brust lag, sein Brustkorb sich hob und senkte wie ein Blasebalg, bis er sich nach wenigen Sekunden gefangen hatte. Es waren kostbare Sekunden gewesen. Dann hatte er abrupt den Kopf gehoben und ihr aus wenigen Zentimetern Abstand in die Augen gesehen.

Mit zittrigen Händen drehte sie den Wasserhahn wieder zu und trocknete ihr Gesicht ab. Als sie das Handtuch senkte und ihr Gesicht im Spiegel über dem Waschbecken betrachtete, wurde ihr klar, dass er sie in jenem Moment genauso gesehen haben musste: Haarsträhnen im Gesicht, glasige und geweitete Augen, gerötete Wangen und mit geöffnetem Mund staunend über das eben Erlebte.

Damals wie jetzt waren ihre Brustwarzen unter dem T-Shirt so hart, so überreizt gewesen, dass die Reibung des weichen Stoffs genügt hatte, um ihr einen Schauer durch den Körper zu jagen. Wenn er ihre Brust in jenem Moment berührt hätte, wenn er mit seiner Zunge darübergestrichen oder sie auch nur mit seinem Atem gewärmt hätte, wäre sie vor Lust womöglich einfach explodiert.

Doch das hatte er nicht getan. Er hatte diesen Augenblick geteilten Staunens durchbrochen, indem er aus ihr herausgeglitten und vom Sofa aufgestanden war. Erst da war ihr bewusstgeworden, was für eine Katastrophe dieser überstürzte Akt für sie beide bedeutete. Hektisch hatte sie ihr T-Shirt nach unten gezogen und den Saum zwischen die Schenkel geklemmt. Sie hatte sich auf die Seite gewälzt und sich zu einem Ball zusammengerollt. Doch sie hätte sich ihre züchtige Geste sparen können, denn Crawford befand sich schon auf dem Weg nach draußen, wie seine Stiefel unschwer verrieten, als sie über das Holz donnerten.

Am meisten an dem gesamten Erlebnis überraschte sie, wie spontan sie reagiert hatte. Sie hatte nicht einmal lang genug innegehalten, um sich im Stillen zu fragen: *Soll ich oder soll ich nicht?* Sie hatte sich schlicht von ihrer Begierde treiben lassen, ohne einen einzigen Gedanken daran zu verschwenden, ob sie falsch oder richtig handelte.

Was ihr gar nicht ähnlich sah. Nachdem ihr Vater sie im Stich gelassen hatte, hatte ihre Mutter alle wichtigen Entscheidungen ihr überlassen. Und weil sie so viel Verantwortung tragen musste, wägte sie seither jede Entscheidung sorgsam ab. Sie konnte es sich nicht leisten, ein einziges Mal falsch abzubiegen, da nicht nur ihre Zukunft, sondern auch die ihrer Mutter davon abhing, dass sie stets das Richtige tat.

In ihrem Leben hatte es nie Raum für irgendwelche Eskapaden gegeben.

Als sie jetzt ihr Spiegelbild betrachtete, begriff sie, dass sie diesen einen überstürzten Akt trotz aller Konsequenzen, die sich daraus ergeben mochten, keineswegs so bedauerte, wie sie es eigentlich sollte. Hätte sie so umsichtig und vorsichtig gehandelt wie sonst auch, hätte sie niemals diesen Ansturm unglaublicher Empfindungen erlebt. Sie hätte niemals jene erotisch aufgeladenen Momente erlebt, die allein vom Rhythmus ihres und seines Atems bestimmt wurden. Sie hätte niemals diese rohe Wildheit, diese ungezügelte Lust erlebt. Sie hätte niemals … ihn erlebt.

Es war besser, sich jetzt mit leiser Reue daran zu erinnern, als ewig zu bereuen, dass sie sich diese Erfahrung verwehrt hatte.

Aber trotz alledem würde er immer der Mann bleiben, für den sie gegen die Regeln verstoßen hatte. Und sie würde für ihn immer das System repräsentieren, das zwischen ihm und seinem Kind stand. Seine Abschiedsworte gestern Abend hatten sie ins Mark getroffen, doch sie hatten die Aussichtslosigkeit ihrer Lage gut zusammengefasst.

Nachdem sie sich geduscht und angezogen hatte, ging sie in die Küche, wo Marilyn schon am Küchentisch saß, den sie in einen provisorischen Arbeitsplatz umgewandelt hatte. Sie wünschten sich gegenseitig einen guten Morgen, und als Holly fragte, wie Marilyn geschlafen hatte, lachte ihre Managerin schnaubend auf. »Ich bin vielleicht eine Leibwächterin … Gestern Abend hat es mir alle Lichter ausgeknipst. Wann bist du heimgekommen?«

»Gegen halb elf. Ich hatte eine Polizeieskorte bis zur Tür, danach haben sie am Ende der Zufahrt geparkt.«

»Sie sind immer noch da. Hast du gestern Abend zufällig die Nachrichten gesehen?«

»Nein.«

»Ein neuer Name steht im Fokus der Ermittlungen. Ein gewisser Chuck Otterman.«

Holly wollte sich gerade Kaffee einschenken, hielt aber in der Bewegung inne. »Bist du sicher?«

»Heute Morgen haben sie es noch mal gebracht. Ich dachte mir, den Namen kennst du doch, und weißt du was?« Sie tippte auf ein Blatt mit einer Namensliste. »Er hat für deinen Wahlkampf gespendet.«

»Ja, ich weiß. Ich kenne ihn.« Jetzt begriff sie, warum Crawford sie scheinbar aus heiterem Himmel nach Otterman gefragt hatte. »Was wird über ihn berichtet?«

Marilyn erzählte es ihr. »Ganz ehrlich, es ist nicht gerade viel, wenn du mich fragst«, fasste sie zusammen. »Er hat sich von selbst gemeldet. Wenn er was zu verbergen hätte, würde er die Öffentlichkeit doch meiden. Und was könnte er gegen dich haben?«

»Nichts, soweit ich weiß.«

»Ich glaube, die Presse hat Wind davon gekriegt, dass er aus dem Gerichtsgebäude geschlichen ist, und bläst die Sache jetzt künstlich auf.« Marilyn deutete auf den Stuhl ihr gegenüber. »Setz dich. Lass uns reden.«

Holly setzte sich.

Marilyn faltete die Hände auf der Tischplatte. »Meinen Vorschlag, den Ranger für unsere Zwecke einzusetzen, hast du sofort abgeschossen ... Entschuldige, vielleicht nicht die beste Wortwahl ...«

»Ich stehe zu dieser Entscheidung, Marilyn. Er hat schon genug am Hals.«

»Holly, er könnte ein Model sein.«

»Wofür?«

»Für den gutaussehenden, großen, bösen Bullen schlechthin. Als du ihn mit ›einfach bullig‹ beschrieben hast, hast du das kantige Kinn genauso unterschlagen wie die hohen Wangenknochen und die Tatsache, dass er eine absolute Sahneschnitte ist.«

»Mal ehrlich, Marilyn. Wie alt bist du?«

»Nie zu alt, um so was zu bemerken. Außerdem habe ich ihn gestern Abend gegoogelt. Kennst du seine Vergangenheit?« Ehe Holly antworten konnte, begann sie Crawfords »Heldentaten«, wie sie es nannte, aufzuzählen.

»Und er ist nicht bloß ein Revolverheld. Praktisch ganz allein hat er einen Kinderpornoring ausgehoben, der von einem Prediger und seiner Frau direkt hier am Arsch der Welt betrieben wurde, wobei sie aber Kunden aus aller Welt hatten. Selbst das FBI hat Lobeshymnen auf ihn gesungen.« Sie beugte sich vor und stützte sich auf den Tisch. »Er ist schlau. Er ist zäh. Er war absolut unhöflich zu mir, aber das verzeihe ich ihm, weil er diese bemerkenswerte Schwäche für seine Tochter hat, eine Halbwaise. Er war in deinem Gerichtssaal, um das Sorgerecht für sie zu erstreiten, *als …*«

Hier machte Marylin eine Pause, um den folgenden Worten noch mehr Nachdruck zu verleihen. »Als ihn das Schicksal das Leben jener Richterin retten lässt, die möglicherweise gegen ihn entschieden hätte.« Sie breitete die Arme aus und rief: »Das ist reinstes Hollywood. Edelmut und Tapferkeit. Die Wähler werden das verschlingen. Aber nur, wenn wir es ihnen auch servieren.«

»Ich habe seinen Sorgerechtsfall abgegeben.«

Marilyn war wie vor den Kopf gestoßen. »Was? Wann? Wirklich? Sagst du mir, warum?«

»Nein.«

Hollys bündige, aber entschiedene Antwort ließ keinen Raum für Widerspruch. Taktvoll ließ Marilyn das Thema auf sich beruhen, nahm einen Stift und klopfte damit ein schnelles Stakkato auf den Tisch.

Eine volle Minute verstrich, bevor Marilyn den Stift auf den Tisch warf und in die Hände klatschte. »Eigentlich ist das noch besser. Ja! Als vorsitzende Richterin konntest du dich nicht offen äußern. Jetzt, wo du nicht mehr über seinen Fall entscheidest, kannst du ganz frei reden. Du kannst über ihn reden, wie dir der Schnabel gewachsen ist.«

Holly seufzte. »Marilyn…«

»Ich weiß, du willst seine Tochter vor der Presse beschützen. Ich hab's kapiert. Außerdem würde das der Großvater sowieso nicht erlauben. Er wollte sich meine Idee gar nicht anhören. Aber wenn wir…«

»Moment. Noch mal zurück. Du hast versucht, diese Idee Joe Gilroy zu verkaufen?«

»Vor etwa einer halben Stunde.«

Holly sah auf Marilyns Smartphone, das zwischen ihnen auf dem Tisch lag.

»Ich habe ihn gegoogelt und hatte im Nu seine Nummer«, erklärte Marylin. »Allerdings hat der Anruf nichts gebracht. Kaum hatte ich mich vorgestellt und ihm erklärt, wer ich bin, da hatte er schon wieder aufgelegt. Aber wir können trotzdem daraus Kapital schlagen, auch ohne das kleine Mädchen. Wir können…«

»Entschuldige mich einen Augenblick.« Holly schob ihren Stuhl zurück und stand auf.

»Wo gehst du hin?«

»Bin gleich wieder da.« Holly ließ Marilyn weiter Notizen in ihr Handy diktieren.

Als sie wenige Minuten später zurückkehrte, brachte Marilyn

gerade einen Gedanken zu Ende und schaltete dann das Handy aus. »Mir sind spontan ein paar Möglichkeiten eingefallen. Wir brauchen nicht alle umzusetzen, aber… Was soll das?«

Holly stellte Marilyns gepackten Koffer an der Hintertür ab. »Begreifst du das nicht?«

»Du wirfst mich aus dem Haus?«

»Nein, ich feuere dich.«

Marilyn sah sie mit offenem Mund an.

»Ich bin dir für alles dankbar, was du bisher getan hast, Marilyn. Du warst jeden Penny wert, den ich dir bis zu diesem Zeitpunkt gezahlt habe. Aber dass du so weit gehen würdest, nur um die Wahl zu gewinnen, finde ich furchtbar.« Sie erkannte, dass Marilyn etwas einwenden wollte, und hob die Hand. »Widerspruch ist zwecklos. Unsere Verbindung ist hiermit beendet. Bitte räum noch den Tisch frei, bevor du gehst. Und gute Heimfahrt nach Dallas.«

Als Crawford ein paar Minuten vor neun eintraf, wartete Neal schon vor dem Obduktionssaal des Gerichtsmediziners. Keiner von beiden sagte etwas. Crawford lehnte sich an die Wand und sah sein Gegenüber stumm an.

»Im PD ist die Hölle los«, durchbrach Neal schließlich ihr Schweigen.

Crawford drehte den Kopf und sah den langen Korridor hinunter, der im Augenblick menschenleer war. Neal verstand den Wink nicht. »Ist es wahr, dass du ein Kontaktverbot zugestellt bekommen hast?«

»Ja.«

»Hast du wirklich deinen Schwiegervater bedroht?«

»Nein.«

»Du kannst gewalttätig werden. Das weiß ich aus erster Hand.«

Crawford sah wieder nach vorn und ertappte Neal dabei, wie er mit der Zunge über seine Unterlippe fuhr. »Aber ich gebe keine Vorwarnung«, sagte Crawford. »Das verfehlt den Zweck.«

»Du bist destruktiv.« Neal kam allmählich in Fahrt. »Dieser kleine Trick, den du gestern Abend mit dem Fernsehsender abgezogen hast, hat unsere Ermittlungen zurückgeworfen...«

»Was für *Ermittlungen,* Neal? Die einzige Spur, die wir haben, willst du nicht verfolgen.«

»Otterman? Der Chief...«

»Ooooh. Haben sie dich ins Büro des Rektors zitiert?«

»Und der hat mir eine Abreibung verpasst.«

»Weil du den Fall auf deinem blankpolierten Schreibtisch versauern lässt?«

»Für deine unbegründeten Unterstellungen...«

»Ich habe verflucht noch mal gar nichts unterstellt. Ist es richtig oder falsch, dass Otterman zu uns kam und zugegeben hat, dass er einen Bullen überredet hatte, ihn aus dem Gerichtsgebäude zu lassen? Hm? Richtig. Ist es richtig oder falsch, dass ich ihn gebeten habe, einen Blick auf Rodriguez zu werfen, und dass er damit einverstanden war? Auch richtig. Was also habe ich unterstellt?«

Neal blieb stumm und kochte vor sich hin.

»Hör zu!« Crawford atmete durch und fuhr versöhnlicher fort. »Wenn du möchtest, dass ich mit dem Chief spreche und die volle Verantwortung übernehme, falls es wegen Otterman irgendwelche Nachwehen geben sollte, dann tue ich das nur zu gern.«

»Scheiße, nein. Du solltest mit gar niemandem sprechen. Du hast irgendwas an dir, was alle Leute verprellt.«

»Und ich hatte so gehofft, zum Mr. Prentiss gewählt zu werden.«

»Wer hat dein Haus auf den Kopf gestellt?«

Die Oberflächlichkeit, mit der Neal das fragte, kratzte an der Wunde, die nach den Verwüstungen zurückgeblieben war. »Heute Morgen war im PD wohl wirklich die Hölle los, wie?«, fragte Crawford mit gezwungener Ironie zurück. »Vergesst eure Seminare über Einbruchssicherung. Ihr solltet lieber welche darüber halten, wie man am schnellsten Klatsch verbreitet.«

»Das war kein Klatsch. Sondern aktenkundig. Du hast die Polizei zu dir nach Hause gerufen. Die Kollegen haben einen Bericht erstellt.«

Crawford war klar, dass es so gut wie aussichtslos war, den Eindringling zu fassen. Wer ein so spezifisches, so zielgerichtetes Verbrechen beging, wusste genau, was er tat, und würde darum kaum irgendwelche Spuren hinterlassen. Dennoch war das Zimmer am Morgen auf Fingerabdrücke abgesucht worden.

Der Eindringling war durch ein Fenster in Georgias Zimmer eingestiegen, doch Spuren im Garten davor hatten sich nicht gefunden. Einer der Polizisten hatte gemutmaßt, dass der Täter nach Diebesgut Ausschau gehalten hatte, das sich leicht versetzen und zu Drogengeld machen ließ. »Als er keinen Schmuck und auch keine elektronischen Geräte fand, sondern bloß ein paar Puppen, wurde er sauer und ist ausgeflippt.«

Crawford stimmte dieser Theorie nicht zu, aber er hatte nicht widersprochen. Er hatte die Polizei nur gerufen, damit eine Anzeige des Einbruchs aktenkundig wurde, falls er je darauf zurückgreifen musste, etwa für die Versicherung.

»Irgendeine Idee, wer das gewesen sein könnte?«, fragte Neal ihn jetzt.

Crawford hätte ohnehin nicht geantwortet, aber er brauchte es auch nicht. »Da kommt Otterman.«

Der Mann trat aus dem Aufzug und kam auf sie zumarschiert, markig und arrogant wie am Tag zuvor. Der einzige Unterschied war, dass er heute Arbeitskleidung trug. Die Beine seiner Khakihose steckten in hohen, dreckverkrusteten Stiefeln. Ein paar Schritte vor ihnen blieb er stehen und bedachte Neal mit einem harten Blick. »Haben Sie so wenig an Spuren vorzuweisen, dass Sie meinen Namen in die Presse bringen mussten?«

Neal verzog das Gesicht. »Niemand aus unserem Department hat behauptet, dass Sie im Fokus der Ermittlungen stehen, Mr. Otterman. Das ist allein auf dem Mist des Reporters gewachsen. Wir haben das richtiggestellt, und er hat versprochen, das zu korrigieren.«

»Meinetwegen kann er mich als Jack the Ripper bezeichnen, ist mir doch egal. Das ändert nichts an der Wahrheit, und die habe ich Ihnen gestern gesagt. Mir stößt nur auf, dass mich jetzt ständig irgendwelche Reporter anrufen und um einen Kommentar bitten, während ich meine Termine einhalten muss, mich mit einem kaputten Ausrüstungsteil herumschlagen darf und eine Mannschaft habe, die herumsteht und Eier schaukelt, bis ich hier fertig bin.« Er sah auf seine Armbanduhr. »Können wir das jetzt hinter uns bringen, damit ich wieder an die Arbeit gehen kann?«

Crawford stand gleich bei einem großen roten Knopf neben der Doppeltür. Er drückte ihn, und der Türöffner summte. Er trat zur Seite und ließ die beiden anderen vorangehen, wobei Otterman stur an ihm vorbeiblickte und so tat, als wäre er gar nicht da.

Neal hatte ihren Besuch angekündigt und die Angestellten gebeten, alles vorzubereiten. Dr. Anderson war anderweitig beschäftigt, aber einer seiner Assistenten stand neben dem Tisch. Sobald sie sich ihm gegenüber aufgestellt hatten, schlug er bedächtig das Laken zurück.

Crawford hielt den Blick auf Otterman gerichtet, der sich trotz seiner wiederholten Behauptung, Jorge Rodriguez nicht zu kennen, augenblicklich verriet. Crawford sah, wie er unter einem scharfen Luftholen den Bauch einzog. Er blinzelte mehrmals und sah dann eilig weg.

»Mr. Otterman?«

Er hatte sich so schnell wieder gefangen, dass Crawford das verräterische Zucken nicht aufgefallen wäre, wenn er nicht eigens darauf geachtet hätte. Als Otterman auf Neals diskrete Nachfrage antwortete, war sein Gesicht zu einer Maske geworden, so plötzlich hatte sich die Transformation vollzogen. Seine Miene war undurchdringlich, unnachgiebig, unnahbar.

»Ich kenne ihn nicht«, sagte er.

# 20

Crawford fuhr von der Gerichtsmedizin direkt zum Gericht. Neal war kurz vor ihm eingetroffen. Als Crawford in das Großraumbüro trat, strich der Detective eben seine Krawatte glatt und ließ sich in seinen Schreibtischstuhl sinken. Seine unerträgliche Ruhe brachte Crawford zum Kochen.

Er trat an den Schreibtisch. »Er hat gelogen.«

»War mir klar, dass du das sagen würdest.«

»Ich habe es *gesehen,* Neal.«

»Du hast gesehen, was du sehen wolltest.«

»Die Zeichen waren nicht zu übersehen. Jeder hätte sie bemerkt. Er hat Rodriguez auf den ersten Blick erkannt, verflucht noch mal. Nicht mal dir hätte seine Reaktion entgehen dürfen.«

Neal schoss einen zornsprühenden Blick auf ihn ab, aber Crawford spürte, dass ihm Ottermans Reaktion nicht so gleichgültig war, wie er tat. »Dir ist das doch aufgefallen, oder?«

»Ein kurzes Zucken«, gab Neal zu. »Nichts, weswegen du Luftsprünge machen musst. Vielleicht standen er und Rodriguez mal nebeneinander am Urinal.«

»Und vielleicht war Rodriguez Teil eines Komplotts.«

»Eines Komplotts? Bisher haben wir nicht einmal den kleinsten Hinweis darauf, und plötzlich haben wir es mit einem ganzen Komplott zu tun, bei dem Chuck Otterman dahintersteckt?« Er lachte kurz auf und sah Crawford dann mit schmalen Augen an. »Warum hast du dich so auf ihn eingeschossen?«

»Warum du nicht?«

»Weil es kein Indiz gibt, das auf ihn hinweisen würde.« Neal wurde lauter. »Und kein Motiv. Beides lästige Bagatellen, die aber einen wesentlichen Bestandteil unseres Justizsystems darstellen. Und selbst wenn sie dir nicht viel bedeuten, legt der Staatsanwalt doch großen Wert darauf.«

Er hatte recht, und Crawford hatte nichts darauf zu entgegnen, dennoch würde er nicht gleich das Handtuch werfen. »Ich behaupte trotzdem, dass er uns was vorspielt. Dass er hier auftaucht und einen auf *Mea culpa* als guter Staatsbürger macht, war ein Ablenkungsmanöver. Sehr geschickt. Er beichtet uns, dass er im Gericht war, bevor wir das selbst herausfinden können, und lenkt damit den Verdacht von sich ab.«

»Ich verdächtige ihn *nicht*. Wir haben nachgebohrt und abgesehen von einer Wahlkampfspende nichts gefunden, was ihn irgendwie mit Richterin Spencer in Verbindung bringen würde.«

»Vielleicht haben wir am falschen Fleck gebohrt.«

»Was das angeht, bin ich ganz und gar deiner Meinung. Wir bohren am falschen Fleck.« Neals Handy zirpte. »Entschuldige.« Er nahm das Gespräch an, hörte kurz zu und sagte dann: »Moment.« Er deckte das Mikrofon ab. »Meine Frau. Unsere Jüngste hat einen Mageninfekt.« Er drehte seinen Stuhl zum Fenster und Crawford damit den Rücken zu.

Crawford ging hinüber zu der improvisierten Kaffeebar, die sich auf eine Kaffeemaschine, die noch aus der Nixon-Ära stammen musste, und das entsprechende Zubehör beschränkte. Er schenkte sich lauwarmen Blümchenkaffee in einen Styroporbecher und drückte auf seinem Prepaid-Handy die Schnellwahltaste für Smitty.

Der Clubbesitzer antwortete mit einem geknurrten: »Ja?«

»Wollte nur mal kontrollieren, ob mein Handy kaputt ist oder so.«

Smitty erkannte seine Stimme und fluchte. »Du hast gesagt, ich soll anrufen, wenn ich was für dich habe. Habe ich angerufen? Nein.«

»Ich kenne da jemanden im Finanzamt…«

»Ehrenwort!«

»…der sich an einer Steuerprüfung richtig aufgeilen kann.«

»Ich schwöre bei Gott, das Objekt deiner Begierde war seitdem noch nicht mal im Club…«

»Dem Tickled Pink?«

»Und auch in keinem anderen. Nicht mehr, seit du hier warst. Womit bewiesen wäre, was ich von Anfang an gesagt habe. Du bringst nur Unglück.«

»Hast du mit irgendwem über ihn gesprochen?«

»Denkst du, ich bin verrückt?«

»Ich denke, du bist Abschaum. Und, hast du?«

»Ich habe ein paar Fühler ausgestreckt, okay? Bis jetzt ist noch nichts dabei rumgekommen.«

In diesem Moment trat Matt Nugent in den Raum, mehrere Akten unter den Arm geklemmt. Er sah aufgeregt aus. Crawford sah zu Neal hinüber, der immer noch mit dem Rücken zum Raum saß.

»Streng dich an, Smitty, sonst muss ich den Kollegen bei der Sitte von der Minderjährigen erzählen, die bei dir an der Stange tanzt.«

»Scheiße! Woher weißt du von ihr?«

»Bis jetzt wusste ich nichts von ihr.«

Crawford klickte das Gespräch weg, versenkte seinen Kaffeebecher im Mülleimer und fing Nugent geschickt ab. »Morgen, Matt. Neal telefoniert gerade. Was haben Sie da?«

»Nichts weiter.«

Doch Crawford erkannte an Nugents hüpfendem Adamsapfel, dass es sehr wohl etwas war. Ohne dem jungen Detective Gelegenheit zum Protest zu geben, zwang er ihn zu einer Kehrtwende und führte ihn zurück auf den Gang. Er dirigierte ihn an eine Stelle, wo sie ungestört waren, und zupfte eine Akte aus der Sammlung, bevor Nugent ihn daran hindern konnte.

»Si-sie sollen die nicht sehen«, stotterte er, während Crawford die Akte aufschlug.

Nein, er war sicher, dass Neal ihn die nicht sehen lassen wollte. Die Fotos waren körnig, verschwommen und ganz offenkundig mit einem Teleobjektiv aufgenommen. Das anvisierte Objekt befand sich in Bewegung: Es war er selbst. Sie dokumentierten sein Kommen und Gehen in den letzten vierundzwanzig Stunden. Zu Fuß. Im Wagen. Seine Ankunft im Gerichtsgebäude. Seine Abfahrt. Den Besuch in der Bar vor einem Glas Bourbon. Den Erhalt einer einstweiligen Verfügung unter dem Strahl seiner Verandaleuchte.

Er konnte nicht glauben, dass er nichts von der Observation mitbekommen hatte, aber er hatte auch nicht damit gerechnet und folglich nicht darauf geachtet. Ein Punkt für Neal.

Während er noch einmal durch die ausgedruckten Bilder blätterte, fragte er: »Aber der Fotograf hat nicht zufällig den Hurensohn aufgenommen, der das Kinderzimmer von meiner Kleinen verwüstet hat, oder?«

Nugent hatte kein Ohr für Crawfords sarkastischen Unterton. »Das hat Neal auch schon gefragt. Nein«, antwortete er ganz ernst.

Crawford sah zwar alles durch einen roten Zornnebel, aber ihm war klar, dass Neal erfahren würde, wie er reagiert hatte. Mit äußerster Selbstbeherrschung und Sorgfalt schob er die

Fotos zusammen, legte sie zurück in die Akte und reichte sie Nugent. »Wer der Typ auch ist, er leistet gute Arbeit.«

Nugent meinte elend: »Neal wird mir den Kopf abreißen.«

»Keine Sorge. Falls es notwendig werden sollte, werde ich ihm erklären, dass ich die Bilder gewaltsam an mich genommen habe. Das wird er bestimmt glauben.«

»Danke.« Er zögerte und meinte dann: »Ich verstehe sowieso nicht, warum er Sie beschatten ließ.«

»Ich auch nicht, Matt.«

Sie traten wieder ins Großraumbüro. Neal sprach immer noch in sein Mobiltelefon und bemerkte nicht, wie fahrig Nugent sich an seinen Schreibtisch setzte und den Computer hochfuhr. Crawford versuchte zu verarbeiten, was es zu bedeuten hatte, dass er beschattet wurde, und wie er Neal daraufhin ansprechen sollte, als das Festnetztelefon auf Neals Schreibtisch zu läuten begann. Automatisch nahm Crawford das Gespräch an.

»Crawford Hunt.«

Eine kecke Frauenstimme sagte: »Ach, hallo. Hier ist Carrie Lester.«

Crawfords Blick zuckte zu Neal hinüber. »Verzeihung, wer?«

»Neals Frau. Wir kennen uns nicht, aber ich weiß natürlich, wer Sie sind.«

Crawford starrte auf Neals Hinterkopf, während seine Frau ihn nichtsahnend als Lügner auffliegen ließ. »Bitte entschuldigen Sie die Störung«, sagte sie, »aber ich versuche schon eine ganze Weile, Neal zu erreichen, und sein Handy schaltet direkt auf die Mailbox. Ist er zufällig im Haus?«

Als Crawford eintrat, blickte Hollys Assistentin hinter ihrem Schreibtisch auf und fragte überrascht: »Mr. Hunt?«

»Ist die Richterin da?«

»Sie ist vor zehn Minuten gekommen.«

»Würden Sie ihr bitte sagen, dass ich hier bin? Es gibt in dem Fall eine neue Wendung, über die ich mit ihr sprechen muss.«

Sie hielt kurz über Telefon Rücksprache mit Holly, die gleich darauf die Tür zu ihrem Arbeitszimmer aufzog und ihn erwartungsvoll ansah. »Guten Morgen.«

»Hi. Tut mir leid, dass ich nicht vorher angerufen habe.«

»Es geht um etwas Wichtiges?«

»Ganz recht.«

Sie trat zur Seite und winkte ihn in ihr Büro. »Bitte stellen Sie keine Anrufe durch, Mrs. Briggs.« Sie schloss die Tür und sah ihn an.

Heute bestand ihr Kostüm aus einer schwarzen Hose und einem schwarz-cremefarben gestreiften Jackett. Die Bluse darunter hatte denselben Farbton wie die hellen Streifen und war mit einer Leiste winziger Perlknöpfe geschlossen. So verführerisch der Anblick auch war, Crawford hielt seinen Blick konsequent auf Gesichtshöhe.

»Ich muss mich dafür entschuldigen, was ich gestern gesagt habe, dass Georgia schon bei mir sein könnte, wenn du nicht so lange gebraucht hättest.«

»Leider ist das die Wahrheit.«

»Vielleicht. Aber das ist Haarspalterei. Außerdem war ich wegen etwas anderem wütend und hätte das nicht an dir auslassen dürfen. Jedenfalls…« Er beließ es dabei, und auch sie hakte nicht nach.

»Wurde die einstweilige Verfügung zugestellt?«, fragte sie.

»Minuten, nachdem ich nach Hause kam. Es war eine ereignisreiche Nacht.«

Und ihm war klar, dass man ihm das ansah. Erst in den frühen Morgenstunden hatten die Streifenbeamten die Spurensuche in dem verwüsteten Zimmer und der Umgebung des Hauses beendet. Nachdem sie gegangen waren, hatte er noch lange wachgelegen, über das demolierte Zimmer nachgesonnen und gerätselt, wer es wohl verwüstet hatte und – was ihm noch mehr Sorgen bereitete – aus welchem Grund.

Nachdem ihm nur ein paar Stunden Schlaf vergönnt gewesen waren, lagen dunkle Ringe unter seinen Augen. Er hatte sich nicht die Mühe gemacht, sich zu rasieren, und seine Haare nur kurz mit dem Handtuch trocken gerubbelt. Sein Hemd und seine Jeans waren sauber, aber er trug noch das verknitterte Sportsakko vom Vortag.

»Ist gestern Nacht sonst noch was passiert?«, fragte sie.

»Dazu komme ich gleich. Erst muss ich dir den Tag versauen.«

»Eine neue Wendung im Fall? Das hast du Mrs. Briggs nicht nur erzählt, damit du dich bei mir entschuldigen konntest?«

»Leider nein. Ich bin gekommen, um dich auf den neuesten Stand zu bringen.«

Er stemmte die Hände in die Hüften, sah zu Boden und wünschte sich, jemand hätte seinen Text in die Dielen geritzt, dem er folgen konnte. Aber da war nichts. Er musste selbst entscheiden, welche Worte er verwendete, und kam zu dem Schluss, dass er am besten die einfachsten wählte.

»Neal lässt mich beschatten.« Sie klappte den Mund auf, um etwas zu sagen, doch er kam ihr zuvor: »Warte, hör erst mal zu. Das ist nicht das Schlimmste. Er hat Bilder. Ich weiß nicht, wie lange ich schon überwacht werde oder wie gründlich, aber ich wollte dich warnen, dass du womöglich auch auf einigen der Bilder drauf bist.« Er nickte in Richtung der drei hohen Fenster hinter ihrem Schreibtisch.

»Ich kann dir das nicht mit Sicherheit sagen, weil ich nur

eine Auswahl gesehen habe. Aber ich habe diese Typen selbst schon eingesetzt und weiß, wie geschickt sie sind. Falls mich mein Beschatter gestern Abend hier hochgehen sah und uns dann durch diese Fenster fotografiert hat, sind wir am Arsch. Du und ich zusammen.«

Sie zu zweit direkt an ihrer Schreibtischkante, seine Hände praktisch an ihrem Hintern und er so dicht vor ihr, dass sich ihre Geschlechter berührten. Da musste sogar eine Kameralinse beschlagen.

»Wenigstens haben wir uns nicht geküsst«, sagte er. »Er hat uns nicht bei einem Zungenkuss erwischt, aber ich glaube, uns sieht trotzdem jeder an, dass wir … na ja … du weißt schon.«

Ihre Blicke trafen sich. »Warum hat Neal dich beschatten lassen?«, wollte sie wissen.

Er hatte wütende Vorwürfe erwartet. Ihre Frage brachte ihn kurz aus dem Konzept, und er wedelte wegwerfend mit der Hand. »Er hat den Verdacht, dass ich hinter der Schießerei im Gerichtssaal stecke.«

»*Wie bitte?*«

»Verrückt, ich weiß. Aber er ist so darauf versessen, mich fertigzumachen, dass er mit Vollgas in eine Sackgasse rast. Und das, obwohl …« Er erzählte ihr, wie Otterman auf den Anblick des Leichnams reagiert hatte. »Auch Neal hat das bemerkt, selbst wenn er es nicht zugeben wollte.«

»Ich will Chuck Otterman nicht in Schutz nehmen«, wandte sie ein. »Schließlich kenne ich ihn kaum. Aber genau das ist der Punkt. Abgesehen von einer bescheidenen Spende zu meinem Wahlkampf gibt es keine Verbindung zwischen uns. Wenn da etwas wäre, würde ich es dir erzählen.«

»Ich glaube dir. Trotzdem könnte da etwas sein, woran du dich nicht erinnerst oder wovon du eventuell gar nichts weißt. Vielleicht gibt es eine Verknüpfung über die Kanzlei in Dallas?«

»Ich habe dort angerufen, um mich für die Unannehmlichkeiten zu entschuldigen, die ihnen durch die ganze Sache entstehen. Sie haben mir versichert, dass Chuck Otterman nie mit einem ihrer Anwälte zu tun hatte, weder früher noch zum jetzigen Zeitpunkt, und das schließt mich ein.«

»Vielleicht verschweigen sie dir etwas, immerhin gibt es ein Anwaltsgeheimnis.«

»Der Gedanke ist mir auch gekommen. Ich habe das angesprochen.« Sie schüttelte den Kopf. »Ich glaube, sie würden mir wenigstens einen dezenten Hinweis geben. Schließlich geht es hier um einen Mordfall.«

»Okay. Aber denk weiter nach, okay? Und was willst du wegen der anderen Sache unternehmen?«

»Du meinst wegen der Fotos?«

»Ich weiß nicht, ob es auch welche von dir gibt. Aber falls ja, werden sie dir schaden.«

»Ich habe deinen Fall abgegeben.«

»Trotzdem ist die ganze Sache ein einziger Morast. Dieses Arschloch Sanders könnte das zum Skandal des Jahrzehnts aufbauschen.« Er wandte sich von ihr ab. »Verflucht, ich hätte die Finger von dir lassen sollen. Ich würde es mir nie verzeihen, wenn ich dich um deinen Wahlsieg bringen sollte.«

»Wirst du dir je verzeihen, dass du mir das Leben gerettet hast?«

Er fuhr wieder herum. »Was meinst du?«

»Crawford, ich war von dem Moment an nicht mehr neutral, in dem du über die Absperrung gesprungen bist und mich vor dem Schützen abgeschirmt hast. Ganz egal, was seither geschehen ist, ich hätte unmöglich objektiv über den Mann entscheiden können, der sein Leben aufs Spiel setzt, um meines zu beschützen.«

Es klang ein bisschen zu glatt, zwar nach einer aufrichtigen, aber zu sehr zurechtgesponnenen Antwort, vorab zurechtgelegt, falls jemand ihr eine peinliche Frage nach ihm stellen sollte. »Stammt der Text von dir oder von Wie-heißt-sie-noch?«

»Wie-heißt-sie-noch habe ich heute Morgen gefeuert.«

Das kam überraschend. »Wieso? Wegen ihrer Frisur?«

Sie lachte. »Die allein wäre Grund genug gewesen. Aber wir hatten unterschiedliche Ansichten darüber, wie ich meine Kampagne führen sollte.«

Sein Handy zeigte mit einem Ping an, dass eine Nachricht eingegangen war. »Lass mich kurz nachsehen.« Er öffnete die App für die SMS und starrte verdattert auf ein Standbild von Georgia, in dessen Mitte ein Play-Pfeil zu sehen war. Zaghaft tippte er darauf, um die MMS zu starten.

Ihr helles Lachen schallte durch das Zimmer. Im Hintergrund erkannte er den Park, den vertrauten Spielplatz, die Schaukeln. Bei jedem Schwung fingen sich kurz vor dem Wendepunkt die Sonnenstrahlen in Georgias blonden Locken. Ihre kleinen Hände umklammerten die dicken Seile, und sie streckte angestrengt die Zehen vor, um so hoch zu kommen wie nur möglich. Sie lachte glücklich.

Das Video dauerte zweiunddreißig Sekunden, und es war die längste halbe Minute seines Lebens. Der Text darunter lautete: »Du machst es echt zu einfach.«

Er rannte zur Tür und zog sie so heftig auf, dass sie fast aus den Angeln gerissen wurde.

»Crawford? Was ist denn?«, rief Holly hinter ihm her.

»Ruf die Polizei!«, brüllte er, während er an ihrer verdatterten Assistentin vorbeistürmte. »Die sollen sofort jemanden hinschicken.«

»Wohin?«

»Zu dem Spielplatz im Park.«

Auf der scheinbar endlosen Treppe vier Stockwerke abwärts scheuchte er die anderen Besucher mit lauten Rufen aus seinem Weg und schubste alle beiseite, die nicht schnell genug auswichen. Die Hälfte der Stufen übersprang er. Als er unten in der Eingangshalle ankam, rief er zwei plaudernden Deputys zu: »Zum Stadtpark! Sofort!«

Er wartete nicht ab, ob sie ihm folgten, sondern rumpelte durch die Eingangstür und drückte, während er zum Parkplatz sprintete, die Fernbedienung für die Zentralverriegelung. Er schwang sich hinters Lenkrad, startete den Motor und hupte wie wild, um den anderen Autofahrern auf dem Parkplatz anzuzeigen, dass er es eilig hatte.

Auf der Straße schlängelte er sich mit quietschenden Reifen durch den Verkehr. Die rechte Hand am Lenkrad, streckte er die linke aus dem offenen Fenster und presste die Magnethalterung des roten Einsatzlichts aufs Dach. Ein Blick in den Rückspiegel verriet ihm, dass ihm der Streifenwagen folgte. Er schaltete das Funkgerät ein und gab der Zentrale alle nötigen Informationen durch.

Er schoss an den Steinsäulen am Parkeingang vorbei, trat das Gaspedal durch und kürzte rücksichtslos über die Serpentinen der Zufahrtsstraße ab. Als der Parkplatz neben dem Spielplatz in Sichtweite kam, stieg er so fest vom Gas- aufs Bremspedal, dass der SUV meterweit schlitterte. Er rammte den Automatikhebel in Parkstellung und war schon aus dem Wagen gesprungen, bevor der SUV komplett zum Stehen gekommen war.

Er hörte Georgia, noch bevor er sie sah. Ihr hohes, helles Lachen durchbrach fröhlich und ausgelassen die schwüle Luft. Dann sah er sie. Sie stand auf dem Karussell, hielt sich an einem Griff fest und lachte, während Grace sie immer schneller drehte.

Crawford sank gegen einen Baumstamm, beugte sich vor und stemmte keuchend die Hände gegen die Knie, während sich Tränen der Erleichterung unter den beißenden Schweiß mischten, der ihm in die Augen tropfte.

Als er sich wieder aufrichtete, sah er Joe Gilroy. Er lehnte an seinem Wagen, der auf dem Weg parkte, und hatte das Handy in der Hand. Er sah zu Crawford her. Und lächelte. »Vielen Dank. Jetzt kann ich dich verhaften lassen.«

Crawfords Blickfeld verengte sich auf Stecknadelkopfgröße, und im Zentrum stand sein Schwiegervater. Er ging langsam, aber entschlossen auf ihn zu, und offenbar sah Joe ihm an, dass sich Crawfords Blut vor Zorn in Lava verwandelt hatte. Der ältere Mann richtete sich auf und stellte sich in Abwehrhaltung.

Crawford überbrückte die letzten Meter, packte Joe am Hemd, riss ihn von seinem Wagen weg und schubste ihn, dass er rückwärts taumelte und mit dem Hintern auf dem Schotter landete.

»Das sollte reichen«, knurrte Joe. »Dafür wanderst du in den Knast.«

»Was für ein krankes Spiel treibst du eigentlich, Joe?«

»Was für ein Spiel? Was redest du da?«

»Dieses Video. Mit der netten kleinen Unterschrift.«

»Du spinnst doch. Ich habe es schon immer gesagt. Und eben hast du es bewiesen. Ich weiß nichts von einem Video.«

Crawford beugte sich über ihn, aber einer der Deputys, die schnaufend hinter ihm angetrabt kamen, sprach ihn warnend an: »Tun Sie das nicht, sonst müssen wir Sie verhaften.«

Crawford blieb stehen, doch sein Blick lag weiter fest auf seinem Schwiegervater. »Gib mir dein Handy.«

»Du kannst mich mal.« Joe stand auf und klopfte sich den Staub von der Hose. »Ich gehe jetzt Georgia und Grace holen, und dann verschwinden wir von hier und aus deiner Nähe.« Er sah an Crawford vorbei auf die Deputys. »Worauf warten Sie? Es gibt ein Kontaktverbot gegen ihn. Verhaften Sie ihn.«

»Tut mir leid, Crawford«, sagte einer von ihnen. »Gehen wir.«

Crawford rührte sich nicht vom Fleck. Den Blick immer noch unverwandt auf Joe gerichtet, wiederholte er: »Gib. Mir. Dein. Handy.«

Joe sah ihn mit Todesverachtung an und drehte sich weg. Crawfords Hand schoss vor und umschloss Joes Arm. Es kam zu einer kurzen Rangelei um das Smartphone. Die Deputys schritten eilig ein und konnten Crawford mit vereinten Kräften zurückzerren.

Neals Wagen bremste gleich neben dem Fleck, an dem Crawford sich gegen den Klammergriff der Deputys wehrte. Neal und Nugent stiegen aus. Hinter Neals Wagen hielt ein weiteres Auto. Holly kletterte hinter dem Lenkrad hervor. Aus dem Augenwinkel bemerkte er die blinkenden Blaulichter weiterer Streifenwagen, die er hinzugerufen hatte, während er hierhergerast war.

»Was zum Teufel ist hier los?«, fragte Neal.

»Er hat mich angegriffen«, geiferte Joe. »Verhaften Sie ihn.«

»Er hat mir ein Video von Georgia geschickt«, erklärte Crawford schwer atmend, »weil er genau wusste, dass er mich damit herlocken würde. Sieh es dir selbst an und sag mir, was du davon hältst.«

Auf ein Nicken von Neal hin ließen die Deputys Crawford los. Er reichte Neal sein Handy und nannte ihm die PIN.

»Ich habe keinen Schimmer, wovon er verflucht noch mal redet«, behauptete Joe.

Neal öffnete das Video auf Crawfords Handy und spielte es ab. »Es ist nicht ersichtlich, wer es geschickt hat. Dürfte ich Ihr Handy sehen, Mr. Gilroy?«

Joe warf sich in die Brust. »Wenn Ihnen mein Wort nicht genügt…«

»Mr. Gilroy?« Holly zwängte sich zwischen Neal und Nugent durch und blieb vor Joe stehen. Sie sprach sanft und leise, mit der Stimme einer Vermittlerin. »Falls es sich nur um ein Missverständnis handelt, sollten wir die Situation entschärfen, bevor Ihre Enkelin die vielen Polizeiautos bemerkt und vielleicht Angst bekommt.«

»Falls sie Angst bekommt, ist es seine Schuld, nicht meine.«

»Dann können Sie hinterher allen verkünden, dass Sie recht hatten.«

Er sah sie aus schmalen Augen an. »Sie haben mit alldem nichts mehr zu schaffen. Allmählich frage ich mich, warum Sie den Fall abgegeben haben. Hat er Sie vielleicht auf seine Seite gezogen?«

Sie ließ seinen Vorwurf sacken. »Ich bin auf Georgias Seite. Bitte?«

Joes Augen glitzerten feindselig und stolz, doch als Neal ihm die offene Hand hinstreckte, klatschte er trotzig sein Handy hinein. »Ihr PIN-Code bitte, Mr. Gilroy?« Neal öffnete erst die Nachrichten-App und danach den Medien-Ordner, in dem Fotos und Videos gespeichert wurden. »Hier drin ist nichts.«

Holly hatte ebenfalls auf das Handydisplay geschaut und sah Crawford jetzt kopfschüttelnd an.

Inzwischen stießen immer mehr Polizisten zu ihrer Gruppe. »Sagen Sie ihnen, dass es blinder Alarm war«, befahl Neal seinem Kollegen Nugent. »Schicken Sie sie zurück.«

»Das war *kein* blinder Alarm«, sagte Crawford. »Du hast das Video gesehen.« Dann sah er auf Joe. »Er war an seinem Handy, als ich hier ankam. Er hätte das Video löschen können.«

Joe ging gar nicht darauf ein, sondern wandte sich direkt an Neal. »Ich habe kein Video aufgenommen.«

»Aber irgendwer hat eins gemacht.« Völlig aufgelöst pflügte Crawford mit den Fingern durch seine Haare. »Es sollte eine Warnung sein. Und wenn du es nicht warst…« Er rief sich den Winkel ins Gedächtnis, aus dem das Video aufgenommen worden war, und suchte mit den Augen den Wald hinter dem Park ab. »Dann müsste derjenige da drüben gestanden haben.«

Er wollte schon losstürmen, doch einer der Deputys hielt ihn zurück. »Wir übernehmen das, Crawford. Regeln Sie währenddessen das hier.« Er und sein Partner eilten los.

»Wie lange sind Sie schon hier?«, fragte Neal jetzt an Joe gewandt.

»Eine knappe Stunde. Die ganze Zeit hatten wir den Spielplatz für uns allein. Bis er auftauchte.« Er nickte kaum merklich in Crawfords Richtung. »Er führt sich auf wie ein Irrer. Und er hat mich angegriffen. Tun Sie Ihren Job, Sergeant Lester, und sperren Sie ihn ein.«

»*Daddy!*«

Georgias Freudenschrei ließ sie alle erstarren. Sie drehten sich um und sahen, wie sie mit ausgestreckten Armen auf Crawford zugerannt kam. Instinktiv wollte er ihr entgegengehen, doch Neal verstellte ihm den Weg und legte die Hand auf seine Brust. »Du bleibst hier.«

»Fick dich.«

»Falls du dich ihr näherst, muss ich dich verhaften.«

Crawford stieß Neals Hand weg. »Nein, dann musst du mich erschießen.«

# 21

Crawford schob Neal beiseite und eilte Georgia entgegen, die seine Beine umklammerte. Er hob sie hoch und drückte sie an seine Brust.

Ihre Haut war nach dem ausgelassenen Spiel heiß und klebrig. An seiner Brust spürte er ihr Herz schlagen. Er barg sein Gesicht in ihrem Haar und atmete tief ihren Duft ein.

»Daddy, du zerdrückst mich noch.«

»Entschuldige.« Er ließ zu, dass sie sich zurücklehnte, aber dafür küsste er mehrmals ihr rosiges Gesicht, und seine Küsse wurden begeistert erwidert. Er strich ein paar Ringellöckchen aus ihrer verschwitzten Stirn. »Und, hast du Spaß gehabt?«

Grace machte einen großen Bogen um Crawford und eilte weiter zu den anderen. Es interessierte Crawford nicht, was sich in seinem Rücken abspielte. Georgia war am Leben, unverletzt und nicht verstört, und allein das zählte für ihn.

Er trug sie zurück zum Karussell, setzte sich auf die Metallscheibe und hielt sie auf seinem Schoß fest, während er den Stiefelabsatz in die ausgetretene Furche rundherum stieß und sie damit langsam anschob.

Während sie losplapperte, inspizierte er kurz Arme, Beine und ihr Gesicht, um sich zu überzeugen, dass alles intakt und unverletzt war. Er schickte ein stilles Dankgebet an Gott, dessen Existenz er zwar anzweifelte, den er aber dennoch um Georgias Sicherheit, Gesundheit und Langlebigkeit willen besänftigt wissen wollte.

»Hörst du mir überhaupt zu, Daddy?«

»Jedes Wort.«

»Was ist das für eine Frau?«

Er drehte sich um und sah, dass Holly auf sie zukam. »Sie heißt Richterin Spencer.«

»So wie die Richterfrau im Fernsehen?«

»Ganz und gar nicht wie die Richterin im Fernsehen.« Er hielt das Karussell an, damit Holly mitfahren konnte.

Sie setzte sich neben ihn und sagte ganz leise: »Ich habe dir fünf Minuten verschafft.« Und dann, lauter: »Du bist bestimmt Georgia. Ich bin Holly.«

Sie streckte die Hand aus. Georgia schüttelte sie schüchtern.

Crawford flüsterte ihr ins Ohr: »Wie sagt man?«

»Sehr erfreut.«

»Ich bin auch sehr erfreut, dich endlich kennenzulernen. Ich habe schon so viel über dich gehört.«

»Wirklich?«

»Ist es wahr, dass Rosa deine Lieblingsfarbe ist?«

Georgias erste Scheu löste sich in Luft auf. Dass sie jemand Neuen zum Reden hatte, löste einen wahren Redeschwall aus. »Magst du die Rutsche oder die Schaukeln lieber?«, fragte sie Holly schließlich.

»Eindeutig die Schaukeln.«

»Ich auch. Ich mag am liebsten ganz hoch schaukeln. Daddy schubst mich immer an, aber ich muss mich ganz gut festhalten, damit ich nicht runterfalle wie er und mir einen Zahn ausschlage, der nicht mal locker war. Zeig ihn ihr, Daddy.«

Gehorsam deutete er für Holly auf einen seiner unteren Schneidezähne. Georgia zuliebe betrachtete sie ihn eingehend. »Das hat bestimmt wehgetan.«

»Das war doch bloß ein Milchzahn«, klärte Georgia sie auf.

»Da ist ihm ein neuer gewachsen, aber trotzdem muss man sich immer gut festhalten.«

»Ich werde darauf achten.«

Sie ließen Georgia das Gespräch führen, das schmetterlingsgleich mal hierhin, mal dahin flatterte. Als die Frist zu Ende ging, stupste Holly Crawford dezent gegen den Arm. Die fünf Minuten waren viel zu schnell verflogen.

Auch für Georgia, der es gar nicht gefiel, dass sie jetzt schon wieder gehen mussten. »Können wir Eis essen gehen?«

»Heute nicht, Liebes.«

»Bitte! Holly kann auch mitkommen. Du kommst doch mit, Holly, oder?«

»Das würde ich zu gern, aber heute geht es nicht. Vielleicht ein andermal.«

Georgia war so enttäuscht, dass Crawford schon fürchtete, ihr Jammern könnte in Weinen umschlagen, und nach dem, was heute passiert war, würde er keinesfalls einfach so gehen können, falls sie auch nur eine einzige Träne vergoss. Er hob sie von seinem Schoß und stellte sie hinter seinen Rücken. »Rauf mit dir. Ich nehme dich huckepack.«

Auf seinen Schultern sitzen zu dürfen, war immer ein Trost. Sie krallte sich in seine wuscheligen Haare, während er mit übertrieben wankenden Schritten zum Parkplatz stapfte. Sie kicherte, als er sie wieder absetzte. Er ging vor ihr in die Hocke und fuhr mit den Händen über ihre Arme, als müsste er sich noch einmal vergewissern, dass sie gesund und wohlauf war. »Sei ein braves Mädchen.«

»Bin ich doch.«

Er konnte ihr nicht sagen, wann er anrufen oder wann er sie das nächste Mal sehen würde, weil er nicht wusste, wann das sein würde. Und er versprach ihr nie etwas, das er nicht halten konnte. »Gib mir einen Kuss.«

Sie gab ihm einen Schmatz auf den Mund, dann drückte er sie noch einmal fest und lang, um sie schließlich loszulassen. »Und jetzt lauf. Grandma und Grandpa warten schon.«

»Du bist heute Abend so still. Was ist denn los?«

Grace sah ihren Mann über den Esstisch hinweg an, stand dann auf und trug ihren praktisch noch vollen Teller zur Spüle. »Ich denke nur nach.«

»Über die Sache im Park? Ich habe dir angesehen, dass es dich aufgeregt hat.«

»Georgia war so unglücklich, als wir weggefahren sind.«

»Es ging ihr wunderbar, bis er aufgetaucht ist. Menschen unglücklich zu machen ist seine Spezialität.«

Grace drehte ihm den Rücken zu und begann die Geschirrspülmaschine einzuräumen. »Ich glaube nicht, dass Richterin Spencer sich für ihn eingesetzt hätte, wenn sie wirklich glauben würde, dass Georgia einen Schaden davontragen könnte.«

»Ich glaube, zwischen den beiden spielt sich irgendwas Unschickliches ab.«

Grace hielt im Einräumen inne und sah über die Schulter zum Tisch. »*Unschickliches*?«

»Sie ist vor die Kameras getreten und hat ihn zum Helden stilisiert. Ein paar Stunden später hat sie seinen Fall abgegeben. Ich glaube auch, dass sie nicht mehr objektiv urteilen kann, oh ja, aber nicht nur, weil er ihr das Leben gerettet hat.«

»Du glaubst, sie fühlt sich zu ihm hingezogen?«

»Ich hoffe, die Richterin hat mehr Verstand.«

»Unsere Tochter hatte ihn nicht.«

Er sah sie finster an. »Beth hat sich von ihm blenden lassen. Aber heute hat er sein wahres Wesen gezeigt. Bis ihr anderen ihn auf dem Parkplatz gesehen habt, hatte er sich schon wieder beruhigt. Aber als er auftauchte, hat er getobt. Hat komplett die Fassung verloren.«

»Hättest du das an seiner Stelle nicht auch?«, fragte Grace. »Wenn man dir ein Foto oder ein Video von Beth mit so einem Text geschickt hätte, wärst du da nicht auch außer dir gewesen, bis du hättest sicher sein können, dass ihr nichts passiert ist?«

»Das ist was anderes.«

»Inwiefern?«

»Ich wäre nicht auf den Erstbesten losgegangen.«

»Und das ist der zweite Punkt«, bemerkte Grace jetzt leiser.

»Pardon?«

Sie warf das Geschirrtuch hin und drehte sich wieder zu ihm um. »Wir kennen Crawford jetzt schon viele Jahre, und ihr habt euch vom ersten Moment an nicht ausstehen können. Immer wieder gab es Streit zwischen euch, und manche zogen sich über Monate hin. Aber nicht ein einziges Mal«, sie hob den Finger, »hat eine Meinungsverschiedenheit mit einer Rauferei geendet.«

Joe stand vom Tisch auf und stellte sich zu ihr an die Spüle. »Worauf willst du hinaus?«

»Es ist doch ein merkwürdiger Zufall, dass Crawford ausgerechnet jetzt die Hand gegen dich erhebt, nur wenige Stunden, nachdem du ein Kontaktverbot gegen ihn beantragt hast.«

»Mit seinem Angriff auf mich hat er nur bestätigt, wie notwendig das war.«

»Aber zuvor hat er dir nie etwas getan. Es gab für dich keinen Grund, dieses Kontaktverbot zu beantragen.«

»Von meinem Standpunkt aus gab es den durchaus. Hast du vergessen, dass er erst vorgestern Abend hier aufkreuzte ...«

»Und ihr gestritten habt. Hitzig gestritten, richtig, doch du bist dabei genauso laut geworden wie er. Aber er hat dir mit keinem Wort angedroht, dass er dir irgendwie wehtun könnte.«

»Ich habe das Kontaktverbot nicht meinetwegen beantragt, sondern Georgias wegen.«

»Das ist doch Bockmist. Reiner Bockmist.«

»Seit wann redest du so mit mir?«

»Crawford könnte dem Kind nie etwas tun. Das weißt du genau. Und ich weiß, dass du das weißt.«

Dass sie einen Zornesausbruch hatte, war so ungewöhnlich, dass er unruhig auf den Ballen zu wippen begann. »Möchtest du etwa, dass er Georgia zugesprochen bekommt, dass er sie uns wegnimmt?«

Grace seufzte. »Es würde mir das Herz brechen, wenn wir sie verlieren würden.«

»Dann hör auf, ihn zu verteidigen. Wir kämpfen, um zu gewinnen.« Er schenkte sich einen Becher Kaffee ein, nahm ihn mit nach nebenan und erklärte ihr im Weggehen: »Überlass alles nur mir. Ich weiß, was ich tue.«

Doch das war für sie kein Trost, sondern machte ihr die größten Sorgen.

Weil er nach dem Erlebnis im Park allein sein wollte, fuhr Crawford aus der Stadt zu einem seiner Lieblingsflecken. Der Natursee lag tief im Wald und war nur über eine schmale Schotterstraße zu erreichen, die etwa dreißig Meter vor dem Ufer im Nichts endete, von wo aus man nur zu Fuß ans Wasser kam.

Die abgelegene Stelle war seit zwanzig Jahren sein Zufluchtsort. Entdeckt hatte er sie kurz nach seiner Rückkehr aus Kalifornien, wo er bis zu seinem sechzehnten Geburtstag bei seiner Mutter und ihrem neuen Ehemann gelebt hatte. Er bestand darauf, nach Texas zurückzukehren, weil er mit seinen früheren Klassenkameraden und Freunden auf die Highschool in Prentiss gehen und dort seinen Abschluss machen wollte.

Seine Mutter und sein Stiefvater legten ihm keine Steine in den Weg. Er schätzte, dass sie den aufsässigen Teenager genauso gern los waren wie er sie.

Die Schwester seiner Mutter nahm ihn auf – weil Conrad damals schon als Stadtsäufer bekannt und nicht imstande war, für sich und erst recht nicht für einen Teenager zu sorgen. Seine ledige, kinderlose Tante bemühte sich, die Versäumnisse ihrer Schwester auszubügeln, und hatte ihn bis zum Tag ihres Todes mit Aufmerksamkeit und Liebe überschüttet, wofür er ihr zutiefst dankbar war. Allerdings strapazierte er, während er noch bei ihr wohnte, die Geduld der gutherzigen Dame gehörig, denn er war alles andere als liebenswert zu der Zeit. Neben den typischen Ängsten eines Teenagers schleppte er auch einen Berg von Komplexen mit sich herum (laut Holly einen von der Größe des Mount Rushmore).

Wegen seiner schroffen Art brauchte er einige Zeit, bis seine Klassenkameraden ihn akzeptierten, er neue Allianzen gebildet und sich in der Kleinstadt eingelebt hatte. Er blieb verschlossen, rebellisch und zornig, auch wenn er nach einiger Zeit zu den beliebten Schülern gehörte.

An Tagen, an denen er besonders düster drauf war, flüchtete er an diesen Fleck und verbrachte Stunden damit, Steine über den See springen zu lassen und seine ungezügelte Frustration an der spiegelglatten Wasseroberfläche auszulassen. Einmal warf er Steine, bis ihm vor Erschöpfung der Arm lahm wurde. Er hatte sich am schlammigen Ufer niedergelassen, den Kopf auf die angewinkelten Knie gelegt und geweint.

Als er sich endlich ausgeweint hatte, wurde ihm klar, dass ihn weder die beengte Situation im Haus seiner Tante noch ihre erstickende Zuneigung so wütend machte. Und dass er sich ständig angegriffen und verletzt fühlte, lag weder an seinen Freunden oder Trainern, noch an der Schule überhaupt.

Er war auf seine Eltern wütend.

Beide hatten ihn von ihrer To-do-Liste gestrichen, und zwar unwiderruflich. Seine Mutter führte inzwischen ihr eigenes Leben, in dem kein Platz für ihn war. Sein Vater besaß abgesehen von der nächsten Flasche überhaupt kein Leben. Crawford konnte nichts daran ändern oder verbessern. Der Fall war erledigt. Er musste mit dem Blatt leben, das ihm ausgeteilt worden war, und es lag allein an ihm, wie er seine Karten ausspielte.

Es war nicht so, dass er an diesem Tag gedanklich seinen Zorn im Schlick vergraben und ihn dort zurückgelassen hätte, um ihn für alle Zeiten zu vergessen. Das Leben war kein Kindermärchen. Der Zorn haftete ihm immer noch an, unauslöschlich wie ein Fingerabdruck. Aber er hatte sich an diesem Tag geschworen, dass er sich nicht davon zerstören lassen würde.

Nur ein einziges Mal hatte er sein Gelübde gebrochen, damals nach Beths Tod, und er trug noch immer an den Folgen dieses schwachen Moments. Noch einmal würde ihm das nicht passieren.

Er fuhr zurück in die Stadt und ging direkt ins Gericht, entschlossener denn je, nicht nur Chet Gerechtigkeit zu verschaffen, sondern auch Jorge Rodriguez, der ebenfalls Opfer einer tragischen Verkettung jener Ereignisse war, die irgendjemand in Gang gesetzt hatte.

Crawford wollte diesen Jemand. Unbedingt.

Neal saß an seinem Schreibtisch. »Offenbar hast du meine Voicemail bekommen«, erklärte er.

»Nein.« Er nahm dem Detective gegenüber Platz. »Was hast du darin gesagt?«

»Dass du so bald wie möglich herkommen sollst.«

»Tut mir leid. Ich habe mein Handy eine Weile nicht gecheckt. Ist bei den Befragungen was rausgekommen?«

»Nichts.«
»Wie viele stehen noch aus?«
»Keine mehr. Heute Nachmittag haben wir die Letzten vernommen.«
»Keine heiße Spur?«
»Keine einzige. Lauter grundehrliche Menschen.«
»Bis auf den einen, der Chet abgeknallt hat.«
Neal verzog das Gesicht, sagte aber nichts.
Crawford wartete ab. »Wie geht's deinem Kind?«, fragte er plötzlich ganz beiläufig.
Neal sah ihn verständnislos an. »Ach ja, dem geht's gut. Nur eine Sommererkältung. Nichts Ernstes.«
»Hmm.«
»Du bist ja in Windeseile aus dem Park verschwunden«, stellte Neal fest.
Nachdem er Georgia zu ihren Großeltern geschickt hatte, war Crawford zu seinem Wagen gegangen, eingestiegen und ohne eine Erklärung oder ein weiteres Wort losgefahren. Jetzt hob er die Schultern zu einem gleichgültigen Achselzucken. »Du hast mich nicht erschossen. Niemand hat mir Handschellen angelegt, also bin ich gefahren. Dieses Video von Georgia hat mir höllische Angst eingejagt. Ich musste erst mal runterkommen.«
»Wo hast du gesteckt?«
»Das bleibt mein Geheimnis. Haben die Deputys im Wald rund um den Park irgendwas finden können?«
»Nein.«
Das hatte Crawford auch nicht erwartet. »Jede Menge Bäume und Büsche, hinter denen man sich verstecken kann. Wer das Video auch gedreht hat, hätte auftauchen und wieder verschwinden können, ohne dass Grace und Joe ihn bemerken.«

»Irgendeine Idee, wer das gewesen sein könnte?«

»Wenn ich es wüsste, würde er jetzt im Krankenhaus liegen. Oder im Sarg.«

»Tröstlicher Gedanke.«

»Aber wahr. Und das bringt mich auf etwas, was ich mit dir besprechen wollte.« Crawford beugte sich vor, stützte die Ellbogen auf die Oberschenkel und tippte sich mit den Daumenknöcheln gegen das Kinn, während er seine Gedanken in Worte zu fassen versuchte, die Neal nicht von vornherein zum Widerspruch reizen würden. »Unser Fall steckt fest, Neal. Du hast heute Morgen etwas gesagt, was mir seither nicht mehr aus dem Kopf geht. Wir bohren am falschen Fleck. Ich habe nachgedacht. Seit der Schießerei sind so viele Dinge ...«

»Du wurdest von dem Fall abgezogen.«

Crawford erstarrte und erwiderte den unversöhnlichen Blick seines Gegenübers.

»Deswegen wollte ich, dass du reinkommst«, sagte Neal. »Ich musste dir das persönlich sagen. Und es gilt mit sofortiger Wirkung.«

Crawford setzte sich langsam auf. »Und wann wurde das entschieden?«

Neal schüttelte den Kopf, als spiele der Zeitpunkt der Entscheidung keine Rolle. »Du hättest nie an einem Fall mitarbeiten dürfen, bei dem du gleichzeitig Hauptzeuge bist. Das ist dem Chief inzwischen klar. Er wird mit deinen Vorgesetzten sprechen und ihnen erklären, dass es nur Höflichkeit gegenüber Mrs. Barker war ...«

»Die immer noch Witwe ist und nicht weiß, wer ihren Mann ermordet hat. Warum also willst du mich nicht mehr dabeihaben?«

»Das habe ich dir gerade eben erklärt.«

»Reine Rhetorik. Was läuft wirklich ab, Neal?«

»Ich bin nicht verpflichtet, diese Entscheidung vor dir zu rechtfertigen.«

»Nicht verpflichtet. Übersetzt heißt das, dass du nicht die Eier hast, es mir ins Gesicht zu sagen. Stattdessen setzt du lieber heimlich jemanden auf mich an und lässt Fotos von mir machen.«

»Nugent!« Neal fluchte leise vor sich hin.

»Mach dem Jungen keinen Vorwurf. Ich habe ihm keine Wahl gelassen. Wessen Neffe ist er überhaupt?«

»Der von einem County Commissioner«, brummte Neal.

Crawford lachte freudlos. »Das war eigentlich eine rhetorische Frage. Nugent sollte sich lieber gleich einen anderen Job suchen. Er ist für diese Art von Arbeit nicht geschaffen.« Er wartete eine Sekunde ab. »Warum hast du mich beschatten lassen?«

Neal antwortete nicht.

»Tut mir leid, dass ich dich enttäuscht habe«, sagte Crawford. »Du hast keine Bilder zu sehen bekommen, auf denen ich irgendwas Belastendes tue, habe ich recht?«

»Aber ich habe auch keine Bilder zu sehen bekommen, auf denen ein Vandale in dein Haus einbricht.«

Crawford sah ihn stumm an und musste dann laut auflachen. »Du glaubst, ich hätte Georgias Kinderzimmer kurz und klein geschlagen, nachdem ich ein halbes Monatsgehalt und unzählige Stunden darauf verwendet habe, es für sie herzurichten? Warum sollte ich so was tun?«

»Du brauchst keinen Grund, um irgendwas zu verwüsten. Du bist hochexplosiv. Du reagierst, ohne vorher zu überlegen. Du kannst deine Impulse genauso wenig kontrollieren wie deinen Hang zur Gewalt, wie heute im Park deutlich zu sehen war.«

Crawford wäre lieber gestorben, als sich für eine Reaktion zu rechtfertigen, die angesichts der Drohung, die er erhalten hatte, absolut angemessen war. Stattdessen ging er zum Angriff über. »Weißt du, Neal, wenn du schon lügen musst, dann solltest du lernen, dich nicht dabei erwischen zu lassen.«

»Wovon redest du?«

»Dieser Anruf heute kam nicht von deiner Frau, und es ging dabei nicht um ein kotzendes Kind. Wer hat dich so lang am Telefon beschwatzt?«

Neals Gesicht lief rot an, doch statt zu antworten, stellte er eine Gegenfrage. »Was hast du auf dem Dach wirklich zu Rodriguez gesagt?«

»Du klammerst dich immer noch daran?«

»Es ist ein ziemlich wichtiges ›Daran‹.«

»Mein rachsüchtiger Hurensohn von Schwiegervater hat dir ein Hirngespinst in den Kopf gesetzt, und jetzt klammerst du dich verzweifelt daran.«

»Beantworte meine Frage.«

»Sollte ich Bill Moore anrufen?«

»Keine Ahnung, solltest du?«

»Du und ich, wir können uns nicht ausstehen. Wir konnten es noch nie und werden es nie können. Aber vergiss das mal eine Minute. Glaubst du ehrlich, ich hätte irgendwas mit der Schießerei zu tun?«

»Was hattest du gestern Abend im Büro von Richterin Spencer zu suchen? Heute Morgen kam ein uniformierter Kollege zu mir und berichtete, er hätte dich rausstürmen gesehen. Sie ging ein paar Minuten nach dir, und wie der Officer meinte, wirkte sie ›zutiefst erschüttert‹.«

Neal erwähnte nichts von irgendwelchen Bildern, die sie zusammen zeigten. »Noch was?«, fragte Crawford milde vor Erleichterung.

»Du hast einen Riesenaufstand wegen einem Bluterguss am Knie gemacht. Wer außer dir kann noch bezeugen, dass du dem Schützen gegen das Knie getreten hast?«

»Noch mehr?«

»Jede Menge. Du bist immer noch der Einzige, der behauptet, dass Rodriguez nicht der Schütze gewesen sei.«

»Wenn ich tatsächlich was mit der Sache zu tun hätte, würde ich dann nicht alle glauben lassen wollen, dass er der Schütze *war*? Schließlich ist er tot und kann sich nicht mehr wehren.«

»Stimmt. Es sei denn …«

Crawford legte den Kopf schief, als wollte er durchaus hören, was Neal unausgesprochen ließ. »Es sei denn?«

»Es sei denn, jemand könnte eine Verbindung zwischen dir und Rodriguez ziehen.«

»Es gibt aber keine solche Verbindung.«

Neals linker Mundwinkel zuckte zu einem halben Lächeln nach oben. »Bei dem Telefonat habe ich geschwindelt, weil mich da gerade Chuck Otterman anrief. Er meinte, ich solle so tun, als würde ich mit jemand anderem sprechen, falls du in der Nähe wärst. Er meinte auch, ich hätte doch bestimmt seine überraschte Reaktion bemerkt, als er Rodriguez' Leichnam sah. Ich gab zu, dass mir das aufgefallen war. Er hat angerufen, um mir zu erklären, warum er so reagiert hat.«

»Die Spannung steigt.«

Neal ging nicht auf seine Bemerkung ein. »Otterman kannte Rodriguez zwar nicht dem Namen nach, doch er erkannte ihn auf den ersten Blick wieder.«

Crawford schnippte mit den Fingern. »Die beiden standen irgendwann nebeneinander am Pissoir.«

Neal ließ sich nicht beirren. »Am Montagnachmittag um dreizehn Uhr vierzig war Otterman unterwegs zu seinem Termin im Büro der Staatsanwältin. Auf dem Weg zum Eingang des Gerichtsgebäudes sah er Rodriguez auf dem Parkplatz stehen.« Er setzte kurz ab und holte Luft. »Und mit dir reden.«

# 22

Ein Streifenwagen mit zwei Polizisten folgte Holly vom Gericht aus nach Hause. Sie lenkte ihren Wagen hinters Haus, parkte und stieg aus. Einer der Polizisten begleitete sie noch ins Haus, dann kehrte er zum Streifenwagen zurück.

Sobald Holly den Riegel vorgelegt hatte, streifte sie mit ihrer Kostümjacke und den Highheels auch ihre professionelle Reserviertheit und Fassung ab. Den ganzen Tag hatte sie eine Maske getragen. Jetzt ergab sie sich der Müdigkeit und Mutlosigkeit.

Greg Sanders' Prophezeiung, dass sie es »verbocken« würde, schien sich auf beunruhigende Weise zu bewahrheiten.

Bevor sie ihr Büro verließ, hatte sie eine kurze Antwortmail von Gouverneur Hutchins erhalten. Das Beste war noch, dass der Inhalt weitestgehend nichtssagend war. Dass sie Crawfords Sorgerechtsfall abgegeben hatte, hieß er weder gut, noch missbilligte er ihr Vorgehen. Hutchins teilte ihr lediglich mit, dass er auch während seiner Dienstreise über die Ermittlungen zu dem Amoklauf auf dem Laufenden gehalten worden war und dass er nach seiner Rückkehr gewisse Aspekte mit ihr besprechen wollte.

Der zwiespältige Tonfall der Mail machte ihr Sorgen. Falls der Gouverneur insgeheim bereute, dass er sie zur Richterin ernannt hatte, falls er ihr jetzt seine Unterstützung entzog, wäre das für sie beruflich verheerend und persönlich extrem deprimierend. Dann hätte sie Richter Waters' Erwartungen enttäuscht, aber auch ihren eigenen wäre sie nicht gerecht geworden.

Eingetroffen war die beunruhigende Mail direkt nach der Episode im Park, bei der sie alles darangesetzt hatte, um die fünf Minuten für Crawford herauszuhandeln.

»Es steht außer Frage, dass er gegen das Kontaktverbot verstoßen hat, Mr. Gilroy. Es war falsch von ihm, Sie zu attackieren. Aber schauen Sie die beiden an.« Sie hatte auf das Karussell gedeutet, wo Crawford und seine Tochter offenbar den Paillettenbesatz an ihrem Top begutachteten. »Stellen Sie sich vor, wie traumatisch es für sie wäre, wenn er jetzt verhaftet und abgeführt würde.«

Um den Handel abzuschließen, hatte sie ihm angeboten, das Gespräch zu überwachen und ein Zeitlimit zu setzen.

Sowohl Mr. Gilroy als auch Neal Lester hatten sich dagegen verwahrt. Aber sie bat beide, die Situation zu berücksichtigen. »Dieses Video hat ihn in Angst versetzt. Obwohl er damit rechnen musste, dass er bestraft und/oder verhaftet würde, ist er hierhergerast, ohne einen Gedanken an irgendwas außer Georgias Wohlergehen zu verschwenden.«

Doch Joe Gilroy ließ sich nicht so leicht überzeugen. »Wenn man Sie so reden hört, würde er sogar einen Drachen töten, um sie zu retten.«

»Ich glaube, das hat er heute demonstriert.«

»Soll ich etwa vergeben und vergessen, dass er mich attackiert hat?«

Sie rief ihm ins Gedächtnis, dass er bei der offiziellen Anhörung über das Kontaktverbot die Gelegenheit bekäme, diesen Vorfall zu schildern.

»Das reicht nicht«, hatte er gesagt und dargelegt, unter welchen Bedingungen er Crawford heute davonkommen lassen würde. »Nur dann lasse ich ihn noch mal vom Haken.«

Sie hatte die Wahl, seine Bedingungen zu akzeptieren oder mitansehen zu müssen, wie Crawford in Handschellen abgeführt wurde.

Als sie sich jetzt zu ihrem Schlafzimmer schleppte, fühlte sie sich, als hinge ihr ein Amboss um den Hals. Wenn Crawford von ihrer Vereinbarung mit seinem Schwiegervater erfuhr, würde er sie hassen.

Für ihn wäre es ein weiterer Schlag unter die Gürtellinie, schlimmer als alle anderen. Bei diesem Gedanken ging ihr auf, dass der Amoklauf für ihn weit schlimmere Konsequenzen gehabt hatte als für sie. Seit Montag hatte Crawford einen Tiefschlag nach dem anderen einstecken müssen, und nun stand er ihretwegen kurz davor, sein Kind endgültig zu verlieren.

Sie war vielleicht das Ziel im Gerichtssaal gewesen, doch Crawford war derjenige, der …

Plötzlich blieb sie stocksteif stehen, ihre Jacke und Schuhe baumelten an ihren Händen, doch sie waren vergessen. Sie trat in Gedanken einen Schritt zurück und überdachte noch einmal, was ihr eben aufgegangen war, dann ließ sie die Kleidungsstücke auf den Boden fallen und kehrte eilig in die Küche zurück, in der sie ihre Handtasche abgestellt hatte.

Erst wühlte sie das Handy heraus, dann flogen ihre Finger hektisch übers Display, um Crawfords Nummer zu wählen. Am anderen Ende läutete es einmal, dann schaltete sich die Mailbox ein. »Verflucht!« Diesmal gab sie, wieder mit flattrigen Fingern, Neal Lesters Mobilnummer ein und drückte die Gesprächstaste.

Offenbar wurde ihm ihr Name im Display angezeigt, denn er meldete sich sofort mit der Frage: »Richterin Spencer, ist alles in Ordnung?«

»Alles in bester Ordnung. Aber ich muss mit Ihnen über Crawford Hunt sprechen.«

»Was für ein Zufall. Gerade wollte ich Sie anrufen und Ihnen raten, sich von ihm fernzuhalten. Ich musste ihn von dem Fall abziehen.«

Mit erzwungener Ruhe meinte sie: »Sie überbewerten diese Geschichte im Park. Er …«

»Damit hat das nichts zu tun. Jedenfalls nicht direkt.«

»Und warum haben Sie ihn dann abgezogen?«

»Ich habe einen Augenzeugen, der ihn kurz vor der Schießerei mit Rodriguez gesehen hat.«

Ihr wurden die Knie weich. Sie sackte an die Wand und hörte zunehmend bestürzt zu, während er berichtete, was sich am Morgen im Leichenschauhaus zugetragen hatte. »Otterman behauptet, er hat gesehen, wie Rodriguez vor dem Gerichtsgebäude mit Crawford sprach.«

»Das kann nicht stimmen«, sagte sie, als sie ihre Stimme wiedergefunden hatte.

»Er ist sich hundertprozentig sicher. Er hat ihn auf den ersten Blick wiedererkannt, behielt sein Wissen aber für sich, weil er Repressalien durch Crawford fürchtete. Später rief er mich an und vertraute sich mir an.« Er zögerte kurz, bevor er weitersprach. »Ich hätte noch eine Frage an Sie, die ich bisher nicht gestellt habe, weil ich sie unstatthaft fand. Aber inzwischen halte ich sie für relevant. Richterin Spencer, hätten Sie Crawford das Sorgerecht zugesprochen oder nicht?«

»Das ist in der Tat eine unstatthafte Frage. Darauf darf ich nicht antworten.«

»Nun, ich glaube, Crawford hat vorausgesehen, dass Sie ihm das Sorgerecht verweigern würden. Darum suchte er sich einen Mann, den niemand kannte, jemanden mit falschem Ausweis und ohne Geld. Jemand, der verzweifelt oder leicht zu überreden oder beides war. Er hat diesen Anschlag auf Ihr Leben inszeniert. Aber er hatte von Anfang an geplant, sich dabei vor allem selbst in Szene zu setzen. Ob Sie nun sterben oder überleben würden, er würde auf jeden Fall als Held dastehen.«

Sie verwarf diese These mit dem ersten augenscheinlichen Widerspruch, der ihr sofort aufgefallen war. »Wie hätte er den Schützen erledigen sollen, wenn er seine Dienstwaffe gar nicht dabeihatte?«

»Er wusste, dass Chet sterben würde und dass er dessen Waffe verwenden konnte.«

»Der Gedanke ist noch abwegiger. Er hätte auf gar keinen Fall die Ermordung von Chet Barker angeordnet. Er hielt hohe Stücke auf ihn.«

»Mag sein. Aber seine Tochter liebt er noch mehr. Er hat all das für sie getan, um sie zu bekommen. Denn wer würde ihm nach seinem heldenhaften Auftritt im Gerichtssaal und nach den Lobeshymnen danach noch das Sorgerecht verweigern?«

Seine Hypothese ging mit ihm durch wie eine Horde wilder Pferde. Statt sich mitreißen zu lassen, bemühte sie sich, rational und klar zu denken. »Warum sollte er einen so ausgeklügelten Plan entwerfen und mich dann mit seinem eigenen Körper beschützen?«

»Weil es gut aussieht. Aber Rodriguez geriet in Panik und floh, bevor er Sie erledigen konnte – und Crawford daraufhin ihn erledigen *musste*. Crawford konnte nicht zulassen, dass er gefangengenommen wird. Er jagte ihm hinterher, holte ihn auf dem Dach ein und stellte ihn dort ganz allein zur Rede, obwohl andere Polizeibeamte ihn ausdrücklich davor warnten.«

»Das hört sich eher nach Tapferkeit als nach einer Verschwörung an.«

»Nein, er wollte sicherstellen, dass Rodriguez auf die eine oder andere Art sterben würde. Auf dem Video ist zu sehen, wie Rodriguez in Panik gerät, als Crawford auf das Dach tritt.«

Sie hatte das Video nicht gesehen und konnte darum nichts dazu sagen.

Aber Neal war noch nicht fertig. »Nur um das noch klarzustellen, Richterin, niemand kann das Ohrloch bestätigen oder Crawfords Tritt gegen das Knie des Schützen. Und rein gar nichts spricht für seinen Verdacht gegen Otterman, der rein zufällig auftauchte, kurz nachdem ich meinen Verdacht gegen *Crawford* geäußert hatte. Otterman bot ihm eine Gelegenheit, von sich selbst abzulenken. Allerdings ging der Versuch nach hinten los. Und er hat sich ungewöhnlich intensiv mit Ihnen beschäftigt. Ihnen hat er das mit dem Ohrloch zuerst erzählt, vielleicht wollte er testen, wie Sie auf seine Behauptung, dass der Schütze keins gehabt hätte, reagieren würden. Vergessen Sie eins nicht: Vor allem er war es, der darauf bestanden hat, dass Sie Personenschutz bekommen. Zuerst dachte ich irrtümlich, seine Besessenheit hätte einen sexuellen Hintergrund, aber die Entwicklung mit Otterman wirft ein neues Licht auf die Sache. Er behält Sie nicht grundlos ständig im Auge. Ist es nicht so, dass er ständig irgendeinen Vorwand erfindet, um mit Ihnen allein zu sein?«

Nach kurzer Pause antwortete sie ruhig: »Falls er so etwas wie einen Beschützerinstinkt zeigt, dann höchstwahrscheinlich, weil er sich um mein Wohlergehen sorgt. Das ist eine ganz normale Reaktion, nachdem man jemandem das Leben gerettet hat.«

»Glauben Sie das wirklich?«, fragte Neal leise. »Oder sagen Sie das nur so?«

»Ich würde nichts sagen, was ich nicht glaube.«

»Das würden Sie wohl, wenn Sie verängstigt genug wären.« Er ließ die Worte kurz im Raum stehen. »Richterin Spencer, Sie haben einiges auf sich genommen, um Crawford öffentlich vor dem Vorwurf in Schutz zu nehmen, er hätte irgendwie falsch oder überstürzt reagiert«, fuhr er fort. »Sie haben sich heute im Park für ihn eingesetzt. Ich frage mich, ob Sie uns etwas vorspielen wollen. Ergreifen Sie für ihn Partei, um ihn zu besänftigen? Aber bevor Sie darauf antworten, sollte ich Ihnen sagen, dass wir von seinem Besuch gestern Abend in Ihrem Büro wissen. Er wurde dabei gesehen, wie er wütend wieder ging, und mir wurde berichtet, dass Sie extrem aufgewühlt aussahen, als sie ihm wenige Minuten später folgten. Sie müssen jetzt aufrichtig antworten, denn sonst kann ich Sie nicht beschützen. Hat Crawford Sie bedroht?«

Die Rückseite des Hauses lag in tiefer Dunkelheit. Holly kletterte über den Zaun und ließ sich dann einen Moment Zeit, bis sie wieder zu Atem gekommen war, auch wenn ihr Herz weiterhin so hämmerte, dass es schon wehtat. Vorsichtig näherte sie sich der Hintertür. Dahinter konnte sie seine Stimme hören. Auf ihr leises Klopfen hin verstummte er abrupt.

Ein paar Sekunden später zog er die Tür auf. Falls er schockiert war, sie zu sehen, zeigte er das nicht. Groß und unbezähmbar ragte seine Silhouette vor dem fahlen Licht aus dem Eisspender in der Kühlschranktür auf. Soweit sie erkennen konnte, brannte sonst kein Licht im Haus.

Er hob das Smartphone an sein Ohr. »Ich rufe zurück.« Dann klickte er das Gespräch weg und senkte die Hand wieder. Ansonsten bewegte er sich nicht.

»Wahrscheinlich überrascht es dich, mich hier zu sehen«, eröffnete sie das Gespräch.

»Kann man so sagen. Wie bist du hergekommen?«

»Ich bin gelaufen.«

»Gelaufen?«

»Gejoggt. Es sind nur ein paar Meilen.«

Das musste er erst einmal verarbeiten, bevor er fragte: »Und deine Personenschützer bilden die Nachhut?«

»Die glauben, ich bin immer noch im Haus. Ich bin durch die Hintertür rausgeschlichen, habe mich durch die Hecke gezwängt und bin dann am Haupthaus vorbei zur nächsten Straße gelaufen.«

Er gab einen erstickten Laut von sich, den man für ein unterdrücktes Lachen hätte halten können, aber seine Stimme bebte rau vor Wut. »Neals Mann könnte irgendwo da draußen stecken und mit seinem Teleobjektiv auf meine Tür zielen.«

»Das ist mir bewusst.«

»Ich glaube nicht, dass er uns gestern Abend erwischt hat, wieso lässt du es also darauf ankommen? Wieso riskierst du es, morgen auf der Titelseite zu stehen?«

»Sergeant Lester hat mir erklärt, dass du von dem Fall abgezogen wurdest.«

»Hat er dir auch gesagt, warum?«

»Ja.«

»Und?«

»Chuck Otterman lügt.«

»Du hast dich aus dem Haus geschlichen und bist den ganzen Weg hierhergerannt, nur um mir zu sagen, dass du mir vertraust?«, fragte er verdutzt. »Das hättest du auch telefonisch machen können.«

»Ich traue keinem Telefon und schon gar keiner Verbindungsübersicht«, zitierte sie ihn. »Wir haben eine Menge zu besprechen, und ich wollte das persönlich tun.«

»Ich höre.«

»Ich glaube, ich weiß, warum wir immer noch keine Ahnung haben, wer der Schütze war, und warum die Detectives, du und alle anderen, von einer Sackgasse in die nächste rennen.«

»Ich höre immer noch.«

»Das Attentat war nicht gegen mich gerichtet. Ich war nicht das Ziel. Du warst es.«

Er blieb noch einige Sekunden reglos vor ihr stehen, dann nahm er ihre Hand und zog sie über die Schwelle. »Komm rein.«

»Crawford wurde abserviert.«

»Genauer, bitte.«

Pat Connor sah sich vorsichtig um, aber niemand konnte ihn hören außer den allzeit präsenten Personenschützern, und die zeigten nie den Hauch eines Interesses oder überhaupt eine Gefühlsregung. Nichtsdestoweniger sprach er lieber leise. »Ich habe unter einem Vorwand ins Department geschaut, um mich mal umzuhören, ob irgendwelche Neuigkeiten die Runde machen. Oh Mann, und wie. Neal hat Crawford von dem Fall abgezogen. Und das ist nicht alles. Er steht jetzt im Fokus der Ermittlungen.«

»Über den Amoklauf?«

»Ganz genau.«

Im breiten Brustkorb rumorte es unter einem unterdrückten Lachen. »Ein richtiger Scheißtag für den Jungen.«

»Ich habe gehört, er ist praktisch durchgedreht, als er in den Park kam.« Offiziell hatte Pat frei, aber er hatte heute mehr zu tun gehabt als an jedem anderen Tag in der letzten Zeit. »War gar nicht so einfach, das Video aufzunehmen. Ich habe mehr als genug Sandflohbisse, die das beweisen.«

»Haben Sie das Handy noch, von dem Sie es gesendet haben?«

»Nein. Das habe ich entsorgt, nachdem ich Crawford das Video geschickt habe. Es liegt jetzt auf dem Grund des Sabine River.«

Tatsächlich war das geschwindelt. Das Prepaid-Handy lag

unter dem Fahrersitz in seinem Wagen. Er hatte es behalten – für alle Fälle. Als Lebensversicherung sozusagen. Manchen Menschen war einfach nicht zu trauen. Und schon gar nicht dem Mann, der ihm gegenübersaß.

»Ist er in Gewahrsam?«

»Crawford? Nein. Soweit ich mitbekommen habe, hat Neal sich strikt an die Vorschriften gehalten und ihm geraten, seinen Anwalt anzurufen. Crawford hat ihm erklärt, dass er sich selbst ficken kann. Was eine Menge Leute gern zu Neal sagen würden.«

»Er ist ein Arschloch.«

»Da kann ich nicht widersprechen. Aber er ist schlau genug, um zu wissen, dass Crawford ihn bei einem Beliebtheitswettbewerb um Längen schlagen würde. Es würde nicht gut für Neal aussehen, wenn er Crawford einsperren würde, nur weil er einen Fall gegen ihn zu konstruieren versucht, der ihm nach allgemeiner Meinung wie Dünnschiss zwischen den Fingern zerrinnen wird. Also ließ Neal ihn laufen, was um des lieben Friedens willen wohl eine vernünftige Entscheidung war.« Ein bisschen beklommen ergänzte er. »Auch wenn Sie das wahrscheinlich nicht gern hören.«

»Tatsächlich wollte ich genau das hören.«

»Ach ja? Wieso?«

»Den Grund werden Sie erfahren, wenn ich dafür bereit bin. Danke für das Update.«

Pat erkannte, dass er damit entlassen war. Er stand auf und ging weg. Plötzlich verspürte er einen teuflischen Brand, denn das Höllische an der ganzen Geschichte war, dass Ranger Crawford Hunt ihn immer anständig behandelt hatte. Dass er Crawford jetzt ausspionierte und Fallstricke spannte, um ihn zu Fall zu bringen, setzte seinem Gewissen schwer zu. Und dass er dieses Video von dem kleinen Mädchen verschickt hatte. Das war wirklich mies gewesen, und Pat hätte nie für möglich gehalten, dass er zu so etwas fähig sein konnte, ganz gleich, wer ihm den Befehl erteilte.

Aber er musste seine Schuld begleichen, denn sonst …

Der Gedanke war unerträglich.

Crawford sah in der dunklen Küche noch genug, um ein Glas aus dem Schrank zu holen, es mit Wasser aus dem Hahn zu füllen und es Holly zu reichen. »Ich würde dir ja was anderes anbieten, aber ich will kein Licht machen und diesem Paparazzo die Arbeit erleichtern.«

Sie war in alten Jeans mit Löchern an den Knien von ihrem Haus zu seinem gelaufen. Ihre verschwitzte Haut klebte an ihrem weißen T-Shirt, unter dem sich ihr BH abzeichnete. Links und rechts reckten sich ihre Nippel vor und übten eine magische Anziehung auf seinen Blick aus.

»Crawford, hast du gehört, was ich gerade gesagt habe?«

Er hob mühsam die Augen. »Nicht du warst das Ziel, sondern ich. Das ist kein solcher Durchbruch, wie du glaubst. Ich bin vor ein paar Stunden zu demselben Schluss gelangt.«

Er erzählte ihr, wie er von dem Park zu dem See im Wald gefahren war. »Erst musste ich eine Weile abkühlen. Dann ging ich von Anfang bis Ende alles durch, was seit dem Amoklauf passiert ist. Und praktisch alles hatte mit mir und nichts mit dir zu tun. Ich wollte meine Theorie gerade vor Neal ausbreiten und vorschlagen, dass wir ihr nachgehen sollten, als er seine Bombe platzen ließ.«

»Darf ich mich setzen?«

»Entschuldige.«

Er deutete zum Esstisch. Sie setzten sich über Eck, und als sich ihre Knie berührten, zog keiner von beiden zurück. »Du siehst übrigens fantastisch aus.«

»Ich bin ziemlich verschwitzt.«

»Und ich ziemlich erregt. Wie bist du zu dem Schluss gekommen, dass es bei dem Amoklauf um mich geht?«

»So ähnlich wie du. Ich habe überlegt, was du seither alles einstecken musstest. Dich treffen die Konsequenzen viel heftiger als mich. Erst wollte ich dich anrufen, doch als du nicht ans Handy gingst, telefonierte ich mit Neal. Ich hatte kaum ein paar Worte herausgebracht, da kam er mit seiner Theorie an, dass du hinter allem steckst.« Sie wiederholte Neals an den Haaren herbeigezogene Schlussfolgerungen.

»Das Schlimme daran ist, er hält das wirklich für wahr«, sagte Crawford. »Jedenfalls glaube ich das.«

»Das fürchte ich auch. Zum Schluss fragte er noch, ob du mich bedroht hättest.«

»Und was hast du darauf gesagt?«

»Nein. Jedenfalls nicht so, wie er es gemeint hat.«

Er studierte ihr im Schatten liegendes Gesicht, ihren Mund, diese Augen, dann die Locken, die sich aus ihrem schlampigen Pferdeschwanz gelöst hatten und mit dem sie aussah, als sei sie gerade flachgelegt worden. »Wir sind in einem dunklen, leeren Haus. Ich habe ein großes Bett und jede Menge Zeit totzuschlagen.«

»Bis was?«

»Bis das Büro in Houston mich anruft. Oder bis Neal auftaucht und mich verhaftet. Komm, wir gehen ins Schlafzimmer und machen uns nackig.«

»Crawford, das hier ist kein Spaß.«

»Ich weiß.« Er seufzte. »Ich versuche mich nur abzulenken, damit ich Neal nicht für seine Blödheit erdrossele. Und auf diesen Lügner Chuck Otterman würde ich am liebsten mit dem Vorschlaghammer losgehen. Du könntest also zwei Menschenleben retten, wenn du mit mir ins Bett gehst.«

»Und du bist ganz sicher, dass Otterman dahintersteckt?«

»Nein. Vielleicht hat er Neal bloß erzählt, er habe mich mit Rodriguez gesehen, weil er sich dafür revanchieren wollte, dass ich ihn in die Nachrichten gebracht habe.«

»Du hast das durchsickern lassen?«

»Wir brauchten einen Zündfunken. Hat funktioniert.«

»Aber du hast dir Otterman damit zum Feind gemacht.«

»Ich glaube, das war er schon vorher. Er ist zwar nicht selbst in den Maleroverall geschlüpft, aber ich würde einiges darauf wetten, dass er hinter dem Amoklauf steckt.«

»Aber warum?«

»Verflucht, was weiß ich? Ich habe schon ein paar Leute darauf angesetzt.« Er stand aus seinem Stuhl auf. »Noch ein Glas Wasser?«

»Nein, danke.«

Er füllte es trotzdem und brachte es zurück an den Tisch, blieb aber stehen. »Ich hab mir das Hirn zermartert. Ich schwöre bei Gott, dass ich diesen Mann noch nie gesehen habe, bevor er gestern in Lesters Büro spaziert kam. Aber es war, als würde ich einer Kobra in die Augen sehen. Ich spürte sofort instinktive Abneigung. Angst. Und die spüre ich nicht oft.«

»Es muss einen Grund geben.«

»Das glaube ich auch. Ich muss nur herausfinden welchen. Als du hier aufgetaucht bist, habe ich gerade mit meinem Kumpel in Houston telefoniert, der …«

»Harry oder Sessions?«

»Du kennst ihre Namen?«

»Wir haben uns miteinander bekannt gemacht.«

»Bei der Pressekonferenz?«

»Beim Frühstück.«

»Frühstück?«

»Sie haben die ganze Nacht in ihren Autos vor meinem Haus gesessen. Da war es doch nur recht und billig, dass ich ihnen Frühstück mache.«

Während er sich diese traute Szene ausmalte, stemmte er unwillkürlich die Hände in die Hüften. »Das hat mir niemand erzählt.«

»Sie haben mir geraten, dir nichts davon zu erzählen.«

»Haben sie auch gesagt, warum?« Sie antwortete nicht, sondern sah ihn nur an, weshalb er, diesmal gehässiger, wiederholte: »Haben sie auch gesagt, warum?«

»Sie meinten, du wärst eigen, wenn es um deine Frauen geht.«

Seine eifersüchtige Reaktion war Beweis genug. Dann begriff er, was sie aus dieser Bemerkung folgern könnte. »Holly, ich habe ihnen nie erzählt, dass wir …«

»Das dachte ich auch nicht. Aber irgendwie schienen sie es trotzdem zu ahnen.«

»Wahrscheinlich haben sie es daran gemerkt, wie ich mich aufgeführt habe.«

»Wie hast du dich denn aufgeführt?«

»Soll ich es dir in Gossensprache erklären?«

Sie ließ den Kopf sinken und schwieg. Als sie ihn wieder anhob, knüpfte sie dort an, wo sie vom Thema abgekommen waren, und fragte ihn, was ihm die anderen Ranger berichtet hatten.

»Ich habe sie gebeten, nach einer Verbindung zwischen Otterman und mir zu suchen. Oder zu Beth, den Gilroys, dem DPS. Bis jetzt haben sie nichts gefunden.«

»Und Halcon?«

»Das haben wir zuerst überprüft, das wäre ja das Nächstliegende. Aber in dem Jahr unserer Ermittlung arbeitete Otterman im Panhandle. Und er hatte über Monate hinweg keinen freien Tag genommen, weder vor noch nach der Aktion. Es gibt keine Unterlagen, dass er je in Halcon gewesen wäre. Ich habe schon überlegt, ob er vielleicht einen der unschuldigen Zuschauer rächen wollte, die damals gestorben sind, aber wir konnten zu keinem der Opfer eine verwandtschaftliche oder sonstige Beziehung herstellen. Sessions versteht sich aufs Recherchieren wie kein Zweiter, aber sie haben rein gar nichts zutage gefördert. Ich hatte ihn gerade gebeten, noch tiefer zu graben, als du an meiner Hintertür aufgetaucht bist.«

»Was ist mit anderen Fällen, an denen du gearbeitet hast?«

»Ich habe sämtliche Akten der letzten Jahre durchgeackert. Aber ich traue meinem Gedächtnis mehr als jedem Computer. Falls Otterman je auf meinem Radarschirm aufgetaucht wäre, würde ich mich an den Namen erinnern. Und wenn nicht an den Namen, dann an den Mann. Da bin ich todsicher.«

»Also steckt er vielleicht doch nicht dahinter«, schlussfolgerte sie. »Vielleicht hat er Neal nur erzählt, dass er dich mit Rodriguez gesehen hätte, weil er dir eins auswischen wollte. Bestimmt war es ihm peinlich, dass die Öffentlichkeit erfährt, wie er sich nach dem Schusswechsel abgesetzt hat.«

Nachdenkliches Schweigen breitete sich in der Küche aus, bevor sie leise meinte: »Ich will das nicht mal andeuten. Das wäre so ungeheuerlich, dass ich zögere …«

»Du denkst an Joe.«

Ihre Schultern sackten leicht nach unten und verrieten ihm, dass er richtig getippt hatte. »Er würde so was doch nicht tun, oder?«

»Komm her. Ich will dir was zeigen.« Er nahm sie an der Hand und führte sie durch den dunklen Flur zu Georgias Zimmer. Er beleuchtete den Raum von der Tür aus mit dem Licht seines Handydisplays. »Ich glaube, du siehst auch so genug.«

Sie stieß fassungslos die Luft aus. »Was ist denn hier passiert?«

»Das hat Neal dir nicht erzählt?«

»Nein. Mein Gott, Crawford.«

»So sah das Zimmer aus, als ich gestern Abend heimkam. Ich habe alles neu gekauft. Die neue Einrichtung sollte eine Überraschung sein.«

»Hast du Anzeige erstattet?«

»Allerdings. Sie haben heute Morgen nach Fingerabdrücken gesucht, darum sieht es jetzt noch schlimmer aus als gestern Nacht. Ich hatte noch keine Zeit zum Aufräumen.«

Sie trat in das Zimmer, drehte sich langsam um die eigene Achse und begutachtete den Schaden. Sie hob die glitzernden Ballettschuhe auf, von denen die Bänder abgerissen worden waren. »Wer würde so was tun?«, fragte sie mit Kummer in der Stimme.

»Derselbe Mensch, der mir dieses Video geschickt hat, auf dem Georgia so engelsgleich, unschuldig und verletzlich auf der Schaukel saß. Davon habe ich mich immer noch nicht erholt.« Jedes Mal, wenn er daran dachte, pulsierte eine Mischung aus Zorn und nackter Angst in seinen Adern. »Irgendein krankes Arschloch benutzt meine Kleine dazu, um mich zu treffen. Dafür könnte ich ihn umbringen.«

»Wie kann Neal Lester das alles dir in die Schuhe schieben?«

»Er hat angedeutet, dass ich selbst dahinterstecke.«

»Und das Parkvideo hast du dir selbst geschickt?«

»Wahrscheinlich.«

Sie legte die Ballettschuhe auf die Überreste der Frisierkommode und kehrte zu ihm in den Flur zurück. »Ich glaube nicht, dass dein Schwiegervater irgendwas davon tun würde.«

»Er hat mir erklärt, dass er alles unternehmen würde, um

Georgia zu behalten. Oder, genauer gesagt, um zu verhindern, dass ich sie bekomme. Aber ganz ehrlich«, bekannte er mit einem Blick ins Zimmer, »so was passt nicht zu Joe.« Er schaltete das Handy dunkel und klemmte es wieder an seinen Gürtel.

»Und was wirst du jetzt unternehmen?«

»Auf Harry und Sessions warten. Mal sehen, was sich noch findet.«

»Und wenn Neal dich in der Zwischenzeit verhaftet?«

»Er legt immer größten Wert darauf, seinen Arsch abzusichern, und das kommt mir im Moment zugute. Er wird mich nicht festnehmen lassen, bis er wirklich etwas in der Hand hat.«

»Also wartest du ab.«

»Und tue, was ich schon tun will, seit du hier aufgetaucht bist.«

Er schob die Finger unter ihre Haare, bis sich seine Hände um ihren Kopf schlossen, dann bog er ihn leicht zurück und strich mit seinen Lippen über ihren Mund. »Ein Wort der Warnung, Richterin. Wenn du nicht willst, dass ich über dich herfalle, dann tauch nicht in diesem Aufzug an meiner Küchentür auf.« Nach einem langen Kuss auf ihren Mund widmete er sich ihrem Hals, fuhr mit der Zunge sanft über ihre Haut und schmeckte ihren salzigen Schweiß.

»Crawford …«

Die gestöhnte Ermahnung klang so halbherzig, dass er ungerührt weitermachte und sich an ihrem Schlüsselbein vorbei bis zu ihrer Brust küsste. Durch den feuchten Stoff ihres T-Shirts sog er an ihrem Nippel.

Sie keuchte scharf. »Davon habe ich geträumt, als ich heute Morgen aufgewacht bin.«

Er hob sacht ihre andere Brust an. »Guter Traum?«

»Sündig gut.«

»Holly Spencer, du bist ein böses Mädchen.«

»Da kann ich nicht widersprechen. Der Traum hat genau das wiedergegeben, was passiert ist. Ich konnte es kaum erwarten, und du warst extrem … entschlossen.«

Das Lächeln, das er in seinem Herzen spürte, erreichte seine Lippen nicht mehr, denn die hatten sich schon auf ihre gesenkt. »Ich musste in dir sein. Ich musste einfach in dir sein.«

Er küsste sie, als wäre sie ein böses Mädchen, eroberte hitzig und hungrig ihren Mund. In ihrem Rücken schob sich seine Hand über die Taille abwärts in ihre Jeans und schloss sich, als sie nichts als samtige Haut spürte, über ihrem Hintern, um sie gegen seinen Reißverschluss zu pressen. »Das würde sich so viel besser anfühlen, wenn keine Klamotten dazwischen wären.«

Zu seiner Enttäuschung stemmte sie die Hände gegen seine Brust, schuf Abstand zwischen ihnen und drehte den Kopf zur Seite. »Du willst mich nicht so küssen, Crawford.«

»Was zur Hölle redest du da? Ich will deinen ganzen Körper abküssen.« Jedes Mal, wenn sie den Kopf zur Seite drehte, folgte ihr sein Mund. »Ich will dich von Kopf bis Fuß küssen, und zwar mit Zunge.« Er zog die Hand aus ihrer Hose, ließ sie nach vorn wandern und zwängte sie zwischen ihre Schenkel, wo er Holly durch den weichen Jeansstoff hindurch streichelte. »Hier.«

Sie unterdrückte ein lustvolles Stöhnen und stieß seine Hand weg.

Frustriert und verwirrt trat er einen Schritt zurück. Verflucht, er wusste genau, dass sie ihn wollte. »Was ist denn, Holly? Du bist nicht mehr meine Richterin.«

»Das ist es nicht … Ich …« Sie holte tief Luft, strich sich die Strähnen aus dem Gesicht und richtete sich zu voller Größe auf. Wappnete sich. »Ich musste einen Deal eingehen, damit du heute nicht verhaftet wurdest.«

»Einen Deal?«

»Dein Schwiegervater bestand darauf. Ich wollte nicht, dass du ins Gefängnis musst«, gestand sie beinahe schluchzend.

»Was für einen Deal?«

»Ich habe mich bereiterklärt, für den Antragssteller auszusagen, wenn es zur Anhörung über dein Kontaktverbot kommt. Ich muss bezeugen, dass du heute Joe Gilroy angegriffen hast.«

Das traf ihn wie ein Hammerschlag. Völlig reglos stand er da und starrte sie an.

Verängstigt wich sie mehrere Schritte zurück, dann drehte sie sich um und lief durch den Flur, nur um abrupt abzubremsen, als sein Handy läutete.

Sie hielt inne, drehte sich um und sah zu, wie er das Handy von seinem Gürtel riss. Offenbar dachte sie genau wie er, dass es einer der anderen Ranger wäre, der ihm ein Update gab.

Doch auf dem Display erschien keiner dieser beiden Namen. »Wie zum Teufel kommst du dazu, mich unter dieser Nummer anzurufen?«, knurrte er in das Gerät.

»Spreche ich mit dem Superbullen Crawford Hunt?«

»Spar dir den Müll, Smitty. Was hast du für mich?«

»Was ich hier habe, ist ein erbärmlicher Säufer, der bei mir für seine Nachmittags-Sauftour in der Kreide steht.«

»Nicht mein Problem.«

»Ach ja, Superbulle? Er behauptet aber, er ist dein Daddy.«

# 23

Nachdem Smitty ihm mitgeteilt hatte, in welchem Club sie waren, beendete Crawford das Gespräch. Holly folgte ihm durch den Flur ins Schlafzimmer. Er zog eine Windjacke über, um sein Holster zu verdecken, schnappte sich die Schlüssel von der Kommode, ging um Holly herum und wieder aus dem Zimmer. »Du findest schon selbst nach Hause.«

»Ich komme mit.«

»Von wegen.«

»Ich habe gehört, was der Mann gesagt hat.«

»Setzt einem traumhaften Tag die Krone auf, wie?«

»Ich weiß alles über deinen Vater, Crawford.«

»Er ist kein Vater, sondern ein Säufer. Bestimmt steht das auch in meiner Akte.« Inzwischen waren sie an der Hintertür des Hauses angekommen. »Wahrscheinlich steht Neals Beschatter irgendwo auf der Vorderseite. Falls du auf demselben Weg zurückgehst, auf dem du hergekommen bist, sollte nichts passieren. Aber pass auf, wenn du über den Zaun springst.«

»Ich komme mit.«

Er beugte sich vor, bis sein Gesicht dicht vor ihrem schwebte. »Auf gar keinen Fall.«

»Wie du meinst. Tickled Pink? Ich finde auch selbst hin.«

Er wäre längst wieder verschwunden, bis sie nach Hause gelaufen war und in den Club fahren konnte, aber allein der Gedanke, dass sie einen von Smittys Läden betreten könnte …

»Fuck!«

Er eilte ihr nach, fing sie im Lauf ab, nahm sie am Ellbogen und steuerte sie zu seinem Wagen. »Das hier wird sich ganz schön merkwürdig anhören, wenn du bei der Anhörung über mein Kontaktverbot gegen mich aussagst.«

Er verfrachtete sie auf den Beifahrersitz seines SUVs, legte dann die Hand auf ihren Hinterkopf und drückte sie nicht allzu sanft hinunter. »Wenn du nicht möchtest, dass Neals Mann dich in Großaufnahme ablichtet, dann bleib lieber unten, bis ich dir das Okay gebe.«

Eigentlich hatte er sie nur provozieren wollen, doch die Warnung war berechtigt. Als er aus seiner Einfahrt bog, bemerkte er, wie sich am anderen Ende der Straße ein Wagen in Bewegung setzte. Der Wagen folgte ihm über mehrere Blocks hinweg durch das Viertel, wobei Crawford sich streng an das Tempolimit hielt.

Dann knurrte er Holly ein »Festhalten« zu, bog um eine Ecke und trat das Gaspedal durch. Er verringerte das Tempo erst wieder, als er sicher war, dass er seinen Verfolger abgehängt hatte.

»Du kannst dich jetzt aufsetzen.«

Er fuhr am Footballstadion der Highschool vorbei, das die Stadtgrenze markierte, und bog dahinter ab auf eine schmale Landstraße, die sich durch den Wald schlängelte. Die Nadelbäume links und rechts standen kerzengerade und eng wie Palisadenpfähle beieinander. Es war stockfinster, der Neumond versteckte sich hinter einer tiefhängenden Wolkendecke.

Crawford konnte Holly nur aus dem Augenwinkel und nur im Widerschein der Armaturenbeleuchtung sehen. Sie krallte sich an der Armstütze ein, als er ohne abzubremsen um eine enge Kurve schoss. »Pass auf, dass du nicht geblitzt wirst.«

»Nicht nur Verschwörung zum Mord, sondern obendrein ein Strafzettel. Das wäre endgültig mein Untergang.«

Ihr Kopf fuhr herum. »Du tust dir damit keinen Gefallen, Crawford.«

»Dir gefällt mein Fahrstil nicht? Zu blöd. Du kannst jederzeit aussteigen.«

»Es geht hier nicht um deinen Fahrstil. Ich bin mitgekommen, weil ich dich davon abhalten will, etwas zu tun, was du später bereuen wirst.«

»So wie heute, als ich Joe umgeschubst habe?«

»Genau so.«

»Ich dachte, er hätte mir dieses Video geschickt. Jeder Vater, der sein Kind liebt, hätte genauso reagiert.«

»Stimmt. Das werde ich auch aussagen.«

»Spar dir die Puste, Euer Ehren.« Er lachte barsch. »Du kannst bezeugen, was du willst, ich werde Georgia trotzdem nicht bekommen.« Er drehte den Kopf. »Stimmt's?«

Sie starrte geradeaus durch die Windschutzscheibe und antwortete so leise, dass er sie über dem Brummen des Motors kaum verstehen konnte: »Irgendwann vielleicht schon.«

»Aber erst nach weiteren Eingaben, Anhörungen und mehreren Jahren ohne sie.«

»Und höchstwahrscheinlich nicht, ohne dass Georgia aussagt.«

Sie sah ihn an, und ihre Blicke trafen sich über mehrere vielsagende Sekunden. Als er wieder nach vorn schaute, packte er das Lenkrad noch fester. Er würde alles auf sich nehmen, um das Sorgerecht für Georgia zu bekommen, aber er würde sie keinesfalls zwingen, eine Entscheidung zwischen ihm und ihren Großeltern treffen zu müssen. Das würde er ihr nicht zumuten.

Den Rest des Weges legten er und Holly schweigend zurück, und bald zeigte ihnen ein kitschiges Neonschild an, dass sie ihr Ziel erreicht hatten. Er bog scharf links ab auf den geschotterten Parkplatz des Nightclubs, fuhr aber direkt weiter zur Rückseite des Gebäudes.

Crawford wusste nur zu gut, was auf Parkplätzen von Etablissements wie dem Tickled Pink passieren konnte, in den Fahrzeugen wie auch außerhalb, und hielt es deshalb für sicherer, wenn Holly mit ihm kam. Er schaltete den Motor ab und öffnete die Tür. »Ich kann dich nicht allein hier draußen lassen, aber ich warne dich, da drinnen könnten dich schockierende Bilder erwarten.«

Wie um seiner Warnung zu trotzen, drückte sie ihre Tür auf und sprang aus dem Wagen. Gemeinsam traten sie an die Metalltür, an die Crawford jetzt vehement hämmerte.

Smitty öffnete persönlich. »Wurde auch verflucht noch mal Zeit. Ich…« Er verstummte, als er sah, dass Crawford nicht allein war, und ließ sein Nagetiergrinsen aufblitzen, während er Holly, die er offensichtlich bereits kannte, von Kopf bis Fuß musterte. »Ganz neuer Look, wie? Steht Ihnen deutlich besser als die schwarze Robe, Schätzchen.«

Smittys Feixen ließ Crawford an seiner Entscheidung zweifeln, sie hierhin mitgenommen zu haben. »Du lässt die Finger von ihr.«

»Hören Sie gar nicht auf ihn, Süße.« Smitty trat zur Seite und machte den Weg frei. Er warf Crawford einen schmutzigen Blick über die Schulter zu. »Die alte Spaßbremse.«

Er eskortierte sie in sein Büro, das genauso unordentlich war wie all die anderen, die Crawford im Lauf der Jahre zu Gesicht bekommen hatte. Der Charme, den Smitty versprühte, während er Holly den Stuhl zurechtrückte und ihr etwas zu trinken anbot, war so klebrig wie die Schreibtischplatte.

Crawford legte dem Mann eine Hand auf die Schulter und drehte ihn mit sanfter Gewalt zu sich her. »Wo ist der alte Herr? Ich dachte, du hättest ihn in dein Büro gesetzt.«

»Das hab ich ja probiert. Aber er ist ein sturer Bock. Mein Türsteher hätte ihn mit Gewalt hierherschleifen müssen – und das hätte nicht gut bei den anderen Gästen ausgesehen, so alt, wie dein Daddy ist … Ich habe ihn lieber im Club gelassen, da hockt er seit halb vier. Inzwischen hat er sechsundsiebzig Dollar und ein paar Zerquetschte auf seinem Deckel stehen. Er hat behauptet, du würdest das übernehmen.«

Crawford ignorierte Smittys ausgestreckte Hand. »Gehen wir.« Er nickte Smitty zu, ihm voranzugehen. »Du verriegelst die Tür«, sagte er zu Holly, während er in den Gang trat, und wartete ab, bis er ein Klicken hörte.

Er vertraute sich Smittys Ortskenntnis an und folgte ihm durch ein Labyrinth dunkler Gänge, bis sie in den eigentlichen Club gelangten, wo die Musik so laut war, dass es nicht nur in den Ohren, sondern am ganzen Körper wehtat. Auf der Bühne bearbeitete ein Mädchen eine Messingstange. Die Gäste feuerten sie mit lautem Gejohle, Pfeifen und Applaus an.

Smitty brüllte durch den Lärm: »Da drüben.« Er deutete an einen Tisch in der dunkelsten Ecke des Raums, wo ein Rausschmeißer über einem zusammengesunkenen, reglosen Haufen Wache hielt.

Conrads Wange lag platt auf der Tischplatte, ein Speichelfaden hing an seiner schlaffen Unterlippe. Er war kaum bei Bewusstsein, doch als Crawford ihn am Arm packte, um ihn aus dem Stuhl zu ziehen, holte er zu einem weiten Schwinger aus. Die Faust verfehlte Crawfords Kinn zwar um Längen, allerdings war der Haken so schwungvoll, dass Conrad selbst zu Boden gegangen wäre, hätte Crawford ihn nicht aufgefangen.

Es interessierte ihn einen feuchten Dreck, wie es auf die anderen Gäste wirken musste, dass er mit einem alten Mann raufte. Innerhalb weniger Sekunden hatte er Conrad die

Hände auf den Rücken gedreht und die beiden Handgelenke in einem eisernen Griff umklammert. Seine andere Hand hatte er um Conrads Nacken geschlossen, um ihn auf den Beinen zu halten.

»Wie ist er hergekommen?«, fragte er Smitty.

Smitty ließ einen Schlüsselbund vor Crawfords Gesicht tanzen. »Die hat der Türsteher in seiner Hosentasche gefunden.«

Der Türsteher war ein Fleischberg mit rasiertem und tätowiertem Schädel. »Fahr seinen Wagen zum Hintereingang«, erklärte Crawford ihm. »Er ist bestimmt nicht schwer zu finden. Abgefahrene Reifen, abblätternder blauer Lack. Und danke.«

Er schob Conrad quer durch den Club auf den Gang zu, durch den sie gekommen waren. Conrad strauchelte und taumelte, aber irgendwie schaffte Crawford ihn in den Korridor, ohne dass er hinschlug.

Smitty folgte Crawford auf den Fersen und beklagte sich immer noch über die ausstehende Zeche.

»Jetzt halt endlich die Klappe«, sagte Crawford. »Du kriegst dein verfluchtes Geld schon noch.«

Als sie wieder beim Büro angekommen waren, rief er nach Holly, die sofort die Tür entriegelte und aufzog. Verlegen beobachtete er ihre Miene, während sie erstmals das sabbernde, miefende Fossil zu Gesicht bekam, das ihn gezeugt hatte.

Er fasste in seine Tasche, zog einen Geldclip heraus und reichte ihn ihr. »Bezahl ihn.«

Sie zupfte einen Fünfziger und einen Zwanziger aus dem Bündel.

»Und einen Zehner für den Türsteher«, ergänzte Crawford.

»Den gebe ich ihm«, sagte Smitty und griff nach dem Schein.

Sie hielt ihn außer seiner Reichweite. »Das mache ich selbst, danke.«

Die grellen Bilder, mit denen die Wände tapeziert waren, schienen sie weder zu irritieren und erst recht nicht einzuschüchtern. Stattdessen machte sie ein Gesicht, als würde sie im Gerichtssaal sitzen und eine Verurteilung zu lebenslanger Zwangsarbeit verkünden, während sie Smitty das Geld überreichte.

»Ihr Kunde ist ganz offensichtlich nicht mehr zurechnungsfähig. Dennoch haben Sie ihm, wie Sie selbst zugegeben haben, über mehrere Stunden hinweg Alkohol im Wert von sechsundsiebzig Dollar ausgeschenkt. Wäre ihm infolge seines Zustands etwas zugestoßen, hätte man Sie dafür angezeigt und zur Verantwortung gezogen. Ihr heruntergekommenes Etablissement hätte seine Türen schließen müssen. Sie haben noch einmal großes Glück gehabt. Mr. Hunt könnte Ihnen diese verantwortungslose und möglicherweise kriminelle Gleichgültigkeit gegenüber dem hilflosen Zustand seines Vaters eventuell nachsehen … wenn Sie im Austausch Diskretion walten lassen.«

In Smittys Stirn grub sich eine Falte, aber er war durchaus in der Lage, die gestelzte Sprache für sich zu übersetzen. Er fuhr sich nervös mit der Zunge über die Lippen. »Sicher, sicher, Frau Richterin. Von mir erfährt niemand was. Crawford und ich sind alte Freunde. Wir kennen uns schon ewig.«

Crawford beendete seinen Gefühlsausbruch mit einem Schnauben. »Halt die Tür auf, damit wir ihn hier rausschaffen können.« Während Holly vorausging, blieb er noch kurz zurück und murmelte zu Smitty: »Pfeif drauf, wie lange wir uns kennen, wenn du irgendwem ein Wort davon erzählst, dass sie hier war, reiße ich dir die Eier ab.«

Smitty antwortete mit einem kränklichen Lächeln. Es gab keinen Zweifel, dass die Warnung ernst gemeint war.

Crawford bugsierte Conrad in seinen SUV auf den Rücksitz.

Der alte Mann sackte zur Seite und landete mit dem Kopf auf dem Arm von Georgias Kindersitz. Crawford schwor sich insgeheim, den Sitz zu desinfizieren, bevor er sie wieder hineinsetzte. Falls sie je wieder mit ihm fahren durfte.

Der Türsteher hatte Conrads Wagen vor der Tür abgestellt, und Holly hatte ihm sein Trinkgeld gegeben. »Macht es dir was aus, mit der Karre zu fahren?«, fragte Crawford und blickte dabei auf den vor sich hintuckernden Schrotthaufen.

»Aber nein.« Sie ging zur Fahrerseite und setzte sich hinters Lenkrad.

Zutiefst beschämt und wütend kletterte Crawford in seinen SUV. Auf der Straße hielt er sich an die Geschwindigkeitsbegrenzung, damit Holly ihnen problemlos folgen konnte. Außerdem hatte er es nicht eilig, ihr Conrads heruntergekommene Behausung vor Augen zu führen.

Als sie dort eintrafen, kam sie zu ihm und reichte ihm Conrads Autoschlüssel zusammen mit seinem Geldclip. »Vergiss den nicht.«

»Danke. Ich weiß nicht, ob du Smitty berührt hast, aber vielleicht solltest du dir die Hände waschen.«

»Dabei war er ein so großzügiger Gastgeber.« Sie schwenkte einen kleinen Zettel. »Den hat er mir zugesteckt, als du gerade nicht hergeschaut hast.«

»Was ist das?«

»Ein Gutschein für freien Eintritt bei meinem nächsten Besuch.«

»Dieser dreckige Schleimbatzen. Ich sollte gleich wieder hinfahren und ...«

Er verstummte, denn in diesem Moment drückte Conrad die hintere Wagentür auf und stieg aus. »Ich kann Smittys Lokale nicht empfehlen. Die Tänzerinnen sind höchstens so lala, und auf den Toiletten stinkt es schlimmer als in einer Latrine.«

Er sabberte nicht mehr, sondern stand kerzengerade vor ihnen und sah sie mit einigermaßen klarem Blick an. Gelallt hatte er überhaupt nicht. »Überraschung!« Er lächelte.

Conrad streckte Holly die Hand hin. »Richterin Spencer, ich hatte gehofft, dass ich Sie irgendwann kennenlernen würde. Ich bin Conrad Hunt.«

Sie schüttelte seine Hand. »Mr. Hunt.«

»Danke, dass Sie meinen Wagen hergefahren haben.«

»Keine Ursache.«

»Ich hielt es für das Beste, weiter zu schauspielern, bis wir hier angekommen waren. War ich überzeugend?«

»Oscarreif.« Jetzt lächelte auch sie.

»Treten Sie ein, treten Sie ein.« Conrad legte eine Hand unter ihren Ellbogen und geleitete sie zum Haus. »Passen Sie auf, wohin Sie treten. Ich hätte den Weg ja freigeräumt, aber ich habe nicht geahnt, dass ich heute Gäste empfangen würde.«

Crawford hatte sich halbwegs von seinem Schock erholt und baute sich vor ihnen auf. »Verflucht noch mal, was soll das, Conrad?«

»Ich zeige einfach gute Manieren. Was ich von dir nicht behaupten kann.«

»Warum die Schauspielerei? Was willst du damit erreichen?«

Conrad wedelte mit der Hand vor seinem Gesicht, um die Moskitos zu vertreiben. »Blutsauger. Wenn wir die Richterin nicht ins Haus bringen, wird sie noch bei lebendigem Leibe aufgefressen.«

Er schob Crawford beiseite und warnte Holly im Weitergehen, darauf zu achten, wohin sie ihren Fuß setzte. Crawford, der die Nachhut bildete, grummelte ärgerlich vor sich hin, dass Conrad ja nur einige Jahre Zeit gehabt hätte, den Weg zu seiner Tür frei zu räumen. Der Vorgarten war immer noch mit Schrott übersät, aber das Innere des Hauses, zumindest die Räume, die vom Eingang aus zu sehen waren, musste Conrad seit seinem Besuch am Dienstag auf Vordermann gebracht haben, wie Crawford ebenso überrascht wie erleichtert feststellte.

Irgendwann auf der Fahrt vom Nachtclub hierher hatte Conrad sein Hemd in die Hose gestopft und seine Haare glattgestrichen, die bei der Abfahrt noch in alle Richtungen abgestanden hatten. Er sah tatsächlich halbwegs präsentabel aus.

»Sie müssen mir verzeihen, dass ich wie eine Schnapsdestille stinke«, sagte er gerade zu Holly. »Den Whisky, den ich nicht unter den Tisch geschüttet habe, habe ich mir wie Aftershave aufs Hemd gespritzt. Bitte setzen Sie sich doch.« Er führte sie zum Sofa, über das eine alte, aber saubere Patchworkdecke gebreitet war, um die Polsterung zu verdecken, die sich in Auflösung befand. Er spielte weiterhin den vollendeten Gastgeber. »Möchten Sie vielleicht etwas trinken?«

»Nein, möchte sie nicht.«

Conrad sah Crawford an und quittierte den unhöflichen Einwurf mit einem Stirnrunzeln. »Ich habe nicht mit dir geredet. Und ich habe nicht von einem Drink geredet. Ich dachte eher an so etwas wie Kaffee oder ein Glas Wasser?«

»Vielen Dank für das Angebot, aber nein, danke, Mr. Hunt«, antwortete Holly.

»Nennen Sie mich Conrad, und sagen Sie Bescheid, falls Sie doch was möchten.« Er ließ sich in seinen Fernsehsessel fallen, klappte die Fußstütze hoch und wackelte mit dem Hintern hin und her, bis er es sich bequem gemacht hatte. Die ganze Zeit über lächelte er sie ununterbrochen an.

Dann bemerkte er, dass Crawford direkt hinter der Tür stehen geblieben war. »Steh nicht da wie ein Holzindianer vor dem Zigarrenladen. Warum setzt du dich nicht und gibst dir Mühe, gesellig zu sein?«

»Ich habe keine Zeit für ein Plauderstündchen. Ich muss Holly nach Hause bringen, bevor ihre Personenschützer bemerken, dass sie ausgeflogen ist.«

Conrad betrachtete sie mit neu erwachtem Interesse. »Sie haben sich aus dem Haus geschlichen?«

»Zum ersten Mal seit meiner Teenagerzeit.«

Lachend klatschte er mit der flachen Hand auf die Armlehne seines Fernsehsessels. »Freut mich zu hören, dass Sie früher Unfug getrieben haben. Ich dachte schon, Sie wären zu perfekt.«

»Oh nein. Nachdem mein Vater uns verlassen hatte, machte ich kurz eine rebellische Phase durch, bevor ich meine neue Rolle als Familienoberhaupt akzeptiert habe.«

»Und was hat Sie dazu gebracht, sich heute Nacht rauszuschleichen?«

Ehe sie etwas darauf sagen konnte, kam Crawford ihr zuvor. »Sie wollte zu mir. Wir dürfen nicht zusammen gesehen werden, darum …«

»Warum dürft ihr nicht zusammen gesehen werden? Du arbeitest doch an ihrem Fall.«

»Nicht mehr.« Crawford gab ihm eine knappe Zusammenfassung dessen, was sich an diesem Tag ereignet hatte.

Als er zum Ende kam, schüttelte Conrad angewidert den Kopf, aber seine ersten Worte betrafen Georgia. »Deine Tochter hat alles unbeschadet überstanden?«

»Ja, Gott sei Dank. Sie hat gar nicht mitbekommen, was sich da abspielte. Sie hat nicht gesehen, wie ich auf ihren Opa losgegangen bin.«

»Wenn du meine Meinung hören willst, dann hat Joe Gilroy

nur das bekommen, was er für sein Joe-Gilroy-Getue verdient hat.«

Crawford sah kurz zu Holly hinüber, bevor er antwortete. »Trotzdem werde ich dafür bezahlen müssen. Es könnte eine Weile dauern, bis ich Georgia wiedersehen darf.«

Conrad fluchte leise. »Ich kann nicht glauben, dass er ein Kontaktverbot gegen dich beantragt hat.«

»Wir warten auf einen Termin für die Anhörung. Natürlich werde ich Widerspruch einlegen. Aber selbst wenn ich diese Schlacht gewinne, bleiben eine Menge Fronten.«

»Neal Lester ist ein eingebildeter Idiot, der sich um jeden Preis beweisen will«, sagte Conrad jetzt, »und das macht ihn zu einem *gefährlichen* eingebildeten Idioten.«

»Diese wilde These, die er sich über Crawford zusammengesponnen hat, ist einfach lächerlich«, stellte Holly fest.

»Eine wilde These, die von Chuck Ottermans Lüge gestützt wird«, ergänzte Crawford.

Conrad strich sich übers Kinn. »Warum sollte Otterman lügen, um dich zu belasten?«

»Das weiß ich beim besten Willen nicht. Holly und ich sprachen gerade darüber, als Smitty mich anrief und mir erklärte, dass du dir einen angesoffen hättest und Ärger machen würdest. Was sollte das eigentlich? Du warst so oft wirklich betrunken, warum spielst du es jetzt?«

»Weil niemand ahnen sollte, was ich in Wahrheit dort getrieben habe.«

»Na gut, ich schlucke den Köder«, sagte Crawford. »Was hast du in Wahrheit dort getrieben?«

»Chuck Otterman ausspioniert.«

Es war, als hätte er Crawford einen Schlag in die Kniekehlen versetzt. War Conrad das fehlende Bindeglied zu Otterman, nach dem er gesucht hatte? Er ging zum Sofa und setzte sich neben Holly auf die Armlehne. »Du hast Otterman hinterherspioniert? Wieso? Hast du irgendwann mal gegen ihn ermittelt?«

»Nein. Wenigstens glaube ich das nicht.«

»Was weißt du dann über ihn?«

»Nur das, was ich gelesen habe.« Er wartete eine Sekunde ab. »Und das, was ich aus meiner persönlichen Erfahrung mit ihm schließen kann.«

»Eine Überraschung nach der anderen. Ich wusste nicht, dass du ›Erfahrungen‹ mit Otterman gemacht hast.«

»Ach, du weißt so vieles nicht.«

»Offenbar. Erzähl mir etwas, was ich noch nicht weiß, Conrad.«

»Ich habe mich mal für einen Job draußen im Camp beworben.«

»Wann?«

»Letztes Jahr. Im Winter. Ich weiß nicht mehr, in welchem Monat, aber es war kalt.«

»Du verstehst überhaupt nichts vom Gasbohren.«

»Trotzdem kann ich Mülleimer ausleeren. Sie haben da einen Hausmeister- und Reinigungsservice.«

»Und du hast einen Abschluss in Jura«, fuhr Crawford ihn an. »Oder hattest ihn wenigstens.«

Conrad verzog das Gesicht und sah verlegen zu Holly. »Der letzte Winter war ein Tiefpunkt, sogar für mich. Ich hatte monatelang keine Arbeit. Mir wurde der Strom abgestellt. Ich brauchte Geld zum Heizen.«

Scham breitete sich in Crawford aus. Es war ihm äußerst unangenehm, dass sie das mitanhören musste, aber zumindest brauchte er jetzt nicht mehr zu fürchten, dass sie irgendwann erfuhr, wie verseucht sein Genpool tatsächlich war.

»Haben Sie den Job bekommen?«, fragte sie.

»Ich wollte ihn dann doch nicht. Während ich noch im Büro war und meine Bewerbung ausfüllte, kam ein Pick-up mit einem verletzten Mann angeröhrt. Und mit verletzt meine ich übel verletzt. Sein Arm war von einer Maschine zerquetscht worden, er hing im wahrsten Sinn des Wortes nur noch an der Schulter dank einiger Hautfetzen. Der Mann stand unter Schock. Der Rettungswagen schien eine Ewigkeit zu brauchen. Währenddessen steigerte sich Otterman in einen Wutanfall und brüllte alle Anwesenden an. Er befahl ein paar Männern, den Truck zu reinigen. Das Blut sammelte sich im Fußraum, und das ist keine Übertreibung. Zwei weiteren Männern befahl er, sofort zu der Bohrstelle zu fahren, wo es zu dem Unfall gekommen war, und das Teil mit der Fehlfunktion zu reparieren, bevor ihm die Leute von der OSHA einen Besuch abstatten konnten. Die beiden bekamen außerdem Befehl, einen ›Bonus‹ an alle auszuzahlen, die den Unfall beobachtet hatten.«

»Er hat sie geschmiert, damit sie sich taub, blöd und blind stellen, wenn die Beamten von der Arbeitssicherheit eintreffen«, fasste Crawford zusammen.

»Ganz genau. Und während er so tobte und fluchte, zeigte er keinen Funken Mitgefühl für den Mann, der kurz vor dem Verbluten war. Das änderte sich erst, als die Sanitäter eintrafen. Es war, als hätte jemand einen Schalter in ihm umgelegt. Er zog eine richtige Show ab. Saint Chuck. Fürsorglich und gutherzig. Hat nur noch gefehlt, dass er im Gebet seine Hand auf das Haupt des Arbeiters gelegt hätte, von dem er bis dahin überhaupt keine Notiz genommen hatte.« Conrad verzog das Gesicht. »Mir wurde übel. Obwohl ich pleite war und dringend einen Job brauchte, zerriss ich das Bewerbungsformular, verschwand und kehrte nie zurück. Lieber bin ich ein stadtbekannter Säufer, als für einen Mann mit zwei Gesichtern zu arbeiten. Wenn ich noch bei der Polizei wäre, würde ich an ihm kleben wie eine Briefmarke an einem Einschreiben.«

»Und wonach suchen?«

»Weiß ich auch nicht«, antwortete er Crawford. »Aber ich glaube, dass Mr. Chuck Otterman eine Schwarzbrennerei betreibt.«

»Wie kommst du darauf?«

»Wenn er in diesen Clubs ist…«

»Was für Clubs?«

»Clubs wie denen von Smitty.«

»Du hast ihn schon früher dort gesehen?«

»Oft.« Conrad sah zu Holly und lächelte verlegen. »Ich war dafür bekannt, dass ich auch in schmuddeligeren Lokalen verkehrte. Aber jetzt habe ich ein neues Kapitel aufgeschlagen.«

Sie erwiderte sein Lächeln. »Sie sind jetzt trocken?«

»Seit vierundsechzig Tagen.«

»Exzellenter Start. Meine Glückwünsche.«

»Und ich gehe einer geregelten Arbeit nach.«

»Wo?«

»In der Sägemühle.«

Während des freundschaftlichen Wortwechsels hatte Crawford seinen Beobachterposten auf der Armlehne verlassen und eine Runde durch den Raum gedreht. Das Haus war sauberer, als er es je gesehen hatte. Er warf einen Blick durch die offene Küchentür. Nicht ein schmutziger Teller stand in der Spüle, die Theke war von allen klebrigen Flecken befreit, der Boden gewischt. Es hatte tatsächlich den Anschein, als würde Conrad einen ernsthaften Versuch unternehmen, nüchtern zu bleiben. Wenigstens an der Oberfläche.

Aber seine Vorgeschichte sprach nicht für einen Erfolg. Crawford war zu oft enttäuscht worden, um noch glauben zu können, dass dieses neue Kapitel anders enden würde als die vielen anderen, darum erstickte er seinen aufkeimenden Optimismus und konzentrierte sich stattdessen wieder auf Chuck Otterman.

»Er unterstützt hiesige Politiker und Richter und verbringt andererseits seine Abende in Striplokalen«, beteiligte er sich wieder am Gespräch.

»Wo er aber nur mäßig trinkt, wenn überhaupt«, ergänzte Conrad. »Und die Tänzerinnen ignoriert er völlig. Aber er ist nie müßig. Er hält dort Hof, so wie heute.«

Crawford hatte das bereits von Smitty gehört. »Und mit wem hat er sich heute getroffen?«

»Es war eine ganze Parade«, sagte Conrad. »Und wie es sich für eine Parade gehört, habe ich reichlich Fotos gemacht.«

Er griff in seine Hosentasche und zog ein Handy heraus, was Crawford überraschte, da Conrad noch nie eines besessen hatte.

»Wo hast du das denn besorgt?«

»Im Supermarkt.«

»Und wann?«

»Gestern.«

»Und warum?«

Conrad sah ihn ärgerlich an. »Willst du die Fotos jetzt sehen oder nicht?«

Crawford nahm ihm das Handy ab und öffnete die Fotogalerie. »Wieso erzählst du mir erst jetzt, dass du Bilder von Otterman hast?«

»Eins nach dem anderen. Außerdem hast du mich immerzu unterbrochen.«

Während Crawford die einzelnen Bilder durchging, erzählte Conrad weiter.

»Siehst du die zwei Typen an dem Tisch direkt neben seiner Nische? Leibwächter. Ich habe sie Pat und Patachon getauft. Der Kleinere ist Pat. Aber die beiden kennen keinen Spaß. Und sie tragen Waffen. Ich habe die Ausbuchtung gesehen. Sie sind mit Otterman gekommen und mit ihm gegangen, haben nichts getrunken und keinen Blick für die Show übriggehabt.«

»Wozu sollte er Leibwächter brauchen?«, wollte Holly wissen.

»Gute Frage«, sagte Crawford. Eine noch bessere Frage war, warum Smitty kein Wort davon gesagt hatte, dass Otterman heute bei ihm gewesen war, obwohl er bestimmt gewusst hatte, dass Crawford für so eine Information bezahlen würde. Er würde das später mit dem Schleimbatzen klären. Im Moment konzentrierte er sich ausschließlich auf Conrad.

»Die Männer kamen und gingen«, sagte der gerade. »Otterman hat sich mit jedem allein unterhalten, und die Gespräche dauerten unterschiedlich lang.«

»Hat irgendwas die Hand gewechselt?«, fragte Crawford.

»Nicht soweit ich erkennen konnte, und ich habe auf Sachen wie Geldumschläge geachtet. Vielleicht werden in den Clubs nur die Bedingungen ausgehandelt, und der eigentliche Transfer findet woanders statt.«

Möglicherweise hatte Conrad recht. Außerdem wusste Crawford als erfahrener Ermittler, dass im Computerzeitalter Passwörter für Online-Konten mindestens so gut waren wie Banknoten, wenn nicht besser. »Okay, weiter.«

»Das ist mehr oder weniger alles«, sagte Conrad. »Schließlich zog er mit Pat und Patachon weiter. Und ich zog meine Show ab.«

»Wieso bist du nicht auch einfach gegangen?«

»Ich hatte mich angeblich halb besinnungslos getrunken, hast du das vergessen? Ich hatte Angst, dass sie die Bullen rufen würden, wenn ich wegzufahren versuchte, und dass die mich ins Gefängnis stecken könnten. Da hätte ich dann erst mal festgesessen, und mein Handy wäre konfisziert worden. Oder aber sie würden eine Blutprobe anordnen und erkennen, dass ich nur gespielt habe, und dann was? Wo wärst du dann?« Er grinste. »Ich habe dir doch gesagt, dass ich ein guter Spitzel bin. Du kannst dich später bei mir bedanken.«

Im dunklen Club hatte die Kamera nur körnige Bilder aufgenommen. Hin und wieder hatte Conrad den Zoom verstellt, wodurch manche Fotos unscharf geworden waren, und ab und zu war eine Nahaufnahme seines Daumens eingestreut. Aber Crawford musste dem alten Mann seinen Einfallsreichtum zugutehalten.

Auf mehreren Schnappschüssen hatte er Otterman bei seinem Münztrick fotografiert. Ihm fiel ein, wie Conrad ihn bezeichnet hatte: »Ein Mann mit zwei Gesichtern.«

Dass er seinen Gedanken halblaut ausgesprochen hatte, merkte er erst, als Conrad ihn darauf ansprach: »Wie bitte?«

»Was er da mit der Münze macht …«

»Er hat das auch gemacht, als ich ihm damals begegnet bin«, ergänzte Holly und imitierte die Bewegung.

»Er hat zwei Gesichter. Kann blitzschnell die Persönlichkeit wechseln. Die zwei Gesichter einer Münze. Gibt es da eine Parallele, einen Insider-Witz, den er uns allen vorspielt?« Crawford schloss seine Spekulation mit einem Schulterzucken ab und sah wieder Conrad an. »Und niemand hat gemerkt, dass du ihn fotografiert hast?«

»Wenn es überall hüpfende Titten …« Sein Blick zuckte zu Holly. »Hüpfende *Mädchen* zu beglotzen gibt? Da achtet niemand auf einen Volltrunkenen, der sich immer weiter zuschüttet, wofür …«, er legte die Hand in Höhe des Herzens auf seine Brust und wandte sich an Holly, »… ich bedauerlicherweise bekannt bin.«

Dass der alte Mann sie so einzuwickeln verstand, verstimmte Crawford, der sich darum auf seine Aufgabe konzentrierte, indem er das nächste Foto antippte. Otterman gegenüber am Tisch saß ein Mann mit einem Cowboyhut. Unter der breiten Krempe lag sein Gesicht im Schatten, sodass kaum etwas außer seinem Haar zu erkennen war. So wie es plattgedrückt wurde …

Eilig zog er mit zwei Fingern das Bild auf dem Display größer, bis er die Züge des Mannes ausmachen konnte, und erkannte ihn daraufhin zweifelsfrei. »Heilige Scheiße.« Er studierte jedes Detail und überzeugte sich, dass er sich nicht geirrt hatte, bevor er das Handy so hielt, dass auch Holly das Bild sehen konnte. »Kommt der dir bekannt vor?«

Ohne zu zögern, flüsterte sie: »Das ist der Schütze aus dem Gerichtssaal.«

»Bist du sicher?«

»Hundertprozentig. Das Gesicht erkenne ich nicht wieder, denn das war unter der Maske verborgen, aber die Haare sind genau gleich.«

»Das ist mir auch als Erstes aufgefallen. Trotzdem müssen wir ganz sicher sein.«

»Das bin ich.«

»Er ist nämlich Polizist.«

Sie warf Crawford einen flüchtigen Blick zu und starrte dann wieder auf den kleinen Handybildschirm. »Stimmt! Ich habe ihn schon im Gericht gesehen. Allerdings nie mit Hut. Und ich weiß nicht, wie er heißt.«

»Ich schon.«

# 24

Crawford war schon auf dem Weg zur Tür.

Holly sprang auf und eilte ihm nach. »Wo willst du hin?«

»Ein paar Anrufe machen. Bleib hier. Ich bin gleich wieder da.«

Sie beobachtete durch die Fliegentür, wie er die Verandastufen übersprang und – das Handy schon in der Hand – im Vorgarten landete.

»So war er schon immer«, erklärte Conrad ihr von seinem Fernsehsessel aus. »Agil und schnell wie ein Windhund, schon als Baby. Was das angeht, kommt er ganz nach seiner Mutter. Sie war Tänzerin, wussten Sie das?«

»Tänzerin?« Holly sah über die Schulter zu ihm zurück. »Nein, das wusste ich nicht.«

»Sie hatte draußen in dem kleinen Einkaufszentrum ein Studio, in dem sie Ballett und Stepptanz unterrichtete. Jazz. Alles. Jedes Frühjahr veranstaltete sie im Bürgerzentrum ein großes Vortanzen. Der ganze Ort ging hin. Eine Riesenshow. Die Ladys waren Monate damit beschäftigt, Pailletten an die Kostüme zu nähen.«

Holly musste an die Ballettschuhe in Georgias Kinderzimmer denken und fragte sich, ob Crawford absichtlich oder unbewusst eine Verbindung zwischen seiner Tochter und Mutter hergestellt hatte.

»Sie war schön und talentiert, und ich schätze, deshalb hatte sie das Gefühl, das sie was Besseres verdient hatte.« Für einen kurzen Augenblick starrte Conrad mit trauerschwerer Miene ins Leere. »Mehr. Sie redete oft davon, dass sie sich nicht ausgefüllt fühlte.« Dann kehrte er in die Gegenwart zurück, sammelte sich und deutete in den Vorgarten, wo Crawford mit dem Handy am Ohr auf und ab marschierte. »Seine Mutter und ich waren lausige Eltern. Er hat sich besser gemacht, als man hätte erwarten dürfen.«

»Besser, als er selbst von sich glaubt«, meinte Holly eher zu sich selbst als zu Conrad.

»Sie haben ihn in nur drei Tagen ziemlich gut kennengelernt.«

»Mir kommt es länger vor.«

»Wann haben sie miteinander geschlafen?«

Sie wirbelte herum und sah ihn fassungslos an.

Er lachte leise, er hatte sie ertappt. »Dachte ich mir.«

»Mister Hunt, Conrad ...«

Er unterbrach sie mit erhobener Hand. »Sie brauchen mir nichts zu erklären. Aber ich würde vermuten, dass der Zeitpunkt ... problematisch war. Ist.« Er sah ihre gepeinigte Miene und fuhr fort: »Sie müssen sich nicht rechtfertigen, Richterin. Ich brauche das nicht zu wissen. Ich *will* es gar nicht wissen. Ich hoffe nur, dass es mit Ihnen beiden klappt, denn was Frauen angeht, hatte er es nicht leicht. Seine Mutter ist abgehauen. Seine Frau ist gestorben.« Er überlegte kurz, und sein Blick wurde schmaler. »Er liebt seine kleine Tochter, meine Enkelin. Es wäre eine verfluchte Schande, wenn er sie auch verlieren würde.«

»Das liegt nicht mehr an mir. Ich habe den Fall abgegeben.«

»Unter den gegebenen Umständen war das nur angemessen. Aber verzeihen Sie mir die Bemerkung, Sie sehen nicht aus, als wären Sie besonders glücklich darüber.«

»Ich fühle mich den Menschen verpflichtet, die sich mir

und meinem Urteil anvertrauen. Ich möchte sie nicht enttäuschen.«

Er betrachtete sie stumm und legte nachdenklich die Stirn in Falten. »Sind Sie eine schlechtere Richterin, weil Sie sich mit Crawford eingelassen haben? Würden Sie deswegen auf der Richterbank einen schlechteren Job machen?«

»Nein. Im Gegenteil, ich wäre wahrscheinlich besser. Dank ihm habe ich erkannt und akzeptiert, dass es Graubereiche gibt. Früher habe ich nur Schwarz und Weiß gesehen.«

»Halten Sie sich das immer vor Augen, Holly, und hören Sie auf, sich selbst zu geißeln. Zufällig bin ich ein Experte darin, Menschen zu enttäuschen, und ich kann Ihnen aus Erfahrung sagen, dass das umso leichter geschieht, je mehr Sie sich den Kopf darüber zerbrechen. Die Angst, andere zu enttäuschen, bewahrheitet sich oft von selbst.«

»Ich werde es mir zu Herzen nehmen.« Sie lächelten sich an.

Dann sah er wieder durch die Tür auf Crawford. »Ich würde ihn so gern glücklich sehen.«

»Ich habe ihn heute zum ersten Mal mit Georgia zusammen erlebt. Solange er mit ihr zusammen war, war er glücklich, etwas in ihm schien zu leuchten. Na ja, warum sollte er auch nicht glücklich sein? Sie ist zauberhaft.«

»Wirklich?« Die aufflackernde Freude in seinen rot geränderten Augen wurde gleich darauf von Kummer erstickt. »Er lässt sie mich nicht sehen.«

Holly sah ihm an, wie tief ihn das traf. »Vielleicht wird er seine Meinung ändern.«

»Nein, nein, ich mache ihm ja auch keinen Vorwurf deswegen. Ich selbst möchte nicht, dass meine Enkeltochter mich so sieht.« Seine Handbewegung schloss den Raum und ihn selbst ein. »Ein alter Alki, der bei jedem Atemzug darum kämpfen muss, nüchtern zu bleiben? Nein. Ich will ebenso wenig, dass Georgia diesen Eindruck von mir bekommt, wie er sie diesem Eindruck aussetzen will. Nein, falls es jemals zu dem Tag kommt, an dem er sie mit Opa Conrad bekannt machen will, soll er ihr ein Bild von mir von vor dreißig Jahren zeigen, als die schlimmsten Hurensöhne in diesem Staat Angst vor mir hatten. Als ich der Albtraum der besten Strafverteidiger war und den Respekt der Richterschaft genoss«, ergänzte er mit einem Augenzwinkern. »Dann soll er ihr erzählen, wie ich war, bevor ich … na, eben davor.« Sein Lächeln wurde sehnsüchtig. »Wenn mein Enkelkind dieses Bild von mir hätte, würde mich das wirklich stolz machen.«

Crawford schaute von draußen durch die Fliegentür und fragte sich, worüber Holly und sein alter Herr so angeregt plauderten. Wütend, weil er erfolglos dreimal dieselbe Nummer angerufen hatte, wanderte er einmal im Kreis und drückte ein weiteres Mal auf die Wahlwiederholung.

»Komm schon, komm schon, du Wichser. Ich weiß, dass du da bist.«

Dieses Mal erklang ein zittriges »Hallo« als Antwort.

»Nugent?«

»Hören Sie auf, mich anzurufen. Ich kann nicht mit Ihnen sprechen.«

»Wo ist Neal? Ich habe ihn mehrmals unter all seinen Nummern zu erreichen versucht.«

»Er hat sich verabschiedet und ist zum Abendessen heimgefahren.«

»Es ist mir egal, wie Sie das anstellen, aber Sie müssen ihn finden und ihn dazu bringen, dass er einen Haftbefehl gegen Pat Connor erwirkt. Josef Patrick Connor. Er steht auf der Liste der Polizisten, die zum Zeitpunkt der Schießerei Dienst hatten und im Gerichtsgebäude waren.«

»Ich weiß. Er wurde befragt und für unbelastet erklärt.«

»Das war ein Irrtum. Schicken Sie mir eine SMS mit Connors Adresse. Und sagen Sie Neal, er soll einen Durchsuchungsbefehl für sein Haus, sein Auto, einfach alles beschaffen. Haben Sie das? Schreiben Sie es notfalls auf. Sagen Sie Neal, er soll mit dem Haftbefehl und dem Durchsuchungsbefehl zu Connors Haus kommen. Ich fahre schon vor, überzeuge mich, dass er zu Hause ist, und behalte ihn im Auge, bis Neal eintrifft. Und – das ist ganz wichtig – benachrichtigen Sie das Sheriff's Office, dass jemand zum Camp rausfahren und Chuck Otterman für eine Befragung ins Police Department bringen soll.«

»Das ist ein Scherz, richtig?«

»Höre ich mich an, als würde ich scherzen?«, brüllte Crawford.

»Neal ist ohnehin kurz davor, mich zu feuern. Wenn ich ihm erzähle, dass das von Ihnen kommt …«

»Dann wird er Sie trotzdem nicht feuern, Sie sind schließlich der Neffe eines County Commissioners. Vergessen Sie nicht, mir die Adresse zu schicken. Ich brauche sie jetzt gleich. Und wenn Sie das hier vermasseln, dann wird Neal die geringste Ihrer Sorgen sein, weil ich Ihnen dann persönlich an die Gurgel gehen werde. Und jetzt setzen Sie Ihren Arsch in Bewegung. Zeigen Sie, dass Sie Eier haben, Nugent.«

Crawford legte auf, aktivierte Conrads Handy und schickte sich flugs das Foto von Pat Connor im Gespräch mit Otterman an sein eigenes Smartphone. Dann stapfte er zur Veranda, eilte die Stufen hoch, zog die Fliegentür auf und warf Conrad das Handy aus der gesenkten Hand zu. »Schätze, ich bin dir Dank schuldig.«

»Schätze ich auch.«

»Das war wirklich eine Schnapsidee von dir. Und riskant.

Aber dadurch hast du mir in dem Fall einen wichtigen Durchbruch verschafft. Danke.«

»Freut mich, dass ich was für dich tun konnte.«

Vater und Sohn sahen sich mehrere Sekunden in die Augen, dann fasste Crawford nach Hollys Hand. »Gehen wir.«

Mit ihr im Schlepptau eilte er zu seinem SUV. Während er den Wagen über die schlaglöchrige Zufahrt zur Straße zurücklenkte, erklärte er ihr, was er in der Zwischenzeit veranlasst hatte. »Innerhalb einer Stunde haben wir Connor in Gewahrsam. So wie ich ihn einschätze, wird er Otterman im Tausch gegen ein Lebenslänglich ans Messer liefern, weil ihm andernfalls für den Mord an Chet die Todesstrafe droht.«

»Du glaubst immer noch, dass Otterman dahintersteckt?«

»Irgendwer tut es jedenfalls. Pat Connor besitzt weder genug Fantasie noch Eigeninitiative, um eine Attacke wie die am Montag durchzuziehen.«

»Angenommen, es ist Otterman, wie hat er dann Connor dazu bekommen mitzumachen?«

»Otterman muss irgendwas gegen Pat in der Hand haben. Offenbar hat er eine Leiche im Keller. Oder Spielschulden. Wir müssen rausfinden, was es ist, damit wir selbst was in der Hand haben.« Damit griff Crawford nach seinem Handy, rief Harry Longbow an und eröffnete ihm, dass sie den Schützen aus dem Gericht identifiziert hatten. »Pat Connor, Polizist aus dem Prentiss PD. Urgestein, ohne dass er je befördert worden wäre. Fährt nicht mal mehr Streife, sondern sorgt für Sicherheit im Gericht. Verflucht! Gerade ist mir was eingefallen. Er war unter den Polizisten, die Holly bei der Pressekonferenz beschützen sollten. Neal hatte mir erklärt, dass alle diese Polizisten überprüft worden sind.«

»Sehr vertrauenerweckend«, meinte Harry gedehnt. »Und was hat dieser Connor gegen dich?«

»Gar nichts, wenn du mich fragst. Er hat auch nichts gegen Richterin Spencer. Er ist eine Marionette.«

»Von Otterman?«

»Das wäre der erste Name auf meiner Liste. Die zwei hatten heute Nachmittag ein kleines Rendezvous in einem Stripschuppen.« Crawford beschrieb ihm die Begegnung. »Ich habe das Foto, das auf jeden Fall eine Verbindung beweist. Eine unselige, wenn du mich fragst.«

»Soll ich das für dich rausfinden?«

»Auch wenn ich dir das ungern auflaste, Harry.«

»Du hast schon alle Hände voll zu tun. Sessions sitzt auch immer noch dran. Ist seit Stunden nicht mehr zum Luftholen aufgetaucht.«

»Danke. Fang an mit jüngeren Überweisungen auf Pat Connors Bankkonto, die nicht nach normalen Gehaltszahlungen aussehen. Der Hauptgewinn wäre es, wenn du Gelder unbekannter Herkunft bis zu Otterman zurückverfolgen könntest.«

»Ich kriege jetzt schon einen Ständer.«

»Zügle deinen Eifer. Ich bezweifle, dass es so einfach wird.«

»Ich auch, aber man kann immer hoffen, wie du weißt. Noch was?«

»Ja. Hat das Frühstück geschmeckt?«

Harry brauchte ein, zwei Sekunden, um die Verbindung zu ziehen, dann seufzte er. »Sie hat es dir erzählt?«

»Ruf sofort an, wenn du irgendwas rausfindest.« Crawford trennte die Verbindung und sah kurz zu Holly. »Was hat Conrad dir alles erzählt?«

»Wie viel du ihm bedeutest.«

Er schnaubte. »Dass ich nicht lache.«

»Er hat es nicht ausgesprochen, aber die Botschaft war eindeutig.«

»Komisch, ich habe sie nie bekommen.«

»Vielleicht wolltest du sie nicht hören.«

Er schoss einen zornigen Blick auf sie ab. »Und vielleicht warst du für ihn nur ein gutgläubiges Publikum für seine Tränendrüsengeschichten? Hat er dir auch erzählt, dass er nicht zu meiner Hochzeit eingeladen war?«

»Nein.«

»Hm. Dabei ist das eine seiner Lieblingsgeschichten. Beth drängte mich, ihn einzuladen, aber ich habe mich geweigert. Ich erklärte ihr, wenn *er* käme, würde der *Bräutigam* nicht auftauchen.« Er bemerkte Hollys missbilligende Miene. »Bevor du für den armen Conrad Tränen vergießt«, ergänzte er säuerlich, »solltest du wissen, warum ich mich so dagegen gesträubt habe, ihn bei meiner Hochzeit zu haben. Du musst wissen, dass meine Tante ihn gegen meinen Widerstand gebeten hatte, sie zu meiner Abschlussfeier an der Highschool zu begleiten. Er kreuzte dort auch auf, aber er bekam nicht mit, wie ich auf die Bühne trat und mein Diplom abholte. Bevor sie beim Buchstaben H angekommen waren, hatte er sich schon im Mittelgang des Zuschauersaals die Seele aus dem Leib gekotzt. Er wurde gegen seinen erbitterten Widerstand von einigen Männern nach draußen eskortiert, die er laut krakeelend beschimpfte. Er veranstaltete das größte Spektakel in der gesamten Verleihungsgeschichte, und dieser wenig schmeichelhafte Zwischenfall ist bis heute nicht getoppt worden.«

»Das tut mir leid, Crawford.«

»Nicht so schlimm.« Sein gespielter Gleichmut unterstrich nur, dass es durchaus schlimm für ihn gewesen war – sehr schlimm. Wahrscheinlich spürte sie das. »Ich erzähle dir diesen Mist nur«, rechtfertigte er sich, »damit du dich nicht von Conrads Charme blenden lässt. Glaub mir, der hält nie lang an.«

Seit sie von Conrads Haus weggefahren waren, hatte er das magnetische Einsatzlicht auf das Dach seines SUVs gepflanzt; sowohl das Einsatzlicht als auch die Blaulichter hinter dem Kühlergrill waren eingeschaltet. Doch als sie vom Highway abbogen und sich Hollys Viertel näherten, schaltete er beides wieder aus. »Es braucht niemand zu wissen, wo du heute warst. Kannst du dich wieder ins Haus schleichen?«

»Ich habe mich auch rausgeschlichen. Setz mich in der Straße südlich vom Haupthaus ab.«

Die letzte Ecke umfuhr er mit ausgeschalteten Scheinwerfer, dann ließ er den Wagen am Rand der schmalen Straße ausrollen. Zwischen den Bäumen konnte er nur mit Mühe den Dachfirst ihres kleinen Häuschens erahnen. Ihm gefielen weder die Dunkelheit noch die vielen Versteckmöglichkeiten in dem Gebüsch rundum. »Ich sollte dich reinbringen und alle Räume kontrollieren.«

»Das ist nicht nötig. War es nie. Ich bin nicht diejenige, die hier in Gefahr ist.«

»Wir könnten uns auch täuschen.«

»Das glaube ich nicht.«

»Ich auch nicht, trotzdem bin ich erst beruhigt, wenn Pat Connor und Otterman in Gewahrsam sind.«

Sie legte die Hand auf seinen Arm und drückte sanft zu. »Sei vorsichtig.«

»Bin ich immer.«

»Bist du *nie.*«

Sie sagte es mit einem ironischen Unterton, aber er lächelte nicht, sondern zog den Arm unter ihrer Hand heraus. »Spar dir das für die Anhörung auf. Dann kannst du es unter Eid bezeugen.«

»Crawford …«

»Ich muss los.«

»Wärst du lieber vor Georgias Augen verhaftet worden?«

»Das ist nicht der richtige Zeitpunkt, um darüber zu sprechen.«

»Wozu dann diese Spitze?«

»Warum musstest du mit Joe diesen Handel abschließen?«

»Weil er mir genau zwei Möglichkeiten gelassen hat, und eine war so lausig wie die andere. Ich musste sofort entscheiden und handeln. Du, gerade du«, sagte sie und stach dabei mit dem Zeigefinger durch die Luft in seine Richtung, »solltest das nachvollziehen können.«

Ohne ihm Zeit zum Antworten zu geben, drückte sie die Beifahrertür auf, glitt hinaus und knallte die Tür von außen zu. Sie joggte zur Azaleenhecke und verschwand im Laub.

Verdammt, er wäre ihr zu gern nachgelaufen, hätte den Streit zu Ende gebracht und ihr hinterher die Kleider vom Leib gerissen, um dann zuzuschauen, wie sie aus ganz anderen Gründen in Wallung geriet.

Fluchend legte er den Rückwärtsgang ein und fuhr den SUV rückwärts bis zur Straßenecke.

Hollys Handy läutete im selben Moment, in dem sie leise die Tür auf der Rückseite ihres Hauses öffnete. Halb rechnete sie damit, dass Crawford anrief, um sich zu entschuldigen oder den Streit fortzusetzen. Aber die Nummer auf dem Display gehörte ihm nicht.

»Hallo?«

»Richterin Spencer, hier ist Greg Sanders.«

Schon beim Klang seiner Stimme überlief sie eine Gänsehaut. »Woher haben Sie meine Handynummer?«

»Ich habe meine Quellen.«

»Ihren Mandantenstamm.«

Er überging ihre sarkastische Bemerkung. »Seit unserer

Unterhaltung am Aufzug ist eine Menge passiert. Sie hatten eine aufreibende Woche. Haben Sie meine Rosen bekommen?«

»Das Dankesschreiben ist schon in der Post.«

»Sie haben Ihnen also gefallen?«

»Ein ziemlich dorniges Geschenk.«

Er lachte schnaubend.

Am liebsten hätte sie einfach aufgelegt, aber erst wollte sie wissen, was hinter diesem noch nie dagewesenen Anruf steckte. »Damit wäre das Thema Rosen wohl erschöpft.«

»Sie wollen wissen, warum ich anrufe.« Als ihre Antwort ausblieb, fuhr er fort: »Ich wurde heute Abend in die Arrestzelle gerufen, um mich mit einem Mandanten zu besprechen. Auf dem PD war die Hölle los. Raten Sie mal, was heute in der Gerüchteküche auf der Tageskarte steht?«

»Bestimmt können Sie es kaum erwarten, es mir zu erzählen.«

»Ranger Crawford Hunt, dessen Loblied Sie gerade erst im Fernsehen gesungen haben, wurde aus Neal Lesters Ermittlungsteam *gestiefelt* – die Wortwahl ist beabsichtigt.«

»Wie originell.«

»Außerdem hat jemand gehört, wie Lester gegenüber Hunt andeutete, dass Hunt zu ihrer nächsten Unterhaltung lieber mit einem Anwalt auftauchen sollte.«

»Sie rufen doch hoffentlich nicht an, weil Sie ein Empfehlungsschreiben von mir möchten?«

Er lachte, und sie sah wieder die riesigen Zähne und das Muli von Mrs. Briggs' Grandpa vor sich.

»Nein, Hunt zu vertreten könnte einen Interessenskonflikt darstellen, nachdem Sie so fest in seiner Ecke stehen und ich Ihr Gegner bin.«

»Ich weiß immer noch nicht, warum Sie angerufen haben.«

»Nur um Ihnen zu sagen, wie bedauerlich es ist, dass Sie

jenen Mann in Schutz genommen haben, der jetzt unter Verdacht steht, den Amoklauf geplant zu haben. Öffentlich! Wissen Sie noch, wie ich Ihnen erklärt habe, dass es nur eine Frage der Zeit sei, bis Sie es verbocken? Und schon ist es passiert.«

»Bestimmt rufen Sie nicht nur aus Schadenfreude über einen Vorfall an, bei dem zwei Männer starben. Bestimmt sind nicht einmal Sie so widerwärtig.«

»Nein, was Chet und diesem anderen Mann widerfahren ist, ist eine Tragödie. Aber im Licht der jüngsten Entwicklungen spricht Ihr Lobgesang auf Crawford Hunt nicht unbedingt für Ihr Urteilsvermögen, oder?«

Sie musste sich auf die Zunge beißen, um nicht zu enthüllen, was sie inzwischen über Pat Connor und Chuck Otterman erfahren hatte. »Ich kann mich nicht zu laufenden Ermittlungen der Polizei äußern.«

Er musste erneut lachen. »Wie lange wollen Sie sich noch hinter Ihrer Robe verstecken? Tatsache ist, dass Sie schlicht auf das falsche Pferd gesetzt haben.«

»Gute Nacht.«

»Nicht so schnell. Durch diese Wendung der Ereignisse sind Sie in eine … unangenehme Lage geraten, geradezu blamabel, aus der Sie sich jedoch leicht befreien könnten.«

»Ich muss mich von nichts befreien.«

»Netter Versuch, aber wir wissen beide, dass das nicht stimmt. Warum tauchen Sie nicht ganz elegant ab und überlassen das Richteramt mir? Sehen Sie, in dem Fall gewinnen wir beide. Ich bekomme, was mir von Anfang an zugestanden hätte, und Sie können Ihr Gesicht wahren.«

»Rufen Sie mich nie wieder an.«

»Dieses Angebot gilt nur jetzt. Sie sollten es annehmen.«

»Sonst?«

»Sonst zerfetze ich Sie zu Konfetti. Ich finde heraus, was

unser mannhafter Texas Ranger gestern Abend oben in ihren Richterräumen getrieben hat. Jawohl, Frau Richter. Auch darüber wird getuschelt. Wenn ich erst fertig mit Ihnen bin, werden Sie sich wünschen, Sie hätten nie von Richter Waters gehört. Sie werden eine winzige Fußnote in den juristischen Annalen dieses Countys sein.« Er hielt kurz inne, um Atem zu holen, und verkündete dann gönnerhaft: »Ich würde es lieber nicht dazu kommen lassen, und Sie wollen das gewiss auch nicht. Also, was sagen Sie?«

Sie sagte rein gar nichts. Sie legte wortlos auf, als würde sie ihm symbolisch eine lange Nase drehen.

Morgen, wenn Pat Connor erst verhaftet und Crawford von jedem Verdacht freigesprochen wäre, würde sie über ihren Gegner triumphieren. Aber das war erst morgen. Erst musste sie eine höchstwahrscheinlich sehr lange Nacht durchstehen.

Während Crawford zu der Adresse raste, die Nugent ihm überraschenderweise geschickt hatte, ließ er die Einsatzlichter seines Wagens ausgeschaltet, weil er sich nicht vorzeitig ankündigen wollte. Pat Connor fürchtete bestimmt, dass er auffliegen könnte, und war auf der Hut. Ein nervöser Täter mit Waffe konnte ein nervöses Zucken im Zeigefinger bekommen, wenn er begriff, dass er überführt war. Diesmal würde Crawford auf Verstärkung warten.

Doch die Vorsichtsmaßnahme war überflüssig, denn als er in Connors Straße einbog, herrschte dort geschäftige Hektik unter den blinkenden Einsatzlichtern mehrerer Streifenwagen.

Nachbarn standen, meist im Nachthemd oder Schlafanzug, in ihren Gärten, unterhielten sich aufgeregt und verfolgten gespannt, wie uniformierte Polizisten den verwahrlosten Garten mit Absperrband einzäunten.

»Ach du Scheiße.«

# 25

Crawford schritt forsch auf die offenstehende Tür des bescheidenen Hauses zu, an der ein Streifenpolizist postiert war, um alle fernzuhalten, die hier nichts zu suchen hatten. Er fixierte Crawford argwöhnisch und sprach ihn mit seinem Vornamen an.

»Connor?«, war Crawfords erste Frage.

»Wurde tot auf dem Küchenboden aufgefunden.«

Crawford atmete tief durch und stieß einen obszönen Fluch aus, doch als er das Haus betreten wollte, versperrte ihm der Polizist mit einem Ausfallschritt den Weg. »Lester hat angeordnet, keinen ins Haus zu lassen.«

»Ich arbeite mit Lester zusammen.«

»Crawford, es geht das Gerücht, dass du auch unter Verdacht stehst.«

»Das Gerücht wurde widerlegt.«

»Seit wann?«

»Seit der Amokschütze aus dem Gerichtssaal tot auf seinem Küchenboden gefunden wurde.«

»Pat Connor war der Schütze aus dem Gerichtssaal?«

Statt einer Antwort zog Crawford die Brauen hoch.

Der Streifenpolizist sah sich kurz um, ob jemand sie beobachtete, und flüsterte dann schnell: »Ich hab dich nicht gesehen.«

»Danke.«

Crawford trat über die Schwelle, direkt in ein trübselig aussehendes Wohnzimmer. Als Erstes fiel ihm der Pistolengurt auf dem Couchtisch auf, in dem noch die Dienstwaffe steckte. Sein Blick wanderte über die durchgesackten Vorhänge, den altmodischen Lehnsessel direkt vor dem an der Wand hängenden Flachbildschirm, den Beistelltisch, auf dem sich das Treibgut eines Lebens in Einsamkeit angesammelt hatte.

Auffallend war, dass nirgendwo Familienfotos, Bücher, Pflanzen oder Hinweise auf ein Haustier zu finden waren. Connor war tot, aber so wie es aussah, hatte er sowieso kaum ein Leben geführt.

Ohne Georgia hätte es der Blick durch die Kristallkugel in Crawfords eigene Zukunft sein können.

Mit diesem beunruhigenden Gedanken ging er vom Wohnzimmer weiter in die Küche, wo Neal über den Leichnam gebeugt stand. Der Detective redete mit Dr. Anderson, der seinen massigen Körper irgendwie in die Hocke gezwungen hatte. Im Durchgang zu einer offenen Speisekammer stand Nugent, der sich sichtlich unwohl in seiner Haut fühlte. Als Crawford eintrat, zuckte er erschrocken zusammen. »Ähm, Neal.«

Neal sah Crawford und richtete sich langsam auf. »Wie bist du hier reingekommen?«

»Zu Fuß.«

Neal ließ die neunmalkluge Antwort auf sich beruhen. »Ich habe deine Nachrichten bekommen. Wie es aussieht, hat sich der Haftbefehl für Connor erübrigt.«

»Du hast ihn entdeckt?«

»So wie er hier liegt.« Er trat zurück.

Connors Körper war in sich zusammengesackt und lag zusammengeklappt mit dem Gesicht auf dem Boden vor ihnen. Man hatte ihm von hinten in den Kopf geschossen.

»Zwei Kugeln«, erklärte Neal. »Aus nächster Nähe. Da wollte ihn jemand nicht nur tot, sondern sehr tot wissen.«

Crawford nahm die Küche in Augenschein. Eine offene Dose Cola stand auf der Theke und daneben ein halb gefülltes Trinkglas. Auf dem Boden neben der Leiche lag eine umgekippte Flasche Whisky. Das Gemisch aus ausgelaufenem Schnaps und Blut erschien auf dem verdreckten Vinylboden besonders gruselig.

»Sieht so aus, als hätte er sich was zu trinken eingeschenkt und den Besucher gar nicht bemerkt«, sagte Neal. »Oder er war ihm so vertraut, dass er ihm den Rücken zugedreht hat.«

Crawford wandte sich an den Gerichtsmediziner. »Wie lange ist er schon tot?«

»Soweit ich bis jetzt sagen kann, ein paar Stunden.« Er streckte die Hand nach Crawford aus. Crawford half ihm auf. »Danke«, schnaufte er. »Ich gebe Bescheid, sobald ich den Zeitpunkt präziser bestimmen konnte.«

»Ist das sein Handy?« Crawford deutete auf das Smartphone, das Neal in seinen behandschuhten Fingern hielt.

»Eins davon.«

»Er hatte mehr als eins?«

»Das mit der offiziellen Nummer lag im Wohnzimmer auf dem Couchtisch, wir haben es bereits sichergestellt. Das hier habe ich in seiner Hosentasche gefunden.« Er aktivierte das Smartphone, rief eine App auf und hielt es so, dass Crawford das Display sehen konnte.

»Das Video mit Georgia.«

»An dein Handy versandt, und zwar genau um …«

»Ich weiß, wann ich es bekommen habe«, unterbrach Crawford ihn gepresst. »Ich war dabei.«

Der Gerichtsmediziner spürte die Spannung zwischen den beiden. »Entschuldigen Sie mich«, unterbrach er sie. »Ich sehe mal nach dem Rettungswagen. Melden Sie sich, wenn ich ihn haben kann.«

Auf seinen Abgang hin blieben die drei in verlegenem, fast feindseligem Schweigen zurück.

»Habt ihr das Haus durchsucht?«, begann Crawford als Erster.

»Das erledigen die Kollegen«, erwiderte Neal. »Aber Nugent hat kurz nach unserer Ankunft einen Rundgang gemacht.«

»Ich habe nichts Ungewöhnliches bemerkt«, sagte der Angesprochene.

»Das hätte mich auch überrascht«, bestätigte Crawford. »Die Beweise für die Schießerei im Gerichtssaal hat er uns schon hinterlassen. Wir werden seine DNA mit der auf dem Maleroverall und der Maske abgleichen können.«

»Wie kommst du darauf, dass er der Schütze aus dem Gerichtssaal ist?«, fragte Neal. »Das hast du verschwiegen, als du Nugent angerufen und ihn dazu gebracht hast, auf der Stelle seinen Hintern in Bewegung zu setzen.«

Crawford öffnete die Mail auf seinem Handy, die er sich selbst geschickt hatte, und zeigte Neal das Foto von Pat Connor und Otterman. »Das wurde heute Abend aufgenommen. Ich habe Pat sofort als Schützen wiedererkannt.«

»Er hat zu den Polizisten gehört, die die Richterin während der Pressekonferenz bewacht haben.«

»Was mir auch vor einer Weile eingefallen ist.«

»Wieso hattest du da keinen Geistesblitz?«

»Weil er da keinen Hut getragen hat.«

»Der Hut macht einen derartigen Unterschied?«

»Du findest das vielleicht komisch, aber genauso war es.« Für Holly ebenfalls – was er Neal aber schlecht sagen konnte.

»Es war Pat Connor, der mir von deinem Treffen gestern Abend in den Räumen von Richterin Spencer erzählt hat«, fuhr Neal fort. »Er hat gesehen, wie du vor Wut rauchend abgedampft bist.«

Crawford fiel ein, dass ein Polizist ein Stück entfernt im dunklen Korridor gestanden hatte, als er Hollys Richterbüro verlassen hatte. »War er etwa mein Beschatter und hat die Fotos aufgenommen?«

»Nein.«

»Was hatte er dann zu dieser Uhrzeit da oben zu suchen?«

»Viel wichtiger ist doch, was hattest du da zu suchen?«

Er sparte sich die Antwort. »Es sollte dir etwas sagen, dass Pat Connor seit Montag ständig unsere Wege gekreuzt hat, meinen und den der Richterin, nachdem ich ihm in den letzten fünf Jahren kaum je begegnet bin. Er wollte uns im Auge behalten. Er war der Schütze, Neal. Dieselben Haare. Derselbe Körperbau. Lass sein linkes Knie überprüfen. Wahrscheinlich kann man den Bluterguss immer noch sehen.«

»Ich habe Dr. Anderson schon angewiesen, darauf zu achten. Aber selbst wenn Connor unser Schütze war, wissen wir immer noch nicht, *wieso* er es getan hat.«

»Weil ihn jemand darauf angesetzt hat.«

»Einverstanden. Und wer?«

»Mein bester Tipp?« Crawford tippte auf das Display seines Smartphones, um das Bild wieder aufzurufen. »Er war mit Otterman zusammen. Heute Abend. In einem Club namens Tickled Pink.«

»Woher hast du dieses Bild?««

»Das ist deine Frage? Du stehst neben einem toten Polizisten, der sich *heute* heimlich mit einem Mann getroffen hat, der wiederum zugegeben hat, dass er sich unerlaubt von einem Tatort entfernt hat, *und das ist deine Frage?«*

Neal ließ sich nicht beeindrucken. »Wie nicht anders zu erwarten, bauschst du einen Zufall auf, nur damit du sofort in Aktion treten und uns alle mit deinem Tatendrang blenden kannst.«

»Schön. Wenn du dir die Hände nicht schmutzig machen willst, weil du Angst hast, gegen einen korrupten Bullen zu ermitteln, der sich von einem hohen Tier bezahlen lässt, dann übergib mir den Fall. Denn mir ist es scheißegal, wen ich vor den Kopf stoße. Ich will den Bastard haben, der Chet auf dem Gewissen hat, und ich glaube, es ist derselbe miese Bastard, der Lügen über mich und Rodriguez verbreitet hat. Sobald Otterman im Department ist, setze ich mich mit ihm in ein Vernehmungszimmer. Dann gehe ich ihm an die fette Gurgel, bis er…«

»Er ist nicht in der Stadt.«

»Wie bitte?«

»Er ist übers Wochenende weggefahren. Seine Sekretärin weiß nicht, wo er steckt. Sie glaubt, irgendwo in Louisiana. Am Montag ist er zurück. Ich habe sie gebeten, ihm auszurichten, dass er mich anrufen soll, falls er sich zwischendurch meldet, doch sie hält es für unwahrscheinlich.«

Crawford traute seinen Ohren nicht und sah zu Nugent, der betreten mit den Achseln zuckte, bevor er sich wieder Neal widmete. »Und du willst jetzt einfach Däumchen drehen und bis Montag abwarten?«, fragte er fassungslos.

»Oh, keineswegs. Bis dahin habe ich alle Hände voll damit zu tun, dein Leben auf den Kopf zu stellen. Ich habe tatsächlich einen Durchsuchungsbefehl erwirkt, allerdings für *dein* Haus. Betrachte ihn hiermit als zugestellt.« Er zog das Dokument aus seiner Tasche und streckte es Crawford hin. »Connor hatte dir ein Video deiner Tochter geschickt. Sollte das ein Weckruf sein? Eine subtile Drohung? Ich weiß es nicht, aber ich weiß, wie du für deine Tochter empfindest, darum ist es definitiv ein Motiv. Hast du ein Alibi für heute Abend?«

Das hatte er. Aber dafür würde er Conrad und Holly als Zeugen angeben müssen, also musste er versuchen, Neal mit

Argumenten zu überzeugen, für die er empfänglich war. »Damit legst du dir beruflich ein dickes Ei, Neal. Denk lieber noch mal nach, bevor du das durchziehst.«

»Das habe ich bereits getan.«

»Du verhaftest mich?«

»Noch nicht. Erst bitte ich dich, zu einer Befragung ins Department zu kommen.«

»Diesmal bringe ich einen Anwalt mit.«

»Gute Idee. Dreh dich um.«

Crawford begriff, was er vorhatte, drehte sich um und hob die Hände. »Du brauchst nur dran zu schnuppern und wirst merken, dass sie schon länger nicht mehr abgefeuert wurde.«

Neal zog die Pistole aus dem Holster an seinem Rücken. »So blöd wärst du nicht. Ich weiß, dass es nicht die Mordwaffe ist.«

»Du bist nur vorsichtig.«

»Ganz genau.«

»Darf ich mit meinem eigenen Wagen zum Gericht fahren?«

»Sicher«, sagte Neal. »Du fährst mit ihm«, befahl er Nugent. »Sobald die Kriminaltechnik hier ist, komme ich nach.«

Crawford warf einen letzten Blick auf das grausige Bild auf dem Boden und ging dann durch das Wohnzimmer hinaus, dicht gefolgt von Nugent. »Alles okay?«, fragte ihn der uniformierte Polizist an der Haustür.

Crawford sparte sich eine Antwort.

Nachdem Crawford hinter dem Steuer seines Wagens und Nugent auf dem Beifahrersitz Platz genommen hatte, rief er William Moore an. »Habe ich Sie aufgeweckt?«

»Kein Problem«, antwortete der Anwalt knapp wie immer. »Ich berechne Ihnen den Nachttarif.«

»Können Sie in fünfzehn Minuten auf dem Polizeirevier sein?«

»Was ist denn passiert?«

»Ein Polizist aus dem Prentiss PD hat zwei Kugeln in den Hinterkopf bekommen. Mehr kann ich im Moment nicht sagen. Ich bin nicht allein.«

»Wurden Sie verhaftet?«

»Nicht direkt. Können Sie dort sein?«

»Ich bin kein Strafverteidiger, Crawford, und den brauchen Sie jetzt. Ich empfehle Ihnen Ben Knotts.«

»Ausgerechnet den? Oh nein. Ich habe ihn vor Gericht erlebt. Ich habe einen Fall zur Verhandlung gebracht, und Knotts hat den Drecksack verteidigt, der seine eigene Freundin abgeknallt hat.«

»Wurde der Drecksack freigesprochen?«

Crawford seufzte. »Also gut«, erklärte er verdrießlich. »Sagen Sie Ben Knotts, er soll mich so schnell wie möglich anrufen.« Er legte auf.

Nugent, der bis dahin kein Wort gesprochen hatte, meinte plötzlich: »Wahrscheinlich sollte ich Ihnen das nicht sagen … Eigentlich sollten Sie das von Neal erfahren.«

»Was denn?«

»Jemand hat heute Nachmittag Rodriguez identifiziert.« Auf Crawfords scharfen Blick hin erläuterte er eilig: »Ein Mann, der in Lufkin eine Gartenbaufirma besitzt, musste ihn vor ein paar Wochen feuern, weil die Führerscheinbehörde mächtig Ärger machte, nachdem Rodriguez einen Strafzettel bekommen hatte. Es hatte sich rausgestellt, dass Rodriguez' Dokumente gefälscht waren. Der Gartenbauer mochte ihn und ließ ihn ungern gehen, weil Rodriguez jahrelang für ihn gearbeitet hatte und zuverlässig war und so weiter. Aber weil er grundsätzlich keine Illegalen beschäftigt …«

»Warum hat er sich erst jetzt gemeldet?«

»Er war im Urlaub in Colorado. Kam gestern Nacht zurück. Hat heute früh Nachrichten geschaut. Und uns daraufhin eine Kopie der gefälschten Greencard geschickt. Sie ist auf Jorge Rodriguez ausgestellt. Wir wissen immer noch nicht, ob es sein richtiger Name ist. Das Bild aber … das zeigt eindeutig ihn.«

»Hatte er Familie?«

»Er lebte mit einer Frau zusammen. Und zwei Kindern. Der Gärtner weiß nicht, ob sie verheiratet waren, wahrscheinlich aber nicht. Er wird die Beerdigung bezahlen. Meinte, es sei ein Jammer.«

Es war wirklich ein Jammer, und es machte Crawford tieftraurig. »Nett von Ihnen, dass Sie mir das gesagt haben, Matt. Danke.«

Nugent zupfte mit den Zähnen an einem losen Hautfetzen seines Ringfingers. »Warum sollten Sie anrufen und Neal Bescheid geben, dass Sie ihn vor Connors Haus treffen wollen, wenn Sie vorher wussten, was er dort finden würde?«

»Das ergibt keinen Sinn, oder?«

»Es sei denn, es stimmt, was die Leute reden.«

»Und wer sind die Leute?«

»Alle.«

»Und was reden *Sie*?«

»Dass er nicht klarsieht.«

Crawford verkniff sich einen Kommentar und bog im selben Moment auf einen freien Stellplatz hinter dem Gericht, als sein Handy läutete. »Das muss der Anwalt sein.« Er nahm das Gespräch an, bat den Anrufer, kurz zu warten, und schließlich Nugent, ob er ihn eine Minute allein lassen könne.

»Ich bin gleich da drüben. Und, äh, geben Sie mir besser Ihren Schlüssel.«

Crawford zog ihn aus dem Zündschloss und reichte ihn

Nugent, der ausstieg und sich unter ein kleines Vordach am Seiteneingang des Gebäudes zurückzog. Es hatte zu nieseln begonnen.

Crawford sprach in sein Handy. »Crawford Hunt.«

»Und, wie fühlt es sich an?«

»Wie bitte?«

»Die Welt fällt um dich herum in Trümmer, stimmt's?«

Die erstickte Stimme klang bedrohlich, und Crawford erkannte sie sofort. »Hurensohn.«

Das Lachen, das in seine Ohren drang, war erfüllt mit widerwärtiger Freude. »So viele Stolpersteine in deinem Weg. Und weißt du was? Das Schlimmste kommt erst noch.«

Der Anrufer legte auf.

Crawford sah sofort in die Telefonliste, aber wie zu erwarten stand dort nur »Unbekannt«, wo ein Name und eine Nummer hätten stehen sollen.

Hin- und hergerissen zwischen Zorn und Angst saß er auf dem Fahrersitz. Vom Tag der Sorgerechtsanhörung an hatte jemand versucht, sein Leben systematisch in Stücke zu zerschlagen. Dass ihm der Mord an Pat Connor angelastet wurde, war nur die jüngste Katastrophe in einem sorgfältig geplanten Szenario, das allein auf seine Zerstörung abzielte.

*Das Schlimmste kommt erst noch.*

Crawford spürte bis ins Mark, dass keine leere Drohung dahintersteckte. Er starrte durch die verregnete Windschutzscheibe auf das Gerichtsgebäude. Die oberen Stockwerke waren dunkel, doch unten, wo die Polizeibehörden untergebracht waren, brannten alle Lichter.

Er sah auf Nugent, der im stärker werdenden Regen mit hochgezogenen Schultern unter dem Vordach stand und, die Hände in den Hosentaschen, mit Kleingeld spielte, als würde er auf einen Bus warten.

Crawfords Handy pingte. Er sah wieder aufs Display, auf dem die Kontaktdaten Ben Knotts' standen, des widerwärtigen Strafverteidigers, der ihm von seinem Anwalt Moore empfohlen wurde. Er hinterließ ihm eine Nachricht auf der Mailbox.

Er überlegte ein paar Sekunden, dann war ihm klar, was er zu tun hatte, und er schlug wütend mit der Faust gegen den Himmel vom Autodach.

Neal lenkte seinen Wagen auf einen freien Stellplatz, stieg aus, eilte zu dem für die Polizei reservierten Seiteneingang und sah zu seiner Überraschung Nugent unter dem Vordach stehen.

»Was tun Sie hier? Wo ist Crawford?«

Nugent deutete auf den vertrauten SUV, der in zweiter Reihe auf dem Parkplatz stand. »Spricht noch mit seinem Anwalt. Er hat auf dem Weg hierher einen angerufen.«

»Das war vor fünfzehn Minuten.«

Nugent sah auf seine Armbanduhr. »Eher zwanzig.«

Neal schaute auf den SUV und erkannte in den dunkel getönten Fenstern nichts als das verwässerte Spiegelbild des Gerichtsgebäudes. »Gott verflucht!« Er rannte los.

»Er kann nirgendwohin«, rief Nugent ihm nach. »Ich habe seinen Schlüssel.«

Neal riss die Fahrertür auf. Auf dem Sitz lagen ein Handy und daneben die Glühbirnen aus der Innenlampe und aus den zwei kleinen Leselämpchen links und rechts des Rückspiegels. Ansonsten war der Wagen leer.

# 26

Holly war im Bett, aber sie schlief noch nicht. Nach dem ersten Läuten war sie am Telefon.

»Du hast bewiesen, wie gut du dich aus dem Haus schleichen kannst.« Crawford klang atemlos. »Glaubst du, du schaffst das noch einmal? Und diesmal in deinem Auto?«

»Was ist das für eine Nummer?«

»Die von einem Prepaid-Handy.«

»Was ist denn los? Habt ihr Pat Connor verhaftet?«

»Das lief nicht wie geplant. Du musst mich abholen.«

»Wo bist du? Wo ist dein Wagen?«

»Der steht leer auf dem Parkplatz hinter dem Gericht, und wenn Neal begreift, dass ich nicht mehr darin sitze, wird er ausflippen. Er wird mich zur Fahndung ausschreiben, und ich lande im Gefängnis, sobald ich aufgegriffen werde. Das darf nicht passieren. Noch nicht. Kannst du mir helfen?«

Sie versuchte, es so schnell zu verarbeiten, wie er es vorgebracht hatte. »Wieso sollte Neal nach dir fahnden lassen?«

»Connor ist tot.«

In knapper Polizeisprache beschrieb er ihr den Tatort. Unter ihrem fassungslosen Murmeln setzte er sein verbales Schnellfeuer fort. »Ich bin hingefahren, um ihn zu verhaften, doch stattdessen begleitete mich Nugent zum Gerichtsgebäude. Ich ging mit, ohne zu murren, schließlich war ich bereit, die erste Runde der Befragung über mich ergehen zu lassen. Aber dann bekam ich einen Anruf.«

»Von wem?«

»Das erkläre ich dir, wenn du hier bist.« Sie zögerte. »Ich würde dich nie bitten, Beihilfe zu einer Flucht zu leisten«, sagte er, als hätte er ihre Gedanken gelesen. »Timing ist alles, und im Moment, in diesem Augenblick, hat man mir noch kein Verbrechen zur Last gelegt – und ich bitte dich auch nicht, eines zu begehen. Aber ich will etwas tun, wobei ich eine faire und unparteiische Zeugin brauche, jemanden mit unangreifbarer Integrität, der später mein Motiv für diese Tat bezeugen kann.«

»Was willst du denn tun?«

Er schwieg einige Augenblicke, dann fragte er: »Glaubst du, dass ich Connor umgebracht habe?«

»Ich weiß, dass du es nicht warst.«

»Glaubst du, dass ich hinter dem Amoklauf im Gerichtssaal stecke?«

»Nein.«

»Ich stehe unter der Brücke an der Jackson Street in Fahrtrichtung Osten. In zehn Minuten. Falls du bis dahin nicht hier bist, weiß ich, dass du nicht kommst.«

»Das waren zwölf Minuten. Habe mir schon Sorgen gemacht«, meinte Crawford, als er auf den Beifahrersitz glitt. Er drehte sich um und schaute durch das Heckfenster. Die nassen Straßen lagen im Dunkeln, und nirgendwo war ein anderes Auto zu sehen. Weshalb ein Fußgänger, der durch den Regen spazierte, jedem Polizisten auf Streife auffallen musste.

Außerdem hätte er zu lange gebraucht, um die Strecke zu Fuß zurückzulegen. Er durfte keine Zeit verlieren.

Sie lenkte den Wagen zurück auf die Fahrspur. »Und wohin soll ich fahren?«

»Dreh bei nächster Gelegenheit um. Wir müssen auf die andere Seite der Stadt, aber bleib möglichst auf Nebenstraßen. Wie hast du es geschafft auszubüxen, ohne dass dir jemand folgt?«

»Ich bin hinter dem Haus quer über den Rasen zur Einfahrt des Haupthauses gefahren. Und von dort aus auf die Straße.«

»Du hast wirklich Talent. Bei der nächsten Abzweigung nach links kommst du auf die Fair Avenue. Die fährst du nach Süden. Ich sage dir Bescheid, wo du abbiegen sollst.«

»Vor einer Stunde habe ich den Polizisten vor meinem Haus erklärt, dass ich mich hinlegen würde. Aber falls ihnen auffällt, dass mein Wagen nicht mehr hinter dem Haus steht, wird Neal wahrscheinlich auch nach ihm fahnden lassen.«

»Mag sein, aber das wird ihm nichts nutzen. Ich habe deine Kennzeichen ausgetauscht.«

Sie sah ihn ungläubig an. »Wie bitte? Und wann?«

»Dienstagabend. Genauer gesagt hat Sessions es getan, auf meine Bitte hin.«

»Warum?«

»Du hast den Personenschutz nicht ernst genommen. Falls du deine Bewacher abgehängt hättest, hätte nur ich dein neues Kennzeichen gekannt. Der Unbekannte aber nicht – selbst wenn er Polizist gewesen wäre.«

»Ich war doch gar nicht in Gefahr…«

»Das wusste ich da aber noch nicht. Wir hatten da gerade erst entdeckt, dass Rodriguez nicht der Schütze war. Er wurde übrigens identifiziert.« Er gab wieder, was Nugent ihm erzählt hatte. »Wahrscheinlich war er im Gericht, um sich zu erkundigen, wie er legal im Land bleiben könnte, geriet dann in Panik, dass man ihn abschieben könnte, und ging nach oben, um eine Zigarette zu rauchen und sein Vorhaben noch einmal zu überdenken.«

»Er hatte nichts mit der Sache zu tun.«

»Nicht, bis er die Pistole vom Boden aufhob.« Crawford würde das tragische Ende des jungen Mannes immer bedauern, aber vorerst musste er die Trauer darüber hintanstellen. Andere Dinge ließen sich nicht aufschieben. »Bei der zweiten Ampel links. Dann etwa eine Meile geradeaus.«

»Wie konntest du Nugent entwischen?«

»Ich habe die Lämpchen der Innenbeleuchtung herausgeschraubt und bin durch die Heckklappe aus dem Wagen geklettert. Nugent ist ein anständiger Bursche, nur eben alles andere als ein Polizist. Ich habe ein schlechtes Gewissen, weil ich ihn austricksen musste.«

»Wieso beharrt Neal so darauf, dich als Verdächtigen zu behandeln?«

»Das kannst du ihn fragen, wenn er dich vernimmt.«

»Glaubst du, das wird er?«

»Ich weiß, dass er das wird. Oder er sollte es wenigstens. Drei Blocks weiter rechts auf die Pecan Street. Was wirst du Neal erzählen?«

»Das hängt davon ab, was er fragt. Aber ich werde bei der Wahrheit bleiben.«

»Du hast nichts getan, was verboten wäre.«

»Nein. Aber vielleicht unbedacht«, sagte sie und schenkte ihm ein kleines Lächeln.

»Smitty ist gewarnt. Er würde nicht mal unter Folter ausplaudern, dass du in seinem Club warst. Conrad ebenso wenig. Mit etwas Glück bist du wieder zu Hause, bevor jemand bemerkt, dass dein Wagen weg ist. Falls du erwischt wirst, kannst du – ohne zu lügen – erklären, dass dich ein Freund angerufen und um Hilfe gebeten hat und dass du das Vertrauen dieses Freundes nicht enttäuschen willst. Auch das ist die reine Wahrheit.«

»Bei dir klingt das so einfach. Aber ich habe dir schon

am ersten Abend gesagt, dass du mehr Erfahrung mit solchen Extremsituationen hast als ich. Ich bin Amateurin. Greg Sanders hat mich bedrängt, meine Kandidatur in den Wind zu schießen, bevor er mich in der Luft zerfetzt.«

Sie schilderte ihm die Höhepunkte ihres jüngsten Gesprächs, was Crawford mit einigen ausgewählten Beschimpfungen kommentierte. »Er blufft bloß und will dich reizen, um deine Reaktion auszutesten.«

»Vielleicht. Aber offenbar hat er Leute im Police Department, die ihn auf dem Laufenden halten. Er wusste, dass du wegen der Schießerei ins Visier der Polizei geraten bist. Inzwischen hat er wahrscheinlich auch von Connor gehört. Das wird ihn richtig aufbauen.«

»Mein Gott, Holly, das tut mir leid. Ich hätte dich nicht noch tiefer in die Sache verstrickt, aber ich hatte heute Abend keine Zeit, mir einen Plan B zurechtzulegen.«

»Du hast mir noch nichts über den Anruf erzählt, der diesen Notfall ausgelöst hat.«

»Das erzähle ich dir, wenn wir angekommen sind.«

»Wohin wollen wir denn?«

»Zum Haus meines Schwiegervaters.«

Sie bremste mitten auf der Straße und sah ihn empört und zornig an. »Kein Wunder, dass du mir das erst jetzt verrätst!«

»Ich muss nur mit ihm reden.«

Sie wurde immer langsamer und schüttelte den Kopf, als hätte er ihr eröffnet, dass er Joe Gilroy besinnungslos prügeln wollte. »Ganz egal, was du vorhast, ich kann dabei nicht mitmachen.«

»Ich bin nicht mal bewaffnet. Neal hat mir die Pistole abgenommen.« Er winkte nach vorn. »Jetzt fahr schon.«

»Auf gar keinen Fall.«

»Na schön. Danke fürs Mitnehmen.«

Im nächsten Moment war er aus dem Wagen gesprungen und rannte so schnell wie möglich in seinen Cowboystiefeln los, um die letzten fehlenden Blocks durch das Wohnviertel zu überbrücken.

Die Gilroys wohnten in einem gediegenen Viertel, in dem sich ältere Häuser auf großen, gepflegten Rasengrundstücken mit ausladenden Bäumen aneinanderreihten. Holly folgte ihm im Auto, musste sich aber an den Straßenverlauf halten, während er quer über die Einfahrten und Gärten abkürzen konnte.

Als er das Haus der Gilroys erreichte, rannte er zur Rückseite. Er hörte, wie Bremsen quietschten, eine Autotür schlagen und dann Schuhe, die hastig auf das nasse Pflaster der Einfahrt klatschten.

Nur wenige Sekunden vor ihr hatte er die Hintertür erreicht. Er hob die Hand, um anzuklopfen, doch sie sprang ihn von hinten an und hielt mit beiden Händen seinen Unterarm fest. »Crawford, was dir jetzt auch vorschwebt«, brachte sie keuchend vor Anstrengung hervor, »tu es nicht. Ich flehe dich an. Um Georgias willen.«

Auf einmal wurde die Tür aufgerissen. »Was zur Hölle?« Joe Gilroy erfasste die Situation durch die Fliegentür auf einen Blick. »Ich habe versucht, es Ihnen zu erklären, stimmt's?«, sagte er an Holly gewandt. »Ich rufe jetzt die Polizei.«

»Ich *bin* die Polizei«, sagte Crawford.

»Du bist eine Gefahr für dein Kind. Und diesmal wanderst du ins Gefängnis.« Joe drehte ihm den Rücken zu.

Crawford spürte halb, wie Holly das Gleichgewicht verlor, als er sie abschüttelte, doch er konnte durch das Gitter der Fliegentür hindurch sehen, wie Joe zum Telefon ging – er musste ihn aufhalten.

Er zog am Türknauf. Die Tür war verriegelt, also riss er

mehrmals mit aller Kraft daran, bis der alte Riegel nachgab. Dann schmetterte er die Tür auf und stürmte ins Haus.

Mit zwei Sätzen hatte er die Küche durchschritten, und im nächsten Moment riss er das schnurlose Telefon aus Joes Hand und schleuderte es auf den Boden.

Grace erschien, die Hand an ihrer Kehle, und schrie erschrocken auf, als die beiden Männer aufeinander losgingen. Joe teilte Hiebe aus, die jeden gefällt hätten, der schwächer oder nicht so reaktionsschnell gewesen wäre. Crawford wich den hämmernden Fäusten aus und landete gleichzeitig selbst ein paar wohlgezielte Schläge.

»Crawford! Hör auf! Hör auf!«, rief Holly.

Crawford erkannte, dass Joe die Kraft ausging, und nutzte die Gunst des Augenblicks. Er rammte die Schulter in Joes Rumpf und schubste ihn nach hinten gegen die Küchentheke, dann stemmte er eine Hand gegen seine Brust und bohrte das Knie zwischen seine Schenkel.

Joes Gesicht glühte vor Zorn. Er biss die Zähne zusammen. »Dafür bringe ich dich um.«

»Mag sein«, sagte Crawford schwer schnaufend. »Später. Aber erst holt ihr Georgia!«

»Den Teufel werde ich tun.«

Er versuchte sich aus Crawfords eisernem Griff zu winden, aber Crawford hob das Knie bis dicht unter Joes Hoden. »Ihr weckt jetzt Georgia, zieht sie an und … verschwindet. Bringt sie weg von hier, Joe. Bitte«, sagte er und seine Stimme brach. »Bringt sie weg von hier.«

Dieses Spiel, das Chuck Otterman mit dem Fünfzig-Cent-Stück trieb, jagte Smitty jedes Mal kalte Schauer über den Rücken. Es war, als wollte er einen damit hypnotisieren, aber auf Smitty hatte es genau den gegenteiligen Effekt. Es lullte ihn nicht ein, es machte ihn nervös wie eine Hure vor der Beichte.

Bei jedem seiner Besuche hier graute es ihm mehr vor diesem Ort, und jedes Mal hatte er das Gefühl, dass er sich glücklich schätzen konnte, wenn er aus eigener Kraft wieder weggehen und in seinem eigenen Auto heimfahren konnte, an einem Stück und mit mehr oder weniger regelmäßig klopfendem Herzen.

Dass er es überhaupt riskierte hierherzukommen, lag einzig und allein daran, dass die Geschäfte mit Otterman so profitabel waren. Allerdings musste er für ihre Treffen meilenweit durch einen gespenstischen Sumpf fahren, in dem es nach Sonnenuntergang praktisch stockdunkel war, bis er zu dieser Angelhütte gelangte, die wahrscheinlich irgendein Sumpfbewohner mit Pattex und Reißzwecken zusammengezimmert hatte.

Einmal hatte er Otterman gefragt, ob die Hütte im Staate Texas oder Louisiana lag.

»Interessierst du dich für Geographie?«

»Eigentlich nicht.«

»Was macht es dann für einen Unterschied?«

Der Unterschied lag in einer langen Liste von Bundesvergehen mit Begriffen wie »illegaler Handel über Bundesstaatsgrenzen«, doch Smitty behielt seine Bedenken für sich und suchte weiterhin in regelmäßigen Abständen die alte Angelhütte mitten in diesem gottverlassenen Niemandsland auf.

Draußen ging ein Regenschauer nieder, der die frostige Atmosphäre noch verstärkte, und das Wellblechdach der Hütte leckte. Jemand hatte einen Eimer auf den Boden gestellt, um die Tropfen aufzufangen. Das rhythmische Klatschen im Eimer trieb Smitty zum Wahnsinn, wohingegen Otterman es gar nicht wahrzunehmen schien, als er jetzt seelenruhig die Münze beiseitelegte. Er begann, auf dem Tisch zwischen ihnen Hundertdollarscheine abzuzählen, die er zu akkuraten Stapeln von jeweils fünfzig Stück auftürmte. Als er zehn Stapel abgezählt hatte, schob er sie nacheinander Smitty zu, der sie in einen Beutel steckte.

Mit großer Geste zog Smitty den Reißverschluss des Beutels zu und ließ ein Grinsen aufblitzen. »Diese Jungs stehen für ihre Ware ein«, versicherte er. »Falls es mit den Waffen irgendwelche Probleme gibt, sag mir Bescheid.«

»Worauf du dich verlassen kannst.«

Ottermans Tonfall war bei Weitem nicht so freundlich, wie Smitty erhofft hatte. Tatsächlich bewirkte die unterschwellige Drohung in seiner Antwort, dass er dringend pinkeln musste. »Du weißt, wen du anrufen musst, wenn du noch mehr davon brauchst«, verkündete er mit aufgesetzter Tapferkeit. Dann zwinkerte er. »Immer ein Vergnügen, mit Ihnen Geschäfte zu machen, Mr. Otterman.« Er stand auf.

»Setz dich.«

Smitty ließ sich auf seinen Stuhl zurücksacken. Eine Ewigkeit war im Raum nichts zu hören bis auf das regelmäßige Klatschen im Eimer, dazu die Regentropfen, die wie Maschinengewehrfeuer auf das Metalldach schlugen, und zwischendurch ein fernes Donnergrollen.

»Pat Connor«, sagte Otterman schließlich. »Sagt dir der Name was?«

»Ich glaube nicht.«

»Ein Polizist aus Prentiss.«

»Ach so, kein Wunder.« Smitty richtete über die Schulter hinweg ein Lachen an die beiden Männer, die hinter ihm Wache standen. »Ich habe nicht viele Freunde unter den Vertretern von Recht und Ordnung.«

»Heute Abend hat Connor sich mit mir in deinem Drecksschuppen getroffen.«

»Weswegen?«

»Ein paar Stunden später lag er tot in seiner Küche.«

»Hat die Pumpe ausgesetzt?«

»Er wurde erschossen, während er sich gerade einen Drink einschenken wollte.«

Jetzt musste Smitty wirklich dringend pinkeln. »Was du nicht sagst? Hm. Das ist noch nicht zu mir durchgedrungen. Die Clubs schließen erst um zwei Uhr morgens, darum komme ich kaum dazu, die Abendnachrichten zu schauen.«

»Er wurde zu spät gefunden, um es noch in die Abendnachrichten zu schaffen.« Otterman sah zu dem Mann hinter Smittys rechter Schulter auf. »Aber ich weiß aus zuverlässiger Quelle, dass zwei Kugeln in Connors Hinterkopf gefeuert wurden.«

Smitty versuchte, einen leisen Pfiff auszustoßen, aber seine Lippen zitterten zu heftig, als dass es nach irgendwas geklungen hätte. »Das sollte allerdings reichen.«

»Diese Art von Hinrichtung lässt darauf schließen, dass Connor jemanden hängen ließ, der sich darauf verlassen hatte, dass er lieferte. Geld. Waren. Informationen. Irgendwas von Wert.«

Smitty zuckte tatsächlich zurück, als Otterman sich unversehens aufsetzte und über den Tisch beugte. »Kennst du Crawford Hunt?«

Er verzog das Gesicht, als müsste er angestrengt überlegen. »Crawford Hunt, Crawford Hunt. Der Name klingt vertraut, aber ich kann ihn irgendwie nicht einordnen.«

»Lass dir Zeit. Denk nach«, meinte Otterman milde.

Nach ein paar Sekunden tat Smitty, als wäre es ihm plötzlich eingefallen. »Ach ja. War er nicht der Typ ...«

»Der Texas Ranger.«

»Richtig, richtig.« Er schnippte mit den Fingern. »War er

nicht im Gerichtssaal, als es diese Woche zu der Schießerei kam? Meinst du *diesen* Ranger?«

Otterman ließ die Münze hochschnellen, fing sie auf und schloss sie in seiner Faust ein, bevor er sich noch weiter über den Tisch beugte. »Du bist ein erbärmlicher Zuhälter, ein Halsabschneider und Kotzbrocken. Ich ertrage deine Gesellschaft nur, damit ich nicht persönlich, hier am Arsch der Welt, mit diesen halbdebilen Rednecks um ihre verblüffend guten Waffen feilschen muss. Aber falls du mich je wieder anlügen solltest, kannst du nicht nur deinen lukrativen Nebenverdienst abschreiben, ich werde außerdem alle deine versifften Clubs abfackeln, dir danach eine Pumpgun in den Hintern schieben und eigenhändig abdrücken.«

Smitty schluckte und nickte eifrig und absolut willfährig.

Otterman lehnte sich zurück und ließ die Münze wieder seelenruhig über seine Fingerrücken wandern. »Versuchen wir mal, ganz offen und ehrlich zu sein. Ich fange an. Nachdem ich heute raus aus deinem Club war, wurde dort Crawford Hunt gesehen. In deiner Gesellschaft, Smitty. Und er hatte eine Frau dabei. Die beiden haben jemanden rausgeschleift.«

»Seinen alten Herrn, ein elender Säufer. Wenn du aus der Gegend wärst, würdest du die Geschichte kennen. Jedenfalls war er heute Abend in noch schlechterer Verfassung als sonst. Ich musste Crawford anrufen, damit er ihn abholt und seine Zeche übernimmt.«

»Das war alles?«

»Das war alles.«

»Ansonsten hast du mit Crawford Hunt nichts zu schaffen?«

»Scheiße, nein. Ich hasse diesen Kerl. Vor ein paar Jahren hat er mich verhaftet, wegen Erregung öffentlichen Ärgernisses. Kann sich ein Mann nicht mal in seinem eigenen Auto einen Blowjob geben lassen?«

»Wer war die Frau?«

»Wie sie hieß, weiß ich nicht mehr, aber sie hat dir den Schwanz wie mit Schrumpffolie bearbeitet.«

»Die Frau bei Hunt, du Idiot.«

»Ach so. Das war die Richterin.«

»Holly Spencer?«

»Sie sieht anders aus als jede Richterin, die mir bis dahin begegnet ist. Feste Titten, heißer Arsch.«

Otterman sah ihn sekundenlang regungslos an, dann zeigte er ein Lächeln, bei dem es Smitty eiskalt den Rücken hinunterlief. »Darin bist du der Experte.«

Er lachte kurz und gekünstelt. »Na, ich schätze, jeder ist in irgendwas gut.«

Ottermans Lächeln verblasste, bis es vollkommen verschwunden war. »Die Jungs bringen dich raus.«

Ohne weitere Umschweife rissen ihn »die Jungs« so brutal aus seinem Stuhl, dass seine Zähne zusammenschlugen. Im Klammergriff zerrten sie ihn zur Tür.

In einem grauenvollen Augenblick blendender Klarheit erkannte Smitty, dass der Beutel mit dem Geld noch auf dem Tisch lag und dass er gerade die Angelhütte zum ersten Mal nicht aus eigener Kraft verließ.

Crawfords Bitte an seinen Schwiegervater hatte die vier in einem bizarren Standbild erstarren lassen. Er bewegte sich als Erster wieder, drehte den Kopf zur Seite und sah zu Holly. »Habe ich dir wehgetan?«, fragte er schroff.

Fassungslos über diese plötzliche Wendung sah sie ihn an. »Wehgetan?«

»Du bist vorhin fast hingefallen.«

»Ach so. Nein, ich … ich bin okay.«

»Du begreifst jetzt, warum ich dich dabeihaben wollte, warum du das sehen und hören solltest.«

»Ich glaube schon.«

»Ich will immer noch das Sorgerecht für Georgia. Das hier ändert nichts daran.« Dann wandte er sich wieder an seinen Schwiegervater. »Unser Kampf ist noch nicht zu Ende, Joe. Wenn du es unbedingt willst, können wir genau dort weitermachen, als du den letzten Faustschlag gesetzt hast – sobald das hier überstanden ist. Aber heute Abend musst du Georgia von hier wegbringen. Und zwar sofort.«

Er senkte das Knie, sodass es nicht mehr zwischen Joes Schenkeln klemmte, und nahm dann die Hand von der Brust des Mannes. Nachdem Holly mit eigenen Augen gesehen hatte, mit welcher Inbrunst Joe seinen Schwiegersohn hasste, rechnete sie halb damit, dass er sofort wieder auf ihn losging. Zwar konnte er sich beherrschen, aber sein Gesicht blieb granithart und sein Blick eisig.

»Ich fahre nirgendwohin, solange du mir nicht erklärst, was das alles soll«, verkündete er. »Was ist denn passiert?«

Der Regen hatte Crawfords Haare an seine Stirn geklebt, aber er schien das genauso wenig zu spüren wie seine durchnässten Kleider. »Ich weiß, wer der Schütze aus dem Gerichtssaal war. Holly weiß es auch.«

Joe sah kurz zu ihr her. »Das stimmt«, bestätigte sie. »Ich habe den Schützen als Polizisten aus dem Prentiss Police Department identifiziert.«

»Wie sind Sie darauf gekommen?«

»Das würde zu lang dauern«, sagte Crawford. »Aber eine knappe Stunde, nachdem wir diese Entdeckung gemacht hatten, war der Mann tot. Lag ermordet in seinem Haus. Wahrlich kein schöner Anblick.«

Grace stieß einen Klagelaut aus. »Setzt euch doch. Ich mache Kaffee«, bat sie dann.

»Wir haben keine Zeit für Kaffee, Grace«, beschied Crawford ihr. »Packt nur das ein, was ihr unbedingt braucht.«

»Für wie lange?«

»Das weiß ich noch nicht. Ein paar Tage vielleicht.«

»Nicht so schnell, Grace«, mischte Joe sich ein, als es so aussah, als wollte sie Crawfords Aufforderung nachkommen. »Ich habe noch nichts gehört, was mich dazu bringen würde, in tiefster Nacht mit Sack und Pack aus der Stadt zu schleichen wie eine Zigeunerfamilie.«

»Kannst du nicht ein einziges Mal einfach etwas tun, ohne dich dabei wie ein verfluchter Oberbefehlshaber aufzuspielen?«

Holly packte Crawford am Hemd, zog ihn zurück und trat dann zwischen ihn und seinen Schwiegervater. »Mr. Gilroy, Mrs. Gilroy.« Sie wandte sich zur Seite, um Grace einzuschließen. »Wir sind zu dem Schluss gelangt, dass es der Schütze wohl nicht auf mich abgesehen hatte, sondern auf Crawford.«

Joe sah an ihr vorbei auf Crawford. »Das überrascht mich nicht. Aber warum genau?«

»Kennst du einen Mann namens Chuck Otterman?«, fragte Crawford.

»Von ihm gehört habe ich natürlich. Der Typ, der die Bohrungen leitet? Was hat der damit zu schaffen?«

So knapp wie möglich schilderte Holly die Situation. »Crawford hat im Büro in Houston mehrere Texas Ranger darauf angesetzt, die herausfinden sollen, wie diese Verbindung aussieht und warum Otterman ein Komplott schmieden sollte, ihn umbringen zu lassen.«

»Und vorhin hat er mich angerufen«, ergänzte Crawford.

Holly sah ihn erschrocken an. »Der Anruf, von dem du gesprochen hast. Der kam von Chuck Otterman?«

»Ich habe seine Stimme erkannt.« Er gab den kurzen Wortwechsel wieder. »Er sagte, mich würde noch Schlimmeres erwarten, und diese Drohung muss ich ernst nehmen. Alles, was er bisher getan hat, waren kranke Warnungen. Mir das Video aus dem Park zu schicken, Georgias Zimmer verwüsten zu lassen und …«

»Ihr Zimmer wurde verwüstet?«

»Joe, ich kann dir jetzt nicht alles erklären«, antwortete er ungeduldig. »Fakt ist jedenfalls, dass Neal Lester – teils aus seinen eigenen Gründen, teils dank dir – versucht, mir all das anzuhängen.«

»Ich habe nur gefragt …«

»Ich weiß, was du gefragt hast, und das war Bockmist. Aber Neal hat sich davon mitreißen lassen. Heute Abend habe ich mich heimlich abgesetzt, aber wenn er mich findet, kann er mich achtundvierzig Stunden lang festhalten, bevor er mich anklagen muss. Solange ich im Arrest sitze, kann ich Georgia nicht beschützen, und der Gedanke, dass Otterman in ihre Nähe kommen könnte, macht mich verrückt. Dass er sie berühren könnte.«

»Diese Drohung, die er ausgesprochen hat, wie du behauptest …«

»Das behaupte ich nicht, das hat er getan.«

»Okay, aber darin hat er nichts von Georgia gesagt.«

»Verflucht, Joe, willst du sie wirklich in Gefahr bringen, nur um Recht zu behalten?«

»Schieb das nicht mir in die Schuhe«, brüllte der alte Mann zurück. »Den Schlamassel hast du dir selbst eingebrockt.«

Crawford schloss kurz die Augen und atmete durch. Als er sie wieder aufschlug, versuchte er, so viel Gefühl wie möglich in seine Stimme zu legen. »Du kannst dir bestimmt vorstellen, wie schwer es mir fällt, hierherzukommen und dich um etwas zu bitten, verflucht noch mal. Aber du musst unseren Streit vorübergehend vergessen und Georgia von hier wegbringen.« Der ältere Mann öffnete den Mund, aber Crawford kam ihm zuvor. »Und zwar sofort!«

Holly sah auf die beiden Gegner, die immer noch einander gegenüberstanden, einer so unnachgiebig wie der andere. Kurzerhand ergriff sie die Initiative und ging zu Grace. »Wenn Sie mir zeigen, wo alles ist, dann helfe ich Ihnen packen.«

Während Grace, Joe und Holly eilig die wichtigsten Utensilien zusammensuchten und einpackten, ging Crawford von einem Zimmer zum anderen, suchte die Straße vor dem Haus wie auch das Grundstück dahinter ab und hielt nach Polizisten zu Fuß oder in einem Streifenwagen Ausschau, weil er fest damit rechnete, dass Neal irgendwann hier nach ihm suchen würde.

Genau wie möglicherweise Otterman oder seine Handlanger.

Irgendwann brachte Grace ihm ein Handtuch. Er trocknete sich flüchtig ab, blieb aber weiter wachsam.

»Daddy?«

Erst als er Georgias Stimme in seinem Rücken hörte, wandte er sich vom Fenster ab, doch als er sie sah, zog sich sein Herz schmerzhaft zusammen. Holly hatte ganz leise die Anziehsachen aus Georgias Kommode genommen und sie in ihren Koffer gepackt, doch sie hatten bis zum letztmöglichen Moment gewartet, bevor sie das Mädchen aufgeweckt und angezogen hatten.

Georgia sah verschlafen und verunsichert zu ihm auf, Mr. Bunny hielt sie fest an ihre Brust gedrückt.

»Grandma hat gesagt, dass wir verreisen. Ich will aber nicht.«

»Oh doch, das willst du ganz bestimmt.« Crawford hob sie hoch und drückte sie an sich. Ihre Arme schlossen sich fest um seinen Hals, die Beine um seine Taille.

»Kann ich nicht bei dir bleiben?«

»Diesmal nicht.«

Sie legte den Kopf auf seine Schulter und vergrub das Gesicht in seiner Halsbeuge. Der Abschied zerriss ihn innerlich, trotzdem musste er Haltung bewahren, tapfer bleiben, schließlich war er der Erwachsene. Er legte falsche Begeisterung in seine Stimme. »Du wirst so viel Spaß haben.«

»Das hat Holly auch gesagt.«

»Und sie hat recht. Grandma und Grandpa haben viele lustige Sachen vor. Aber du musst ganz brav sein und immer folgen, wenn sie was sagen. Okay?«

»Warum kannst du nicht mitkommen?«

»Weil ich arbeiten muss. Aber ich werde immerzu an dich denken und mir wünschen, dass ich bei euch wäre.« Er spürte ein kleines Hicksen in ihrer Brust, das Tränen ankündigte. Er sagte sich, dass sie nur weinte, weil sie übermüdet war, weil man sie aus dem Schlaf gerissen und vor eine ungewöhnliche und für sie unverständliche Situation gestellt hatte. Aber was der Grund auch sein mochte, er hätte es nicht ertragen, sich von ihr zu verabschieden, wenn sie weinte.

»Komm schon.« Er rieb ihr in Kreisen über den Rücken. »Es wird bestimmt schön. Jetzt packen wir dich ins Auto«, murmelte er.

»Trägst du mich?«

Er kniff die Augen zusammen, um die Tränen zurückzuhalten. »Worauf du wetten kannst.«

Ihren Körper fest an seinen gedrückt, trug er sie durch das inzwischen dunkle Haus in die angeschlossene Garage, wo Joe gerade Georgias Koffer als letztes Gepäckstück in den Kofferraum hievte. Als er wortlos an Crawford vorbeigehen wollte, sprach Crawford ihn an.

Sein Schwiegervater blieb stehen und sah ihn an.

»Du bist der einzige Mensch, dem ich sie anvertrauen kann, Joe. Ich weiß, dass du sie genauso entschlossen beschützen wirst wie ich.«

Joe erwiderte seinen Blick, nickte knapp und setzte sich hinters Steuer.

Ohne langes Zögern ging Crawford weiter zur hinteren Wagentür, die Holly ihnen aufhielt. Er packte Georgia in ihren Sitz. Als sie nach den Gurten griff, übernahm er. »Diesmal will ich dich anschnallen.«

»Mr. Bunny auch.«

»Natürlich.« Er klickte die Verschlüsse ein und überzeugte sich, dass sie festsaßen, dann legte er beide Hände an ihr Gesicht und drückte seine Stirn gegen ihre. »Sei schön brav. Für deinen Daddy.«

»Okay.«

»Ich liebe dich.«

»Mehr als alles auf der Welt?«, wiederholte sie, was er so oft zu ihr sagte.

»Mehr als alles auf der Welt.« Er küsste sie auf die Stirn, die Haare, die Wange und zuletzt auf die Lippen.

Doch als er sich aufrichten wollte, streckte sie die Hand nach ihm aus. »Daddy, kommst du morgen auch dahin, wo wir hinfahren?«

»Morgen wahrscheinlich noch nicht.«

»Und wann?«

»Sobald ich kann.«

Dann küsste er sie noch einmal, richtete sich auf, bevor ihr trauriges Gesicht ihn an seinem Entschluss zweifeln ließ, trat einen Schritt zurück und schloss die Autotür. Sie drückte von innen die Hand gegen die Scheibe. Er gab ihr von außen einen Kuss auf die Handfläche, legte seine große Hand auf ihre kleine und blieb so stehen, bis Joe rückwärts aus der Garage setzte.

# 27

»Wohin fahren sie?«, fragte Holly, während Crawford sie zu ihrem Auto schob.

Die Straße war leer, rundherum lag alles im Dunkeln. Es sah ganz so aus, als hätte niemand ihre Stippvisite bei den Gilroys bemerkt. Dennoch scannte Crawford mit Blicken die Gegend, registrierte die Bewegung jedes Blattes, das Platzen jedes Regentropfens.

»Graces Schwester war lange Witwe und hat jüngst wieder geheiratet. Sie lebt mit ihrem neuen Ehemann in einer Senioren-Wohnsiedlung in der Nähe von Austin.«

»Da haben sie eine lange Fahrt vor sich.«

»Plus minus fünf Stunden. Vielleicht bremst sie der Regen. Ich hoffe, dass Georgia den Großteil der Fahrt verschläft.«

»Ich weiß nicht, wie du ihr Adieu sagen konntest, ohne in Tränen auszubrechen.«

»Das weiß ich ehrlich gesagt auch nicht.« Er starrte sekundenlang ins Leere und räusperte sich. »Wir müssen los. Ich will hier weg sein, bevor Neal nachschauen kommt.«

»Er hat mich angerufen.« Die linke Hand am Lenkrad, zog sie mit der Rechten das Handy aus der Vordertasche ihrer Jeans und reichte es ihm. »Es hat vibriert, aber ich habe den Anruf ignoriert. Erst als Grace Georgia angezogen hat, habe ich nachgeschaut, aber seine Nachrichten habe ich noch nicht abgehört.«

»Er hat zwei hinterlassen«, sagte er. »Außerdem hast du eine SMS bekommen, aber die stammt von Marilyn.«

»Warum sollte sie mir schreiben?«

»Soll ich sie dir vorlesen?«

»Bitte.«

Er rief sie auf. »Da steht: ›Fuck, was geht da ab?‹ Das klingt nicht so, als wäre sie auf Friedensmission.«

»Kannst du sie bitte für mich anrufen?«

Er wählte die Nummer auf ihrem Smartphone, doch der Anruf wurde automatisch auf die Freisprechanlage umgeleitet. Marilyn nahm das Gespräch an, und sofort blökte ihre Stimme durch das Wageninnere: »Holly, Gott sei Dank rufst du an. Ich bin ganz krank vor Sorge.«

»Warum?«

»Dieser Detective hat mich besucht. Der Klemmarsch. Lester? Jedenfalls war er bei dir zu Hause und ...«

»Bei mir zu Hause? Wann denn?«

»Vor einem Wodka und drei Zigaretten. Er wollte wissen, ob ich von dir gehört hätte, und ich erklärte ihm, dass du nicht mehr meine Klientin wärst. Daraufhin hat er erzählt, dass du vermisst würdest und dass du womöglich einem Verbrechen zum Opfer gefallen wärst. So hat er es ausgedrückt. Dann hat er etwas von einem Mord an einem Polizisten gesagt. Ich war halb verrückt vor Angst. Wo steckst du? Ist bei dir alles in Ordnung?«

»Ja, es geht mir gut.«

»Du sagst das aber nicht unter Zwang, oder?«

»Nein, trotzdem kann ich im Moment nicht reden. Es gibt da, äh, äh ... eine Angelegenheit, die ich dringend klären muss. Tut mir leid, dass er dir Angst eingejagt hat, und danke für dein Mitgefühl. Ehrlich.«

Sie wollte das Gespräch gerade über den Schalter an ihrem Lenkrad beenden, doch Marilyn war schneller. »Die äh, äh Angelegenheit hat mit ihm zu tun, habe ich recht? Und beleidige mich nicht, indem du jetzt fragst, mit wem. Der Amoklauf war nur der erste Anschlag auf dich, habe ich recht? Mr. Groß, Blond und Böse war der zweite.«

Während der Unterhaltung hatte Holly den Blick stur auf der Straße gehalten. Jetzt warf sie einen verstohlenen Seitenblick auf Crawford, der reglos wie ein Stein neben ihr saß, den Blick unverwandt auf sie gerichtet, und jedes Wort speicherte.

»Dein Schweigen schreit, Holly«, fuhr Marilyn fort, »und zwar nach einem Interessenskonflikt, nach Klugheit versus Lust, einem profunden moralischen und ethischen Dilemma. Alles genau meine Baustelle!«, gluckste sie. »Am liebsten würde ich mich sofort darauf stürzen.«

»Ich habe dich gefeuert, hast du das vergessen?«

»Ja, aber jetzt kapiere ich, warum. Du wolltest ihn beschützen.«

»Vor *dir.*«

»Sicher, aber ich kann mich zurücknehmen.«

»Hör zu, Marilyn…«

»Nein, jetzt hörst du mir zu. Du bist eine exzellente Richterin, Holly. Gewissenhaft und idealistisch. Du glaubst tatsächlich an das, was du tust. Und das sage ich nicht, weil ich dich als Klientin zurückgewinnen will, sondern weil ich zufällig davon überzeugt bin. Du bist für diesen Job einfach geschaffen.«

»Nach dieser Woche wird Gouverneur Hutchins mir seine Unterstützung entziehen, fürchte ich. Greg Sanders hat schon vorgeschlagen, ich sollte mein Gesicht wahren und auf die Kandidatur verzichten.«

»Kommt nicht in die Tüte. Dass der Gouverneur hinter dir steht, ist ein Glücksfall, den wir jederzeit ausnützen können, aber wir brauchen ihn nicht, damit du gewählt wirst. Verflucht, ich könnte sogar etwas total Revolutionäres im Bereich der Politik versuchen und die Wählerschaft ausnahmsweise einmal mit der Wahrheit bannen. Manchmal ist das tatsächlich der beste Ansatz. Ins Licht treten, statt sich zu verstecken. Ich werde mir eine Strategie überlegen. Bis dahin klärst du die äh, äh Angelegenheit mit dem Texas Ranger. Er ist ein ungehobelter Bastard, aber er hat eindeutig Sexappeal. Sobald du mich brauchst, bin ich da.«

Nachdem die Verbindung getrennt war, gab es kein Entkommen vor Crawfords Grinsen. »Du hast mich also als groß, blond und böse bezeichnet?«

»Nicht ich, sondern Marilyn.«

»Wirst du sie wieder einstellen?«

»Weiß ich noch nicht. Viel wichtiger ist: Hast du mitbekommen, dass Neal bei mir zu Hause war?«

»Ja.« Sein Lächeln verblasste, und er seufzte. »Ich hätte dich da nicht reinziehen dürfen, aber ich konnte mich nicht darauf verlassen, dass Grace zu mir halten würde. Ich musste dich dabeihaben, trotzdem finde ich es schrecklich, dass ich dich damit noch tiefer in das verstrickt habe, was Joe ganz richtig als selbst eingebrockten Schlamassel bezeichnet hat. Auch wenn ich beim besten Willen nicht weiß, womit ich Otterman so wütend gemacht habe. Ich habe diesen Mann zum ersten Mal in meinem Leben gesehen, als er ins Polizeirevier spaziert kam.«

Er ließ den Kopf gegen die Lehne sinken und schloss die Augen. Sie betrachtete ganz kurz sein Profil und stellte erschrocken fest, wie unendlich müde er aussah. Unter seinen Augen lagen dunkle Ringe. Die Vertiefungen unter seinen Wangenknochen waren ausgeprägter als üblich. »Wann hast du das letzte Mal geschlafen?«

»Weiß ich nicht mehr.«

»Du bist vollkommen erschöpft.«

»Joe ist kein leichter Gegner, und ich stand heute zweimal mit ihm im Ring. Und dann war da noch die Episode mit meinem alten Herrn. Wenn wir aufeinandertreffen, ist das nie einfach. Aber am schlimmsten war für mich, dass ich mich von Georgia verabschieden musste.«

»Was du heute ebenfalls zweimal tun musstest.«

»Und beide Male hat es mir das Herz gebrochen. Trotzdem war es heute Abend noch schlimmer. Sie hat gespürt, dass irgendwas nicht stimmt. Verflucht, ich ertrage den Gedanken nicht, dass sie sich Sorgen macht. Ich konnte ihr nicht mal sagen, wann wir uns wiedersehen, und Tatsache ist …«

»Was ist Tatsache?«

»Dass wir uns vielleicht nie wiedersehen, wenn Ottermans Plan aufgeht.«

Plötzlich setzte er sich auf und schlug die Augen auf, die inmitten der dunklen Ringe umso entschlossener leuchteten. Er schlug im Takt zu seinen Worten mit dem Daumen auf seinen Oberschenkel. »Das darf nicht passieren. Vielleicht bekomme ich nie das Sorgerecht für sie, aber ich gehe durch die Hölle und wieder zurück, bevor ich sie im Stich lasse.«

»Und was willst du jetzt tun?«

»Am Leben bleiben. Lang genug untertauchen, damit ich Otterman erwische, bevor er mich erwischt.«

»Und wie stellst du dir das vor?«

»Das ist der springende Punkt. Ich arbeite noch daran.«

»Du könntest dich Neal stellen. Dir seine Hilfe sichern.«

»Unmöglich. Er hat sich schon Otterman angedient.«

»Vielleicht hat er seine Meinung geändert.«

»Darauf kann ich nicht setzen. Damit würde ich mich selbst behindern.«

»Und ich kann nichts sagen, was deinen Entschluss umwerfen könnte?«

»Tut mir leid, Holly, aber nein.«

Sie lenkte den Wagen an den Straßenrand. »Dann musst du hier aussteigen.«

Crawford sah Hollys Heckleuchten in der Ferne verschwinden und marschierte dann los, in der Hoffnung, dass er möglichst schnell mit der Dunkelheit verschmelzen und niemand ihn sehen würde. Der erste Tagesordnungspunkt war, Schutz vor dem Regen zu finden. Nach ein paar Blocks gelangte er zu einem leerstehenden Haus mit einem »Zu Verkaufen«-Schild im Vorgarten.

An die Rückwand eines offenen Carports gekauert, rief er Harry Longbow an und riss ihn aus dem Schlaf.

»Entschuldige, Mann«, sagte der Ranger gähnend, »ich habe noch rein gar nichts gefunden. Keinen noch so losen Faden, der Otterman mit dir oder irgendwem in deiner Umgebung in Verbindung bringen würde. Aber ich musste kurz die Augen schließen. Ich habe dich angerufen und wollte dir sagen, dass ich eine Pause einlege, bin aber auf deiner Mailbox gelandet.«

»Ich habe mein Handy nicht mehr.«

»Oh Scheiße. Das klingt nicht gut.«

»Pat Connor ist tot, und Otterman hat mir gedroht.«

»So viel zu meinem Nickerchen«, knurrte Harry.

Crawford schilderte kurz, was passiert war. »Ich habe dafür gesorgt, dass Georgia nicht mehr in der Stadt ist. Das war das Wichtigste.«

»Wo bist du gerade mit der Richterin?«

»Sie ist auf dem Heimweg.«

»Und du?«

»Wenn du es nicht weißt, kannst du es auch keinem verraten. Neal kommt mit Sicherheit irgendwann auf die Idee, mal bei dir nachzufragen, ob du von mir gehört hast. Ich bin überrascht, dass er nicht schon angerufen hat. Wenn er es tut, kannst du ihm ganz ehrlich sagen, dass du nicht weißt, wo ich bin oder was ich jetzt vorhabe.«

»Ich bringe Sessions auf den neuesten Stand, damit er nicht überrumpelt wird.«

»Danke.«

»Vielleicht solltest du dich von dem Idioten festnehmen lassen. Im Knast bist du wenigstens sicher.«

»Aber auch ziemlich eingeschränkt.«

»Auch wieder wahr.«

»Wie nimmt es der Major auf, dass ich in einen Mordfall verwickelt bin?«

»Er sagt, noch nie hätte er durch so einen verfluchten Bockmist pflügen müssen. Er lässt sich übel über Neal Lester aus, dabei ist er ihm noch nicht mal begegnet.«

Bei jeder anderen Gelegenheit hätte Crawford darüber gelacht, doch die Situation war alles andere als komisch. »Meiner Meinung nach ist Otterman für Chet, Rodriguez und jetzt Connor verantwortlich. Drei Tote allein in dieser Woche. Ich will diesen Hurensohn haben, Harry.«

»Ich mache mich gleich wieder an die Arbeit.«

»Nein, schlaf erst mal eine Runde. Wahrscheinlich muss Otterman sich heute Nacht auch neu sortieren. Er hat einen anstrengenden Tag hinter sich. Erst das Video aus dem Park. Dann das Treffen in der Tittenbar.«

»Die Exekution.«

»Das Video hat er ebenso wenig selbst aufgenommen wie er auf Connor geschossen hat. Er erledigt seine Schmutzarbeit nicht selbst. Dafür hat er Pat und Patachon.«

»Wen?«

»Seine beiden Leibwächter. Und dann gibt es noch Leute wie Connor.«

»Mithelfer, die zu dumm sind, um nein zu sagen?«

»Oder vielleicht auch zu verängstigt. Weißt du, wonach das alles schmeckt? Nach scheiß organisiertem Verbrechen.«

»Ich mag dieses Arschloch von Minute zu Minute weniger«, sagte Harry.

»Ich auch.«

»Bleib in Deckung.«

Crawford gab ihm die Nummer seines Wegwerf-Handys, wählte dann eine weitere Nummer und zählte ungeduldig das Tuten ab, bis Smittys nasale Quäkstimme ihn anwies, eine Nachricht zu hinterlassen.

»Du weißt, wer dran ist«, sagte Crawford nur. »Ruf mich zurück, sonst sind deine Schrumpfeier Geschichte.«

Er trennte die Verbindung, las die Uhrzeit vom Handydisplay ab, schlug den Kragen seiner Windjacke hoch und stürzte sich in den Regen.

# 28

»Und er hat sich nicht widersetzt, als Sie ihm befohlen haben, aus dem Wagen zu steigen?«

»Erst schon«, gab Holly auf Neals Frage hin zu. »Aber ich habe ihm erklärt, dass ich ihn keinen Meter mehr mitnehmen würde. Also stieg er aus. Und ich bin nach Hause gefahren.«

Als sie dort angekommen war, hatten Neal Lester und Matt Nugent bereits vor ihrer Einfahrt in einem Zivilfahrzeug gewartet. Sie hatte ihren Wagen hinter das Haus gefahren und die Wohnung durch die Hintertür betreten, bevor sie den beiden die Haustüre geöffnet hatte.

»Ich habe mit Marilyn telefoniert. Deshalb habe ich schon mit Ihnen gerechnet«, sagte sie, als sie die beiden ins Haus ließ.

Sie bot an, Kaffee zu machen, was beide ablehnten. Daraufhin hatten sie sich zu dritt ins Wohnzimmer gesetzt, und in den vergangenen zwanzig Minuten hatte sie wiedergegeben, was seit Crawfords Anruf alles geschehen war.

»Er hat ihnen nicht erklärt, was er jetzt vorhat?«

»›Am Leben bleiben.‹ So hat er es ausgedrückt. Um seiner Tochter willen will er auf keinen Fall sterben. Nachdem seine Schwiegereltern mit Georgia davongefahren waren, wurde er wesentlich ruhiger als noch eine Stunde zuvor. Als er mich anrief und um Hilfe bat, klang er völlig verzweifelt.«

»Kann ich mir vorstellen«, sagte Neal. »Er war gerade aus dem Gewahrsam der Polizei geflohen.«

»Mir hat er erzählt, er wäre aus eigenem Antrieb zum Gericht gefahren und hätte durchaus kooperieren wollen. Man hatte ihm keine Handschellen angelegt und ihn weder verhaftet noch die Rechte verlesen.« Sie verstummte und sah die Detectives erwartungsvoll an. »Falls er mich nicht angelogen hat.«

»Hat er nicht. Wir haben nichts davon getan«, bestätigte Nugent und ergänzte, als Neal ihm einen bitterbösen Blick zuwarf: »Darum dachte ich auch, dass ich ihn allein lassen könnte, damit er mit seinem Anwalt reden kann.«

»Wenn er wirklich nur seine Tochter aus der Gefahrenzone bringen wollte«, übernahm wieder Neal, »warum hat er dann Nugent etwas vorgespielt und seinen Wagen stehen lassen? Warum hat er mir nichts von diesem Anruf erzählt, der ihn zu so drastischen Maßnahmen greifen lässt?«

»Er hat Angst, dass Sie ihm nicht glauben. Und ich glaube, zu Recht.« Sie machte eine kurze Pause, um ihren Worten Nachdruck zu verleihen. »Er hatte Angst, dass in jeder Minute, die er darauf verwendete, mit Ihnen alles zu klären, das Leben seiner Tochter in Gefahr sein könnte.«

»Aber niemand hat diesen mysteriösen Anruf mitgehört, oder?«, wandte Neal ein, um sich zu rechtfertigen.

»Ich war bei ihm, als er angerufen wurde«, sagte Nugent.

»Aber da hat er behauptet, es sei sein Anwalt.«

»Haben Sie mit dem Anwalt gesprochen?«, fragte Holly.

Diese Frage konnte Nugent beantworten. »Crawford hatte um eine Empfehlung gebeten. Ben Knotts rief ihn an und landete auf seiner Mailbox. Der Anruf ging ein paar Minuten nach dem des Unbekannten ein.«

Sie sah wieder zu Neal. »Er hat um einen Anwalt gebeten. Deutet das nicht darauf hin, dass er durchaus vorhatte, sich von Ihnen vernehmen zu lassen, und dass er das auch getan hätte, wenn er nicht zuvor einen Drohanruf von Chuck Otterman bekommen hätte?«

»Niemand kann mit Sicherheit sagen, ob es Otterman war«, wandte Neal ein. »Der Anruf hätte auch ein Ablenkungsmanöver sein können. Mit dem er Nugent austricksen wollte.«

»Aber falls es ein Trickanruf und die Drohung erfunden war«, entgegnete Holly, »hätte er dann seine Schwiegereltern beschworen, mit seiner Tochter die Stadt zu verlassen? Die beiden werden bestätigen, was vorgefallen ist.«

»Mr. Gilroy hat das bereits getan.«

Nach Nugents Bestätigung blieb Neal nichts anderes übrig, als sich zu erklären, wenn auch nur widerwillig. »Wir haben einen Streifenwagen zu den Gilroys geschickt, der aber meldete, dass niemand zu Hause wäre, darum habe ich Joe Gilroy auf seinem Handy angerufen. Die Nummer hatte ich, weil ich ihn nach der Schießerei befragt habe.«

»Und er hat bestätigt, was ich Ihnen geschildert habe?«

»Buchstabengetreu. Er kann Crawford immer noch nicht ausstehen, aber Crawford hat ihn überzeugt, dass das Mädchen unverzüglich aus der Stadt gebracht werden muss.«

»Ich war ebenso überzeugt«, sagte sie. »Im Gegensatz zu Ihnen halte ich Mr. Otterman für durchaus schuldig.«

»Dieses Video besiegelt es«, pflichtete Nugent ihr bei.

»Halten Sie die Klappe!«, fuhr Neal ihn an. »Das besiegelt gar nichts.«

Holly gab nicht zu erkennen, dass sie Ursprung und Inhalt des Videos kannte, von dem Nugent sprach, sondern sah stattdessen Neal mit fragend hochgezogenen Brauen an.

»Crawford hat ein Video, auf dem Pat Connor im Gespräch mit Chuck Otterman zu sehen ist«, erklärte Neal mit resignierter Miene. »Er behauptet, dass es heute Abend in einer Bar in der Nähe aufgenommen wurde.«

»Darum hat Crawford sein Smartphone liegen lassen«, ergänzte Nugent. »Damit wir dieses Video haben.«

»Er hat sein Smartphone liegen lassen, damit wir ihn nicht aufspüren können«, widersprach Neal gereizt.

»Wie erklärt Mr. Otterman denn diese Unterhaltung mit dem Mordopfer?«, fragte Holly neugierig.

»Er ist nicht zu erreichen. Wir versuchen, ihn ausfindig zu machen.«

Sie sah sich in ihrem Wohnzimmer um. »Verzeihen Sie mir die Bemerkung, aber so wie es aussieht, versuchen Sie vor allem, Ranger Hunt ausfindig zu machen.«

»Weil er sich den Ermittlungen in einem Mordfall entzogen hat. Und selbst wenn er nichts damit zu tun hat, bleibt er gefährlich und verantwortungslos. Das sollte ich Ihnen nicht extra ins Gedächtnis rufen müssen. Sie haben ihn selbst in Aktion erlebt.«

»Ja, ich habe erlebt, wie er Leben gerettet und seine Mitmenschen beschützt hat. Sind Sie sicher, dass Ihr Urteilsvermögen nicht von Ihrem Missfallen über seine Methoden und persönlicher Abneigung getrübt wird?«

»Sind Sie sicher, dass Ihres nicht von Hormonen getrübt wird?«

Nugent gab einen erstickten Laut von sich.

Neals zorniger Blick blieb unverwandt auf sie gerichtet. »Ich glaube, Sie verteidigen ihn nur, weil Sie sich zu ihm hingezogen fühlen, Richterin Spencer.«

»Tja, da täuschen Sie sich, Sergeant Lester. Ich verteidige ihn, weil ich glaube, dass er auf der richtigen Fährte ist. Und fühle mich nicht nur ein bisschen zu ihm hingezogen, sondern sogar *sehr.* Zugegeben, es kommt mir ungelegen, und bis zu dem Zeitpunkt, an dem ich seinen Fall abgab, war es sogar unethisch. Es kann mich in große Schwierigkeiten bringen und mich möglicherweise den Job kosten. Crawford Hunt hat mein Leben auf den Kopf gestellt, aber deswegen ist er noch lange kein Mörder. Sie hingegen sind ein Narr, wenn Sie weiterhin ihn statt den Schuldigen verfolgen.« Sie stand auf. »Wäre das alles?«

Neal kochte immer noch, als sie die beiden zur Tür brachte. Sie sah ihnen nach, bis sie abgefahren waren, erst dann schloss sie die Haustür. Nachdem sie sich überzeugt hatte, dass alle Türen und Fenster verriegelt waren, ging sie in ihr Schlafzimmer, machte die Tür zu, lehnte sich in einem Schwächeanfall dagegen und presste die Stirn gegen das kühle Holz.

Von hinten schlang sich ein starker Arm um ihr Becken und drückte ihren Hintern gegen den Unterleib eines Mannes, deren Erregung sie eindeutig spüren konnte. Er packte ihr Haar mit einer Faust und schob es beiseite, bevor er ihr unter einem heißen Kuss ins Ohr flüsterte: »Also, Euer Ehren, dem hast du es aber ganz schön gegeben.«

# 29

Crawford schob die Hände unter ihr Top und hakte ihren BH auf. Dann wanderten seine Hände nach vorn unter die Körbchen und schmiegten sich um ihre Brüste. Seine Fingerspitzen spielten mit ihren Nippeln. Hollys lustvolles Keuchen wandelte sich, es bettelte um mehr.

Er drehte sie um, befreite sie mit einer einzigen Bewegung aus Top und BH, und noch bevor die Haare wieder auf ihre Schultern gefallen waren, hatte sich sein Mund über ihrer Brust geschlossen. Sie umklammerte mit beiden Händen seinen Hinterkopf, während er so kraftvoll an ihr sog, dass die Lust sie wie ein elektrischer Funke durchzuckte.

Sie wollte nicht, dass er aufhörte, doch seine nasse Kleidung störte sie beide. Er löste sich von ihr und schälte sich aus seiner Windjacke. Dann öffnete er die obersten Knöpfe an seinem Hemd, aber weil das zu viel Zeit in Anspruch nahm, kostbare Zeit, zerrte er es kurzerhand über den Kopf.

Sie wagte nicht, Licht zu machen, weil sie nicht riskieren wollte, dass die Personenschützer ihn sahen, trotzdem wollte sie seinen Körper kennenlernen. Sie legte beide Hände auf seine Brust, spürte ein Sprengsel von Haaren, und strich darüber. Seine Brustwarzen waren hart. Sie fuhr mit der Zunge darüber und hörte ihn einen Fluch zischen, während sie die Knöpfe an seiner Hose öffnete.

Sie griff in den aufklaffenden Spalt, fuhr mit den Fingern durch das krause Haar und schloss dann die Hand um ihn.

Heiß und feucht spürte sie seinen Atem über ihrer Schulter, als sie ihn erforschte.

Er war unglaublich hart, die Haut straff über den Schaft gespannt, die Spitze samtig und prall. Mit ihrem Daumenballen sammelte sie ein Lusttröpfchen und verstrich es in schnellen Kreisen, bis er ein obszönes Schimpfwort ausstieß und ihre Hand wegnahm.

Im nächsten Moment verschränkte er die Hände unter ihrem Hintern, hob sie an und trug sie zum Bett. Als sie auf dem Rücken lag, zerrte er ihre Jeans und den Slip über ihre Beine. Nichts stand ihm mehr im Weg, also kletterte er aufs Bett, kniete sich zwischen ihre Beine, winkelte sie an und drückte ihre Schenkel auf ihre Brust.

Einen Moment lang verharrten beide vollkommen regungslos. Sekundenlang war im Raum, war im Universum nur ihr schwerer, unregelmäßiger Atem zu hören. Sie erahnte seine Bewegung, noch bevor sie seine Hände an ihren Fesseln spürte. Er umfasste sie, machte sich mit ihrer Form vertraut. Er streichelte sie bis hoch zu den Kniekehlen, dann umkreiste er mit den Daumen ihre Kniescheiben, um sie zuletzt mit seinen Handflächen abzudecken.

Ihr stockte der Atem, als sich seine Hände wieder in Bewegung setzten, diesmal an der Innenseite ihrer Oberschenkel aufwärts, bevor er langsam ihre Beine, bevor er sie seinen Schultern, seinem Kopf, seinem Mund öffnete.

Die Hitze seines Atems umhüllte sie. Köstliche Augenblicke tat er nichts weiter. Nur das. Nur dort. Ein sanftes Lutschen fesselte sie in unglaublicher, regloser Nähe. Und dann begann er ganz langsam.

Jedes Lippenstreicheln, jeder Zungenschlag jagte einen Schauer über ihren Körper. Jedes Mal, wenn sein Mund sich löste, um sie in die Innenseite ihres Oberschenkels zu beißen oder um einen Kuss auf ihren Venushügel zu hauchen, wölbte sich ihr Rücken, und ihre Hüften hoben sich von selbst, so als würden sie rastlos, verzweifelt darauf warten, dass er den einen Punkt fand, den er mit seinen Küssen eingekreist, aber noch kein einziges Mal tatsächlich berührt hatte.

Erst als sie in ihrer Verzweiflung seinen Namen stöhnte, erfüllte er ihren Wunsch, allerdings quälend langsam, indem er seine Zunge so sacht, so behutsam tanzen ließ, dass sich ihre Atemzüge in ein Stöhnen steigerten und ihr ganzer Körper sich zusammenzog. Seine Liebkosungen bewegten sich in immer enger werdenden Spiralen auf ihre Mitte zu, verstärkten diese zu immer kleineren Kreisen, bis sie sich kaum mehr beherrschen konnte.

Schließlich stützte er sich über ihr ab, war mit einem kraftvollen Stoß tief in ihr und stillte damit ihre Sehnsucht, gedehnt, gefüllt zu werden. Als sie kam, fing er ihre ekstatischen Schreie in seinem Kuss ein, bis sie wieder abklangen, dann ließ er sie zur Ruhe kommen, während er zärtlich ihre Ohrläppchen, ihre Lider und Lippen liebkoste.

Ihr Mund öffnete sich unter seinem, und sofort wurde sein zärtlicher Kuss verlangender. Seine Zunge eroberte ihren Mund, während seine Hüften ihr seinen Rhythmus aufzwangen. Mit jedem atemberaubenden Stoß versenkte er sich in ihr, um dann sanft wieder zurückzugleiten.

Mit jedem Stoß brachte er sie dem nächsten Orgasmus näher, bis sie wieder kurz vor der Klippe stand und er eine Hand unter ihren Hintern schob, um sie festzuhalten und mehrmals hart und schnell zuzustoßen, bis sie kam; erst danach versenkte er sich bis zum Schaft in ihr und kam in einem langen, intensiven Höhepunkt, der ihn erschauern ließ.

Nach einer Weile hatten sie sich halbwegs wieder gefangen, doch als er sich aus ihr zurückziehen wollte, murmelte sie eine wortlose Beschwerde, weshalb er schwer auf ihr liegen blieb.

»Wo hast du nur so ficken gelernt? An der Uni?«, fragte er leise murmelnd in ihre Halsbeuge.

»Nein, hier. Heute Nacht.«

Sie spürte sein Lächeln an ihrem Hals. Er stützte sich auf und sah ihr ins Gesicht. »An dem Abend nach dem Attentat, als wir uns im Korridor des Polizeireviers unterhalten haben?«

Sie nickte.

»An das hier habe ich gedacht«, erklärte er mit einer kleinen Kopfbewegung.

»Hast du nicht!«

Er reagierte mit einem durch und durch männlichen und reuelosen Achselzucken. »Du hast so zugeknöpft ausgesehen in deinem dunklen Kostüm und der blauen Bluse. So gefasst, so angespannt. Und die ganze Zeit, während ich mich mit dir zu unterhalten versuchte, fragte ich mich immer nur: ›Wie eng sie wohl ist?‹ Der Gedanke daran machte mich wahnsinnig.«

»Aber du hast mich doch gehasst.«

»Stimmt. Trotzdem wollte ich dich auf der Stelle ficken.« Er strich mit den Lippen über ihre, die sich erschrocken geteilt hatten. »Und ich dachte auch, dass es nie dazu kommen würde. Nicht in einer Million Jahren.«

»Eine Million Jahre oder ein paar Stunden. Ich habe es dir einfach gemacht.«

Er rollte sich von ihr und blieb auf dem Rücken liegen. »Das war ganz und gar nicht einfach, Holly.« Er hob den Kopf und sah an seinem Körper herab. »Ich schaffe es nicht mal, mich vorher auszuziehen.«

Er schuf Abhilfe, indem er seine Stiefel und Socken abstreifte und sich dann aus den nassen Jeans strampelte. Bevor er sie auf den Boden fallen ließ, zog er seine Pistole aus dem am Bund befestigten Holster.

»Du hast behauptet, du wärst nicht bewaffnet.«

»Als ich das behauptet habe, war ich es auch nicht. Die habe ich mir von Joe geborgt.« Er legte die Pistole auf den Nachttisch.

»Geborgt?«

»Ich werde ihn um Verzeihung bitten, falls er sie vermisst.« Er legte sich wieder hin und zog Holly an seine Seite. Nachdem sie damit zum ersten Mal Haut an Haut nebeneinanderlagen, fuhr er mit der Hand über ihren Hintern und grunzte zufrieden. »Schon besser.«

»Viel.« Sie zupfte an seinen Brusthaaren. »Ich wusste gar nicht, dass da was wächst.«

»Stört es dich?«

Statt einer Antwort rieb sie mit der Wange darüber und drückte dann einen Kuss auf die warme Haut darunter. »Wie lange warst du schon im Haus?«

»Bis Neal und Nugent abgezogen sind? Etwa zehn Minuten.«

»Zehn Minuten!«

Er spielte mit ihren Brüsten. »Ob ich die jemals bei Licht zu sehen bekomme?«, fragte er nachdenklich. »Die fühlen sich fantastisch an. Wie sehen sie aus?«

»Eigentlich hatten wir ausgemacht, dass du wartest, bis sie gegangen sind, bevor du ins Haus kommst.«

»Ich war triefnass. Außerdem wollte ich hören, was sie zu sagen haben.«

Er war überrascht gewesen, als sie abrupt den Wagen angehalten und ihm befohlen hatte auszusteigen. Dann hatte sie ihm ihren Plan eröffnet, und er widersetzte sich, genau wie sie den Detectives erklärte, ihrer Idee, bei ihr über Nacht unterzuschlüpfen. Zuletzt konnte sie ihn aber davon überzeugen,

Vernunft anzunehmen. Jeder andere Ort, an dem er sich verstecken konnte, würde überwacht – im Regen konnte er nicht einfach durch die Straßen wandern, und er musste in Ruhe Kraft tanken.

Die Übereinkunft trafen sie etwa eine Meile vor ihrem Haus. Er hatte die restliche Strecke zu Fuß zurücklegen müssen, während sie heimgefahren war und sich den Detectives gestellt hatte.

»Ich habe unterwegs eine Pause eingelegt und ein paar Anrufe gemacht«, erzählte er ihr jetzt, »aber dann bin ich hier angekommen und habe mich reingeschlichen …«

»Erinnere mich dran, das Fenster wieder zu verriegeln.«

»Jedenfalls war ich rechtzeitig hier, um mitzubekommen, dass du dich *sehr* zu mir hingezogen fühlst.«

»Ich habe dir doch gesagt, dass ich die Polizei nicht anlügen würde.«

»Es ist also wahr?«

»Ja.« Sie sah an seinem Grinsen, dass er das gern hörte. »Marilyn hat mich auf den Gedanken gebracht, dich dort zu verstecken, wo man dich am ehesten suchen würde.«

»Bitte«, stöhnte er. »Erwähne sie nicht. Ich will da nichts zum Schrumpfen bringen.« Er nahm ihre Hand gefangen, lutschte an ihrem Daumen, bis er richtig feucht war, und drückte ihn dann nach unten, gegen die Spitze seines Glieds. »Mach noch mal diesen ungezogenen Zaubertrick.« Er schloss die Augen und atmete tief aus, als sie ihn sanft kreisend zu massieren begann.

»Wen hast du angerufen?«, fragte sie flüsternd.

»Hmm?« Seine Hand schloss sich um ihre Brust, aber eher trostsuchend.

»Du hast gesagt, du hättest unterwegs eine Pause eingelegt und ein paar Anrufe gemacht.«

»Harry«, murmelte er ins Kissen.

»Was hat er gesagt?«

»Das fühlt sich so gut an. Hör bloß nicht auf.«

Sie lächelte. »Ich glaube kaum, dass Harry das gesagt hat. Und wen hast du danach angerufen?«

»Smitty. Gleich morgen finde ich ihn und bringe ihn um.«

»Tu's nicht, du würdest ins Gefängnis wandern. Da würden sie dich keine Stiefel tragen lassen, und ich mag deine Stiefel. Sie haben Charakter. Sie sind eingetragen, keine neuen, glänzenden Dinger. Und wahrscheinlich müsstest du im Gefängnis deine Haare abrasieren. Es wäre eine Schande, diese Pracht an Widerspenstigkeit zu verschwenden.« Sie fuhr mit den Fingern durch die dicken Strähnen. »Die Wahrheit ist – und ich bin immer sehr für die Wahrheit, wie du weißt –, dass es nichts an dir gibt, was ich nicht mag.«

Er antwortete mit einem sanften Schnarchen.

Chuck Otterman blieb nur selten über Nacht in der Angelhütte. Die Einrichtung war noch karger als in seinem Trailer im Camp, auch wenn es hier hinter einer Sperrholzwand ein Doppelbett gab, auf dem er gelegentlich ein kurzes Nickerchen hielt. Er schlief nachts sowieso nie mehr als vier oder fünf Stunden.

Nachdem das Geschäft mit dem Nachtclubbesitzer erledigt war, hatte er kurz gedöst, war aber vor Tagesanbruch schon wieder aufgestanden. Während er Kaffee kochte, war eine Textnachricht eingegangen, dass Neal Lester das Büro im Camp angerufen und dem Dienst habenden Aufseher in aller Deutlichkeit erklärt hatte, er wünsche Otterman dringend zu sprechen.

An seinem Kaffee nippend, schaute er hinaus in den strömenden Regen und kam zu dem Schluss, dass er dem Detective seine Ängste nehmen sollte. Er wählte eines seiner unregistrierten Prepaid-Handys und tippte Lesters Nummer ein.

»Hallo?«

»Sergeant Lester? Chuck Otterman. Rufe ich zu früh an? Man hat mir gesagt, Sie hätten versucht, mich zu erreichen.«

»Wo sind Sie gerade, Mr. Otterman?«

»Ich wünschte, ich könnte Ihnen das sagen.« Er senkte die Stimme, als würde er nicht belauscht werden wollen. »Ein paar Kollegen hier drüben in Louisiana haben mich auf ein Angelwochenende eingeladen. Wir haben uns in Lake Charles getroffen, aber von dort aus sind wir noch Stunden durch die Wildnis gefahren. Soweit ich sehen kann, hocken wir hier mitten im Nichts. Es ist noch dunkel, trotzdem sind sie schon wieder auf dem Wasser. Danke, dass Sie mir einen Grund gegeben haben, mich auszuklinken.«

»Wann haben Sie sich gestern in Lake Charles getroffen?«

»Verzeihung?«

Lester wiederholte die Frage.

»Spät. Nach dem Abendessen. Warum?«

»Ein gewisser Pat Connor, Officer des Prentiss PD, wurde gestern getötet.«

Er schwieg einige Augenblicke, als müsste er das erst verarbeiten. Dann atmete er seufzend aus. »Jetzt weiß ich, warum Sie mich zu erreichen versuchen. Kurz vor meiner Abfahrt habe ich mich noch mit diesem Mann getroffen.«

»In einem Nightclub namens Tickled Pink.«

«Ach, das wissen Sie also schon, offenbar haben Sie den Besitzer befragt. Smitty Sowieso? Eine Kakerlake, wenn sie mich fragen. Als ich dort war, kam er angekrabbelt und wollte wissen, ob alles zu meiner Zufriedenheit wäre.«

»Wir wollen ihn befragen, aber bisher haben wir ihn nicht finden können.«

Otterman lachte leise. »Das könnte schwierig werden.«

»Wie meinen Sie das?«

»Soweit ich gehört habe, versucht er unter dem Radar des Gesetzes zu bleiben. Er ist ein so krummer Hund, dass er nicht geradeaus gehen kann.«

»Wieso waren Sie mit Pat Connor in seinem Club?«

»Ich treffe mich dort öfter mit anderen Leuten.«

Lester räusperte sich. »Auf den ersten Blick kein angemessener Treffpunkt für Leute wie Sie, Mr. Otterman.«

»Die Öl- und Gasindustrie hat viele Gegner, von mächtigen Politikern angefangen bis zu irgendwelchen Wirrköpfen. Viele hiesige Geschäftsleute und Lokalpolitiker unterstützen unsere Arbeit, aber sie wollen das nicht allzu laut kundtun. Sie weigern sich, in mein Büro im Camp zu kommen, und in ihrem möchten sie mich erst recht nicht sehen, darum treffen wir uns in diesem Club.«

»Ich bin immer noch nicht sicher, ob ich das verstehe.«

»Damit ist sichergestellt, dass sich das Treffen nicht herumspricht. Jeder, der uns dort sieht, muss das für sich behalten, wenn er sich nicht selbst verraten will, richtig?«

Der Detective ließ sich das anscheinend durch den Kopf gehen. »Pat Connor war Polizist, kein Geschäftsmann«, bemerkte er nach einer Weile.

»Ihm war zu Ohren gekommen – auf dem Revier, nehme ich an –, dass ich Crawford Hunt mit diesem Rodriguez zusammen gesehen habe.«

»Und was hat das mit Pat Connor zu tun?«

»Das weiß ich nicht. Er wollte mich unter vier Augen sprechen. Ich habe nur zugestimmt, weil er mir erzählte, er hätte am Montag im Gericht Dienst gehabt. Ich dachte, vielleicht hätte er noch was Wichtiges beizutragen oder eine Frage an mich. Doch als ich in den Club kam, war er nicht in der Verfassung, um über irgendwas zu reden. Er war betrunken. Schwadronierte herum, und schwitzte.«

»Schwitzte?«

»Er war nicht in Uniform. Er trug einen Cowboyhut, den er immer wieder absetzte, um sich über die Stirn zu wischen. Er war verängstigt. Paranoid, genauer gesagt. Nach ungefähr zehn Minuten reichte es mir. Er verschwendete meine Zeit. Ich sagte zu ihm, dass er endlich zum Punkt kommen oder abhauen soll. Er ist abgehauen.«

»Er ist gegangen?«

»Ich war der Meinung, dass er viel zu betrunken zum Fahren war, darum habe ich ihm angeboten, dass ihn einer meiner Assistenten heimbringen könnte, aber er hat abgelehnt. Rückblickend hätte ich darauf bestehen sollen, er hätte niemals hinters Steuer gedurft. Wurde außer ihm noch jemand verletzt?«

»Er hatte keinen Unfall, Mr. Otterman. Er wurde zu Hause ermordet.«

»Jesus! Als Sie sagten, er sei gestorben, dachte ich natürlich… Oh Gott.«

»Hat er während seiner paranoiden Tiraden irgendwas davon gesagt, dass er Feinde hätte?«

»Nein, aber ganz offensichtlich hatte er mindestens einen.« Er ließ das Gesagte bei Lester sacken, bevor er fortfuhr: »Hatte er Familie?«

»Er war Junggeselle. Lebte allein.«

Otterman schwieg. Er fragte nicht, ob es Zeugen gab oder ob man am Tatort Beweisstücke gefunden hatte, denn er hatte keine Angst, dass das Verbrechen zu ihm zurückverfolgt werden konnte. Die Männer, die solche Jobs für ihn erledigten, machten keine Fehler. Und wenn doch, war es ihr letzter. Beweisstück Nummer eins: Pat Connor.

»Man hat mir gesagt, Sie würden am Montag zurückkommen«, sagte Lester irgendwann in das Schweigen hinein.

»Gegen Mittag.«

»Sie waren einer der Letzten, die mit Connor gesprochen haben. Würden Sie aufs Revier kommen und eine offizielle Aussage machen?«

»Selbstverständlich, aber verzeihen Sie, Sergeant Lester, eine Frage hätte ich noch.« Er rollte die Münze über seine Fingerrücken. »Gibt es irgendeinen Grund zu der Annahme, dass dieser Polizist ein weiteres Opfer des Amoklaufs im Gericht war? Ich meine, ist es möglich, dass er irgendwas wusste oder gesehen hatte und deswegen zum Schweigen gebracht wurde?«

»Ich kann mich nicht zu laufenden Ermittlungen äußern«, antwortete Lester steif.

»Richtig. Selbstverständlich.«

»Wir sehen uns am Montag, Mr. Otterman. Welche Nummer soll ich bis dahin anrufen, falls ich Verbindung zu Ihnen aufnehmen müsste?«

»Nehmen Sie die vom Camp. Dort weiß immer jemand, wie man mich erreichen kann.«

Bevor der Detective etwas darauf erwidern konnte, hatte er schon aufgelegt. Er fing die Münze mit der Hand auf und knallte sie auf den Tisch. »Der letzte Nagel«, sagte er mit einem leisen Lächeln. Jetzt war es nur noch eine Frage der Zeit.

Als Crawford erwachte, lag Holly dicht an ihn gekuschelt, mit ihrem Oberschenkel zwischen seinen Beinen, den Kopf neben seinem auf dem Kissen, das Gesicht ihm zugewandt. Sie lagen immer noch auf dem Federbett, aber irgendwann, nachdem er eingeschlafen war, hatte sie die Tagesdecke über sie beide gebreitet.

Dabei war er aufgewacht, hatte ihr Bein über seine Hüfte gelegt und war in sie geglitten. Das Gefühl, in ihr zu sein, hatte seine schläfrige Erektion munter gemacht. Einladend hatte sie sich an ihn geschoben und ihn tiefer aufgenommen. Mit langsamen, kleinen Bewegungen war die Erregung mal stärker, mal schwächer, ein Wechselspiel wie Ebbe und Flut, bis sie gleichzeitig gekommen waren. Es war kein Feuerwerk, dafür genüsslich wie ein warmes Bad.

Er hatte nicht einmal die Augen aufgeschlagen. Kein Wort war gesprochen worden. Trotzdem war es ein unglaublich intimer Akt gewesen, und es hatte sich nicht nur ungemein erotisch angefühlt, sondern ihm auch eine tiefe Zufriedenheit beschert, die er während all der Jahre, in denen er in einem leeren Bett geschlafen hatte und allein aufgewacht war, vermisst hatte.

Als er jetzt in Hollys Gesicht blickte, das im Schlaf so unglaublich friedlich und vertrauensvoll aussah, merkte er, wie in ihm eine zärtliche Zuneigung aufblühte, gepaart mit primitivem Beschützerinstinkt. Er wollte diese Frau. Er wollte sie für sich haben. Er wollte sie behalten, auch wenn er das nicht konnte.

Aber in diesem Moment war er hier.

Er schlug die Tagesdecke zurück. Das Zwielicht, das die Jalousien umrahmte, war noch frisch und zerbrechlich, aber er konnte durchaus etwas erkennen, und all die Körperteile, die er sich in der Dunkelheit ausgemalt oder ertastet hatte, waren weit schöner, als er sich vorgestellt hatte.

Er senkte den Kopf auf ihre Brust und sog sanft die empfindliche rosa Spitze ihres Nippels in seinen Mund. Während er mit der Zunge die Beschaffenheit erkundete, rührte sie sich, seufzte seinen Namen und legte eine Hand auf seinen Kopf.

»Endlich bekomme ich dich nackt bei Tageslicht zu sehen.«

»Und?«

»Ich wünschte, ich hätte alle deine Kleider verbrannt, während du geschlafen hast.«

Sie lachte leise. »Du siehst auch nicht übel aus.«

Sie beugte sich über ihn und küsste ihn erst auf die Brust, dann auf den Nabel. Sie rutschte tiefer, fuhr mit den Händen über seine Schenkel, und als sie dabei auf die beiden Narben stieß, die sich an der Eingangs- und Ausgangswunde des Durchschusses gebildet hatten, küsste sie beide und flüsterte, wie froh sie war, dass es damals kein schlimmeres Ende genommen hatte.

»Und wenn du damals gestorben wärst?«, fragte sie und sah ihn mit ihren glänzenden, grünen Augen an. »Dann hätte ich dich nie kennengelernt.«

Ihre belegte Stimme rührte ihn zutiefst. »Komm her.« Er nahm sie bei den Unterarmen und zog sie nach oben, bis sein Mund den ihren in einem ausgedehnten Kuss verschlingen konnte. Ganz langsam, und ohne dass ihre Münder voneinander ließen, rollte er sie auf den Rücken und streckte ihre Arme über den Kopf.

Er küsste sich über die Unterseite beider Arme abwärts, während seine andere Hand ihre Brüste nachformte und dann an ihrem Rippenbogen entlang den Bauch abwärts wanderte. Ihr Atem stockte unter seinen Lippen, als seine Finger durch die Vertiefung zwischen ihren Hüftknochen hin und her strichen und zuletzt durch ihr Schamhaar fuhren. Blond und weich. Und darunter war sie noch seidiger.

Er senkte zwei Finger in ihre fließende Hitze und widmete sich mit dem Mund wieder ihrer Brust, an der ihm eine rosa leuchtende Stelle auffiel. »Habe ich dich wundgescheuert? Du hättest was sagen sollen.«

»Es war mir egal.«

»Und jetzt?«

»Ist es mir immer noch egal.«

»Ich werde ganz sanft sein.« Schon der kleinste Zungenschlag entlockte ihr eine Reaktion. »Okay?«

»Ja«, keuchte sie.

»Noch mal?«

»Ja.«

Seine langsam vordringenden Finger hatten sie bald dazu gebracht, sich vor Lust zu winden, und ihm war klar, dass sie bald wieder so weit war. Er streckte sich über ihr aus, sodass sie sich in die Augen sahen. »Ich will sehen, wie du kommst.«

Er geizte jetzt mit seinem Fingerspiel, zögerte ihre Lust hinaus und spannte sie auf die Folter, bis sie ein düsteres Wehklagen ausstieß. Erst dann bewegte er seine Finger wieder in ihr, fand die Stelle, die ihr besondere Lust bereitete, und presste sanft darauf.

Sie zog die Unterlippe zwischen die Zähne. Ihr Rücken wölbte sich, sie hob die Hüften an und drückte gegen seine Hand. Er überschwemmte ihr Ohr mit einer Flut an Liebesschwüren, in die er immer wieder schmutzige Ausdrücke einstreute. Schließlich sank sie zurück auf die Matratze, und ihre Augen öffneten sich flatternd.

Er hauchte einen weichen, zärtlichen Kuss auf ihre Lippen. »So schön.«

»Das bist du auch.« Sie hob eine Hand und schob die Finger in seine Haare. »Und viel süßer, als du es wahrhaben willst.«

»Ich und süß?«

»Mhm. Mit deiner Tochter zusammen. Bei mir.« Sie fuhr mit der Fingerspitze seine Lippen nach. »Du bist gar kein so harter Kerl.«

»Sag nicht so was, du versaust noch meinen Ruf.«

»Ich verspreche dir, dass ich dich nie verraten werde, wenn du mich jetzt noch mal küsst.«

»Ich dachte schon, du fragst nie.« Er kam ihrer Aufforderung nach und verlor sich in ihrem Geschmack, den er inzwischen so gut kannte, den er inzwischen immer wieder brauchte.

Als sie sich wieder voneinander lösten, beschwerte sie sich lachend über seine Erektion. »Ich kriege noch einen blauen Fleck auf dem Bauch.«

»Das dürfen wir keinesfalls zulassen, schließlich ist es so ein hübscher Bauch. Hast du eine Idee?«

Sie krümmte den Finger als Zeichen, dass er seinen Kopf senken sollte, dann flüsterte sie ihm ihren Vorschlag ins Ohr. Er sah sie scheinbar schockiert und erstaunt an. »Hast du meine feuchten Träume ausspioniert?« Er konzentrierte sich auf ihren Mund, auf diese volle Unterlippe, und als er mit seiner Daumenkuppe darüberstrich, liebkoste sie ihn mit der Zungenspitze.

»Davor muss ich aber erst duschen«, erklärte er mit vor Erregung belegter Stimme.

Sie duschten zusammen, und die seifigen Exkursionen, die sie gegenseitig unternahmen, waren ebenso vorwitzig wie ausgiebig und endeten damit, dass er an der Rückwand der Dusche lehnte und sich mit einer Hand an der Fliesenwand abstützte. Während er sich mit der anderen Hand verzweifelt an der Glastür festkrallte, betete er darum, dass er die gierigen Kunststücke ihres Mundes überleben würde.

Sie trat zuerst aus der Dusche, trocknete sich ab und zog den vertrauten Morgenmantel über. »Ich mache uns Frühstück.« Damit verschwand sie in die Küche.

Er rubbelte sich mit dem Handtuch ab und suchte dann auf einem Rundgang durchs Schlafzimmer seine Sachen zusammen, um sich anzuziehen. Die Kleidung war immer noch unangenehm klamm, aber es ließ sich nicht ändern. Gerade als er Joes Pistole in das Holster zurückschob, kehrte Holly mit einem Becher Kaffee in der Hand zurück.

»Der bringt dich bestimmt wieder…« Sie verstummte, als sie sah, dass er bis auf die Windjacke komplett angezogen war. »Was tust du da?«

»Ich muss los, bevor es noch später wird.«

»Und wohin?«

»Das weiß ich noch nicht.«

»Du hast kein Auto.«

»Ein Problem, das ich angehen muss.«

»Crawford!«, rief sie.

Er schlüpfte in seine Windjacke. »Was denn?«

»Du kannst nicht zu Fuß verschwinden.«

»So bin ich auch hergekommen.«

»Und was willst du dann tun?«

»Das habe ich dir schon gestern Abend erklärt. Am Leben bleiben. Wenn ich kann.«

»Otterman erwischen, bevor er dich erwischen kann.«

»Oder Georgia.« Allein die Möglichkeit auszusprechen, war ihm unerträglich, so als würde sie dadurch zu einem bösen Omen. »Denn irgendwann wird Otterman sie ins Visier nehmen, um mich zu kriegen. Eigentlich kann ich sie nur beschützen, wenn ich ihn von diesem Planeten entferne.«

»Du würdest ihn umbringen?«

Er sah sie kurz an und dann wieder weg. »Bis ich ihn gefunden habe, kann ich sowieso nichts tun.«

»Und wenn du ihn findest?«

»Das wird sich dann zeigen.«

Mit einem dumpfen Schlag stellte sie den Kaffeebecher auf der Kommode ab. »Was willst du jetzt tun?«, wiederholte sie.

»Hör auf zu fragen, Holly«, erwiderte er genauso gereizt. »Ich werde es dir nicht sagen.«

»Ist es legal?«

»Im Großen und Ganzen.«

Angst und wachsender Zorn kerbten sich in ihre Stirn. »Du vertraust mir nicht?«

»Ich vertraue dir absolut. Und ich vertraue auch darauf, dass du immer die Wahrheit sagst. Darum ist es besser für mich, dass du nicht alles weißt. Von der ganzen Sache. Wenn du ein Problem damit hast …«

»Ich habe ein Problem damit, dass du Otterman allein zur Strecke bringen willst.«

»So agiere ich eben.«

»Was von ungeheurer Arroganz und Einbildung zeugt.«

»Du kannst von meinem Ego halten, was du willst. Ich weiß, warum ich das hier tue, und ich muss mich an die Arbeit machen.«

Er wollte zum Fenster gehen, doch sie trat ihm in den Weg. »Wenn du das Gesetz brichst, raubst du dir damit jede Chance, dass du Georgia jemals zugesprochen bekommst.«

»Dein Deal mit Joe hat mir alle Chancen genommen.«

»Das steckt also hinter dieser wilden Am-Morgen-danach-Flucht? Du bist wütend?«

»Nein, ich bin nicht wütend!« Aber weil er fast brüllte, machte er sich unglaubwürdig, also senkte er die Stimme auf eine angemessenere Lautstärke. »Könnte ich dich so ficken, wenn ich wütend wäre?«

»Gestern Abend hast du noch gesagt, du hättest mich gehasst und mich trotzdem gewollt.«

»Aber dann würde ich nicht neben dir aufwachen wollen. Ja, der Sex war fantastisch. Aber neben dir aufzuwachen fast genauso. Unter anderen Umständen …«

»Welche Umstände meinst du, Crawford?«

»Viele Umstände.«

»Genauer. Otterman?«

»Das ist im Moment der entscheidende Umstand.«

»Das sehe ich auch so. Was also spricht dagegen, Neal Lester anzurufen? Ich gebe zu, dass ich dir Obdach gegeben habe. Sprich mit ihm, überzeuge ihn, von Polizist zu Polizist. Und dann setzt ihr ganz regelgerecht Otterman fest.«

»Na schön, nehmen wir mal an, wir sind absolute Glückspilze und schaffen es, ihn bis heute Abend hinter Gitter zu bringen. Er unterschreibt ein umfassendes Geständnis all seiner Untaten. Und dann? *Unsere* Probleme sind damit nicht gelöst.«

»Womit wir wieder bei diesen mysteriösen Umständen sind.«

»Na schön, ich werde dir einen anführen. Du hast mit mir eine rote Linie überschritten.« Er deutete auf das Bett. »Dein Job, deine Karriere, das, was dir am wichtigsten ist, all das stünde nicht auf dem Spiel, wenn es mich nicht gegeben hätte.«

»Niemand weiß das von uns.«

»Noch nicht. Aber solche Geheimnisse haben es in sich, Holly. Du bist doch nicht so naiv und glaubst, dass wir das geheim halten können.« Aus ihrem Schweigen schloss er, dass sie seiner Meinung war. »Sagen wir, das Geheimnis, dass wir miteinander geschlafen haben, bleibt gewahrt, und du verlierst dennoch die Wahl, dann werden wir uns immer fragen, ob deine Verbindung zu mir der Grund dafür war. Ich könnte nicht damit leben, dass du meinetwegen das Richteramt verloren hättest. Und *du?*« Er schüttelte den Kopf. »Es steht einfach zu viel zwischen uns.«

»Vor allem stehe ich zwischen dir und Georgia.«

Er breitete die Hände aus, als wollte er *siehst du* sagen. »Wir sind unsere schlimmsten Feinde.«

»Gestern Abend hat dir das kein Kopfzerbrechen bereitet.«

»Doch, das hat es wohl. Aber ich wollte dich unbedingt, und ich wollte mich nicht von irgendwelchen Problemen aufhalten lassen.« Ehe sie etwas erwidern konnte, ergänzte er leise: »Dich haben sie auch nicht aufgehalten.«

»Stimmt. Weil ich glauben, weil ich hoffen wollte, dass wir diese Hindernisse überwinden könnten.« Der Kampfgeist war aus ihrer Stimme gewichen.

»Manche vielleicht. Aber nie alle.«

Sie sah ihm tief in die Augen. »Beth?«

Das traf ihn so unerwartet, dass sein Herz einen Schlag aussetzte und dann sprunghaft zu hämmern begann. »Was soll mit ihr sein?«

»Sag du es mir.« Verletzt blickte sie auf das zerwühlte Bett. »War sie mit dabei?«

»Nein. *Nein.*« Er kämmte sich mit den Fingern die Haare zurück und holte bebend Luft. »Jesus, glaub das nicht. So ist es ganz und gar nicht.«

»Ist das die Wahrheit?«

»Ja. Ehrenwort.«

Ihre Intuition war alarmiert. »Nur nicht die ganze Wahrheit«, fügte sie kaum hörbar hinzu.

Nein. Nicht die ganze Wahrheit. Die ganze Wahrheit wäre sein Ende.

Er trat langsam auf sie zu und legte die Hände auf ihre Schultern, drehte sie um und gab ihr einen kleinen Schubs, sodass sie bäuchlings auf dem Bett landete.

»Crawford?«

»Psst. Hör nur zu.«

Er kauerte sich über sie, strich mit den Händen an der Rückseite ihrer Schenkel aufwärts, über ihren Po und den Rücken entlang, wobei seine Daumen jeden Wirbel einzeln erfassten. Dann legte er seine Hände auf ihre, verschränkte seine Finger mit ihren und vergrub sein Gesicht in ihren süß duftenden Haaren, die nach der Dusche immer noch leicht feucht waren.

»Holly, wenn ich könnte, würde ich mich Hals über Kopf in dich verlieben. Ich hätte dich so gern in meinem Leben, meinem Haus, meinem Bett. Meinem Herzen.« Als sie sich bewegte, als wollte sie sich auf den Rücken drehen, drückte er sie mit seinem Gewicht nieder. »*Wenn* ich könnte. Aber ich kann nicht.«

Langsam ließ er ihre Hände los, richtete sich auf und stieß sich vom Bett ab. »Erzähl ihnen, ich wäre durchs Schlafzimmerfenster ins Haus eingebrochen, hätte dich überwältigt und dann dein Auto gestohlen. Nichts davon ist gelogen.«

# 30

Er hatte die Autoschlüssel aus der Tasche von Hollys Jeans geangelt, die verknäuelt auf dem Boden gelegen hatte. Ihm fiel ein, dass sie ihm erzählt hatte, sie sei mit dem Auto quer über den Garten am Haupthaus vorbei auf die nächste Straße gefahren, ohne dass ihre Bewacher vor dem Gebäude etwas davon mitbekommen hatten.

Bevor Holly Alarm schlagen konnte, war er bereits aus der Ausfahrt der älteren Dame auf die Straße gebogen; jetzt schlängelte er sich abseits der großen Verkehrsadern durch die Stadt. Früher oder später würde man ihn trotzdem erwischen.

Er hoffte, später.

Im Fahren wählte er Joe Gilroys Handynummer. Grace nahm das Gespräch an. »Wo ist Joe?«, fragte er.

»Unter der Dusche. Ich passe so lange auf sein Handy auf.«

»Ist bei euch alles in Ordnung?«

»Wir haben beide kaum geschlafen, aber es geht uns gut.«

»Und Georgia?«

»Die schläft noch. Sie war gestern Abend ziemlich aufgeregt, weil sie nicht verstanden hat, weshalb wir mitten in der Nacht hierhergefahren sind. Immer wieder hat sie gefragt, ob du weißt, wie du uns finden kannst.«

Er versuchte, den dicken Kloß in seiner Kehle hinunterzuschlucken. »Wenn sie noch mal fragt, dann sag ihr einfach, dass ich sie überall finden würde.«

»Soll ich sie vielleicht aufwecken? Dann kannst du es ihr selbst sagen.«

Der Gedanke war verlockend, aber das wäre egoistisch gewesen. Es hätte ihn aufgebaut, ihre Stimme zu hören, andererseits würde das Gespräch Georgias Heimweh und Sehnsucht nach ihm verstärken und nur dazu führen, dass ihr die augenblickliche Situation noch unheimlicher vorkam.

»Danke für das Angebot«, erklärte er Grace aus tiefstem Herzen. »Ich bin sicher, dass du sie beruhigen kannst.«

Als sie ihm gestand, dass sie sich Sorgen um ihn machte, antwortete er nur vage, dass es ihm gut gehe. »Hoffentlich ist das alles bald überstanden, und ihr könnt heimkommen. Ich kann euch nicht genug dafür danken, dass ihr das auf euch nehmt.«

»Pass auf dich auf, Crawford.«

»Ihr auch.« Er beendete das Gespräch, bevor sie Fragen stellen konnte, auf die er keine Antwort wusste.

Im Gegensatz zu Smitty.

Er hatte nicht auf die Nachricht reagiert, die Crawford vergangene Nacht auf seiner Mailbox hinterlassen hatte – ein sicherer Hinweis darauf, dass er etwas wusste, das er lieber für sich behalten wollte. Aber ehe Crawford ihm irgendwelche Informationen entringen konnte, musste er ihn finden.

So früh am Morgen wirkte jeder Stripclub gottverlassen, und ganz besonders an einem trüben, verregneten Tag wie diesem. Er begann mit dem Club von Smitty, der am nächsten bei der Stadt lag, doch ohne die grelle Neonbeleuchtung hatte der dunkle Schuppen nichts Einladendes an sich. Auf dem Parkplatz stand kein einziges Auto. Beim Tickled Pink war es nicht anders, der dritte lag ebenfalls verlassen dar.

Im vierten war er noch nie gewesen. Er sah noch heruntergekommener aus als Smittys andere Clubs. Hier trafen sich elendige Gestalten, die ganz unten angekommen waren. Verdreckte Fenster, die kein Licht durchließen, ein schäbiges Dach und ein ungeteerter, halb unter Wasser stehender Parkplatz waren nicht die beste Werbung für Gäste, die nach Unterhaltung suchten.

Crawford fuhr zur Rückseite des am Waldrand liegenden Gebäudes. Die Bäume und Sträucher schienen auf den gedrungenen Bau vorzurücken, als wollten sie ihn irgendwann überwuchern und ihn von seinem jämmerlichen Dasein erlösen.

Neben der Hintertür stand ein hässlicher grauer Wagen. Crawford ließ Hollys Wagen ausrollen, stieg aus und warf einen Blick in das andere Fahrzeug. Jede Menge Müll im Fußraum, fleckige Polster, aber sonst nichts.

Er ließ Joes Revolver Kaliber .38 aus dem Holster gleiten. Er hatte bereits die Trommel überprüft und wusste, dass in jeder der fünf Kammern eine Neun-Millimeter-Patrone steckte. Leise näherte er sich der Hintertür, die aus Eisen war. Der Türknauf saß locker und hatte ein gewöhnliches Schloss. Crawford knackte die Tür ohne große Probleme mit seiner Kreditkarte.

Die Tür öffnete sich nach außen. Er zog sie gerade so weit auf, dass der Spalt breit genug war, um durchzuschlüpfen, dann schloss er sie sofort wieder hinter sich, schließlich gab seine Silhouette selbst vor dem trüben, vom Regen geschwängerten Tageslicht ein hervorragendes Ziel ab.

Drinnen roch es muffig wie in einer Umkleidekabine, vermischt mit Alkoholdunst und kaltem Rauch. Es war stockfinster und er dadurch gezwungen, seinen Augen Zeit zu lassen, sich an die Dunkelheit anzupassen. Er blieb absolut reglos stehen und lauschte. Er konnte hören, wie der Regen von der Traufe tropfte. Abgesehen davon hörte er nichts.

»Smitty?«

Seine Stimme versackte in der Dunkelheit, als hätte das Gebäude selbst sie verschluckt. Er rief noch einmal, lauter, ohne eine Antwort zu bekommen. Er schaltete sein Handy ein, auch wenn das riskant war. Ohne Licht würde er sich in den Gängen unmöglich zurechtfinden.

Der Schein des Displays lieferte gerade so viel Helligkeit, dass er seine unmittelbare Umgebung ausmachen konnte. Direkt vor ihm standen an einer Mauer aus Leichtbetonsteinen mehrere Kartons gestapelt, die Schnapsflaschen enthielten. Ein Profi-Wischeimer besetzte die Ecke zu seiner Linken, darin ein trockener Mopp, der mit Spinnweben überzogen war. Rechts ging ein schmaler Gang ab, dem er nun folgte.

Die erste Tür, an der er vorbeikam, war nur angelehnt. Gerade als er auf einer Höhe mit ihr war, erlosch das Display. Mit pochendem Herzen hielt er inne – die Dunkelheit war allumfassend. Erst als nichts geschah, schaltete er das Handy wieder ein und stieß die Tür mit dem kurzen Lauf seiner .38 auf.

Nur sein Konterfei war in dem Spiegel über dem Schminktisch zu sehen, der die ganze Raumseite einnahm. Er trat zurück und ging weiter durch den Gang, an einer zweiten Tür vorbei, hinter der sich eine Toilette von der Größe einer Telefonkabine mit ekelerregender Kloschüssel und fleckigem Waschbecken versteckte.

Die dritte Tür gehörte zu einem Büro, das den anderen ähnelte, in denen er Smitty im Lauf ihrer Bekanntschaft immer wieder überrumpelt hatte. In dem vollgepferchten Raum standen ein vermüllter Schreibtisch, windschiefe Aktenschränke, überquellende Abfalleimer und mit Nacktbildern tapezierte Wände.

Und Smitty. Auf dem Boden.

»Verdammte Scheiße«, zischte Crawford.

Es glich fast einem Déjà-vu – sie in ihrem Wohnzimmer, wo sie Neal Lester und Matt Nugent befragten. Nur ein paar Stunden, nachdem sie die beiden zur Tür gebracht hatte, waren die Detectives wieder da, und schon wieder drehte sich das Gespräch um Crawfords Aufenthaltsort.

»Sie haben keine Ahnung, wohin er wollte?«, fragte Neal.

»Das haben Sie mich schon zweimal gefragt«, erwiderte sie. »Wenn ich wüsste, wohin er wollte, hätte ich Ihnen das gleich gesagt, als ich angerufen habe.«

Sie hatte die Polizei alarmiert, nachdem sie ihre Hintertür geöffnet und sich überzeugt hatte, dass ihr Auto verschwunden war. »Ich habe noch die Heckleuchten gesehen, als er aus der Einfahrt des Haupthauses nach links auf die Straße bog. Mehr weiß ich nicht.«

»Sie wussten nicht, dass er vorhatte, Ihr Auto zu nehmen?«

»Nein, erst in dem Moment, als er verschwand, wurde es mir klar. Er muss die Schlüssel aus meiner Jeanstasche gestohlen haben.«

»Wie hat er das geschafft, ohne dass Sie es mitbekommen haben?«

Sie sah Nugent an. »Ich hatte sie nicht an.«

»Ach.«

Es fühlte sich wie Verrat an, mit der Polizei, vor allem mit Neal, über Crawford zu sprechen. Aber sie mussten ihn finden und aufhalten, bevor …

Weiter wollte sie auf keinen Fall denken oder spekulieren, was ihm zustoßen könnte oder er Otterman antun könnte. Sie schwankte zwischen blanker Wut auf Crawford und nackter Angst um sein Leben. Er würde sie dafür hassen, dass sie ihm die Polizei auf den Hals hetzte, aber ihr war es lieber, dass er sie bis an sein Lebensende hasste, als wenn sein Leben schon in den nächsten Stunden endete.

Die beiden Detectives sahen sie an, als würden sie darauf warten, dass sie etwas mehr von sich preisgab. »Warum suchen Sie nicht nach ihm?« Frustriert, weil die beiden nicht reagierten, stand sie auf, ein nicht gerade subtiler Hinweis, dass sie sich an die Arbeit machen sollten.

»Ich lasse schon nach ihm fahnden«, sagte Neal. »Aber wir wären nicht in dieser Situation, wenn Sie uns schon gestern Abend erzählt hätten, dass Crawford hier war.«

»Sie haben mich nicht gefragt, ob er hier war. Ich habe all Ihre Fragen wahrheitsgemäß beantwortet.«

»Das ist Wortklauberei, Richterin. Man kann auch lügen, indem man die Wahrheit verschweigt. Sie haben uns absichtlich in die Irre geführt.«

»Weil Sie ihn festnehmen wollten, obwohl Sie anderen Spuren nachgehen sollten wie zum Beispiel dem Nachtclub-Video auf Crawfords Handy. Er hat es absichtlich liegen lassen, weil er Ihnen für diesen letzten Mord einen Hinweis an die Hand geben wollte, der direkt auf Chuck Otterman deutet.«

»Wir gehen diesem Hinweis durchaus nach. Derzeit versuchen wir, einen Mann namens Del Ray Smith aufzuspüren.«

Crawford hatte ihn Smitty genannt, aber dieses Wissen behielt sie für sich.

Die Ausführungen überließ Neal seinem Kollegen, der offenbar unbedingt etwas beitragen wollte. »Ihm gehört der Nachtclub, in dem sich Connor und Otterman trafen. Ich war gestern Abend dort, und eine Angestellte sagte mir, dass Smith das Lokal gegen zweiundzwanzig Uhr verlassen hat. Niemand wusste, wohin er gefahren ist, und er kam auch nicht zurück, bevor der Laden dichtgemacht wurde. Wir versuchen seither, ihn zu finden.«

»Erfolglos«, ergänzte Neal.

»Haben Sie es heute Morgen noch mal in diesem Club probiert?«, fragte sie.

»Da war er noch verrammelt und verriegelt. In seinem Apartment ist Smith nicht, sein Wagen ist auch weg. Wir lassen sein Haus von einem Deputy überwachen.«

Smitty musste kurz nach ihr und Crawford das Tickled Pink verlassen haben. Doch statt noch länger über ihn zu sprechen, wollte sie lieber deutlich machen, welche Rolle Otterman spielte. »Wieso sollte sich Pat Connor mit Chuck Otterman treffen?«

»Das hat uns Mr. Otterman erklärt.«

Holly traute ihren Ohren nicht und sah Neal mit großen Augen an. »Sie haben mit ihm gesprochen?«

»Heute, noch vor dem Morgengrauen. Er hat mit seinem Vorarbeiter telefoniert, und der erzählte ihm, dass ich versucht hatte, ihn zu erreichen. Also rief er mich zurück.«

»Aber praktischerweise ist er noch nicht wieder hier?«

»Er ist beim Angeln irgendwo in Louisiana. Genauer weiß er es nicht. Er ist mit ein paar Freunden mitgefahren. Er meinte, er wisse nicht genau, wo er sich befindet.«

»Er wusste das nicht?«, rief sie aus. »Ein geborener Manager wie er gibt vor, er wisse nicht, wo er sich gerade aufhält? Und das haben Sie ihm abgenommen, Sergeant Lester?«

Ihr fassungsloser Tonfall traf ihn so, dass er sich tatsächlich rechtfertigte. »Noch bevor ich überhaupt gefragt habe, hat er zugegeben, dass er sich mit Connor getroffen hatte. Er meinte, Connor hätte um das Treffen gebeten. Otterman glaubte, dass es was mit der Schießerei im Gericht zu tun haben könnte. Aber als sie sich getroffen haben, behauptet Otterman, sei Connor völlig betrunken gewesen. Paranoid und verängstigt.« Er machte eine kurze Pause. »Jeder mit einer Polizeimarke nimmt sich Connors Tod – seine Exekution – zu Herzen. Erst

Chet. Und nur Tage später Pat Connor. Selbst wenn sich die Hinweise bestätigten sollten, dass er der Schütze aus dem Gericht war, ist es, als hätte sich ein verseuchter Fremdkörper in allen Polizeibehörden eingenistet.«

»Nur ist Crawford nicht der verseuchte Fremdkörper«, stellte sie fest.

Neals Blick wanderte in den Flur, der zum Schlafzimmer führte, doch ehe er aussprechen konnte, was seine Miene andeutete, klingelte ihr Handy. Eilig griff sie danach. »Hallo?«

»Richterin Spencer? Harry Longbow.«

Sie wäre vor Erleichterung fast zerschmolzen. Lautlos formte sie mit ihrem Mund den Namen vor Lester und Nugent. »Haben Sie was von Crawford gehört?«

»Nicht seit gestern Nacht. Darum rufe ich an. Ich dachte, dass Sie vielleicht zusammen… Er ist nicht bei Ihnen?«

Ihre Hoffnungen verpufften, und sie schilderte ihm die Situation.

Als Harry auf dem neuesten Stand war, seufzte er tief auf. »Sind Lester und Nugent an der Sache dran?«

»Sie sitzen gerade hier vor mir, aber sie haben schon einen Fahndungsaufruf rausgegeben.«

»Und Crawford ist im Morgengrauen aus Ihrem Haus verschwunden?«

»Kurz danach.«

»Er setzt alles daran, Otterman zu erwischen.«

»Ja«, bestätigte sie verzweifelt. »Ich konnte ihn nicht davon abhalten, ganz allein loszuziehen. Ich habe Angst um ihn.«

»Er kann auf sich aufpassen. Aber ich würde mich deutlich besser fühlen, wenn er Rückendeckung hätte, auf die Verlass wäre. Sie sagten, dass Lester schon einen Fahndungsaufruf für Otterman rausgegeben hat?«

»Für Crawford.«

»Für *Crawford?«* Er murmelte etwas Unverständliches, doch in seinem Tonfall schwang eindeutig Verachtung mit. »Er sollte sich an Ottermans Fersen heften.«

»Da bin ich ganz Ihrer Meinung. Aber Sergeant Lester hat heute Morgen mit Otterman telefoniert, und der hatte eine Erklärung für das Treffen im Nachtclub.« Holly gab sie weiter, doch der erfahrene Texas Ranger war ebenso wenig überzeugt von Ottermans Behauptung wie sie.

»Reden kann der Mann, trotzdem kaufe ich ihm das nicht ab«, meinte Harry. »Wir haben noch keine wirklichen Beweise, aber die Puzzlesteinchen fügen sich allmählich zusammen.«

»Und was für ein Bild zeigen sie?«

»Halcon. Crawford muss Bescheid wissen, und zwar sofort. Ich rufe ständig die Nummer an, die er mir gegeben hat, aber er geht nicht ans Telefon.«

Sie sank auf die Kante des Stuhls, von dem sie gerade erst aufgestanden war, und massierte ihre Stirn. »Warum sollte er nicht ans Telefon gehen?«

»Könnte alle möglichen Gründe haben.«

Sein zuversichtlicher Tonfall konnte sie nicht täuschen. Er machte sich ebenso große Sorgen wie sie.

»Aber hören Sie«, sagte er, »falls Sie vor mir mit ihm sprechen, dann richten Sie ihm aus, dass er sich sofort mit mir oder Sessions kurzschließen soll.«

»Ja, natürlich. Mache ich.«

»Und nur für alle Fälle … Ich will Ihnen keine Angst machen, Richterin, aber wenn Otterman glaubt, dass zwischen Ihnen und Crawford, äh … dass zwischen Ihnen etwas läuft, dann können auch Sie in Gefahr sein.«

»Ich werde auf mich aufpassen.«

»Tun Sie das.«

Nachdem sie aufgelegt hatte, fragte Neal sofort: »Und? Was hat er gesagt?«

Sie sah ihn verächtlich an. »Dass er ein wesentlich besseres Gefühl hätte, wenn Crawford zuverlässigere Rückendeckung bekäme.«

*»Du ruinierst mein ganzes Leben!«*

»Leg die Knarre hin, Smitty.«

»Ich könnte dich umbringen.«

»Ich könnte dich auch umbringen.« Crawford streckte die Hand nach hinten, tastete nach dem Lichtschalter und schaltete das Licht an. Smitty kauerte unter seinem Schreibtisch und zielte mit einer Pistole auf Crawfords Bauch.

Ganz ruhig zog Crawford den Hammer an Joes Revolver zurück. »Wenn ich dich umbringe, befreie ich die Gesellschaft von einem unmoralischen Abszess, und ich habe Recht und Gesetz auf meiner Seite. Wahrscheinlich wird man mir zu Ehren ein Denkmal vor dem Rathaus errichten. Wenn du mich umbringst, landest du stattdessen in der Todeszelle, weil du einen Polizeibeamten erschossen hast.« Er überlegte kurz. »Wenn du es überhaupt bis in den Todestrakt schaffen würdest, was ich bezweifle. Texas Ranger sehen es nicht gern, wenn ein anderer Ranger umgebracht wird, aber Zuhälter und Schnapsschmuggler können sie noch weniger ausstehen. Ein paar von den Jungs hätten keine Skrupel, dich auf dem Weg zum Gericht abzufangen, dich bei einem ›Fluchtversuch‹ unter ihren Stiefeln zu zermalmen und wie Hundedreck von ihrer Sohle zu kratzen. Das würde dem Staat die Kosten für die Giftspritze sparen.«

Smitty begann tatsächlich zu schluchzen.

»Zum letzten Mal, leg die Waffe weg.«

Er hatte sie die ganze Zeit über mit zittrigen Händen gehalten; als er die Pistole jetzt losließ, fiel sie klappernd zu Boden. Crawford ging hin und trat sie zur Seite, dann beugte er sich vor und packte Smitty am Hemdkragen. Er zerrte ihn unter dem Schreibtisch hervor, stellte ihn auf die Füße und schubste ihn dann rückwärts auf einen Stuhl.

»Dein Leben ist sowieso kein Ruhmesblatt, Smitty. Wie kann ich das noch ruinieren?«

»Gib mir erst einen Gin.«

»Wohl kaum.«

»Bitte. Meine Hände flattern.«

Das taten sie wirklich, wie Blätter im Wind. Selbst für seine Verhältnisse sah Smitty elend aus. Sein über den Schädel gekämmtes Haar hing auf der falschen Seite herab, seine Kleidung war verknittert. Wie er die Nacht auch verbracht hatte, alles deutete darauf hin, dass sie lang und aufreibend gewesen war.

Crawford erbarmte sich, nicht weil Smitty ihm leidtat, sondern weil er keine Zeit vergeuden wollte und Smitty die Sache mit seinem Gejammer ewig hinauszögern konnte.

Auf dem Schreibtisch stand ein Styroporbecher, in dem sich noch ein Fingerbreit kalter Kaffee befand. Er leerte den Kaffee auf den Boden, füllte den Becher dann mit einem billigen Gin und reichte ihn Smitty. Der gönnte sich einen tiefen Schluck, doch noch vor dem zweiten nahm Crawford ihm den Becher wieder weg.

»Bitte«, flehte Smitty. »Ich brauch das.«

»Und ich brauche Antworten. Warum hast du nicht zurückgerufen?«

»Ich hatte zu tun.«

»Du bekommst erst wieder was zu trinken, wenn du mir genug erzählt hast. Was hat dich dazu gebracht, dich mit einer geladenen Pistole hier im Dunkeln zu verstecken und dabei auszusehen wie ein verschreckter Hase?«

Nichts.

»Hast du dich vor mir versteckt?«

»Nein.«

»Vor wem dann?«

»Dein Handy klingelt.«

»Das kann warten. Du solltest mir Material über Otterman liefern.«

»Habe ich vergessen.«

»Vergessen?«

»Ich hatte andere Dinge zu erledigen. Ich lasse für dich nicht alles stehen und liegen, klar? Ach, nein«, sagte er und schnippte mit den Fingern, »tue ich doch. Habe ich sehr wohl getan! Erst gestern Nacht habe ich alles stehen und liegen lassen und dich angerufen, weil dein Daddy hier …«

»Videos aufgenommen hat.«

»Hä? Videos? Das ist gegen die Clubregeln.«

»Er hat ein Video von einem Treffen zwischen Chuck Otterman und einem Polizisten – einem inzwischen toten Polizisten – aufgenommen.« Er bemerkte, dass Smitty kein bisschen überrascht reagierte. »Hm. Wie ich sehe, wusstest du das bereits.«

»Und?« Er rutschte auf seinem Stuhl herum, korrigierte die Richtung seiner über den Schädel gekämmten Haare und blickte sehnsüchtig auf den Becher mit Gin. »Ein Bulle wurde abserviert. Keine Ahnung, wo ich das gehört habe. Dein Handy klingelt schon wieder. Du solltest lieber rangehen. Könnte wichtig sein.«

Crawford ließ es läuten. »Als ich Conrad gestern Abend abholen kam, hast du kein Wort davon gesagt, dass Otterman den ganzen Nachmittag im Tickled Pink gesessen und sich mit verschiedenen Leuten getroffen hat, darunter einem Polizisten. Der inzwischen tot ist. Ermordet.«

Smitty rutschte wieder auf seinem Sitz herum.

»Du hast fünf Sekunden, Smitty.«

»Wofür?« Seine Stimme war plötzlich schrill geworden.

»Mir zu erzählen, was du über Chuck Otterman weißt.«

»Ich weiß gar nichts über ihn!«

»Fünf.«

»Ich schwöre. Ich… ich sehe ihn mit allen möglichen Leuten reden. Das habe ich dir schon erzählt.«

»Vier.«

»Er wird mich umbringen«, blubberte er.

»Hast du dich deshalb unter deinem Schreibtisch versteckt? Weil Otterman dich auf seine Abschussliste gesetzt hat?«

»Nein! Das… das habe ich nicht gesagt!«

»Wieso hast du Angst vor Otterman?«

»Ich habe bloß Witze gemacht, als ich gesagt habe, dass er mich umbringen würde.«

»Drei.«

»Ich brauche noch einen Schluck.«

Crawford reichte ihm den Becher, und Smitty trank gierig, bis Crawford ihm den Becher wieder abnahm. »Wieso hast du dich vor Otterman versteckt?«

Smitty begann tatsächlich wieder zu schluchzen. »Er hat sich nach dir erkundigt.«

Crawford achtete darauf, dass seine Miene nichts verriet. »Nach mir?«

»Nuschele ich etwa?«

»Wann hat er sich nach mir erkundigt?«

»Gestern Nacht.«

»Wo?«

Smitty klappte den Mund zu und schüttelte den Kopf.

Crawford stellte die Frage vorerst zurück. »Was hast du ihm über mich erzählt?«

»Ich hab ein bisschen geschwindelt.«

»Gelogen.«

Smitty schnaufte schwer. »Er hat mich gefragt, ob wir uns kennen. Ich hab nein gesagt, aber dann…«

»Dann hast du dich um Kopf und Kragen geplaudert, weil du tief im Herzen ein Waschlappen bist. Das wissen wir beide, also sag schon, was du ihm erzählt hast.«

»Nichts Wichtiges. Ehrenwort. Er wollte wissen, ob ich mit dir was zu schaffen hätte, du weißt schon, aber ich habe alles abgestritten. Ihm erklärt, dass ich dich hasse. Was die heilige Wahrheit ist«, ergänzte er mit düsterem Blick.

»Was wollte er sonst noch wissen?«

»Das war alles.«

»Smitty.«

»Bitte nicht, Crawford«, flehte er. »Mit so einem wie ihm legt man sich nicht an.«

»Mit so einem wie mir auch nicht. Was hast du ihm sonst noch erzählt?«

»Krieg ich noch was zu trinken?«

»Kommt drauf an.«

Smitty zögerte, aber schließlich gab er klein bei. »Er wollte wissen, was du gestern Nacht im Club wolltest. Wer die Frau war. So was.«

»Du hast ihm verraten, dass es Holly Spencer war?«

»Ich hatte Angst, dass sie mich an die Alligatoren verfüttern. Häppchenweise.«

Crawford sann über seine Antwort nach. »Angeblich ist Otterman übers Wochenende beim Angeln. Ist er in Louisiana? Hast du dich dort mit ihm getroffen?«

»Hörst du mir nicht zu? Wenn ich dir helfe, bringt er mich um!«, kreischte er. »Fünf, vier, drei, zwei. Du kannst auch von tausend runterzählen, mir egal. Mehr wirst du nicht von mir erfahren.«

Crawford richtete sich auf und zuckte mit den Achseln. »Okay, dann erzähl eben nichts mehr. Dann buchte ich dich ein wegen sexueller Nötigung, Kinderprostitution und Unzucht mit einer Minderjährigen. Falls sie länger als dreißig Tage hier war, gilt es als wiederholter Kindesmissbrauch. Mal sehen, habe ich was vergessen? Ach ja.« Er deutete auf die schmutzigen Bilder an der Wand. »Wenn du Fotos von ihr gemacht hast, ist das ...«

»Sie war sechzehn!«

»Minderjährig. Und hat sie nackt getanzt, hat sie Lapdance gemacht?« Crawford schüttelte den Kopf. »Mieses Geschäft, Smitty. Ein neuer Tiefpunkt, selbst für dich.«

»Sie hat beim Vortanzen gelogen. Als ich erfuhr, wie alt sie wirklich war, hab ich sie gefeuert.«

»Und wie oft hast du sie davor gefickt?«

»Gar nicht!«

Crawford sah ihn nur mürrisch an.

»Du weißt nicht mal mit Sicherheit, ob es das Mädchen überhaupt gab.« Schlagartig war der Trotz in Smitty zurückgekehrt. »Das war nur eine Vermutung«, murmelte er verdrossen.

»Eine begründete Vermutung.«

»Und wo sind deine Beweise?«

»Ich lasse deine Läden dichtmachen, während ich danach suche«, erklärte Crawford ihm. »Allerdings bin ich zurzeit ziemlich beschäftigt. Es könnte eine ganze Weile dauern, bis ich die Beweisstücke gesichtet und das Kind gefunden habe.«

»Kind, leck mich doch.«

»Aber irgendwann finde ich die Kleine, und bis dahin wirst du im Knast von Prentiss County schmoren, in Pantoffeln durch die Gänge schlurfen und absolut alles tun, damit dir die harten Jungs wohlgesonnen bleiben. Von denen viele eine kleine Schwester haben.«

Smitty schüttelte störrisch den Kopf. »Du kannst drohen, so viel du willst. Ich werde dir nicht mehr über Otterman erzählen, und schon gar nicht, wo er gerade steckt.«

Crawfords Handy klingelte erneut. Diesmal nahm er das Gespräch an.

»Wo hast du gesteckt?«

Es war Harry. »Habt ihr was über Otterman gefunden?«

»Oh ja, und es stimmt einen ziemlich bedenklich.«

»Was denn?«

»Er hat einen lukrativen Job im Panhandle aufgegeben, als er bei der Firma unterschrieben hat, für die er jetzt arbeitet. Hat eine dicke Gehaltskürzung hingenommen.«

»Und wann hat er den Job angenommen?«

»Ein paar Monate hat er hin und her gewechselt. Endgültig hier niedergelassen hat er sich etwa zu der Zeit, als Halcon passiert ist. Und das macht Sessions und mich nervös.«

Es machte auch Crawford nervös. Tatsächlich bereitete es ihm ausgesprochenes Bauchweh. »Die Firma hat ihre Zentrale in Houston, richtig?«

»Richtig. Sessions geht da so einer Ahnung nach«, sagte Harry. »Was uns dabei Sorgen macht: Falls es ein Rachefeldzug ist, der irgendwie mit Halcon zusammenhängt, dann hat er sich ganz schön Zeit gelassen. Was bedeutet, dass er erstens sehr genau plant, zweitens sehr geduldig ist, und drittens …«

»… bereit ist, seinen Feldzug zu Ende zu bringen«, vollendete Crawford.

»Im Licht dessen, was sich diese Woche alles abgespielt hat? Sieht ganz danach aus. Hast du schon rausgefunden, wo er steckt?«

»Hab eben ein Wiesel in der Mangel. Ich rufe dich zurück.«

»Nicht so schnell«, sagte Harry. »Da ist noch was.«

»Scheiße.«

»Ja, das dicke Ende kommt erst. Nachdem du der Richterin das Auto geklaut hast, hat sie Neal Lester angerufen.« Er ließ die Worte wirken, doch als Crawford nicht reagierte, fuhr er fort. »Ich weiß das, weil ich sie angerufen habe, als ich nach dir gesucht hab. Da waren Lester und sein *Sidekick* gerade bei ihr.«

»Aber ihr ist nichts passiert?«

»Sie ist durcheinander. Sie hat dich nur verpfiffen, weil sie Angst hat, dass du verletzt oder getötet werden könntest oder irgendwas Dummes tust. Und das Schlimmste an allem ist, dass Lester immer noch wild entschlossen ist, alles dir anzuhängen.«

»So dämlich kann er doch unmöglich sein. Dieses Video von Connor und Otterman muss ihn doch überzeugt haben.«

»Äh, was das angeht: Da hat Otterman dich ausgetrickst.« Harry schilderte das frühmorgendliche Telefonat, das Neal mit Otterman geführt hatte. »Er hat zugegeben, dass sie sich getroffen haben, aber er hat den Ahnungslosen gespielt, was Connors Tod angeht.«

Crawford fluchte. »Otterman spielt auf Neal wie auf einer Fiedel.«

»Und mit Erfolg. Lester hat einen Fahndungsbefehl für dich und den Wagen der Richterin rausgegeben.«

»Noch mehr gute Nachrichten, Harry?«

»Das wäre für den Moment so ziemlich alles.«

»Na, ein Gutes hat es, dass Neal sich auf mich eingeschossen hat. Auf diese Weise hat Holly ständig Polizeischutz.«

»Darüber bin ich auch froh. Oh, Sessions kommt eben zur Tür rein, er sieht aufgeregt aus, und ich schätze nicht wegen der Tapeten hier. Mach du weiter mit deinem Wiesel. Ich melde mich wieder. Und dann geh verflucht noch mal direkt ran.« Dann war Harry weg.

Als Crawford das Handy wegsteckte, fragte Smitty: »Wer war das?«

»Ein anderer Texas Ranger. Er hat mir den Rat gegeben, nicht länger rumzueiern, sondern dich einfach abzuknallen, weil du mich mit dieser Knarre aus der Pfandleihe attackiert hast. Dir würde bestimmt keiner eine Träne nachweinen, hat er gesagt.«

»Ich hab dich doch nicht…«

»Ich will dich nicht töten müssen, Smitty. Lieber würde ich dich wegen deiner ganzen Verbrechen hinter Gitter schicken.« Crawford beugte sich über ihn. »Aber weil ich ein so netter Junge bin, könnte ich den Staatsanwalt eventuell überreden, nicht ganz so streng zu dir zu sein, schließlich wollte die Kleine den Job unbedingt haben und hat bei ihrem Einstellungsgespräch gelogen. Aber das werde ich nur tun, wenn du mir verrätst, wo dieser Fleck in Louisiana ist.«

»Ich habe nie gesagt, dass er in Louisiana ist.« Smitty griff nach dem Becher mit dem Gin.

Crawford fegte ihn mit einer Handbewegung auf den Boden und beugte sich tiefer. »Willst du mich wirklich noch länger hinhalten, obwohl ich dir für die nächsten neunundneunzig Jahre Dates mit jedem Perversen in Huntsville verschaffen kann?«

»Ehrlich, Crawford«, winselte Smitty, »ich hab nur das Geld abgeholt und woanders wieder abgegeben, das schwöre ich bei Gott.«

Crawford hatte Smitty gar nicht gefragt, ob er mit Otterman Geschäfte gemacht hatte. Dass Smitty von Bargeld gesprochen hatte, war ein Ausrutscher, den er sich für später merken würde. »Wo ist er?«

»Erst will ich was Schriftliches wegen… wegen dem Mädchen.«

»Du kriegst gleich meinen Stiefel schriftlich in den Arsch. Wo ist Otterman? Sag mir den Namen der Stadt.«

»Es gibt da keine Stadt.«

»Der *nächsten* Stadt.«

»Sie hat ausgesehen wie zweiundzwanzig. Fünfundzwanzig! Kein Geschworener, der auch nur einen Blick auf sie werfen würde, könnte mich verurteilen.«

»Smitty.«

»Ich brauche eine Garantie.«

»Du hast mein Pfadfinderehrenwort.«

»Das reicht mir nicht.«

»Auf eins gebe ich dir mein Pfadfinderehrenwort: Irgendwann werde ich Otterman auch ohne deine Hilfe finden, und dann werde ich ihn wissen lassen, dass niemand anderes als du mich zu ihm geführt hast.«

Smitty stöhnte und presste die Hand zwischen seine Beine, als müsste er pinkeln. »Prentiss.«

»Was ist?«

»Prentiss. Das ist der nächste Ort.«

»Er ist nicht in Louisiana?«

Geknickt schüttelte Smitty den Kopf. »Die Angelhütte liegt auf unserer Seite der Staatsgrenze. Wenn auch knapp.«

»Aber noch in Texas?«

Smitty wischte sich die laufende Nase am Ärmel ab und nickte.

Crawford grinste. »Perfekt.«

# 31

Crawford hätte gern mit Holly gesprochen, rief aber stattdessen Neal an, der mit einem barschen: »Ja?« antwortete.

»Du musst einen Haftbefehl für Chuck Otterman besorgen, und es ist mir scheißegal, wem du dafür einen blasen musst.«

»Weswegen?«

»Fang mit Verschwörung zu einem Mord an, die freien Stellen kannst du später ausfüllen. Pat Connor wäre das naheliegendste Opfer. Ich habe jemanden, der den Kronzeugen gegen Otterman machen würde, wenn wir ihm den richtigen Deal anbieten.«

»Del Ray Smith?«, fragte Neal schnaubend. »Da bin ich dir weit voraus, Crawford.«

*Fuck!*

»Ein paar Deputys haben ihn im Büro eines seiner Clubs gefunden, wo ihn jemand mit Klebeband an einen Stuhl gefesselt hat. Er behauptet, du hättest ihn misshandelt und sein Auto gestohlen, was offenbar der Wahrheit entspricht, denn der Wagen von Richterin Spencer steht immer noch dort, aber seiner ist verschwunden. Sie haben ihn schon kräftig gegrillt, aber er will den Deputys einfach nicht erzählen, warum du ihm so auf den Pelz gerückt oder wohin du verschwunden bist.«

Smitty würde es irgendwann ausplaudern. So wie immer. Das bedeutete nur, dass Crawford weniger Zeit blieb, um Otterman aufzuspüren, bevor die Kavallerie ausritt.

»Hör auf, dich an Smitty abzuarbeiten«, knurrte er. »Du hast das Video mit Otterman und Connor.«

»Was nichts weiter beweist, als dass sie miteinander gesprochen haben, und davon wird kein Staatsanwalt seine Karriere abhängig machen.«

»Es ist ein Anfang. Es reicht, um ihn aufs Revier zu holen, ihn auf den heißen Stuhl zu setzen und das Treffen erklären zu lassen.«

»Das hat er bereits. Ich habe heute Morgen mit ihm darüber gesprochen.«

»Oh, ich habe schon von eurem Plauderstündchen gehört. Chuck, der Musterbürger, hat sich erklärt, bevor du ihm auch nur eine Frage stellen konntest. Meinst du nicht, da ist etwas faul, Neal?«

»Dieser Anruf ist für mich ziemlich faul.«

Crawford fluchte still in sich hinein und überlegte angestrengt, wie er Neal wachrütteln konnte. Dann fiel ihm Smittys Versprecher ein, dass er für Otterman den Geldboten spielte. »Otterman hat Dreck am Stecken. Und nicht nur vom Gasbohren.«

»Und wovon dann?«

»Das weiß ich noch nicht.«

Neal grunzte skeptisch. »Das reicht bei Weitem nicht, Crawford.«

»Wie meinst du das?«

»Laut Richterin Spencer sind deine Kumpel in Houston gerade dabei, eine Verbindung zwischen Otterman und Halcon herzustellen. Vielleicht hat nicht Otterman Dreck am Stecken, sondern du.«

»Otterman könnte das so sehen.«

»Und wieso?«

»Auch das weiß ich nicht.«

»Oder du willst es mir nicht sagen.«

Crawford konnte seine Wut nicht länger beherrschen. »Eines kann ich dir sagen: Hier ging es immer nur um mich, angefangen mit der Schießerei im Gerichtssaal. Um Otterman und mich. Aber er hat angefangen, denn ich habe den Mann noch nie gesehen, bevor er an diesem Tag in dein Büro geschlendert kam. Er hat mich aufgespürt, nicht andersrum. Auch wenn du jetzt ein Gesicht ziehst, weil du das nicht glauben willst, ich bin überzeugt, dass hinter seinem Einfacher-Junge-hat's-nach-oben-geschafft-Getue etwas ganz anderes lauert. Und wenn du nicht so verflucht viel Zeit damit vergeudet hättest, um jeden Preis zu beweisen, dass ich hinter all dem stecke, dann wüssten wir längst, worum es ihm geht, wir wüssten, was er gegen Pat Connor in der Hand hatte und weshalb er ihn beseitigen ließ, und vor allem säße dieser Hurensohn längst hinter Gittern.« Er musste kurz Luft holen. »Die Fehler der Vergangenheit sind Geschichte, Neal, aber falls meiner Kleinen oder Holly Spencer was zustoßen sollte, wird deine *Zukunft* einiges für dich bereithalten, denn dann werde ich deine hochfliegenden Karriereträume in den Staub treten, weil ich dann aller Welt erzählen werde, wie du aus pubertärer Eifersucht die Ermittlung vermasselt hast. Außerdem werde ich dir persönlich den Kopf von den Schultern reißen. Und sollte ich vorher ins Gras beißen, werden das liebend gern meine ›Kumpel aus Houston‹ für mich übernehmen.«

Neal sagte nichts, aber Crawford spürte, dass er kochte.

Er war noch nicht fertig. »An Georgia kommt Otterman momentan nicht ran, aber lass auf jeden Fall Holly beschatten. Auf *Sichtweite.* Und besorg diesen gottverfluchten Haftbefehl, damit alles seine Ordnung hat, wenn ich Otterman erwische.«

»Während du was tust?«

»Während ich angeln gehe.«

Er beendete das Gespräch und warf das Handy auf den Beifahrersitz von Smittys Auto, auf dem auch Smittys Neun-Millimeter lag. Crawford war froh über die zusätzliche Waffe, aber die Pistole und Joes Revolver waren alles, was er hatte. Er hatte keine Ahnung, was ihn an seinem Ziel erwartete, daher konnten die beiden Handfeuerwaffen auch völlig unzureichend sein. Otterman hatte mindestens zwei seiner Schwergewichte dabei. *Ich hatte Angst, dass sie mich an die Alligatoren verfüttern,* hatte Smitty gesagt. Sie. Wahrscheinlich Pat und Patachon.

Gestärkt durch weitere Schlucke Gin und unter der Androhung, für immer an seinen Stuhl gefesselt zu werden, hatte Smitty ihm eine grobe Karte gezeichnet. »Etwa nach drei oder vier Meilen auf der Landstraße kommst du an das Schild eines Tierpräparators. Mit einem Gürteltier drauf. Da nach links. Wenn du das Schild übersiehst, bist du am Arsch, denn ohne das Schild findest du die Abzweigung nie. Keine Ahnung, ob die Straßen tiefer im Sumpf noch Namen oder Nummern haben oder welche.«

Nachdem er die Karte bekommen hatte, hatte er Smitty trotzdem an seinen Stuhl gefesselt, weil klar war, dass früher oder später die Polizei kommen würde, um Smitty zu befragen, was Pat Connor wenige Stunden vor seiner Ermordung im Tickled Pink getrieben hatte.

Crawford konnte von Glück reden, dass er losgefahren war, bevor die Cops eintrafen, aber er hatte sich gewünscht, sie hätten Smitty nicht ganz so schnell gefunden. Jetzt konnte er nur noch hoffen, dass Smitty die Deputys möglichst lange hinhalten würde – dieses Mal konnte der Nachtclubbesitzer Crawford mit seinem Jammern und Feilschen wertvolle Zeit verschaffen.

Smitty hatte ihn gewarnt, dass er ihn in die Sümpfe schicken würde, und wenigstens in dieser Hinsicht hatte er nicht gelogen. Crawford war fünf Meilen auf der Landstraße gefahren, bevor er das Schild des Präparators an der Abzweigung bemerkte. Allem Anschein nach führte sie ins Nichts.

Zu beiden Seiten der schmalen Schotterstraße erstreckte sich endlose, sumpfige Wildnis. Das Gelände war wasserdurchtränkt, mit Schlingpflanzen überwuchert und von Bäumen bestanden, die sich verzweifelt dagegen wehrten, von dem dichten Virginiamoos erstickt zu werden, das von ihren Ästen herabhing. Mit knotigen Knien erhoben sich die in der Marsch wurzelnden Zypressen aus dem träge fließenden Wasser.

Die gewundene Straße hatte diese Bezeichnung kaum verdient und schnitt sich mit unzähligen anderen Pfaden, die ebenso wenig befahrbar schienen. Ohne die Karte hätte Crawford womöglich tagelang herumirren, im Kreis fahren oder immer wieder neu ansetzen müssen. Entweder hatte Smitty Lob für seine exzellenten Zeichenkünste verdient oder aber den Tod, weil er Crawford auf eine ausgedehnte Irrfahrt geschickt hatte.

Was von beidem, würde sich bald herausstellen.

Als er grob geschätzt noch eine Meile von der Stelle entfernt war, die Smitty mit einem dicken Punkt auf seiner Karte markiert hatte, lenkte er den Wagen von der Straße und parkte so weit im wuchernden Gebüsch, dass er halbwegs verdeckt stand, aber andererseits noch nicht im schwammigen Untergrund versank. Vielleicht würde er es bei der Abfahrt eilig haben.

Er steckte Smittys Pistole in das Holster an seinem Rücken, behielt Joes Revolver in der Hand und machte sich zu Fuß auf den Weg.

Smitty hatte behauptet, dass die Hütte noch auf texanischem

Gebiet lag. Crawford hatte nirgendwo einen Hinweis darauf entdeckt, dass er die Grenze zum Nachbarstaat schon überfahren hatte. Falls die Sache mit einem Schusswechsel endete, wäre es wesentlich praktischer, wenn er dank seiner Marke einen offiziellen Auftrag hatte.

Aber inzwischen ließ er sich nicht einmal mehr von einem so wichtigen Detail wie rechtliche Konsequenzen aufhalten. Er war fest entschlossen, seinen selbsterklärten Todfeind vor allen anderen aufzuspüren, denn es war ein persönlicher, von Otterman angezettelter Kampf. Crawford wollte eigentlich gar nicht wissen, womit er den Hass dieses Mannes auf sich gezogen hatte, trotzdem musste er es als Erster erfahren.

Er musste es erfahren, selbst wenn es ihn das Leben kosten sollte.

Die Straße war ein ockerfarbener Morast. Crawford hielt sich abseits, um nicht gesehen zu werden und um keine Stiefelabdrücke zu hinterlassen, aber sich durch den Sumpf und das Unterholz zu kämpfen war so anstrengend, dass seine Kleidung innerhalb kürzester Zeit schweißdurchtränkt war. Es hatte aufgehört zu regnen, doch die niedrig hängenden grauen Wolken drohten, einen weiteren Guss in die schon feuchtigkeitsgesättigte Luft abzulassen. Abgesehen von einem gelegentlichen Platschen, Rascheln oder einem halbherzigen Vogelruf war der Sumpf bedrückend still. Dennoch wimmelte es hier nur so vor gefährlichen Lebewesen.

Gerade als Crawford zu dem Schluss gekommen war, dass er umkehren und Smitty umbringen würde, kam ein rostiges Wellblechdach in Sicht. Er ging in die Hocke und wartete ab, weil er befürchtete, dass man ihn vielleicht schon bemerkt hatte und heimlich beobachtete. Doch als nach fünf Minuten nichts geschah, setzte er sich wieder in Bewegung und schlich näher, um die Hütte genauer in Augenschein zu nehmen.

Smitty hatte sie als »fast verfallen« beschrieben. Tatsächlich sah der verwitterte Bretterbau aus, als könnte er jeden Moment von den verrotteten Pfählen in das langsam dahinfließende Wasser abrutschen.

Falls die Hütte einstürzte, würde sie Chuck Otterman mitreißen.

Er saß unter dem tief herabhängenden Verandadach auf einem Küchenstuhl mit Sprossenlehne. Das Geländer, auf das er seine Füße gestützt hatte, war durchgesackt, und nur die Hälfte der Stützstreben standen noch aufrecht. Trotzdem wirkte Otterman so arrogant wie ein König, der sich auf einem goldenen Thron lümmelte, während er kippelnd Rauchringe blies. Sie behielten ihre perfekte Form bei, bis sie sich in der dicken Luft auflösten.

Crawford war ihm so nahe, dass er die Zigarre riechen konnte.

Die zwei Männer, die er von Conrads Video wiedererkannte, waren an den beiden Ecken des Baus postiert. Einer beobachtete das Gewässer, während er sich mit einem Messer die Fingernägel säuberte. Der andere lehnte reglos an der Wand, zupfte müßig an seinen Koteletten und behielt die Zufahrt im Auge. Neben ihm lehnte eine Schrotflinte.

Otterman rauchte seine Zigarre fertig, hob die Füße vom Geländer und stand auf. Er rekelte sich und sagte etwas zu dem Mann, der mit der Maniküre beschäftigt war, allerdings war Crawford zu weit weg, als dass er etwas verstehen konnte. Dafür hörte er die Fliegentür quietschen, als Otterman sie aufzog und in der Hütte verschwand. Sie knallte hinter ihm zu. Seine Wachen blieben auf ihrem Posten.

So geräuschlos wie überhaupt möglich zog Crawford sich zurück.

Erst als er mindestens hundert Meter zurückgelegt hatte,

atmete er durch. Bis er Smittys Wagen erreicht hatte, lief ihm der Schweiß übers Gesicht.

Aber er fühlte sich keineswegs ausgelaugt, sondern im Gegenteil wie aufgeputscht. Adrenalin pumpte wie Raketentreibstoff in seinen Adern. Das Höllische daran war, dass er diesen Schub bis zur Dunkelheit bremsen musste. Ihm wurde oft nachgesagt, er sei impulsiv und skrupellos, wofür auch einiges sprach. Aber lebensmüde war er nicht.

Er überlegte, ob er Harry und Sessions herbitten sollte. Sie würden mit Sicherheit sofort losfahren, aber er wollte sie nicht in eine Schießerei verwickeln, die sich möglicherweise außerhalb ihres Zuständigkeitsgebiets abspielen würde. Er hätte auch gern gewusst, ob sich diese Ahnung, der Sessions nachgegangen war, bestätigt hatte, aber rief er jetzt an und fragte nach, würden sie ihn drängen, ihnen zu verraten, wo er sich aufhielt und was er plante.

Und gleichzeitig war er nicht sicher, ob er hören wollte, was genau es mit Sessions' Ahnung auf sich hatte.

Er spielte mit dem Gedanken, Neal anzurufen und sich zu erkundigen, ob der Haftbefehl ausgestellt war, aber er würde Otterman mit oder ohne Befehl festnehmen. Falls er sich irgendwann für seine Handlungsweise rechtfertigen musste, konnte er wahrheitsgemäß vorbringen, er hätte nach seinem letzten Gespräch mit dem Leiter der Ermittlungen angenommen, dass ein Haftbefehl ausgestellt worden sei, und dementsprechend gehandelt.

Und er überlegte, ob er doch noch einmal mit Georgia telefonieren sollte. Er verzehrte sich danach, ihre Stimme zu hören. Sie würde ihm sagen, dass sie ihn liebte, und er würde fühlen, dass es die schlichte, ungeschminkte Wahrheit war. Ihre Liebe kannte keine Einschränkungen oder Bedingungen. Aber wenn er anrief, würde sie ihm vielleicht ein Versprechen abnehmen wollen. Und er wollte ihr nichts versprechen, was er womöglich nicht halten konnte.

Er wünschte, er könnte die Uhr zurückdrehen und noch einmal jene Minuten nach dem Aufwachen durchleben, als er Hollys Atem auf seinem Gesicht und ihren warmen, weichen Körper an seinem gespürt hatte. Zu gern hätte er diese kurzen Augenblicke der Glückseligkeit noch mal gespürt. *Ich wünschte, ich könnte mich immer noch darauf freuen,* hatte sie über ihren Quickie auf der Couch gesagt. Er fragte sich, ob sie jetzt auch so empfand.

Weiß Gott, wahrscheinlich nicht. Es gab so vieles, wofür er sie um Verzeihung bitten musste, er wusste gar nicht, wo er anfangen sollte. Ohne ihn wäre es nie zu dieser Schießerei im Gerichtssaal gekommen. Ihr Leben wäre jetzt nicht in Gefahr, und ihre Kandidatur wesentlich aussichtsreicher. Ob diese Minuten der Glückseligkeit, die sie miteinander erlebt hatten, den ganzen Unrat aufwogen, durch den sie seinetwegen waten musste? Nur sie konnte das beantworten, und er konnte ihr wahrlich keine Vorwürfe machen, falls die Antwort *nein* lautete.

Nachdem er zu dem Entschluss gekommen war, dass er niemanden anrufen würde, nahm er den Akku aus seinem Prepaid-Handy und kehrte zu Smittys Auto zurück, ein Versteck, in dem es sich halbwegs bequem auf die Dunkelheit warten ließ.

Nachdem die beiden Detectives Hollys Haus verlassen hatten, wanderte sie rastlos von Zimmer zu Zimmer, als fände sie dort einen Hinweis oder einen Geistesblitz, was sie jetzt tun sollte. Ihr Wagen war gefunden und ihr zurückgebracht worden, doch je länger Crawford verschwunden blieb, desto nutzloser fühlte sie sich und desto mehr ängstigte sie sich um ihn.

Mittags schaltete sie den Fernseher ein, um zu erfahren, was in den Nachrichten gemeldet wurde. Die Story über den Mord an Pat Connor war der Aufmacher. Aufnahmen vor seinem Haus zeigten, wie Kriminaltechniker beschriftete Tüten zu ihren Fahrzeugen trugen.

»Das ist in dieser Woche schon der zweite getötete Polizist in Prentiss«, verkündete die Reporterin düster. »Obwohl die beiden Verbrechen in keinem Zusammenhang stehen, trauern die …«

»In keinem Zusammenhang?« Ihr zorniger Ruf hallte durch die leeren Zimmer.

Eilig zog sie ihr Outfit für das Büro an und fuhr zum Gericht, dicht gefolgt von ihren Personenschützern im Streifenwagen. Sie verzichtete auf den quälend langsamen Aufzug und nahm die Treppe, sodass die Polizisten hinter ihr herrennen mussten.

Mrs. Briggs war verdattert über ihr unangekündigtes Erscheinen, und noch verdatterter, als Holly ihr diese Anweisungen erteilte. »Rufen Sie den Fernsehsender in Tyler an. Lassen Sie sich mit dem Reporter verbinden, der die Story über Chuck Otterman gebracht hat, und wenn Sie ihn am Apparat haben, sagen Sie ihm, dass er in einer Stunde hier sein soll, falls er Interesse an einem Exklusivinterview mit mir hat.« Sie überlegte kurz, bevor sie mit den Worten schloss: »Und erkundigen Sie sich, ob ich mit dem Gouverneur sprechen kann.«

»Wann?«

»Jetzt gleich.«

Sie verschwand in ihr Arbeitszimmer und ging dort auf und ab, bis das Telefon auf dem Schreibtisch läutete. »Gouverneur Hutchins ist am Apparat«, erklärte Mrs. Briggs.

Holly atmete tief durch und drückte die blinkende Taste. »Gouverneur Hutchins, ich weiß, dass Sie eben erst von der

Konferenz zurückgekehrt sind. Danke, dass Sie Zeit für mich haben.«

Er sprach ihr sein Beileid wegen der schrecklichen Ereignisse aus, die sich in ihrem Gerichtssaal abgespielt hatten, und erkundigte sich nach ihrem Befinden. Als sie ihm versichert hatte, dass es ihr gut gehe, kam er widerwillig auf das »unappetitliche Nachspiel« zu sprechen.

»Genau deswegen rufe ich an, Gouverneur. Ich werde gleich ein TV-Interview geben, das mit Sicherheit Wellen schlagen wird, die bis an Ihren Schreibtisch rollen könnten. Darum wollte ich Sie vorwarnen.«

Er ließ sie fünf Minuten lang reden, ohne sie zu unterbrechen. »Im Wesentlichen läuft es also darauf hinaus«, resümierte Hutchins, nachdem sie geendet hatte, »dass die ermittelnden Polizisten Ihrer Meinung nach auf dem Holzweg sind.«

»Genau, Sir. Wenn dieses Interview ausgestrahlt wird, wird man meine Urteilsfähigkeit anzweifeln. Man hat mir bereits vorgeworfen, ich würde Ranger Hunt zu nahestehen.«

»Ist das so?«

»Es gibt einen starken emotionalen Faktor, das kann ich nicht leugnen.« Sie ließ ihm Zeit, es zu verarbeiten und wie auch immer zu interpretieren. »Aber es ist nicht so, dass ich deswegen blind wäre, Sir. Stattdessen wird immer deutlicher, dass es mindestens so starke Vorbehalte *dagegen* gibt, die gegen eine Ermittlung gegen Ranger Hunt sprechen. Ich habe Angst, diese persönliche Abneigung könnte verhindern, dass den beiden Ermordeten, Chet Barker und nun Pat Connor, Gerechtigkeit widerfährt. Darum fühle ich mich verpflichtet, an die Öffentlichkeit zu gehen, ganz gleich, welche Konsequenzen das für mich und meine beruflichen Aussichten hat.«

Während der eintretenden Stille hielt Holly den Atem an.

Schließlich erklärte der Gouverneur: »Wägen Sie Ihre Formulierungen gut ab.«

Die Fernsehleute erschienen keine fünfundvierzig Minuten nach dem Anruf von Mrs. Briggs, und noch einmal zwanzig Minuten später hatte der Reporter sein Exklusivinterview. Weitere zehn Minuten, nachdem das Team die Ausrüstung abgebaut und ihr Richterzimmer verlassen hatte, stürmte Neal Lester, unübersehbar kurz vor der Explosion, in ihr Zimmer.

»Verzeihung, Richterin. Aber er …«

»Schon gut, Mrs. Briggs.«

Ihre Assistentin zog sich ins Vorzimmer zurück, ließ die Tür aber offen.

»Sie hätten mich wenigstens vorwarnen können«, beschwerte sich Neal. »Gerade war ein Nachrichtenteam unten und wollte einen Kommentar zu Ihrem Interview.«

»Das klingt doch nur fair. Worüber regen Sie sich so auf?«

»Warum haben Sie überhaupt ein Interview gegeben?«

»Weil Greg Sanders angedeutet hat, dass ich ›im Licht der Kette von tragischen Ereignissen, die allesamt mit mir zusammenhängen‹ der Öffentlichkeit einen Gefallen tun soll, indem ich meinen Namen vom Wahlzettel streichen lasse. Sanders will, dass ich ihm den Platz auf der Richterbank kampflos überlasse, aber die Wähler sollen wissen, dass ich das ganz bestimmt nicht tun werde.«

»Sie und diese Wahl interessieren mich nicht. Was haben Sie über Chuck Otterman gesagt?«

»Der Reporter fragte, ob ich glauben würde, dass er etwas mit dem Mord an Chet Barker in meinem Gerichtssaal zu tun hätte. Ich antwortete, dass ich das nicht kommentieren kann, weil die Ermittlungen noch nicht abgeschlossen sind, und habe ihn dann an Sie verwiesen, falls er ein Statement zu der

Tragödie vom Montag oder zu Officer Connors Tod gestern Abend haben wollte.«

»Womit Sie die beiden Vorfälle indirekt miteinander verknüpft haben, und beide wiederum mit Otterman.«

Sie kommentierte das nicht.

»Hat der Reporter auch gefragt, warum Ihr *Freund* untergetaucht ist, bevor er zu dem Mord an Connor befragt werden konnte?«

Es kostete sie große Mühe, doch sie zügelte ihren Zorn. »Er hat gefragt, ob Crawford Hunt wegen des Mordes an Connor unter Verdacht stehe. Ich sagte, mir gegenüber hätte das noch niemand behauptet. Was die reine Wahrheit ist.«

»Noch. Aber es ist Tatsache, dass er sich mit Ihrer Hilfe der Befragung entzogen hat. Es klingt schon sehr unglaubwürdig, dass er Sie überwältigt und Ihr Auto gestohlen haben soll.«

»Genauso war es aber.«

»Verraten Sie mir, wo er ist.«

»Das weiß ich nicht.«

»Beleidigen Sie nicht meine Intelligenz.«

»Allmählich beginne ich an Ihrer Intelligenz zu zweifeln, Detective.«

»Wo ist er?«

»Das weiß ich nicht!«

Auf einmal tauchten hinter ihm zwei Texas Ranger auf, die ihr nur allzu vertraut waren. Harry Longbow bat Mrs. Briggs höflich um Verzeihung. »Wir müssten kurz mit der Richterin sprechen.«

Er zwängte sich, gefolgt von Sessions, an Neal vorbei in ihr Richterzimmer. Im nächsten Moment schob Harry den Detective hinaus ins Vorzimmer und knallte ihm die Tür vor der Nase zu. Aus ihren ernsten Mienen schloss sie, dass etwas Schlimmes passiert sein musste. »Crawford?«, fragte sie zittrig.

»Stimmt das, was Sie gerade gesagt haben? Dass Sie nicht wissen, wo er ist?«

»Ehrenwort!«

»Sie haben den ganzen Tag noch nichts von ihm gehört?«

»Nicht seit dem frühen Morgen. Und ich muss ihn unbedingt sprechen.«

»Das müssen wir auch.«

»Sie haben mir gesagt, er hätte Ihnen eine neue Telefonnummer gegeben.«

»Auf der wir seit Stunden anrufen. Ohne durchzukommen. Wir haben sogar versucht, ihn durch Triangulation zu orten. Doch entweder ist er so weit weg von den Sendemasten, dass das nicht klappt, oder er hat den Akku rausgenommen oder beides. Jedenfalls haben wir beschlossen herzufahren, weil wir dachten, dass er vielleicht in Schwierigkeiten steckt und unsere Hilfe braucht.«

»Richterin«, meldete sich Sessions erstmals zu Wort. »Hören Sie, wir denken, vielleicht haben Sie und Crawford da was laufen, und was uns betrifft, finden wir das okay. Aber Sie tun Crawford keinen Gefallen, wenn Sie Ihr Wissen für sich behalten. Also, falls Sie uns sagen können, wohin er heute Morgen wollte, dann helfen Sie uns!«

»Ich weiß nur, wo er mein Auto stehen ließ.«

»Und wo?«

Sie erzählte ihnen von Smitty.

»Das muss das Wiesel sein, von dem Crawford gesprochen hat.« Harry nickte zur Tür hin. »Schätze, dafür brauchen wir ihn.« Sessions öffnete die Tür und winkte Neal wieder herein. Sobald er die Schwelle übertreten hatte, verlangte Harry: »Erzählen Sie uns was über diesen Smitty.«

Neal klärte sie knapp über Smittys Lebenslauf auf. »Wir haben ihn nach allen Regeln der Kunst vernommen, aber er will uns nichts verraten«, ergänzte er unüberhörbar widerwillig. »Er meinte, Crawford würde ihn umbringen, falls Otterman ihn nicht zuerst umbringt.«

»Na ja, damit könnte er recht haben«, sagte Harry. »Wenigstens was Otterman angeht.«

»Lassen Sie uns mal mit ihm reden«, versuchte es Sessions.

»Das wird nichts bringen«, wehrte sich Neal. »Sie werden auch nichts erreichen.«

»Probieren können wir es trotzdem«, sagte Harry.

Hollys Herz verkrampfte sich unter seinem düsteren Tonfall.

»Wir haben entdeckt, warum Otterman es auf Crawford abgesehen hat«, sagte der Texas Ranger. »Der Junge hat keine Ahnung, in was er da reinspaziert.«

# 32

Crawford hatte beschlossen, erst in Aktion zu treten, wenn es dunkel war. Aber die Entscheidung wurde ihm abgenommen, als er sah, wie Scheinwerferkegel durch die Sumpflandschaft schwenkten, die direkt von der Angelhütte kamen.

Weil er keine Zeit verlieren durfte, zerschlug er das Innenlicht in Smittys Wagen, kletterte über die Konsole, stieg auf der Beifahrerseite aus und schloss die Tür hinter sich. Das andere Auto kam in Sichtweite, kaum dass er sich an einen Baumstamm direkt neben dem Wagen gepresst hatte und mit der Dunkelheit verschmolzen war.

Der Wagen fuhr vorbei, dann leuchteten die Bremslichter auf, als hätte der Fahrer eben erst Smittys Wagen bemerkt. Crawford umfasste Joes Revolver und wartete mit angehaltenem Atem, ob der Fahrer wieder Gas geben oder aussteigen würde und nachsehen kam.

Er konnte nicht sehen, wie viele Personen in dem Fahrzeug saßen, einer neuen, importierten Luxuslimousine. Die Fenster waren getönt, und die Dunkelheit tat ihr Übriges. Er konnte kaum die Hand vor Augen erkennen.

Dann leuchtete ein Lämpchen im Wageninneren auf, und die Fahrertür wurde aufgedrückt. Crawford erkannte den Mann hinter dem Lenkrad als den Leibwächter, der seine Fingernägel gereinigt hatte. Pat. Pat stieg aus, blieb in der geöffneten Tür stehen und sah sich misstrauisch und wachsam um.

»Hey! Das ist Privatgelände!«

Als er keine Antwort erhielt, ließ er den Wagen mit laufendem Motor mitten auf der Straße stehen und ging langsam auf Smittys Auto zu. Crawford bemerkte, dass er die rechte Hand gesenkt und dicht am Schenkel hielt. Offenbar verbarg er darin seine Waffe.

Er näherte sich dem Wagen von hinten auf der Fahrerseite. Schritt für Schritt kam er näher, wobei er mit jedem Schritt die rechte Hand höher hob, bis er sie ausgestreckt vor sich hielt, als er die Fahrertür aufriss. Als nichts passierte, beugte er sich in den Wagen, um sich umzusehen. Genau darauf hatte Crawford gewartet.

Er sprang aus seinem Versteck und hatte sich auf den Mann gestürzt, ehe der Zeit hatte, auf das Rascheln im Laub zu reagieren. Crawford umklammerte den Hals seines Gegners von hinten mit einer Hand, presste sein Gesicht auf den Fahrersitz und pflanzte das Knie zwischen seine Schulterblätter, während er mit der anderen Hand den Lauf von Joes .38 hinter sein Ohr setzte. »Wenn dir dein Leben lieb ist, dann lass die Klinge fallen.«

Genau wie Crawford angenommen hatte, war er mit einem Messer bewaffnet. Ein Mann, der sich mit dem Messer die Fingernägel reinigt, benutzt gerne Messer.

Der Mann zögerte, die Hand immer noch um das Heft des Schnappmessers geschlossen.

»Du kannst es ja probieren«, provozierte Crawford ihn leise. »Aber in einer Millisekunde ist dein Hirn nur noch Brei. Bist du wirklich so schnell?« Er ließ ihn ein, zwei Sekunden überlegen und befahl dann: »Lass es in den Fußraum fallen.«

Der Mann tat wie geheißen. »Bist du Hunt?«, wollte er wissen.

»Sehr erfreut.«

Er lachte hämisch. »Otterman wartet schon auf dich. Er wird dich kaltmachen.«

»Glaubst du? Zu blöd, dass du nicht dabei sein wirst.«

»Verfluchte Scheiße!«

Chuck Otterman schnitt gerade ein Stück aus einem dicken, saftigen Steak heraus, als ein lautes Hupen ihn in der Bewegung innehalten ließ. Er ließ Messer und Gabel auf den Blechteller fallen, griff nach seiner Pistole und polterte zur Fliegentür.

Er erkannte den näher kommenden Wagen als seinen eigenen. Er hatte seinen Mann gerade erst auf eine Besorgungsfahrt geschickt. Der Wagen schlitterte über die rutschige, vom Schlamm bedeckte Straße und brach immer wieder mit dem Heck aus, wobei der Fahrer geradewegs und immer noch ununterbrochen hupend auf die Hütte zuraste.

Ottermans zweiter Leibwächter stand wachsam auf der obersten Verandastufe, die doppelläufige Schrotflinte in der einen Hand, die andere über den Augen, um sie gegen das gleißende Fernlicht abzuschirmen. »Was soll denn der Scheiß?«

Der Wagen war in Wurfweite der Hütte, als er so unvermittelt bremste, dass er ins Schleudern geriet und um ein Haar in den Wasserlauf gerutscht wäre, bevor er nach ein paar Metern rutschend zum Stehen kam. Abrupt verstummte die Hupe.

Dann war nichts mehr zu hören.

Nach einigen Augenblicken, in denen die unheilvolle Stille immer betörender wurde, sah der Leibwächter auf Otterman und wartete auf dessen Anweisungen.

»Steh nicht blöd rum.« Ungeduldig winkte er den Mann zum Wagen.

Der Leibwächter rumpelte die Verandastufen hinunter und marschierte zielstrebig auf den Wagen zu, wobei er laut nach seinem Kollegen rief. Doch je näher er dem Fahrzeug kam, desto langsamer wurde sein Gang. Die Zuversicht schwand augenscheinlich.

Wieder schirmte er seine Augen ab. »Sieht so aus, als würde da niemand hinter dem Lenkrad sitzen.«

»Bist du blöde?«, rief Otterman. »Was redest du für einen Mist?«

Der Leibwächter machte einen letzten Schritt und beugte sich aus sicherer Entfernung vor, um die Fahrertür aufzuziehen. Er drehte sich wieder zu Otterman um. »Da drin ist keiner«, bekräftigte er belämmert.

»Die Karre hat sich doch nicht selbst hergefahren«, knurrte Otterman. »Mach diese gottverdammten Scheinwerfer aus.«

Der Mann tat wie geheißen, und sofort war um sie herum alles in Dunkelheit getaucht. Das einzige Licht im Umkreis von mehreren Meilen kam von der nackten Glühbirne über dem Tisch, auf dem Ottermans T-Bone-Steak kalt wurde.

»Hast du eine Taschenlampe?«, rief er dem Leibwächter zu.

»Sicher doch.«

»Dann schau dich um.«

Otterman trat rückwärts in die Hütte, kehrte an den Tisch zurück, riss an der dreckigen Schnur und löschte damit die von der Decke hängende Birne. Jetzt war die Dunkelheit allumfassend, wenn man von dem Taschenlampenstrahl absah, der durch die Bäume geisterte.

Er tastete sich zu dem Stuhl zurück, von dem er aufgestanden war, und setzte sich. Obwohl er nur mit Mühe die Umrisse der Fliegentür ausmachen konnte, hielt er den Blick fest darauf gerichtet und wartete ab, bis sich seine Augen an die Dunkelheit gewöhnt hatten. Der Kegel der Taschenlampe war verschwunden. Nur das Ticken seiner Armbanduhr war noch zu hören, sonst gar nichts.

Dann hallten kurz hintereinander zwei Schüsse durch den Abendhimmel. Nur einer davon aus der Flinte.

Otterman blieb, wo er war, ohne sich zu rühren und nur mäßig neugierig, wer durch die Fliegentür kommen würde. Je mehr Zeit verstrich, desto sicherer war er allerdings, dass es nicht sein Leibwächter sein würde. Er hätte die Taschenlampe eingeschaltet, um zurückzufinden.

Zehn Minuten verstrichen, bevor ein winziger Luftzug Otterman anzeigte, dass jemand in die Hütte getreten war, wenn auch nicht durch die Tür. Wahrscheinlich durch ein Fenster in der abgetrennten Koje mit dem Bett. Eins musste Otterman ihm lassen: Er war gut – so leise, dass Otterman keinen Mucks vernommen hatte.

Otterman zupfte an der Schnur über seinem Kopf. Als wieder Strom durch den Draht der Glühbirne floss, beleuchtete sie ihn, sein begonnenes Steak und den Mann, der neben ihm am Tisch saß. Er war gefesselt und geknebelt, und der Lauf von Ottermans .357 war auf seine Schläfe gerichtet.

Der Anblick ließ Crawford abrupt innehalten.

»Hast du es endlich geschafft?«, fragte Otterman. »Dein Daddy und ich haben uns schon Sorgen gemacht. Oder, Conrad?«

Die beiden Texas Ranger durften Smitty unter sechs Augen in einem Vernehmungsraum befragen. Dreieinhalb Minuten, nachdem sie den Raum betreten hatten, kam Sessions wieder heraus und erklärte Neal im Vorbeigehen: »Er hat sich nass gemacht. Sie werden das aufwischen müssen.«

»Hat er Ihnen verraten, wo Crawford ist?« Holly richtete die Frage an Harry, der gleich danach aus dem Raum kam, denn Sessions war bereits damit beschäftigt, eine Nummer in sein Handy einzutippen.

»Er hat uns eine Karte gezeichnet.«

»Wie haben Sie ihn dazu gebracht?«, wollte Nugent wissen.

»Er hat wieder sein Lied angestimmt, dass Crawford ihn umbringen würde, wenn Otterman es nicht tun würde, doch dann habe ich ihm erklärt, dass das beides nur Möglichkeiten wären, während eines gewiss sei, und das wäre ich. Dabei habe ich ihm den Lauf meiner Knarre in das Ohr gebohrt.«

»Ich kann Ihre Methoden nicht gutheißen«, erklärte Neal.

»Interessiert mich einen Scheißdreck.«

»Die State Trooper sind schon im Anmarsch«, berichtete Sessions, nachdem er den kurzen Anruf beendet hatte. »Ich habe ihnen erklärt, wohin wir ungefähr müssen. Einer von ihnen kennt das Schild von dem Tierpräparator. Dort treffen wir uns. Die Jungs benachrichtigen auch das Sheriff's Office von Prentiss und die der umliegenden Countys, nachdem die Blasenschwäche da drin uns nicht sagen konnte, in welchem County die Hütte steht. Nur für den Fall, dass sie drüben in Louisiana liegt, haben wir auch die dortigen Behörden informiert.«

Harry sah Neal an. »Da draußen ist das PD zwar nicht zuständig, aber wenn Sie mit von der Partie sein wollen, können Sie uns hinterherfahren.«

»Erzählen Sie ihnen von dem Fingerabdruck.« Nugent musste fast rennen, um mit der Gruppe Schritt zu halten, die auf den Seiteneingang des Gerichts zuhielt.

»Wir haben an der Lehne eines Küchenstuhls in Connors Küche einen Fingerabdruck gefunden, der zu einem Mann aus Ottermans Gefolge gehört«, berichtete Neal. »Die Datenbank hat sofort was ausgespuckt. Er hat eine ganze Liste von Vorstrafen. Illegaler Waffenbesitz. Körperverletzung. Stand bei zwei Exekutionsmorden unter Verdacht, es kam aber nicht zur Anklage.«

Harry sah Neal an und schmunzelte. »Zu dumm, dass Crawford nicht hier ist und es Ihnen unter die Nase reiben kann, aber das würde er sowieso nicht, denn das klingt zu sehr nach Ihnen.«

Sessions erreichte die Tür als Erster und hielt sie den anderen auf, die der Reihe nach hindurchgingen. Harry war der Letzte. Er blieb stehen und drehte sich zu Holly um, die ihnen nachgeeilt war.

Der Ranger legte ihr die Hände auf die Schultern. »Richterin, Madam, Sie bleiben lieber hier. Ich habe Ihre Handynummer. Ich rufe an, sobald wir mehr wissen.«

Unter seinen schweren Händen sackten ihre Schultern enttäuscht und resigniert herab. »Bitte seien Sie vorsichtig. Und ich will sofort Bescheid wissen, falls … auf jeden Fall«, beendete sie bebend den Satz.

»Verstanden. Ach ja, und entschuldigen Sie den Kraftausdruck von vorhin. Bei diesem Typen vergesse ich mich.« Er ließ sie los und lief Sessions hinterher. Beide stiegen in einen SUV, der dem von Crawford ähnlich war, und rasten davon. Neal und Nugent fuhren ihnen nach.

Holly zählte bis zehn, rannte dann zu ihrem Auto und folgte ihnen.

Crawfords Herz setzte einen Schlag aus, als er seinen Vater sah.

Conrads Fußgelenke waren offenbar mit einer Angelleine an die Vorderbeine des Stuhls gefesselt worden. Die Hände waren auf seinem Rücken gesichert. Ein zusammengerolltes Geschirrtuch war wie die Trense bei einem Pferd durch seinen Mund gezogen und an seinem Hinterkopf verknotet worden.

Aber Conrads Blick verstörte Crawford noch viel mehr.

Seine Augen sahen ihn voller Scham, Resignation und Reue an.

»Ich brauche es nicht extra auszusprechen, oder?«, fragte Otterman.

Crawford ließ Joes Revolver auf den Boden fallen. »Binden Sie ihn los.«

»Sie würden hier nicht mit nur einer Waffe auftauchen.«

Crawford griff mit einer Hand nach hinten.

»Schön langsam«, warnte Otterman ihn.

Crawford zog Smittys Neun-Millimeter aus dem Holster. Sie fiel zu der anderen Waffe auf den Boden.

»Kicken Sie beide zu mir rüber.«

Er tat, wie ihm geheißen. »Es gibt keinen Grund, ihn länger zu knebeln. Machen Sie ihn los.«

»Erst wenn wir beide ein paar Dinge besprochen haben.« Otterman schubste mit dem Fuß einen Stuhl unter dem Tisch hervor. »Setzen Sie sich hin und legen Sie die Hände flach auf den Tisch.«

Crawford gehorchte. »Sie können die Pistole jetzt auf mich richten.«

Otterman grinste, drückte die Mündung aber weiter gegen Conrads Schläfe. »Ihr Vater ist ein Feigling.«

»Haben Sie auch was Neues zu erzählen?«

»Ich habe ihn heute Morgen abholen lassen, und man hat mir erzählt, seine Gegenwehr wäre erbärmlich gewesen. Sein Haus soll ein Rattenloch sein.«

»Schlimmer.«

»Oh, Sie spielen den Gleichgültigen.« Er lachte bellend. »Das wird nicht klappen. Sie empfinden etwas für ihn, sonst wären Sie gestern Abend nicht zu seiner Rettung geeilt.«

Crawford täuschte weiterhin Gelassenheit vor. »Das habe ich meinetwegen getan, nicht seinetwegen. Es soll nicht die ganze Stadt wissen, dass mein Vater ein jämmerlicher Säufer ist.«

»Aber das weiß schon die ganze Stadt.«

»Damit muss ich leben.«

Otterman betrachtete Conrad voller Verachtung. »Selbst jetzt hätte er Sie warnen können, indem er irgendeinen Laut von sich gibt, sogar mit dem Knebel. Aber ihm war klar, dass ich ihm dann das Hirn wegblasen würde. Also sitzt er stumm wie ein Fisch hier und lässt zu, dass sein Sohn direkt in den Tod läuft.«

»Noch bin ich nicht tot.«

Crawfords Worte hatten einen unheilvollen Beiklang, doch Otterman zeigte sich unbeeindruckt. Er nickte zum Wasserlauf hin. »Mein Mann?«

»Hat sich der Verhaftung widersetzt.«

»Tot?«

»Er wollte mich nicht ernstnehmen.«

»Und der andere?«

»Lässt sich entschuldigen.«

Otterman zeigte ein Lächeln oder wenigstens das, was er dafür hielt. »Man hat mich gewarnt, dass Sie ein Klugscheißer sind.«

»Und wer?«

»Ein Freund.« Diesmal triefte das Lächeln, das sich langsam auf seinem Gesicht ausbreitete, unerträglich vor Einbildung. »Ein *enger* Freund, der Sie sehr gut kannte.«

Seine Häme führte dazu, dass sich bleierne Furcht in Crawfords Herzen und seinem ganzen Körper ausbreitete, dennoch bemühte er sich weiterhin, möglichst ausdruckslos dreinzublicken, weil Otterman auf keinen Fall die Oberhand bekommen durfte.

Falls er seine Reaktion durch irgendwas – *irgendwas* –

beeinflussen ließ, was Otterman sagte, dann waren er und Conrad so gut wie tot. Wenn sie überleben wollten, dann nur mit einem kühlen Kopf, nicht durch emotionale Reflexe. Er musste sein Blatt schlauer ausspielen als Otterman seins.

»Und Sie sind bemerkenswert berechenbar«, fuhr Otterman fort.

»Inwiefern?«

»Die Flinte meines Mannes wäre zu unhandlich gewesen, um damit durchs Fenster zu klettern, aber das Springmesser meines anderen Mannes haben Sie bestimmt noch irgendwo. Wahrscheinlich haben Sie gedacht, ich hätte das vergessen, aber davon kann keine Rede sein. Sie werden noch bereuen, dass Sie es nicht sofort eingesetzt haben. Ich glaube, dass Sie es nur aus einem Grund nicht getan haben – weil Sie sich zwar alle Mühe geben, so zu tun, als würde Conrad Sie nicht interessieren, aber ich diese Pistole an seinen Kopf halte. Und jetzt ziehen Sie das versteckte Messer raus – aus Ihrem Stiefel, wäre mein Tipp – und platzieren es so auf dem Tisch, dass die Klinge in Ihre Richtung zeigt, bevor Sie die Hände wieder flach auf die Tischplatte legen.«

Im Geist stieß Crawford eine Litanei von Flüchen aus, doch äußerlich blieb er ganz ruhig, während er in seinen Stiefel griff, das Messer herauszog und Ottermans Anweisungen befolgte. Otterman nahm das Springmesser und schleuderte es zusammen mit seinem Steakmesser außer Reichweite.

Crawford drehte den Kopf und sah, dass sie direkt an der Wand gegenüber gelandet waren, viel zu weit weg, als dass er sie erreichen konnte. Bevor er wieder Otterman ansah, hatte er für einen Sekundenbruchteil Augenkontakt mit Conrad. »Sie hätten sich den Aufwand sparen können, ihn extra herzubringen«, erklärte er Otterman. »Er hat mit der Sache nichts zu tun.«

»Nein?«

»Nein.«

»Dann war es Zufall, dass er und ich gestern im selben Nachtclub waren?«

»Er ist ein Säufer. Er trinkt überall, wo er gerade landet.«

»Ist auch egal, ob es Zufall war oder nicht. Er hat mir geholfen, die Zeit zu überbrücken, bis Sie hier aufgetaucht sind. Sehen Sie, da kommt Ihre Berechenbarkeit ins Spiel. Ich wusste, dass ich mir die Mühe sparen konnte, Sie zu jagen, nachdem Sie Pat Connors Video von Ihrer Kleinen gesehen hatten. Ich wette, Sie haben sich in die Hose gemacht, als Sie es bekommen haben.«

Crawford wahrte seine steinerne Miene.

»Und«, fuhr Otterman fort, »mir war klar, dass der Lude einknicken und Ihnen verraten würde, wo die Hütte liegt, wenn er unter Druck gesetzt wurde. Ich konnte also in aller Ruhe abwarten, bis Sie hier auftauchen und ich in meiner Arena ein Heimspiel austragen kann. Und da sind Sie schon.«

Crawford ertrug seine Selbstgefälligkeit nur mit größter Mühe, aber er zwang sich, ruhig zu bleiben. »Was für einen Deal haben Sie eigentlich mit Smitty laufen?«, fragte er im Plauderton.

Otterman lachte verächtlich. »Der ist bloß ein Botenjunge.«

»Zwischen Ihnen und wem?«

»Rednecks mit mehr Geschwistern als Zähnen. Ich glaube, die meisten von denen können nicht mal lesen, aber andererseits liefern sie verblüffend gute Waffen.«

Waffen? Es ging Otterman um *Waffen?* Crawfords Hirn schaltete zwei Gänge höher, trotzdem versuchte er, so zu reagieren, als wäre das allgemein bekannt. »Das FBI sitzt Ihnen schon im Nacken, Chucky. Das ATF …«

»Ihr Bluff ist genauso durchschaubar wie Ihre gespielte

Gleichgültigkeit.« Otterman ließ ein bösartiges Grinsen aufleuchten, griff gleichzeitig nach der Münze, die neben seinem Teller gelegen hatte, und begann, sie über den Rücken der Finger seiner linken Hand zu rollen, während er in der Rechten immer noch die .357 hielt. »Niemand ist mir auf den Fersen, Ranger Hunt. Irgendwann wären Sie vielleicht auf meine profitable Nebenverdienstquelle gestoßen. Man kann seine Spuren noch so gut verwischen, eine Fährte gibt es immer, darum bin ich in den Anfangstagen meiner Laufbahn auch so oft umgezogen. Sie haben bewiesen, dass Sie ein guter Fährtensucher sind, sogar am Computer. Sie sind fast so gut als Spürhund wie bei Schießereien.« Er grinste wieder. »Aber in letzter Zeit waren Sie ganz und gar mit Georgia beschäftigt. Hübscher Name. Und Sie haben auch viel Zeit mit Holly Spencer verbracht, der Richterin mit dem heißen Arsch, die im Fernsehen Ihr Loblied singt. Sie brauchen mir gar nicht zu erzählen, ob da was zwischen Ihnen läuft, das kann ich mir schon denken.« Er ließ die Brauen tanzen. »Jedenfalls waren Sie in den letzten Tagen in Gedanken nicht wirklich bei der Arbeit, oder?«

Das Blut vereiste in Crawfords Adern, als er die beiden Namen aus Ottermans Mund hörte. Trotzdem ließ er sich das nicht anmerken. »Eins würde mich interessieren«, sagte er. »Smitty kauft die Waffen in Ihrem Auftrag und bekommt einen Anteil, wenn er sie liefert?«

Otterman lachte. »Würden Sie diesem verlogenen Kackhaufen etwa eine ganze Ladung von teuren Waffen anvertrauen, für die es einen richtig guten Markt gibt?«

»Guter Punkt.«

»Sie dürfen noch mal raten.«

»Smitty bekommt die Waffen gar nicht in die Hände, sondern wäscht nur das Geld in seinen Clubs.«

»Auch ich rühre die Ware nie an.«

»Schon kapiert«, sagte Crawford, obwohl er es gerade erst zu verstehen begann. »Sie sind bloß der Dirigent, das Spiel überlassen Sie anderen. Während Sie fleißig Waffen verschieben, haben Sie einen Vollzeitjob und finden obendrein Zeit, den Stützen der Gesellschaft Vorträge über das Wirtschaftswachstum zu halten.«

»Funktioniert doch reibungslos, oder?«

»Zwei Seiten einer Medaille.«

Otterman sah auf seine Linke und lächelte. »Sie denken viel zu viel nach. Das ist bloß eine Gewohnheit. Interpretieren Sie da nichts hinein.«

»Und wem verkaufen Sie die Waffen?«

»Tja, bis vor vier Jahren hatte ich einen exzellenten Kunden. Den Sie auch gut kannten.«

Die Zahnräder in Crawfords Hirn griffen ineinander, und auf einmal war alles ganz einfach. »Jesus«, flüsterte er. »Es geht hier um *Fuentes?*«

»Er war genauso besessen von Ihnen wie Sie von ihm.« Er lachte leise über Crawfords überraschte Miene. »Das wussten Sie nicht? Vielleicht sind Sie doch nicht so schlau. Fuentes war es, aber er hätte gar nicht so gewitzt sein müssen, um Sie zu finden. Sie wirken nicht gerade wie der typische Tierfutterverkäufer. Er hatte Sie im Visier, nachdem Sie in Halcon aufgetaucht waren. Sie faszinierten ihn. Sie müssen wissen, mein *Amigo* Manuel glaubte wirklich an das Image des Wildwest-Rangers. Er liebte den Mythos, die Legende. Er war ziemlich enttäuscht, als Sie in einem Pick-up statt auf einem Pferd anrückten. Jedenfalls wusste er genau, dass Sie demnächst zuschlagen würden. Er hätte nur nicht damit gerechnet, dass Sie so unhöflich sein könnten, auf der Feier seiner Nichte zuzuschlagen. Wie sich herausstellte, war das eine fatale Fehleinschätzung. Sie hatten keineswegs so gute Manieren.«

»Ich habe der Schlange den Kopf abgeschlagen.«

»Sie haben das ganze gottverdammte Vieh gekillt.« Er schlug so fest mit der Faust auf die Tischplatte, dass der Blechteller hochhüpfte. »Sie haben mich um eine verflucht gute Einnahmequelle gebracht.«

»Und das wollen Sie mir jetzt heimzahlen.«

»Das hier ist nur der Anfang«, versprach Otterman. »Erst werden Sie ihn sterben sehen.« Er nickte zu Conrad hin. »Dann«, er zwinkerte ihm zu, »habe ich noch mehr geplant. Ich weiß genau, wie wichtig Ihnen die Frauen in Ihrem Leben sind.«

Crawfords Magen krampfte sich vor Angst und Abscheu zusammen, aber er behielt immer noch einen klaren Kopf. Entweder er oder Otterman würden bald sterben. Falls er Glück hatte und Otterman dran glauben musste, wollte er vorher so viel wie möglich über ihn und seine kriminellen Aktivitäten erfahren.

Darum lenkte er das Gespräch in eine andere Richtung. »Nachdem ich Fuentes in die Hölle geschickt hatte, haben Sie einen Vertrag bei der Firma in Houston unterschrieben.«

»Weil ich Sie im Auge behalten wollte. Dann sind Sie nach Prentiss gezogen, um näher bei Ihrem Kind zu sein, und ich habe meine Chefs um eine Versetzung hierher gebeten. Seither habe ich nur auf den richtigen Moment gewartet.«

»Warum haben Sie mich nicht einfach erledigen lassen? Aus einem vorbeifahrenden Auto heraus? Oder durch einen Überfall zu Hause wie Connor? Wozu der ganze Aufwand?«

»Sie unterschätzen Ihren Promistatus. Für Sie gibt es keinen einfachen, schmerzlosen Tod. Ich wollte Sie spektakulär sterben sehen. Als ich von Ihrer Sorgerechtsanhörung erfuhr, knobelte ich mit Pat Connor einen Plan aus. Und vereinbarte einen Termin bei der Staatsanwältin, nur damit ich dabei sein konnte, wenn man Ihren von Kugeln zerfetzten Körper in den Leichensack packte.«

»Ist aber nicht passiert.«

»Nein. Der dumme Arsch hat versagt. Sich in die Hose gemacht. Und ist abgehauen.« Die harten, zornigen Züge glätteten sich. »Aber«, fuhr er fast gut gelaunt fort, »letzten Endes war das umso besser. Es war zu schön zuzusehen, wie Sie sich eine ganze Woche gewunden haben und immer ängstlicher wurden.«

Crawford ließ sich nicht ansehen, wie gut dieser Plan tatsächlich funktioniert hatte, denn diese Genugtuung wollte er Otterman nicht geben. »Was hätten Sie getan, wenn Connor erwischt worden wäre?«

»Also, im Idealfall hätte er es nicht lebend aus dem Gericht geschafft. Ich hatte mir überlegt, dass ihn in einem Bau voller Bullen mit Sicherheit jemand erledigen würde, vielleicht sogar der Gerichtsdiener, den er erschossen hatte. Aber selbst wenn man ihn gefangen genommen hätte, hätte ich mir keine Sorgen gemacht. Wer hätte ihm schon geglaubt, wenn er mit dem Finger auf mich gezeigt hätte? Sie haben es selbst erlebt, nicht wahr? Dass man Ihnen Ihre Anschuldigungen gegen mich nicht geglaubt hat?«

Crawford ließ das unbeantwortet. »Warum Connor?«

»Für so was nimmt man einen Mann, den jeder sieht, aber keiner wahrnimmt. Der sich durchs Leben treiben lässt. Man bietet ihm ein bisschen Abwechslung in der öden Routine.«

»Ich danke für die Lektion in Sachen Bestechung, aber wie haben Sie ihn dazu gebracht, dass er bei einem Mord mitmacht?«

»Er hat für mich den Kontakt zu diesen Waffenschiebern im Sumpf hergestellt. Eine ganze Weile ging das gut, aber dann hat Pat ein bisschen von meinem Kuchen genascht. Als würde mir so was nicht auffallen. Dummer Fehler. Ich habe ihn nicht erledigen lassen, weil es immer gut ist, einen Spitzel im Police Department zu haben. Und noch besser, wenn der Spitzel dir etwas schuldig ist, weil du ihn am Leben gelassen hast.« Er zuckte mit den Achseln. »Er war mir nicht mehr von Nutzen.«

»Das ist alles nicht wirklich neu«, sagte Crawford. »Bis auf die Tatsache, dass Sie das alles getan haben, nur um sich für Fuentes zu rächen.«

»Was haben Sie denn gedacht?«

»Ich dachte…« Aber dann verstummte er, denn er wollte keinesfalls laut aussprechen, was er am meisten gefürchtet hatte: dass es bei Ottermans Rache irgendwie um Beth gehen könnte. Crawford konzentrierte sich wieder auf ihn. »Ich dachte, hinter Ihrem Rachefeldzug würde irgendein Ehrenkodex stecken. Ein pervertierter vielleicht, aber zumindest *irgendein* Ehrenkodex. Ich hätte gedacht, Sie wollten einen der ermordeten Partygäste in Halcon oder vielleicht einen der gestorbenen Polizisten rächen.«

»Wieso sollte ich mich einen feuchten Dreck für die interessieren?«

Crawford sah seinem Gegenüber tief in die Augen. Oder versuchte es. Doch die waren undurchdringlich. Tot. Dahinter war rein gar nichts. Jetzt begriff er, warum er vom ersten Augenblick an eine so tiefe Abneigung gegen Otterman empfunden hatte. Diese Augen besaßen keine Seele. Nicht der Verlust einer geliebten Frau, eines Freundes oder Verwandten hatte ihn zu dieser Vendetta getrieben. Sondern reine Geldgier. Und Machtgier. Das war Ottermans eigentlicher Kick – mit dem Leben anderer Menschen zu spielen. »Mein Fehler«, bekannte Crawford. »Natürlich interessiert Sie so was einen feuchten Dreck. Ich habe Sie als Mensch gesehen, dabei sind Sie nichts als ein billiger Verbrecher, der mir heimzahlen will, dass ich ihm seinen Geschäftspartner weggenommen habe.«

»Ich habe Jahre gebraucht, um das Vertrauen dieses eingebildeten Arschlochs zu gewinnen. Und noch mehr Jahre, bis ich zusammen mit ihm ein Monopol errichtet hatte. Dann sind Sie gekommen und haben in einer fünfminütigen Schießerei alles kaputtgemacht.«

»Tatsächlich hat sie sieben Minuten gedauert.«

Otterman fing die Münze in der Faust und knallte sie wieder auf den Tisch. »Sieben Minuten, die mich Millionen gekostet haben.«

»Mein Gott, das hat bestimmt wehgetan.«

Beim letzten Wort stieß Crawford so fest mit dem Fuß gegen die Sprosse an Ottermans Stuhl, dass er nach hinten kippte. Ottermans Finger krümmte sich automatisch um den Abzug der .357, doch Crawford hatte es geschafft – er erwischte ihn unvorbereitet. Es folgte ein Knall wie Kanonendonner, und in der Decke entstand ein großes Loch.

Crawford hechtete über den Tisch, schnappte im Flug die Gabel vom Blechteller und rammte sie seitlich in Ottermans Hals, als er auf ihm landete. Er hatte auf die Halsschlagader gezielt, war aber nicht sicher, ob er sie erwischt hatte, darum zog er die Gabel wieder heraus und stach noch einmal zu. Und dann noch ein drittes, ein letztes Mal. Als das Blut stoßweise zu spritzen begann, stieß er sich von Otterman ab und entwand ihm die Pistole.

Ottermans Augen waren doch nicht völlig seelenlos. Auf einmal brannte wilde Panik in ihnen, während er die verfluchte Münze fallen ließ und mit beiden Händen vergeblich versuchte, den blutenden Geysir an seinem Hals zu stoppen. Die Münze rollte über den Boden davon und blieb dann in einer Ritze zwischen den unebenen Planken stecken.

Crawford zielte mit der Pistole auf ihn. »Nur damit du nicht abhaust, während du stirbst…« Dann schoss er ihm ins Knie. »Schönen Gruß von Deputy Sheriff Chet Barker.«

Ohne auf Ottermans gurgelndes Geschrei zu achten, ging Crawford zur Wand und hob das Springmesser auf. Damit löste er den Knoten in dem Handtuch um Conrads Kopf.

»Gute Arbeit, Sohn«, keuchte Conrad, nachdem er den Knebel ausgespuckt hatte.

»Bist du okay?«

»Ein bisschen verschrammt, aber sonst ist mir nichts passiert. Ich glaube, meine Handgelenke bluten.«

Die Angelleine hatte tief in sein Fleisch geschnitten und die Haut aufgeritzt. So behutsam wie möglich durchtrennte Crawford die Fessel, befreite dann Conrads Fußgelenke von den Stuhlbeinen und half ihm beim Aufstehen.

Conrad schüttelte die Hände, um wieder etwas Gefühl darin zu bekommen. »Meine kleine Aufführung gestern Abend hat dir also doch was gebracht, oder?«

»Eine Menge.« Crawford sah den Stolz in Conrads Augen aufblitzen.

»Hat dazu geführt, dass ich entführt wurde, obwohl ich mich fester gewehrt habe, als er behauptet hat«, schnaubte er voll Selbstironie. »Ich schätze, es stimmt, was er gesagt hat. Ich hätte irgendeinen Laut von mir geben können, um dich zu warnen, bevor du in die Falle getappt bist, aber…«

»Dann hätte er dich ohne zu zögern erschossen.«

Conrad lachte. »Das wäre kein großer Verlust gewesen. Ich habe die Klappe gehalten, weil ich mit eigenen Augen sehen wollte, dass dich die Arschlöcher da draußen nicht erwischt haben. Ich wollte mich überzeugen, dass du wohlauf bist. Ein paar Minuten…« Dann umarmte er den völlig fassungslosen Crawford. Die Geste war unbeholfen und beiden eher peinlich, aber sie zählte. Ein paarmal klopften sie sich gegenseitig auf den Rücken.

Als sie sich voneinander lösten, lächelte Conrad zu ihm auf, und Crawford sah Tränen in den Augen seines Vaters.

Dann zuckte Conrad, sein Blick hatte etwas rechts von Crawford erfasst. Crawford begriff und reagierte blitzschnell. Mit erhobener Pistole wirbelte er herum, der Lärm war ohrenbetäubend.

Otterman spürte die Kugel nicht mehr, die ihn tötete.

Und er hörte auch nicht Crawfords entsetzten Schrei: »Dad!«

# 33

Holly folgte der Karawane von Einsatzfahrzeugen so weit wie möglich. Bis sie an die Abzweigung kam, an der das mittlerweile allseits bekannte Schild stand, war die ungeteerte Straße bereits abgesperrt worden, und nur Einsatzkräfte erhielten ab hier Zugang zum Gelände.

Doch selbst einige Polizisten, die ohne ausdrücklichen Befehl hier waren, durften nicht weiterfahren und kümmerten sich stattdessen um den Stau, der sich durch die anrückenden Fahrzeuge gebildet hatte. Die Rettungswagen konnten kaum durch die verstopfte Straße vordringen. Niemand konnte Holly die Frage beantworten, wie viele Opfer es gab oder wie schwer die Verletzungen waren.

Sie und ein Pulk von Schaulustigen, die von dem Drama angezogen wurden wie Motten vom Licht, hatten auf den Seitenstreifen der wenig befahrenen Landstraße geparkt. Dort war sie auf und ab gegangen, das Handy fest in der Hand, und hatte verzweifelt auf ein Läuten gewartet. Sie hatte abwechselnd Harry, Sessions und Neal angerufen und ihnen immer wieder auf die Mailbox gesprochen.

Natürlich wollte sie vor allem Crawfords Stimme hören, aber sie hatte nicht die Nummer des Prepaid-Handys, das er benutzt hatte, um Harry anzurufen … bis er die Kommunikation ganz eingestellt hatte.

Als ihr Handy endlich doch läutete, erschien Neal Lesters Name im Display. Atemlos nahm sie das Gespräch an.

»Ich rufe für Crawford an«, begann er.

»Ist mit ihm alles okay?«

»Ihm ist nichts passiert, er ist nur beschäftigt.«

Vor Erleichterung musste sie so schluchzen, dass ihr die Brust wehtat. »Ehrenwort? Ihm ist nichts passiert?«

»Ja. Wir wollen nur von ihm hören, was genau vorgefallen ist. Hier geht es zu wie im Irrenhaus.«

»Ich weiß. Ich bin auch hier.«

»Wo?«

»Hier. Mein Wagen parkt gleich westlich der Abzweigung an der Straße.«

Er überlegte kurz. »Wir treffen uns an der Absperrung. In fünf Minuten.« Dann hatte er aufgelegt.

Sie war vor ihm dort. Neal hielt seinen Zivilwagen auf der anderen Seite der Absperrung an, stieg aus, sprach mit einem der Polizisten, die dort Wache standen, und duckte sich unter dem Absperrband durch, um zu ihr zu gelangen.

»Was tun Sie hier draußen?«

»Ich konnte nicht untätig zu Hause rumsitzen. Erzählen Sie mir, was passiert ist. Wurde Otterman verhaftet?«

»Er ist tot. Ein Schuss in den Kopf. Das Knie ist ebenfalls zerschossen. Die grausamen Details erspare ich Ihnen lieber.«

»Hat Crawford …?«

»Ja.«

Sie klammerte sich an jedes Wort, während Neal die Situation beschrieb. Als er kurz Atem holen musste, ergriff sie das Wort. »Die Ranger haben Ottermans Verbindung zu Manuel Fuentes aufgedeckt. Darum wollten sie um jeden Preis mit Crawford sprechen.«

Er nickte. »Otterman hat Crawford gestanden, dass er im großen Stil Waffen verschoben hat. Ottermans Leibwächter, den Crawford in den Kofferraum von Smittys Wagen gestopft hat, ist stinksauer, weil er ihn mit Klebeband gefesselt hat, aber es ist ihm weit besser ergangen als seinem Kollegen, den wir halb im, halb neben dem Wasser gefunden haben. Tot. Nachdem er das von seinem Kumpel und von dem Gemetzel in der Hütte gehört hatte, war er nur zu bereit, uns von den Waffenschiebereien zu erzählen.«

Bei dem Wort »Gemetzel« schauderte sie. »Aber Crawford ist nichts passiert?« Sie konnte es gar nicht oft genug hören.

Er wandte den Blick ab. »Ihm nicht. Aber, also sein Vater hat es nicht geschafft.«

Sie taumelte einen Schritt zurück. »*Was?* Conrad war auch dort?«

»Sie kennen ihn?«

»Sagen Sie schon!«

Er erzählte ihr von der Entführung. »Der Kerl, der im Kofferraum eingesperrt war, hat uns erzählt, dass sie Conrad Hunt heute abgeholt und hierhergebracht hätten. Conrad hat tiefe Fesselungsmale an den Hand- und Fußgelenken. Otterman hat ihn erschossen. Crawford ist …« Er wandte den Blick ab und schüttelte den Kopf.

Sie schlug sich die Hand vor den Mund. »Können Sie mich zu ihm bringen?«

»Nein. Selbst wenn ich könnte, würde ich es nicht tun. Sie möchten ihn jetzt nicht sehen, glauben Sie mir. Er ist fast ausgeflippt, als er hörte, dass Sie hier sind. Er ist …« Was Neal auch sagen wollte, er überlegte es sich anders. »Sie sollten heimfahren, Richterin Spencer. Er wird noch eine ganze Weile nicht von hier wegkommen. Warten Sie, bis er sich mit Ihnen in Verbindung setzt.«

Da Crawford sie immer noch nicht angerufen hatte, konnte sie kaum etwas dagegen sagen. Neal wollte sich schon abwenden, aber sie hielt ihn zurück. »Danke, dass Sie hergekommen sind und mir alles persönlich erzählt haben. Ich hätte das nicht übers Telefon hören wollen.«

»Ich hatte das Gefühl, dass ich es Crawford schuldig bin.« Er wirkte verlegen. »Oder genauer gesagt, Ihnen beiden.« Er nickte knapp und duckte sich wieder unter dem Absperrband hindurch.

Sie ging zu ihrem Wagen zurück und wollte nur noch aus dem Chaos um sie herum fliehen – die endlose Schlange von Einsatzfahrzeugen mit ihren aufdringlich blinkenden Signallichtern erinnerte an die grelle Beleuchtung einer Kirmes. Die in Grüppchen herumstehenden Gaffer tauschten Gerüchte über die Anzahl der Toten, spekulierten darüber, wer wohl gestorben war und wer überlebt hatte, um Zeugnis abzulegen. Am liebsten hätte sie alle angeschrien, endlich den Mund zu halten.

Als sie ihren Wagen erreicht hatte, stieg sie ein und presste erschöpft die Stirn aufs Lenkrad.

»Abfahrt, Euer Ehren.«

Halb zu Tode erschrocken riss sie den Kopf herum. Als sie seine blutdurchtränkten Kleider sah, hauchte sie seinen Namen.

Der riesige rote Fleck war noch so frisch, dass er im Kaleidoskop der roten, weißen und blauen Blinklichter aufglänzte. Seine Augen funkelten sie aus tiefen Höhlen an. Auf seiner Stirn standen Schweißperlen, in denen sich einzelne Haarsträhnen verfangen hatten.

Er kauerte in der Ecke der Rückbank, verharrte dort vollkommen regungslos, das linke Bein ausgestreckt, die Spitze des blutbespritzten Cowboystiefels zum Autohimmel gerichtet. Das rechte Bein hatte er am Knie abgewinkelt. Seine rechte Hand ruhte darauf und hielt eine Pistole umklammert, deren Lauf bösartig auf sie gerichtet war.

»Das ist nicht mein Blut«, sagte er.

»Das hat Neal mir erzählt.«

Er sah an seinem langen Rumpf hinunter und stieß ein kehliges, bitteres Lachen aus. »Er war schon tot, bevor er auf dem Boden aufkam, trotzdem wollte ich ganz sichergehen. Schön blöd. Hab mir damit das Hemd versaut, und es war eins von meinen Lieblingshemden.«

Sie ließ sich weder von seiner vorgetäuschten Gleichgültigkeit noch von seiner entspannten Körperhaltung täuschen. Jederzeit konnte er explodieren, er reagierte wie Nitroglyzerin bei einer Erschütterung.

Weiter vorne begannen Streifenpolizisten, die Reihe der geparkten Fahrzeuge abzugehen und den Fahrern zu signalisieren, die Seitenstreifen freizumachen. Entweder tat sie, was man von ihr verlangte, oder man würde ihn in ihrem Auto erwischen.

»Sergeant Lester hat mir erzählt, dass …«

»Dass ich den Hurensohn erschossen habe? Stimmt. Er ist tot. Und jetzt los.«

Gott sei Dank, sie widersprach nicht. Ohne weitere Widerworte ließ sie den Wagen an und lenkte ihn auf die Fahrspur.

»Du solltest dein Auto abschließen, wenn du aussteigst«, sagte er. »Aber ich bin froh, dass du es nicht getan hast.«

»Wo willst du jetzt hin?«

»Fahr erst mal Richtung Prentiss. Von da aus dirigiere ich dich weiter.«

Nachdem sie inzwischen die anderen Fahrzeuge hinter sich gelassen hatten, setzte er sich auf und legte die Pistole in den Fußraum. »Ich frage mich, ob Joe sie schon vermisst.«

»Willst du mir erzählen, was passiert ist?«

»Otterman hat Conrad erschossen. Ich habe Otterman erschossen. Ich dachte, ich hätte ihn erledigt, aber… Mir war klar, dass er noch eine Waffe versteckt hatte. Warum habe ich ihn nicht durchsucht?« Er presste die Handballen auf seine Augen, in denen stille Tränen brannten. »Ich hätte ihm nicht verwehren dürfen, dass er Georgia sieht.«

»Conrad, meinst du.«

»Das war rachsüchtig. Gemein. Ich war all die Jahre immer nur wütend auf ihn. Ich…« Er verstummte, weil er nicht weitersprechen konnte.

»Er hat es verstanden, Crawford«, besänftigte Holly ihn leise. Er nahm die Hände von den Augen und sah sie über den Rückspiegel an. »Er hat dich verstanden und deine Entscheidung gutgeheißen. Irgendwann werde ich dir erzählen, was er zu mir gesagt hat, aber das ist jetzt nicht der Zeitpunkt dafür. Musst du nicht wieder zurück?«

»Sie haben alles von mir zu hören bekommen, das wird für heute Abend reichen. Morgen früh nehmen wir den Faden wieder auf. Ich habe Conrad im Stich gelassen. Einer der Sanitäter hat mir erklärt, dass die Reporter schon vor dem Krankenhaus Posten bezogen haben und auf die eintreffenden Rettungswagen warten. Ich konnte mich dem jetzt einfach nicht stellen.«

»Sie werden nach dir Ausschau halten. Gib wenigstens Neal Bescheid.« Als er nicht reagierte, bot sie ihm an, für ihn anzurufen.

Widerstrebend nickte er. »Wahrscheinlich wäre es besser. Ich will nicht, dass er schon wieder seine Zeit damit vergeudet, nach mir zu suchen.«

Sie tippte die Nummer ein und stellte auf Lauthören, damit Crawford das Gespräch mitbekam. Neal ging sofort dran.

»Crawford ist wie vom Erdboden verschwunden. Niemand hat ihn gehen sehen. Und er hat keinem gesagt…«

»Er ist bei mir.«

»Warum überrascht mich das nicht?«, brummelte er. »Und wo sind Sie jetzt?«

»Er sagte, Sie würden morgen früh weitermachen.«

»Um halb acht.«

»Er wird da sein.« Sie trennte die Verbindung. »Ich glaube, er macht sich Sorgen um dich.«

Crawford schnaubte. »Er macht sich nur Sorgen, dass er ins Kreuzfeuer geraten könnte, weil er so falschgelegen hat. Jedenfalls vielen Dank dafür.«

»Du brauchst mir nicht zu danken.«

Zu seiner Verblüffung lenkte sie den Wagen plötzlich an den Straßenrand, stieg aus und zog die Tür zum Fond auf. Dann krabbelte sie mehr oder weniger über ihn, legte die Hände an seine Wangen und zog sein Gesicht an ihres.

»Holly, ich bin überall voller Blut.«

»Mir egal. Ich muss dich hier und jetzt spüren.«

Sie küssten sich. Als sie sich schließlich voneinander lösten, fuhr sie weiter mit den Fingerspitzen über sein Gesicht, als wollte sie sich vergewissern, dass er tatsächlich bei ihr war. »Ich hatte solche Angst, dass du sterben könntest«, sagte sie rau mit gefühlserstickter Stimme.

»Ganz ehrlich, die hatte ich auch.«

Er legte die Hand auf ihren Hinterkopf, zog ihn nach unten, und sie küssten sich wieder. »Warum ich mich abgeseilt habe?«, begann er, nachdem der Kuss für ihn viel zu früh geendet hatte. »Die Ermittlungen werden mich über Stunden, Tage, Wochen beanspruchen, und ich *muss* Georgia vorher noch mal sehen. Wenn du mich nicht zu ihr bringst, werde ich mir was anderes überlegen, um zu ihr zu kommen. Aber ich muss sie sehen.«

»Du willst heute Nacht noch nach Austin fahren?«

»Sie sind nicht in Austin. Grace hat nicht mal eine Schwester.«

Das attraktive Blockhaus gehörte Freunden der Gilroys, die in dieselbe Kirche gingen wie sie und es als Wochenendhaus benutzten. Das mit Kiefern umrandete Grundstück befand sich an einem See etwa zwanzig Meilen südlich von Prentiss. Joe hatte dieses Versteck vorgeschlagen, und in Crawfords Ohren hatte es sich ideal angehört.

Er hatte niemandem verraten, wohin sie tatsächlich gefahren waren, weil das Versteck so nahe bei Prentiss lag. Und bei Otterman. Er hatte es sogar vor Holly verheimlicht, falls sie je unter Druck gesetzt werden sollte, jemandem das zu sagen, was sie für die Wahrheit hielt.

Gemeinsam gingen sie zur Tür. Er klopfte leise an. Ein paar Sekunden später ging das Licht über dem Eingang an. Grace stieß einen erstickten Schrei aus, als sie die Tür aufzog und Crawford sah.

»Das ist nicht mein Blut.« Grace sah keineswegs beruhigt aus, als er und Holly ins Haus traten und sie seine schlammverkrusteten Stiefel und Jeans und dazu die Pistole in seiner Hand sah. »Ich will zu Georgia. Aber erst muss ich mich waschen.«

»Hier hinten.«

Sie führte sie durch einen Flur in ein recht großes, gemütlich eingerichtetes Wohnzimmer mit Blick auf den See hinter der Fensterfront. Joe saß in einem Sessel, hatte Kopfhörer aufgesetzt und sah fern.

Grace sprach ihn so laut an, dass sie den Fernseher übertönte. Er sah in ihre Richtung und schreckte zusammen, als er Crawford erkannte. Beim Aufspringen riss er den Kopfhörer von seinem Schädel. »Heiliger Himmel!«

»Das ist nicht mein Blut«, erklärte Crawford zum dritten Mal. »Sondern das von meinem Dad. Er ist tot.« Während seine Schwiegereltern das verdauten, ergänzte er: »Aber der Bastard, der ihn umgebracht hat, auch.«

»Otterman?«

Crawford nickte. »Ich habe ihn mit seiner eigenen Pistole erschossen, nicht mit deiner. Die habe ich mir neulich abends ausgeliehen. Sie wurde nicht abgefeuert.« Er legte die Pistole auf den Couchtisch. »Kann ich mir ein Hemd borgen?«

Immer noch unter Schock drehte sich Grace auf dem Absatz um und kehrte kurz darauf mit einem schlichten weißen T-Shirt zurück, wie Joe sie ständig trug. Dann zeigte sie Crawford, wo sich das Bad befand. Nachdem er die Tür geschlossen hatte, betrachtete er sich im Spiegel über dem Waschbecken, und der Anblick war wirklich schockierend. Geradezu beängstigend.

Aber er hielt sich nicht damit auf, wie verheerend er aussah. Er zog das blutverklebte Hemd aus und wusch sich Brust und Hände. Das Wasser aus dem Hahn vermischte sich mit dem Blut seines Vaters und bildete einen roten Strudel, der langsam in Rosa überging. Während die Schlieren im Abschluss versickerten, tropften ihm die Tränen nur so aus den Augen. Er spritzte sich kaltes Wasser ins Gesicht und kämmte seine schweißnassen Haare zurück.

Schließlich trat er in dem weißen T-Shirt aus dem Bad und sagte zu Grace, die davor gewartet hatte: »Eine Bitte hätte ich noch. Ich bräuchte eine Papiertüte. Ich muss das Hemd aufbewahren, vielleicht wird es noch als Beweisstück gebraucht.«

Als das erledigt war, kehrten sie ins Wohnzimmer zurück. »Wo schläft Georgia?«, fragte er.

Joe reckte die Brust vor und nahm die nur allzu vertraute

kämpferische Haltung ein. »Das Kontaktverbot gilt immer noch.«

Grace warf ihm einen strafenden Blick zu. »Joe, ich bitte dich.«

Sie führte Crawford wieder durch den Flur und blieb vor einer Tür stehen. »Das mit deinem Vater tut mir aufrichtig leid.«

»Danke.«

Er öffnete die Zimmertür und schloss sie hinter sich. Ein Nachtlicht brannte und leuchtete auf Georgia, die auf der Seite schlief, Mr. Bunny eng an sich gedrückt. Er wollte sie nicht aufwecken. Sie sollte sich nicht freuen, ihn zu sehen, nur um sich gleich wieder von ihm verabschieden zu müssen. Und auf jeden Fall hätte er mit seinen dreckigen Sachen ihr Bett schmutzig gemacht.

Aber er kniete neben ihrem Bett nieder und konnte der Versuchung nicht widerstehen, eine Locke um seinen kleinen Finger zu wickeln und sie an die Lippen zu heben. Er hätte Otterman, aber auch jeden anderen getötet, um sie zu beschützen.

Er schaute ihr beim Schlafen zu, lauschte lächelnd ihrem sanften Schnarchen, das er überall auf der Welt wiedererkannt hätte. Ihr süßes Gesicht, ihre Unschuld waren Balsam für sein malträtiertes Herz. Etwa zehn Minuten flüsterte er ihr zu, dass er sie liebte, dann küsste er noch einmal ihre Locke, schlich auf Zehenspitzen aus dem Zimmer und zog die Tür leise hinter sich zu.

Die anderen drei erwarteten ihn in angespanntem Schweigen. Holly schien sich ganz besonders Sorgen um seine seelische Verfassung zu machen. Grace saß stocksteif auf ihrem Stuhl, und ihre Miene war vor Anspannung wie eingefroren.

Joe ließ dem Zorn, den er bis dahin gezügelt hatte, freien

Lauf. »Wie kannst du es wagen, hier aufzutauchen, als kämst du geradewegs aus dem Schlachthaus?«

»Ich kann mich heute Nacht nicht mit dir streiten, Joe.« Er forderte Holly mit einem Nicken zur Tür hin zum Gehen auf.

»Meinen Glückwunsch, dass du diesen Drecksack erwischt hast«, sagte Joe.

»Danke. Gute Nacht, Grace.«

»Wie viele Regeln hast du übertreten, um ihn zu kriegen?«

Crawford blieb stehen und drehte sich, unendlich müde, zu seinem Schwiegervater um. »Ein paar. Ein paar habe ich auch zurechtgebogen. Aber lieber sterbe ich, als dass ich mich dafür rechtfertige, und schon gar nicht vor dir. Otterman hat vier Jahre an diesem Plan geschmiedet, und er hätte keine Ruhe gegeben, bis er mich getötet hätte. Oder die Menschen in meiner Nähe.«

»Nur weil er eine Gefahr für Georgia bedeutete, habe ich dich das Kontaktverbot ein zweites Mal übertreten lassen.«

»Ich habe dir dafür gedankt, und mein Dank war aufrichtig. Warum führen wir dieses Gespräch überhaupt? Gehen wir, Holly.« Er nahm ihren Arm.

Doch Joe war noch nicht bereit, ihn so schnell davonkommen zu lassen. »Morgen wird man dich wieder als Helden feiern.«

»Ich weiß, wie dich das ärgert. Mir gefällt es auch nicht.«

»Und du erwartest, dass ich das glaube?«

»Ich erwarte nur eins von dir, Joe, nämlich: Führ dich nicht auf wie der letzte Arsch, und das selbst in einer wirklich, wirklich üblen Nacht.«

»Du sollst nur wissen, dass ich den Kampf um meine Enkelin noch lange nicht aufgebe.«

»Wir sehen uns vor Gericht.«

»Und da wirst du *sie* nicht auf deiner Seite haben.«

»Bitte sprechen Sie nicht über meinen Kopf hinweg, Mr. Gilroy«, erwiderte Holly, die Joe gemeint hatte. »Wenn Sie mir etwas zu sagen haben, ich stehe direkt vor Ihnen.«

»Sie haben einen Deal mit mir. Vergessen Sie das nicht.«

»Das habe ich auch nicht vergessen. Crawford weiß bereits davon. Wenn ich in den Zeugenstand gerufen werde, werde ich die Wahrheit sagen.«

»Sie schon, aber *er* nicht.«

»Crawford würde unter Eid nicht lügen.«

»Er lügt schon unter Eid, seit dieser Mist angefangen hat.«

Crawford bemerkte das triumphierende Glänzen in den Augen seines Schwiegervaters, und in diesem Augenblick, in diesem Moment vollkommener Klarheit traf ihn die Erkenntnis wie ein Schlag ins Genick. »Jesus.« Sein Kopf kippte nach vorn, bis sein Kinn beinahe auf seiner Brust zu liegen kam. Er presste die Hände auf seine Schläfen.

»Crawford?« Holly sprach ihn hörbar besorgt an und legte die Hand auf seinen Rücken. »Was ist? Was ist denn los?«

Er senkte die Hände, hob den Kopf und ging langsam auf Joe zu, versuchte, in seinen Augen zu lesen, und entdeckte darin die nackte Wahrheit. »Du weißt es.« Er tauchte noch tiefer in Joes unzähmbaren Blick. »Du hast es schon immer gewusst, habe ich recht? Das war dein Trumpf im Ärmel.«

Längst nicht mehr so selbstzufrieden, wehrte sich der ältere Mann quengelig: »Ich weiß nicht, wovon du redest.«

»Oh doch, das weißt du genau«, widersprach Crawford leise. »Wann wolltest du ihn einsetzen, Joe? Wenn alle anderen Möglichkeiten ausgeschöpft sind?«

»Worüber redet ihr beide?«, fragte Grace.

»Willst du es ihr erzählen, Joe?«, fragte Crawford.

Der ältere Mann wedelte wegwerfend mit der Hand. »Er redet Unsinn.«

»Im Gegenteil, jetzt ergibt alles Sinn«, sagte Crawford. »Bis zu diesem Moment hast du nur nicht gewusst, dass *ich* es weiß. Du hast nur auf den geeigneten Moment gewartet, um mich damit zu Fall zu bringen.«

»Was gewusst?«, fragte Grace zunehmend ungeduldig.

Joe sah sie an, und seine Wangenmuskeln erschlafften. Das Feuer in seinem Blick wurde matter. Er sah aus wie ein Kommandant, der in seinen eigenen, geschickt angelegten Hinterhalt geraten war.

Grace ließ nicht locker. »Joe? Was ist los?«

Doch als ihr Mann stumm blieb, lächelte Crawford sie nur traurig an und sah dann in Hollys Augen. »Georgia ist nicht mein Kind.«

# 34

Hollys Lippen teilten sich ungläubig.

Grace legte die Finger an die Wange, als hätte man sie geohrfeigt.

Joe kehrte zu seinem Sessel zurück und ließ sich hineinfallen.

Crawford wandte sich an Holly. »Unter Eid habe ich sie nie als meine Tochter bezeichnet. Du kannst die Verhandlungsprotokolle durchsehen. Ich nenne sie nicht mal im Gespräch so. Andere Menschen tun das sehr wohl, und ich korrigiere sie nie, was man strenggenommen als Lüge ansehen kann, weil ich sie nicht gezeugt habe.«

»Wie lange weißt du das schon?«

»Seit sie ein Jahr alt war. Beth erzählte es mir an dem Morgen, an dem ich das letzte Mal nach Halcon aufgebrochen bin. Sie wollte nicht, dass ich fahre. Ich bestand darauf, ich musste meinen Job zu Ende bringen. Der Streit wurde hässlich. Sie wollte mich so tief wie möglich verletzen. Und das hat sie geschafft.«

Grace weinte inzwischen ganz unverhohlen und presste die Hand auf den Mund, um ein Schluchzen zu unterdrücken.

»Wer ist der Vater?«, fragte Holly.

»Ungefähr neun Monate vor Georgias Geburt, eine Woche hin oder her, hätte ich übers Wochenende heimkommen sollen. Im letzten Moment gab es eine Änderung, und ich blieb in Westtexas. Beth tobte. Sie telefonierte ein paar Freundinnen zusammen und ging mit ihnen auf die Piste. Es wurde ein wilder Abend. In einer Bar lernte sie einen Typen kennen und schlief mit ihm, um mich zu bestrafen. Als ich zwei Wochenenden später endlich heimkam, hatten wir jede Menge Versöhnungssex, darum hatte ich keinen Grund zur Annahme, dass das Baby nicht von mir ist. Beth hat genau diesen Augenblick gewählt, um es mir zu sagen.«

»Und genau darum zweifle ich das an«, sagte Holly. »Vielleicht hat sie sich das nur ausgedacht, damit du von deiner Jagd auf Fuentes ablässt.«

Crawford sah seinen Schwiegervater an, und der bestätigte unter Crawfords hartem Blick. »Es ist wahr.«

»Und du hast mir das nie erzählt?«, fragte Grace.

»Beth hatte sich mir anvertraut«, versuchte er sich zu verteidigen. »Sie merkte, dass ihre Schwangerschaft schon zu weit fortgeschritten war, als eigentlich zu erwarten gewesen wäre. Als sie begriff, was passiert war, geriet sie in Panik. Sie kam zu mir und fragte mich, was sie tun sollte. Sie war außer sich. Zutiefst beschämt. Sie wollte nicht, dass ihre Ehe daran zerbrach. Sie wollte *dich«,* sagte er zu Crawford, »und darum habe ich ihr geraten, es dir nie zu beichten. Bis heute hatte ich keine Ahnung, dass sie es doch erzählt hat.«

»Sie behauptete, sie hätte den Mann weder vor diesem Abend noch je danach gesehen«, meinte Crawford. »Sie wüsste nicht mal, wie er hieß. Stimmt das?«

Joe nickte knapp. »Es war ein klassischer Seitensprung.«

Das löste die Anspannung, die Crawford seit Tagen im Klammergriff hielt. »Ich hoffe, das entspricht der Wahrheit. In der letzten Woche habe ich mich mehrmals gefragt, ob Otterman nicht dieser Mann gewesen sein könnte.«

»Oh, Crawford.« Holly nahm seine Hand und drückte sie mit aller Kraft.

»Ehrlich gesagt war das meine größte Angst. Und die größte Erleichterung war für mich nicht, dass er schließlich tot war, sondern zu erfahren, dass er nichts mit Beth und nichts mit Georgia zu tun hatte.« Seine Stimme brach. »Ich habe haufenweise Vermutungen über Otterman angestellt, aber das war die schlimmste für mich. Ich weiß nicht, ob ich es ertragen hätte, wenn … Na ja, jetzt ist das egal.«

Er trat an den Sessel, in den Grace gesunken war, ging vor ihr in die Hocke und nahm ihre Hände in seine, die sie fest zusammengefaltet hielt. »Du darfst deshalb nicht schlecht von Beth denken. Sie war unglücklich, ich habe sie damals unglücklich gemacht. Es war nur ein einziger Fehltritt. Sie liebte Georgia. Sie liebte mich. Das weiß ich genau. Nur ein paar Tage nach diesem Streit wurde sie angerufen und bekam erzählt, dass ich verwundet worden war. Vielleicht hatte sie das Gefühl, dass sie mir Unglück gebracht hatte, dass ich irgendwie ihretwegen angeschossen worden war, was weiß ich. Ich glaube, deshalb wollte sie in dieser Nacht unbedingt zu mir. Sie wollte alles zwischen uns klären.«

»Hättest du ihr verziehen?«

»Das hatte ich längst. Weil ich sie auch liebte. Und Georgia wurde mein Kind, als die Ärztin sie mir gleich nach der Geburt in die Hände legte. Ich könnte sie nicht mehr lieben, wenn ich sie gezeugt hätte.«

Joe stand auf. »Aber das hast du nicht. Sie ist mit uns blutsverwandt, nicht mit dir. So oft wollte ich dir das um die Ohren hauen. Zu schade, dass du mich um dieses Vergnügen gebracht hast.«

»Das war nicht *ich*.« Crawford stand wieder auf und sah ihn an. »Sondern Beth.«

»Du dachtest, du dürftest dieses Geheimnis für dich behalten, und hast es getan.«

»Weil ich Beth davor beschützen wollte, dass jemand schlecht von ihr denkt. Du und Grace oder irgendwer.«

»Wem willst du hier was vormachen?«, feixte Joe. »Du hast es für dich behalten, weil du weißt, dass diese Tatsache unsere Ansprüche auf Georgia untermauert.«

Crawford war fest entschlossen, das Gespräch nicht außer Kontrolle geraten zu lassen. Außerdem war er zu schwach und zu erschöpft für einen weiteren Kampf. »Du kannst glauben, was du willst, Joe«, sagte er deshalb leise, aber mit Nachdruck. »Ich habe Beths Geheimnis für mich behalten, weil ich nicht wollte, dass jemand schlecht von ihr denken könnte. Und ich wollte Georgia vor – möglicherweise grausamen – Konsequenzen beschützen.« Er blieb kurz stumm und ergänzte dann: »Was du daraus machst, ist allein deine Sache.«

Miene und Haltung des älteren Mannes blieben unnachgiebig.

Crawford hob die Tüte mit seinem Hemd auf und griff wieder nach Hollys Hand. Gemeinsam verließen sie das Wohnzimmer, gingen durch den Flur und aus dem Haus. Draußen blieb er stehen und sah sie an.

»Verstehst du jetzt, warum ich gesagt habe, dass ich dich nicht haben darf? Es ist mir ernst mit allem, was ich da drin darüber gesagt habe, dass ich Beth und Georgia beschützen will. Aber Joe hat recht. Mir ist auch klar, dass ich auf verlorenem Posten stehe, wenn herauskommt, dass ich nicht ihr leiblicher Vater bin. Also ja, ich habe eine Lüge gelebt. Das hat mir nichts ausgemacht, rein gar nichts, bis ich dir begegnet bin. Du hast dich ganz und gar der Wahrheit verschrieben. Es dir zur Lebensaufgabe gemacht, danach zu suchen. Und plötzlich war es wichtig, dass ich diese Lüge lebte. Und zwar entscheidend.«

»Ich verstehe durchaus, vor welchem Dilemma du standest,

aber lass uns heute Abend nicht mehr darüber reden. Heute will ich dich nur noch halten.« Sie legte die Arme um seine Taille, zuckte dann zurück und zog die Hand hinter seinem Rücken hervor. »Crawford, das ist frisches Blut!«

Er zuckte belämmert mit den Schultern. »Ein bisschen was davon war vielleicht doch meins.«

»Bereit?«

»Ja, Daddy.«

»Lass die Hände vor den Augen, bis ich es dir sage.«

Er führte Georgia durch den Gang zur offenen Tür ihres Zimmers, stellte sie dort hin und sagte: »Okay, du kannst schauen!«

Sie senkte die Hände und hüpfte im nächsten Moment quietschend auf und ab. »Ist das mein neues Bett?«

»Das ist alles deins. Von jetzt an ist das hier dein Zimmer.«

Sie drehte sich um und schlang die Arme um seine Knie. »Danke, Daddy! Das ist die schönste Überraschung überhaupt!«

Er drückte sie ebenfalls und schob sie dann sanft ins Zimmer. »Jetzt sieh dir alles an.«

Sie stürmte sofort zu den Ballettschuhen und dem Tutu.

Er hatte alles ersetzt, was kaputtgegangen war. Die Zerstörungsorgie ging auf Pat Connors Konto. Das war nur eine der vielfältigen Informationen, die sie vom überlebenden Leibwächter erhielten, nachdem die Staatsanwaltschaft ihm einen Deal angeboten hatte.

Von ihm erfuhren sie auch, dass Chuck Otterman, während er über viele Jahre für mehrere Unternehmen gearbeitet hatte, ein komplexes Transitsystem für den illegalen Waffenhandel erschaffen hatte. Er wäre möglicherweise über Jahre hinweg unentdeckt geblieben, es hätte andernfalls Jahre gebraucht, alle Fäden zu entwirren und alle Beteiligten vor Gericht zu bringen. Der Leibwächter ließ auch jene Bohrarbeiter auffliegen, die in diesem Business mitmischten, und entlastete gleichzeitig die ahnungslosen Kollegen.

Ein Großteil von Ottermans lokalen Waffenlieferanten hob eine Task Force aus, die sich aus verschiedenen Polizeibehörden zusammensetzte und zu der auch Harry und Sessions in Houston und Crawford in seinem Büro in Prentiss zählten. Es stellte sich heraus, dass sich selbst in den verschwiegensten Clans die Cousins gegenseitig verpfiffen. Es war überraschend, wie kooperativ sie sich zeigten, wenn ihnen eine Verurteilung als Schwerverbrecher drohte. Oder Harrys Waffe.

Holly stellte sich zu ihm in die Tür zu Georgias Zimmer und setzte den rosa Koffer vor ihnen ab. »Ich würde sagen, es gefällt ihr.«

»Wie hast du das erraten?«, fragte er und lächelte über Georgias enthusiastische »Oohs« und »Aahs«, während sie von einem Schatz zum nächsten flitzte.

»Der Kofferraum meines Autos ist noch randvoll. Wo willst du das alles hintun?«

»Dafür findet sich schon ein Platz. Vielleicht wird sie auch ein paar Sachen aussortieren.« Er legte den Arm um Hollys Schultern und küsste sie auf die Schläfe. »Übrigens vielen Dank dafür.« Er hatte ihr Angebot angenommen, Georgia bei den Gilroys abzuholen und sie mit all ihren Sachen bei ihm abzuliefern. »Es war nicht allzu schlimm.«

»Joe?«

»Unterkühlt höflich. Grace standen Tränen in den Augen, aber sie hat tapfer gelächelt und sich für Georgia gefreut. Es hilft, dass sie die Kleine jeden Tag nach der Schule sehen wird.«

Er hatte seinen Schwiegereltern erklärt, dass er Georgia morgens zur Schule bringen würde, aber dass er jemanden brauchte, der sie dort wieder abholte und der auf sie aufpasste, bis er von der Arbeit heimkam. Als er Grace gefragt hatte, ob sie es übernehmen könnte, hatte sie den Vorschlag weinend vor Dank angenommen.

»Es ist ein gutes Arrangement«, sagte er jetzt zu Holly.

»Es war nett von dir.«

»Ich weiß, wie schwer es den beiden fällt, sie herzugeben. Und Georgia wird der Übergang auch leichter fallen, wenn sie die zwei jeden Tag sieht.«

Das Kontaktverbot war aufgehoben worden, die Anhörung dazu hatte nie stattgefunden. Und bei der Anhörung zum Sorgerecht, die schließlich unter einem anderen Richter angesetzt wurde, hatte Joe seinen Trumpf im Ärmel nicht ausgespielt. Crawford vermutete, dass Grace dahintersteckte. Und er konnte sich auch vorstellen, dass Joe, der reichlich Gelegenheit gehabt hatte, ihn mit der Wahrheit zu konfrontieren, es nie getan hatte, weil auch er Beth und Georgia vor allem Anrüchigem bewahren wollte.

Trotzdem hatte Joe, wie versprochen, nicht kampflos zurückgesteckt. Er zweifelte an, dass Crawford Georgia ein so gutes Heim bieten konnte wie er und Grace.

Holly war in den Zeugenstand geladen worden und bezeugte wahrheitsgemäß, dass Crawford die Geduld verloren und seinen Schwiegervater attackiert hatte. Aber im Kreuzverhör stellte Bill Moore sicher, dass der Richter von den außergewöhnlichen Umständen erfuhr, die Crawfords Verhalten an jenem Tag im Park erklärten und wenigstens teilweise rechtfertigten.

Der Richter wog sämtliche Argumente ab, und nach drei qualvollen Tagen bekam Crawford einen Anruf von Bill Moore. »Sie kriegen sie. Herzlichen Glückwunsch. Vermasseln Sie's nicht.«

Ihm wäre vor Freude fast das Herz geplatzt. »Den Anruf können Sie mir zum doppelten Satz berechnen.«

»Glauben Sie bloß nicht, dass ich das nicht tun werde.«

Nun hielt er den Blick fest auf Georgia gerichtet, die inzwischen das Bett ausprobierte, indem sie darauf herumhüpfte. »Was glaubst du, warum der Richter zu meinen Gunsten entschieden hat?«, fragte er Holly.

»Du hast ihn für dich gewonnen, als du gesagt hast, es gäbe einen großen Unterschied zwischen einem Vater und einem Daddy. Einen Vater hättest du gehabt. Du wolltest Georgias Daddy sein.« Sie zögerte kurz. »Ich war gestern an seinem Grab und habe ihm Blumen gebracht.«

»Woher wusstest du, wo er beerdigt liegt?«

»Ich habe in der Friedhofsverwaltung nachgefragt.«

Sie hatte eigentlich zur Beisetzung gehen wollen, doch Crawford hatte es nicht zugelassen, weil ihre Anwesenheit Fragen aufgeworfen und Erklärungen erforderlich gemacht hätte.

Nur eine Handvoll Menschen waren zu der Beerdigung gekommen. Crawford hatte seine Mutter in Kalifornien benachrichtigt, die eine Karte und einen struppigen Blumenstrauß schickte. Ein paar Männer aus der Sägemühle erschienen ebenfalls, außerdem ein Kollege Conrads aus seiner Zeit bei der Staatsanwaltschaft. Harry und Sessions überraschten Crawford, sie kamen eigens aus Houston hergefahren. Neal und Nugent waren ebenfalls da gewesen und Nugent sichtlich nervös.

»Ich hätte nicht gedacht, dass er mir fehlen würde, aber er tut es«, bekannte Crawford mit einem Kloß in der Kehle. »Er war nie in meiner Nähe, aber ich wusste, dass er *da* war. Ich trauere wirklich um ihn, und alles nur wegen der letzten Sekunden in seinem Leben. In denen er mich umarmt hat.

Und wir uns angelächelt haben. Soweit ich mich erinnern kann, war ich nicht viel älter als Georgia heute, als das zum letzten Mal passiert ist.«

»Er hat etwas für dich getan, bevor er starb, und das war ihm wichtig. Ich glaube, du solltest wissen, was er damals an jenem Abend zu mir gesagt hat.« Sie fasste ihr Gespräch zusammen. »Und zuletzt sagte er, er wäre stolz, wenn Georgia ihn so kennenlernen würde, wie er in seinen besten Zeiten war.«

»Ich werde ihr später einmal von ihm erzählen, wenn sie älter ist und mehr versteht«, antwortete Crawford rau, »und ich mir überlegt habe, wie ich ihr alles erklären soll. Ich bin nicht besonders gut in solchen Sachen.«

»Das stimmt so was von gar nicht. Deine Rede auf Chet war wunderschön.«

Er hatte als Sargträger gedient und auf Mrs. Barkers Bitte hin eine kurze, aber zu Herzen gehende Ansprache gehalten.

»Wirst du Georgia irgendwann erzählen, dass sie nicht deine leibliche Tochter ist?«

Er antwortete, ohne zu zögern. »Auf jeden Fall. Zumindest sollte sie wissen, dass sie die genetische Veranlagung nur eines Elternteils hat. Auch das werde ich ihr erzählen, wenn sie alt genug ist, um zu begreifen, was das bedeutet.«

»Vor allem zeigt es, wie sehr du sie liebst. Als Beth dir erzählte, dass sie nicht dein Kind ist, hättest du die beiden auch sitzenlassen können.«

»Das hätte ich nicht gekonnt, bei meinem Leben nicht. Ich weiß aus eigener Erfahrung, wie es ist, Eltern zu haben, die sich vor ihrer Verantwortung drücken. Ich habe mir damals geschworen, dass Georgia nie das Gefühl haben soll, abgeschoben zu werden.«

»Darum wird sie dich umso mehr lieben.«

»Und nach dir ist sie sowieso ganz verrückt.«

»Wirklich?«

»Holly hat dies gesagt, Holly hat das gesagt. Wo ist Hollys Haus? Kann Holly mitkommen?« Er sah sie an. »Ganz ehrlich, ich bin fast ein bisschen eifersüchtig.«

In den Wochen vor der Sorgerechtsanhörung hatte sich sein Leben exakt so darstellt, wie er vorhergesagt hatte – nach Ottermans Abgang wartete ein Berg von Arbeit auf ihn. Er und Holly telefonierten täglich, manchmal sogar mehrmals, aber sicherheitshalber trafen sie sich nicht. Beide standen unter dem aufmerksamen Auge der Öffentlichkeit. Und er hatte sich ihretwegen weit größere Sorgen gemacht als seinetwegen. »Ich will auf keinen Fall, dass du die Wahl verlierst, nur weil man dich mit mir in Verbindung bringt.«

Aber nachdem die Sorgerechtsentscheidung gefallen war, konnten sie sich nicht länger zurückhalten. Immer öfter sah man sie gemeinsam. Als Greg Sanders sich darüber mokierte, gab Marilyn die Erklärung heraus, die sie genau für diesen Fall vorbereitet hatte. Darin bezeichnete sie ihre »immer engere Freundschaft« als »eine glückliche Folge der Krisensituation, die sie gemeinsam durchleben mussten«.

Holly hatte sie wieder eingestellt, um den Wahlkampf zu managen, hatte aber zur Bedingung gemacht, dass sie Crawford und Georgia aus allem raushalten musste. Bislang hielt sie sich daran.

»Ich habe heute mit dem Gouverneur gesprochen«, erklärte Holly ihm jetzt.

»Was hat er gesagt?«

»Nichts über mich. Dafür umso mehr über dich. Er will dich kennenlernen.«

Crawford sah sie skeptisch an.

»Ganz im Ernst. Er nannte dich einen großen Sohn des

Staates Texas. Erkundigte sich nach deiner Schusswunde…« Sie verstummte und sah streng zu ihm auf.

»Ich wusste genau, dass es nur eine Fleischwunde war.«

»Von wegen.«

»Ich hatte an dem Abend noch was zu erledigen, bevor ich ins Krankenhaus fuhr.«

Sie war immer noch erbost über seine Selbstdiagnose, wegen der es zu einem massiven Blutverlust gekommen und er nur knapp einer schweren Infektion entgangen war. »Gouverneur Hutchins will dir die Hand schütteln. Er steht fest zu seiner Entscheidung, mich zu ernennen.«

»Du hast den Titel schon in der Tasche.«

»Falls Sanders mich schlägt, eröffne ich hier in Prentiss eine Kanzlei.«

»Du wirst siegen. Das PD steht hinter dir.«

Sie hatten mit Neal Lester Frieden geschlossen. Neal hatte Crawford einige Tage später auf dem Korridor des Gerichts abgefangen und sich mannhaft dafür entschuldigt, dass er sich bei den Ermittlungen von persönlichen Gefühlen hatte leiten lassen. »Ich habe Mist gebaut.«

»Lass dich nicht kirremachen, Neal«, erklärte Crawford ihm händeschüttelnd. »Das Department braucht Cops wie dich, um Cops wie mich im Zaum zu halten.«

Jetzt zog er Holly an seine Seite. »Und selbst die Halbwelt in Prentiss County steht hinter dir. Smitty hat mich heute angerufen. Er wollte wissen, wann du deinen Gutschein einlösen willst.«

»Ich kann nicht fassen, dass Richter Mason eine Kaution für ihn festgesetzt hat.«

»Er ist ein kleiner Fisch, und die Behörden sind hinter den größeren Fischen her, das weiß Smitty genau. Er wird einen Deal schließen, der ihn vor einer langen Gefängnisstrafe bewahrt. Tatsächlich hoffe ich, dass er nicht lang drinbleiben muss. Er kann einem nützlich sein, auch wenn er ein verdammtes Arschloch ist.«

»Psst. Pass auf, was du sagst.«

»Entschuldige. Er ist ein richtiges Arschloch.«

Holly lachte. Sie schauten wieder zu Georgia, die sich gerade in ihr Tutu zwängte. »Du solltest sie mal ins Gericht mitbringen. Ich könnte ihr den Gerichtssaal zeigen und sie dann in mein Richterzimmer mitnehmen.«

»Das würde ihr bestimmt gefallen. Vor ein paar Tagen hat sie mich gefragt, ob du so eine Robe wie Richterin Judy anhast. Ich habe ja gesagt. Allerdings habe ich ihr nichts von meiner Fantasie erzählt, dir die Robe auszuziehen.«

»Ach?«

Er schob sie in den Flur, wo Georgia sie nicht sah, und klemmte sie zwischen seinem Körper und der Wand ein, an der sie schon unter verzweifelteren Umständen gestanden und sich geküsst hatten.

»In meiner Fantasie«, flüsterte er, »hattest du nichts drunter.«

»Und wie hast du das rausgekriegt?«

»Das zeige ich dir, wenn wir es nachspielen.« Sie lächelten, und ihre Lippen trafen sich, während er sich unerbittlich zwischen ihre Schenkel schob.

»Daddy?«

Holly wollte zurückschrecken, doch er hielt sie fest und schob die Arme weiter um ihre Taille. »Sie kann sich gleich daran gewöhnen«, flüsterte er. Und dann, zu Georgia gewandt: »Ja, Süße?«

Mit Tutu, Tiara und Ballettschuhen trat sie in den Flur, in der Hand ihre neue Puppe. »Du musst aufpassen, dass du Daddy nicht zu fest drückst«, erklärte sie, als sie den Anblick der beiden verarbeitet hatte. »Der hat nämlich ein großes Pflaster um den Bauch.«

»Ich passe auf, Ehrenwort.«

»Okay. Krieg ich jetzt meinen Eisbecher, Daddy?«

»Ich habe dir einen Eisbecher versprochen, also machen wir auch einen.«

»Kann Holly hierbleiben?«

Er sah ihr tief in die Augen. »Kann Holly hierbleiben?«

»Holly kann hierbleiben«, antwortete sie.

# Danksagung

Vor allem danke ich der ehrenwerten Diane Haddock, beisitzende Richterin im District Court, 233rd, Tarrant County, Texas …

… die erst ein Fan war, dann zur Freundin wurde und mich beim Schreiben dieses Buches mit wertvollen Informationen unterstützte. Dennoch ist sie auf keinen Fall für mögliche Fehler meinerseits verantwortlich.

Und meine Familie stimmt in meinen Dank an Parrie Jane Carroll ein, die mir zwölf Jahre als persönliche Assistentin zur Seite stand. Mir kamen sie längst nicht so lang vor, wie sie für Parrie gewesen sein müssen! Sie schaffte es mit bewundernswerter Geduld, Gelassenheit, Grazie und scheinbarer Leichtigkeit, unser Leben in Ordnung zu halten, obwohl wir alle genau wissen, dass wir praktisch nicht zu managen sind. Auch wenn wir sie vermissen werden, hat sie ihren Ruhestand mehr als verdient.